해녀연구총서

4

숭실대학교
한국문예연구소
학술총서 48

해녀연구총서 *4*

Studies on Haenyeo(Women Divers)

경제학 / 관광학 / 법학 / 사회학 / 인류학

이 성 훈 엮음

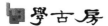

해녀는 공기통 없이 바닷속에 들어가 전복, 소라, 해삼, 미역, 우뭇가사리 따위를 채취하는 여자다. 제주해녀들은 농어촌의 범상한 여인이면서도 육지의 밭과 바다의 밭을 오가며 농사를 짓는 한편 해산물도 채취한다. 제주해녀는 제주도뿐만 아니라 출가(出稼) 물질을 나갔던 한반도의 모든 해안지역과 일본에도 정착하여 살고 있다.

최근에 제주특별자치도, 제주도민, 해녀들, 학계, 언론계 등 지역사회를 중심으로 제주해녀를 유네스코 인류무형문화유산으로 등재시키기 위해 총력을 기울이고 있다. 제주해녀문화는 현재 문화재청 한국무형유산 국가목록에 선정되면서 유네스코 문화유산 등재도 구체화되고 있다. 이러한 노력에는 지역민의 참여 확대와 행정적인 측면 이외에 학술적인 측면도 중요시해야 한다. 해녀연구자로서 이 총서를 엮게 된 이유다.

해녀 연구는 크게 두 가지 방향에서 시작되었다. 하나는 구비문학적 측면에서 해녀노래(해녀노젓는소리)를 수집하고 연구한 것이고, 다른 하나는 의학적 측면에서 해녀의 인체 생리를 연구한 것이다. 이후로 해녀 연구는 차츰 여러 학문 분야로 확대되었고 요즘에는 학제간 연구도 활발히 이루어지고 있다.

그간 해녀 관련 박사논문이 의학, 문학, 인류학 분야에서 여러 편 나왔고 석사논문과 일반논문들은 수백 편이 있으나, 아직 그것들을 한데 묶어 책으로 내놓은 적은 없다. 제주해녀를 유네스코에 등재시키려고

노력하는 이때야말로 해녀와 관련된 연구 논문과 자료들을 집대성하는
작업이 필요한 시점이다. 또한 '해녀학'을 정립하기 위한 토대를 마련
하고 그에 대한 논의도 필요한 때라고 본다.

지난해 말부터『해녀연구총서』출간 작업에 착수하였고, 이제 일부분
이긴 하나 작은 결실을 보게 되었다. 작업 과정에서 글을 찾아 읽고 선
별하며 필자들을 섭외하는 일은 간단치 않았다.『해녀연구총서』를 엮는
취지를 잘 설명했음에도 불구하고, 일부 연구자는 끝내 글의 게재를 거
절해서 몇몇 글들을 싣지 못한 아쉬움은 있지만 어쩔 수 없는 일이다.

이 총서는 해녀 관련 문학·민속학·역사학·경제학·관광학·법
학·사회학·인류학·음악학·복식학 분야의 대표적인 논문들과 서
평·해녀노래 사설·해녀의 생애력·해녀용어·해녀문화 등의 자료
들을 한데 묶은 것이다. 타 학문 분야와 폭넓게 소통하면서 통섭하려
는 요즘의 시대적 흐름에 맞게 이 총서는 해녀 연구자들에게 그간의
연구 동향을 파악하고 새로운 연구 방법을 탐구하는데 활로를 뚫어줄
것으로 기대된다.

이 총서를 엮으면서 납활자시대에 나온 논문들은 일일이 타자 작업
을 하고, 원본 논문에서 표기가 잘못된 어휘나 문장을 찾아 교정하고
교열하는 과정은 지난(至難)한 작업이었다. 한국고전종합DB의『신증동
국여지승람』과『조선왕조실록』, 한국역사통합정보시스템과 한국고전

번역원의 원문데이터베이스 등의 원문 텍스트를 일일이 대조하면서 잘
못된 부분을 바로잡은 것과 현행 맞춤법 규정, 표준어 규정, 외래어 표
기 규정에 맞게 고친 게 그것이다. 이를테면 저자명인 "関山守彌"를
"関山寺彌"로 오기한 것이 있는가 하면, 『삼국사기』제19권 문자명왕 13
년 기록에 "小國係誠天極"을 "小口係誠天極"으로, 『고려사』제28권 충렬
왕 2년 기록에 "乃取民所藏百餘枚"를 "及取民所藏百餘枚"로, "안성맞춤"
을 "안성마춤"으로, "出稼"를 "出嫁"로, "스티로폼"을 "스티로풀"로 오기
한 것을 바로잡아 고친 게 그 예이다.

　이 총서를 엮는데 많은 관심을 가져주시고 선뜻 원고를 보내주신 필
자 여러분과 책에 실린 해녀 사진을 제공해주신 사진작가 김익종 선생
님의 사모님께 이 자리를 빌려 감사드린다. 또한 인문학의 발전을 위
한다는 사명감으로 출판에 도움을 준 학고방의 하운근 사장님과 편집
을 담당한 박은주 선생께도 감사의 뜻을 전한다.

　학계의 해녀 연구에 새로운 전기가 마련되기를 기대하는 마음과, 제
주해녀가 유네스코 인류무형문화유산으로 등재되기를 기원하는 염원
으로 이 총서를 세상에 내놓는다.

2014. 12.

엮은이 이성훈

01

식민지기 제주도 海女 노동과 濟州島 經濟에 관한 연구

| 진관훈 | 제주대학교

I 서 론

이 글은 식민지기 濟州島 經濟의 변동을 제주도 해녀[1]노동과 연관지어 고찰해 보고자 한 것이다. 식민지기 제주도 경제를 해녀노동과 관련지어 고찰해 보는 것은, 1900년대부터 최근까지 해녀노동이 제주도 경제에서 차지하는 비중이 크기 때문이다. 특히 변변한 현금수입원이 없었던 식민지 초기, 제주도에는 해녀노동이 유일한 현금수입원이었다고 해도 무리는 아니다. 따라서 식민지기 제주도경제의 출발을 이해하기 위해서는 해녀노동의 이해가 필수적이다. 해녀들의 생산활동과 소득, 제주도 경제와의 연관관계를 분석하는 것이 식민지기 제주도 경제를 체계적으로 이해하는 초석이 될 것이다.

식민지기 제주도 경제는 '해녀노동'에서부터 시작한다. 해녀노동의 산물인 '해산물 가치'가 상승하면서 해안지역의 부가 상승하고 이에 따라 취락의 이동이 전개된다. 이로 인한 富의 확산, 경제적 기회의 증가는 도내 여유 노동력을 창출하게 되고, 이는 교통의 발달과 함께 해녀 출가, 도민의 渡日을 가능하게 한다. 이로 인해 제주도 농촌의 농가소득이 증가하고 나아가 제주도 경제가 윤택하게 되는 결과를 가져온다. 결국 식민지기 제주도 경제는 해녀노동이 가장 큰 변동 요인이었다고 할 수 있을 것이다.

---

* 이 글은 진관훈(1999), "일제하 제주도 농촌경제의 변동에 관한 연구", 동국대 박사학위논문을 재구성한 것이다.
1) 해녀의 명칭에 대하여 여러 가지 의견이 있다. '海女', '潛女(줌녀)', '潛嫂(줌수)'가 대표적이다. 여기에서는 현재 가장 많이 사용되고 있는 '해녀'라고 부르기로 하고, 자세한 논의는 차후에 하기로 하겠다.

현재까지 해녀연구는 인류학, 사회학, 민속학, 어문학 측면에서 활발히 연구되어 졌고 많은 성과를 이루었다. 대표적인 성과물로는 강대원(1970), 「해녀연구」, 제주도(1996), 「제주도의 해녀」, 김영돈(1999), 「한국의 해녀」 등이 있다. 이 성과물들의 공동적인 특징은 현지조사와 해녀들에 대한 직접면담을 근거로 한 보고서적인 특징이 있다는 것이다. 연구분야는 주로 민속학, 사회학, 생업기술, 어문학 측면에서 이루어 졌다.[1] 이외에 인류학이나 가족, 개인생애사적인 측면의 개별논문이 있다. 제주도 해녀연구 중 또 하나의 주제는 민족운동사적인 것이다.[2] 즉 1930년대 제주도 해녀들의 항일운동에 대한 연구가 있다. 이상의 연구들은 해녀에 대한 부분적 시각에 국한되어 있어 해녀들의 생산활동과 같은 해녀경제에 대한 종합적인 연구는 간과하고 있다. 따라서 향후 해녀에 대한 연구는 기존의 범주에 국한될 것이 아니라 경제사 측면으로의 확장이 요구되어 진다.

제주도 해녀를 연구하는 연구자들에게 주어진 가장 큰 행운은 일제시대부터 해녀활동을 해왔고, 현재도 해녀활동을 하고 있는 '고령 해녀'들이 존재한다는 것이다. 제주도에는 90세 할머니가 현재도 잠수활동을 하고 있다. 이들은 일제시대를 경험하였고 현재까지도 잠수활동을 하고 있는 해녀연구의 산증인이다. 현존하는 고령 해녀들의 생산활동과 경제생활 등을 면담을 통해 상세히 기록하고, 정리해 두어야 한다.

---

[1] 구체적 내용은 참고문헌란에 자세히 열거하였음.
[2] 대표적인 것으로,
    김창후(1995), "재일 제주인과 동아통항조합운동", 「제주도사연구」 4, 제주도사연구회.
    藤永壯(1997), "1932년 제주도 해녀의 투쟁", 「제주도의 옛기록」, 제주시우당도서관.
    제주해녀항일투쟁기념사업추진위원회(1995), 『제주해녀항일투쟁실록』.

이 글도 이들에게 큰 도움을 받고 작성된 것이다.

이 글은 크게 둘로 나누어 서술되었다. 즉 하나는 '해녀노동'에 대한 연구이다. 즉 해녀의 노동과 전개과정, 그로 인한 사회·경제적 영향을 서술하였다. 다른 하나는 1930년대 제주도 경제에 가장 큰 특징, 즉 제주도민의 도일과 상업적 농업의 활성화에 관한 것이다.

식민지기 제주도 해녀노동

1. 식민지기 제주도 해녀 노동의 경제적 의미

1900년 이전까지만 해도 사회적으로 천시 받고, 경제적으로도 그 가치를 인정받지 못하였던 제주도 해녀들의 생산활동이 사회적으로, 경제적으로 인정받게 되고, 나아가 제주도 경제의 견인차 역할을 하게 된 이유는 3가지로 요약할 수 있다.

첫째, 해녀들이 채취한 해산물의 경제적 가치가 상승하기 시작한 것이고, 둘째, 제주도 해안의 황폐화로 인해 제주도 해녀들의 출가가 촉진되었다는 것, 마지막으로 어로기술의 발달이라고 할 수 있다.

① 해산물의 경제적 가치 상승

조선시대 제주도 해녀들의 채취물, 즉 전복, 소라, 해삼, 미역 등은 진상품이었다. 이 당시 해녀들의 생산활동은 부역과 다를 바가 없었다. 그러나 1900년경부터 일본 무역상들의 등장으로 그 수요의 증가에 따라 시장성이 극히 높아져서 상품으로 인정되었다. 물론 이전에도 환금을 목적으로 생산하기도 하였으나 이와 같은 환금경향은 조선시대 말에서 식민지시대에 이르러서 강화되었다. 부산을 근거지로 하는 일본인 상인이 등장은 해조류, 조개류의 수요를 급속히 증가시키고 이때부터 해녀노동이 제주도 농가의 커다란 현금수입원으로서 역할을 하게된 것이다. 주로 해녀가 주로 채집하는 것은 전복, 해삼, 미역, 우뭇가사리, 감태, 톳, 몸(모자반) 등이다. 이것들은 예전부터 제주도에 있어서 중요한 식료품이었고 또 새로운 시장상품으로서 가장 중요한 위치를 차지하게 되었다.

② 제주해녀의 출가

제주도에 있어서 海女의 역사는 훨씬 오래전으로 여겨지지만[3] 개항 이후 본격적으로 해녀 활동이 시작된 것은 1880년대 말 일본인 잠수기 업자들이 제주도에 진출하게 되면서 이들 일본인 漁業者들의 濫獲에 의한 제주도 漁場의 荒廢化에서 근거를 찾을 수 있다.

한반도 연안에서 일본인 出漁를 공식적으로 인정하게 된 것은 1883

---

3) 어떠한 이유에서인지는 모르지만, 제주해녀의 역사에 비하여 옛 문헌에 나와 있는 해녀에 대한 기록은 적다. 『濟州風土記』에서 李健은 "그중에서도 천한 것은 곽(미역)이다. 미역을 캐는 여자는 이를 줌녀라 부르고 2월부터 이후 5월까지 바다에 들어가 미역을 채취해 나오는 데 남녀가 서로 뒤섞여도 수치스러움을 모름으로써 해괴함을 보여준다. 생복을 캐는 것도 이와 같다. 채취한 것은 관가에 바치고 나머지를 팔아서 이를 해결한다."라고 하고 있다. 또한 泉晴一(1937)은 "어업은 일반적으로 천업시되어 양촌의 남자가 해촌의 여자를 아내로 받아들이지 않는 이유는 '나체로 바다에 들어가기 때문'이었다. 그러나 1910년 이래 경제의 중심이 해촌으로 옮겨진 이후는 양촌사람들은 이제까지의 사상과는 달리 "어떻게 산촌사람들을 색시로 맞을 것인 가, 바다에도 들어가지 못하는 여자를 …"이라는 생각이 해촌사람을 휩쓸었다."라고 하고 있어 1900년대 이전에는 해녀노동이 사회적으로 천시받았음을 알 수 있다.

년에 7월 25일에 조인된 '朝鮮國에 있어서의 日本人民貿易規則' 제42
조에 의한 것이다. 그러나 그 이전부터 密漁가 행해지고 있었으며 특
히 제주도 주변에는 일본 潛水器業者가 일찍부터 출어해 오고 있었다.
일본인들이 제주지역에 출어하면서 제주도민과 충돌하게 되었고, 따라
서 일본 정부는 1884년 9월부터 1891년 11월에 걸쳐 제주도에 출어 금
지 조치를 취하였다. 그러나 이 禁漁 기간 중에도 密漁는 계속되어서
이로 인해 제주도 어장은 급속히 황폐해 갔다. 일본인 잠수기업자가
채취한 것은 주로 전복과 해삼이었다.[4)]

「한국수산지」 3권(1910)에는 다음과 같은 언급이 있다.

　　전복은 연해안에 생산되지 않은 곳이 없고 거의 無盡藏이라고 할만
　　큼 풍부하였으나 일찍 일본 잠수기업자의 도래로 남획이 된 결과 지금
　　은 크게 감소하였다. 예전에 토착잠수부들이 이를 採取해왔으나 지금
　　에는 종일 조업을 하여도 1~2개를 얻는 데 불과하다. 잠수기업자는 약
　　간 깊은 곳에서 조업하기 때문에 다소의 어획이 가능하지만 예전과 같
　　이 큰 이익을 얻기는 힘든다. 특히 本島産은 모양이 거대해서 유명하
　　지만 오늘날에는 대체로 소형이 되었다.

　이러한 어장의 황폐는 제주도 해녀의 출가에 직접적 영향을 주었다
고 보여진다. 즉 일본인 무역상의 등장으로 해산물의 경제적 가치가 상
승하기 시작하였고 따라서 해녀들의 생산욕구도 아울러 증가한 상황에

---

4) 제주도의 전복과 해삼은 크기나 질적으로 상등품에 속하여 그 가격이 타 지
　역에 비해 월등히 높았던 것으로 나타났다. 稻井秀左衛門(1937), 「朝鮮潛水器
　漁業沿革史」, p.13.

서, 어장황폐화는 새로운 생산지로의 이동을 야기시켰다고 보아진다.
다시 말하면 제주도 해녀의 출가는 곧 생산영역이 확장을 의미한다.

제주도 해녀의 외부로의 이동, 즉 해녀의 출가는 1895년 부산 앞바
다 영도에서 최초로 그 모습을 볼 수 있었다. 그 후 해녀들은 조선 전
역과 일본, 대련, 청도5)에 까지 출어하였다. 1910년대 전반의 출가자수
는 2천5백명, 1910년 말에는 부산, 울산에까지 출가한 해녀수가 4천명
정도였다

③ 어로 기술의 발달

식민지기 제주도 해녀들의 어로기술의 발달이란, 雙眼 잠수경의 보
급을 의미한다.6) 雙眼 잠수경7)의 사용8)에 따라 종래 2~3m도 안되었던
수중작업 시의 視界가 20m까지 넓어졌을 뿐 아니라 눈의 피로가 현저
히 감소하게 된 것을 말한다. 이로 인해 생산성이 크게 증가하였다.9)

---

5) 1930년대 제주도 해녀들은 5월에 칭따오로 가서 8월 추석 전에 고향에 돌아
   오곤 했는데, 평균 300원씩의 수입을 올렸다. 당시 소학교 교사 봉급이 40원
   이었다. 제주도, 전게서, p.469.
6) 원학희(1988), "제주도에 있어서의 해녀어업의 변모와 생산형태", 「한국제주도
   의 지역연구」, 立正大學 日·韓공동한국제주도학술조사단(입정대학지리학연
   구실), p.108.
7) 수중안경인 제주도의 '눈'은 '족은 눈'과 '큰눈'으로 나눈다. 여기에서 말하는
   눈은 '족은눈'으로 소형쌍안수중안경이다. '족은눈'은 제작지에 따라 '엄쟁이눈'
   과 '궷눈'으로 나눈다.
8) 수중안경, 즉 '눈'을 언제부터 착용하게 되었는지는 일본이나 우리나라 모두
   확실하지 않다. 현재 생존하는 제주도 해녀 한분의 얘기로는 '자기는 어렸을
   때 '눈'을 쓰지 않고 조업했다'고 한다. 여기에 비추어 보면 제주도 해녀들에
   게 '눈'이 보급된 시기는 1900년대 이후라고 여겨진다.
9) 수중안경의 착용은 생산성의 급증을 의미한다. 일본의 경우 스사시마, 이시카
   등지에서는 물안경이 발명된 이후에도 해산물의 남획을 방지하기 위하여 이

　해산물의 판로확대, 출가에 의한 잠재 노동력의 발굴, 여기에 신식 潛水具의 도입이 추가되어서 해녀 노동으로 얻어지는 현금 수입이 증가하고 제주도 농촌, 해안 지역에 보다 많은 현금이 유입되게 된 것이다.

2. 제주도 해녀노동의 특성

　제주도의 해녀는 일본의 해녀보다 추위에 강하다. 일본해녀는 추운 겨울 한달에 7일정도 밖에 조업하지 못하는데 반하여, 제주해녀는 15일에서 20일까지 물질할 수 있다. 또한 임신중이거나 월경중이거나 가리지 않고 사시사철 조업을 한다. 또한 제주도 해녀노동은 농업과 깊은 관련이 있다. 즉 제주도 해녀들은 판매를 위한 해산물, 즉 해조류와 조개류 등의 채취뿐 만 아니라 밭의 비료로 쓰이는 '듬북'이라는 해초도 채취하였다. 전통적인 제주도 농업에서는 비료의 사용이 보편화되지 못하였다[10]. 이런 상황에서 '듬북'과 같은 해초류 비료를 채취하는 것은 토지가 비옥하지 못한 제주도 농업환경에서 커다란 의미를 지닌다.

　제주도 농촌에서는 여아가 8세가 되면 바다물에 들어가는 연습을 시작하여 10세가 되면 어머니로부터 '테왁'을 얻고, 14세가 되면 안경, 호미, '빗창'을 얻어 본격적인 물질을 시작한다. 16세가 되면 잠녀조합의 정식 회원이 되고, 이후 50세 까지 계속 회원자격을 유지한다. 제주도

　의 사용을 금지하는 관행이 있었다고 한다. 제주도(1996), 「제주의 해녀」, p.174.
10) 제주도 농업에서 '금비'가 보편화된 시기는 1960년대 이후로 여겨진다. 그 이전에는 '톳거름'이라는 퇴비와 '재', '녹비'등의 사용이 작물에 따라 부분적으로 행하여 졌다. 산간마을이나 화전마을 같은 경우에는 전형적인 '약탈식 농업'의 특성을 지녔다고 볼 수 있다.

해녀는 16세로부터 35,6세까지가 전성기이다.

한번 물속에 잠수해 있는 시간은 1분5초에서 1분50초가 평균이고 최고 3분까지 할 수 있다. 잠수심도는 20미터까지 할 수 있으나 대략 5.5미터에서 작업하는 것이 보통이다. 이러한 잠수를 30회 내지 70회 정도를 반복하면서 작업하고 난 후 뭍으로 상륙한다. 그리곤 해변가 '불턱'에서 몸을 따뜻하게 한 다음, 다시 작업하러 물속으로 들어간다. 몸이 튼튼한 사람은 하루에 3회 또는 4회 정도까지 반복할 수 있다.

대개는 농번기와 해조의 채취기가 일치하는 경우가 많다. 그래서 제주도의 해녀는 농사와 물질을 동시에 해야만 한다. 구체적으로 예를 들어보면,

7, 8월에는 아침 일찍 2시간 정도 밭에서 김매기를 한 다음, 물질 때가 되면 바다로 향한다. 오전 물질을 마치고 나면 집으로 돌아와서 점심을 먹고, 다시 밭으로 가서 김매기를 하다가 다시, 오후 4시쯤 바다로 가서 작업을 하다가 해질 무렵 귀가한다.[11]

해산물의 채취는, 해삼은 1-4월, 전복은 5-8월, 天草는 1-3월, 미역은 2-5월(마을 규약에 따라 1-4월, 3월 중순-4월)으로 거의 연중 내내 작업을 해야 한다.

아래 표는 제주해녀의 작업일수를 조사한 것이다.

---

11) 그렇다면, 이때 제주도 남자들은 무엇을 하는가라는 의문이 생긴다. 일부 보고서에 의하면, '해녀를 아내로 둔 제주도 남자들은 여자 대신 애기나 보고, 술과 게으름, 방탕으로 일생을 보낸다'고 한다. 그러나 이는 사실과 다르다. 즉 제주도 농업방식을 보면, 여자와 남자의 역할 분담이 정확히 구분되어 있어, 남자의 게으름이 용납되지 않으며, 여자가 물질을 하는 경우에 있어서도 남자의 역할은 분명히 있다. 가령 비료로 쓸 '듬북'을 채취할 경우 남자와 여자의 협업이 필수적이다. 제주도 남자와 여자의 노동역할 구분에 관해서는 따로 지면을 마련할 생각이다.

<표1> 제주해녀의 월별평균 작업일수

월 별	성산읍 오조리	서귀포시 대포리	구좌읍 연평리	대정읍 가파리	한경면 용수리	평 균
1월	9.6일	13.1일	4.4일	6.5일	4.1일	7.54일
2	9.6	9.3	6.3	8.6	5.3	7.82
3	12.6	8.7	7.3	12.6	13.4	10.92
4	16.6	8.5	10.2	14.6	7.8	11.54
5	12.3	7.8	12.5	13.5	3.4	9.90
6	14.0	10.9	13.7	16.8	8.3	12.74
7	17.7	11.6	16.5	16.5	12.1	14.88
8	10.6	8.4	15.0	16.5	13.2	12.74
9	7.6	5.2	14.0	14.2	5.6	9.32
10	7.0	4.3	9.7	12.1	3.1	7.24
11	6.3	5.4	4.7	8.7	3.6	5.74
12	7.0	8.1	6.6	6.2	0.8	5.74
합 계	130.9	101.3	120.9	146.8	80.7	116.12

* 자료: 제주대학교(1978), 「海村生活調査報告書」.

<표1>를 보면, 월에 따라, 지역에 따라 해녀들의 작업일수가 다르게 나타난다. 평균적으로 보면, 3월에서 9월까지의 작업일수가 가장 많고, 지역적으로는 해안지역, 혹은 섬지역 해녀들의 작업일수가 가장 많다. 물론 <표1>은 1973년에 조사한 것으로 일제시대와는 정확히 일치하지 않을 수 있다. 다만 여기에서 추측이 가능한 것은 식민지기 해녀들의 물질일수가 현재보다 훨씬 더 많았을 것이라는 것이다.

재래해녀복(소중이)을 입고 물질을 하면 물속에서 작업하는 시간이 최대한 한 시간을 넘기지 못한다. 그리고 계절에 따라 작업일수가 다르고 작업회수도 달라진다. 이는 재래 해녀복을 입었을 경우 수온의 변화에 따라 추위를 느끼는 강도가 다르기 때문이다. 1,2,10,11,12월은 기온이 낮기 때문에 1회 작업시간이 30분 정도이며 그외의 달은 40~60분이다.[12]

〈표2〉는 1960년 조사 기록이다. 그런데 〈표2〉의 조사지역인 우도는, 예나 지금이나 제주도에서 해녀활동이 가장 왕성한 곳이다. 이곳은 연중 2/3이상 물질을 하고, 3월에서 8월까지는 쉬지 않고 물질을 하는 것으로 나타났다.

<표2> 우도해녀의 잠수표 (각월은 음력)

월별	월별잠수일수	일별잠수회수	채 취 물
1월	20일	2회	미역, 우뭇가사리 다소
2	14	2회	미역, 모자반 다소
3	28	2회	모자반, 미역 다소
4	28	2회	되는 대로
5	28	3-4회	우뭇가사리, 그밖에 되는 대로
6	28	3-4회	전복, 소라
7	28	2-3회	감태, 기타
8	28	2-3회	감태, 기타
9	10	1회	감태, 기타
10	10	1회	감태, 기타
11	7	1회	전복, 소라
12	7	1회	전복, 소라
합계	236		

* 자료: 泉晴一(1960), 「제주도」, p.184.

3. 제주도 해녀의 출가

1910년대 해녀 출가 상황을 여러 형태별로 살펴보면[13] 다음과 같다. 대표적인 형태에는 客主의 모집에 의한 방법이 있었는데, 그들은 絶

---

12) 제주도(1996), 「제주의 해녀」, p.162.
13) 田口禎熹(1933), "제주도의 해녀", 「조선」 218호, pp.81~82.

影島에 정착하며 일본인 무역상 밑에 있으면서, 매년 음력 12월경 제주도 각지에서 해녀를 모집하여 전대금을 건네주고 계약한다. 해녀는 기선으로, 뱃사공, 감독자 役 남자는 어선으로 본토에 渡航하여 부산에서 합류한 후 出稼地로 떠난다. 두 번째 형태는 독립 출가인데, 해녀의 남편 2~3명이 공동으로 어선을 매입하여 가족, 친척 등의 해녀를 승선시켜 출가지로 가는 것이다. 전자와 후자의 비율은 6대 4정도로, 객주의 모집에 의한 것이 많았다. 해녀 10명에 시중 드는 남자 5명인 경우, 1漁期 수입은 대략 870엔 정도이고 지출은 731엔50전으로 차액은 138엔50전이었다. 이것을 균등 분할하면 1인 평균 9엔23전 정도였다.

　해녀를 모집하는 조선인 객주 뒤에는 일본인 무역상(부산을 근거지로 하는 海藻상인)이 있었고 그들의 중간착취는 가혹한 것이었다. 이에 대항하여 제주도 해녀 어업조합이 탄생하였는데, 이는 비참한 상황에 대한 海女救濟와 공동판매(객주의 중간착취를 배제하고 조합이 어획물을 종합해서 중매인을 경매한다든지 어시장에 판매를 위탁하는 제도)를 목적으로 하였다. 1922년에 19만엔, 1923년 22만엔, 1924년 조합원수 5,932명으로 성장하였다. 그러나 출가 해녀의 급증은 현지 어업조합과 많은 갈등을 야기시켰고 점차 해녀조합의 성격도 바뀌어 갔다(예를 들면 濟州島司의 조합장 취임, 조합의 御用化). 이로 인해 제주도 해녀의 투쟁이 유발되었다.[14]

　1924년 일본과의 직항로 개설은 농촌 노동력 이동 증가 못지 않게 해녀들의 일본으로의 출가도 급증하였다. 일반적으로 제주도 해녀는

---

14) 이에 대해서는 藤永壯(1997), "1932년 제주도 해녀의 투쟁", 「제주도의 옛기록」, 제주시우당도서관, pp.83~123 ; 제주해녀항일투쟁기념사업추진위원회(1995), 「제주해녀항일투쟁실록」을 참고할 것.

기선에 의하여 출가하는 데, 기선에 의한 일본 본토로의 출가는 쓰시마를 제외하고는 모두가 대판을 경유하였다. 당시 대판과 제주도와는 특별한 관계에 있었으므로 朝鮮郵船, 尼埼汽船, 鹿兒島商船 등이 경쟁적으로 여객을 실어 날랐다. 이 기선들은 도중에 모지, 시모노세키 등지는 기항을 하지 않으면서 가장 값싼 운임으로 渡阪를 해 준 것이다. 그리고 다음 목적지까지 해녀들은 기선편이나 철도로 이동시켰다.

1929년 기록에 의하면 당시 제주도내에 해녀 7천3백명이 약 25만엔을 벌어들인 데 반하여, 일본으로 출가한 해녀 3천5백명이 40만엔 정도를 벌어들여 대조를 이루고 있다.

제주도 해녀가 진출했던 사례들 중 하나를 보면, 김녕 사공 김병선이 해녀를 고용하여 동경 미야케지마 지역에 출가하여 조업하였는데, 그후 계속 능력을 인정받아 1932년 현재 동경 미야케지마에서 240명 해녀가 고용되어 작업하였다.

이러한 제주도 해녀의 출가와 도내 잠수 활동으로 제주도 농가에서 이들이 차지하는 비율이 점점 높아졌다. 해안 지역의 경우 해녀의 경제 활동이 중요한 부분을 이루고 있었다.

〈표3〉 출가 해녀 현황

연도	출가해녀수	송금액	비 고
1929	4,310명	-	
1930	3,860	908,000円	
1931	3,950	687,350	
1932	5,078	1,100,000	일본 1,600인, 국내 3,478인
1936	3,360	770,000	
1937	4,402	-	일본 1,601인, 국내 2,801인
1939	4,132	-	일본 1,548인, 국내 2,584인

* 자료: 제주도청(1939), 「제주도세요람」을 참고하여 재작성

〈표3〉에서 송금 액수가 정확하지 않은 부분은 출가 해녀인 경우 대부분 漁期가 끝나 돌아올 때 현금을 소지하고 돌아오기 때문에 정확한 파악이 불가능했기 때문이다.

한반도에 출가한 해녀 분포를 보면, 동해안지대가 가장 조밀하며 북서부 해안지대가 그 다음이고, 남부해안지역, 북부해안지역 순서로 분포되어 있는데, 이것은 해안 지형 및 해저 지형, 조류, 풍향 등의 영향을 받은 것 같다. 일본 출가 해녀 분포 현황을 보면 동해안 지역은 全無하고, 태평양 연안에 偏在되어 있다.

제주도 해녀의 우수성이 발휘된 것은 1900년경부터였는데, 특히 일본 해녀와의 경쟁에서 이긴 사례가 있다. 강원도 부근에서 伊勢 해녀와 경쟁하여 마침내 이들을 쫓아내고 한반도 연안을 완전 장악하게 되었다.[15]

토지가 척박하여 토지 생산성이 낮고 부업이 발달하지 않았던 제주도에서 해녀노동이야말로 현금화 비율이 가장 높은 부업임에 틀림이 없었다.

1926년 제주도 정의면 온평리 농가 수입 현황을 살펴보면 이러한 사실을 확인할 수 있다.

---

[15] 제주해녀는 조업시 태왁을 이용해서 해안에서 멀리 떨어져 분동을 사용하지 않고도 깊이 잠수할 수 있기 때문에 분동해녀와 같이 해녀배나 사공이 필요 없다. 따라서 채취 비용이 싸다. 伊勢해녀는 1개월 조업중 겨우 1주일밖에 견디지 못하는 데 비해, 제주해녀는 15일간 조업이 가능하였고(경상북도 울산군 포항 등지) 하루 조업 시간도 월등히 길다. 결국 조업 시간이 길고 임금이 낮다는 경쟁력을 가지고 1929년 이후 한반도에서 伊勢해녀들을 완전히 추출시켰다.

〈표4〉 제주도 농가 수입 현황

(단위: 엔, 비율 %)

	주업(농업) 실수입 1	부업수입	(총수입중의 비율) 2	판매	(부수입중의 비율) 3	품목	피고노임 수입	총수입 4 (1+2+3)
자작농 중농	303	220	(42.1)	220	(100.0)	해녀어업	–	523
소농	93	80	(42.6)	80	(100.0)	해녀어업	15	188
자작겸소작농중농	150	160	(47.1)	160	(100.0)	해녀어업	30	340
소농	67	80	(47.9)	80	(100.0)	해녀어업		167

* 자료: 藤永壯(1997), 전게서, p.90.

위 표를 보면 해녀들이 많은 정의면 온평리의 경우, 해녀 어업 기타
에서 얻어지는 부업 수입이 총수입의 절반에 이르고 있음을 알 수 있
다. 부업 수입 전액이 판매되어 현금화 비율이 높다. 따라서 농촌 소비
에 충당되는 현금 공급은 대부분 여기에서 이루어졌음을 알 수 있다.

이러한 제주도 해녀의 출가와 도내 잠수 활동으로 인한 현금소득이
제주도 농가소득에서 차지하는 비율이 점점 높아졌다.

해안 지역의 경우 해녀의 경제 활동이 중요한 부분을 이루게 되었
다. 또한 해안지역 마을 富의 상승으로 제주 전체마을 중, 제주도 중산
간 마을에서 해안 마을로 경제력 이동, 취락이동이 생겨났다.

4. 취락의 이동

제주도의 취락16)이동은 해산물의 경제적 가치상승, 육상교통과 해상

---

16) 聚落은 가옥을 주축으로 하여 성립된 주거형태 전반을 의미한다. 제주도의
취락에 관한 연구는 마쓰다 이츠즈(1976), 「濟州島の 聚落」, 桀田一二地理學
論文集, 弘詢社, pp.139~145.
오홍석(1974), 「濟州島의 聚落에 관한 地理學的 研究」, pp.59~64.

교통의 발달, 이 두 가지 조건이 만나는 지점에서 경제적 기회가 많이 발생할 것은 당연한 사실이고 따라서 이러한 경제적 기회를 찾아 마을과 사람이 이동하게 된다는 것이다. 이것은 기존의 촌락구분을 해체시켜 새로운 촌락구분을 생성시켰고 지리적 촌락경관도 변화시켜 새로운 모습으로 만들어 갔다.

전통적으로 제주도의 해안지역은 경지면적의 영세성과 해산물의 경제적 가치 열위로 생활에 어려움을 겪었는 데 반해, 중산간 지대는 비교적 넓은 경작지와 가능지(화전, 간척지)를 가지고 養畜 등의 부업으로 경제적·사회적으로 보다 나은 상황이었다. 그러나 일제의 토지조사사업으로 이동농지지대의 경작지, 방목지 상실로 중산간 지역 생산터전의 흔들리기 시작하였고, 반대로 해안지역에서는 교역의 증가로 해산물의 경제적 가치 향상하여 점차 부가 축적되기 시작하였다. 바로 경제적 여건 때문에 제주도 촌락은 이동하기 시작한다.

제주도의 취락은 한라산을 중심으로 하여 동심원상으로 크게 세 지대로 나눈다.[17] 즉 해안지대와 산간지대(산림지대) 그리고 그 중간지역인 중산간 지대이다. 오홍석(1974)에 의하면 제주도 취락의 기원은 북서해안의 湧水帶를 중심으로 성립하였다고 하였다. 고려 이전의 제주도의 취락은 생활용수의 확보가 가장 용이하며 해상교통의 거점지인 해안지대에 주로 분포하였다, 그러나 조선시대로 오면서 잦은 왜구의

---

17) 久間健一은 삼림지대, 산간지대, 중간지대, 해안지대로 4구분하였고, 마쓰다는 삼림지대, 중간지대, 해안지대로 나누고 일반적으로 해안지대, 중산간지대, 산간지대로 구분한다. 이 구분은 현재까지도 유용하다. 예를 들면 1999년 4월 제주도특별법개정시안에서도 해발200m이상을 중산간지대로 구분하고 있다. 그러나 이 구분의 문제는 한경면과 같은 지역일 경우 해발고도는 낮지만 여러 가지 상황을 고려해 볼 때 중산간지대로 볼 수 있다.

침입과 인구가 증가함으로써 생산터전을 확보해야 하는 데 주로 산간
의 개척이 많이 이루어지면서 중산간 지역으로 취락이 이동한다. 중산
간 지대는 왜구의 침입에도 안전하고 보다 넓은 경작지를 확보하기에
유리한 두 가지 이점을 가지고 있다. 따라서 중산간 지역은 이후로 유
림과 부농이 포진하며 중심지역으로 존재해왔다. 그러나 교통의 발달
즉 제주도 일주신작로 개설, 일본과의 교통발달 및 도일증가로 해상교
통의 거점지가 되고 이로 인해 해안지역이 부의 증가, 경제적 기회증
가. 교환경제의 이점 증가. 경제적 기회 증가로 다시 해안지역으로 이
동하게 된다.

마쓰다[18]는 제주도 취락의 이동을 두 가지로 보았다. 즉 구심적 이
동과 遠心的 이동이다. 求心的 이동은 해안지대로부터 산간지대(삼림
지대)로, 경지, 목야를 찾아 上進 이동하는 것을 말한다. 원심적 이동
이란 그 반대로 높은 곳에서 낮은 해안지대로, 특히 임해지역으로의
이동을 말한다. 역사적으로 보면, 구심적 이동은 일제시대 이전에 이루
어진 것으로 보이고 1917년 제주도 일주도로가 개설되면서 구심적 이
동이 활발히 이루어지기 시작한 것으로 보인다.

근대이전에는 해안으로부터 5~10km의 내륙부에 취락이 가장 발달하
여 이곳을 제2환상 취락 분포대라고 한다. 이 지역은 왜침에 대해 안전
하고 경제적 생산의 기회가(경지획득) 더 많아 유서깊은 양반, 부농이
많이 살고 있었다. 반면에 임해지역은 어업기술이 낙후하여 어업으로
인한 경제적 기회가 없어서 빈민, 천민이 많이 살고 있었다. 이 구분은
경제적 측면뿐만 아니라 사회적·계층적인 구조도 포함한다.

---

18) 마쓰다 이츠즈 (1995), 「濟州島의 地理的 硏究」, 제주시우당도서관편역,
pp.128~150.

왜냐하면 중산지역은 경제적으로 중심 지역일 뿐 아니라 행정적으로도 중심지역이었다. 제2환상 취락 분포대의 각 취락을 연결하는 官道가 不連續 環狀을 이루고 있었다.

더욱이 당시는 어민,해녀에 대한 사회적 풍조가 낮아 차별적이었다. 왜구의 잦은 침입으로 해안지대에는 취락을 마련하지 않고 내륙에서 농목을 주로 하고 중산간 지대에 조밀한 취락을 이루었다. 그러나 1930년 현재 취락밀도의 최대지역은 임해지역으로 1천5백명 이상의 지역은 해안지대에 입지해 있었다.

또한 1917년 도민의 4년간 부역에 의하여 개통된 일주 환상도로는 이후, 제주도 지역 교통의 동맥 역할을 담당하게 되었고, 이때부터 발달한 항해교통과 연결되는 지점으로 경제활동의 기회가 증가하여, 촌락의 이동이 가속화되었다.

해안마을은 한반도와 일본에 대한 출가 출발지이며 어업의 근거지이다. 일본으로의 이동이 활발해 지면서 제주, 서귀포, 한림, 모슬포, 성산포, 김녕, 조천, 표선이 지정항 또는 지방항이 되었고 해상교통의 중심지가 되었다. 이렇게 육상교통 즉 일주도로와 해상교통이 만나는 지역으로 촌락이 이동하는 것은 보다 많은 경제적 기회를 얻으려는 개인적 판단의 하나로 보아야 한다.

이상을 다시 정리해 보면, 그때까지 해안지대는 개항이전 빈농과 어민이 거주하였으므로 내륙에 거주하던 유림계급으로부터 차별대우를 받았다. 해녀활동 자체가 천박한 작업으로 인식되었고 무엇보다도 교역이 부진하여 해산물의 경제적 가치가 낮아 이들의 노동에 대한 사회적, 경제적 인식이 매우 낮았던 것으로 보인다. 그러나 해산물의 경제적 가치가 증가하고 자연히 해안마을이 산간마을에 비해 경제적 기회가 증가된다. 아울러 지방행정기구들이 이동하고 이때부터 해안마을이 각종 경제적·행정적 중심지가 되기 시작한다.

 1930년대 제주도 경제

1. 제주도민의 출가

식민지 시대 조선인의 일본 이민에 관한 연구에 의하면,[19] 일본으로
의 유입 조건으로 조선과 일본간의 생활 수준의 격차와 일본의 이민
정책을 들고 있다. 경제적 요인을 좀더 자세히 설명하면 이주가 제공
하는 기대 소득의 증가치를 의미한다. 기대소득의 차이는 실질임금의
차이와 실업률, 그리고 이주 비용의 크기에 의하여 결정된다는 것이다.
즉 일본과 조선의 실질 임금 격차의 확대, 일본 실업률의 하락, 또는
이주 비용의 하락이 발생한다면 조선과 일본에서의 기대 소득의 차이
가 확대되어 이주 희망자는 늘어난다고 하였다. 따라서 생활 수준의
차이에서 이동이 발생하고 이주가 제공하는 기대 소득이 변동의 요인
이라는 사실은 제주도 농촌 노동력의 이동 문제를 파악하는 데 중요한
단서가 될 것이다. 제주도인의 도일 증가는 제주와 일본과의 생활 수
준에서 차이가 나고 도일로 인한 기대 소득이 컸었기 때문에 대규모
잠재 失業群이[20] 이동하게 된 것으로 이해할 수 있다.

---

19) 정진성·길인성(1998), "일본의 이민정책과 조선인의 일본이민 : 1910~1933",
「경제사학」 제25호, 경제사학회, pp.189~216.
20) 도일 농촌노동력의 성격을 유휴노동력 혹은 잠재실업 군으로 규정하는 것은
보완해야할 여지가 많다. 일반적으로 한 사회의 유휴노동력의 존재를 입증하

이러한 관점에서 보면, 제주도민 도일의 직접적인 동기는 일본내 노동력 부족현상과 일본으로의 이주비용의 하락, 구체적으로 일본과의 직항로 개설이라고 할 수 있다. 이러한 제주도민의 도일은 규모면에서 전체인구의 1/4를 차지할 만큼 큰 것이었고, 보내오는 송금액이 제주도 경제의 한 부분을 지탱하는 등 사회전반에 엄청난 영향을 주었다. 더욱 흥미로운 사실은 제주도민의 도일현상은 당시에만 국한되지 않고 최근까지 '저팬드림'으로 이어져 오고 있다는 것이다.

제주도민의 渡日은 초기 일본이 자국 식민지인들을 일본 본토로 대량 유입시키려는 정책과, 제주도 농촌 내부에 잠재하고 있던 유휴 노동력이 선진 노동 시장으로의 진출과 맞물려지면서 매우 광범위하게 일어났다. 이는 노동 기회가 부족하던 제주도 농촌 내부의 潛在的 失業人口가 새로운 소득 창출에 대한 기대를 가지고 다양한 경제적 기회를 찾아 이동한 것을 의미한다.

제주도민들의 도일 현상은 앞서 설명한 바처럼 보다 나은 경제 생활에 대한 기대 때문이다. 이러한 기대가 소요되는 비용, 즉 이동 비용 저하로 이러한 기대 심리는 훨씬 높아졌다고 보아진다. 기존의 경제 생활에 대한 압박에서 벗어나 보다 나은 경제 생활을 바라는 데서 기인한다. 도일의 실천은 '계' 및 친족의 원조에 자극받는 경우가 많다. 친족 및 契員중의 출가 귀환자로 부터 渡日資金을 알선 받거나, 조합

려면 노동력 이탈 후 아무런 임금의 변화나 생산력의 변화가 없어야 한다. 제주도의 경우 많은 제주도민의 도일후 노동력의 부족현상과 그로 인한 임금상승 등과 같은 문제가 간혹 사회문제로 제기된 바는 있으나 뚜렷한 증거는 없다. 오히려 생산력 측면에서는(수익성추구의 확장에 따라) 어느 정도 증가를 가져오고 있고 농촌임금 역시 별다른 변화의 조짐이 없다. 따라서 어느 정도는 제주도 농촌내의 유휴노동력 존재를 추측할 수 있을 것이다.

이나 契에서 출가 희망자에 대하여 도항 여비의 융통, 취직, 숙박소 소개 등의 알선을 해주었기 때문에 일본으로의 출가가 용이했다.

대부분의 출가자는 제주도 控除組合員[21]이었고, 조합은 일본 출가자들에게 취업소개, 숙박, 주거편의 알선, 근검 저축장려, 위생사상 보급을 실시하였는 데, 이것이 노동자의 능률, 소질을 향상시키고, 출가자를 증가시키는 요인이 되었다.[22] 이외에도 가장 큰 요인은 일본으로의 이동비용의 低廉이다. 〈표5〉에 의하면 제주도내 각 항구에서 저렴한 가격으로 일본 내부에까지 진출할 수 있었다는 것을 알 수 있다. 즉 일본으로의 연결성이 향상되었다.

〈표5〉 제주도 각 항구별 일본왕래 현황(1929)

항구별	승선인원	하선인원	합계	항구별	승선인원	하선인원	합계
성산포	1,659	1,653	3312	외도	1,869	1,216	3,085
세화	21	47	68	애월	1,699	1,562	3,261
김녕	685	781	1,466	한림	2,780	2,413	5,193
신창	-	15	15	협재	-	2	2
고산	1,195	879	2,074	화순	753	321	1,074
모슬포	1,628	1,700	3,328	중문	959	453	1,412
조천	1,916	1,646	3,562	대포	83	153	236
삼양	73	85	158	서귀포	1,055	1,705	2,760
산지	3,217	3,413	6,630	위미	2,357	1,129	3,486
표선	568	643	1,211	합계	22,517	19,816	42,333

* 자료: 釜山商業會議所(1930), 「濟州島と その 經濟」, p.31.

---

21) 이 회는 대판주재 제주도민수가 증가하자 1928년 5월 民官이 함께 조직한 것으로 대판주재 제주도민들의 친목, 보호, 구제를 목적으로 한 것이다. 1935년 5월 대판주재 제주도민들의 교화, 구제, 사회사업을 목적으로 새로이 조직되어 기존공제회를 계승하였다. 본 회의 사무실은 제주도와 대판 두곳에 설치하였다. 濟州島廳(1939), 전게서, p.33.
22) 마쓰다 이츠즈(1995), 전게서, p.115.

1920년대 제주도내 11개 항구에서 균일한 가격으로 일본에 도달할 수 있었다는 사실은 渡日을 쉽게 결정할 수 있게 했고, 이동 비용의 하락으로 이동으로 인한 소득획득 기대의 상승을 불러 일으켜 도일 현상을 증가시켰다.

교통편 원활과 교통비의 저렴은 往復頻度를 많게 해서 매월 1일과 16일에 돌아오는 항로에 월말, 월중의 정산 임금을 가져오는 귀환자가 급증하였다. 귀환자의 생활향상은 음식물 소비량 증가, 조밥, 보리밥에서 쌀밥으로 소비 수준이 변화를 가져왔다. 그 예로 1933년 제주도 이출입 구성을 보면 백미, 소맥분, 청주, 소주, 맥주, 설탕, 잡화, 건축, 화장품, 고무신 수입이 급증하였다. 歸還者에 의한 생활 향상으로 이어지기도 하는데, 회수리에 도내 최초로 簡易水道가 준공된 것은 도일 제주도민의 부의 축적에 기인한 것이었다.

1926년 우편국을 통한 송금액이 77만4784円이며, 1928년에는 128만7140円으로, 1인당 평균 40엔이다. 1932년에는 68만5155円, 1933년 85만7000円이었다. 이외에 귀향시 직접 가지고 온 액수까지 합치면 훨씬 많은 것으로 여겨진다. 이는 제주도 경제에 큰 활력을 가져다주는 것이었다. 〈표6〉를 통하여 1926년부터 1936년까지의 연도별 송금 현황을 알 수 있다.

총송금액과 일인당 송금액 모두 1928년과 1929년이 가장 높게 나타나며, 1930년부터 줄어드는 데, 이것은 일본경제의 변동에 기인한 것으로 보인다. 일본경제가 회복되면서 1933년부터 점차 증가한다. 그러나 일인당 송금액은 1933년을 제외하고는 1931년부터 작은 수준이어서 도일노동자들이 낮은 임금으로 노동에 하였음을 알 수 있다. 도항자 현황과 비교하여 보면, 도항자 수가 증가하는 1929년까지의 송금액이 증가하였고 이후 일본내 경제사정의 악화로 총송금액과 일인당 송금액이

급격히 줄어들었다. 그러나 1933년의 경우 도항자수가 늘어났음에도
불구하고 송금액은 줄어들었고 일인당 송금액은 이전 해에 비해 급격
히 증가했다. 이렇듯 총송금액과 일인당 송금액은 일본내의 경제사정,
도항자와 귀환수에 의해 결정된다.

<표6> 연도별 송금 현황

(단위: 엔)

연도	총송금액	일인당송금액	연도	총송금액	일인당송금액
1926	774,784	27.06	1931	715,012	21.65
1927	956,571	31.36	1932	685,155	18.96
1928	1,289,714	35.54	1933	857,919	29.39
1929	1,243,714	35.20	1934	1,053,940	21.05
1930	799,180	25.14	1935	1,006,985	20.88
			1937	1,087,518	23.40

※ 자료: 濟州島廳(1937), 전게서, pp.24~25.

제주도민의 渡日이 제주도 농촌사회와 제주도 경제 전반에 미친 영
향은 크게 두가지로 분류할 수 있다. 즉 한 가구에 한명 꼴로 도일하면
서 생산의 중추적 역할을 담당하는 청장년 남자노동력의 品貴現象을
가져오고, 임금상승, 노동생산성 정체, 노동력 악화 등과 노동력 歪曲
現象의 발생이라는 노동구조적 측면에서 설명할 수 있고, 다른 하나는
도일 제주도민으로부터의 현금 송금 혹은 귀향시 가지고 오는 현금으
로 도내 현금 보유량 증가와 이로 인한 소비 행태의 변화이다. 제주도
민의 도일현상은 규모의 문제도 문제이거니와 이보다 인적 구성이 노
동력 공급 악화에 미친 영향에서 그 심각성을 찾을 수 있다. 도일 제주
도민의 구성을 보면 생산력이 가장 왕성한 20~50세 사이 남자가 가장
많고, 지주 및 자작농의 도일도 많아 전도 1천1백 41호 지주가운데 4백
51호, 자작농은 전체의 55%인 9백99호가 도일한 것으로 나타났다.[23]

이들은 초기에는 주로 휴한기에 도일하여 단기간 노동하다가 다시 귀향하여 농업에 종사하는 형태가 대부분이었으나, 점차 휴한기와 상관없이 일본 경제상황에 따라 도일하였고 설령 귀향하였다 하더라도 再渡日을 위한 휴식을 핑계로 생산활동을 회피하는 사례가 속출하는 등 사회 문제로까지 연결되었다.

제주도민의 본격적 도일이 시작된 것은 1919년 阪神 공업지대로의 모집에 응하면서 비롯되었다. 1922년에는 남자가 3천1백98명, 여자가 3백5명 총 3천5백2명이 도일하였다. 1925년 渡日者는 1만5천9백6명이고, 1927년에는 1만9천2백4명이며, 1933년에는 2만9천2백8명이며, 급기야 1939년에는 5만명으로 제주도 인구의 4분의 1, 즉 1가구에 1명씩 도일한 셈이다. 이들의 도일은 노동력 감소와 품귀현상을 가져왔고 이로 인해 도내 농업뿐 아니라 모든 부문의 노동력 부족을 초래했다. 또한 당시 농가 1호당 1정4단보를[24] 1.5~2명, 그것도 여자, 노인층이 생산을 담당하는 실정이고 보면, 이로 인해서 경작지가 황폐화되고 생산력 증대에 악영향을 미쳤다고 생각할 수 있다. 노동력 부족의 문제가 농업 생산력 증가에 악영향을 미치는 현실에서 농민들은 노동의 강도가 약하고, 한정된 면적에 집중적으로 투자하여 고소득을 올릴 수 있는 환금 작물로 전환하기가 용이하였고, 기존의 작물에 있어서도 농업 노동력 부족의 문제를 극복할 만한 신품종으로의 대체 등 새로운 활로를 모색하였다.

---

23) 도일 제주도민의 계층구성 (1934)

구분	지주	자작	자작겸소작	소작
도항호수	451	7,999	4,733	7,868

* 자료: 마쓰다 이츠즈(1995), 전게서, pp.110~119.

24) 점차 휴한체계의 축소로 1호당 2.8정보로 늘어남.

다른 한 가지 측면은 도일 노동자의 현금 송금으로 인한 소비를 포함한 여타 경제활동에 미친 영향이다. 우체국으로의 송금과 이외에 귀향 시 직접 가지고 온 액수까지 합치면 상당한 것이었다. 이는 제주도 경제에 큰 활력을 가져다주었다. 1930년대 중반 제주도 농가의 가계구조는 식민지 시장 경제로의 편입 결과 나타난 현상, 즉 생필품의 수입 급증과 맥류, 백미, 현미, 백미, 만주조, 碎米 등 곡류이입의 증가 등으로 현금 수요가 증가하였고, 이 심각한 문제를 해결하는 데 결정적인 역할을 한 것이 바로 도일 제주도민의 송금이었던 것으로 보인다. 도일 제주도민의 송금은 단순히 이 문제만을 해결하는 데 그치지 않고 생활 전반에 변화를 가져오는 데, 대표적인 변화로 쌀소비의 증가를 들 수 있다. 1933년 제주도 이출입 무역총액은 1백 56만円으로 그 대부분을 차지하는 것은 백미 16만1천8백71円(9천2백74석), 싸래기 3만5천2백80엔(1천9백60석)이었다[25]. 당시 도내 쌀 생산량은 2만1천8백10석(이 중 수도는 1만2백34석)으로 이입미 1만1천2백34석을 합쳐 총 3만6천44석을 소비하는 것으로 전국기준과 비교하여 볼 때 쌀소비량이 상위권에 속하게 되었다. 이로 인해 주곡중심의 생산활동에서 벗어나 더욱더 환금작물, 상품작물의 재배에 집중하게 되는 결과를 낳았다. 또한 쌀수입의 증가와 함께 소맥분이 10만5천엔(10만5천관), 청주가 2만2천8백80엔(2백 20석), 소주가 1만7천8백80엔(5백90석), 맥주·설탕 2만6천7백3엔(14만7천6백94근), 기타 일용 잡화류, 직물, 화장품, 고무신, 건축재료 등의 수입이 늘어나 이·수출 총액 1백10만엔을 40여만엔이나 초과하는 입초 경제체제가 되었다. 이 부족분을 충당하게 한 것이 도일 제주도민의 송금이었다.

25) 마쓰다 이츠즈(1995), 전게서, p.118.

이외에도 제주도민의 도일로 인한 영향은 많이 있다. 예를 들면, 일본에서의 생활 을 통해서 일본의 선진 농법, 우량 품종, 선진 근로 의식 등을 간접경험하게 되고 이들이 귀향하여 농사에 재투입되었을 때 농업기술이나 의식이 선진화되어 제주도 농업에 긍정적 영향을 미쳤던 사례들을 들 수 있다.[26]

2.　환금작물 재배의 확산

1930년대 제주도 농업의 가장 큰 특징은 재배작물의 변화이다. 즉 곡물 중심에서 벗어나 환금작물로 전환하게 된 것이다. 이와 같은 현상은 몇 가지로 나누어 설명할 수 있다. 우선 제주도 농촌의 현금수요 증가이다. 식민지 지배이후 일본의 시장지배 체제 속에 편입되면서, 저렴한 농산물과 상대적으로 고가의 공산품을 맞바꾸는 소비형태가 일반화된다. 이러한 구조 속에서 자연히 현금이 더욱 필요하게 되고 이를 보충하기 위해 환금작물 재배를 늘여가야만 했다. 다음은 絶糧공포에서 벗어나게 된 점을 들 수 있다. 식민지 초 해안지역을 중심으로 부의 증가현상이 확산되면서 곡물유통이 원활하게 된 것이다. 이제 더 이상 먹고살기 위한 곡물을 재배하기 보다는 현금화가 쉬운 작물을 재배하여, 대신 돈으로 곡물을 구입하게 된다. 마지막으로 노동력 투입의 변

---

26) 이와 같은 현상은 현재까지도 이어지는 현상으로 감귤재배초기 우수품종을 먼저 도입하였던 마을의 구성원들은 그들의 도일경험, 혹은 그 지역 출신 재일교포의 영향을 받았다. 후에 바나나 재배에 있어서도 주재배 지역 재배농민들이 일본과의 밀접한 관련에서 재배동기를 찾을 수 있다. 또한 현재에도 경제적 목적을 가지고 일본을 드나드는 사람들을 중심으로 '대판동지회' 등과 같은 조직이 결성되어 있다.

화이다. 출가 등으로 인한 노동력 유출은 대신 남아있는 사람들의 노동력 강화를 요구하게 되고 이 과정에서 보다 효율적인 노동력 관리가 적합한 작물의 재배로 전환하게 된 것이다.

다음 표는 1938년 상품작물 재배를 살펴본 것이다.

〈표7〉 상품 작물 재배 현황(1938년)

종별	작부면적	생산량	단위면적당수확량
육지면	2,527.4ha	2,508,096근	99근
대 마	16.3	2,152	13
莞 草	6.7	3,659	55
참 깨	177.4	397석	0.224
제충국	128.1	14,095	11
박 하	47.6	6,434	14
落花生	3.5	81	2.314
豌 豆	169.2	1,103	0.652
고구마	7,357정보	23,430,000관	318관

* 자료: 남인회(1987), 「제주농업의 100년」, pp.97~113.에서 재작성

1930년대 제주도의 농업은 곡물 작물 재배가 점차 줄어들고 육지면, 고구마, 제충국, 박하, 낙화생, 완두 등과 같은 환금 작물이 주를 이루어 제주도의 농업생산 형태가 이미 판매를 위한 생산 형태로 전환하였음을 알 수 있다. 이는 상품시장 경제 혹은 식민지 시장 체제 편입이 심화된 결과라고 보아진다. 또한 작물재배 형태가 주곡 중심에서 탈피하여 윤작 체계에 필수적인 두류 작물과 식량 작물에 비해 다중적 가치를 지닌 작물로 작물 재배가 이루어지고 있음을 말해준다. 여기에서 부언할 사항은, 1930년대에 와서 제주도의 농촌 경제는 외부 특히 일본과의 식민지 교역이 활발하게 이루어지고 있었고 도일 제주인들의 송금으로 농가의 현금 보유량이 육지지역에 비해서 많았기 때문에, 상당한 양의 미곡 수입이 이루어지고 있었다(절량의 공포 해소)는 점이다.

이 때문에 식량 작물 중심의 작물 재배에서 탈피하여 환금이 용이한 작물, 현금 수입원이 되는 작물을 선택하게 된 것이다.

이에 관해서 좀 더 살펴보도록 하자. 다음 〈표8〉에서 1913년과 1930년대의 재배작물을 비교하였다.

〈표8〉 주요 작물의 재배면적 및 수확량(1913년)

(단위: ha, 石)

작물종류		재배면적	10a 당 수확량	수확고
곡류	粳米	335.8	0.93	3,131
	糯米	7.7	0.94	72
	陸稻	1,914.0	0.31	9,206
	大麥	18,150.4	1.64	298,373
	小麥	2,328.2	0.55	12,765
	裸麥	1,067.9	0.91	9,768
	계	21,556.5	-	321,169
두류	大豆	1,654.9	0.39	6,397
	小豆	73.5	0.21	154
	기타 두류	73.5	0.21	154
	계	2,246.3	0.37	8,359
서류 및 소채류	고구마(甘藷)	599.8	308.5貫	1,850,143貫
	감자(馬鈴薯)	7.6	134.5	10,223
	무우	104.2	51.7	53,864
	배추	163.2	133.5	217,812
	오이	52.3	70.7	36,953
	계	927.1	-	2,168,995
잡곡	조	15,259.5	1.35	206,087
	피	1,040.0	0.86	8,957
	기장(黍)	15.8	0.5	70
	蜀黍	1.5	0.53	8
	玉蜀黍	1.5	0.53	8
	蕎麥	2,387.7	0.95	25,092
	계	18,765.7	-	240,516

* 자료: 남인회(1985), 상게서, pp.40~46.

〈표9〉 주요 작물의 재배 현황과 생산량(1930년대)

작물명	1936년				1932년~1936년 5개년 평균			
	작부반별	수확고	반당		작부반별	수확고	반당	
			수량	금액			수량	금액
수도	807.7町反	8,905石	1,118合	33.54円	914.4町反	10,465石	1,152合	27.07円
육도	2,553.5	11,045	424	10.60	3,774.9	17,566	451	8.86
대맥	24,803.9	37,082	1,278	10.47	23,928.6	295,634	1,230	8.41
소맥	1,674.4	9,422	563	8.69	1,621.6	16,216	529	6.81
나맥	1,342.6	10,696	797	10.51	1,283.8	10,031	799	9.25
조	30,546.3	173,201	567	5.87	30,424.3	188,545	622	5.64
대두	6,041.0	22,105	363	4.78	6,012.0	18,091	301	3.56
고구마	431.6	10,129,371貫	234貫	18.72	3,829.8	9,047,753貫	236貫	19.76
교맥	5,258.7	17,987	342	3.42	5,196.9	26,289	506	5.15
완두	116.4	789	678	10.1	138.7	760	564	7.88
청완두	104.3	813,540근	780근	11.70	38.3	372,528근	1,096근	16.44
제충국	211.2	21,435관	10관	17.00	105.4	11,512관	12.5관	40.52
박하	106.5	1,654	3	24.18	61.2	1,866근	4근	34.76
면	2,736.1	2,842,803	67	10.92	2,474.2	1,991,010	83	11.66

* 자료: 상게서, pp.40~46.

1913년과 1930년대 주요 작물의 재배 현황과 생산량을 비교, 분석해 보면, 가장 특징적으로 나타나는 것이 상품작물 즉 고구마, 제충국, 박하, 청완두 등의 보급 및 확산을 들 수 있다. 또한 주곡 작물 중심의 전작에서 탈피하여 현금 확보에 필요한 작물로 작물 재배가 전환되는 모습을 보여준다. 즉 보리의 재배 면적, 생산량 변화율이 조, 콩 등의 변화율보다 낮게 나타남을 알 수 있다. 이는 1930년에 이르러 제주도 농가가 생존을 위한 식량 확보 수준의 생산단계에서 벗어나서 가계에 필요한 현금 수입 증대를 위해 상품 작물, 환금 작물의 재배 확대와 식량 대체작물, 지력 증진을 위한 두류 등과 같은 작물을 재배 확산하는 등 재배 작물의 다각화를 통한 소득 증대에 힘쓰고 있음을 말해준다. 1930

년대 주요작물의 생산 현황을 살펴보면, 단위 면적당 현금수입이 가장 높은 제충국, 박하, 그리고 식량 대체 작물 겸 상품 작물인 고구마 아울러 육지면, 양잠 등이 증가되었음을 알 수 있다. 이들 작물들의 재배 확산은 당시 제주도 농촌의 농가 경영 구조, 수입구조를 변화시켜 1930년대 제주도 농촌경제의 주요한 변동 요인으로 작용하고 있음을 짐작케 한다. 이처럼 환금작물의 도입과 보급확산이 당시 농촌 경제의 성장에 단초가 되고 있다. 또한 환금 작물 대부분이 전매와 같은 방법으로 확실한 판매가 보장되었기 때문에 농민들의 의사 결정과정이나 생산활동에 새로운 동기를 가져다주었던 것으로 보인다.

3. 제주도 농촌경제 생활

식민지기 제주도 경제의 변동 과정을 간략히 요약하면, 해녀경제활동의 가치증가로 해안마을의 부가 상승하고 이어서 중간마을에서 해안마을로의 취락이동이 진행된다. 또한 해산물의 경제적 가치증가로 인한 제주도 농촌의 경제력 상승은 이어 교통의 발달과 교역의 발달로 이어진다. 교통의 발달과 해산물의 가치상승으로 인한 부의 축적은 노동력 이탈, 즉 도일을 가능하게 하였고, 남아 있는 노동력의 노동투하 형식의 변화를 가져온다. 다음에 제시하는 1939년 제주도 농민의 생활비를 통하여, 이러한 일련의 과정을 짐작할 수 있게 한다.

〈표10〉 지대별 제주도 농민의 생활비 비교(1939년)

(단위: 엔)

종류		고지대		중간지대		저지대		해안지대	
		노동	소비	노동	소비	노동	소비	노동	소비
식료비	곡물류	65.38	38.14	58.93	50.09	77.16	60.01	70.55	57.78
	육류	.50	.29	1.50	1.27	4.64	3.61	1.88	1.54
	해산물	.75	.44	1.38	1.18	7.26	5.65	6.54	5.35
	소채류	6.14	3.58	1.81	1.54	2.69	2.09	2.42	1.98
	조미료	1.89	1.10	1.60	1.36	3.43	2.67	2.85	2.33
	기호품	3.76	2.19	2.55	2.17	5.48	4.26	6.33	5.19
	계	78.42	45.74	67.77	57.61	100.66	78.29	90.57	74.17
주거비		5.36	3.13	4.84	4.11	4.02	3.12	5.35	4.38
광열비		10.18	5.94	5.49	4.67	15.65	12.18	10.77	8.83
피복비	의복비	5.57	3.25	3.52	2.99	9.31	7.24	9.26	7.58
	기타	5.79	3.37	4.32	3.73	4.31	3.35	4.64	.80
	계	11.36	6.62	7.90	6.72	13.62	10.59	13.90	11.38
문화비	보건위생비	.54	.31	2.76	2.35	3.02	2.35	5.09	4.17
	육아교육비	.08	.05	2.67	2.26	1.32	1.03	4.76	3.90
	교통비	.14	.08			1.07	.83	2.77	2.27
	계	.76	.44	5.43	4.61	5.41	4.21	12.62	10.34
공과금		.21	.13	5.08	4.32	5.90	4.59	6.50	5.32
총계		106.29	62.00	96.51	82.04	145.26	112.98	139.71	114.42
1인당금액		29.1	17.0	26.4	22.5	39.8	31.0	38.3	31.3

* 자료: 高橋昇(1997), 「朝鮮半島の 農法と 農民」, p.350.

〈표10〉에서 제주도의 생활비는 전체적으로 보아 식료비의 비중이 가장 크고, 다음으로 광열비, 피복비, 주거비 順이다. 문화비와 공과금은 아주 낮은 비율이다. 지역적으로 저지대와 해안지대가 높은 수준인 것으로 보아 이 시기 즉, 1930년대 중반 경제적 중심지가 해안마을로의 이동을 마쳤음을 알 수 있다. 즉 일제 초 해산물의 가치상승, 해녀노동 가치의 상승은 취락의 이동은 물론 제주도 전체에서 富의 중심이 이동되었음을 의미한다. 식료비에서는 곡물류 소비가 절대적이고 해안마을

일수록 해산물 소비가, 산간마을 일수록 소채류 소비 비율이 높게 나타나고 있다. 1인당 노동과 소비 차이가 가장 적은 지역은 중간지대로 이 지역은 잉여부분이 가장 적게 나타난다. 다음은 지역별에 따른 차이를 제주와 육지지역을 비교하여 생활비를 살펴보자.

〈표11〉 제주 및 내륙지방 농민 생활비(1) (1939년)

종별		내륙지방				제주도			
		황해	평남	충남	전남	고지대	중간지대	저지대	해안지대
식료비	곡물류	60.54	61.86	101.58	74.59	38.14	50.09	60.01	57.78
	해산물	2.44	1.72	2.42	2.00	.44	1.18	5.65	5.35
	육류	2.96	5.38	1.32	.48	.29	1.27	3.61	1.54
	채소류	6.13	5.03	3.72	6.56	3.58	1.54	2.09	1.98
	조미료	1.46	1.29	1.08	.53	1.10	1.36	2.67	2.33
	기호품	3.51	5.43	3.07	2.92	2.19	2.17	4.26	5.19
	계	77.04	80.71	113.19	87.08	45.74	57.61	78.29	74.17
주거비		6.61	5.79	4.11	6.26	3.13	4.11	3.12	4.38
광열비		28.31	32.721	18.26	8.22	5.94	4.67	12.18	8.83
피복비	의복비	11.64	14.15	4.72	7.30	3.25	2.99	7.24	7.58
	기타의복류	1.98	4.26	2.30	1.28	3.37	3.73	3.35	3.80
	계	13.62	18.41	7.02	8.58	6.62	6.72	10.59	11.38
문화비	보건위생비	7.54	1.54	1.07	6.49	.31	2.35	2.35	4.17
	육아교육비	.62	3.49	.50	.13	.05	2.26	1.03	3.90
	교통비	.45	1.29	.52	.13	.08	-	.83	2.27
	계	8.61	6.32	2.09	6.75	.44	4.61	4.21	10.34
공과금		6.78	2.39	4.26	4.17	.13	4.32	4.59	5.32
총계		140.97	146.34	121.06	121.06	62.00	82.04	112.98	114.42
1인당금액		38.6	40.1	33.2	33.2	17.0	22.5	31.0	31.3

* 자료: 상게서, pp.351~352.

제주도 내부적으로만 본다면, 여전히 해안마을의 경제력이 가장 앞서고 있음을 알 수 있다.

전체적으로 내륙지방 중 가장 열악한 지역과 제주도의 가장 앞선 지역을 비교해 볼 때 제주도가 약간 낮게 나타나고 있다. 반대로 제주도의 가장 열악한 지역, 즉 산간지역과 내륙의 가장 좋은 지역, 즉 황해나 평안지역을 비교하였을 때 2.5배 가량 제주도 산간지방이 뒤져있다. 평남지역을 제외하면 황해지역이 가장 앞선 지역으로 기준이 되는 지역인데, 이 지역과 제주도의 가장 앞선 해안지역과를 비교할 때 식료비는 비슷하고 문화비, 광열비, 주거비는 차이가 난다. 문화비 중 보건위생비에서 차이가 나는 것은 전체적인 사회적 풍토의 차이라고 여겨진다. 〈표12〉는 황해도를 기준으로 하여 조사한 내역이다.

〈표12〉 제주 및 내륙지방 농민생활비(2)(1939)

종별	지대별	사례 1 내륙지방				사례 1 제주도				사례2(황해도 기준지수 100) 내륙지대				사례2(황해도 기준지수 100) 제주도			
		황해	평남	충남	전남	고지	중간지	저지	해안	황해	평남	충남	전남	고지	중간지	저지	해안
식료비	곡물류	43	42	68	62	61	61	53	50	100	102	168	123	63	83	99	95
	해산물	2	1	2	2	1	1	5	5	100	70	99	82	19	48	232	219
	육류	2	4	1			1	3	1	100	182	45	16	10	43	122	50
	채소류	4	3	2	5	6	2	2	2	100	82	61	107	58	25	34	32
	조미료	1	1	1	1	2	2	2	2	100	88	74	36	75	93	183	160
	기호품	2	4	2	2	4	3	4	2	100	105	147	113	59	75	102	96
	계	54	55	76	72	74	70	69	65	100	105	147	113	59	75	102	96
주거비		5	4	3	5	5	5	3	4	100	88	62	95	47	62	47	66
광열비		20	22	12	7	10	6	11	8	100	116	65	28	21	16	43	31
피복비	의복비	8	10	3	6	5	4	6	7	100	122	41	63	28	26	62	65
	기타	2	3	2	1	5	4	3	4	100	215	116	65	170	188	169	192
	계	10	13	5	7	10	8	9	10	100	135	52	63	49	49	78	84
문화비	보건위생비	5	1	1	6	1	3	2	4	100	20	14	85	4	31	31	55
	유아교육비	1	2	–	–	–	3	1	3	100	563	81	21	8	365	166	629
	교통비		1					1	2	100	286	116	29	18		184	504
	계	6	4	1	6	1	6	4	9	100	74	24	78	5	54	49	120
공과금		5	2	3	3		5	4	4	100	35	63	62	2	64	68	78
총계		100	100	100	100	100	100	100	100	100	104	106	86	44	58	80	81
1일당금액		–	–	–	–	–	–	–	–	100	104	106	86	44	58	80	81

* 자료: 상게서, 같은 페이지.

〈표12〉에서도 제주도 내부에서만 보면, 저지대와 해안지대의 소비수준이 산간지역보다 월등히 앞서고 있음을 알 수 있다. 그러나 해안지역 역시도 표준이 되고 있는 황해도와 비교하였을 때 여전히 차이가 있다. 그러나 1910년이나 1920년대에 비하여 그 간격이 상당히 좁혀 지고 있다.[27]

마지막으로 1939년 제주도 해안마을의 조사기록을[28] 가지고 식민지기 제주도 경제를 결론짓도록 하겠다.

이 농가의 총수입은 962엔 92전이다. 이중 해녀수입 : 109.00엔, 魚釣 수입 : 2엔 40전, 해녀출가수입 : 122엔 45전(장남처 차녀가 5~9월 출가), 기타 해산물 수입 : 1엔 60전, 임업조수입 : 11엔 60전, 기타 조수입 : 180엔 (일본으로부터 장남, 차남 송금)이다.

여기에서 보면, 조수입이 전체 수입의 절반을 차지하고 있다. 조수입의 구성을 보면, 해녀수입과 해녀출가수입, 그리고 도일노동자로부터의 송금이 전부를 차지하고 있다.

결국, 이 당시 제주도 경제, 제주도 농가경제는 해녀노동과 해녀출가, 도일노동자들의 송금이 조수입의 대부분을 차지하고 있었으며, 환금작물 재배의 확산으로 농가소득과 소비가 함께 증가하고 있다는 것을 알 수 있다.

---

27) 여기에서는 지면관계상 구체적 근거자료를 제시하지 못하였다.
28) 高橋昇(1997), 「朝鮮半島の 農法と 農民」, pp.372-374.

Ⅳ 결 론

식민지기 제주도 경제는 한반도 본토와 여러 가지 면에서 다른 점이 많았다. 1900년 이전까지만 해도 제주도 경제는 고립상태였으며 도내의 상업활동도 활발하지 않아 자급자족적인 성격이 강하였다. 제주도 경제가 孤立的이었다는 것은 外部와의 交流는 물론 제주도 지역간의 교류도 활발하지 못했음을 意味한다. 따라서 商品交換, 情報交換, 人的 交流 등 변동에 영향을 줄만한 요인이 발생하지 않아 '閉鎖的' 이었다고 까지 할 수 있다.

이러한 고립적, 폐쇄적인 분위기를 가장 먼저 일소시킨 요인은 '해녀노동'이라고 할 수 있다. 즉, 일본무역상의 등장으로 해산물의 수요가 증가하고 이로 인해 해녀들의 생산물인 해산물의 경제적 가치의 상승, 해녀노동의 경제적 가치가 상승하기 시작하였고, 해녀노동의 결과인 해산물의 환금화, 현금수입원은 제주도경제의 초석이 되었다고 보아진다. 해산물의 경제적 가치 상승은 해녀노동을 위주로 하는 해안지대의 경제활동을 활성화시켰고, 나아가 제주도내 촌락의 이동현상을 가져왔다. 종래에는 중산간지대가 넓은 토지와 축력보유를 기반으로 하여 富와 인구부양력이 가장 높았었는데 교역의 발달과 해안지대로의 富의 集中 현상이 나타나며 이쪽으로 마을의 이동이 심화된다.

해녀노동으로 인한 제주도 농촌의 경제력 상승은 제주도 농촌의 유휴노동력 기반을 확장시켰고 아울러, 교통이 발달로 이미 육지로의 출가노동이 이루어지고 있던 해녀와 농촌노동력이 일본으로 대규모 이동하게 되었다. 이 당시 농촌노동력 이동의 규모는 1930년대 초반 가장 전성기때 당시 제주도 전체인구의 1/4에 달하였다. 연령별・성별 구조를 보면, 가장 왕성한 생산계층인 20-50대 자작농 출신 남자의 비율이 가장 높았다. 이처럼 농촌노동자의 渡日은 규모나 질적인 면에서 당시 제주도 농촌사회를 변화시킬 만한 것이었다. 대규모 渡日현상으로 제주도내에서는 노동력 부족으로 인해 임금상승이 나타나고, 남아있던 노약자 혹은 여성노동력의 강화를 초래했다. 이로 인한 노동력 투하방식의 변환인 일종이 재배작물의 변화이다. 즉 기존 곡물중심의 재배에서 전환하여 환금작물 재배가 확산된 것이다. 또한 그들에 의한 임금수입 등이 제주도내에 유입되었는데, 그 규모는 당시 일본과의 이출입 구조에서 오는 이입초과분을 상쇄시키고도 남을 만큼이었다. 물론 도일노동자들의 임금수준은 열악한 수준이었으나 내핍생활을 통해 약간의 저축이 가능하였던 것으로 보인다. 이렇게 송금되어진 현금의 가치는 일본 현지에서 보다 제주도 농촌에서 훨씬 높았으며 제주도 농촌의 현금보유능력을 키워나갈 수 있게 하였다. 현금보유의 확대는 구매력 신장을 의미하여 이는 곧 소비규모를 증가시키고 소비형태를 변화시켰다.

출가로 인한 제주도 농촌의 노동력 유출로, 과거에 비해 상품작물 재배가 확산되었다. 전통적으로 보리·조 등을 주식으로 하는 제주도 농촌은 전작 곡물류 재배를 원칙으로 하고 있었다. 그러나 곡물유통의 증가와 제주도 농촌의 현금보유량의 증가로 絶糧상태에 대한 위기감이 많이 극복되어졌으며, 노동력 유출문제를 극복하기 위한 새로운 농가 경영방식의 일환으로, 판매와 現金求得이 용이한 還金작물 재배면적이 확산되어졌다. 대표적인 환금작물로는 고구마, 除蟲菊, 박하, 면화, 양잠 등을 들 수 있는데, 이들 작물 대부분은 모두 전매되어지는 작물로 현금판매가 보장되어진 장점이 있었다. 상품작물의 재배 확산은 당시 제주도 농촌의 소비증대로 인해 현금 필요가 많아졌기 때문으로 해석되기도 한다.

이러한 상황을 고려해 볼 때, 1930년대 말 제주도 경제는 한반도 보다 빠른 속도로 식민지 시장경제에 적응하며 규모를 성장시켜 나가고 있었다 라고 결론지을 수 있다. 아울러 내부적 성장요인들이 외부의 경제적 조건, 환경과 밀접하게 연관되어 가시적 성과를 나타내고 있었다고 할 수 있다. 이에 대한 근거로, 해방과 함께 일본과의 교역과 거래의 단절로 인해 제주도 경제는 상당기간 혼란에 처해 있었다는 것을 들 수 있다. 이에 대해서는 좀더 연구해 나가도록 하겠다.

• 참고문헌 •

1. 자료

강대원(1970),「해녀연구」.

高橋 昇(1997),「朝鮮半島の 農法と 農民」.

高禎鍾(1930),「濟州島便覽」.

久間健一(1950),「조선농업경영지대의 연구」.

吉田英三郞(1911),「朝鮮誌」.

金斗奉(1922),「濟州島實記」.

金奉鉉(1978),「濟州島血の 歷史」.

金錫翼(1918),「耽羅記年」.

김영돈(1999),「한국의 해녀」.

김옥민(1962),「濟州道誌」.

金泰能(1988),「濟州島略史」.

南仁熙(1985),「濟州農業의 百年」.

남제주군(1986)「南濟州郡誌」.

大野秋月(1901),「濟州嶋」.

稻井秀左衛門(1937),「朝鮮潛水器漁業沿革史」.

邊昇圭(1992),「濟州島略史」.

釜山商業會議所(1930),「濟州島と その 經濟」.

북제주군(1987),「北濟州郡誌」.

송성대(1998),「문화의 원류와 그 이해」.

오홍석(1974),「제주도의 취락에 관한 지리학적 연구」.

立正大學日韓合同韓國濟州島學術調査團(1988),「韓國濟州島の 地域研究」.

全羅南道濟州郡廳(1914),「濟州郡勢 一班」.

全羅南道濟州島聽(1914),「濟州島勢 一班」.

제주도(1982),「濟州道誌」.

濟州道(1994),「濟州의 民俗」, 제주문화자료총서 2.

제주도(1996),「제주의 해녀」.

제주도(1998),「제주의 민속」.

濟州島廳(1937),「濟州島勢要覽」.

濟州島廳(1939),「濟州島勢要覽」.

제주문화방송(1986),「耽羅錄」.

제주상공회의소(1991),「제주상의 55년사」.

제주시수산업협동조합(1989),「제주시 수협사」.

제주우당도서관 편역(1995),「濟州島의 地理的 硏究」.

제주우당도서관 편역(1997)「濟州島의 옛 記錄」.

제주우당도서관 편역(1997),「20世紀 全般의 濟州島」.

제주해녀항일투쟁기념사업추진위원회(1995),「제주해녀항일투쟁실록」.

조선은행조사부(1948),「조선경제연보」.

朝鮮總督府(1929),「生活狀態調査 基二, 濟州島」.

朝鮮總督府(1930),「朝鮮國勢調査報告, 全羅南道編」.

朝鮮總督府農商工部編(1910),「韓國水産誌 제3집 濟州島」.

조선통신사(1948),「1947년 조선연감」.

仲摩照久 編(1930),「朝鮮地理風俗 상·하」.

泉靖一(1966),「濟州島」.

2. 논문

강창일(1991), "1901년의 제주도민 항쟁에 대하여",「제주도사연구」1.

고경옥(1970), "제주도 수산업의 사적고찰",「어업연구지」2호, 제주대 어
　　　로학회.

김창후(1995), "재일 제주인과 동아통항조합운동",「제주도사연구」4, 제주
　　　도사연구회.

藤永壯(1997), "1932년 제주도 해녀의 투쟁",「제주도의 옛기록」, 제주시우
　　　당도서관.

鳥山進(1940), "제주도의 현지조사",「제주도의 옛기록」, 제주시우당도서관.

02

일제시대 남해안어장에서 제주해녀의 어장이용과 그 갈등 양상

- 서 론
- 남해안어장 해조류가 왜 중요한가?
- 남해안어장에서의 어업 활동 양상
- 어업령 공포와 어업조합의 불만
- 결 론

| 김수희 | 영남대학교 독도연구소

『지역과 역사』 제21호, 2007.

I 서 론

　구한말 제주해녀들의 어업 변화는 일본제국주의 침탈과정에서 이루어지고 있었다. 일본인 잠수기어민들은 해녀들의 삶의 터전인 제주 연안 어장으로 몰려와 해녀들의 어획물인 전복, 해삼을 난획하였고 일본인 상인들은 제주로 건너와 해녀들을 모집하여 경남 해조류어장으로 해녀들을 이동시키고 있었다. 이 시기 제주 해녀들은 전복과 미역 등 부식물 공급어업에서 공업용 해조류 채취어업으로 변화하였고 어장은 제주도에서 한반도와 일본지역으로 확산되고 있었다.

　그러나 제주를 떠난 해녀들의 생활은 매우 비참하였다. 해녀들은 어장이용에 있어서 지역주민으로부터 심한 반대를 받았고 객주들의 농간으로 중간에서 이익을 수탈당하고 있었다. 이 당시 해녀어업은 불안정하여 사회적 문제로 확산되자 총독부에서는 해녀어업을 그대로 두면 더 이상의 물 속 자원을 확보할 수 없다는 인식하에 1912년 어업령을 공포하여 해녀의 어장 이용을 입어권(入漁權)으로 설정하고 제주도해녀어업조합 설립을 승인하였다. 이에 따라서 해녀들의 어업환경은 놀라울 정도로 개선되어 해녀들은 일본, 중국, 러시아 등지로 확산하였다.

　현재까지 제주해녀 연구는 개항기 제주어장으로 일본인어민진출 과정에서 분석된 연구가 대부분이다. 이러한 연구에서는 제주어장이 황폐화되어 다른 어장으로 이동할 수밖에 없었던 진출 원인이 밝혀졌고 억척스러울 정도의 강인함이 강조되었으나 해녀들의 어업실상은 파악

*　이 논문은 2003년도 한국학술진흥재단지원에 의하여 연구되었음(KRF-2003 - 074-AM0010)

되지 않고 있었다.[1]

이 글은 제주해녀가 남해안어장으로 이동하면서 발생되었던 갈등
양상을 다각도로 분석하면서 해녀어업의 역사적 의미를 검토한 논문이
다. 조선시대 사적 소유형태의 어업이 발전했었던 미역밭(어장)으로
제주해녀가 진출하면서 어떠한 갈등이 일어났고 그 갈등을 해소하기
위하여 총독부는 어떠한 법적 개념을 이용했는지를 살펴본 것이다.

일제시대 남해안어장에서 제주해녀의 어업활동이 가능했던 이유는
해조류가 일본시장에서 중요한 자원으로 이용되었기 때문이었다. 이
때문에 총독부는 해녀어업을 보호하고 해녀들의 경제적 지위를 상승시
키고자 하였다. 본론에 들어가기 전에 깊은 물속에 있는 해조류를 채
취할 수 있는 노동력은 제주해녀가 아니고서는 할 수 없었고 이들 해
녀노동력이야말로 총독부가 보호해야 할 자원이었음을 미리 알려둔다.

1) 강대원, 『해녀연구』 한진문화사, 1970년. 김영돈, 『제주의 민속』II, 제주도,
   1994년. 藤永壯, 「1932年 濟州道海女のたたかい」, 『朝鮮民族運動史研究』6,
   1989년. 김영·양징자, 「잠수의 역사와 出嫁물질의 요인」, 『초등교육연구』,
   2004년. 제주도, 『제주의 해녀』, 1996년. 유철인, 「물질하는 것도 머리싸움:
   제주해녀의 생애이야기」, 『조선문화인류학』, 31-1호, 2006년. 진관훈, 「일제하
   제주도 경제와 해녀노동에 관한 연구」, 『정신문화연구』94, 2004년. 박찬식,
   「제주해녀의 역사적 고찰」, 『역사민속학』19호, 2004년. 제주해녀박물관 개관
   기념 국제학술회의, 『제주해녀: 항일운동, 문화유산, 해양문명』, 제주해녀항일
   운동기념사업위원회, 2006년. 이 이외에도 제주도어장으로 일본인어민들이
   진출하여 제주도민과 분쟁을 일으켰던 대표적 연구로 한우근, 「개항 후 일본
   인 어민의 침투」, 『동양학』1, 단국대학교 동양학연구소 1971년. 강만생, 「한
   말 일본의 제주어업 침탈과 도민의 대응」, 『제주도연구』3, 1986년. 박광순,
   「일본의 조선어장 침탈과 어민의 대응」, 『경제사학회』18호, 1994년 등이 있다.

남해안어장 해조류가 왜 중요한가?

　조선개항이후 일본인 상인들은 조선산 해조류를 구입하기 위하여 조선어장으로 진출하였다. 조선산 해조류는 일본 최상급 해조류와 비교하면 가격이 싸고 품질이 떨어지지 않아 없어서는 안 될 귀한 자원이었다.[2] 석화채(石花菜) 또는 천초(天草)라고 하는 우뭇가사리는 양갱이나 과자를 만드는 한천 재료, 도포(搗布)라고 하는 감태는 상처를 소독하는 의약품과 화약을 만드는 재료, 가사리류는 비단을 짜는 풀, 또는 모든 건축용 자재에 이용되었다. 일본에서는 해조류가 고갈이 되어 많은 수량을 채취할 수 없었고 가격도 아주 비쌌다. 일본인들이 이러한 해조류를 구입할 수 있는 곳은 오직 일본어장과 비슷한 환경에 있는 조선어장뿐이었다.

　해조류의 최대 산지는 말할 필요도 없이 제주도였다. 제주도는 섬 주위로 암석들이 노출되어 미역이나 감태·우뭇가사리 등의 해초류가 많았고 그것을 전문으로 채취하는 해녀들이 있었다. 일본은 러·일전쟁이 일어나자 화약이나 소독용 의약품으로 이용되는 감태 생산에 박차를 가하게 되었다. 일본 농상무성과 육군은 옥도생산자 이시하라(石原圓吉)에게 생산 명령을 하여 감태 생산지를 확보하도록 하였다. 그

---

2) 外務省通商局,『朝鮮近海漁業視察 闢澤明清氏報告』,1894년, 81쪽. ; 海蘿ハ内国産ニテハ肥前五島ノ産ヲ第一等トシ大阪ニ於て之ヲ製造シ (中略) 朝鮮産海蘿ハ其性質五島産ニハ及ハサレトモ亦頗ル佳良ニシテ産額多キカ為メ大阪ニ於ケル製造家ハ之ニ二等柳ノ名称ヲ附シ (中略) 朝鮮海蘿ハ大阪ニ於テハ重要ノ位置ヲ占ムルモノナリ。朝鮮産天草ハ其性質本邦志賀伊豆等ノ産ニハ及ハサレトモ紀州産ノ上等品ト殆ント其位ヲ同フスヘキモノナリ。

는 조선 감태 산지에 옥도공장 설립을 결심하고 현지조사를 위해 1905
년 4월, 서울로부터 목포를 걸쳐 제주까지 시찰한 다음 1905년 제주도
성산포에 조선물산주식회사(韓國物産株式會社)를 설립하였다. 일본에
서 해녀들이 건너와 감태를 채취하였고 회사가 가공하여 일본으로 운
송하였다. 이후 이곳에 방파제가 건설되고 일본인 택지 용지가 조성되
면서 어업 관련 일본인들이 이주하기 시작하였다.[3]

조선시대에도 일본으로 조선산 해조류가 수출되고 있었다. 정약전이
쓴 『자산어보』를 보면 가사리는 비단을 짜는데 없어서는 안 될 원료였다.

> 빛깔은 붉다. 햇볕에 오래 말려두면 노랗게 변하며 매우 끈끈하며
> 미끄럽다. 이것을 이용하여 풀을 쓰면 밀가루와 다름이 없다. 번식하
> 는 지대는 수층이다. 일본인은 종가사리와 이것을(섬이가사리) 사기 위
> 해서 상선을 보낸다. 혹은 배와 비단을 바르는데 사용한다고 한다.[4]

조선시대 가사리로 유명한 곳은 전라도 진도를 중심으로 하여 순천,
강진, 영암, 청산과 경상도 흥양, 장진 등이었다. 이곳은 부락단위로 어
장을 공동 소유하고 있는 마을 공동어장이었다. 진도의 경우 음력 12
월 하순~3월 사이 가사리 채취기간에는 각 호에서 정해진 인원이 나와
공동 채취하였다.[5] 개항이후 일본인 상인들은 이곳 가사리어장으로 진
출하여 일본으로 수출하였다. 이 과정에서 일본인상인들은 가사리에

---

3) 河原典史,『植民地期の濟州島におけるの日本人漁民活動』,『靑丘學術論集』
   19, 2001년.
4) 丁若銓,『玆山魚譜』: 정문기역,『자산어보』, 1997년, 지식산업사, 159쪽.; 色赤
   晒曝日久 則變黃甚粘滑用之爲糊無異麪 末帶与駿加菜同 日本人求貿駿加菜及
   此物商西出 或言用糊於布昆.
5) 農商工部水産局,『韓國水産志』3, 1909년, 285쪽.

바닷물을 붓고 모래를 섞어 무게를 조작하였고 이것을 본 조선인들도 흉내를 내었기 때문에 일본으로 운송된 많은 가사리가 부패된 상태로 도착하고 있었다. 일본 비단제조업계에서는 모래가 섞이거나 부패된 가사리로 비단을 만들면 비단 광택이 없어지고 비단사이에 모래가 섞여 좋은 제품을 만들 수 없다고 일본인상인들을 비난하였다. 이들은 부산 주재 일본영사관에 공문을 보내 해조류를 일일이 검사하여 검사증을 붙여 보내 줄 것을 요구하였으나 가사리 유통과정을 장악하지 못한 상태에서는 불가능하였다. 따라서 일본영사관에서는 해조류 상인들에게 일본으로 해조류를 보낼 때는 모래를 털고 잘 말리도록 통보하고 조선지방관에게는 품질이 나쁜 해조류를 부산에 출하하지 말 것을 요청하였다.[6] 조선산 가사리는 일본 비단산업에서 없어서는 안 될 귀중한 자원으로 해외로 수출되어 외화획득에 큰 역할을 하는 비단산업에 이용되는 원료였다.

　한편, 물속 녹조대에 살고 있는 우뭇가사리(海東草, 石花菜), 또는 우무라고 불리 우는 해조류도 귀한 자원이었다. 우뭇가사리는 나뭇가지처럼 생기고 머리카락처럼 가늘고 납작하며 삶으면 노란색으로 변해 부드러운 젤리 모양으로 된다. 일본에서는 이것으로 일본화과자나 음식첨가물, 또는 화장품으로 가공하여 이용하였는데 도시화가 진행되면서 우뭇가사리 수요는 급증하였다. 공업용 풀이 개발되자 비단 직조에 가사리수요가 줄어들었지만 우뭇가사리는 새로운 음식 개발과 수요층이 많아지면서 그 소비량은 더욱 더 증가하였다.

---

6) 關澤明淸,『朝鮮近海漁業視察』, 1894년, 79~88쪽.

〈표1〉은 조선개항이후부터 1891년까지 일본으로 수출된 해조류 수량이다. 가사리 수출은 1877년 13만 6천근이 5년이 지난 1882년에는 5배 증가하여 약 72만근, 1891년에는 94만근으로 증가하였다. 우뭇가사리는 1877년 약 5만근이 1882년에는 4배가 증가하여 16만근, 1891년에는 약 60만근으로 증가하고 있었다. 해녀들의 활발한 어업활동이 아니고서는 확보할 수 없는 우뭇가사리는 1890년 이후 증가하고 있었다. 이 시기부터 남해안어장에서 우뭇가사리어업이 본격적으로 진행된 것으로 보인다.

〈표1〉 일본으로 수출되는 조선산 가사리류

연도	가사리			우뭇가사리		
	수량(근)	가격(엔)	1근에 대한 가격	수량(근)	가격(엔)	1근에 대한 가격
1877년	136,003			53,310		
1878년	197,730			219,010		
1879년	344,450			236,010		
1880년	415,210			98,620		
1881년	715,210			145,055		
1882년	718,081			162,762		
1883년	954,901			357,445		
1888년	826,996	26,217	0.032	322,632	4,878	0.015
1889년	875,122	31,031	0.035	360,472	7,136	0.020
1890년	642,985	24,634	0.038	411,400	11,762	0.028
1891년	948,652	31,196	0.032	598,159	20,000	0.033

출전: 『朝鮮舊貿易8個年對照表』(1877년~1888년)
　　關澤明淸, 『朝鮮近海漁業視察』, 1894년. (1889년~1891년)

우리나라 해조류 중 일본시장에서 가장 경제적 가치가 큰 해조류는 우뭇가사리이다. 〈표2〉를 보면 우뭇가사리는 우리나라사람들이 가장 선호하는 미역과 비교할 수 없을 정도로 고가 상품이었다. 우뭇가사리 가격이 가장 낮았던 1916년 미역 가격과 비교해 보면 우뭇가사리는 미역의 66배, 우뭇가사리 가격이 가장 가격이 올랐던 1930년과 비교해 보면 미역가의 1,066배였다. 매년 우뭇가사리 가격은 상승하였지만 그 생산량은 감소하거나 정체 상태였다. 개항기 우뭇가사리 최대 생산지였던 제주에서는 1910년 405만근이 1926년에는 8만 2천근, 1928년에는 3만 1,800근밖에 생산되지 않았다.[7] 또한 우뭇가사리 생산지로 유명한 울산에서도 1903년부터 "번식을 보호하지 않으면 아주 좋은 어장이 없어지게 된다"고 우려할 정도로 붉은 색을 띄기도 전에 마구 난획되었다.[8] 1912년 가사리 생산량은 1891년을 기준으로 해서 보면 3분의 1이 줄어든 37만근, 우뭇가사리도 4분의 1이 줄어 13만근이었다.[9]

---

7) 木浦商業會議所月報臨時增刊,『濟州島の槪況及全南農況』, 1913.9.25, 12쪽.
   『제주도해녀어업조합사업보고서』, 1927년.

8) 朝鮮海通漁組合聯合會,『朝鮮海通漁組合聯合會報』4호, 1903년, 86쪽.

9) 總督府,『朝鮮總督府統計年表』, 1912년. ; 가사리 생산량은 37만 2천근, 우뭇가사리 생산량은 13만 2,982근이었다. 1근에 대한 가격을 1891년과 비교해 보면 가사리는 8배, 우뭇가사리는 17배가 증가하였다.

<표 2> 해조류의 1톤당 가격표

(단위: 엔)

년도	우뭇가사리	미역	가사리	감태	은행초	듬북
1911년	7.7		0.52	0.20		
1912년	4.8	0.06	0.59	0.08		0.07
1913년	6.9	0.12	0.33	0.15	0.008	0.07
1914년	7.2	0.08	0.08	0.14		0.05
1915년				0.15		
1916년	5.3	0.08	0.31	0.17	0.061	0.04
1917년	5.1	0.09	0.26	0.26	0.043	0.09
1918년	4.3	0.08	0.67	0.21	0.019	0.14
1919년	3.5	0.12	1.07	0.17	0.016	0.12
1920년	18.4	0.07	0.67	0.16		0.16
1921년	23.1	0.05	0.16	0.18		0.12
1922년	6.6	0.04	0.12	0.58	0.005	0.13
1923년	9.8	0.03	0.09	0.17	0.003	0.11
1924년	8.8	0.06	0.14	0.15	0.000	0.13
1925년	6.5	0.05	0.15	0.16		0.17
1926년	6.8	0.06	0.23	0.21	0.004	0.09
1927년	8.7	0.04	0.11	0.19	0.000	0.09
1928년	8.3	0.04	0.12	0.23	0.005	0.06
1929년	23.6	0.04	0.16	0.17	0.003	0.01
1930년	32.1	0.03	0.11	0.19	0.016	0.01
1931년	11.4	0.03	0.11	0.13	0.003	
1932년	17.4	0.02	0.16	0.15	0.003	
1933년	9.2	0.02	0.20	0.15	0.004	0.01
1934년	6.7	0.02	0.33	0.17	0.005	
1935년	6.0		0.33	0.20	0.002	
1936년	4.7	0.02	0.36	0.20	0.089	
1937년	6.3	0.03	0.31	0.29	0.014	
1938년	6.4	0.02	0.18	0.36	0.003	
1939년	3.7	0.08	0.43	0.24	0.003	
1940년	2.0	0.12	0.54	0.24	0.004	

출전: 『朝鮮總督府統計年報』 참조.

일제시대 남해안어장에서 제주해녀의 어장이용과 그 갈등 양상 63

이와 같이 우뭇가사리는 조선인 식생활에 많이 이용되었던 전복이
나 미역보다 비싼 해조류였다.

개항기, 일본에서는 해조류 가공업이 발달하여 그 소비량이 증가하
자 일본인들은 해조류어장을 찾아 조선어장으로 진출하였다. 이들은
우뭇가사리를 귀한 미역보다 몇 백 배나 비싼 가격으로 구입하고 채취
하지 않았던 해조류를 구입하자 제주도해녀들은 제주도어장에서 해조
류채취으로 이동하기 시작하였다. 특히 가격이 가장 비싸고 수요량이
많은 우뭇가사리의 주요 생산지는 경남으로 경남에서는 조선 전체 우
뭇가사리 총 생산액의 70%를 생산하였다.[10]

 ## 남해안어장에서의 어업 활동 양상

1. 어장이용과 어업상의 문제점들

1892년경, 일본인 상인들은 제주도로 건너와 남해안어장에서의 우뭇
가사리 채취어민을 모집하였다.[11] 일본인 상인들은 기장과 울산 근처
가 우뭇가사리 중심어장인 것을 알고 제주도로 건너와 해녀들을 모집
하였다. 매년 1, 2월경이 되면 일본인 상인들로부터 자금 공급을 받은

---

10) 『제주도해녀어업조합사업보고서』, 1927년. ; 1926년 우뭇가사리 총 생산액은
    562,850근으로 이 가운데 경남에서 생산된 것은 415,850근이었다.
11) 江口孝保, 「濟州島 出嫁 海女」, 『朝鮮彙報』3, 1915년 5월1일. : 제주에서 서기
    로 일을 했던 江口孝保는 해녀들이 최초로 출어한 지역은 1892년 울산과 기
    장지역이었다고 하였다.

중매인(객주)들은 해녀들을 모집하여 어장으로 이동시켰다.

그러나 우뭇가사리어장은 조선연안에서 가장 경제적 가치가 큰 미역어장에 위치하고 있었다. 잘 알려져 있듯이 우리나라에서 미역은 산후회복이나 허약한 노약자의 영양식으로 이용하여 일찍부터 상업적 어업으로 상당히 발달하였다. 미역어장은 지역마다 다소의 차이가 있었으나 궁방이나 왕가 또는 개인이 소유하고 있었으며 토지와 마찬가지로 매매되거나 상속되는 관행이 있었다.12) 여기에서는 미역이 부착된 바위를 곽암(藿岩)이라고 하였고 곽암을 소유한 주인을 곽암주(藿岩主), 미역어장을 미역밭이라고 하였다. 1896년부터 100여명의 해녀들이 진출하여 우뭇가사리 어업을 하였던 경남 통영군 동부면 일대 미역밭은 영친왕 소유어장이었다. 이곳에서 해녀들은 왕가에 5천원 정도의 사례금을 주고 우뭇가사리어업을 하였다. 이후 1906년에 모곽전조합(毛藿田組合)이 설립되자 왕가에서는 어장을 이용하는 어민들에게 조합원이라는 명칭으로 조합비를 거두었고 해녀들에게도 주민과 함께 5원~80원씩의 조합비를 납부하도록 하였다.13) 제주해녀들은 왕가에 사례금을 지불하는 대신 미역밭에서 어민들과 함께 어장 사용을 허락받고 있었다.

---

12) 조선시대 어장 지배 양식은 첫째, 마을 주민들이 공동으로 소유하고 있는 어장, 둘째, 각 궁방이나 궁가 또는 감영·병영·수영 등 지방의 관아가 소유하고 있는 어장, 셋째, 그 지역 양반가 또는 마을 대표자를 중심으로 몇 명이 어장을 소유하고 있는 어장으로 구분할 수 있다. 다시 말하면 어장 소유 형태에는 私有와 村有가 있었는데 사유는 한사람이 한 개 또는 몇 개의 어장을 소유하고 매매 임대가 가능한 어장이고 촌유는 마을 주민들이 공동으로 소유하는 어장으로 관습상 매매할 수 없고 촌락 규칙에 따라 공평히 이용하는 어장이다.
13) 『동아일보』 1928.5.5.

이와 달리 실질적으로 몇몇 유력자들이 마을어장을 소유하고 있는 경우는 어장 사용에 많은 문제점이 있었다. 1907년(隆熙元) 경상남도 울산군 33포 곽민(藿民) 김낙구(金洛九), 임성칠(林成七)등 33인이 올린 청원서를 보면 울산군내 33개 마을에는 매년 국가에서 어기파원(漁基派員)이 파견되어 미역세를 납부하고 있었는데 이곳 33개 마을에는 총 600~700호정도의 곽암주가 있었다.[14] 이들이 국가에 미역세를 납부하는 미역밭의 실질적 주인들이었다.[15]

이곳 울산어장은 조선 최고의 미역밭으로 가장 많은 미역세를 납부했던 곳으로 어장 주인들은 미역밭 소유의식이 아주 강하였다. 이곳으로 제주해녀가 나타났을 때 주인들은 그 놀라움과 분노감은 이루 말할 수 가 없었을 것이다. 다음 자료에서 알 수 있듯이 주민들은 제주해녀가 나타났을 때 미역을 훔치려왔다고 생각하고 있었다.

> 그들(제주해녀) 대부분은 연안촌락의 생명인 미역을 몰래 채취함으로 일반연안 촌민들이 싫어하였다. 일본인 나잠업자가 입어하는 것에 진정을 호소하는 촌민들도 이들의 입어는 단호히 거절하는 풍이 있다고 한다.[16]

---

14) 이종길, 『조선후기 어촌사회의 소유관계에 관한 연구』, 서울대학교 대학원박사학위논문, 1997년, 107~109쪽.

15) 『동아일보』 1928.5.10. ; 마을공동으로 소유하고 있는 해조류 공동어장은 마을 주민들의 허락 없이는 이용할 수 없었다. 전라도 가사리 어장처럼 경제적 가치가 큰 해조류 어장은 마을 주민들의 허락 없이는 이용할 수 없었다. 주민들은 반농반어로 생계를 유지하고 있었기 때문에 해조류어장은 주민들의 경작지와 다름이 없었다. 1928년 제주해녀들이 마을 공동어장인 흑산도에서 우뭇가사리를 채취하려하자 흑산도 주민들은 제주해녀의 어장 사용은 사활이 걸린 문제라고 진정하면서 총독부에 이를 막아줄 것을 요구하고 있었다.

16) 앞의 책, 『朝鮮海通漁組合聯合會報』4호, 92쪽.; 彼等の多くは沿岸村浦の生命

어장 주인들은 일본인 해녀들이 진출한 것도 놀라웠지만 미역 채취
업을 전문으로 하는 제주해녀까지 진출하여 어업을 하려 하자 그 놀라
움과 분노감은 형언할 수 없었을 것이다. 전통적이고 보수적 성향이
강한 어촌 벽지로 기이하고 경멸스러운 해녀들이 나타나자, 주민들은
해녀들이 어장 질서를 교란시키고 자신들의 풍속을 어지럽게 하는 침
략자로 인식한 것으로 보인다. 이후 이러한 인식은 계속되어 주민들은
제주 해녀를 "보작이년", "제주년"이라고 부르며 차별하였다. 그리고
"남의 지방에 와서 많은 수산품을 가져가서는 안 된다"고 하며 제주해
녀의 어장 이용을 거부하며 분노감을 나타냈다.17) 이렇게 남해안어장
으로 진출한 제주해녀는 주민들의 분노와 반발 속에서 어업 활동을 하
였고 그것이 이후 해녀들에 대한 차별과 멸시로 이어지는 계기가 되었
던 것이다.

또한, 제주해녀의 심각한 문제점 중의 하나는 객주의 착취였다. 객
주들은 해조류의 경제적 가치를 노려 일본인과 함께 해녀들을 남해안
어장으로 이동시키면서 해녀들이 생산한 생산량과 판매대금을 속이며
중간에서 이익을 가로챘다.18) 이들이 해녀에게 빌려준 어업자금은 고
리대금이었고 이들은 해조류에만 관심이 있었기 때문에 해녀들 중에는
부채를 가지고 집으로 돌아가는 경우도 있었다.19) 대부분의 객주는 제
주도 출신으로 1916년 해녀어업근거지인 절영도에는 제주출신자가 16

たる和布を盗採するにより一般沿岸村民に嫌忌せられ本邦裸潜者の入漁に苦
情を唱へさる村浦も彼等の入漁は峻拒するの風ありと云ふ.

17) 『동아일보』1924.4.28.

18) 『동아일보』1920.4.22.

19) 제주해녀의 생활상은 이 당시 신문자료나 잡지에 자세히 나와 있다. 이 자료
를 중심으로 연구한 많은 논문들이 있다. 대표적으로 박찬식, 앞의 논문. 박
용옥, 「제주해녀 항일투쟁과 그 여성사적 의의」, 『제주해녀: 항일운동, 문화유
산, 해양문명』, 제주해녀항일운동기념사업위원회, 2006년.

명, 1933년에는 60명 중 40명이 있었다.[20] 이들은 거의 자기 자본금은
없었고 단지 해녀를 모집하고 그 생산물을 일본인 상인들에게 판매하
는 중간 거간꾼이었다.

　　물상객주라는 사람들은 거의 다 제주사람이오. 해녀의 남편 노릇하
　는 사람이 많으니 그들은 해녀 다섯 명 만 거늘이면 곧 왜책(倭債)이라
　도 아무 보증 없이 낼 수가 있게 된 형편이 있으니 일본사람들은 객주
　에게 돈을 쥐어줘야 물건을 헐하게 가져가는 맛에 해녀의 객주라 하면
　금송아지를 가진 사람보다 더 돈을 주게 되었다[21].

　남해안어장에서 해녀들은 우뭇가사리, 은행초, 앵초와 전복, 소라 등
을 채취하였고 미역은 절대로 채취하지 않았다.[22] 1910년 제주를 떠나
어업활동을 하는 해녀들은 1910년 이전에는 약 500명, 1910년 이후
2,000명, 1915년에는 2,500명, 1929년 4,310명, 1939년 4,132명으로 급속
히 증가하였다.[23] 이 가운데 경남에는 1915년 1,700명, 1937년 1,650명
으로 해녀수가 제한되어 있었으나 매년 증가하는 해녀들은 조선전역을
비롯하여 일본과 중국, 러시아로 확산 이동하였다.

2. 일본인 해녀와의 각축

　일본인어민들은 1882년 조선과 일본 간에 체결된 재조선국일본인민
통상장정(「在朝鮮國日本人民通商章程」)제41조에 의하여 조선에서 어

---

20) 江口孝保, 앞의 논문, 170쪽. 조선, 218호, 1933년 7월, 69쪽.
21) 『동아일보』 1920.4.22.
22) 江口孝保, 앞의 논문, 166~168쪽.
23) 앞의 책, 『朝鮮海水産組合月報』16호, 45~63쪽. 江口孝保, 앞의 논문, 169쪽.
　　제주도청, 『제주도세요람』, 1929년, 113쪽.

업을 할 수 있는 법적 권리를 획득하였다. 이 장정은 조선어장에서의 일본인어민의 어업 활동과 그 어획물 판매가 규정되고 있었으나 해조류 채취도 포함되어 있었는지에 대한 여부는 조・일인간의 해석이 달랐다. 조선인들은 해조류 채취는 어업 활동과 서로 다른 조목임으로 해조류채취어업은 할 수 없다고 주장하였으나 일본인들은 어업 활동에 해조류 채취도 포함해야한다고 주장하였다.

우뭇가사리는 조선인들도 많이 채취하는 것으로 어장분쟁이 일어나는 것은 적지 않다. 특히 진보한 어장에서는 통어장정 중 어개류를 포획하여도 되지만 조(藻)라는 글자가 없어 입어를 단호히 거절하고 있다. 일본인들은 우뭇가사리, 미역, 가사리를 채취할 권리가 없다고 출어를 금지하고 있다. 이것은 각 분쟁 중 귀찮은 사건 중 하나로 지금까지 본 회(조선해통어조합연합회)에서는 어느 곳에서나 타파하여 아무런 불편 없이 어업을 하고 있다.[24]

이 당시 조선어장에서는 일본인어민의 어업활동을 보호하는 일본정부 산하 조직인 조선해통어조합연합회가 조직되어 있었다. 이 조합은 조선어장을 순회하면서 일본인 어업에 방해가 되는 요소들을 제거하고 일본인어업을 반대하는 조선인들을 보복하는 등 조선어장에서의 일본인어업보호와 발전을 도모하는 목적으로 설립되었는데 그 활동 가운데

---

24) 앞의 책, 『朝鮮海通漁組合聯合會報』4호, 37쪽, ; 天草は韓人に於ても盛に之を採収するを以て時々漁場の紛争を醸すこと少からす殊に稍進歩したる地方にありては通漁章程中魚介類を捕獲する者は云々と記明しありて藻の一字を欠けて之れ確に海の収採を禁したるものなるを以て日本人は天草、和布羅布等を採収をするの権なし我が通漁者を拒絶する事少からす故に此業は各種の紛争事件中最も面倒の事件多きも今日迄本会は何処迄も前説を打破して仲裁し居るを以て甚だしき故障なく営業し居れり.

하나가 해조류채취어장에서 조선인들의 어업 반대를 없애는 것이었다.

이 당시 조선 해조류어장에서는 일본인해녀와 해사가 어업을 하고 있었는데 해사라고 하는 남자들은 주로 전복을 캤고 해녀들은 우뭇가사리와 같은 해조류를 채취하였다. 이들은 일본 미에켄(三重縣)과 오오이타켄(大分縣)출신자로 1903년 444명, 1906년 485명, 1907년 529명, 1908년 756명이 진출하였다. 1인당 어획고는 시기에 따라서 약간의 증감이 있었으나 약 350엔 정도였으나 1908년 전년보다 130명이나 증가하면서 1인당 어획고가 260엔으로 감소하였다. 한정된 어장에 "매년 동업자가 증가하여 실패하였다"[25]고 말하듯이 많은 잠수어민이 진출하면서 1인당 소득이 감소하였다.(〈표3〉 참조)

〈표3〉 조선어장의 일본 해녀와 잠수부의 진출 상황

년도	해녀와 해사				잠수기			
	선수 척	인원 명	어획고 엔	1인당 어획고	선수 척	인원 명	어획고 엔	1인당 어획고
1903년	57	444	139,200	314	151	988	271,800	275
1904년	18	121	42,200	348	124	780	223,200	286
1905년	43	271	103,200	381	130	890	234,000	263
1906년	68	485	163,200	336	137	1068	246,600	230
1907년	77	529	184,800	349	155	1,204	279,000	232
1908년	81	756	194,400	257	89	702	160,200	228
1909년	54	493	129,600	263	127	955	228,600	239

출전: 朝鮮海水産組合, 『朝鮮海水産組合月報』16호, 1910, 4월, 25쪽.

1911년 제주도 부근, 일본인해녀의 어업활동을 조사한 기록에 의하면, 해녀들은 배 길이 약 12m(6間 반), 폭 약 2.8m(9尺)에 열 명 정도가 타고 어업을 하고 있었다. 이들은 평균 16~19세 정도로 배 위에서 잠을

25) 앞의 책, 『朝鮮海水産組合月報』16호, 26쪽.

자며 어업을 하였고 제주해녀처럼 집단 상륙하지 않았고 연안에 정박
하지도 않았다고 한다.[26] 이 당시 제주해녀들은 연안으로 집단 상륙하
여 조선인들의 미움을 직접적으로 받고 있었으나 거의 대부분의 일본
인들은 배안에서 생활하고 있었기 때문에 조선인들과의 마찰은 상당히
적었다. 제주해녀들은 기동력이 없었고 그 생활이 지역 주민에게 노출
됨에 따라 많은 차별을 받았으나 일본인해녀들은 배 위에서 자유롭게
어장을 이용하였다.

이 당시 일본인어민들은 물안경을 쓰고 어업을 하였다. 물안경 없이
맨 눈으로 어업을 하는 제주해녀들과 달리 이들은 물안경을 쓰고 물
속 을 볼 수 있어 제주해녀에 비하여 월등히 많은 소득을 얻을 수 가
있었다.[27] 그러나 1900년을 전후하여 제주해녀들에게도 물안경이 도입
되었다.

종래 이들은(제주해녀) 맨눈 그대로 하였지만 교활한 일본인 상인들
은 奇利를 얻기 위해 헌 잠수안경을 전부 제주 해녀들에게 사용하게
하여 취업 상 편의를 주어 일본인해녀에게 큰 영향을 주고 있다.[28]

---

26) 朝鮮駐箚憲兵隊司令部, 『全羅南道海岸竝島嶼の狀況』, 1911년, 16쪽.
27) 「本邦人の裸潛漁業」, 『朝鮮海通漁組合聯合會報』4호, 85~86쪽. ; 1903년 일본
    인이 조사한 자료에 의하면 울산근해의 일본인 해녀들은 평균 10관을 생산하
    였고 부산근해에서는 14관을 생산하였다. 이곳의 제주해녀들은 평균 5~6관
    정도였다고 한다.
28) 「裸潛業」, 『朝鮮海通漁組合聯合會報』4호, 92쪽. ; 従来彼等は素眼の侭なりし
    も狡猾なる本邦商人等奇利を得んか為め潛水眼鏡の古物を彼等に売却したる
    ものあり本年は悉く之を使用し就業上非常の便宜を得居れり故に本邦裸潛者
    に対し影響少からすと云ふ.

   그러나 제주해녀들은 일본인해녀들에 비하여 어업 일수가 길고 어장 간의 왕래에 비용이 적게 들어 경제적 능률이 뛰어났지만 그 소득은 상당히 적었다. 그 이유는 "많이 채취하는 것에 힘을 쏟고 품질이 좋고 나쁜 것에 어두웠기 때문"[29]이라고 하듯이 제주해녀는 품질관리에 익숙지 못하였다.[30] 실제로 1910년 함경도 연안에서 제주해녀가 채취한 우뭇가사리 가격은 100근에 10엔으로 일본인해녀에 비하여 5분의 1이나 낮은 가격에 판매되었다.[31] 제주해녀들의 평균 수입은 아주 낮았고 해녀 한 사람에게 한 사람의 남자가 따라오는 관행으로 더욱 그 수입은 적었다.[32]

   제주해녀들은 일본시장 요구에 따라 경남어장으로 진출하였으나 어장사용을 둘러싸고 주민들의 분노와 반대에 직면하였다. 주민들은 일본인들과 같이 제주해녀들을 침략자로 여겼다. 그러나 제주해녀들은 일본인들의 힘에 편승하여 미역 채취는 절대로 하지 않을 것을 약속하며 어업활동을 계속하였다. 일제시대 제주해녀는 일본시장으로 값싼 해조류를 공급하는 어민으로 성장하여 일본어장까지도 진출하여 그 실

---

29) 앞의 책, 15쪽.
30) 일본인은 100근을 1표(俵)라고 하였는데 거래할 때에는 120근으로 하였다. 등급은 마후노리, 아사리, 나미 3가지 종류로 나누는 것을 관례로 하였는데 마후노리는 1등품, 아사리는 잡물이 조금 섞여있는 것으로 2등품, 나미는 하등품으로 3등급이다. 부산방언인 부토는 나미에 속한다.
31) 『朝鮮海水産組合月報』 20호, 1910년 9월 30, 25쪽. ; 1910년 함경남도에서 일본해녀들이 어업을 하였다. 영흥만부근에서 어선 3척, 해녀 21인이 말린 우뭇가사리 8,290근을 채취하였다. 치궁에서도 어선 2척 18인이 말린 우뭇가사리 1,500근을 채취하였다. 이 당시 우뭇가사리 100근 가격은 47엔~50엔 정도였으나 제주해녀가 채취한 것은 작고 돌과 함께 채취되어 100근에 10엔도 되지 않았다.
32) 앞의 책.

력을 인정받았다.

 어업령 공포와 어업조합의 불만

1. 어업령 공포와 과중한 입어료

일제시대 총독부의 수산정책은 농업정책과 마찬가지로 조선어장을 일본의 식량 및 공업원료의 공급지로 개발하는 것이었다. 안정적으로 저렴한 원료를 공급하기 위해 총독부는 강력한 수산개발 정책을 시행하였다. 총독부는 조선어장 개발은 일본인으로 규정하고 일본인에게 각종 어업면허와 허가를 남발하여 조선어업을 독점하도록 하였다.

해조류경우 총독부는 해조류의 보호와 생산량 증가를 위하여 해조류 생산기간을 정하고 해조류 부착면을 확대하는 개닦기 제도를 실시하였다.[33] 그리고 불량품이 많았던 조선산 해조류의 품질을 강화가기 위하여 1913년 해조이출검사규칙을 발표하여 검사에 통과된 해조류만 일본으로 수출하도록 하였다. 부산·원산·목포·인천세관에 해조검사장과 전담 기사를 두어 불량품을 식별하였다. 불량품은 제품이 조악하게 만들어진 것, 건조가 불충분한 것, 다른 해조류나 모래, 물 등이 혼입된 것으로 만약 이와 같은 불량품이 수출되었을 경우에는 200엔 이하의 벌금이 부과되었다.[34] 따라서 철저한 검사제도와 벌금제가 시

---

33) 『濟州島産業調査報告』(프린트판), 1927년.
34) 總督府水産局, 『水産製品檢査ニ關スル參考資料』, 1941년, 315~334쪽.

행되자 해조류는 공동거래소에서 공동으로 검사하는 공동검사제가 완비되었다.

이렇게 해조류 증산정책과 함께 해조류의 검사제도를 강화한 총독부에서는 1912년 해녀의 불안정한 어장이용을 법적으로 개선하는 어업령을 공포하였다.

앞에서 언급한 것처럼 제주해녀의 남해안어장 진출과 이용은 전통적 어장관행에서 어긋난 것이었다. 해녀의 어장이용은 단지 어장주인과 객주와의 계약으로 개인적 친분이나 사례금으로 묵시되고 있었을 뿐이었다. 해녀들의 어장 이용권은 불분명하였고 그 계약이 언제 파기될지 모르는 불안정한 상황이었다. 여기서 이러한 관계를 이용하여 어장을 독점하려는 울산소요사건이 일어났다. 이 사건은 1911년 장생포에 거주하는 일본인 야스도미(安富)가 한천제조사업을 목적으로 울산 30개 마을에서 3,200원을 주고 어장을 매입하면서 일어났다. 그가 어장을 매입하자 제주해녀들은 어장을 사용할 수 없게 되었고 그것이 분쟁으로 번져 주민들과 유혈사태가 벌어졌다. 이곳으로 경찰들이 출동하고 총독부 내무부 관리와 수산관리들이 급파되어 다음과 같이 문제를 해결하였다.

① 제주도해녀의 입어관행을 인정할 것.
② 울산군내 어업조합을 만들어 제6종 면허어업권을 대여할 것.
③ 제주도해녀는 일정한 입어료를 어업조합에 납부할 것.
④ 부산 해조상에 대하여 울산군 해안의 연고를 인정할 것.[35]

---

35) 『濟州島海女入漁問題經過』(프린트판).

이렇게 해결한 총독부는 1908년 발표된 어업법을 개정하여 1912년 어업령을 공포하였다. 어업법은 어업제도의 정비를 위하여 어업을 면허어업, 허가어업, 신고어업으로 나누고 면허어업은 허가를 받은 자가 어업권을 취득하여 어업을 하도록 한 것이다. 이 어업권제도는 국가적 소유개념을 근대적인 사유재산제도로 변화시킨 것으로 어장의 사적 점유를 가능하게 한 의미가 있었다. 그러나 어업법에는 연안 어장을 이용하는 주민들의 어장이용 관계가 불투명하여 앞에서와 같은 일본인 어장 독점 사태가 발생하였던 것이다. 여기서 총독부는 어업령을 공포하여 전용어업제도(마을공동어장) 창설과 전용 어업권의 근대적 소유 주체가 될 어업조합을 설립하였다. 이에 따르면 전용어장을 정하고 이용에 따른 분쟁의 가능성을 방지하기 위하여 입어 관행과 보호구역을 정하였다. 어업령에서 말하는 입어관행은 "전용어업의 어업권자는 종래의 관행에 의해서 이 어장에서 어업을 하는 자의 입어를 거절할 수 없다. 전용어장의 어업권자는 입어자에 대하여 지방장관의 허가를 받아 입어료를 징수할 수 있다"라는 규정으로 관행에 따라 어장을 사용하고 그 사용료를 지불하는 어업을 입어라고 하였다. 해녀들은 전용어장에서 어업을 할 수 있는 입어권을 인정받게 되었다.

어업권 이용능력에 있어서는 제 1종에서 제 5종까지의 면허어장은 사적 배타적 이용으로 인정하고 새로운 전용어업인 제 6종 면허어장은 공동으로 이용하도록 하였다. 따라서 개인 독점 어장이었던 미역밭은 제 6종 면허어장에 포함되었고 그 소유 주체는 어업조합이 되는 어촌 총유체제가 성립되었다.[36]

---

36) 박구병, 「어업권제도와 연안 어장 소유·이용형태의 변천에 관한 연구」, 『부산수산대학 논문집』30, 1983. : 이상고, 「동해안울산강동지역곽암이용에 관한

해녀들에게 입어권이 설정되자 입어료를 징수하고 어장을 관리할 어업조합이 설립되었다. 이 조합들은 일제시대 조선에서 가장 먼저 설립된 어업조합으로 이곳은 강동어업조합·대현어업조합·온산어업조합·서생어업조합·동면어업조합·기장어업조합 총 6개 조합이다.

전용어장에서의 해녀입어료는 1인당 울산군 4엔 20전, 동래군 3원 50전이었다. 동래군의 입어료 계산은 자세히 알 수 없으나 울산군은 1911년 일본인 야스도미가 어장을 구입한 가격 3,200원을 이 당시 이곳으로 출어한 해녀 744명으로 나누어 계산한 것이다. 이 입어료는 해녀가 출어지에서 3개월간 먹는 식량 9원(식량은 보리와 조)과 같고 해녀들이 어장으로 출어하면서 6개월 반(195일)동안 벌어들이는 총 수입 35원 80전의 약 4분에 1에 해당하는 것이었다.[37] 1915년 제주서기로 있었던 에구찌(江口孝保)는 입어료의 과중함을 다음과 같이 설명하고 있었다.

> 출어지역에서 과중한 입어료를 징수당하고 있는 것은 제주해녀의 큰 고통 중의 하나이다. 그러나 이들은 단지 노동하는 것만 알고 입어료의 과중한 고통을 호소하는 것을 알지 못한다. 역시 이들 동업자가 서로 모여 여론을 만들 기회 없고 빈곤하고 우는 자세를 보면 동정을 금할 수 가 없다.[38]

연구」, 『수산업사연구』5, 1998년 11월, 55~56쪽.

37) 江口孝保, 앞의 논문, 169쪽.

38) 같은 논문; 殊に彼の各出稼先の漁村浦に於て過重の入漁料を徴収せらるるが如き、出稼海女の一大苦痛とする所なり。然れども彼等は単に労働するのみを知りて入漁料の過重なる苦痛をも之を訴ふるの途を知らず。亦彼等同業者が相会して輿論を作るの機会無く、貧苦の裡に泣寝入の姿となれるを見るは転た同情に堪えざるなり.

총독부는 해조류어장 질서를 파괴하고 어장을 독점하려는 일본인이 나타나자 서둘러 어업령을 공포하여 미역밭을 포함한 연안 어장을 전용어업 구역으로 정하였다. 그리고 입어료를 관리할 어업조합을 설립하였다. 어업령이 공포되기 전 해녀들은 수확물의 일부를 주인들에게 사례하였지만 공포 후에는 어업조합이 해녀 총 수입의 4분의 1에 해당되는 막대한 금액을 징수하였다. 해녀들은 그 부담을 견디지 못할 정도로 궁핍해졌고 그 부담이 가중되고 있었다.

2. 총독부어업정책에 반발하는 경남어업조합

3.1운동이 끝난 1920년, 총독부는 제주도해녀어업조합 설립을 승인하였다. 전부터 제주도내에서는 해녀들을 보호해야 한다는 주장이 있었으나 3·1운동 이후, 총독부는 조선인의 사회적 문제들을 개선한다는 차원에서 승인하였다. 총독부는 제주도해녀어업조합의 운영방침으로 해녀들이 채취한 해조류가 일본시장으로 수출되는 점을 고려하여 해조류 수출 회사인 조선해조주식회사를 설립하고 이 회사가 보증하여 식산은행에서 어업자금을 빌려 해녀들에게 융통하게 하는 방법을 마련하였다.[39] 해조류판매과정에서 중간이익을 점유하는 객주들의 활동을 금지시키고 모든 해조류가 이 회사로 판매될 수 있도록 하는 독점 판매 방식을 만들었다. 그리고 철저한 통제를 위하여 경남어업조합에 공동판매 독려원 총 12명과 서기를 두어 밀매방지와 공동판매에 필요한

---

[39] 해녀어업조합의 활동 목적은 ① 해조번식보호, ② 해녀의 감독자와 사공들의 폐해를 없앨 것. ③ 해녀의 풍기개선, ④ 해녀의 구제보호, ⑤ 객주의 박멸 등이었다.

사무를 보게 하였다. 만약 공동판매를 위반했을 때 처벌할 수 있는 경남 제7호 해조취체규칙(道海藻取締規則)도 정하였다. 총독부는 제주도해녀어업조합을 중심으로 모든 해조류가 이 조합을 통하여 지정된 가격에 수출될 수 있도록 철저한 관리와 가격 통제를 하였다.[40]

1920년 제주도해녀어업조합에 가입한 해녀는 8,200명이었다. 설립 당시 이들이 판매한 공동판매액은 1921년 9만원이었으나 24년 30만원으로 증가하였다. 해녀들의 이익을 독점하고 있었던 객주들이 없어지고[41] 제주도해녀어업조합이 지정된 가격으로 전량 구입하게 되자 해녀들은 해조류어장을 찾아 활발한 이동과 확산이 가능하게 되었다.[42] 제주도해녀어업조합은 해녀에게 금융지원을 하고 부산에 해녀들이 거주할 수 있는 숙박시설을 짓는 등 당시 경영난에 허덕이고 있는 다른 어업조합과 비교할 수 없을 정도로 재정 상태가 좋았다.

이 때문에 경남어업조합들은 제주도해녀어업조합설립과 활동에 불만을 품기 시작하였다. 경남어업조합에서는 제주해녀들이 자신들의 지선어장에서 어업활동을 하면서도 조합비와 해조류판매 수수료가 전부

---

40) 앞의 책, 『濟州島海女入漁問題經過』; 독려원은 부산 1명, 동래 4명, 울산 5명, 무소속 2명을 두었다.

41) 같은 책, 어장에 거주하고 있는 객주들은 해녀어업을 반대하였다. 객주들은 해조류 공동 판매가 본격적으로 실시되자 주민들을 선동하여 해녀에게 '음료수를 공급하지 말 것', '집을 빌려주지 말 것', '건조장을 빌려주지 말 것' 등을 주장하며 해녀어업을 직접적으로 방해하였다.

42) 어장 이동이 활발해짐에 따라 제주해녀들은 1910년경 약 5천명, 1926년에는 약 8천명, 1937년에는 약 13만 명으로 증가하였다. 해녀들이 증가한 이유는 조선에서 해조류를 살 수 없게 된 객주들이 해녀들을 이끌고 중국이나 일본, 러시아등지로 이동시킨 것도 가장 큰 요인으로 보인다. 『제주도국세조사』를 보면 1926년 제주여성인구는 10만 5,366명이었는데 이때 해녀조합원은 7,339명으로 이 조합에 가입하지 않은 노년층과 16세미만의 자를 포함하면 만 명 이상이 해녀이다. 이것은 전체 제주 여성 인구의 10%정도이다.

제주도해녀어업조합이 징수하는 것을 이해할 수가 없었다.[43] 경남에 거주하면서 경남어장에서 활동하고 있는 해녀들이 제주도해녀어업조합원인 것을 참을 수가 없었다. 제주도해녀어업조합 설립 이후 총독부는 경남어업조합의 불만을 무마하기 위하여 해녀 입어료를 50%이상 올리고 그 인원도 총 1,712명으로 제한하였으나 그 불만을 제거할 수가 없었다.[44]

이 때문에 경남어업조합에서는 제주도해녀어업조합원들을 압박하여 경남어업조합에 가입할 것을 강요하기 시작하였다. 경남어업조합에서는 해녀들에게 경남어업조합에 가입하지 않으면 어장 근처에도 오지 못하게 하겠다고 엄포를 놓거나 경남어업조합에 가입한 해녀에게는 채취기간을 2주 이상 빨리 허락하고 가입하지 않은 해녀에게는 어업을 금지시켰다.[45] 여기에 해녀들 사이에서 갈등이 일어났고 주민들이 가세하면서 전남지사와 경남지사 사이에는 수차례에 걸친 논의가 오고 갔으나 쉽게 결정이 나지 않자 1931년 3월 19일 경남지사는 부산, 동래, 울산의 군수에게 다음과 같은 사항을 지시하였다.

① 거주해녀를 연고지조합(경남어업조합)에 가입수속을 할 것.
② 해녀조합원에 대해서는 입어수를 결정할 때까지 어업허가를 하

---

43) 앞의 책, 『濟州島海女入漁問題經過』. ; 우뭇가사리공동판매수수료는 매상고의 1,000분의 8로 하여 여기서 공동판매에 필요한 경비를 제하고 그 잔액 100/50은 조선해조주식회사, 100/25는 제주도해녀어업조합, 100/25는 지선어업조합의 수입으로 할 것.

44) 앞의 책, 입어료는 울산 3원 30전에서 6원 45전, 부산 1원 24전에서 3원, 동래은 3원 5전에서 5원 25전으로 인상하였다. 출어인원도 울산군 812명, 동래 650명, 기장어업조합과 기타 650명, 부산 250명 총 1,712명으로 제한하였다.

45) 『동아일보』 1924.4.28.

지 말 것.[46)]

경남지사는 경남에 거주하는 해녀들을 무조건 경남어업조합원이 될 것을 결정하였다. 총독부에서는 이와 같은 극한 대립을 해결하기 위하여 해녀들을 지역 어업조합에 소속시키지 않고 하나의 어업으로 총괄하는 수산조합 설립을 추진하였다.[47)] 총독부는 제주도해녀수산조합 설립을 추진하고 규약서를 작성하였다.[48)] 그러나 경남어업조합은 여러 가지 이유를 내세워 경남과 제주를 어업구역으로 하는 제주도해녀수산조합 설립을 강경히 반대하였다.[49)]

이 당시 경남어업조합들은 해녀의 입어료와 어민들의 조합비로 운영되고 있었다. 거의 대부분의 수입은 해녀의 입어료로 충당되었다고 할 정도로 조선인어업은 매우 열악한 상황이었다. 경남어업조합에서는 자신들의 지선어장에서 어업을 하면서도 해녀 조합비와 판매 수수료가 전부 제주도해녀어업조합이 거두어 가자 해녀들을 자신들의 어업조합

---

46) 앞의 책, 『濟州道海女入漁問題經過』; 그 이유는 ① 동일 어장에 같은 두 종류의 어업이 존재하면 분쟁을 일으킨다. ② 해녀는 특별한 상태이기 때문에 특별한 대우를 해야 한다. ③ 해녀를 해녀조합에서 분리할 때에는 해조의 밀매가 성행하게 되어 해조회사유지가 곤란하게 됨.

47) 앞의 책.

48) 앞의 책, 제주도해녀수산조합의 주된 규약내용은 다음과 같다. 제1조 본 조합은 나잠업의 개량발달을 도모하고 영업상하고 폐해를 교정하는 것을 목적으로 한다. 제2조 본 조합은 제주도해녀어업조합이라고 칭한다. 제3조 조합지구는 전라남도 및 경남지구로 한다. 제5조 본 조합은 그 지구 내에 거주하는 제주도 출신인 나잠 어업을 영위하는 해녀로서 조직한다.

49) 앞의 책, 경남에서 주장하는 해녀수산조합이 불필요하다는 이유 ① 경남어업조합들을 통제하기 어렵다. 오히려 해녀를 차별시키는 요인이 된다. ② 경남어업조합 시설과 중복이 됨으로 조합간의 융화가 저해된다. ③ 조합비가 이중으로 들어간다.

에 가입시키려 하였다. 그리고 주민사이에서는 여전히 어장의 소유의식이 남아 있어 제주도해녀조합원들이 자신들의 어장에서 활동한다는 사실에 불만을 품어 해녀들을 폭행하는 사건까지 발생하게 되었다. 경남지사를 비롯하여 경남어업조합에서는 경남에 거주하고 활동하는 해녀들을 경남어업조합원으로 결정하고 가입한 사람만이 안전한 어장 이용을 약속하고 있었다. 이후 해녀들 중에서는 부당한 대우를 받는 제주도해녀조합원을 탈퇴하여 경남어업조합에 가입하려는 해녀가 증가하기 시작하였다. 이렇게 하여 경남어장에는 많은 제주해녀들이 이주하고 정착하여 경상남도어민으로 살아가게 되었던 것이다.

V 결 론

일제시대 제주에서는 매년 3천명 이상의 해녀들이 제주를 떠나 한반도 전역과 일본, 중국, 러시아 등 동북아 전역에 걸쳐 어업 활동을 하였다. 해녀들이 생산한 대부분의 해조류는 일본에서 양갱이나 과자를 만드는 재료, 상처를 소독하는 의약품이나 화약을 만드는 재료, 비단을 짜는 풀이나 건축용 자재로 사용되었다. 이러한 해조류들은 일본 공업 발전에 없어서는 안 될 공업용 원료였다. 이 때문에 총독부는 이 해조류를 대량으로 확보하기 위하여 해조류 증산정책과 함께 철저한 해조류 검사제를 시행하여 불량품은 절대로 일본으로 수출하지 못하도록 관리하였다. 그리고 해녀들의 어업활동을 지원하는 방법으로 어업자금을 식산은행에서 지원하고 생산된 해조류가 즉시 현금화 될 수 있도록 새로운 유통체제를 구축하였다.

이 결과 해녀들의 어업활동은 활발해져 어업구역은 확대되고 생산량은 증가하였다. 척박한 농토에서 어업활동을 하지 않으면 생계를 이어갈 수 없었던 해녀들은 해조류의 유통경로가 정비됨에 따라 일본, 중국, 러시아등지의 어장을 개척하기 시작하였다. 그러나 해녀들의 어업활동이 활발해질수록 주민들은 크게 반발을 하였다. 여기에서 남해안어장에서 제주해녀들이 차별과 멸시를 받았던 이유를 정리해 보면 다음과 같다.

첫째, 개항이후 제주해녀는 일본해녀들과 함께 해조류채취어장으로 진출하여 일본인들과 함께 해조류를 채취하였다. 이곳은 주민들의 생명줄과 같은 미역을 생산했던 곳으로 주민들은 수백 년간 어장을 사유화하고 있었다. 제주해녀들은 이러한 어장 관행을 무시하며 해조류채취를 하였고 그 해조류의 가치가 증가하면서 주민들은 아무런 허가도 받지 않고 어업행위를 하는 제주해녀를 침략자라고 생각하였다. 더구나 주민들은 일본해녀들과 달리 미역을 훔치려왔다고 의구심을 가지고 있었기 때문에 더욱 크게 분노하였다. 그러나 1912년 어업령이 공포되면서 해녀들은 법으로 정한 규정에 따라 어장을 이용 할 수 있게 되었으나 주민들은 선조 대대로 이용했던 어장에서 값비싼 해조류를 채취하는 해녀들을 인정할 수 가 없었다.

둘째, 개항기 제주해녀와 일본해녀들은 동일어장에서 서로 어업 경쟁을 하였다. 제주해녀들은 일본인에 비해 기량이 뛰어났지만 그 소득은 일본해녀의 3분의 1도 되지 않았다. 일본해녀들은 품질관리가 뛰어났고 어선에서 자고 생활을 하며 어장으로 상륙하지 않아 조선인과의 마찰이 적었다. 그러나 제주해녀들은 집단 상륙하여 집단 거주하였다. 주민들은 아무런 허가도 받지 않은 채 어업활동을 하는 제주해녀를 기이하고 천박하게 여기며 더욱더 멸시하고 박해하였다.

셋째, 개항기 해조류채취어장의 사용료(입어료)는 해녀들이 채취한 어획물의 일부를 나누어 주는 적은 액수였다. 그러나 1912년 어업령이 공포되면서 해녀들의 입어료는 해녀 총 수입의 4분의 1에 해당하는 큰 금액이 되었다. 주민들의 반발을 무마하기 위해 총독부는 입어료를 계속 올렸고 객주들의 착취는 나날이 심해졌다.

이를 구제하기 위하여 총독부는 제주도해녀어업조합을 설립하고 해녀들의 경제적 지위를 상승시키고자 하였다. 그러나 경남어업조합에서는 제주도해녀어업조합원들의 활동을 거부하며 해녀들에게 제주도해녀어업조합을 탈퇴하도록 강요하였다. 이들은 경남어업조합에 가입한 해녀들에게는 특별 우대를 하고 가입하지 않는 제주도해녀어업조합원에게는 차별을 하였다.

이와 같이 제주도해녀어업조합 설립으로 경남어업조합간의 갈등이 시작되자 총독부는 해녀어업을 총괄하는 제주도해녀수산조합 설립을 추진하였다. 그러나 이 계획도 경남어업조합 반대로 무산되고 말았다. 해녀어업의 경제적 가치를 둘러싸고 어장주민, 어업조합, 전남과 경남 간의 이익으로 확대되어 갈등이 심화되고 있었다. 따라서 해방 후 사회적 혼란 속에서 해조류채취어장의 주민들과 조합관계자들은 제주도해녀어업조합원인 해녀들에게 오랫동안 숨겨왔던 불만을 폭로하며 해녀들에게 폭력과 폭언을 일삼았다.

03

제주해녀의 출가(出稼) 물질과 도일(渡日)

제주해녀,
구로시오[黑潮]를 타다

- 서 론: 제주경제 변동의 측면에서 본 제주사회의 근대
- 제주해녀의 물질, 제주경제 살렸다.
- 제주해녀! 구로시오(黑潮)를 타고 세계의 바당밭을 누비다.
- 결 론

| 진관훈 | 제주대학교

『불휘공』 제5호, 2010.

서 론: 제주경제 변동의 측면에서 본 제주사회의 근대

학계의 일치된 견해는 아니지만 한국의 근대는 대체로 1876년 개항으로부터 1945년 해방에 이르는 시기를 말한다(허수열, 1984)[1]. 이 견해에 따르면, 제주사회의 근대는 개항이후 1945년 해방까지를 포함하는 시기가 될 것이다.

그러나 필자가 생각하는 근대제주의 시점은 이와 조금 다르다. 왜냐하면 근대의 기점으로 삼고 있는 개항의 의미가 제주에서는 다르게 인식하기 때문이다. 즉 제주사회의 실질적인 개항은 1870년대 일본잠수기업자들의 제주어장 침탈 때부터 라고 보는 것이 타당하다. 제주도민들에게는 육지부에서의 정치적 개항보다는 일본잠수기업자들의 제주어장 진출이 개항을 피부로 느끼게 하는 실질적인 사건이었기 때문이다. 따라서 1870년대 일본잠수기업자들의 제주어항 진출을 근대 제주의 기점으로 보아야 한다.

---

* 『불휘공』 5호의 글을 부탁받고 매우 기뻤다. 『불휘공』 5호의 특집 주제가 마음에 들었기 때문이다. 평소 식민지기에 대한 대부분의 연구가 '수탈'과 '억압', '암흑' 등으로만 서술되어 정작 그 속에서 열심히 생활하고 견뎌낸 제주도민에 대한 실체적 접근은 부족한 것이 아닌 가하는 아쉬움이 많았기 때문이다. 그러나 제주역사에 대한 시대구분이 명확하지 않은 상황에서 편집진이 편집의도에서 밝힌 "한일병탄이 예외 없이 '제주' 섬에도 근대의 시작과 전통의 단절을 알리는 신호로 작용하면서" 부분은 동의하기 어렵다. 하지만 "단순한 학제적인 의미의 '근대'를 넘어, 살아있는 '제주, 근대'의 관점에서 접근" 해보자는 의도에 깊이 공감한다.

1) 근대의 기점은 1876년 개항설, 1884년 갑신정변설, 1894년 갑오개혁설이 있고 아울러 현대의 기점은 1900년 전후설, 1917년설, 1945년설이 있다(박성수, 1995).

아울러 1945년 해방을 현대의 기점으로 삼는 것 또한 제주경제사의
서술에는 적합하지 않다. 왜냐하면 제주역사에는 '제주 4·3'이 있기
때문이다. 즉 해방 이후 일본과 완벽히 단절되어 있었던 육지부와 달
리 제주도는 해방 이후에도 일정기간 동안 일본과의 인적·물적 교류
가 이어지고 있었다. 예를 들면 해방 이후 계속되었던 일본과의 密貿
易·私貿易과 밀항이 그것이다. 따라서 제주경제사인 경우 현대의 기
점을 '제주 4·3'이 종결된 1940년대 말 1950년대 초로 삼아야 한다고
생각 한다.

이를 종합하면 제주사회의 근대는 일본 잠수기업자들의 제주어장
진출시기인 1870년대부터 '제주 4·3'이 종결된 1950년대 초까지로 보
는 것이 타당할 것으로 보인다(진관훈, 2004, pp.13-18).

이 시기의 제주사회는 제국주의 열강의 각축과정에서 강제적으로
자본주의적 세계경제체제의 일부로 편입되는, 말하자면 현대사회로 이
행하는 과도기에 해당한다. 일제하 제주사회는 식민자본주의에 의해
식민자본주의를 위해 재편되었다는 의미에서 자본주의적 세계경제의
일부이다. 따라서 이 사회 내에는 이식 자본제를 중심으로 하는 자본
제적 경제범주도 존재하고 또 그것이 빠른 속도로 성장하고 있었다.
이러한 관점에서 보면 일제하 제주사회는 식민자본주의 사회로의 이행
기에 해당한다.

일제하 한국사회에 대한 연구는 크게 두 가지로 나누어진다.

첫째 식민지 한국의 근대적 변화를 부정하고 현재의 근대 발전을 단
절적 차원에서 인식('단절적 발전')하는 '식민지 수탈론'이다. 둘째 식민
지 시기의 근대적 토대와 발전을 긍정하고 이의 현재적 연속을 긍정
('긍정적 연속')하는 '식민지 근대화'론 이다(서윤·정연, 2004).

그러나 이 두 가지 입장 모두 식민지 근대의 문제인식을 경제적 발

전주의의 입장에서 바라보는 한계를 드러내고 있다. 즉 식민지 수탈론은 근대화의 주체 여부와 양적인 지표에 의해 식민지 시기의 경제적 발전과 그것의 토대 제공이 식민지 자체의 발전이 아니라 궁극적으로 식민지 지배를 강화하고 식민지 모국의 경제발전을 위한 강제적 이식과 수탈의 의미로만 규정함으로써, 한국 식민지 사회에 근대화를 몰역사적으로 접근하고 있을 뿐만 아니라 한국사회의 근대성이 현재적 의미 맥락을 도외시 하는 문제를 지닌다.

식민지 근대화론 역시 발전이 이루어지는 전체적 맥락에 대한 고려 없이 몇 가지 양적인 지표에 의해 접근하는 데 있다. 특히 '발전'이란 집합적 현상을 단지 경제성장이란 측면에서 논의함으로써 일본 제국주의가 식민지 한국에 남긴 정치적·사회적·문화적·정신적 해독을 무시하고 있다는 점에서 문제가 있다.

따라서 제주경제에 대한 연구는 이 두 가지 견해에 대한 비판적 검토에서 출발해야 한다. 특히 일제하 제주경제를 '수탈'과 '단절'로 매몰시켜 버리는 것은 한계가 있다. 왜냐하면 일제하 제주경제를 단절과 수탈로만 인식한다면 그 당시 제주경제 주체였던 제주도민들의 생산활동과 경제적 성과가 제대로 인정받을 수 없기 때문이다.

식민지기는 일본이 제주사회를 지배했던 시기였지만 정작은 제주도민이 계속해서 생활하고 삶을 이어 왔던 시기이다. 또한 식민지라는 의미 보다 그 식민지에 살고 있는 인간사회의 변화과정이 중요하며 체계적으로 설명되지 않으면 안 된다.

당연히 일제하 제주경제의 실질적 주체는 제주도민이다. 제주도민들은 식민지 지배체제 하에서 적응하고 저항하며 그들이 가진 경제적 역

량과 저력을 발휘하여 많은 경제적 성과를 창출해 냈다. 그 중심에 해
녀경제와 그 해녀경제를 성장시킨 제주해녀의 출가물질이 존재한다.
현재에 사는 우리가 기억해야 할 중요한 사실은 제주해녀들의 해녀노
동과 출가물질로 제주경제가 어려운 시기를 견디어 냈고 현재에 도달
하였다는 것이다.

　따라서 제주도민 특히 제주해녀의 해녀노동(물질)의 경제적 성과와
의미를 파악하고 체계화시키는 것은 일제하 제주경제의 유산과 경험을
되새기어 현재를 분석하고 미래의 오류를 줄일 수 있는 계기가 될 수
있다.

　제주해녀의 물질, 제주경제 살렸다.

　'해녀경제'란 제주해녀들의 해녀노동(도내 바당밭에서의 물질과 출가
물질을 모두 포함한)으로 발생한 소득과 각종 경제적 성과로 인해 지
역경제와 산업규모가 선순환적으로 확대되는 양적인 성장을 말한다.

　갑오개혁으로 인한 역제의 폐지, 단발령 실시 등은 제주도 농촌 부
업인 말사육과 말총을 재료로 하는 망건생산을 위축시켰고, 일제에 의
한 토지조사사업과 산림령, 그로 인한 화전개발 금지조치로 인해 광활
한 중산간 미개간지를 생산기반으로 삼고 있던 제주도 중산간 농촌의
생산기반은 몰락하고 경제적 기회도 감소하였다.

　이처럼 '부'의 중심지였던 중산간 지역의 경제적 기반이 몰락한 상태
에서 이를 대신할 별다른 생산기반이 취약했던 일제하 제주도 경제는
초기부터 새로이 등장한 식민지 분업체계로의 적응에 어려움을 겪게

되었다.

이러한 식민지 초기상황에서 제주도 경제를 견인시킬 수 있었던 요인이 바로 '해녀경제'였다. 즉 별다른 현금수입원이 없었던 식민지하에서 해녀노동에 의한 소득이 차지하는 양적·질적 비중은 절대적이었으며 농업 다음으로 큰 소득원이자 현금수입원이었다.

1900년 이전까지만 해도 사회적으로나 신분적으로 천시 받았고 경제적으로도 그 가치를 인정받지 못하였던 제주해녀의 노동이 사회·경제적으로 각광받게 되고, 나아가 제주도 경제의 견인차 역할을 하게 될 수 있었던 원인으로는 첫째 해녀들이 채취한 해산물의 경제적 가치가 상승하여 해녀소득이 증가했다는 점, 둘째 제주도 해안의 황폐화로 인해 제주도 해녀들의 출가가 촉진되었다는 점, 다시 말하면 타 지역에 비해 경쟁력 있는 채취기술을 가진 제주해녀들의 생산활동 영역이 확대되어진 점, 셋째 어로기술과 장비의 발달로 인해 해녀들의 생산성이 증가되었다는 점을 들 수 있다.

1. 해산물의 경제적 가치 상승

조선시대 제주도 해녀들의 채취물, 즉 전복, 소라, 해삼, 미역 등은 주로 진상품이었다. 이 당시 해녀들의 생산활동 즉 물질은 부역과 다를 바가 없었다. 그러나 1900년경부터 일본 무역상들의 등장으로 수요가 증가함에 따라 시장성이 매우 높아져 상품으로 인정받았다. 물론 이전에도 환금을 목적으로 생산하기도 하였으나 이와 같은 현금화경향은 구한말에서 시작하여 식민지기 초기에 이르러서 강화되었다.

1900년대 초, 부산과 목포를 근거지로 하는 일본인 상인의 등장으로 해조류, 조개류의 수요가 급속히 증가하였고 이때부터 해녀노동이 제주도 농촌의 현금수입원으로서 큰 역할을 하게 된 것이다.

이 시기 해녀들이 주로 채취한 것은 전복, 해삼, 미역, 우뭇가사리, 감태, 톳, 몸(모자반) 등인데 이것들은 대부분 각광받는 교역상품이었으며 화학가공원료나 농사용 비료2)로 요긴한 것이었다.

2. 어로(채취) 기술의 발달

일제하 제주도 해녀들의 어로기술의 발달은 雙眼 潛水鏡의 보급 확대에서 비롯되어 졌다(원학희, 1988, p.108). 雙眼 잠수경3)의 사용4)에 따라 수심 2~3m 수중작업 할 때의 시계가 20m까지 넓어졌을 뿐 아니라 눈의 피로가 현저히 감소하게 되었다. 이로 인해 해녀노동의 생산성이 크게 증가하였다5).

---

2) 해녀들은 듬북이나 비료용 톳 등을 채취하여 농사용 비료로 사용하였는데, 이런 점을 들어 농사와 전연 별개로 해녀의 작업활동을 인식하는 일본해녀와 달리 제주도 해녀들의 어로활동은 농사와도 밀접하게 연관되어 있다고 한다.
3) 수중안경인 제주도의 '눈'은 '족은 눈'과 '큰눈'으로 나눈다. 여기에서 말하는 눈은 '족은눈'으로 소형 쌍안 수중안경이다. '족은눈'은 제작지에 따라 '엄쟁이 눈'과 '궷눈'으로 나눈다.
4) 수중안경, 즉 '눈'을 언제부터 착용하게 되었는지는 일본이나 우리나라 모두 확실하지 않다. 현재 생존하는 제주도 해녀들의 증언에 의하면 '자기는 어렸을 때 '눈'을 쓰지 않고 조업했다'고 한다. [생존하는 고령 해녀들의 증언은 제주도, 『口述로 만나는 제주여성의 삶 그리고 역사』, (파피루스, 2004) 참조] 이에서 보면 제주도 해녀들에게 '눈'이 보급된 시기는 1900년대 이후라고 여겨진다.
5) 수중안경의 착용은 생산성의 증가를 의미한다. 일본에서는 물안경이 발명된 이후에도 해산물의 남획을 방지하기 위하여 이의 사용을 금지하는 관행이 있었다.

이와 함께 해산물의 판로 확대와 현금가치 증가, 해녀출가로 의한 생산영역과 노동기회의 확대, 여기에 어로장비의 개선이 추가되어 해녀 노동으로 얻어지는 소득이 증가하게 되었고 제주도 해안마을에 많은 현금이 유입되어 이들 마을에 '富'의 축적이 증가하게 된 것이다.

3. 세계 제1인 제주해녀의 노동생산성

제주도의 해녀는 일본의 해녀보다 추위에 강하다. 일본해녀는 추운 겨울 한 달에 7일정도 밖에 조업하지 못하는 데 반하여 제주해녀는 15일에서 20일까지 물질할 수 있다. 심지어 임신 중이거나 생리 중을 가리지 않고 사시사철 조업을 한다.

또한 제주도 해녀노동은 농사와도 깊은 관련이 있다. 즉 제주도 해녀들은 판매를 위한 해산물, 즉 해조류와 조개류 등의 채취뿐만 아니라 밭의 비료로 쓰이는 '듬북'과 '몸' 등의 해조류도 채취하였다.

일제하 제주도 농업은 金肥 사용이 활발하지 못하였다[6]. 이런 상황에서 '듬북', '몸'과 같은 해초류 비료를 채취하는 것은 토지가 비옥하지 못하고 금비가 부족했던 제주도 농업생산에 큰 도움이 되었다.

---

6) 제주도 농업은 '거름농사'라고 한다. 그러나 제주도 농업에서 '금비'가 보편화된 시기는 1960년대 이후라고 여겨진다. 그 이전에는 '돗거름'이라는 퇴비와 '재', '녹비' 만이 작물에 따라 부분적으로 시비되어 졌다. 이처럼 비료가 풍부하지 못하였기 때문에 '듬북', '몸'과 같은 해조류가 밭작물 재배에 유용하게 이용되었다.

과거 제주도 농어촌에서는 여아가 8세가 되면 바다에 들어가는 연습을 시작하여 10세가 되면 어머니로부터 '테왁'을 얻고, 14세가 되면 안경, 호미, '빗창'을 얻어 본격적인 물질을 시작했다[7]. 16세가 되면 해녀조합의 정식 회원이 되고, 이후 50세까지 계속 회원자격을 유지한다. 제주도 해녀는 16세로부터 35~6세까지가 전성기이다. 이후 80세, 혹은 90세 고령이 될 때까지 물질을 계속 한다[8].

제주해녀가 한 번 물속에 잠수하는 시간은 1분5초에서 1분50초가 평균이고 최고 3분까지 할 수 있다. 잠수심도는 20m까지 할 수 있으나 대략 5.5m에서 작업하는 것이 보통이다. 이러한 잠수를 30회 내지 70회 정도를 반복하면서 작업하고 난 후 뭍으로 상륙한다. 그리곤 해변 가 '불턱'에서 몸을 따뜻하게 한 다음 다시 작업하러 물속으로 들어간다. 몸이 튼튼한 사람은 하루에 3회 또는 4회 정도까지 반복할 수 있다[9].

제주도 농촌에서는 농번기와 해산물의 채취기가 겹치는 경우가 많았다. 이 경우 제주도의 해녀들은 농업노동과 '물질'을 동시에 해야만 했다[10]. 해녀들의 하루를 구체적으로 살펴보면,

---

7) 한림화는 제주도 해녀들의 기술습득과정을 바다와 익숙해지는 시기, 헤엄치기를 배우는 시기, 자맥질을 배우는 시기, 불턱의 한 자리를 차지하여 정식으로 입문하는 시기로 나누어 설명하고 있다. (한림화, 1996, "불턱", 『제주의 해녀』 pp.115~122).

8) 제주도 해녀에 대한 최근의 조사에서 보면, 젊은 해녀들의 수는 급격히 떨어지는 반면 80대 심지어 90세 고령해녀들의 물질이 지속되고 있음을 알 수 있다. 이에 관해서는 제주도, 『口述로 만나는 제주여성의 삶 그리고 역사』, (파피루스, 2004)를 참조할 것.

9) 제주도 해녀들의 기술습득과정과 어로기술의 우수성에 대해서는 미국국무성 용역 보고서인 Hermann Rahn, "The Diving Woman of Korea and Japan", *Scientific American*, 1967. 에서도 소개되어 졌다.

10) 당시 제주도해녀들은 97%가 밭을 가지고 있었으며 해녀소득은 다시 밭을 구입하는 데 투자되었기 때문에 제주도 해녀들은 농업과 '물질'을 동시에 수행

"7, 8월에는 아침 일찍 2시간 정도 밭에서 김매기를 한 다음, 물질 때가 되면 바다로 향한다. 오전 물질을 마치고 나면 집으로 돌아와서 점심을 먹고, 다시 밭으로 가서 김매기를 하다가 다시, 오후 4시쯤 바다로 가서 작업을 하다가 해질 무렵 귀가했다"[11].

해녀들의 연중 작업은 해산물의 채취기와 밀접히 관련되어 있다. 예를 들면 해산물의 채취기는, 해삼은 1~4월, 전복은 5~8월, 天草는 1~3월, 미역은 2~5월(마을 규약에 따라 1~4월, 3월 중순~4월)로 거의 연중 내내 작업을 하였다[12].

아래 〈표1〉은 제주해녀의 작업일수를 조사한 것이다.

해야 했다. 이것은 일본해녀와 다른 점이다.

11) 그렇다면, 이때 제주도 남자들은 '무엇을 했을까'라는 의문이 생긴다. 일부 기록물들을 보면, '해녀를 아내로 둔 제주도 남자들은 여자 대신 아기나 보고, 술과 게으름, 방탕으로 일생을 보낸다'고 한다. 그러나 이는 사실과 달라 보인다. 제주도 농업형태를 보면, 여성노동 비율이 57.5%(논농사인 경우 남자대 여자의 노동투입비율은 7 : 3인데 비하여 밭농사지대에서는 평균 4 : 6으로 나타나고 있다)로 타 지역에 비해 높은 것은 사실이지만 여자와 남자의 역할 분담이 정확히 구분되어 있다. 다시 말하면 토양 특성상 자갈이 많고 수전 지역에 비해 잡초가 많았기 때문에 여성노동 투입비율이 높은 것은 사실이었지만 화전 일구기, 밭갈기, 진압, 각종 운반 등에 있어서는 남성노동력이 필수적이었다는 것이다. 또한 여자가 물질을 하는 경우에 있어서도 남자의 역할은 분명히 있었다. 가령 비료로 쓸 '듬북'을 채취할 경우 혹은 감태 등과 같은 해조류 채취 작업에 있어서도 남녀 협업이 필수적이었다.

12) 일본해녀들은 겨울철과 같은 휴한기에는 작업을 하지 않아 연중 6개월 정도를 '물질'하는 데 비해 제주도 해녀들은 4계절 모두 '물질'한다.

<표1> 제주해녀의 월별평균 작업일수

월 별	성산읍 오조리	서귀포시 대포리	구좌읍 연평리	대정읍 가파리	한경면 용수리	평 균
1월	9.6일	13.1일	4.4일	6.5일	4.1일	7.54일
2	9.6	9.3	6.3	8.6	5.3	7.82
3	12.6	8.7	7.3	12.6	13.4	10.92
4	16.6	8.5	10.2	14.6	7.8	11.54
5	12.3	7.8	12.5	13.5	3.4	9.90
6	14.0	10.9	13.7	16.8	8.3	12.74
7	17.7	11.6	16.5	16.5	12.1	14.88
8	10.6	8.4	15.0	16.5	13.2	12.74
9	7.6	5.2	14.0	14.2	5.6	9.32
10	7.0	4.3	9.7	12.1	3.1	7.24
11	6.3	5.4	4.7	8.7	3.6	5.74
12	7.0	8.1	6.6	6.2	0.8	5.74
합 계	130.9	101.3	120.9	146.8	80.7	116.12

※ 자료: 제주대학교, 1978, 『海村生活調査報告書』, p.102.

　〈표1〉에서 알 수 있듯이 월별로 혹은 지역에 따라 해녀들의 작업일수가 차이가 난다. 평균적으로 보면, 3월에서 9월까지의 작업일수가 가장 많고, 지역적으로는 해안지역, 혹은 부속도서지역 해녀들의 작업일수가 가장 많다. 물론 〈표1〉은 1973년에 조사한 것으로 일제시대와는 일치하지 않을 수 있다. 다만 여기에서 추측이 가능한 것은 식민지기 해녀들의 작업일수가 1973년보다 훨씬 더 많았을 것이라는 것이다.

　재래식 해녀복(소중이)을 입고 '물질'을 하면 물속에서 작업하는 시간이 최대한 한 시간을 넘기지 못한다. 그리고 계절에 따라 작업일수가 다르고 작업횟수도 달라진다. 이는 재래식 해녀복을 입었을 경우 수온의 변화에 따라 추위를 느끼는 강도가 다르기 때문이다. 1, 2, 10, 11, 12월은 기온이 낮기 때문에 1회 작업시간이 30분 정도이며 그 외의 달은 40~60분이다.

〈표2〉는 1960년 조사 기록이다. 그런데 〈표2〉의 조사지역인 우도
는[13], 예나 지금이나 제주도에서 해녀활동이 가장 왕성한 곳이다. 이
곳은 연중 2/3이상 물질을 하고, 3월에서 8월까지는 쉬지 않고 물질을
하는 것으로 나타났다.

〈표2〉 우도해녀의 잠수표 (각월은 음력)

월별	월별잠수일수	일별잠수횟수	채 취 물
1월	20일	2회	미역, 우뭇가사리 다소
2	14	2회	미역, 모자반 다소
3	28	2회	모자반, 미역 다소
4	28	2회	되는 대로
5	28	3~4회	우뭇가사리, 그밖에 되는 대로
6	28	3~4회	전복, 소라
7	28	2~3회	감태, 기타
8	28	2~3회	감태, 기타
9	10	1회	감태, 기타
10	10	1회	감태, 기타
11	7	1회	전복, 소라
12	7	1회	전복, 소라
합계	236		

※ 자료: 泉晴一, 1960, 『제주도』, p.184.

---

13) 이곳에는 90세 이상 고령해녀가 현재에도 '할망바당'에서 '물질'을 하고 있다.
　　이 지역에 특징 중 하나는 대부분 자녀들의 학업이나 기타 생활 주거를 위해
　　제주시 지역에 자기 소유의 주택, 건물을 가지고 있다는 것이다.

제주해녀! 구로시오(黑潮)를 타고 세계의 바당밭을 누비다.

1. 왜 먼 곳까지 출가물질에 나서게 되었을까?

제주도 해녀들이 언제부터 물질을 시작했을 까? 오래전부터 일 것이라고 추정하지만[14] 상업적으로 해녀 활동을 시작된 것은 1880년대 말 일본인 잠수기업자들이 제주도에 진출하게 되면서 이들 일본인 어업자들의 남획에 의한 제주도 어장의 황폐화에서 근거를 찾을 수 있다.

한반도 연안에서 일본인 출어를 공식적으로 인정하게 된 것은 1883년에 7월 25일에 조인된 '朝鮮國에 있어서의 日本人民貿易規則' 제42조에 의한 것이다. 그러나 그 이전부터 密漁가 행해지고 있었으며 특히 제주도 주변에는 일본 潛水器業者들이 일찍부터 출어해 오고 있었다. 일본인들이 제주지역에 출어하면서 제주도민과 충돌하게 되었고 급기

---

14) 옛 문헌에 나와 있는 해녀에 대한 기록은 적다. 〈濟州風土記〉에서 李 健은 "그중에서도 천한 것은 곽(미역)이다. 미역을 캐는 여자는 이를 줌녀라 부르고 2월부터 이후 5월까지 바다에 들어가 미역을 채취해 나오는데 남녀가 서로 뒤섞여도 수치스러움을 모름으로써 해괴함을 보여준다. 생복을 캐는 것도 이와 같다. 채취한 것은 관가에 바치고 나머지를 팔아서 이를 해결한다." 라고 하고 있다. 또한 泉靖一(1937)은 "어업은 일반적으로 賤業시되어 양촌의 남자가 海村의 여자를 아내로 받아들이지 않는 이유는 '裸體로 바다에 들어가기 때문'이었다. 그러나 1910년이래 경제의 중심이 해촌으로 옮겨진 이후는 良村사람들은 이제까지의 사상과는 달리 '어떻게 산촌사람들을 색시로 맞을 것인가, 바다에도 들어가지 못하는 여자를 …'이라는 생각이 해촌사람들을 휩쓸었다."라고 하고 있어 1900년대 이전에는 해녀노동이 사회적으로 천시 받았음을 알 수 있다.

야 일본 정부는 1884년 9월부터 1891년 11월까지 제주도에 출어 금지 조치를 취하였다. 그러나 이 금어기간 중에도 密漁는 계속되어서 이로 인해 제주도 어장은 급속히 황폐해 갔다. 이 때 일본인 잠수기업자가 채취한 것은 주로 전복과 해삼이다(稻井秀左衛門, 1937, p.13.)[15].

「한국수산지」 3권(1910)에는 다음과 같은 기록이 있다.

> "전복은 연해안에 생산되지 않은 곳이 없고 거의 無盡藏이라고 할 만큼 풍부하였으나 일찍 일본 잠수기업자의 도래로 남획이 된 결과 지금은 크게 감소하였다. 예전에 토착잠수부들이 이를 採取해왔으나 지금에는 종일 조업을 하여도 1~2개를 얻는 데 불과하다. 잠수기업자는 약간 깊은 곳에서 조업하기 때문에 다소의 어획이 가능하지만 예전과 같이 큰 이익을 얻기는 힘들다. 특히 本島産은 모양이 거대해서 유명하지만 오늘날에는 대체로 소형이 되었다."

이러한 제주도 어장의 황폐는 제주도 해녀의 생산활동과 출가에 직접적인 영향을 미쳤다. 즉 일본인 무역상의 등장으로 해산물의 경제적 가치가 상승하기 시작함에 따라 해녀들의 생산동기가 강해졌고, 일본 잠수기업자들에 의한 제주도 어장 황폐화는 제주도 해녀들을 새로운 생산현장으로 이동시켰다고 보아진다. 이러한 제주도 해녀의 출가는 곧 생산영역이 확대와 생산 활동 증가를 의미한다. 한마디로 제주해녀 구로시오(黑潮)를 타고 세계의 바당밭을 누빈 것이다.

---

15) 제주도의 전복과 해삼은 크기나 질적으로 상등품에 속하여 그 가격이 타 지역에 비해 월등히 높았던 것으로 나타났다.

제주도 해녀 노동력의 이동, 즉 해녀의 출가는 1895년 부산 앞 바다 영도에서 최초로 그 모습을 볼 수 있었다. 그 후 해녀들은 조선 전역과 일본, 대련, 칭따오[16])까지 출가물질을 나갔다. 1910년대 전반의 출가자수는 2,500명, 1910년 말에는 부산, 울산까지 출가한 해녀수가 4,000명 정도였다.

그리고 한반도에 출가한 해녀 분포를 보면, 동해안지대가 가장 조밀하며 북서부 해안지대가 그 다음이고, 남부해안지역, 북부해안지역 순서로 분포되어 있는데, 이것은 해안 지형 및 해저 지형, 조류, 풍향 등의 영향을 받은 것 같다. 일본으로 출가한 제주해녀는 동해안 지역에는 거의 없었고 주로 태평양 연안에 많이 분포되어 있었다.

제주도 해녀의 우수성이 발휘된 것은 1900년경부터였는데, 특히 일본 해녀와의 경쟁에서 이겼던 사례가 있다. 즉 강원도 부근 바다에서 당시 이 지역에서 어로활동을 하던 일본 해녀와 경쟁하여 마침내 이들을 쫓아내고 한반도 연안을 완전 장악하게 되었다[17]).

---

16) 1930년대 제주도 해녀들은 5월에 칭따오로 가서 8월 추석 전에 고향에 돌아오곤 했는데, 평균 300원씩의 수입을 올렸다. 당시 소학교 교사 봉급이 40원이었다.

17) 제주해녀는 조업시 테왁을 이용해서 해안에서 멀리 떨어져 분동을 사용하지 않고도 깊이 잠수할 수 있기 때문에 분동해녀와 같이 해녀배나 사공이 필요 없다. 따라서 채취 비용이 싸다. 그러나 일본 伊勢해녀는 1개월 조업 중 겨우 1주일밖에 견디지 못하는 데 비해, 제주해녀는 15일간 조업이 가능하였고(경상북도 울산군 포항 등지) 하루 조업 시간도 월등히 길다. 결국 조업 시간이 길고 임금이 낮다는 경쟁력을 가지고 1929년 이후 한반도에서 일본 伊勢해녀들을 완전히 추출시켰다.

2. 출가물질에 나선 제주해녀들의 출가형태

　1910년대 해녀 출가 상황을 여러 형태별로 살펴보면 다음과 같다(田
口禎熹, 1933, pp.81-83). 대표적인 형태에는 客主의 모집에 의한 방법
이 있었는데, 예를 들면 絶影島에 정착하며 일본인 무역상 밑에 있으
면서, 매년 음력 12월경 제주도 각지에서 해녀를 모집[18]하여 전대금을
건네주고 계약한다. 해녀는 기선으로, 뱃사공, 감독자 役 남자는 어선
으로 본토에 도항하여 부산에서 합류한 후 출가지로 떠난다. 두 번째
형태는 독립 출가인데, 해녀의 남편 2~3명이 공동으로 어선을 매입하
여 가족, 친척 등의 해녀를 승선시켜 출가지로 가는 것이다. 전자와 후
자의 비율은 6대 4정도로, 객주의 모집에 의한 것이 많았다. 해녀 10명
에 시중드는 남자 5명인 경우, 1漁期 수입은 대략 870엔 정도이고 지출
은 731엔50전으로 차액은 138엔50전이었다. 이것을 균등 분할하면 1인
평균 9엔23전 정도였다.

　출가로 인한 해녀소득은 1922년에 19만엔, 1923년 22만엔, 1924년 조
합원수 5,932명으로 성장해 나갔다[19].

---

18) 해녀를 모집하는 조선인 객주 뒤에는 일본인 무역상(부산을 근거지로 하는
　　海藻상인)이 있었고 그들의 중간착취는 가혹한 것이었다. 이에 대항하여 제
　　주도 해녀 어업조합이 탄생하였는데, 이는 비참한 상황에 대한 海女救濟와
　　공동판매(객주의 중간착취를 배제하고 조합이 어획물을 종합해서 중매인을
　　경매한다든지 어시장에 판매를 위탁하는 제도)를 목적으로 하였다.
19) 그러나 출가 해녀의 급증은 현지 어업 조합과 많은 갈등을 야기시켰고 점차
　　해녀조합의 성격도 바뀌어 갔다(예를 들면 濟州島司의 조합장 취임, 조합의
　　御用化). 이로 인해 제주도 해녀의 투쟁이 유발되었다. (이에 대해서는 藤永
　　壯 ; 제주해녀항일투쟁기념사업추진위원회의 책을 참고할 것)

3. 제주해녀들의 도일(渡日)

1924년 일본과의 직항로 개설은 일본으로의 해녀출가를 활성화시켰다. 일반적으로 제주도 해녀는 기선을 이용하여 출가하였는데, 기선에 의한 일본 본토로의 출가는 쓰시마를 제외하고는 모두가 대판을 경유하였다. 당시 대판과 제주도와는 특별한 관계에 있었으므로 朝鮮郵船, 尼琦汽船, 鹿兒島商船 등 3개 회사 선박이 경쟁적으로 여객을 실어 날랐다. 이 기선들은 도중에 모지, 시모노세키 등지는 기항을 하지 않으면서 가장 값싼 운임으로 일본 내륙으로 상륙하게 해 준 것이다. 그리고 다음 목적지까지 해녀들은 철도로 이동하였다.

이런 방식으로 제주도 해녀가 일본에 진출했던 사례들 중 최초의 사례는, 김녕 사공 김병선이 해녀를 고용하여 동경 미야케지마 지역에 출가하여 조업하였던 것인데, 그 후 계속 능력을 인정받아 1932년 당시 동경 미야케지마에서 240명 해녀가 고용되어 작업했었다.

출가해녀들의 소득이 높았음을 단적으로 말해주는 일례로, 1929년 당시 제주도내 해녀 7,300명이 도내 연안에서의 생산활동으로 약 25만엔을 벌어들인 데 반하여, 일본으로 출가한 해녀 3,500명이 40만엔 정도를 벌어들였다고 한다.

이러한 제주도 해녀의 출가와 도내 잠수 활동으로 제주도 농가에서 해녀소득이 차지하는 비율이 점점 높아져 갔고 따라서 이들에 대한 사회적·신분적 대우도 점차 개선되어 갔다.

〈표3〉에서 송금액이 기록되지 않은 부분이 있는 것은 출가 해녀들이 송금하는 방법을 택하지 않고 어기가 끝나 돌아올 때 현금을 소지하고 돌아오는 경우가 많았기 때문에 정확한 파악이 어렵다.

〈표3〉 출가 해녀 현황

연도	출가해녀수	송금액	비 고
1929	4,310명	-	
1930	3,860	908,000円	
1931	3,950	687,350	
1932	5,078	1,100,000	일본 1,600인, 국내 3,478인
1936	3,360	770,000	
1937	4,402	-	일본 1,601인, 국내 2,801인
1939	4,132	-	일본 1,548인, 국내 2,584인

※ 자료: 제주도청, 1939, 『제주도세요람』, p.113.

4. 제주해녀의 출가물질로 제주 농어촌 마을은 부자되고.

이상 제주도 해녀들의 출가물질을 살펴보았다. 이 과정을 통해 알 수 있듯이, 토지가 척박하여 토지 생산성이 낮았고 별다른 현금수입원 이 발달하지 않았던 제주도에서는 해녀의 출가 물질이야말로 현금화 비율이 가장 높은 소득원이었다. 이러한 사실은 그 당시 농가수입 현 황을 살펴봄으로써 확인할 수 있다.

〈표4〉 제주도 농가 수입 현황(정의면 온평리, 1926년)

(단위: 엔, 비율 %)

	주업 (농업수입)	부업수입 (총수입중의 비율)		판매 (부수입중의 비율)		품목	피고노임 수입	총수입
자작농 중농	303	220	(42.1)	220	(100.0)	해녀어업	-	523
소농	93	80	(42.6)	80	(100.0)	해녀어업	15	188
자작겸소작농중농	150	160	(47.1)	160	(100.0)	해녀어업	30	340
소농	67	80	(47.9)	80	(100.0)	해녀어업		167

※ 자료: 藤永壯, 1995, "1932년 제주도 해녀의 투쟁", 「제주도의 옛기록」, p.9.

위의 〈표4〉는 1926년 정의면 온평리 지역 농가수입 현황을 나타낸 것이다. 제주도 타 지역에 비해서도 해녀들이 많았던 정의면 온평리의 경우, 해녀 어업 기타에서 얻어지는 부업 수입이 총수입의 절반에 조금 못 미치고 있음을 알 수 있다.

이상에서 볼 때 제주도 해녀들의 도내 잠수 활동과 출가로 인한 현금소득이 제주도 농가소득에서 차지하는 비율은 해안지역일수록 절대적이었으며 해안마을의 부가 집중되는 결과를 낳게 하였던 것이다.

Ⅳ 결 론

구한말 한일병탄 직전 제주사회는 갑오개혁으로 인한 역제의 폐지, 단발령 실시로 제주도 농촌 부업인 말사육과 말총을 재료로 하는 망건 생산이 침체되었으며 일제에 의한 토지조사사업과 산림령, 화전개발 금지조치로 인해 중산간 미개간지를 생산기반으로 삼고 있던 제주지역 중산간 농촌의 생산기반도 몰락하기 시작하였다.

한편 1900년대 이전 제주도경제는 외부와의 교역과 상업활동이 활발하지 않은 고립적이고 자급자족적 경제생활을 유지해 왔다고 보아진다.

이렇게 정체되었던 경제상황을 활성화시킨 요인이 '해녀노동과 출가물질로 인한 해녀경제의 성장'이라고 할 수 있다. 즉 일본무역상의 등장으로 해산물의 수요가 증가하고 이로 인해 해녀들의 생산물인 해산물의 경제적 가치의 상승과 아울러 해녀노동의 경제적 가치가 상승하기 시작하였고, 해녀노동의 결과인 해산물의 상품화, 현금수입은 제주도경제 발전의 초석이 되었다고 보아진다.

각종 자료를 통해 보면, 1900년 이전까지만 해도 제주해녀는 사회적·
신분적으로 천시 받았고 경제적 가치를 인정받지 못하였던 것 같다.
이러한 제주해녀의 노동이 사회·경제적으로 인정받고 나아가 일제하
제주도경제의 견인차 역할을 할 수 있었던 것은 해녀들이 채취한 해산
물의 경제적 가치가 상승하여 해녀소득이 증가하였고, 타 지역에 비해
경쟁력 있는 채취기술을 가진 제주해녀들의 생산활동 영역이 확대되어
졌으며, 어로기술과 장비의 발달로 인해 해녀들의 생산성이 증가되었
기 때문이다.

한편 제주지역 바당밭에서 물질을 하던 제주해녀들이 구로시오(黑
潮) 해류를 타고 출가물질에 나서 세계의 바당밭을 누비된 것은 1880
년대 말 일본인 잠수기업자들의 남획에 의해 제주도 어장이 급속히 황
폐화된 데에서 이유를 찾을 수 있다.

즉 일본잠수기업자들에 의한 제주도 어장 황폐화로 제주도 해녀들
을 새로운 생산가능지로 이동하였고 그 결과 제주해녀들의 생산량과
소득이 증가하게 된 것이다.

이러한 해녀경제의 성장과 제주도 농어촌의 경제력 상승은 제주사
회와 경제 전반에 많은 영향을 미쳤다. 예를 들면 제주도 농어촌의 유
휴노동력 활용의 기회가 확대되어 해녀출가와 함께 농어촌노동력이 노
동시장을 찾아 일본으로 대규모 이동(渡日)하게 되었다.

이러한 제주도민 도일은 규모나 질적인 면에서 당시 제주도 농촌사
회를 변화시킬 만한 것이었다. 구체적으로 살펴보면, 제주도민의 도일
증가로 제주도내에서는 노동력 부족으로 인해 임금상승이 나타났고 남
아있던 노약자 혹은 여성노동력의 강화를 초래했다. 또한 노동력 투하
방식의 변화로 재배작물의 변화도 나타났다. 즉 여성노동력 투입비율
이 상대적으로 높고 현금 확보가 용이한 제충국, 박하, 면화, 고구마 등

의 환금작물 재배가 확산된 것이다.

그리고 도일한 제주도민들의 소득은 송금이나 직접 소지하는 방법
에 의해 제주도내에 유입되었는데 그 규모가 당시 일본과의 무역에서
발생한 이입초과분을 보충시키고 남을 정도였다. 이러한 제주도 농어
촌의 현금보유의 확대는 구매력 신장을 의미하는 데 이로 인해 소비규
모가 증가하고 소비행태의 변화가 나타난 것이다.

이외에도 해녀경제가 성장하면서 해안지역 마을의 '富'가 향상되었고
이에 따라 취락 이동이 시작되었다. 또한 해안마을의 富가 중산간 마을
로 확산되어 농어촌사회 전반의 경제력 향상을 가져오게 된 것이다.

이상에서 알 수 있듯이 해녀경제의 활성화로 제주도 농어촌 소득이
증가하였고 제주도경제는 활기를 띠게 되었다. 즉 해녀노동과 출가물질
로 창출된 소득이 일제하 제주도 경제의 가장 큰 변동 요인이었으며 식
민지라는 악조건 하에서도 제주지역 민족자본의 축적을 가능하게 하여
제주경제가 선순환 성장구조로 나갈 수 있게 한 원동력이라는 것이다.

• 참고문헌 •

강대원(1970), 『해녀연구』, 서울 : 한진문화사.

高橋 昇(1997), 『朝鮮半島の 農法と 農民』, 일본 : 未來社.

久間健一(1950), 『朝鮮農業經營地帶の 研究』, 東京 : 農業綜合研究所.

김영돈(1999), 『한국의 해녀』, 서울 : 민속원.

南仁熙(1987), 『濟州農業의 百年』, 제주 : 태화.

藤永壯(1995), "1932년 제주도 해녀의 투쟁", 「제주도의 옛기록」, p.9.

釜山商業會議所(1930), 『濟州島と その 經濟』, 부산 : 부산상업회의소.

송성대(1988), 『문화의 원류와 그 이해』, 제주 : 도서출판 각.

立正大學日韓合同韓國濟州島學術調査團(1988), 『韓國濟州島の 地域研究』.

제주도(2004), 『口述로 만나는 제주여성의 삶 그리고 역사』, 제주 : 파피루스.

제주도(1994), 『濟州의 民俗』, 제주 : 삼화.

제주도(1996), 『제주의 해녀』, 제주 : 삼화.

濟州島廳(1937), 『濟州島勢要覽』.

濟州島廳(1939), 『濟州島勢要覽』.

제주해녀항일투쟁기념사업추진위원회(1995), 『제주해녀항일투쟁실록』, 태화.

조선은행조사부(1948), 『조선경제연보』, 서울 : 조선은행조사부.

朝鮮總督府(1929), 『生活狀態調査 基二, 濟州島』.

朝鮮總督府(1930), 『朝鮮國勢調査報告, 全羅南道編』.

朝鮮總督府農商工部編(1910), 『韓國水産誌, 濟州島』.

조선통신사(1948), 『1947년 조선연감』.

진관훈(2004), 『근대제주의 경제변동』, 도서출판 각.

진관훈(2004) "일제하 제주도 경제와 해녀노동에 관한 연구", 『정신문화연구』 27, 한국학중앙연구원.

泉靖一(1999), 「濟州島」, 제주 : 우당도서관.

한림화(1996), 「불턱」, 『제주의 해녀』, 제주 : 제주도청, pp.115~122.

Hermann Rahn(1967), "The Diving Woman of Korea and Japan", *Scientific American*, 3.

04

대학생과 일반인간의 이미지 차이분석

부산광역시 "해녀관광" 활성화에 관한 연구

- 서 론
- 해녀와 이미지에 관한 연구
- 연구의 방법 및 결과
- 분석결과
- 결 론

| 유형숙 | 동의대학교
| 이성호 | 경남대학교

『동북아관광연구』 제7권 제1호, 2011.

I 서 론

바닷가 물속에 들어가서 해조류와 패류를 캐는 여인을 잠녀(潛女)·잠수(潛嫂)라고 한다. 해녀라 함은 일본에서 전래한 말로서 우리나라에서는 예부터 잠녀 혹은 잠수라고 칭하여 왔다. 자맥질을 하면서 해산물을 캐는 사람들은 세계 곳곳에 존재하지만 생계를 유지하기 위해 직업으로 물질을 하는 海女·海男1)의 분포지역이 한국과 일본으로만 한정되어 있다.

해녀에 대한 연구는 이미 80여 년 전부터 시작되었다. 일제 강점 초기 일본 학자들이 잠녀에 대한 접근을 시도하였고, 우리나라에서는 1950년대를 전후해 민속학적 접근을 했던 것을 그 시작으로 보고 있으며 그 대상은 제주도 잠녀로 한정되어 있었다.

이후, 김영돈 등(1986)의 연구에서는 해녀의 학제간 연구의 중요성을 강조하여 법학, 경제학, 민속학적인 공동연구로 이루어진 결과가 있어서 어느 정도 해녀에 관한 입체적인 연구가 이루어졌다고 볼 수는 있으나, 전공분야 만을 강조하여 연구하였기 때문에 공동연구의 결론으로 일반화하기는 어려웠다.

최근, 제주특별자치도가 제주해녀를 유네스코 지정 세계무형유산으

---

* 이 논문은 2009학년도 동의대학교 교내연구비에 의해 연구되었음(과제번호 2009AA085).

1) 17C의 제주도 생활사의 기록에 남녀가 같이 물질을 했었다는 기록이 있다. 그 뒤 조선술의 발달과 신체 구조상의 문제로 남성보다는 여성들이 물질에 적합하여 해남은 급속도로 줄어들었고, 현재 제주도에 수명이 존재하는 정도이다.

로 등재시키기 위한 준비를 하고, 문화체육관광부에서 우리민족 문화를 대표하는 100대 민족문화상징으로 해녀를 선정하고 있는 등 해녀의 가치를 인정하고 보전해 나가려는 움직임이 있다.

그러나 해녀를 관광자원의 대상으로 보는 관심[2]과 연구가 거의 실시되고 있지 않는 현시점에서 해양/어촌관광의 일환으로 전문 어업인인 해녀를 대상으로 "해녀관광"을 취급하고 있는 연구는 없었다. 본 연구에서는 "해녀관광"을 통하여, 해녀문화의 전수자로서의 역할을 부각하여 해녀들의 정체성을 개발하고, 지역의 이미지 제고와 해녀의 삶의 질을 향상시켜 새로운 소득창출로 연계해 보자는 취지로 실시되었다.

이미지(image)는 인간이 어떤 대상(objects)에 대해서 가지고 있는 총체적인 인상이며 이러한 인상은 대상에 대한 지각의 결과라고 할 수 있다. 인간이 어떤 대상을 지각한다는 것은 외부세계에 대한 자극을 감지하고, 구별하고, 해석하는 과정이며 이러한 과정을 통하여 이미지는 형성하게 된다. Hunt(1975)는 특정대상에 대한 이미지를 형성하게 되면 인간은 그 대상이나 사물에 대한 객관적 정보나 지식에 의하기보다 이미지에 따라 반응하는 경향이 강하다고 하였으며, Erickion et al. (1983)도 한번 인지된 이미지는 실상을 대체하게 되며 대상이나 사물에 대한 개인의 반응에 중요한 영향을 미치게 된다고 하였다. 이처럼 이미지는 반드시 대상의 객관적 실체 혹은 대상과 일치하는 것은 아니며, 오히려 실체적 진실과는 일정한 괴리를 가지고 있기 때문에 지극히 주관적이라고 할 수 있다(이장주, 2000).

---

2) 해녀가 관광자원의 대상으로 활용하고 있는 것으로 제주도에서 실시하고 있는 "해녀물질 체험공연(성산)", "해녀축제(하도리)"그리고 1980년대 이후 제주도의 관광산업의 발전으로 생겨난 제주의 전 해안지역에 분포하는 식당인 "해녀촌", "해녀의 집" 등이 있다.

일반적으로 해녀이미지란, 사람들의 마음속에 해녀가 어떠할 것이라고 존재하는 총체적인 생각으로, 이성적·감성적인 해석을 통해 형성된다. 특히 개인적 접촉이나 경험에 의하여 형성된 해녀에 관한 이미지는 매우 뿌리 깊게 그 개인의 심상에 박혀있기 때문에 좀처럼 변화하지 않는다. 왜냐하면 개인적 경험에 의하여 형성된 이미지는 자아관여(ego-involvement)가 크고 구매행동을 일으키는 힘이 강하게 작용하므로 이미지가 마케팅 환경 관리면에서 중시되고 있다(손대현, 1982).

따라서, 해녀이미지는 추상적·관념적이지만 실제에 있어서 관광행동을 좌우하는 큰 힘을 가지게 된다. 해녀에 관한 긍정적인 이미지는 해녀가 가지는 강점을 부각시키고 해녀가 가지고 있는 관광자원으로서의 매력요소를 극대화하여, "해녀관광"의 위상을 높이는 매우 중요한 요소로서 작용할 것이다.

나잠(裸潛)이라는 독특한 형태의 물질방법과 그들만의 문화를 유지한다는 점에서 잠녀의 가치는 매우 높으나, 젊은 층의 기피로 급격히 고령화가 진전되어 해녀들의 존속에 위협을 받고 있다. 수년이내에 한반도에서 없어질 수도 있는 직업군에 해당하는 해녀의 존재가치를 지속적으로 유지 및 계승해 나가기 위한 한 방안으로 본 연구에서는 "해녀관광"의 형태를 제시하고 있다. 또한, 감소하는 해녀수와 비례해서 해녀를 비교적 접할 기회가 적었던 젊은층(대학생)과 일반인을 대상으로, 두 그룹 간에 형성된 해녀에 관한 이미지를 살펴보고, 그 이미지 차이를 분석하여, 향후 "해녀관광"의 활성화를 위한 전략적인 방안을 제시하고자 한다.

해녀와 이미지에 관한 연구

1. 관광자원으로서의 해녀

부산광역시에는 32개의 어촌계에 1,000여명의 해녀가 신고 되어 있다. 19세기 후반 제주도로부터 해녀들이 부산의 영도에 출가 물질을 건너온 이래, 부산광역시의 각 지역에 해녀들이 분포하고 있으며, 그 중 기장군과 영도구에 가장 많이 분포하고 있다(〈그림1〉 참조).

〈그림1〉 부산광역시의 해녀실태(2010년 3월 현재)

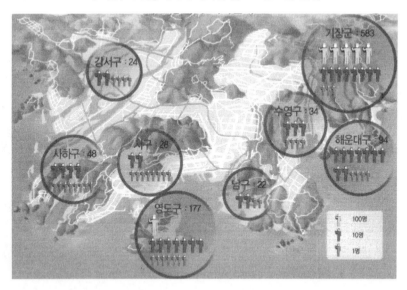

※ 주: 국토해양부 영남씨그랜트 브로슈어(인어아지매와의 동행)

해녀들은 보통 한 달에 조류가 심하지 않으면 20일 정도 물질을 하며, 하루 5~7시간 물속을 드나들면서 1인당 3~6kg의 해산물을 채취한다. 멍게·해삼이 전체 채취량의 70%를 차지하면서, 겨울철에는 성게가 80%를 차지한다. 그 외에 전복, 소라, 문어 등이 있다(〈표1〉 참조).

〈표1〉 부산광역시의 해녀 현황 및 생산 현황

(2007년 8월 末 기준)

수협	해녀수 (명)	어촌계 (수)	지역(어촌계명)	생산량 (톤)	생산액 (백만원)
부산시수협	437	11개	서구(암남), 영도구(동삼, 남항), 남구(용호), 해운대구(송정, 청사, 미포, 우동), 사하구(다대), 수영구(민락, 남천)	762.1	5,026
부산동부수협	598	18개	기장군(공수, 동암, 서암, 신암, 대변, 월전, 두호, 학리, 이천, 이동, 동백, 신평, 칠암, 문중, 문동, 임랑, 월내, 길천)	46.7	2,250
의창수협	24	3개	강서구(대항, 천성, 동선)	27.0	185
계	1,059	32개	-	835.8	7,460

* 생산품명 : 정착성 수산동식물(패류, 해조류)-전복, 소라, 성게, 문어, 해삼, 미역, 톳 등
* 유형숙(2009)

해녀의 가치는 인간주거의 특징적인 사례로서 자연에 의해 파괴되기 쉽거나 역행할 수 없는 사회·문화적 혹은 경제적 변혁의 영향으로 상처받기 쉬운 것과 연관됨으로써 해녀의 자산과 문화가 수년 이내에 완전히 와해되고 사라질 위험에 있다는 점 등이 최근 부각되기 시작하였다. 본 연구에서 취급하는 "해녀관광"이란, 해녀들의 물질공연(performance)을 체험하는 것을 비롯하여, 현재까지 해녀들이 이루어온 자신들만의 자산과 문화, 가치 등과 관련된 호스트(해녀)와 게스트(체험객) 간의 일련의 모든 활동을 의미한다.

해녀관광 사업에서는 특히, 해녀 본인의 역할이 가장 중요하다. 전

문가들이 만들어주는 관광지에서 해녀로서 참여해 주는 식의 사업은 전혀 실효성이 없다고 할 수 있다. 전문 여성어업인 해녀들은 관광자 원화를 통하여 본인들의 정체성을 확립하고 해녀문화의 전수자로 거듭 날 수 있으며, 해녀관광은 해양/어촌관광의 일환으로 지역 활성화와 소득 창출로 연계되어질 것이다.

유형숙(2009)은 해녀관광의 단계별 특징을 〈그림2〉과 같이 제시하고 있다. 해녀관광의 도입기에는 단기적인 지원으로 효과를 낼 수 있는 탈의실 및 수산물 판매장 등의 시설 측면의 개선을 통한 해녀관광의 형태가 나타나고, 성장기에는 제도적/행정적 지원을 통하여 '해녀관광센터'를 건립하고, 그 센터를 중심으로 '해녀사무장'이 해녀관광을 주도

〈그림2〉 해녀관광의 단계별 특징

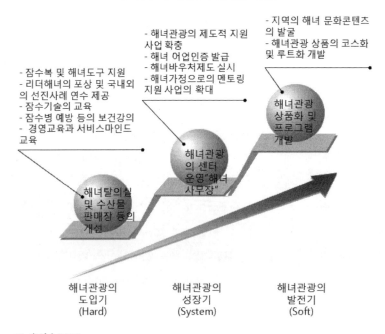

- 지역의 해녀 문화콘텐츠의 발굴
- 해녀관광 상품의 코스화 및 루트화 개발

- 해녀관광의 제도적 지원 사업 확충
- 해녀 어업인증 발급
- 해녀바우처제도 실시
- 해녀가정으로의 멘토링 지원 사업의 확대

- 잠수복 및 해녀도구 지원
- 리더해녀의 포상 및 국내외의 선진사례 연수 제공
- 잠수기술의 교육
- 잠수병 예방 등의 보건강의
- 경영교육과 서비스마인드 교육

해녀관광 상품화 및 프로그램 개발

해녀관광의 센터 운영 "해녀 사무장"

해녀탈의실 및 수산물 판매장 등의 개선

해녀관광의 도입기 (Hard)

해녀관광의 성장기 (System)

해녀관광의 발전기 (Soft)

※ 유형숙(2009)

해 나가는 형태를 보이게 된다. 발전기에는 관광객 개개인의 요구에 맞춘(customized) 해녀관광 상품의 코스화 및 루트화의 개발로 다양한 해녀관광 상품 및 프로그램이 나타난다.

현재의 해녀관광은 도입기 단계에 머물러 있다. 정부와 지자체의 적극적인 지원과 관심으로 사라질 위험에 처해있는 해녀를 관광자원으로 활용하는 해녀관광을 지속가능한 관광의 한 형태로 운영해 나가기를 기대하는 바이다.

2. 관광과 이미지에 관한 연구

이미지는 인간의 마음속에 그려지는 무형적인 것으로 기대했던 것을 현실적으로 경험할 때 일련의 자극 내용을 차별적으로 인식함으로써 형성된다. 또한 인간이 특정 대상에 대해 갖는 태도와 같이 상대적인 개념으로서 어떤 압도적인 인상이나 고정 관념을 함축하는 것으로 이는 대상에 대한 직접적인 경험 없이도 형성될 수 있다(Gartner, 1993).

Dobhi & Zinkhan(1990)은 이미지란 소비자의 이성적 감정적 판단을 통하여 형성된 지각적 현상이며 이는 두 가지 인지적(beliefs), 정서적 (feeling)들로 이루어져 있다고 정의하였다.

이미지에 대한 개념은 학자들 간에 각각 다른 시각으로 보고 있으며, 이미지의 개념은 종합해 볼 때 이미지란 목적지나 장소에 대한 사람들의 신념(beliefs), 아이디어(ideas), 인상(impressions)의 총체라 할 수 있다. 또는 장소나 특정한 목적에 대한 개개인의 지식, 인상, 편견, 상상, 감정적 생각의 표현이다(Lawson & Baud-Bovy, 1977; 前田, 1995).

사회심리학에서 정의하는 이미지는 '한 개인이 어떤 대상에 대하여 가지는 전반적인 인상(overall impression)' 으로 이해되며(Ditcher, 1985),

관광학 분야 연구들의 대부분에서도 이러한 이미지의 개념적 범위를 크게 벗어나지 않는다.

하지만 이미지의 구체적인 하위요소나 구조 혹은 조작적 측면에서는 이미지의 개념을 다양한 하위개념들이 합쳐진 복합적인 구조로 보거나, 이미지 자체를 의사결정 과정의 정보처리의 마지막 단계에서 형성되는'인상' 자체로 사회심리학적 관점과 보다 더 일치한 개념으로 정의하는 등 연구자들의 의견이 약간씩 다르게 나타나고 있다(서원석 · 백주아, 2009).

관광학에서 이미지에 대한 연구는 Hunt(1971)의 논문을 시작으로 많은 관심을 받아왔다(이인재, 2005). 국내의 경우 손대현(1982)의 마케팅 전략으로 관광이미지를 언급한 것을 시작으로, 1995년부터 관광이미지의 여러 부분에 대한 조망이 본격적으로 진행되기 시작하였다.

특히, 관광학에서의 이미지는 대부분 관광 경영학적인 측면에서 관광객들의 관광지 의사결정 및 관광객 유치를 위한 관광지 관리 등의 연구를 중심으로 접근되고 있다. 기존의 관광분야에서의 초기 이미지 연구는 관광지의 이미지 요인 파악과 측정, 이에 근거한 포지셔닝에 관한 연구, 마지막으로 이미지 측정에 의한 관광목적지 선택 행동의 설명과 관련된 연구로 진행되어 오다가, 점차 관광객 동기나 정보탐색의 선행 변수 및 충성도와 만족도 등의 재방문과 관련된 결과 변수 간 구조적 관계로 확대되었다. 그러나 관광에서 목적지에 대한 관심이 증가하면서 관광목적지 이미지가 계속적으로 확장되었음에도 불구하고 이와 관련된 연구는 양적으로 미흡할 뿐 아니라 구성체계가 부가적 이미지를 창출하기 위한 도구로 사용되고 있는 실정이다(서원석 · 백주아, 2009).

Ⅲ 연구의 방법 및 결과

1. 조사의 개요 및 인구통계학적 특성

본 연구에서는 해녀를 관광자원으로 활용하기 위한 연구의 일환으로, 2010년 11~12월에 걸쳐서 설문조사를 실시하였다. 조사대상자는 부산광역시 인근지역에서 거주하고 있는 대학생과 일반인들로 편의추출법으로 선정하였다.

설문지는 대학생 146부(2부 제외)와 일반 187부(7부 제외)가 회수되어 최종분석에 사용되었다.

<표2> 조사대상자의 인구통계학적 특성

항목	세부항목	일반(N=187)		대학생(N=146)	
		빈도(명)	비율(%)	빈도(명)	비율(%)
성별	남	78	41.71	31	21.23
	여	109	58.29	115	78.77
연령	10대	–	–	2	1.37
	20대	18	9.63	141	96.58
	30대	64	34.22	3	2.05
	40대	53	28.34	–	–
	50대 이상	51	27.27	–	–
직업	무직	6	3.21	–	–
	학생	–	–	141	96.58
	전업주부	36	19.25	–	–
	자영업	28	14.97	–	–
	회사원	69	36.90	–	–
	공무원	8	4.28	–	–
	전문직	29	15.51	–	–
	기타	10	5.35	–	–
거주지	부산 시내	155	82.89	119	81.51
	부산 시외	26	13.70	27	18.49

※ 세부항목에 결손치를 포함하고 있는 경우에는 합이 100%가 되지 않음

조사대상자들의 인구통계학적 특성은 〈표2〉의 내용과 같다. 일반인의 경우는 여성이 약간 많은 분포이며, 30대 이상으로 회사원과 전문직, 자영업이 많으며, 부산시내에 거의 대부분이 거주하는 분포를 보였다.

대학생의 경우는 20대의 여학생이 압도적으로 많으며, 일반인과 마찬가지로 대부분이 부산시내에 거주하는 분포를 나타냈다.

2. 설문지 구성 및 분석방법

본 연구의 설문지에서는, 유형숙(2009)에서 개발된 13개의 해녀에 관한 인지도 항목과 해녀에 관한 친숙도 항목 4개, 해녀에 관한 이미지 항목 30개, 그리고 4개의 인구통계학적 특성으로 구성하였다.

〈표3〉 설문지의 구성

구 분	문항 수	척도
해녀의 인지도	13	명목척도
해녀의 친숙도	4	명목척도 (해녀의 존재유무, 해녀들의 판매 및 구매활동, 해녀의 분포지역)
해녀의 이미지	30	의미차별법 5점 척도
인구통계학적 특성	4	명목척도 (성별, 연령, 직업, 주거지)

회수된 설문지는 SPSS/Win Ver 18.0 통계프로그램을 이용하여 분석하였으며, 해녀이미지에 대한 대학생들과 일반인 두 집단 간의 이미지 차이의 검증을 위하여 빈도분석, 교차분석, 독립표본 T-검증, 신뢰성분석, 요인분석 등을 실시하였다.

Ⅳ   분석결과

해녀에 관한 일반인과 대학생들 간의 차이분석으로 친숙도와 인지도의 차이분석을 실시하였다.

1. 해녀에 관한 친숙도의 차이분석

부산에 해녀가 존재한다는 사실을 알고 있는지의 설문여부의 결과, 대학생의 경우는 해녀가 존재함을 모르는 응답자가 64.4%(94명)이고, 알고 있는 응답자가 35.6(52명)%로 나타났다.

일반인의 경우는 해녀의 존재를 알고 있는 사람이 75.9%로 모르는 응답자 23.5%보다 월등히 많은 것으로 나타났다.

〈표4〉 해녀에 관한 친숙도의 교차분석

항목	세부항목	일반(N=187)		대학생(N=146)		x²	p값
		빈도(명)	비율(%)	빈도(명)	비율(%)		
부산시에서의 해녀의 존재	알고 있음	142	75.94	52	35.62	55.86	***
	모름	44	23.53	94	64.38		
해녀들의 해산물 판매활동	본적 있음	153	81.82	66	45.21	50.02	***
	본적 없음	33	17.65	80	54.79		
해녀들의 해산물 구매활동	구매한적 있음	115	61.50	24	16.44	69.28	***
	구매한적 없음	71	37.97	122	83.56		
부산시에서의 해녀들의 분포지역	영도구	60	32.09	47	32.19	8.25	0.31
	서구	3	1.60	3	2.05		
	해운대구	16	8.56	18	12.33		
	사하구	5	2.67	3	2.05		
	남구/수영구	8	4.28	11	7.53		
	기장군	93	49.73	63	43.15		

* 세부항목에 결손치를 포함하고 있는 경우에는 합이 100%가 되지 않음
* *** p<0.001

대학생들은 부산지역에 해녀가 존재하고 있다는 응답보다 존재하지 않는다는 응답이 더 많았고, 해녀들의 판매활동도 본적이 없는 응답이 더 많았고, 해녀들의 해산물을 구매한 적이 없다는 응답이 더 많았다. 일반인의 경우는 대학생의 응답과 반대 성향을 나타냈다.

따라서 해녀의 친숙도에 해당하는 3 항목(해녀의 존재, 판매활동, 구매활동)은 교차분석의 결과, 0.001의 유의수준에서 대학생과 일반인간의 유의한 차이가 나타났다.

부산지역에 해녀가 분포할 것 같은 지역으로는 대학생과 일반인 모두, 기장군, 영도구, 해운대의 순으로 대답하고 있어, 실제 부산지역에 살고 있는 해녀분포와 일치하였다.

2. 해녀에 관한 인지도의 차이분석

〈표5〉 해녀에 관한 인지도의 차이분석

해녀 인지도(점수)	일반(N=187)		대학생(N=146)	
	빈도(명)	비율(%)	빈도(명)	비율(%)
0	1	0.53	1	0.68
1	2	1.07	3	2.05
2	3	1.60	10	6.85
3	11	5.88	12	8.22
4	14	7.49	18	12.33
5	14	7.49	14	9.59
6	18	9.63	26	17.81
7	20	10.70	20	13.70
8	18	9.63	14	9.59
9	23	12.30	8	5.48
10	22	11.76	7	4.79
11	13	6.95	6	4.11
12	11	5.88	6	4.11
13	17	9.09	1	0.68
평균점수	7.92점		6.18점	

해녀관련 인지도의 설문에서 대학생들의 해녀관련 인지점수의 평균
이 일반인들의 인지점수 평균보다 낮게 나타났다(7.92점 VS 6.18점).
대학생(젊은층)들이 일반인보다 해녀에 관해서 잘 모르고 있다고 판단
된다.

3. 해녀에 관한 이미지의 차이분석

기존연구들에서 개발한 이미지를 측정척도(박석희·고동우, 2002:
박석희·부소영, 2002: 박한식, 2007: 최승담·오훈성, 2008: 현용호·
조광익, 2009: 윤유식·오정학·김경태, 2010)를 참조하여 해녀이미지
와 관련된 측정항목을 30개를 도출하였다. 본 연구에서는 해녀의 이미
지 측정척도로 의미차별법(SD법)3)의 구조화된 측정방법을 사용하였으
며, 도출된 30개의 항목으로 신뢰도 분석을 실시하였다.

일반인과 대학생 모두, 30개의 이미지 항목에 대한 Cronbach's α 계
수는 비교적 높게 나타났다(0.816과 0.801). 그러나 일반인과 대학생 두
집단에서 공동으로 전체 문항과의 상관계수가 0.20 미만이며, 항목이
삭제되었을 경우 α 계수가 높아지는 문항 6, 13, 16, 17번의 4개의 문항
을 삭제하고, 26개의 항목으로 이후의 T-검증, 요인분석에 임했다.

우선, 대학생과 일반인간의 해녀이미지에 관한 T-검증의 결과는 다
음〈표6〉과 같다.

---

3) 이미지의 가장 보편적인 측정방법은 Osgood의 의미차별법(SD법: semantic
  differential), Plumer의 심리적변수(psychographics) 또는 AIO(activities,
  interests, opinions)에 기초를 둔 life style 세분화, 다속성 태도 모델이 흔히
  이용되고 있다(손대현, 1982).

〈표6〉 해녀에 관한 인지도의 차이분석

항목	평균		t값	p값
	일반 (N=187)	대학생 (N=146)		
낯선/친숙한	3.25	2.96	2.284	0.023*
약한/강한	4.26	3.95	2.813	0.005**
추한/아름다운	3.68	3.44	2.556	0.011*
게으른/부지런한	4.67	4.57	1.085	0.279
경솔한/신중한	4.06	3.78	2.679	0.008**
병약한/건강한	3.92	3.67	2.207	0.028*
빈곤한/풍족한	2.64	2.37	2.899	0.004**
평범한/독특한	3.88	3.75	1.209	0.227
무능한/유능한	3.96	3.64	3.250	0.001***
허술한/견고한	3.78	3.60	1.855	0.064
단순한/복잡한	3.11	3.10	0.043	0.966
딱딱한/부드러운	2.93	2.86	0.638	0.524
일반적인/이색적인	3.87	3.95	-0.746	0.456
지루한/흥미로운	3.47	3.44	0.250	0.803
무기력한/활기찬	3.98	3.80	1.736	0.083
냉정한/정겨운	3.90	3.97	-0.720	0.472
차가운/따뜻한	3.51	3.58	-0.578	0.564
불결한/청결한	3.58	3.33	2.696	0.007**
혼란스러운/안정된	3.09	2.97	1.357	0.176
소란스러운/조용한	3.27	3.15	1.157	0.248
거북한/편안한	3.22	3.23	-0.015	0.988
무뚝뚝한/친절한	3.24	3.38	-1.294	0.196
폐쇄적/개방적	3.08	3.12	-0.446	0.656
독단적/조화적	3.11	3.32	-2.012	0.045*
감정적/이성적	3.07	2.88	2.037	0.042*
소극적/적극적	3.99	3.76	2.260	0.024*

*** p<0.001, ** p<0.01, * p<0.05

일반인과 대학생간의 집단 간의 차이를 나타내는 이미지 항목으로
는, 0.05 수준에서 유의한 이미지항목이 6개(낯선/친숙한, 추한/아름다
운, 병약한/건강한, 독단적/조화적, 감정적/이성적, 소극적/적극적),
0.01 수준에서 유의한 이미지 항목이 4개(약한/강한, 경솔한/신중한, 빈
곤한/풍족한, 불결한/청결한), 0.001 수준에서 유의한 이미지 항목이 1
개(무능한/유능한)로 나타났다. '독단적/조화적'이라는 항목을 제외하고
는 일반인들이 대학생들에 비하여 해녀이미지의 값이 높게 나타나, 해
녀에 대하여 좀 더 긍정적인 이미지를 가지고 있는 것으로 유추된다.

해녀에 관한 긍정적인 이미지는 '부지런한', '강한', '신중한', '활기찬',
'정겨운'등이며, 부정적인 이미지로는'빈곤한', '딱딱한', '감성적', '혼란스
러운'등으로 나타났다.

다음으로, 해녀에 대한 이미지의 요인구조를 파악하기 위하여 탐색
적 요인분석을 실시하였다. 우선 일반인들을 대상으로 한 분석 결과는
〈표7〉과 같다. 이미지 속성 26개 변수를 분석에 이용하였으며, 주성분
분석의 배리맥스 회전방식을 이용하여 고유값 1 이상의 8개의 요인을
추출하였다. 추출된 요인을 구성하는 변수들의 의미적 관련성을 고려
하여 요인명은 견고한/ 정겨운/ 활동적/ 포근한/ 편의적/ 친숙한/ 풍족
한/ 단순한 으로 명명하였다.

〈표7〉에서 제시한 바와 같이 요인 설명력과 적합성을 보여주는
KMO는 .744, Bartlett의 구형성 검정치는 1412.103(df=325)로 모두 1%의
수준에서 유의하게 나타났으며, 분산 설명력도 61.897%로 나타나 측정
변수는 타당한 것으로 나타났다.

<표7> 해녀이미지의 요인분석(일반인)

요인명	항목	적재량	고유값	분산율 (누적)	KMO
견고한	허술한/견고한	.825	5.602	21.547 (21.547)	0.744 1412.103/325 (p〈 .001)
	무기력한/활기찬	.758			
	무능한/유능한	.750			
	경솔한/신중한	.548			
	병약한/건강한	.534			
	냉정한/정겨운	.532			
	평범한/독특한	.460			
	지루한/흥미로운	.455			
정겨운	독단적/조화적	.720	2.554	9.824 (31.371)	
	차가운/따뜻한	.646			
	딱딱한/부드러운	.628			
활동적	약한/강한	.803	1.609	6.190 (37.561)	
	게으른/부지런한	.727			
	추한/아름다운	.480			
포근한	거북한/편안한	.770	1.448	5.571 (43.132)	
	혼란스러운/안정된	.719			
편의적	폐쇄적/개방적	.622	1.377	5.298 (48.429)	
	불결한/청결한	.618			
	소란스러운/조용한	.617			
	감정적/이성적	.535			
친숙한	낯선/친숙한	.736	1.263	4.856 (53.286)	
	무뚝뚝한/친절한	.586			
풍족한	빈곤한/풍족한	.829	1.186	4.560 (57.846)	
	일반적인/이색적인	-.475			
단순한	단순한/복잡한	-.732	1.053	4.052 (61.897)	
	소극적/적극적	.557			

다음으로 대학생들을 대상으로 한 분석 결과는 <표8>과 같다. 주성분 분석의 배리맥스 회전방식을 이용하여 고유값 1 이상의 8개의 요인을 추출하였다. 추출된 요인을 구성하는 변수들의 의미적 관련성을 고려하여 요인명은 포근한/ 정겨운/ 견고한/ 활동적/ 풍족한/ 친숙한/ 독특한/ 편의적으로 명명하였다.

〈표8〉 해녀이미지의 요인분석(대학생)

요인명	항목	적재량	고유값	분산율 (누적)	KMO
포근한	폐쇄적/개방적	.807	5.414	20.823 (20.823)	.719 1212.455/ 325 (p< .001)
	무뚝뚝한/친절한	.727			
	거북한/편안한	.719			
	혼란스러운/안정된	.668			
	소극적/적극적	.363			
정겨운	냉정한/정겨운	.812	2.740	10.540 (31.363)	
	차가운/따뜻한	.721			
견고한	허술한/견고한	.756	1.851	7.121 (38.484)	
	무능한/유능한	.669			
	단순한/복잡한	.642			
	불결한/청결한	.483			
	독단적/조화적	.382			
활동적	병약한/건강한	.745	1.696	6.521 (45.005)	
	무기력한/활기찬	.676			
	추한/아름다운	.430			
풍족한	경솔한/신중한	.679	1.370	5.269 (50.274)	
	빈곤한/풍족한	.601			
	딱딱한/부드러운	-.549			
	게으른/부지런한	-.538			
	지루한/흥미로운	.532			
친숙한	낯선/친숙한	.784	1.325	5.096 (55.370)	
	약한/강한	.760			
독특한	일반적인/이색적인	.747	1.230	4.731 (60.101)	
	평범한/독특한	.584			
편의적	감정적/이성적	.725	1.050	4.038 (64.139)	
	소란스러운/조용한	.703			

〈표8〉에서 제시한 바와 같이 요인 설명력과 적합성을 보여주는 KMO는 .719, Bartlett의 구형성 검정치는 1212.455(df=325)로 모두 1%의 수준에서 유의하게 나타났으며, 분산 설명력도 64.139%로 나타나 측정 변수는 타당한 것으로 나타났다.

대학생들과 일반인들을 대상으로 한 해녀에 관한 이미지의 요인분석 결과, 조금의 차이는 보이고 있으나 전체적으로 긍정적인 이미지를 가지고 있는 것으로 나타났다(〈표9〉).

<표9> 해녀 이미지에 대한 요인분석의 결과비교

요인	일반인	대학생
1요인	견고한	포근한
2요인	정겨운	정겨운
3요인	활동적	견고한
4요인	포근한	활동적
5요인	편의적	풍족한
6요인	친숙한	친숙한
7요인	풍족한	독특한
8요인	단순한	편의적

8개의 요인 중, 7개의 요인은 대학생과 일반인 두 그룹 모두에게 나타났으나, 일반인에게는 '단순한' 이미지와 대학생들에게는 '독특한' 이미지가 비교되게 나타났다. 대학생보다는 해녀에 관한 인지도가 높은 일반인들에게는 해녀가 독특하기 보다는 단순한 이미지로 나타났다고 유추된다.

V 결론

제주지역의 해녀에 관한 연구들을 살펴보면, 해녀의 이미지로 일찍이 '낡고 전근대적'이라는 이미지에서 1960년대 이후, 지역 엘리트라는 긍정적인 이미지가 강조되어'근면 · 검소 · 자립'으로, 나아가 1980년대 이후, 관광업 등의 발달로는 '부지런하고 강인한(강한여성)'라는 이미지가 형성되었다.

본 연구의 결과에서도, 해녀에 관한 긍정적인 이미지로 부지런한/ 강한/ 신중한/ 활기찬 등의 이미지가 나타나서, 실제적이라는 해녀의 이미지가 나타났다고 판단된다. 그러나 해녀관광의 도입기에 해당하는 현시점에서는 아직 "해녀=관광자원" 이라는 개념이 확립되어 있지 못하기 때문에, 해녀이미지가 정확하게 추출되었다고 판단하기는 어렵다.

본 연구에서는 해녀이미지를 측정하는데 의미판별법(SD법)의 구조화된 측정방법을 사용하였다. 이인재(2005)가 서술하고 있듯이 구조화된 측정방법은 통계적 처리가 용이하다는 장점은 있지만 필수 구성개념의 누락 및 부적절한 구성개념의 포함 등으로 구성개념이 적절히 측정될 수 없다는 단점을 가지고 있다. 본 연구에서는 이미지에 관한 문헌연구를 통하여 구성개념을 파악하려 하였지만 인물(해녀)의 이미지에 해당하는 측정척도의 개발에 좀 더 고심해야 할 것으로 사료된다.

부산광역시의 "해녀관광" 활성화를 위하여 대학생과 일반인들에게 해녀에 관한 친숙도, 인지도, 이미지 등의 차이 비교분석의 결과는 다음과 같이 나타났다.

첫째, 해녀의 친숙도에 해당하는 3 항목(해녀의 존재, 판매활동, 구매활동)에 있어서, 대학생과 일반인간의 유의한 차이가 나타났다. 일반인들이 대학생들에 비하여 해녀의 존재를 알고 있었고, 해녀의 해산물 판매활동을 본적이 있으며, 구매한 적도 많았다.

둘째, 해녀관련 인지도에서는 두 그룹간에 있어서 통계학적으로 유의한 차이는 나타나지 않았지만, 대학생들의 해녀관련 인지점수의 평균이 일반인들의 인지점수 평균보다 낮게 나타났다. 대학생들이 일반인보다 해녀에 관해서 잘 모르고 있다는 것을 알 수 있다.

셋째, 26개의 이미지 측정 항목 중, 11개의 이미지 측정 항목이 일반인과 대학생 간의 통계학적으로 유의한 차이를 나타냈다. '독단적/조화적'이라는 항목을 제외하고는 일반인들이 대학생들에 비하여 해녀에 대하여 좀 더 긍정적인 이미지를 가지고 있는 것으로 유추된다.

넷째, 대학생들과 일반인들을 대상으로 한 해녀에 관한 이미지의 요인분석 결과, 조금의 차이는 보이고 있으나 전체적으로 긍정적인 이미지를 가지고 있는 것으로 나타났다. 특히, 대학생보다는 해녀에 관한 인지도가 높은 일반인들에게는 해녀가 독특하기 보다는 단순한 이미지로 나타났다.

본 연구의 결과에서도 나타나고 있듯이, 부산광역시에 해녀가 있다는 사실을 모르는 대학생들이 많이 나타난 것처럼 젊은 세대들뿐만이 아니라 외국 관광객들에게는 해녀가 일상적이며 단순하지 않고, 비일상적이며 독특하게 인지되는 성향을 주목 해야 할 필요가 있다. 나아가 해녀로 인하여 형성된 "독특성"이라는 이미지로 관광 상품화 및 코스화를 만들 필요가 있다고 사료된다. 물론, 해녀관광의 실현을 위해서는 해녀의 존재를 인식시키기 위한 홍보 활동 등이 우선되어야 할 것이다.

제주해녀를 제외하고는 우리나라 전 해안에 분포하는 해녀들에 관한 관심과 연구조사가 거의 실시되지 않은 현 시점에서 부산광역시 해녀를 대상으로 "해녀관광"의 활성화 사업으로 실시된 본 연구는 나아가 우리나라 전 해안에 분포하고 있는 해녀관광 활성화를 위한 기초자료로 활용될 수 있을 것이다.

● 참고문헌 ●

강숙영·박시사·홍영임(2007). 일본어 가이드북에 표현된 제주도의 이미
지: 내용분석을 중심으로. 관광연구, 22(3), 259-279.

강재정·송재호·양성국(2003). 관광동기·이미지·재방문의도간 구조적
관련성. 관광학연구, 26(4), 221-238.

권귀숙(1996). 제주해녀의 신화와 실체 : 조혜정 교수의 해녀론을 중심으로,
한국사회학, 30(1), 227-258.

권창용(1992). 호텔 이미지 형성요인에 관한 연구. 관광학연구, 16, 1-15.

김영돈·김범국·서경림(1986). 해녀조사연구, 탐라문화 5, pp.145-268.

_____(1991). 제주해녀 조사연구: 특히 민속학적측면에서, 민족문화연구,
24, 27-92.

박석희·고동우(2002). 관광지의 정서적 이미지 척도 개발: 순정서적 이미
지와 준정서적 이미지. 관광학연구, 25(4), 13-32.

_____·부소영(2002). 관광 후 이미지와 만족도 간의 관계성. 관광학연
구, 26(1), 47-62.

박한식(2007). 지역 이미지 분석을 통한 장소마케팅 전략: 관광객과 지역
주민 이미지 차이를 중심으로. 관광연구논총, 19(1), 101-115.

서원석·백주아(2009). 관광 이미지에 관한 연구동향 분석. 호텔경영학연
구, 18(2), 299-309.

손대현(1982). 관광이미지와 마아케팅 전략에 관한 연구. 관광학연구, 6,
100-129.

안미정(2007). 제주 잠수의 어로와 의례에 관한 문화인류학적 연구: 생태
적 지속가능성을 위한 문화전략을 중심으로, 한양대학교대학원 박
사학위논문.

유형숙(2009). 해녀복지 및 관광자원화, 국토해양부.

윤유식·오정학·김경태(2010). "백제역사재현단지"의 관광지이미지와 기
    대가치의 구조관계 분석을 통한 브랜드 전략 연구: 상징조형물의
    조절효과를 중심으로. 관광연구, 25(1), 303-326.

원학희(1985). 제주해녀어업의 전개, 지리학연구, 10, 179-198.

이동희·김성혁(2002). 한국 취항 주요 항공사의 이미지 비교분석. 관광학
    연구, 25(4), 227-251.

이인재·조광익(2003). 관광이미지 형성에 관한 연구: 기대와 직접적 경험
    을 바탕으로 한 관광 이미지 형성과정을 중심으로. 관광학연구,
    27(1), 45-62.

_____(2005). 관광이미지 연구의 비판적 고찰:『관광학 연구』를 중심으
    로. 관광학연구, 29(1), 125-146.

이장주·조현상(2000). 지역축제의 이미지 특성화에 관한 실증분석: 우리
    나라 6개 지역 축제를 중심으로. 관광학연구, 24(1), 205-224.

_____·양희재(2003). 진도영등축제 프로그램 차별화 방안: 관광객의 참
    여동기와 축제이미지를 중심으로. 문화관광연구, 5(1), 29-52.

이태희(1997). 한국 관광지 이미지 측정척도의 개발. 관광학연구. 20(2), 80
    -95.

전경수 편역(1994). 관광과 문화, 일신사.

주강현(2007). 100가지 민족문화 상징사전, 한겨레아이들.

좌혜경(2002). 일본 쓰가지마(菅島)의 '아마'와 제주 해녀의 비교 민속학적
    고찰, 한국민속학, 36, 229-270.

최성애·황진회·엄선희(2005). 어촌여성의 노동실태와 정책과제, 한국해
    양수산개발원

최승담·오훈성(2008). 청계천 방문이 서울시 관광 이미지에 미치는 영향.
    서울도시연구, 9(4), 41-52.

최정자·유정림(2005). 우리나라 컨벤션센터 및 컨벤션뷰로들의 홍보물
    내용분석을 통한 이미지마케팅에 대한 고찰. 관광·레저연구,

17(1), 173–192.

한상복(1976). 농촌과 어촌의 생태적 비교, 한국문화인류학 8, 87–90.

현용호·한상현(2005). 관광지 선택행동에 직접적인 연향을 미치는 이미지의 도출에 관한 연구: 단순선호이미지와 선도이미지의 비교를 중심으로. 관광·레저연구, 17(3), 23–42.

_____·조광익(2009). 지역관광지 대표 이미지 도출에 관한 연구. 관광연구, 24(3), 189–209.

형성은·이성필(2008). 부산 관광산업의 세계화를 위한 Design Service Model구축에 관한 연구: 관광이미지 평가를 중심으로. 감성과학, 11(2), 193–206.

홍장선(2008). 관광레저 광고의 도상학적 이미지 분석. 문화관광연구, 10(2), 49–67.

해양수산부(수산경영과)(2006). 여성어업인 육성정책 기본계획.

Dicher, E. (1985). What is in an image?. *Journal of Consumer Marketing*, 2,39–52.

Dobhi, D., & Zinkhan, G. M. (1990). In Search of Brand Image: A Foundation Analysis. *Advances in Consumer Research*, 17, 110–119.

Erickion, G. M., Jonson, J. K., & Chao, P. (1983). Image Variable in Multivarible Product Evaluation Country-Origin Effect, *Journal of Consumer Research,* 11, 694–696.

Gartner, W. C. (1993). *Image Formation Process. In Communication of Channel Systems in Tourism Marketing*, The Haworth Press.

Hunt, J. D. (1975). Image as a Factor in Tourism Development, *Journal of Travel Research,* 13(3), 1–7.

Lawson, F., & Baud-Bovy, M, (1977). *Tourism and Recreational Development*, London: Architectural Press.

日高健(2002). 都市と漁業―沿岸域利用と交流―, 成山堂書店.

煎本 孝(1996). 文化の自然誌, 東京：東京大学出版会.

李善愛(2001). 海を越える濟州島の海女, 東京：明石書店.

岩田準一(1971). 志摩の海女, 東京：神都印刷株式会社.

香月 洋一郎(2008). 海士(あま)のむらの夏―素潜り漁の民俗誌―, 東京：雄
　　　山閣.

森 浩一 編(2008). 海人たちの世界―東海の海の役割―, 東京：中日出版社.

大崎 映晋(2006). 人魚たちのいた時代―失われゆく海女文化, 東京：成山堂.

大橋 薫 (1994). 海女部落の変貌―地域社会学的研究, 東京：垣内出版株式
　　　会社.

田辺悟(1993). 海女, 東京：法政大學出版局.

田中のよ 著, 加藤雅毅編(2001). 海女だちの四季, 東京：新宿書房.

前田勇(1995). 観光とサービスの心理学, 学文社.

谷川 健一(1990). 海女と海士 (日本民俗文化資料集成 4), 東京：三一書房.

05

관광객과 지역주민 간 비교를 중심으로

문화유산으로서 제주해녀의 관광자원 선택속성, 영향인식 차이에 관한 연구

- 서 론
- 이론적 배경
- 연구 방법
- 분석결과 및 시사점
- 결 론

| **현홍준** | 제주대학교
| **서용건** | 제주대학교
| **고계성** | 경남대학교

『탐라문화』 제37호, 2010.

I　서 론

관광자원화는 사물과 활동이 지니고 있는 관광잠재력을 현재화시키는 작업을 의미한다. 다시 말해 존재하고 있는 그대로 또는 일정한 변경을 통하여 관광잠재력을 지닌 사물과 활동을 볼거리, 먹거리, 즐길거리 등으로 나누어 관광자원에 내재한 가치를 구현시키는 일련의 행위라 할 수 있다(박석희·이미혜, 1996).

문화유산관광은 관광자원을 제공하는 것만을 의미하는 것이 아니라 과거를 통하여 현재를 이해하고 미래를 조망할 수 있다는 면에서 그 의미가 있으며 물질문명의 발전과는 대조적으로 점차 대중 속에 고립화되는 현대인의 인간성 회복과 정신적 가치와 진리의 추구를 위한 현대인의 욕구충족을 위하여 시장세분화의 지표로써 그 역할을 충분히 수행하고 있다. 문화유산은 문화집단의 문화적 역량을 가늠할 수 있는 척도인 동시에 그들의 문화자본이기도 하며 이들의 가치를 활용한 관광 상품을 통하여 사회, 문화적 측면에서의 인간의 진리 추구활동과 정체성을 확인시켜주는 공동의 장을 마련해주는 역할을 한다. 또한 문화유산을 관광자원으로 활용함은 문화유산의 보존과 활용의 기본취지를 벗어나지 않는 장점이 있다(전명숙, 2005).

그러나 제주도의 문화유산이라 할 수 있는 해녀는 지역사회가 그들의 전통문화방식의 생활과 점점 멀어지고 서구의 문화적 영향을 받게되면서 그들의 전통생활 방식에 의거하여 존재하였던 문화유산이 빠르게 사라지고 있는 상황에 봉착하고 있는 실정이다. 따라서 지자체는 지속적으로 이 문화유산에 대한 일반 대중의 관심을 일으키고 또 확인, 보존, 그리고 전승을 위하여 여러 방면에서 많은 기획을 해오고 있지만 좀 더 구체적이고 심층적인 대안을 제시하지 못하고 있는 실정이다.

또한 세계적인 잡지 타임지(2004.4.19)와 뉴욕타임스(2005.2.15)가 제주의 해녀를 각각 섬 문명의 보물(island possession), 한반도의 경제적, 사회적, 문화적 영역의 양성평등의 선구자(pioneer modern Korean gender roles in economic, social, and cultural sectors)로 이대로 방치하면 해녀와 해녀의 희귀한 가치와 문화가 10년 이내에 지구상에서 사라질 것으로 우려하였다(고창훈, 2007).

최근 해녀에 대한 연구동향을 살펴보면, 제주해녀의 역사적인 측면에서의 해녀노래, 해녀투쟁에 관한 연구(문숙희, 2005; 조규익, 2005; 변성구; 2006; 박찬식, 2007; 이성훈; 2008)가 주가 되어져 왔다.

이에 본 연구는 2007년 12월 제주 10대 문화상징물로서 선정이 되었음에도 불구하고 점차 사라져가는 제주지역의 해녀를 문화관광자원화로 보전시킬 필요성에 근거하여 시작되었다고 할 수 있으며 관광학측면에서 바라보는 연구 또한 필요하다는 생각에 착안하여 연구가 시작되었다. 이를 위해서 우선적으로 지역주민과 관광객들이 느끼고 있는 제주해녀문화에 대한 인식조사가 이루어져야 한다.

따라서 이러한 관점에서 본 연구의 목적을 구체적으로 제시하면 다음과 같다.

첫째, 조사대상자의 일반적 특성 중 지역주민과 관광객들의 제주해녀문화에 대한 선택속성 수준을 규명하고자 한다. 해녀 관광자원에 대해 어떻게 인식하고 있으며 지역주민과 관광객 간에 제주해녀 선택속성에는 어떤 차이를 보이고 있는가를 분석한다.

둘째, 이들 지역주민과 관광객 간의 관광자원화 선택속성에 대해 어떤 차이를 보이고 있는가를 규명하고 인지도에는 어떤 차이가 있는지를 알아보고자 한다.

마지막으로, 제주해녀 문화유산을 관광자원화했을 때 지역주민과 관광객들이 생각하는 영향인식에 대해 어떻게 나타날 것인지에 대해 규명하고 어떠한 차이를 나타내고 있는가를 고찰해보고자 한다.

이론적 배경

1. 문화유산

1) 문화유산의 개념

문화유산의 개념에서 유산의 의미는 역사적으로 가치가 있는 모든 것을 의미하는 것이 아니고 시간이 지남에 따라 의도적으로 보존되어 상품화된 것들을 의미하거나, 상품적 가치가 있는 역사적인 것들을 재현하는 것(Ashworth, 1994; Masser, Svidcen, & Wegner, 1994; Newby, 1994; Graham, 1994; Herbert, 1995; Schouten, 1995; Poria, 2001)을 말한다. 문화유산은 현대사회의 발전과 가치 및 요구사항에 연결된 과정의 결과이다. 현재의 경향은 물리적 문화유산을 오랜 시간에 걸쳐 인류의 활동과 성취를 기록한 모든 표정을 담은 폭넓은 의미로 이해하는 것이다. 최근 유산에 대한 관심은 전쟁, 자연재해, 그리고 주된 사회의 변화로 인한 훼손으로 말미암아 더욱더 증가하고 있는 실정이다(Jokilehto, 1999). 이렇듯 예술작품과 기념물에 한정되었던 과거의 문화유산 개념이 오늘날에는 현대사회의 발전과 가치관의 변화가 만들어내는 산물로 폭넓게 정의되고 있다(유네스코한국위원회, 2002). 유네스코를 비롯하여 ICOMOS, 유럽 여러 나라에서는 문화재(문화유산)를 'cultural heritage'라고 쓰는 반면 중국에서는 '文物', 우리나라와 일본은 '문화재(cultural properties)'라는 용어를 사용하고 있다(황평우, 2004).

사전적 의미로 'property'는 재산, 소유물, 성질, 특성 등으로 정의되는데 비해 'heritage'는 상속재산, 유산, 전통 등으로 보다 넓은 의미를 지닌다. 우리가 사용하고 있는 '문화재'라는 용어는 재산가치가 있는 재물을 뜻하는 용어에 가깝다. 따라서 '문화재'라는 용어 대신에 '문화유산'으로 변경할 필요가 있다(정민섭·박선희, 2006).

2) 문화유산관광(Heritage Tourism)

문화유산은 인간의 문화적 행위결과에 의하여 획득되고 전승되어 온 유·무형의 자료를 총칭하며 특정 문화집단의 삶에 대한 지혜가 함축된 공동유산으로서 건축물, 기념물, 유적지, 예술품과 같은 물질적인 것과 전통적 사고방식, 생활습관, 의식, 민속, 예술과 같은 비물질적인 것으로 나누어진다(전명숙, 2005).

유산관광은 Garrod & Fyall(2000)이 "Managing heritage tourism"이라는 논문에서 사용한 유산관광에 대한 개념을 Poria 등(2001)이 반박하고 또다시 Garrod & Fyall(2001)이 이에 대해 반론을 펴면서 더욱 관심을 끌게 되었다.

한숙영·김사헌(2007)의 연구에서 유산관광에 대한 개념적 정의는 세 가지로 정리될 수 있다고 말하고 있는데 첫째는 유산관광이란 역사성에 중점을 두어 유물(유적)이나 이를 연계시킨 장소를 방문하는 것이라는 점과 둘째, 개인(소비자)의 주관적 지각에 중점을 두어 스스로 '유산'이라고 인지하는 대상을 관람·감상하는 행위라는 것이라 하였다. 여기서 전자는 공급 측면을 중시하는 개념이고 후자는 수요측면을 강조하는 개념이다. 세 번째는 이들 양자 즉, 역사성(공급 측면)과 개인 지각 측면(수요 측면)을 모두 포함한 개념(Poria 등이 "진정한" 유산 관광이라고 보는 것)이라고 할 수 있다.

여기서 어느 한쪽, 예컨대 수요측면을 내세우는 정의는 마케팅 기획가 혹은 수입의 극대화를 도모코자 하는 경영자에겐 도움이 될 수도 있지만, 일방향성만 너무 강조하다보면 유산관광은 그 고유의 성격을 상실할 수도 있다고 말하고 있다.

문화유산관광이란 지역의 자연적 또는 문화적 경관, 지역의 볼거리, 대상, 사람, 이벤트, 그리고 역사적 이야기에 대해 배우고 경험하기 위해 방문객의 거주지로부터 목적지인 관광지로 방문하는 현상을 말한다. 이러한 문화유산관광의 형태에서 중요하게 고려되는 요소들 중의 하나는 교육적인 요소이다(이주희·문종태, 2002). 즉, 이 경우에 있어서 관광객은 배우고 보고 체험하기를 기대하며, 에듀테인먼트의 복합적인 경험에 대한 욕구를 가지고 문화유산지역을 방문한다(조계중, 2007).

3) 유네스코 무형문화유산

2003년 유네스코 제32차 정기총회에서 채택된 무형문화유산 보호협약 (Convention for the Safeguarding of Intangible Cultural Heritage, ICH협약) 은 현재 46개국이 조인하여 협약 발효 30개국을 넘어섬에 따라 2006년 6월 파리본부에서 제1회 체약국 전체회의를 가졌으며 ICH협약 제2조(정의)에 의거 유네스코는 "무형문화유산"이라 함은 "공동체, 집단 및 개인들이 그들의 문화유산의 일부분으로 인식하고 있는 관습, 재현, 표현, 지식 및 기술 뿐 아니라 이와 관련된 도구, 사물, 공예품 및 문화 공간 모두를 의미한다"고 정의하고 있다. 이를 정리하면 다음 〈표1〉와 같다.

<표1> 무형문화유산의 구성 정의

구분	내용
무형적 표현과 지식	관습, 의례, 축제, 표현(공연예술뿐 아니라 공예품[1] 포함), 지식, 기술 등
무형유산 관련 물건	도구, 사물 등
무형유산의 실현장소	문화공간

이 정의에 따라 ICH협약은 모두 5개의 무형유산 범주를 제시하고 있으며 여기에는 첫째, 무형문화유산의 전달체로서의 언어를 포함한 구비전통 및 표현, 둘째, 공연 예술, 셋째, 자연과 우주에 관한 사회적 관습, 의례 및 축제, 넷째, 자연과 우주에 대한 지식 및 관습, 마지막으로 전통 기술을 말하고 있다.

ICH협약에 의한 무형유산 정의는 한 마디로 현행 한국의 문화재보호법에서 규정된 정의를 넘어선 포괄적 개념을 담고 있다. 우리 문화재보호법 제2조 제2항에 의하면 "무형문화재란 연극·음악·무용·공예기술 등 무형의 문화적 소산으로서 역사적·예술적 또는 학술적 가치가 큰 것"이라고 정의하고 있으며 "민속자료"에 대해서는 "의식주·생업·신앙·연중행사 등에 관한 풍습, 관습과 이에 사용되는 의복·기구·가옥 등으로서 국민생활의 추이를 이해함에 불가결한 것"이라고 정의하고 있다. 그러나 우리의 문화재보호법은 무형문화유산과 관

---

1) 여기서 공예품이라 하면 공연예술품을 의미하는데, 정수진(2009)의 "무형문화재의 관광자원화와 포클로리즘"에서 제시한 무형문화재로 지정된 남사당 풍물놀이를 예를 들어 문화상품으로서 남사당을 '공연'한다는 것은 예능 이외에 연기 기술, 공연 기술 등을 필요로 하기에 기술을 뽐내는 작업에서 끝나는 것이 아닌 하나하나가 이야기가 되는 '공연예술품'이라는 의미로 전달할 수 있을 것이다.

련되어 있는 공간적 개념에 대한 별도의 조항을 지니고 있지 않고 있다. 단지 제2조 3항에 의거 별도의 보호구역[2]을 지정할 수 있다고 했으나, 이는 유형문화재를 주 대상으로 하고 있을 뿐, 무형문화재와 직접 연결되어 시도된 바가 없다.

판소리, 종묘제례와 같이 기존 등재된 우리의 무형문화재와 달리 해녀문화는 의식주 생활과 민간신앙, 풍습, 기술, 장소적 개념을 다 함께 포괄하기 때문에 유네스코 ICH협약의 제1, 2, 3항의 모든 조항을 충족시켜야 할 필요가 있다(허권, 2007).

또한 위의 문화유산의 개념에서도 제시하고 있듯이 해녀를 문화재라는 개념보다는 무형문화유산을 써야 한다고 사료되며, 유네스코가 새로 제정한 세계무형문화보존 정책은 다음과 같은 면에서 의미가 있다고 볼 수 있다. 첫째는 유형문화위주의 문화개념에서 무형문화유산도 유형문화유산만큼 소중한 인류의 가치 있는 자산이라는 인식을 가져온 점이라 할 것이다.

두 번째는 그동안 유형문화유산 정책의 영향력과 주도권이 서구국가중심으로 이루어져 왔다면 무형문화유산 정책의 영향력과 주도권은 비 서구국가중심으로 이루어진다고 볼 수 있다. 이번 세 번에 걸친 세계무형문화유산으로 선정된 나라가 모두 90개국, 이중 서유럽의 것은 6개뿐이고, 아시아지역은 26개로 압도적인 숫자를 차지하고 있다. 이런 지역적 분포를 보더라도 아시아 지역이 무형문화유산의 중심지라고 볼 수 있다(임돈희, 2007).

---

2) "보호구역"이라 함은 지상에 고정되어 있는 유형물이나 일정한 지역이 문화재로 지정된 경우 당해 지정문화재의 점유면적을 제외한 지역으로서 당해 지정문화재를 보호하기 위하여 지정된 구역을 말한다.

그리고, 유네스코는 무형문화유산에 대한 가변적 창조성에 대해 주목하고 있는데 부형문화유산에 대한 혁신적 개념을 몇 가지 제기하고 있는데, 그 가운데 가장 우선순위로 들고 있는 3가지 내용을 보면 첫째, 무형유산을 최종 생산물이라기보다는 과정과 실행으로서 고려한다.

둘째, 무형유산을 정체성, 창작성, 다양성 및 사회적 유대의 근원으로 인식한다. 셋째, 지속적인 진화, 창의적 특성 및 자연과 상호작용하는 유산의 특이성을 존중한다(박성용, 2006).

무형문화는 최종 생산물로서 고정적인 실체가 아니라 하나의 과정으로 실현되는 가변적 실체이자, 일정한 정체성을 지니면서도 사회적 유대 속에서 창작성을 다양하게 발휘하는 것이다. 그러므로 자연히 지속적으로 진화하며 창의적 특성을 발휘하는 가운데, 자연환경과 상호작용하는 문화유산이라는 것이다(임재해, 2007).

2. 해녀

해녀란 바다에서 수면 공기공급장치나 스쿠버장비 등의 호흡장치없이 해삼, 전복, 미역 등의 해산물을 직업적으로 채취하는 여성 잠수작업자를 지칭하며 잠수형태로는 지식잠수(止息潛水, breath hold diving)가 있다. 지식잠수란 흡기 후 수분 동안 숨을 참고 잠수작업을 한 후 수면으로 상승하는 잠수를 말한다(안재현, 2008).

제주특별자치도조례 제548호(제주특별자치도 해녀문화 보존 및 전승에 관한 조례, 2009. 11. 4)에 의하면 현재 수산업협동조합에 가입하여 제주특별자치도 안의 마을 어장에서 잠수하여 수산물을 포획·채취하고 있거나 과거에 이와 같은 일에 종사했던 여성을 '해녀'라고 정의하고 있다.

강인한 제주여성의 표상인 해녀는 요즘 들어 급격히 줄어들고 고령
화되고 있다. 이는 여성들의 고학력화와 산업구조의 다양화로 여성들
의 사회진출이 높아지기 때문이다. 또 바다에서 하는 힘든 노동을 기
피하고, 부모들이 자녀들에게 물질을 시키지 않는 것도 해녀 격감 및
고령화의 원인이라고 할 수 있다.

해녀 수 감소와 함께 어업종사자도 줄어들고 있다. 2004년 제주특별
자치도의 조사에 따르면 제주해녀 5,650명(2003년 말 기준) 중 60세 이
상이 58.7%(3,136명)로 가장 많고, 50~59세 29.9%(1,688명), 30~49세
14.6%(824명) 순이며 30세 미만은 2명에 불과했다.

이는 지난 70년 전체 해녀 1만 4,143명 가운데 60세 이상이 4.6%였던
것과 비교할 때 고령화가 진행하고 있음을 반증하는 자료다. 더불어
해녀 수의 격감도 알 수 있다.

<표2> 연도별 잠수어업인 현황

구분		1980	1990	1995	2003	2005	2009
잠수 어업인 수(%)		7,804(100)	6,470(100)	5,886(100)	5,650(100)	5,545(100)	5,095(100)
연령 구성	30세미만	782(10.1)	271(4.2)	20(0.4)	2(0.03)	–	–
	30~49세	4,788(61.4)	2,894(44.8)	1,843(31.4)	824(14.6)	718(12.9)	213(4.1)
	50~59세	1,698(21.7)	2,370(36.6)	2,247(38.1)	1,688(29.9)	1,512(27.3)	1,043(20.5)
	60세이상	536(6.8)	935(14.4)	1,776(30.1)	3,136(55.5)	3,315(59.8)	3,839(75.4)

자료: 제주특별자치도 수산정책과의 <2009 해양수산현황>을 바탕으로 연구자 재구성

또한 제주특별자치도에 따르면 2006년 말 도내 해녀 수는 5,650여명
으로 지난 1980년 7,804명보다 2,000여명이 넘게 줄어들면서 30%가량
감소한 것으로 나타났으며, 2005년을 기준으로 매해 100여명 씩 감소
하는 것으로 나타났다. 연간 소득을 보면 1인당 320만원에 불과, 13년
전 소득수준에 머물고 있는 실정이다.

앞에 서두에서도 말을 했듯이, 제주해녀를 바탕으로 관광학적인 측면에서 연구된 것이 없어서 문화 관광자원의 선택속성 인식을 선행연구를 통해 도출해보면 다음과 같다. 해외연구에서는 Haahti(1986)와 Carlson(1976)과 Bojanic(1991)은 관광자를 유인하는 중요한 선택속성 인식이 역사, 문화적인 내용과 관련을 맺고 있는 것으로 보고 있으며, 김계섭(1993)은 경험 및 교육성, 역사 및 문화적 특성, 향토성, 민속성, 환상성 및 진기성, 특이성 등의 문화적 속성을 언급하였으며, 신찬혁(1995)은 시설내용의 교육적인 면을, 이장주(1997)는 향토성, 전통성, 체험성, 교육성 등을 측정항목으로 들고 있다. 또한 이애주(1989)와 박미정(1998)도 문화유적 및 문화적, 역사적 흥밋거리를 매력속성으로 보고 있다. 김계섭·안윤지(2005)는 고유성, 교육성, 진정성, 신기성을 측정항목으로 하여 자원해설이 관광만족에 어떠한 영향을 미치는 지를 연구하였다.

〈표3〉 선택속성에 대한 선행연구

연구자(연도)		선택속성 요인 내용
외국학자	Carlson(1976)	관광자를 유인하는 선택속성 인식이 역사, 문화적인 내용과 관련을 맺고 있음
	Haahti(1986)	
	Bojanic(1991)	
국내학자	이재주(1989)	문화유적 및 문화적, 역사적 흥밋거리
	김계섭(1993)	경험 및 교육성, 역사 및 문화적 특성, 향토성, 민속성, 환상성 및 진기성, 특이성 등의 문화적 속성
	신찬혁(1995)	시설내용의 교육적인 면
	이장주(1997)	향토성, 전통성, 체험성, 교육성 등
	박미정(1998)	문화유적 및 문화적, 역사적 흥밋거리
	김계섭·안윤지(2005)	고유성, 교육성, 진정성, 신기성 등

이에 본 연구에서는 이들 연구를 바탕으로 해녀의 선택속성 측정항목 19개를 도출하여 가설검증에 사용하였다.

3. 관광자원화

문화적, 역사적인 유산이 관광과 관련되어지는 중요한 속성 중 하나는 소비자의 욕구에 부응하는 시장지향적인 상품이나 경험화의 대상이 되었다는 점이다(Ashworth, 1994; 한숙영, 2007). 즉, 문화적 가치나 미적 기준과 같은 것이 아니라 소비자의 욕구에 대한 마케팅 관점에서의 시장의 간여를 통하여 운영된다는 것이다. 이러한 측면에서 보면 문화관광자원적인 대상이나 유산의 동시대의 소비욕구를 충족시키기 위해 의도적으로 창조된 상품이거나 경험이 될 수도 있는 것이다(Mirloup, 1984; Ashworth, 1994).

그 외에도 상당수의 학자들이 일반적으로 문화적 소비내지는 문화자본의 형태로 변환된 상품적 가치라고 주장하고 있다(Cazes, 1992; Tinard, 1988; Goeldner & Ritchie, 2003). 또한 관광자원화나 상품화는 일련의 문화적 유산이나 역사적 유·무형의 사실들을 적절한 사회·교육적 가치로 전환하는 것이라는 주장도 제기되고 있다(이일열, 2008).

이렇듯 문화유산의 가치는 다양한 측면이 있고 단지 관광자원화에 관련된 상품적 가치로서의 의미를 넘어서는 광의적 의미에서 관광객, 지역주민 등의 정신적 중심체이자 공공재적 가치의 측면도 크다고 말할 수 있을 것이다.

역사문화관광상품의 경우, 유무형의 문화재, 역사적 건조물, 전통축제 등이 이에 속하게 되는데 이는 산업적 맥락이 아닌 지방적 맥락에서 역사문화자원이 관광상품화되었다는 것을 의미한다.

그리고 이 관광상품화된 것은 소비자, 즉 관광객들의 욕구와 욕망을 충족시킬 수 있도록 관광지의 역사문화자원들을 관광객들이 관심을 갖고 소비하기 위해 시장에 제공되어 관광객들이 해당 자원이 위치한 지역으로 방문하게 되는 것을 의미한다.

　따라서 한 장소에 내재하고 있는 역사문화자원이 모두 역사문화관
광상품이 되는 것은 아니다. 역사문화자원이 역사문화관광상품으로 전
환되기 위해서는 일련의 과정을 거치게 된다. 턴브리지 등(Tunbridge
and Ashworth, 1996: 6-7)은 과거의 사건, 인공물, 특성이 현대의 소비
를 위해 고의적으로 상품으로 전환되는 과정을 살펴보면, 보존작용, 역
사적 자원, 채택, 조합, 표적화, 문화유산상품, 문화유산산업의 상품화
과정을 거친다고 하였다(이소영, 2005. 재인용).

<그림1> 역사문화관광 자원의 과정

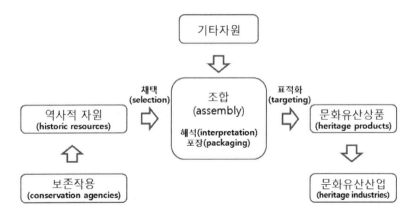

출처 : 이소영(2005), 지역문화관광 상품화 과정의 문화매개집단 역할에 관한 연구,
　　　서울대학교 대학원, 박사학위논문, 재인용.

4. 관광영향 인식

관광영향은 관광개발 혹은 관광객과 지역주민의 접촉에 따른 유·무형의 제효과를 의미하며, 이러한 관광영향에 대한 지역주민들의 주관적인 판단, 주관적인 인식이 곧 지역주민들의 인식 혹은 지각이라 할 수 있다(고동완, 2001). 관광영향과 이에 대한 지각은 보통 경제적·사회적·문화적·환경적 영향으로 구분되지만 이러한 구분은 인위적이고 종종 서로 중복되기도 한다(조광익·김남조, 2002; Ap & Crompton, 1998). 그렇지만, 초기의 관광자원개발에 대한 제효과의 경향을 살펴보면 다음과 같은 추세를 알 수 있다. 첫째, 경제적 효과에 관한 것이 많고 오늘날에는 사회적, 문화적, 환경적 영향에 관한 효과 연구에 비중을 두고 있는 실정이다. 둘째, 지역사회, 지역주민들에게 있어서 관광자원개발로 인해 영향을 받는 부분들 예를 들면, 경제적, 사회적, 문화적, 환경적 영향정도를 측정하는 항목들 간 중복되는 경우가 있고, 그리고 척도를 중심으로 평균값 이상과 이하에 대한 해석과 관광으로 인한 영향력 해석 간의 중복도 야기되고 있는 것도 사실이다.

관광에 대한 지역주민의 인식과 관련한 연구는 관광의 영향에 대한 지각연구(김남조, 2001; 고동완, 2001; 조명환·장희정, 2005; Brunt & Courtney, 1999; Tomljenovic & Faulkner, 2000; Tosun, 2002 등)와 관광지개발에 대한 지각연구(Carmicheal, 2000; Yoon, Gursoy & Chen, 2001 등)가 있다. 많은 선행연구에서 문화관광개발은 다양한 형태로 지역사회에 영향을 미치는 것으로 나타났으며(Lindberg & Johnson, 1997; Akis, Perstianis, Warner, 1996; Lankford, 1994), 연구자의 시각에 따라 부정적으로 인식되기도 하지만 긍정적인 측면이 강조되기도 한다(Liu & Var, 1986).

<표4> 영향인식에 대한 선행연구

연구자(연도)		내용
외국 학자	Liu & Var(1986)	문화관광개발이 연구자의 시각에 따라 부정적, 긍정적으로 인식
	Akis, Perstianis, Warner(1996)	
	Lindberg & Johnson(1997)	
	Lankford(1994)	문화관광개발은 지역사회에 영향관계가 있음
	Brunt & Courtney(1999)	관광의 영향에 대한 지역주민 인식 연구
	Tomljenovic & Faulkner(2000)	
	Tosun(2002)	
	Carmicheal(2000)	관광지 개발에 대한 지각연구
	Yoon, Gursoy & Chen(2001)	
국내 학자	김남조(2001)	관광의 영향에 대한 지역주민 인식 연구
	고동완(2001)	
	조명환·장희정(2005)	

　　이들의 연구에서 관광으로 인한 효과 및 영향을 경제적, 사회적, 문화적, 환경적 요인의 전체 또는 일부로 설명하고 있다. 이러한 선행연구에서 이용한 관광영향측정척도를 바탕으로 본 연구에서는 지역주민과 관광객의 관광영향 에 관한 17개 항목을 도출하고 지역주민과 관광객 간 관광영향에는 차이가 있을 것이라는 가설을 설정하였다.

Ⅲ 연구 방법

본 연구의 목적을 달성하기 위해 문헌연구와 경험적 연구를 병행하였는데 문헌연구에서는 문화자원 선택속성, 관광자원화 영향인식에 대한 연구의 표본과 연구목적들을 중심으로 고찰하였다. 경험적 연구는 제주시·서귀포시 지역주민들과 관광객을 대상으로 실시되었다.

설문지 구성은 인구통계적 특성과 관련한 4개 문항과 해녀 문화자원 선택속성과 관련한 19개 문항과 영향인식과 관련한 17개 문항은 5점 리커트 척도(1-전혀 그렇지 않다, 2-그렇지 않다, 3-보통이다, 4-그렇다, 5-매우 그렇다)를 사용하였으며, 응답자의 인구통계적 특성에 관한 문항은 명목척도를 사용하였다. 표본의 추출은 예산 및 조사기간의 한계를 고려하여 시간과 조사의 편리성이 강조되는 편의표본추출방법에 의하여 실시되었다.

통계프로그램인 SPSS 12.0과 빈도분석, 모든 변수들의 기술통계량을 제공받고자 기술분석, 교차분석, t-test를 실시하였다. 조사방법은 자기기입식 설문지법을 이용하여 설문조사에 대한 기본내용을 교육받은 총 6명의 조사원이 2008년 10월 25일부터 10월 30일까지 6일 간 제주해녀를 알고 있거나 해녀문화체험을 경험한 지역주민과 관광객을 대상으로 이들이 많이 분포되어 있다고 사료되는 제주시 지역 제주국제공항과 서귀포시 지역인 서귀포월드컵경기장, 해녀공연을 하고 있는 성산일출봉에서 설문조사를 실시하였다. 설문지는 총 300부의 설문지를 배포하여 282부(94%)가 회수되었으나 응답내용이 부실한 3부를 제외하고 279명의 유효 표본을 최종분석에 활용하였다.

분석결과 및 시사점

1. 조사 대상자의 인구통계학적 특성

설문에 응답한 응답자의 일반적인 특성은 다음의 〈표5〉와 같다. 먼저 본 응답자의 성별은 남성이 138명으로 전체의 49.5%를 차지하고 있으며, 여성이 141명으로 나머지 50.5%를 차지하고 있다. 연령의 경우 20대가 106명으로 가장 많은 38.0%를 차지하고 있다.

〈표5〉 표본의 특성

변수	구분	빈도(명)	비율(%)	변수	구분	빈도(명)	비율(%)
성별	남	138	49.5	응답자 유형	관광객	148	53.0
	여	141	50.5		지역주민	131	47.0
연령	20대	106	38.0	정보원천	방송/신문/잡지	143	51.3
	30대	89	31.9				
	40대	62	22.2		가족/친지/친구	63	22.6
	50대 이상	22	7.9		인터넷	16	5.7
					관광팜플렛	11	3.9
결혼여부	미혼	138	49.5		기타	46	16.5
	기혼	141	50.5	총계		279	100

다음으로 30대 89명(31.9%), 40대 62명(22.2%), 50대 이상이 22명(7.9%)을 보이고 있다. 응답자의 결혼여부를 살펴보면 전체응답자 중 기혼이 141명(50.5%)이 미혼 138명(49.5%)보다 많으며, 끝으로 조사자 유형으로는 관광객이 148명(53.0%)으로 지역주민 131명(47.0%)보다 많은 것으로 나타났다.

그리고 정보원천에 대한 응답으로는 방송/신문/잡지를 통해 접한다가 143명(51.3%)로 가장 높은 비율을 보였으며, 가족/친지/친구가 63명(22.6%), 인터넷이 16명(5.7%), 관광팜플렛이 11명(3.9%), 기타가 46명(16.5%) 순으로 나타났다. 이를 보았을 때, 사라져 가는 해녀들의 인식도를 높이기 위해서는 20-30대가 인터넷을 통해 정보를 많이 접하고 있는 점을 감안하여 보았을 때, 해녀에 대한 기사나 홍보를 적극적으로 할 필요성이 제기된다.

2. 측정척도의 평가

1) 신뢰도 및 타당성 검증

채택된 요인 중 요인부하량 값의 크기를 기준으로, 해녀 선택속성 요인1은 보전적 가치, 지역문화적 가치, 희소적 가치, 계승필요, 매력적, 역사적, 자원적 문항을 "고유성"이라 명명하였으며, 요인2는 정보적, 체험적, 해녀접근용이, 상품적, 현장감, 환대적, 서비스적, 활동적 문항을 "접근성"이라 요인명으로 정하였다.

요인3은 이국적, 교육적 문항을 "교육성"이라 명명하였으며, 요인4는 대표적, 지방적 문항을 "향토성"이라는 요인명을 정하였다.

〈표6〉 해녀 문화자원 선택속성에 대한 신뢰도 및 타당성 분석

요인명	측정항목	공통성	요인 적재량	문항 제거시 α	고유값 (분산설명력)	신뢰도계수
고유성	보전적 가치	.715	.829	.845	6.614 (34.812)	.877
	지역문화적 가치	.701	.795	.849		
	희소적 가치	.656	.751	.853		
	계승필요	.530	.706	.864		
	매력적	.525	.665	.868		
	역사적	.474	.660	.869		
	자원적	.653	.651	.865		
접근성	정보적	.682	.788	.811	2.766 (14.558)	.842
	체험적	.483	.673	.823		
	해녀접근용이	.600	.671	.834		
	상품적	.576	.642	.819		
	현장감	.562	.619	.831		
	환대적	.675	.606	.818		
	서비스적	.695	.588	.821		
	활동적	.425	.587	.832		
교육성	이국적	.748	.808	–	1.115 (5.870)	.575
	교육적	.559	.501	–		
향토성	대표적	.640	.666	–	1.023 (5.385)	.600
	지방적	.621	.635	–		
타당성 검증	KMO: .896, Bartlett의 구형성: 2307.527(p=.000) 전체설명력: 60.625, 전체 Cronbach's α: .891					

2) 관광객, 주민 간 제주해녀 선택속성차이

응답자별 차이분석을 보면 '해녀에게 접근이 용이하다'와 '대표성을 띠고 있다', '지방적이다', '보전적이다', '희소적이다'에 차이가 있는 것으로 나타났다. 특히, 관광객과 지역주민 간의 제주해녀를 선택하고 있는 항목 중 제주하면 떠오르는 관광자원의 '대표성을 띠고 있다'라는 항목에서 가장 많은 차이를 보이고 있는 것을 알 수가 있다. 이는 해녀가 관광객과 지역주민 모두에게 가치가 높고 계승할 필요성을 높게 인식하고 있음으로 관광자원화 가능성은 대단히 크다고 볼 수 있으며, "해녀에게 접근이 용이하다"라는 질문사항에 관광객과 지역주민 모두 평균적으로 접근이 용이하지 못하다는 낮은 값의 응답률을 보였는데 이를 보완할 수 있는 방안으로 관광객이나 지역주민 모두에게 쉽게 접할 수 있도록 해녀의 전통문화를 바탕으로 한 공연장을 마련할 필요성이 있으며 진정한 가치를 몸소 체험할 수 있는 기회를 가질 수 있도록 해야 할 것이다.

우선적 응답자 유형별 해녀 문화자원 선택속성 항목별 평균 순위 및 영향인식차이를 살펴보면 인식차이 면에서 관광객은 '지역문화적으로 가치가 높다'라고 응답한 경우가 제일 높았으며 지역주민은 '제주해녀를 계승할 필요가 있다'라고 응답한 경우가 제일 높게 응답률을 보였으나 전반적으로 <표7>의 순위형성을 살펴보면 관광객과 지역주민 간의 순위는 크게 차이가 없는 것을 알 수 있다.

〈표7〉응답자 유형별 해녀 문화자원 선택속성 항목별 평균 순위 분석 및 차이분석

항 목	관광객(n=148)		지역주민(n=131)		t값	유의확률
	평균	순위	평균	순위		
역사적	3.8378	6	3.6947	5	1.462	.145
계승 필요	4.0203	4	3.8473	1	1.714	.088
활동적	2.9324	14	2.9313	14	.010	.992
해녀접근용이	2.4054	19	2.7328	16	-2.778	.006**
대표적	3.7297	7	3.2137	10	4.379	.000***
지방적	4.0946	2	3.7786	4	3.106	.002**
지역문화적 가치	4.1959	1	3.8321	2	3.454	.001**
체험적	2.7905	15	2.7939	15	-.024	.981
상품적	3.0338	13	3.0153	13	.143	.886
정보적	2.7162	16	2.6489	18	.541	.589
현장감	3.3649	10	3.2443	9	.975	.330
자원적	3.5608	9	3.3740	8	1.493	.137
보전적 가치	4.0405	3	3.7863	3	2.298	.022*
매력적	3.5878	8	3.4046	7	1.561	.120
희소적 가치	3.9392	5	3.4885	6	3.909	.000***
서비스적	2.5743	18	2.5802	19	-.050	.960
환대적	2.7027	17	2.7023	17	.004	.997
이국적	3.2432	11	3.1527	11	.702	.483
교육적	3.1757	12	3.1145	12	.524	.601

*p〈 0.05, **p〈0.01, ***p〈0.001

이는 평균값에서도 알 수가 있듯이 별 차이가 없다고 볼 수 있다.

다음으로, 인구통계적 속성 중 성별에 의한 해녀 문화자원 선택속성의 차이검증을 실시한 결과, 교육성과 향토성 요인에 있어서 차이를 보이고 있었으며, 남성보다는 여성이 높은 평균값을 보이고 있다.

〈표8〉 성별에 따른 해녀 문화자원 선택속성 차이분석

요인명	성별	N	평균	표준편차	t값	유의확률
고유성	남성	138	3.7277	.77132	-.883	.378
	여성	141	3.8024	.63261		
접근성	남성	138	2.8179	.71674	-.110	.913
	여성	141	2.8271	.68067		
교육성	남성	138	3.0580	.87977	-2.247	.025*
	여성	141	3.2872	.82426		
향토성	남성	138	3.6051	.87431	-2.337	.020*
	여성	141	3.8262	.69433		

*p< 0.05, **p<0.01, ***p<0.001

관광객과 지역주민 간에 해녀문화자원 선택속성 차이검증 결과치를 보면 고유성과 향토성 요인에 있어서 유의한 차이가 있는 것으로 나타났다. 이 차이를 보다 구체적으로 살펴 본 결과 지역주민보다는 관광객이 제주해녀 문화자원 선택속성에 대해 높은 평균값을 보이고 있다. 이는 육지부에서도 쉽게 찾아 볼 수 없는 제주지역 만의 매력적이고 대표적인 해녀 문화자원 선택속성으로 부각시켜 관광객들의 욕구에 부합할 수 있도록 해야 할 것이다.

〈표9〉 유형별에 따른 해녀 문화자원 선택속성 차이분석

요인명	유형	N	평균	표준편차	t값	유의확률
고유성	관광객	148	3.8832	.63975	3.010	.003**
	지역주민	131	3.6325	.75135		
접근성	관광객	148	2.8150	.72132	-.192	.848
	지역주민	131	2.8311	.67224		
교육성	관광객	148	3.2095	.84719	.736	.462
	지역주민	131	3.1336	.87227		
향토성	관광객	148	3.9122	.70401	4.512	.000***
	지역주민	131	3.4962	.83550		

*p< 0.05, **p<0.01, ***p<0.001

연령에 따른 해녀 문화자원 선택속성을 살펴본 결과치로는 향토성 요인에 있어서만 유의한 차이점을 보이고 있다. 특히, 50대 이상인 사람들을 제외한 20대부터 40대까지 해녀 문화자원 선택속성에 있어서 높은 평균값을 보이고 있어 해녀 문화자원 선택속성을 보다 긍정적으로 지향할 수 있는 근거마련이 될 수 있다.

〈표10〉 연령에 따른 해녀 문화자원 선택속성 차이분석

요인명	연령별	N	평균	표준편차	유의확률
고유성	20대	106	3.8949	.59191	.113
	30대	89	3.6870	.73820	
	40대	62	3.7051	.69113	
	50대 이상	22	3.6299	1.00210	
접근성	20대	106	2.9611	.72238	.077
	30대	89	2.7444	.60827	
	40대	62	2.7198	.65899	
	50대 이상	22	2.7614	.92816	
교육성	20대	106	3.2500	.84021	.394
	30대	89	3.2079	.91642	
	40대	62	3.0323	.77814	
	50대 이상	22	3.0682	.91672	
향토성	20대	106	3.8443(a)	.74439	.019*
	30대	89	3.7079(a)	.79704	
	40대	62	3.6694(a)	.79930	
	50대 이상	22	3.2727(b)	.88273	

주1) *$p < 0.05$, **$p < 0.01$, ***$p < 0.001$
주2) 사후검증은 Duncan's 다중검증방법을 이용함(a)b의 각 부집단 형성은 유의수준 5% 이내에서 유의한 차이가 있음)

다음으로 유형별 해녀문화 선택속성에 대한 차이검증을 실시한 결과, 〈표11〉과 같이 관광객과 지역주민 간에 유의한 차이를 보이고 있

다. 관광객에 비해 지역주민이 보다 높은 평균값을 보이고 있다는 평이한 결과치를 보이고 있으나, 평균값이 중앙값 이하를 보이고 있다는 점에서 향후 해녀에 대해 보다 많은 정보를 지역주민에게 제공함으로써 문화유산에 대한 우수성을 널리 알릴 필요성이 시급하다고 볼 수 있다.

〈표11〉 응답자 유형별 인지도 차이분석

종속변수	독립변수	N	평균	표준편차	t값	유의확률
인지도	관광객	148	2.6284	.93518	-2.490	.013*
	지역주민	131	2.9313	1.09678		

*p〈 0.05, **p〈0.01, ***p〈0.001

다음으로 유형별 제주해녀가 관광자원화가 되었을 경우 나타날 수 있는 영향인식을 나타내는 질문에 대한 결과치는 〈표12〉와 같다. 관광객은 "제주해녀가 제주문화를 대표하게 된다"는 항에 가장 높은 응답률을 보였으며 다음으로는 "제주해녀의 가치를 계승하게 된다"라는 응답을 보였다.

반면 지역주민은 "지역홍보에 도움을 제공하게 된다"라는 응답을 가장 높게 채택을 하였으며 다음으로는 관광객이 가장 높게 채택한 "제주문화를 대표하게 된다"라는 응답을 취하였다.

가장 낮게 채택이 된 문항으로는 "고용창출을 유발하게 된다"라는 응답이었는데 이는 제주해녀가 문화관광자원화가 되었다하더라도 고용창출에는 별 도움이 되지 않을 거라는 생각에서 비춰진 것이라 사료할 수 있을 것이다.

〈표12〉 응답자 유형별 해녀 관광자원화 영향인식차이분석 및 평균 순위

유형		N	평균(순위)	표준편차	t값	유의확률
제주해녀의 소득증대에 기여	관광객	148	3.8041(8)	.79675	2.598	.010*
	지역주민	131	3.5420(7)	.88804		
지역경제에 기여	관광객	148	3.7568(10)	.77916	3.374	.001**
	지역주민	131	3.4122(11)	.91037		
고용창출을 유발	관광객	148	3.4257(17)	.86576	2.594	.010*
	지역주민	131	3.1374(17)	.99044		
제주해녀의 가치를 계승	관광객	148	3.9932(2)	.73305	3.263	.001**
	지역주민	131	3.6489(4)	.99169		
제주문화를 대표	**관광객**	**148**	**4.0878(1)**	**.79050**	3.445	.001**
	지역주민	131	3.7099(2)	1.01139		
관광객 방문을 촉진	관광객	148	3.6554(13)	.83064	2.668	.008**
	지역주민	131	3.3664(14)	.97827		
제주해녀 간 상호협력	관광객	148	3.6081(14)	.76162	2.468	.014*
	지역주민	131	3.3511(15)	.95211		
제주해녀의 보존	관광객	148	3.9392(4)	.75796	2.287	.023*
	지역주민	131	3.7099(2)	.89862		
지역사회에 자부심 부여	관광객	148	3.8243(6)	.82244	3.024	.003**
	지역주민	131	3.5038(10)	.94766		
지역홍보에 도움을 제공	관광객	148	3.9527(3)	.76784	2.393	.017*
	지역주민	**131**	**3.7176(1)**	**.86179**		
제주해녀의 매력을 드높임	관광객	148	3.8176(7)	.84142	2.035	.043*
	지역주민	131	3.5878(6)	1.02184		
관련 문화유산에 관심	관광객	148	3.7770(9)	.84773	2.487	.013*
	지역주민	131	3.5038(9)	.97171		
관광객의 만족을 증대	관광객	148	3.6081(14)	.78796	1.983	.048*
	지역주민	131	3.4046(12)	.92635		
지역 지명도를 끌어올림	관광객	148	3.8581(5)	.79975	3.008	.003**
	지역주민	131	3.5420(7)	.93857		
제주 문화관광정책에 영향	관광객	148	3.7432(11)	.86600	3.718	.000***
	지역주민	131	3.3511(15)	.89377		

*p〈0.05, **p〈0.01 ***p〈0.001

V 결 론

본 연구는 앞에 서두에서 말했듯이 관광객과 지역주민을 통해 제주해녀가 어떻게 인식되어져 있고 해녀를 문화관광 자원화가 될 경우 나타날 수 있는 효과 및 현재의 여건사항을 개선할 수 있는 방안을 찾고자 하였다.

연구결과 제주해녀를 바라보는 시각이 지역주민과 관광객은 차이가 있는 것으로 나타났는데 제주해녀가 "대표성을 띠고 있다", "희소성 가치가 높다"가 가장 높은 차이를 보이고 있으며, 다음으로 "지역 문화적으로 가치가 높다", "지방적이다", "해녀에게 접근이 용이하다", "보전가치가 높다", "계승할 필요가 있다"순으로 나왔다. 성별에 따른 제주해녀 문화자원 선택속성에 있어서 교육성과 향토성에서 차이를 보였으며, 유형별에 따라서는 고유성과 향토성, 연령대별로는 향토성이 차이를 보이고 있어 이에 대한 시장세분화전략을 통해 앞으로 제주해녀를 보존, 보전, 계승, 발전할 수 있는 관광정책을 찾아나가야 하며, 해녀에 관한 관광객과 지역주민 간의 선택속성 및 영향인식차이를 정확히 파악하고 변화를 관찰함으로써 현재 문제점을 해결해 나가야 할 것이다.

해결방안 및 시사점으로 첫째, 제주해녀를 제주의 역사와 연관시킨 대하드라마를 통하여 문화적 가치를 재조명함으로써 제주도의 문화와 자연을 전 세계에 알릴 뿐더러 제주해녀 현대화의 계기를 만들고, 나아가 영상산업의 근간을 만드는 정책프로그램으로 마련하여 추진되는 것이 바람직하며 해양문명사적 관점에서 제주해녀의 자존심과 당당함을 브랜드화하여 문화자원 선택속성 창조와 문화제주의 교육성을 확보할 수 있으리라 본다. 둘째로는 전통문화의 체험의 장 지정과 조성을 들 수 있는데, 현재 해녀공연장이 마련되어 있다고 하나 관람장소와 체험장소로 구분하고, 다시 이를 지역별이나 주제별 등으로 좀 더 구체적으로 제주해녀문화를 제공한다면 국내관광객 뿐만 아니라 외래관광객들에게도 매우 훌륭한 관광상품으로 등장할 것이다.

셋째, 제주해녀 관광상품 전문가 양성이 필요하다. 실증분석에서도 알 수 있듯이 인식도가 낮은 점을 보았을 때, 제주해녀를 제대로 해설할 수 있는 관광안내원의 양성이 필요하고, 제주해녀공연 프로그램을 전문적으로 개발할 전문가의 양성, 다수의 관광객들이 체험할 수 있도록 지도하는 체험교습자의 양성이 필요하다. 넷째, 이에 따른 해녀체험 관광상품의 품질보증제 도입을 통해 향후 지나친 상업적 논리에 의하여 제주해녀문화가 지니고 있는 전통성과 고유성이 쉽게 상실될 수 있는 것을 방지할 수 있을 것이다.

또한 세미나, 해녀문화 교육 및 전수생 육성, 연구기관 설립, 국제기관 및 해외 지역 등과의 교류, 해녀의 날 지정(제주특별자치도조례 제548호, 2009), 해녀관련상품 박람회, 해녀축제 등을 통해 지역주민과 관광객들에게 보다 제주해녀를 잘 알 수 있는 방안과 홍보마케팅을 통해 친근감을 가질 수 있는 요소들을 지속적으로 가져갈 필요가 있을 것이다. 이에는 원융희(2002)가 말한 현재 제주해녀의 관람형 전통문화관광상품에서 벗어나 체험하여 느끼게 하기 위한 다시 말해, 관광객이 이질적인 문화인 전통문화에 일시적으로 동화되어 볼 수 있도록 체험하게 하는 가상체험의 장을 마련하여 감동받을 수 있도록 하는 매력적인 체험형 관광상품개발이 더욱더 필요로 하다고 본다.

그러나 전통문화의 관광자원화는 전통문화를 소멸시켜 버리는 결과를 가져온다는 연구결과가 있는데, 이를 막기 위해서는 해녀문화의 보존과 전승을 위하여 5년 단위로 기본계획을 수립·시행(여기에는 무형문화재 및 민속자료 유네스코 무형문화유산 등재 및 자원화가 포함)하며, 위원회의 설치 등(제주특별자치도조례 제548호, 2009) 제주해녀의 고유성을 해치지 않는 관광자원 상품화 방안을 찾아가야 할 것이다.

여기에서 관광자원화 문제의 효율적인 해결을 위해 공공부문과 민간부문의 관광자원화가 명확한 역할분담에 의해 이루어져야 하며, 원형보존이라는 낡은 이상을 버리고, 창조적 복원이나 현재화된 계승의 길을 찾아야 한다. 그러므로 문화정책은 탈맥락화 상황의 가짜원형 복원에 매달릴 것이 아니라, 창조적인 계승을 겨냥하며 현실문화와 함께하는 문화적 전승력을 살려내는 것이 바람직하다(임재해, 2007).

조사결과에서도 알 수 있듯이 제주해녀의 문화관광자원화의 효과는 지역주민과 관광객 간에 있어서 관광객들이 지역주민보다는 높은 평균값을 보이고 있는 것을 보았을 때, 이를 객관적인 자료로 활용하여 지역주민과 관광객들에게는 제주해녀의 우수성, 역사성, 체험적인 요소를 가미한 보다 긍정적인 효과를 일으킬 수 있다는 점과 제주해녀의 정책적인 방안을 마련하기 전에 이와 유사한 연구들이 지속적으로 이루어짐으로 인해 보다 구체적이고 현실적인 방안이 이루어질 수 있다는 점이 이 연구의 시사점이라 할 수 있을 것이다.

또한 제주해녀를 대상으로 한 지금까지의 연구를 보면 해녀자체에 대한 주체적인 연구만이 이루어졌을 뿐 지역주민과 관광객을 대상으로 한 해녀문화자원 선택속성, 관광자원화 필요성, 효과연구가 이루어지지 않았다는 점에서 이 논문의 의의가 있다고 볼 수 있다.

본 연구의 한계점으로는 조사기간이 한정되어 있으며, 조사대상 연령이 20대로 편중되어 있음으로 인해 연구의 대표성을 띈다고 할 수가 없다. 이를 보완하기 위해서는 조사기간을 세분화하고 조사대상자의 연령층을 보다 균등하게 조사되어야 할 것이며, 조사장소에 있어서도

적절한 장소를 선정하여 보다 연구의 일관성을 가질 수 있도록 해야
할 것이다.

　향후 직접적으로 제주해녀를 대상으로 한 연구에 있어서 구체적이
며, 다양한 이론적 배경을 바탕으로 한 연구가 진행되어야 할 것이며,
보다 많은 샘플 수를 조사하고 수집하여 집단의 대표성을 가질 수 있
도록 해야 할 것이다. 그리고 제주해녀를 체험한 집단과 체험하지 못
한 집단 간의 차이를 통해 어떤 시사점을 줄 지를 연구할 필요성이 있
다고 사료된다.

● 참고문헌 ●

고동완(2001). 「인구통계적 특성과 상황적 특성에 따른 관광영향 인식의
　　　차이」, 『관광학연구』, 25(3), 63-80.

고창훈(2004). 「세계평화섬 발전전략으로서 제주평화학 정립과 평화산업
　　　육성연구」, 『동아시아논총』, 88-89.

_____(2007). 「제주해녀의 유네스코 인류문화유산 등재와 해녀가치의 보
　　　존 전승」, 『잠녀기획세미나』, 45.

김계섭·안윤지(2005). 「문화관광자원의 매력속성, 자원해설, 관광만족간
　　　의 영향관계」, 『관광연구』, 19(1), 247-272.

김남조(2001). 「관광목적지에 대한 지역주민의 지각, 태도, 기대행위 차이」,
　　　『관광학연구』, 25(3), 43-62.

류인평(2007). 「지역주민의 지역관광개발 인식에 관한 연구」, 『사회과학논
　　　총』, 23(1), 61-81.

박석희·이미혜(1996). 「전통민속놀이의 관광자원화 방안에 관한 연구」,
　　　『관광학연구』, 20(1), 177-197.

박성용(2006), 『무형 문화유산 보호를 위한 협약』, 유네스코뉴스 5월 10일, 6.

박숙진(2004). 「지역문화의 관광상품화 전략에 관한 연구」, 『관광정책학연
　　　구』, 301-303.

박찬식(2007). 「제주해녀투쟁의 역사적 기억」, 『탐라문화』, Vol(30), 39-68.

안미정(1998). 「제주해녀에 대한 이미지와 사회적 정체성」, 『제주도연구』,
　　　15, 153- 193.

안재현(2008). 「동해안 해녀들의 잠수관련 이과적 증상 및 소견」, 영남대
　　　학교 대학원, 박사학위논문, 1.

원용희(2002). 「한국전통문화의 체험관광상품화 방안에 관한 연구」,
　　　『Tourism Research』, Vol.16, 51-63.

이소영(2005). 「지역문화관광 상품화 과정의 문화매개집단 역할에 관한 연구」, 서울대학교 대학원, 박사학위 논문, 21-22.

이주희·문종태(2002). 「국립공원에서의 역사문화해설체험효과」, 『한국산림휴양학회지』, 6(1), 73-82.

이창언(1998). 「문화유산에 대한 새로운 인식」, 『민족문화논총』, 337-355.

임돈희(2007), 『유네스코 세계 무형문화 유산제도와 그 의미』, '잠녀기획' 세미나, 16.

임재해(2007), 「무형문화재의 가치 재인식과 창조적 계승」, 『한국민속학』, 45, 237- 285.

정민섭·박선희(2006). 「근대문화유산의 관광자원화 방향에 관한 연구」, 『컨벤션연구』, 6(3), 29-50.

조계중(2007). 「문화관광해설 프로그램 만족 향상을 위한 커뮤니케이션 방안에 관한 연구」, 『한국산림휴양학회지』, 11(2), 1-9.

조광익·김남조(2002). 「관광의 영향이 지역주민의 태도와 관광개발에 미치는 구조 효과 분석」, 『관광학연구』, 26(2), 31-51.

조구현(2004). 「노인복지 관광진흥을 위한 관광정책 개발방안에 관한 연구」 『호텔관광연구』, 6(2), 191-211.

조명환·장희정(2005). 「전통문화의 관광자원화에 대한 지역주민의 태도 연구」, 『관광·레저연구』, 17(1), 133-154.

지봉구·박호표(2007). 「공무원과 관광인식 차이분석」, 『관광연구저널』, 21(1), 227-240.

진영재(2005). 「지역 문화유산자원의 관광활성화를 위한 문화해설의 필요성」, 『한국산림휴양학회지』, 12(3), 21-25.

제주특별자치도(2009). 제주특별자치도 해녀문화 보존 및 전승에 관한 조례 제548호.

한숙영·김사헌(2007). 『유산과 유산관광의 개념에 관하여』, 관광학연구, 31(3), 209-223.

허권(2007). 『제주 해녀문화의 유네스코 유산등재 가능성』, 제민일보사주최, 4월 14일 한라수목원 자연생태체험학습관 시청각실 '잠녀기획' 세미나, 87-88.

Akis, S., Perstianis N., & Warner, J.(1996). "Residents' attitude to tourism development the case of Cyprus". *Tourism Management*, 17(7), 481-494.

Ap, J., & Crompton, J. L.(1998). "Developing and testing a tourism impact scale". *Journal of Travel Research*, 32(1), 47-50.

Ashworth, G. H.(1994). From history to heritage-from heritage to identity. In Ashworth, G. J. & Larkham, P. J.(Eds.). Building a New Heritage, 13-30. London; Routledge.

Brunt, Paul., & Courtney, Paul.(1999). "Host perceptions of sociocultural impacts". *Annals of Tourism Research*, 26(3), 493-515.

Carmichael, B. A.(2000). "A matrix model for resident attitudes and behaviors in a rapidly changing tourist area". *Tourism Management*, 21(6), 601-611.

Cohen, Erik(1988). "Authenticity and Commoditization in Tourism", *Annals of Tourism Research,* 15.

Garrod, B. & Fyall, A.(2000). "Managing heritage tourism", *Annals of Tourism Research*, 25(1), 55-69.

_____(2001). "Heritage tourism; a question of definition", *Annals of Tourism Research*, 27(3), 682-708.

G. J. & Larkham, P. J.(Eds.). Building a New Heritage, 206-228. London: Routledge.

Graham, B. J.(1994). Heritage conservation and revisionist nationalism in Ireland. In Ashworth, G. J. & Larkham, P. J.(Eds.). Building a New Heritage, 135-158. London: Routledge.

Gunn, Clare A.(1988). *Tourism Planning*, new-York: Crane, Russak & Company, Inc.

Herbert, D. T.(1995). *Heritage places, leisure, and tourism.* In Herbert, D. T.(Ed.), Heritage, Tourism and society, 1-20. London: Mansell Publishing Limited.

Keller, K. L.(1998). *Strategic Brand Management: Building. Measuring and Managing Brand Equity.* Upper Saddle River. NJ:Prentice Hall Inc.

Lankford, S. V.(1994). "Developing a tourism impact attitude scale". *Annals of Tourism Research*, 21(1), 122-126.

Lindberg, K., & Johnson, R. L.(1997). "Modeling resident attitude scale". *Annals of Tourism Research*, 21(1), 122-126.

Liu, J. C., & Var, T.(1986). "Resident attitudes toward tourism". *Annals of Tourism Research*, 24(2), 402-424.

Masser, L. O. Sviden, & M. Wegner.(1994). What new heritage for which new Europe? Some contextual considerations. In Ashworth, G. J. & Larkham, P. J.(Eds.). Building a New Heritage, 31-46. London; Routledge.

Newby, P. T.(1994). Tourism : support of threat to heritage? In Ashworth, Poria, Y.(2001). "The show must go on". *Tourism and Hospitality Research*, 3(2), 115-119.

Poria, Y., Butler, R., & Airey, D.(2001)."Clarifying heritage tourism", *Annals of Tourism Research*, 28(4), 1047-1049.

Schouten, F. J.(1995). Heritage as historic reality. In Herbert, D. T.(Ed.), Heritage, Tourism and society, 21-31. London: Mansell Publishing Limited.

Samantha, S.(2001). A Historical Study on the Preparation of the 1989 Recommendation on the Safeguarding of Traditional Culture and

Folklore, Peter, S. ed. Safeguarding Traditional Cultures: A Global Assessment. UNESCO and Smithsonian Center for Folklife and Cultural Heritage, 42–56.

Yoon, Y. S., Gursoy, D., & Chen, J. S.(2001). "Validating a tourism development theory with structural equation modeling". *Tourism Management*, 22(4), 363–372.

http://www.jeju.go.kr

06

-海女入漁慣行의 實態와 性格分析을 中心으로-

海女漁場紛糾 調査研究

- 序 論
- 海女漁場과 入漁實態
- 海女入漁慣行의 紛糾實態
- 海女入漁慣行의 性格과 變化
- 結 論

| 김두희 | 제주대학교
| 김영돈 | 제주대학교

『제주대학교 논문집』 제14집, 1982.

I　序 論

海女[1]라면 이내 제주도를 연상한다. 제주도에는 2萬 數千의 海女가 있다.[2] 이 지구상에 海女가 있는 나라는 韓國과 日本뿐인데, 日本의 경우는 그 海女數가 數千에 불과하고 韓國海女의 거의가 제주도에 몰려 있으므로 海女라면 한결같이 濟州海女에 焦點을 둔다.

제주도는 그 自然·歷史·言語·社會·習俗·信仰·生業 등의 固有性으로 말미암아 그 異國的 情趣가 두르러지다. 그 異國的 情趣는 四面 바다로 둘러싸여 있는 그 넓은 海域에서 특수한 漁業形態로써 裸潛漁業을 하는 强力한 生活戰士인 海女가 있음으로써 한결 짙게 드러난다. 연약한 여자들로서 거친 파도와 싸워 나가는 海女의 존재는 너무 異色的이기 때문에 國內外에서 비상한 관심을 불러일으킨다.

제주도의 마을은 대부분 해안을 뱅 돌아가며 이루어졌고, 해안 마을마다 그 수가 많든 적든 海女들이 있다. 이 海女들은 한결같이 제주도

---

1) 海女를 潛嫂·潛女라고도 하며, 水産業法上으로는 裸潛漁業者라고 한다. 英語 表記로는 women divers, diving women, sea women, diving female, female divers, Haenyu 등 가지각색이다.

2) 제주도의 海女數가 얼마인가에 대한 정확한 集計는 되어 있지 않다. 濟州道나 水産業協同組合 濟州道支部의 통계로는 근래 1萬쯤으로 집계되고 있는데, 이는 漁村契 契員數 가운데 女契員만을 집계한 결과다. 海女를 포함한 漁民들로서 漁村契 加入率이 저조하다는 점과 한 집안에 海女 몇 분이 있을 경우에도 보통 家口當 한 분만이 契員으로 가입한다는 점을 감안한다면 실제 海女數는 漁村契의 女契員數의 2倍 내지 2.5倍에 이를 것으로 본다. 水産業協同組合 濟州道支部의 〈1981年度 業務計劃報告〉에 따르면 組合員 總數 13,680名에 女組合員數는 11,246名이니 이의 2倍 내지 2.5倍라면 22,492名~28,115名으로서 약 2萬 數千이라는 계산이 나온다.

수산업의 중추를 이루어 왔다. 그 海女數가 제주도 水産人口의 3분의 2에 이르는가 하면, 海女들에 따른 所得은 總漁獲高의 절반쯤을 늘 확보해 왔다.

자칫 이들은 오로지 海女作業만을 하면서 지내는 듯 보이지마는 실은 그 대부분이 농사를 짓고 있다. 농사 따위를 兼業하는 비율은 무려 95%에 이르고 있으므로 純海女作業만 치르며 지내는 海女란 극히 드물다. 다른 여인들과 마찬가지로 밭에 나가 농사를 짓는 사이, 물때에 맞춰서 뜻에 따라 바다에 나가 작업한다. 따라서 제주도 농어촌에 있어서는 그 이웃이 海女作業을 하든 말든 그리 대견스럽거나 돋보이지 않는 평범한 일일 따름이다. 또한 海女들에게는 특수한 血統이 있는 것도 아니다.[3)]

濟州 海女들은 제주도 연안에서만 작업했던 게 아니라, 19세기말부터 本土 각 연안을 비롯하여 日本 여러 곳과 遼東半島의 大連, 山東省의 靑島에도 出稼했었는가 하면 러시아의 블라디보스토크까지도 나갔었다. 지금도 本土에는 일부 出稼한다.

근래 産業社會의 급격한 改變으로 말미암아 海女數는 나날이 줄어들어 간다. 어린 소녀들이 해녀질을 원하지 않는다는 점이 그 큰 이유다. 그 激減趨勢와는 반비례해서 海女에 대한 관심도와 硏究熱은 나날이 드높아 간다. 물론 이제까지도 海女調査硏究는 띄엄띄엄 이루어져

3) 濟州海女들이 특별히 潛水作業에 적합한 遺傳的 素質을 지니고 있지 않다는 점은 美國의 이름난 과학잡지인 'Scientific American' 1967년 5월호에 발표된 바 뉴욕주립대학 교수 Hermann Rahn박사와연세대학교 교수 洪석碣期博士 共同執筆인 'The Diving Women of Korea and Japan'에서도 지적하고 있다. 이들이 깊은 바닷속에 뛰어들어 작업할 수 있는 超人的 能力은 오로지 訓練과 經驗에 따른다고 보면서 遺傳的 素質을 부인하고 있다.

왔으나,4) 그 작업이 總括的 立體的으로 이루어지지는 못했다.

海女數가 나날이 줄어드는 오늘이므로 이에 대한 치밀한 立體的 調査研究는 퍽 시급한 실정이다. 海女調査研究는 그 범위가 넓다. 海女作業實態와 온갖 習俗을 통튼 民俗學的 側面, 勞動生産性을 대상한 經濟的 側面, 그 生理와 特有疾病을 둘러 싼 醫學的 側面을 내세울 수 있는가 하면, 그들이 부르는 海女노래를 분석하는 口碑文學的 側面 내지 音樂的 側面이 고려될 수 있으며 그들의 權益 및 入漁慣行과 漁場紛糾

---

4) 海女研究의 主要論著는 다음과 같다.

康大元; 『海女研究』, 韓進文化社, 1970.(개정판 1973)

金榮敦; "海女의 漁撈方法", 『國文學報』제3집, 제주대학 국어국문학회, 1970.

金榮敦; "해녀의 수익침해", 『제주대학 논문집』제2집, 제주대학, 1970.

金榮敦; "濟州島海女研究序說", 『省谷論叢』제1집, 省谷學術文化財團, 1970.

金榮敦; "濟州島海女의 出稼", 『石宙明敎授回甲紀念民俗學論叢』, 1971.

金榮敦; "海女노래와 海女", 『李崇寧先生古稀紀念國語國文學論叢』, 1977.

高翔龍; 『韓國의 入漁慣行에 관한 研究』, 成均館大學校 大學院 碩士學位論文, 1967.

李京男; "濟州島海女의 勞動生産性 實態", 高翔龍; 『제주도』통권34호, 제주도, 1968.

姜治明; "濟州島人, 특히 海女를 中心으로 한 骨盤計測", 서울大學校 大學院 碩士學位論文, 1953.

李鍾瓘; "韓國海女의 末梢部 體熱發散量과 血流量과의 相關性에 關한 研究", 『航空醫學』제15권1호, 1967.

関京姬; "韓國海女의 歷史 및 生活狀態", 『梨大史苑』5, 梨花女子大學校 文理大學 梨大史學會, 1964.

稲田菊太郎; "濟州島潛女集落(一)", 『阪南論集』제9권3호, 阪南大學, 1973.

稲田菊太郎; "濟州島潛女集落(二)", 『阪南論集』제11권3호, 阪南大學, 1976.

田邊 悟; "濟州島の海女にみちれる民俗の類似性", 『日本民俗學』91호, 日本民俗學會, 1975.

Cho, Haejoang, An Ethnographic Study of a Female Divers Village in Korea ; Focused on the Sexual Division of Labor, 1979. Ann Arbor, Michigan U.S.A. London, England.

를 문제 삼을 때에는 法學的 側面에서의 照明이 있을 수 있다. 어느 側面으로 接近했든 그 考究들은 서로 密着된다.

여기서는 海女들의 入漁慣行과 그 紛糾를 다루려고 한다. 이에 대한 調査研究는 별로 없다. 따라서 여기에서는 제주도 漁村部落에서의 海女들의 入漁慣行의 實態를 조사하여 入漁의 現象形態를 밝히고 慶尙北道 九龍浦·良浦·甘浦 三個水協管內 第一種共同漁場의 入漁慣行權을 둘러싼 그 槪要를 살피려 한다.

편이에 따라 제주도내에서의 調査對象地域은 다음의 5개 마을로 한정했다. 漁場紛糾가 심했던 마을(①②③)과 그 紛糾가 거의 없었던 마을(④⑤)을 택했다.

① 北濟州郡 翰京面 龍水里
② 北濟州郡 舊左邑 終達里
③ 北濟州郡 舊左邑 演坪里(牛島, 소섬)
④ 北濟州郡 涯月邑 涯月里
⑤ 北濟州郡 朝天面 北村里

이 考究는 물론 法學的 側面에서의 照明이 主宗을 이루겠지만, 海女의 習俗全般과 慣行에 터전하기 때문에 民俗的 研究가 곁든다. 이 考究는 海女研究의 주요한 課題로서 海女들의 權益 및 經濟的 社會的 地位向上에 이바지할 것이며, 또한 慣習法 考究 및 濟州研究와 女性研究에도 기여할 것이다.

II　海女漁場과 入漁實態

1. 海女作業과 漁場

　海女들의 入漁는 漁場을 전제한다. 그러므로 入漁慣行을 논의하려면 이에 앞서 우리는 海女作業과 漁場과의 상관을 살필 필요를 느낀다.

　漁場은 海女들로서는 밭의 延長이다. 농사를 짓는 뭍의 밭만이 밭이 아니라, 漁場 또한 밭이다. 海女들로서는 뭍의 밭과 바다로서의 밭이 있는 셈, 그러니까 작업하는 바다의 구석구석에 이르기까지 너무나 샅샅이 잘 알고 있다. 바다는 그들로서는 오직 生活道場일 따름이다. 일반인들이야 바다라면 거친 怒濤가 일고 배나 떠다니는 異色境이라 觀念하면서 畏敬마저 느끼는 터이지마는, 海女들로서는 生計를 위한 作業場이라는 게 第一義的 觀念이다. 따라서 뭍의 地境마다 이름이 따르듯 바다에도 곳곳에 이름이 붙는다. 물속에 온통 잠겼거나, 그 일부가 水平 위에 솟은 暗礁, 곧 '여'만 하더라도 하나하나에 모두 이름이 붙여졌다. 예 들어 소섬(牛島, 北濟州郡 舊左邑 演坪里) 해안 일대에 흩어진 여만 하더라도 두드러지게 이름이 드러나는 게 40여 곳에 이른다.[5] 이처럼 여마다 일일이 이름이 붙여졌다는 사실은 그만큼 生活과 密着

---

5) 소섬연안에 흩어진 여 가운데 이름이 뚜렷이 확인되는 것은 다음과 같다.
　　나는여・쟁반여・솔밧여・목갈라진여・섬여・옷따는여・싸트랑여・등급은여・꿀정여・사녀튼여・만여・튼여・삼옷돌여・손지고서방여・고등여・진개여・진여・방언여・목시터여・집여・한장여・대창여・개창여・쟁반여・노랑여・앞톤여・새비여・새비튼여・앞여・큰여・작은여・난여・고분여・한참봉여・바당여・숨은여・톤여・동글랑여・개도맹이여・오다리톤여・똥내미여・넙대기여.

되어 관심이 짙음을 드러내며 낯익은 生活道場이란 말이 된다. 海女노
래에서 역시 바다를 집안처럼 관념하는 내용은 적잖다. 海女들은 실로
"모자반덩일랑 집을 삼고 놀고갤랑 어머닐 삼아서"[6] 바다에서 산다.
다시 말하거니와 바다는 밭이나 다름없는 作業場 그것인 것이니 바다
에서 부딪는 온갖 일이 家庭의 일로 둔갑한다. 海原을 모질게 불어 젖
히는 바람은 海女들의 밥이요, 물결은 그들의 집안이다. 물결만이 아니
라 물마루 끝까지 뻗쳐진 바다 또한 海女들의 집안이다.[7]

---

　6) 믐짱으랑　　　집을 삼앙
　　늦고개랑　　　어멍을 삼앙
　　요바당에　　　날 살아시민
　　어느 바당　　　걸릴 웨 시랴
　　(金榮敦 ;『濟州島民謠硏究上』 816 번의 해녀노래)
　　〈語釋〉
　　모자반덩일랑　　집을 삼아
　　놀고갤랑　　　　어머닐 삼아
　　요 바다에　　　　내 살았으면
　　어느 바다　　　　걸릴 리 있으랴
　7) ᄇᆞ롬이랑　　　밥으로 먹곡
　　구룸으로　　　　똥을 싸곡
　　물절이랑　　　　집안을 삼앙
　　설룬 어멍　　　　떼여 두곡
　　설룬 아방　　　　떼여 두곡
　　부모 동싱　　　　이뻴ᄒᆞ곡
　　한강바당　　　　집을 삼앙
　　이 업을　　　　　ᄒᆞ라 ᄒᆞ곡
　　이내몸이　　　　탄셍ᄒᆞ든가
　　(金榮敦 ; 앞의 책, 870번의 해녀노래)
　　〈語釋〉
　　바람일랑　　　　밥으로 먹고
　　구름으로　　　　똥을 싸고
　　물결일랑　　　　집안을 삼아
　　섧은 어머니　　　떼어 두고

海女들에게는 海圖가 머릿속에 훤히 그려져 있다. 어디쯤 가면 그
海底가 어떤 모습으로 생겼으며 暗礁가 어떻게 이루어졌고 물결은 어
느 만큼 거센가를 썩 잘 기억하는가 하면, 소라 전복이 어떻게 잡히리
라는 것쯤을 잘 짐작한다. 이는 마치 뭍에서 地境의 形狀과 肥沃度를
일일이 기억하는 것이나 다름이 없다. 따라서 제주도를 떠나 본토로
出稼하는 뱃길에서 그 거쳐야 할 지점 역시 일일이 노랫속에 담는 경
우도 본다.[8] 城山日出峰에서 출발하여 본토로 出稼하는 과정의 섬과
바다 이름을 그들은 너무나 소상히 알고 있다는 근거다.

濟州 海女의 活動舞臺는 濟州 沿海에 국한하지 않고 東北亞細亞 4個
國 漁場까지 뻗쳤었다. 濟州 海女들은 19세기말부터 釜山, 東萊, 蔚山
등지에 出稼하기 비롯해서 本土 各沿海에 이르지 않는 곳이 없었는가
하면, 日本 각처와 中國(靑島・大蓮) 및 러시아의 블라디보스토크까지
진출했었다. 濟州 海女의 行動半徑은 실로 東北亞細亞 일대에 뻗쳤었
다. 本土 南海岸에는 風船을 타 나갔었는데 그들은 억세게 櫓 저으면
서 海女노래를 불렀다. 東北亞細亞 일대의 바다가 濟州 海女들에게는
그대로 마당이요 밭이요 들판으로 관념되어 왔다.

섧은 아버지　　떼어 두고
부모동생　　　이별하고
한강바다　　　집을 삼아
이 업을　　　 하라 하고
이내몸이　　　탄생하던가

8) 예 들어 金榮敦의 『濟州島民謠研究上』 874번의 海女노래에 보면, 城山日出-
소완도-완도-신기도영-금당아-큰바당-지누리대섬-나라도-뽕돌바당-돌산-솔
치바다-노량목-사랑도바당-물파랑것도-지제장심포-가다동꼿-등바당-다대꼿-
등이 노래 한편 속에 쏟아져 나온다.

濟州 海女들은 바다에 목숨을 건다. "저승길이 오락가락하는"9) 바다에서 "七星板을 타고 다니며 銘旌布를 이어 사는"10) 決死的 作業에 投身한다. 이들에게는 일의 즐거움도 따르지만, 그 辛苦 또한 萬狀이다. 世宗時의 濟州 按撫使 奇虔의 일화를 한 예로 들자. 그가 島内 巡視中 어느 해안에 이르렀을 때 雪寒風이 휘몰아치는 한겨울임에도 裸潛하는 海女作業이 너무 異色的이었다. 驚歎을 금할 수 없었던 그는 어찌 저리도 고생스리 採取하는 海産物을 내가 차마 먹겠는가고 끝내 먹기를 사양했다는 이야기는 紀念碑的 逸話다. 그들의 苦役과 覇氣는 朝鮮朝 正宗朝人 申光洙의 《石北集》에 드러나는 〈濟州潛女歌〉에 노래되었는가 하면, 李健의 《濟州風土記》, 趙觀彬의 《悔軒集》 등에도 어련히 기록되어 있다.

---

9) 너른 바당   앞을 재연
   흔질 두질   들어가난
   저승질이   왔다갓닥
   (金榮敦 ; 앞의 책, 822번의 해녀노래)
   〈語釋〉
   너른 바다   앞을 재어
   한길 두길   들어가니
   저승길이   오락가락
10) 탕 댕기는   칠성판아
   잉엉 사는   멩정포야
   못홀 일이   요 일이여
   모진 광풍   불질 말아
   (金榮敦 ; 앞의 책, 833번의 해녀노래)
   〈語釋〉
   타 다니는   七星板아
   이어 사는   銘旌布야
   못할 일이   요 일이네
   모진 狂風   불질 말아

海女들이 貝類, 海藻類를 채취하는 바다, 곧 海女漁場은 裸潛魚場, 혹은 第1種共同漁場이라 한다. 第1種共同漁場이란 水産業法 施行令 제 11조 2항에 따르면 最干潮時 水深 10미터 이내(海藻刈引網漁貝를 사용하는 경우에는 15m 이내)의 水面을 말한다.

漁場은 海女들의 生命源이다. 따라서 이들은 海女漁場을 소중히 가꾸면서 不當한 侵犯에 대해서는 이에 맞서 물러설 줄 모른다.

第1種共同漁場을 소중히 간직하기 위하여 海女마을에서는 해마다 개닦기 작업을 벌인다. 쓸잘데 없는 雜草를 제거하는 작업인데 이른바 '바당풀 캔다'고 일컫는다. 그리고 어쩌다가 管內海岸에 屍體가 떠오를 경우면 이내 처리해야만 한다. 정해진 海女漁場에서 貝類와 海藻類를 채취할 권리를 지니기 위해서는 우선 이 두 가지 義務를 엄격히 지켜야 한다. 특히 所管漁場의 屍體處理를 외면함으로써 慣行에 따라 바다를 잃고 入漁權을 이웃마을에 넘겨줬던 예는 드물지 않다.

馬羅島 같은 경우는 이른바 〈할망바당〉이 있어서 60세 이상의 老婆와 病弱者들만이 入漁할 수 있는 漁場을 설정해 놓음으로써 그들을 보호하고 있음도 異色的이다. 自生的 慣行에 따르는 漁場 劃定은 우리의 관심을 끌게 하거니와 馬羅島의 島主格인 班長에게는 〈반장바당〉을 따로 劃定해 줌으로써 그 勞苦에 보답하고 있다. 이런 入漁慣行은 퍽 흥미 있는 과제를 던져 준다.

海女漁場은 마을 단위로 나누어져 있음이 보통인데 가끔 洞別로 劃定되기도 한다. 예 들어 행정구역상 北濟州郡 舊左邑 演坪里 한 마을로 되어 있는 소섬(牛島)의 경우, 바닷가를 뱅 둘러가며 이루어진 聚落들이 11個洞인데, 각각 洞別로 漁場이 나누어졌다. 漁場이 워낙 넓은 위에다가 海産物이 풍부하기 때문에 洞別로 漁場이 나누어졌음은 합리적이라 할 것이다. 舊左邑 下道里의 漁場 역시 넓은 편이어서 洞別로 나누어지는 등 洞別로 나누어진 마을들도 더러 있다.

그 區劃線은 뭍과 달라서 確然한 것일 수 없다. 〈금〉이라 불리는 區劃線은 해안에 있는 곶(岬)과 바다에 있는 여와를 잇는 경우도 있고, 눈에 띄기 쉬운 바위를 기준하여 直線으로 그어 劃定하기도 한다. 그 境界基點에 알맞은 곶(岬)도 유다른 바위도 없을 경우에는 바위 위에 페인트칠을 함으로써 그 區劃基點을 삼기도 한다.

漁場의 境界設定이 純慣行에 터전할 뿐더러, 그 境界가 가다가 不明確하고 境界設定理由가 妥當치 않음이 드러나기 때문에 세월이 흐르면 이의 不當性이 드러나 말썽을 불러일으킨다. 마을과 마을 사이에서 漁場紛糾가 일어나고 동네와 동네 사이에서도 紛爭이 생긴다. 漁場은 海女들의 生命源이요 海女收益은 도민생활에 큰 비중을 담당해 왔기 때문에 가다가 그 漁場紛糾는 심각한 국면에까지 이르는 일이 있었다.

2. 海女의 入漁[11) 實態

제주도 해녀들에게는 共同體的 觀念이 짙게 작용된다. 共同漁場(第1種共同漁場)에서의 入漁는 國家法이나 行政官廳의 간여 없이 예부터 내려오는 부락의 鄕約이나 規約과 같은 慣行 또는 慣習規範에 따라 이루어져 왔기 때문에 각 부락의 入漁나 漁場秩序維持를 위한 規範은 각각 달랐던 것이다. 그런데 1962年 4月 1日부터 水産業協同組合法과 同施行令이 制定 施行 됨에 따라 어촌부락 단위로 漁村契가 조직 설립되

---

11) 제주도에서는 第1種共同漁業의 漁場에서의 海女의 漁業行爲를 하는 것을 '入漁'라고 부르고 있으므로 여기서도 그러한 뜻으로 사용한다. 그리고 水産業法 第40條 第1項의 '入漁'는 '慣行에 의한 入漁'라 부르기도 한다.

었다. 共同漁業權을 漁村契가 지니게 되었고 따라서 共同漁場에서의 入漁나 漁場의 질서는 性令[12])과 漁村契의 定款에 따라 행해지게 되었다. 따라서 舊來의 鄉約과 같은 慣行이나 慣習과 같은 入漁規範이 排除되고 그 대신에 制定的 法規範에 따라 規律되어 가고 있다.

海女의 入漁形態, 入漁權者, 潛嫂會 등 入漁實態에 대하여 간추려 보기로 한다.

1) 入漁狀態

共同漁場에서의 海女의 入漁形態를 類型別로 나누면 共同入漁와 自由入漁(俗稱 '헛무레'[13]))로 구별할 수 있다.

共同入漁는 共同漁場에서 해녀들이 공동으로 입어하여 貝類나 海藻類를 공동 채취하는 形態다. 共同入漁에도 두 가지 形態가 있다. 하나는 구역을 정하지 않고 共同漁場의 全水面에 공동입어하는 形態와 또 하나는 공동어장을 몇 개 구역으로 나누어 入漁者의 入漁漁場을 정하고 그 구역 안에서만 입어를 행하게 하는 形態다.

마을에 따라서 약간의 차이는 있지마는 톳이나 우뭇가사리의 채취, 공동어장내의 養殖漁場의 貝類를 채취할 때에는 共同入漁한다. 톳을 캐기 위하여 입어할 때에는 1가구당 1인만의 입어가 허용되고 그 收益金도 均等分配되지만, 우뭇가사리를 캘 때에도 共同入漁는 하지마는

---

12) 水産業法 제51조, 제10조의 규정에 의하여 漁業의 免許를 取得한 漁業權者는 그 漁業權의 行使 또는 入漁하는 者의 漁業方法, 漁業의 時期, 操業總數, 其他 漁業秩序의 유지를 위한 규정을 정하여 道知事의 認可를 받아야 한다.

13) "헛(虛)+물(水)+에(處所格助詞)"로 분석된다. 海藻類 採取는 그 採取時期가 정해져 있지마는, 特定期間이 아니더라도 採取하는 貝類 採取를 가리키는 것이다.

그 收益金은 채취자의 개별수익이 된다. 養殖漁場에 있어서의 입어는 1가구당 1인만이 공동입어하여 공동채취하고 공동판매하여 그 收益金을 均等分配하는 것이 일반적인 원칙이다. 그러나 마을에 따라서는 많이 채취한 해녀에게 그 채취량의 2분의 1을 공동분배하고 2분의 1을 개인수익으로 돌리는 경우도 있다.

養殖漁場의 貝類와 共同漁場의 톳, 우뭇가사리를 제외한 공동어장에서의 貝類 또는 海藻類는 자유롭게 입어하여 자유경쟁에 따라 채취하며 그 수익 역시 채취한 자의 개인소득이 된다.

해녀들이 共同漁場에 입어함에 있어서는 그 入漁時期, 入漁方法 등에 대하여 각각 共同體的 規制가 따른다. 해녀들이 입어할 때에는 물론 이 規制에 복종하지 않으면 안 된다. 入漁에 대한 規制는 法令14)에 따르는 경우도 있는가 하면, 漁村契의 入漁內規, 또한 마을의 慣行과 같은 不文律에 따로 규제되는 경우도 있다.

2) 入漁權者

共同漁業의 漁業權은 法人漁村契의 경우는 漁村契가 지니며, 法人 아닌 漁村契의 경우는 어촌계의 總有로 한다고 水産業法15)에 규정되어 있다. 따라서 漁村契員인 海女는 共同漁業權者인 동시에 入漁權者

---

14) ○ 入漁에 관한 行使規程은 道知事의 인가를 받아야 한다. (水産業法 제51조)
  ○ 전복은 10월 1일부터 翌年 2월 말일까지 採捕하지 못한다. (水産資源保護令 제9조 9호 但書)
  ○ 7㎝ 미만의 전복은 逮捕하지 못한다. (水産資源保護令 제10조 제1항 但書)
  ○ 6㎝ 미만의 소라는 採捕하지 못한다. (水産資源保護令 제10조 제1항 18호 但書)
15) 水産業法 第24條 第1項, 제4項.

다. 그러나 共同漁業權의 어장 안에서 入漁慣行이 있는 자는 漁村契 총회의 의결에 따라 準契員이 되면 入漁權을 얻는다.[16] 따라서 水産業 法 제40조 제1항에 따라 入漁慣行이 있는 자라도 漁村契의 契員 또는 準契員이 아닐 경우는 共同漁場에 입어할 수 없다.

여기서 계원이 아닌 入漁慣行者의 入漁權이 문제가 될 수 있다. 어 촌마을에서의 入漁의 실태를 본다면 入漁慣行이 있는 자의 거의 99% 가 契員이나 準契員이 되어 있으므로 入漁慣行을 둘러싼 시비는 별로 없는 실정이다. 다만 慣行에 따라 準契員으로서 入漁權을 취득한자가 다른 마을로 出嫁하거나 轉出하게 되면 당연히 그 入漁權은 상실되고 그 地位를 상속받거나 양도될 수는 없다. 다른 마을로 전출하였다가 다시 復歸한 자이거나, 60일 이상의 入漁實績이 있는 자가 전입하여 올 경우에도 總會의 決議에 따라 入漁權이 다시 주어진다. 그리고 準 契員인 入漁權者는 共同漁場의 管理나 處分에는 참여할 수 없으나, 漁 村契에서 주어지는 義務는(入漁行使料의 지불, 漁場管理에 必要한 賦 役 등) 치르지 않으면 안 된다.

入漁權은 물론 개개인에게 주어진 것이지마는 가다가 家口를 단위 로 하여 부여되는 경우도 있다. 톳 채취를 위하여 입어하는 경우에는 한 가구에 몇 분의 入漁權者가 있을지라도 한 가구당 한 분만의 入漁 權이 인정된다. 물론 分家했을 경우에는 獨立家口로 보아 새로이 한

---

16) 水産業協同組合法施行令 第7條.
　① 前條(第9條)의 규정에 의한 契員의 자격이 없는 漁民中 契가 取得 또는 專用한 共同業法權의 漁場 안에서 入漁慣行이 있는 자는 총회의 의결을 얻어 準契員이 될 수 있다.
　② 準契員은 水産業法 제51조의 규정이 정하는 바에 따라 契가 取得 또는 專 用하는 共同業法權의 어장에 입어할 수 있다.

분의 入漁權이 인정된다.

그리고 漁場의 관리나 질서유지를 위하여 入漁權者에게 義務를 부담시키는 경우에도 家口를 單位로 하여 할당한다. 이와 같이 家口를 單位로 하여 權利 義務가 부여되는 현상은 지난날부터 내려오는 慣習에 따른 家族的 共同秩序의 規範意識에서 우러나온 것으로 생각된다.

3) 潛嫂會(海女會)

제주도 어촌마을에는 마을마다 海女들로 조직된 自生團體인 潛嫂會가 있다. 이 潛嫂會를 마을에 따라서는 海女會라 하기도 한다. 이 潛嫂會는 任意團體이긴 하나 漁村契의 산하단체 이면서도 어촌계가 共同漁場을 운영 관리함에 있어서 강력한 영향력을 행사하고 있다. 漁村契는 獨自的 意思決定機關인 總會와 執行機關인 理事會가 있어서 共同漁場의 관리 운영에 대한 의결권과 집행권을 갖고 있다. 그러나 실질적으로 潛嫂會가 漁場의 管理나 秩序의 維持를 맡고 있는 것이 사실이다.

潛嫂會의 機能이나 役割은 潛嫂會 스스로 獨自的으로 결정한다. 그 역할을 보면 共同漁場의 入漁時期 및 入漁日時의 決定, 外來轉入者의 入漁資格의 審査決定, 潛水器船의 共同漁場 侵入 防止, 漁場 監視, 種貝撒布作業, 개닦이사업(雜草除法) 등이다. 그리고 마을에 따라서는 潛嫂會가 우뭇가사리를 獨占 採取하여 그 수익금을 분배하는 기능을 담당하는 경우도 있다.

海女入漁慣行의 紛糾實態

1. 濟州道內의 入漁紛糾

제주도 연안의 공동어장에 있어서의 入漁紛糾는 어촌마을과 마을 사이의 漁場境界線의 地先水面에서의 入漁權을 둘러싼 분규가 대부분 이다.

제주도 연안의 공동어장의 경계선은 마을과 마을 사이의 경계선을 기준으로 하여 정하여졌다. 共同漁場에 입어할 권리를 지니려면 여기 에 많은 의무가 따랐다. 그 하나가 屍體處理의 慣行이다. 어쩌다가 境 界地先水面에 시체가 떠올라 왔을 경우에는 勢道가 센 마을에서 그 이 웃마을에 시체처리를 강요했던 일이 가끔 있었다. 그러면 그 水面은 이웃마을의 어장이 되어 버리기 때문에 行政區域으로서의 마을과 마을 사이의 경계선과 공동어장 경계선이 일치하지 않는 현상을 빚게 되었 었다.

그러나 漁場의 값어치가 드높아져 감에 따라 제 마을의 어장을 가급 이면 넓히려는 의욕이 마을 주민들마다 일게 되었다. 곧 공동어장에서 채취하는 톳·미역·우뭇가사리 등의 해산물이 상품으로서의 경제적 가치가 높아짐에 따라 境界水面 漁場에 있어서의 入漁權을 둘러싸고 해안마을 곳곳에서 入漁紛糾가 일어났고 심지어는 法廷에까지 번졌었 던 것이다.

우선 조사자들의 현지조사에 따라 확인된 바 翰京面 龍水里와 龍塘 里 사이의 분규, 舊左邑 終達里와 城山邑 始興里 사이의 분규 및 소섬 (舊左邑 演坪里)의 분규에 대한 그 대강을 살피려 한다.

1) 龍水·龍塘里間의 入漁紛糾[17]

원래 龍水里와 龍塘里는 龍水一·二里로 묶여진 같은 마을이었다. 1952년 地方自治法이 시행됨에 따라 龍水里와 龍塘里로 나누어졌는데 각각 200명, 130명의 해녀를 지니고 있는 농어촌이다.

分里는 되었지마는 종전의 慣行에 따라 共同漁場에 대한 入漁는 공동으로 이뤄져 오던 가운데 1966년 전후해서는 龍水·龍塘 두 마을 주민들 사이에서 공동어장의 톳을 밀채하는 일이 벌어졌었다.

이렇게 漁場의 가치가 높아져 감에 따라 龍塘里에서는 1954년의 改正水産業法에 따라 일괄적으로 면허를 받은 漁場區劃線을 내세우고 區劃線內의 공동어장에 龍水里 海女의 입어를 거절하게 되자 입어분규가 벌어졌다. 漁場協同組合이 관내공동어장을 漁村契의 專用漁場으로 마련한다는 구실이었다.

이 분규는 두 마을 사이에 폭력사태에까지 이르게 되었고 면당국과 漁協이 조정하려 하였지만 실패로 돌아갔다. 北濟州郡 調整委員會에서 조정을 거듭하였으나 근본적인 해결은 이루어지지 못한 채, 두 마을이 공동입어할 것을 원칙으로 하되 龍塘里가 하루 먼저 입어하기로 임시 조정되었다. 그 調整에서는 龍水里가 俗稱〈장태코지〉까지 입어했던 실적이 있었으매〈장태코지〉까지의 共同入漁를 인정하였다. 그러나 龍水里에서는 龍塘里가 共同漁場에 하루 先入漁하는 것은 부당하다 하여 도 당국에 再調整해 줄 것을 의뢰하였다.

그 후 이 분규는 분규어장에 있어서의 主産物인 미역이 상품으로서의 가치가 떨어져 감에 따라 자연히 사라져 갔다.

---

17) 高翔龍 ; 『韓國의 入漁慣行에 관한 硏究』, 成均館大學校 大學院 碩士學位論文, 1967, pp.109~111 參照.

이 분규의 원인은 어디 있는가. 漁業免許權者가 共同入漁의 慣行을 확인치 않았을 뿐더러, 두 마을 사이의 협의를 거치지 않은 채 漁場區劃線을 책정하여 專用漁場을 면허하여 준 데서 일어나게 되었던 것이다.

2) 終達・始興里間의 入漁紛糾

마을 이름으로도 공교롭게 드러나 있거니와 北濟州郡은 終達里로써 끝나고 始興里부터는 南濟州郡이 시작된다. 終達里에는 318명의 어촌계원이 있고 그 가운데 여계원수는 296명이지마는 실제 海女數는 350명에 이른다.

두 마을 사이의 입어분규의 발단은 그 境界地先水面이 썩 풍부한 미역어장이라는 점에 있었다. 곧 두 마을 境界水面에 있는 속칭 〈뒤웅여〉와 〈넓은세베여〉 일대는 훌륭한 미역어장으로서 종래의 관행상으로는 두 마을이 공동입어를 하여 왔었다.

그런데 1964년 3월, 終達里쪽에서 이들 어장이 종달리 경계 안에 속한다고 주장하면서 始興里 해녀의 입어를 거절하게 되자 입어분규가 일어났다. 분규가 격심해지자 제주도당국이 조정하였다. 그 조정내용을 보면 종래의 慣行을 일부 인정하여 이른바 〈뒤웅여〉는 終達里의 專用漁場으로 하고 〈넓은세베여〉는 始興里의 漁場으로 확정함으로써 일단 해결되었다.

그 후 1970년에 이르러 또 다시 두 마을 사이에 입어분규가 일어났다. 黃金漁場인 〈고등여〉를 둘러싼 싸움이었다. 곧 始興里에서의 입어가 인정된 〈넓은세베여〉 곁에 있는 〈고등여〉를 始興里쪽에서는 〈넓은세베여〉의 일부분이라고 주장하는가 하면, 終達里쪽에서는 〈넓은세베여〉와는 분리된 終達里의 입어어장이라고 주장함으로써 팽팽히 맞섰던 것이다.

이 분규도 제주도 당국의 조정에 따라 해결되었다. 곧, 水中撮影을 해 본 결과 〈고등여〉는 〈넓은세베여〉와는 12m나 떨어져 있음이 드러났다. 始興里 쪽에서 이 사실을 인정하고 이 〈고등여〉가 終達里漁場이라는 데 합의함으로써 분규는 멎었다. 이 분규도 종래의 共同入漁慣行을 부인한 데서 일어났던 것이다.

3) 演坪里의 入漁紛糾

北濟州郡 舊左邑 演坪里는 城山浦 옆에 있는 소섬을 가리킨다. 제주도내의 대부분의 漁場紛糾가 마을과 마을 사이 境界地先水面의 분규였음에 반하여 演坪里의 분규는 이 마을 안의 동네와 동네 사이의 분규라는 데 그 특징이 있다.

演坪里, 곧 소섬은 섬 둘레가 온통 黃金漁場을 이루고 있어서 우뭇가사리에 따른 소득만 하더라도 해마다 엄청나다. 소섬주민들은 그곳 共同漁場을 구역에 따라 나누지 않고 주민 모두가 共同入漁를 하여 왔었다. 그런데 톳·미역·우뭇가사리 등 海藻類의 商品 價値性이 점점 높아져 감에 따라, 소섬의 영일동과 귀일동의 해녀들은 종래의 慣行에 따른 共同入漁를 거부하고 자기 동네의 地先水面에서의 入漁를 獨占하려고 하는 데서 두 동네 사이에 분규가 일어났던 것이다.

분규가 극심하여지자 당시 濟州道維新協議會에서 개입, 조정하였다. 톳 채취에 한하여 종래의 공동어장을 4개 구역으로 나누고 演坪里, 곧 소섬의 11개동도 4개조로 나누어 각조의 톳 채취 專用漁場을 區劃 策定함으로써 해결되었다.

이상 몇 마을을 통해 본 漁場紛糾의 공통점은 무엇인가.

漁場紛糾가 속속 일어났다는 사실은 우선 社會, 經濟事情의 變化에 따라 從來 漁村마을을 지배해 왔던 共同體的 秩序意識이 희박해져 가고 있는 한 斷面이라 볼 수 있다.

근래에 이르러 어촌 마을과 마을 사이, 동네와 동네 사이의 入漁紛糾는 거의 사라졌다. 그 이유는 다음 두 가지로 요약된다.

첫째로는 지난날 제주도 어촌마을과 마을 사이의 入漁紛糾는 주로 部落境界 地先水面의 미역어장을 둘러싼 분규였는데 1970년대 후반부터 제주산 미역이 상품가치가 떨어졌다는 데 있다. 둘째, 근래에 이르러서는 第1種共同漁場의 免許를 正確한 漁場圖에 따라 하기 때문에 紛糾의 素地가 없어지게 되었기 때문이라 보아진다.

2. 慶北裁定地區 入漁慣行權 紛糾

이른바 '慶北裁定地區'란 19세기말부터 제주도 해녀들이 出稼해 오는 慶尙北道 九龍浦・甘浦・良浦 3개 水産業協同組合 管內 第一種共同漁場을 말한다.

제주도 해녀들은 제주도 연해에서만 入漁했던 게 아니라, 19세기말부터 한반도로 出稼하기 시작했으니, 그 出稼對象地는 釜山・東萊・蔚山 등 경상남도 지방으로부터 시작된 듯하다. 이들은 어찌하여 고향을 등지고 천리타향으로 出稼하게 되었을까. 제주도 연해에서의 우뭇가사리 등의 채취물은 제한되었는데다가, 한반도에는 그 채취물이 풍성하였으며 이를 채취할만한 海女들이 그곳에는 없었기 때문이다. 우뭇가사리 등 海藻類의 이용도가 불어나면서 釜山등지를 근거지로 한 海藻商들이 부쩍 불어났고 客主들이 점차 늘어났다. 이들은 해마다 연초가 되면 제주도를 드나들면서 前渡金을 내준다든가, 食料品, 生活必需品 등을 빌려 주면서 해녀들을 끌어갔다.

제주 해녀들은 釜山에서부터 멀리 淸津에 이르기까지 동해안 일대를 누비면서 北上해 갔는가 하면, 多島海 등 南海 연안과 한반도 각 연안에 이르지 않은 곳이 없었다.

1910년대에서 1930년대에 이르기까지는 상당수가 慶尙南道 지방으로 出稼했었으니 그것은 石宙明의 《濟州島隨筆》,[18] 舊韓國 農商工部 水産局 편찬의 《韓國水産誌》[19] 및 《1937年度 濟州島勢要覽》[20] 등에 구체적으로 드러나 있다.

出稼海女數는 해마다 늘어났고, 해방을 전후하여 慶南 중심의 出稼는 점차 慶北 중심으로 옮아갔다. 慶北을 중심으로 한반도에 나가는 出稼海女數는 1950년대에 이르러 무려 5천명 이상을 헤아리게 되었으며 자연히 이들의 權益問題가 절실해져 갔다.

四面環海의 섬이라지만, 제주도 연안에서는 값진 우뭇가사리가 20만 근밖에 나지 않은 데 비하여 慶尙北道 같은 데는 이의 4배인 80만근이나 깔렸지만 그곳에는 이를 채취할 만한 해녀들이 별로 없으므로 제주도 해녀들이 예전부터 그곳에 나간다.[21]

---

18) 石宙明의 『濟州島隨筆』(1968, p.202)에서 보면, 1915년경의 出稼海女數가 약 2,500명인데 出稼地別로는 慶南에 1,700, 全南 多島海지방에 300, 其他에 500이라 밝힘으로써 慶南에 가장 많은 수의 해녀가 出稼했었음을 말해 주고 있다.

19) 『韓國水産誌』 第二輯(隆熙 2年, p.507)에 보면 慶尙南道 蔚山郡 大峴面 城外洞에 제주도 해녀의 來漁가 많다는 기록이 보인다.

20) 『1937年度 濟州島勢要覽』(1937, p.25)에 보면, 제주도 해녀들은 한반도 각 연안을 비롯해서 日本, 블라디보스토크, 中國 등의 연안에도 出漁하였다고 밝히는 한편, 國內出稼人員 2,801명 가운데 慶尙南道 1,650명, 慶尙北道 473명, 全羅南道 408명, 忠淸南道 110명 등의 순서라 함으로써 단연 慶尙南道에 쏠렸었음을 밝혀 주고 있다.

21) 1967년 5월, 慶尙北道 裁定地區에 필자가 出稼海女 조사차 나갔을 때 그 지방 출신의 해녀수가 800명쯤 된다는 말을 그곳 水協 實務者에게서 들은 바 있었지마는 사실 여부는 알 길이 없었다. 어쨌든 그곳 출신 해녀들은 그 技倆

수천 명에 이르는 제주도 해녀들은 연초마다 제주도를 찾아든 客主한테서 前渡金을 받으면서부터 客主에게 얽매이게 된다. 客主들은 言必稱 最大限의 權益을 보장한다지만 이들 대부분은 그곳 藿岩主들과 결탁하여 선량하기만 한 제주도 해녀들을 갖은 방법으로 收奪하였다.

水産業法 第10條에 따르면 共同漁場 賣買는 엄연히 금하고 있음에도 불구하고 水協에서는 적당한 行使料를 받고 마음대로 藿岩主에게 팔아넘기는 일이 흔했다. 客主를 따라간 해녀들은 그들에게 入漁行使料, 漁協手數料, 指導員 手當, 委託販賣手數料, 諸雜費 등의 명목으로 이중삼중 뜯기다 보면 實收益의 몇 분의 1밖에 못 받는 결과에 이르렀었다. 더구나 여기에는 高價인 우뭇가사리 등에 대한 不正檢斤이 따랐었다.

海女出稼가 있어서 이래, 出稼海女에 대한 權益保護運動은 꾸준히 이어져 왔었지마는, 1956년 1월의 慶尙北道 裁定地區에 대한 入漁慣行權의 裁定은 그들의 權益保護를 위하여 커다란 공헌이 아닐 수 없었다.

그 내용을 간추려 보면, ① 陽南·甘浦·良浦·九龍浦·大甫 각 어업협동조합(나중에 陽南漁協은 甘浦漁協에, 大甫漁協은 九龍浦漁協에 각각 흡수되었음) 享有共同漁場 全域에, ② 裸潛의 漁業方法에 따라 ③ 5월 1일부터 8월말일까지 ④ 天草·銀杏草·櫻草·貝類 채취를 위하여 ⑤ 濟州 海女 1,070명이 입어할 수 있는 慣行을 인정받기에 이른 것이다.22)

이 裁定은 水産業法 제69조에 따른 것이다. 水産業法 第69條란 漁場

이 썩 모자랄 뿐더러, 능숙한 海女로서 활동할 나이쯤 되어 혼인을 하면, 해녀작업은 그만두게 되는 실정이었다.

22) 康大元 ;『海女硏究』, 韓進文化社, 1970, pp.147~153.

의 區域, 漁業의 範圍, 保護區域, 漁業의 方法 또는 入漁의 慣行에 관하여 紛爭이 있을 때에는 그 관계인은 水産廳長에게 裁定을 신청할 수 있다는 규정이다.

이 裁定書에서 漁場賣買를 금하고 있다. 곧, 共同漁業權 創設의 취지는 水産業法 第10條[23]에 밝힌 바와 같이 일정한 지역 내에 거주하는 어민의 漁業經營上 共同利益을 증진케 함에 있는 것인 바, 그들이 享有漁場의 行使權을 公賣하여 그 行使料만을 징수함을 어업조합 자체의 목적으로 함은 水産業法 第19條[24]에 저촉된다는 점을 강조하였다. 水産業法 第40條 1項[25] 및 同施行令 第39條는 通漁者, 특히 裸潛業者의 權益을 보호하기 위하여, 말하자면 慣行者의 入漁制를 인정하는 한편, 漁業權者의 權利에 대해서는 일정한 제한을 가한 것이라는 해석을 내리면서 제주도 出稼海女들이 그 공동어장 내에서 그 원인과 조건(특히 漁業行爲의 결과에 대한 經濟的 價値) 여하를 막론하고 여러 해 동안 계속하여 入漁를 한 실적이 있으면 이는 곧 入漁慣行이 성립된다고 밝혔다.

이럼으로써 慶尚北道 裁定地區에 있어서는 제주도 出稼海女의 權益

---

23) 水産業法 제10조(共同漁業의 免許) ① 共同漁業은 일정한 지역 내에 거주하는 漁業者의 漁業經營上 共同利益을 증진하기 위하여 必要한 때에 한하여 면허한다. ② 漁業協同組合(漁村契를 包含한다)의 조합원은 정관이 정하는 바에 의하여 當該 漁業協同組合이 享有하는 共同漁業權의 범위 안에서 각자 어업을 할 수 있다.

24) 水産業法 제19조(免許許可를 받은 자 以外의 자가 어업을 지배할 때의 어업의 取消) 漁業의 免許 또는 許可를 받은 자 이외의 자가 사실상 當該漁業의 經營을 지배하고 있다고 인정할 때에는 행정관청은 그 漁業의 免許 또는 許可를 취소할 수 있다.

25) 水産業法 제40조(入漁의 慣行) ① 共同漁業의 漁業權者는 從來의 慣行에 의하여 그 漁業場에서 漁業에 종사하는 자의 入漁를 거절할 수 없다.

이 꽤 개선되어 갔다. 그러나 그들의 權益侵害는 아주 사라질 줄은 몰랐다. 不法으로 漁場 賣買하는 일이 빈번하였고 생산자들의 權益保障을 위한다는 명목으로 갖은 收奪이 이루어졌었다.[26]

또한 1961년 3월 10일, 제주도의 漁聯 理事長 및 率下 各漁業組合理事名義로 낸 "慶北出稼潛嫂 및 漁民各位께 알리는 말씀"에 보면, 密出稼를 삼가라고 강력히 종용하면서 만약 暗引率者에 따라 密出稼했을 경우에는 해녀들의 총수입 가운데 무려 8할이나 收奪당하고 있다고 지적하였었다.

慶尙北道 側에서도 해마다 裁定地區 중심으로 출가하는 해녀들의 문제가 難題였다. 1967년 5월, 필자가 九龍浦 일대에 출가한 해녀들을 조사하기 위하여 九龍浦・甘浦・良浦 일대에 출장했을 때 面談 調査해 보았더니 各漁協의 實務者들은 제주도 出稼海女問題가 귀찮은 頭痛거리였음이 확인되었다.[27]

---

26) 이의 단적인 예로서는 〈조선일보〉 1959년 6월 22일자 "피땀 흘려 남 좋은 일: 海女集團告訴事件" 題下의 기사만 보더라도 이내 짐작이 간다. 출가 해녀들은 漁場賣買 등 收奪이 심해지자, 당시 慶北 浦項地方海務廳 관내의 九龍浦・良浦・甘浦・大甫 등의 各漁業組合을 상대로 大邱地方檢察廳에 고소를 제기하기에 이르렀다는 記事다. 金榮敦; "海女의 收益侵害"(『제주대학 논문집』 제2집, 제주대학, 1970, p.25) 참조.

27) 慶北 側에서도 最善은 다한다고 하는데 出稼海女의 權益을 둘러싸고 항상 말썽을 빚기 때문에 妙策이 서질 않고 非難을 면할 수 없어 안타깝다는 점, 둘째 利害關係가 서로 엇갈리는 當地 漁村契와 出稼海女와의 갈등을 조정하기가 힘들다는 점, 셋째 當地 漁協管內에도 해녀수가 상당히 불어났기 때문에 제주도 해녀가 꼭 必要하지는 않게 되었다는 점. 넷째 漁協 指導員 개개인의 잘못은 곧 그곳 漁協 전반의 잘못으로 간주되니 아니꼽다는 점, 다섯째 그곳에서 海藻類, 貝類의 養殖과 개닦기에 막대한 노력과 예산을 들여 두면 採取期에는 왈칵 몰려들어 채취해 가는 제주 해녀의 경우는 어찌 보면 '不勞所得'이라 할 수 있으므로 부당하게 여겨진다는 점 등이다.

慶北 側에서는 이리하여 慶北裁定地區에 대한 제주 해녀의 出稼를 은근히 못마땅하게 여겨왔다. 드디어 1967년 2월, 甘浦·良浦·九龍浦 漁業組合長 명의로 제주도 해녀 1,070명에 대한 '入漁慣行權 消滅確認 請求訴訟'을 제기하기에 이르렀다. 그 소송의 골자로서 入漁慣行權은 개개인의 入漁가 이어져 나가야만 유지된다는 데 초점을 두고 있다. 만약 入漁가 중단되거나 死亡하였을 때에는 入漁慣行은 消滅하는 것이므로 同權利는 讓渡, 賣買 또는 相續되지 않는다는 것이다. 그럼에도 불구하고 제주도 해녀들은 入漁慣行에 대한 裁定을 받은 수년 후인 1959년도 이후 현재까지 그 共同漁場에 入漁한 사실이 전연 없으므로 入漁慣行은 消滅되어야 마땅하다는 주장이었다.

이에 대하여 제주도 측에서는 제주도 출신 해녀의 共同漁場에 대한 入漁權은 特定個人의 資格이 아니라 ,'濟州 海女'라는 자격에서 入漁權이 인정되는 것이라고 맞섰다. 제주도 출신 해녀는 1,070명이라는 人員制限에 맞추어 '濟州出身海女'라는 자격만으로써 그 漁場 등에 입어할 權利가 있는 것이지 개개인이 해마다 입어하여야만 한다는 것도 아님을 주장하였다.

大邱地方法院에서는 被告 金己生 등 3명에 대해서는 그 入漁慣行이 消滅하였음을 확인한다는 판결과 함께 被告 梁玉順 등 3명에 대해서는 이를 棄却한다고 판결했다. 水産業法 第40條에서 말하는 慣行에 따라 취득하는 入漁權이라 함은 반드시 단체로서 가지는 경우만을 말하는 것이 아니고 개인으로서도 入漁慣行이 있으면 그 개인이 가지는 權利도 말하므로 入漁慣行權 消滅確認訴訟은 성립된다면서 그런 판결이 내려졌다.

제주도 측에서는 즉각 항소를 제기하여 해녀들의 權益을 끝까지 돌보는 한편, 될 수 있는 대로 제주 해녀들이 한반도로 出稼하지 않도록 종용하는 施策을 펴 나갔으니 이른바 '해녀 안보내기 운동'이다. 또한 제주도에서는 慶北裁定地區의 漁組 實務者들을 초청하여 허심탄회하게 그 대책을 협의하는 등 政策的 차원에서 그 불씨를 꺼 갔다.

이제는 慶尙北道 裁定地區를 비롯하여 한반도 연해에 나가는 出稼 海女數가 썩 줄어들어 간다. 小數이긴 하지만 아직도 韓半島 出稼는 이어지므로 그 權益問題는 그림자처럼 뒤따라다닐 것이요, 이들의 權益保護를 위한 根源的인 대책이 마련돼야 할 것이다.

 海女入漁慣行의 性格과 變化

1. 入漁慣行의 性格

入漁慣行의 性格에 대해서는 두 가지 見解가 맞선다. 그 이유는 水産業法 第24條 第2項에 "漁業權은 物權으로 하고 土地에 관한 規定을 準用한다"고 규정하고 있으나, 入漁慣行에 관해서는 物權이란 明文規定을 두지 않고 다만 水産業法 第40條 第1項에 "共同漁業의 漁業權者는 從來의 慣行에 의하여 그 漁業場內에서 漁業에 종사하는 자의 入漁를 거절할 수 없다"고 규정하고 있기 때문이다. 그러므로 이 조항을 해석함에 있어서 權利이냐 法의 反射的作用이냐를 놓고 論難이 벌어졌으며 入漁慣行을 둘러싼 入漁紛糾가 제주도와 경상북도 사이에 1950년대로부터 1970년대 초에 이르기까지 일어났던 것이다.

그러므로 여기서는 入漁慣行의 法的 性格에 대하여 검토하여 보기로 한다.

첫째 入漁慣行의 權利性을 부정하는 見解

이 見解에 따르면 "入漁란 共同漁業의 漁場內에서 종래의 慣行에 의하여 그 어업을 행할 수 있는 사실을 말한다"고 정의하고 水産業法 第40條 第1項의 入漁慣行에 관한 法規定을 共同漁業의 漁業權者에 대한 하나의 法的 制限으로서, 종래부터 그 漁場에서 어업을 행하는 자에 대하여 그 어업을 거절할 수 없는 관계를 漁業權者 쪽에서 入漁하는 것을 規制하고 있다는 것이다. 그러므로 '入漁할 수 있다'는 것은 바로 '法의 反射的作用'에 따른 것으로 직접 漁業權者와 入漁者 사이의 權利關係가 아니라고 하여 入漁慣行을 權利로 인정하지 않는다.[28]

둘째 入漁慣行을 權利로 보는 見解

이 見解에 따르면 우선 "入漁權이라 함은 종래의 慣行에 의하여 他人의 共同漁業權에 속하는 漁場에 入會 및 그 共同漁業權의 全部 또는 一部의 漁業을 행하는 權利다"라고 定義한다. 入漁權은 從來의 慣行에 따라 이룩된 慣習法上의 權利로서 漁業을 행하는 것이라는 해석이다. 入漁權은 慣行을 本質로 하고 있으며 入漁權을 慣習法上의 權利라고 본다면 民法 제185조가 인정하는 物權이다. 水産業法 제24조 제2항에 漁業權을 物權으로 인정한다는 明文上의 規定을 두고 있으니 入漁權은 物權이라는 표현은 비록 없지만 慣習法上의 物權이라는 해석이다.[29]

셋째 濟州 出稼海女의 入漁慣行의 性格에 대한 行政解釋이나 司法解釋

그 解釋의 法理論的 根據에 대해서는 見解가 구구하지만 이를 다음에 요약해 보기로 한다.

---

28) 諸吉雨 金容旭 共著 ;『韓國水産業法要論』, p.119~120.
29) 高翔龍 ; 앞의 논문, pp.17~19.

① 제주도 出稼海女라는 자격에서 入漁하는 경우에는 朝鮮漁業登錄 規則 第82條 第8號의 규정에 따른 資格慣行者로 認定된다.30)

② 入漁權은 漁業權者의 專用共同漁場에 입어할 權利가 있으며 이 權利는 漁業權名簿에 등록되어 제3자에게 대항할 수 있는 효력이 있는 등 이는 漁業權者에 대한 일종의 權利의 성질이다.31)

③ 水産業法 제40조 제1항에서 말하는 慣行은 입어자에 대한 權利를 설정한 것이 아니고 漁業權者가 그 慣行行使의 反射的 作用에서 인정되는 制限性을 보일 뿐이다.32)

④ 慣行에 따른 入漁權은 반드시 團體에게만 부여되는 것이 아니고 個人으로서도 가질 수 있는 것이며 入漁慣行이 장기간 중단되거나 入漁者가 사망하면 소멸된다.33)는 등이다.

무릇 法의 해석은 法이 규율하는 대상이 되는 社會的 事實關係의 經驗的 觀察을 토대로 하여 행하여지지 않으면 안 된다. 權利의 本質이라는 것도 槪念論理的으로 解釋者의 머릿속에서 組立하는 것이 되어서는 안 된다. 그것은 오히려 事實關係의 經驗的 觀察을 통하여 歸納的으로 끄집어낸 一般的 法則 내지 論理的 命題를 의미하는 것이 아니면 안 된다. 곧 처음부터 權利의 本質을 槪念的으로 推定하여 그것을 사실에 부합시키는 것이 아니고 반대로 事實의 觀察로부터 출발하고 그 觀察의 결과를 論理的으로 구성하여 그를 토대로 權利의 性格을 확정하는 것이 法解釋의 올바른 태도라 하겠다.34)

---

30) 1956년 1월 13일 商工部長官에 따른 出稼海女의 入漁慣行權 裁定理由.
31) 1955년 8월 29일 (법무 제140호), 入漁慣行權에 대한 質疑回答.
32) 1955년 8월 17일 (大高庶 제234호), 入漁慣行權에 대한 質疑回答.
33) 1968년 9월 20일, 大邱地法의 入漁慣行權 消滅確認請求訴訟에 대한 判決理由.

이러한 觀點에서 水産業法 제40조 제1항을 해석할 때 入漁慣行은 일종의 物權的 性質을 갖는 慣習法上의 權利라 보는 것이 타당하다. 그 이유는 入漁慣行은 타인의 共同漁業權의 어장에 入漁하여 水産動植物을 채취 또는 채포하고 그 採取 採捕物을 排他的으로 지배하는 것이기 때문이다. 이 權利는 他人의 權利의 客體인 漁場을 이용하여 收益을 얻는 權利이기 때문에 일종의 制限物權的 性質을 갖는 權利라고 보는 것이 타당하다고 생각된다.

그런데 權利의 本質 내지 性格이라는 것은 事實의 變化에 대응하여, 또한 事實關係에 대하는 사람들의 인식의 變化에 對應하여 變化하지 않을 수 없는 것이다.

제주도연안의 어촌마을에 있어서의 入漁慣行도 社會的 經濟的 事情의 變化에 따라 變化하고 있음을 알 수 있다. 그 現象은 마을마다 漁村契가 조직되고 共同漁場에 入漁할 수 있는 자를 漁村契의 契員과 準契員으로 한다는 制定的 法規範에 따라 종래의 慣行에 따라 入漁했던 海女도 거의 99%가 漁村契의 契員 또는 準契員이 되어 입어하는 것이 事實關係로 됨에 따라 入漁慣行의 權利性에 대한 認識도 희박해져 가고 있다.

2. 入漁慣行의 變化

제주도연안의 共同漁場에서의 海女들의 入漁는 예부터 내려오는 入漁慣行에 따라 裸潛漁業을 행하여 왔다. 곧 漁場의 境界線 策定, 漁場의 管理 및 處分, 入漁資格의 得失決定, 入漁의 時期와 方法, 入漁料의 결정과 징수방법 등 漁場秩序 維持에 대한 規制는 國家法이나 行定官

---

34) 渡邊洋三著 ;『入會と法』, p.191 參照.

廳의 간여 없이 마을자체의 鄕約이나 規約 등과 같은 不文律에 따라 처리되었다. 이러한 海女의 入漁慣行은 오랜 역사를 지니고 오늘에 이어져 오고 있는 것이다.

이러한 入漁慣行은 1952년에 제정된 水産業法에도 반영되었다. 곧 同法 제40조 제1항에서 "共同漁業의 漁業權者는 종래의 慣行에 의하여 그 漁業場에서 입어하는 자의 입어를 거절할 수 없다"고 규정함으로써 入漁慣行을 法에 依하여 보호하고 있는 것이다.

그런데 이 조항의 해석을 둘러싸고 곧 入漁慣行이 權利냐 아니냐는 문제를 놓고 많은 論難이 일었다. 또한 入漁慣行을 둘러싸고 제주도내의 어촌마을과 마을 사이에 숱한 入漁紛糾가 일어났을 뿐더러, 慶尙北道地方의 九龍浦・良浦・甘浦의 漁協과 제주도의 出稼海女 사이에 入漁慣行의 문제를 놓고 행정관청에의 裁定申請・入漁慣行權 消滅確認請求訴訟까지 제기되는 사태까지 벌어졌던 것이다.

1962년 4월 1일, 水産業協同組合法과 同施行令이 제정, 시행됨에 따라 제1종 공동어업의 漁業權은 漁村契가 취득하게 되었고 共同漁場에 대한 規制도 종래의 慣行이 배제되어 水産關係法令이나 漁村契의 定款에 따라 規制되고 있다.

漁業의 近代化와 漁民의 權益保護를 위해서는 國家法에 따른 합리적인 規制가 절실히 必要하다. 自給自足의 형태를 벗어나지 못했던 지난날의 農漁村의 漁業도 산업의 발전에 따라 經濟的 交換價値를 지향하게 되어 간다. 이렇게 農漁村의 經濟形態가 변화함에 수반하여 農漁村의 共同體的 秩序도 변화하지 않을 수 없으며, 入漁慣行 역시 이러한 社會 經濟的 事情의 변모에 따라 변화되지 않을 수 없다.

V 結 論

(1) 2萬數千에 이르는 濟州 海女는 世界的 存在다. 이 세상에는 韓國과 日本에만 海女가 있는데, 海女의 本據地는 제주도다. 海女들은 근래 激減되어 가므로 海女에 대한 調査 硏究는 퍽 시급하지만 아직 큰 進展이 없다.

(2.1) 海女들은 漁場을 뭍에 있는 밭의 延長으로 觀念한다. 漁場을 밭과 꼭 같은 生計를 위한 作業道場으로 생각하기 때문에 海女들은 바다를 마치 집안처럼 친숙하게 여긴다. 第1種共同漁場이라고도 하는 海女漁場은 마을단위로 나누어지는데, 마을에 따라서는 동네마다 나누어지기도 한다.

(2.2) 원래 海女등의 入漁는 國家法이나 行政官廳의 간여 없이 慣行에 따라 이루어져 오다가 1962년부터 水産業協同組合法이 제정, 시행됨에 따라, 漁村契가 어촌부락단위로 조직되고 共同漁業權을 행사하고 있다. 海女들의 入漁權, 入漁時期, 採取物 採取, 收益 分配方法 등에 따른 統制는 潛嫂會(海女會)가 맡고 있다.

(3.1) 제주도내의 漁場紛糾는 마을과 마을 사이(혹은 동네와 동네 사이)의 漁場區劃에 대한 紛爭이 대부분이다. 필자들은 다음의 다섯 마을을 대상으로 入漁慣行과 그 紛糾를 조사 했는데 A, B, C는 그 분규가 심했던 마을이다.

A. 北濟州郡 翰京面 龍水里
B. 北濟州郡 舊左邑 終達里
C. 北濟州郡 舊左邑 演坪里(소섬)
D. 北濟州郡 涯月邑 涯月里

E. 北濟州郡 朝天面 北村里

위 A, B, C 마을을 통한 紛糾의 공통점을 간추리면 다음과 같다.

첫째 漁場紛糾의 發生은 社會經濟事情의 變化에 따라 종래의 共同體的 秩序意識이 무너져가는 한 斷面이라 볼 수 있다.

둘째 예전에 비하여 海藻類의 商品價値性이 드높아져 감에 따라 排他的 利權意識이 일어 漁場紛糾가 激甚해졌었다. 근래 이르러서는 미역이 價格이 暴落하고 正確한 漁場圖에 따른 入漁가 이루어지기 때문에 그 분규는 거의 사라졌다.

셋째. 그 漁場紛糾의 실마리는 대체로 從來의 慣行을 충분히 고려하지 않고 漁場區劃線을 劃定했거나, 共同入漁區域의 分割을 원만한 合意없이 이루었다는 데 있었다.

(3.2) 제주도 해녀들은 約百年前부터 韓半島 各沿海는 물론이요, 日本, 中國, 러시아까지 出稼했다. 그들의 權益을 위해 1956년에는 가장 많은 해녀가 나갔던 慶尙北道 九龍浦 良浦 大甫 三個水協 共同漁場에 제주도 해녀 1,070명이 入漁할 수 있는 入漁慣行權을 제정받기에 이르렀다. 그러나 그들의 權益收奪은 根絶되지 않음으로써 항상 말썽이 뒤따랐으며 드디어 1967년 慶尙北道側에서는 慶北裁定地區에 出稼하는 제주 해녀들에 대한 '入漁慣行權 消滅確認請求訴訟'을 제기하기에 이르렀다. 이 訴訟事件은 큰 波紋을 던지면서 이어졌거니와 그 동안에도 줄곧 海女出稼는 계속되어 갔다.

(4.1) 海女의 入漁慣行은 權利이냐, 또는 法의 反射的 作用이냐를 두고 많은 論難이 거듭되어 왔다. 入漁慣行은 일종의 物權的 權利로 보는 것이 타당하다.

(4.2) 海女등의 入漁慣行도 나날이 變化하는 社會經濟的 事情에 따라 변모되지 않을 수 없다.

(5.1) 근래 이르러 도내에서의 慣行入漁는 사실상 보호 받고 있어서 이로 말미암은 法的是非는 거의 없다. 다만 아직도 韓半島에는 제주 해녀들이 出稼하고 있으며 이들에 대한 權益保護는 遼遠한 실정이므로 水産業法이 改正돼야 하는 등 충분한 대책이 세워져야 할 것이다.

(5.2) 出稼海女에 대한 客主나 現住民의 收奪을 방지하기 위하여 出稼海女의 慣行入漁에 따르는 諸般義務를 法令으로 규정하는 것이 타당하며, 共同漁場에의 潛水器船 侵入을 철저히 規制하기 위한 확고한 대책이 마련되어야 할 것이다.

07

海女調査研究

- 序 論
- 經濟的 側面
- 法社會學的 側面
- 民俗學的 側面
- 結 論

| 김영돈 | 제주대학교
| 김범국 | 제주대학교
| 서경림 | 제주대학교

『탐라문화』 제5호, 1986.

I 序 論

男性도 아닌 연약한 女人이 거친 바닷속으로 무자맥질하는 生業이 란 점에서 海女作業은 특이할 뿐더러, 海女는 韓國과 日本에만 분포되 어 있으므로 그 존재는 異色的인 셈이다. 근래 급격한 社會變動과 産 業構造의 改變으로 말미암아 海女들의 작업양상은 나날이 탈바꿈되고 있을 뿐더러, 이의 激減現象이 두드러지므로 해녀조사연구작업은 참으 로 시급한 時點에 놓여 있다.

해녀에 대한 調査研究課題가 이처럼 시급하고 한라산처럼 쌓였는데 도 이제까지는 몇 가지 觀點에서 부분적으로만 접근해 왔을 뿐, 이를 綜合的, 立體的으로 조사 분석하는 작업은 아직 이뤄진 바 없다. 또한 해녀에 대한 조사연구는 마치 거창한 수풀 속에 들어선 듯 그 接近方 法과 조사작업이 쉽지 않다. 이처럼 時急, 重要한 해녀 조사연구는 그 과제가 울울창창한 수풀 같지만, 대체로 ① 民俗學的 側面, ② 經濟的 側面 ③ 音樂的, 文學的 側面, ④ 法社會學的 側面, ⑤ 生理學的 側面 등을 고려할 수 있다. 이 몇 가지 측면의 고찰은 제각기 分立되었다기 보다 서로가 두루뭉수리로 연관되어 있는데, 이제까지 生理學的 側面 에서의 조사 연구가 비교적 활발한 편이다. 어차피 海女研究는 시급히 活性化 되어야 한다는 전제 아래, 우리 調査陣은 다음 세 가지 측면에 서 現場調査를 바탕으로 접근해 보았다.

◦ 經濟的 側面 – 金範國
◦ 法社會學的 側面 – 徐庚林
◦ 民俗學的 側面 – 金榮敦

調査陣은 효율적 조사방법에 대한 충분한 토의를 몇 차례 거듭하고
난 다음에야 조사진 공동의 合同調査와 個別調査로 나누어 그 조사연
구를 실시하였는 바, 그 합동조사일정과 조사대상지는 다음과 같다.

- 1985. 8. 5~8. 7. 南濟州郡 安德面 大坪里
- 1985. 8. 16~8. 18. 北濟州郡 舊左邑 杏源里
- 1985. 8. 22~8. 24. 北濟州郡 舊左邑 演坪里(소섬)
- 1985. 12. 2~12. 3. 北濟州郡 朝天邑 北村里

또한 現場調査를 위한 學術情報 確保와 水産關係 實務者들의 견해를
파악하기 위하여 몇몇 관계기관을 방문, 면담조사를 실시하기도 했다.

- 1985. 4. 18~4. 19. 水産業協同組合濟州道支部, 濟州市水産業協同組合
- 1985. 7. 18. 翰林水産業協同組合
- 1985. 8. 21. 城山浦水産業協同組合
- 1985. 9. 20. 濟州道水産課

이 공동조사연구는 조사진들의 긴밀한 討論과 合議를 전제하면서
이루어졌고, 앞으로 深層的으로 조사 연구할 同學들에게 海女 및 海女
社會를 총체적으로 파악하는 데 바탕을 이룩하고자 하는 意圖 아래,
각기 200자 200장 정도의 분량으로 연구결과를 정리했다. 그 調査研究
의 主眼點은 다음과 같다.

- 經濟的 側面
  ① 제주도의 水産現況과 海女現況은 어떠한가.

② 해녀의 地域經濟 및 家庭經濟에의 寄與度는 어떠한가.

◦ 法社會學的 側面

③ 漁村共同體의 自然的, 經濟的 環境과 해녀의 역할은 어떠한가.

④ 漁村共同體의 社會構造는 어떠한가.

⑤ 漁村共同體의 法規範은 어떠한가.

◦ 民俗學的 側面

⑥ 海女는 어떻게 生活하며 作業하는가.

⑦ 지난날의 해녀의 出稼實態는 어떠했는가.

Ⅱ　經濟的 側面

1. 序 論

바다를 밭으로 삼아 파도와 싸우며 家計를 이끌어 왔으며 제주도 地域經濟에도 크게 寄與해온 제주도 海女가 1974년 이래로 점차 그 수가 감소하고 있다. 이런 추세로 간다면 앞으로 몇 년 이내에 그 수가 몇백 명으로 헤아릴 수 있을 정도로 감소할 것이 확실하다. 제주도 당국이나 水協에서도 이러한 추세를 豫見하여 뒤늦게나마 海女의 福祉厚生面에 적극적인 정책을 펴고 있다. 脫衣場施設의 현대화를 위해 융자금과 지원금의 확대를 추진하고 있으며 의료수가를 할인하는 등 적극적인 지원 사업을 전개하고 있다. 그러나 해녀의 激減現狀은 여전하여 1983년 현재 제주도의 해녀수는 7,885명으로 1970년의 23,930명에 비하면 33%에 불과하다. 제주도의 수출고 중 73.5%를 차지하는 魚種을 생산하여 제주도 地域經濟 발전에 主導的 役割을 담당하고 있으며, 家計費의 80% 이상을 충당함으로써 漁村에서도 절대적인 위치를 담당하면서 사실상의 家長의 역할을 수행해 오던 해녀가 이제 後繼者 養成을 포기하고 서서히 사라져 가고 있는 것이다.

제주도 당국이나 관계당국에서 이들의 비중을 너무 가볍게 보아온 것은 아닌지, 이들의 본도 수출에의 寄與度를 過小評價하고 너무 安易하게 관리해왔기 때문은 아닌지, 다시 말하면 해녀의 경제적 측면을 너무 소홀히 다루어 온 것에 海女激減의 원인이 있는 것은 아닌지에 대해 근본적인 문제부터 검토하고 분석해 보아야 할 단계에 와 있다.

따라서 本稿에서는 우선 제주도 水産業의 현황을 漁業從事者와 生産 및 輸出動向으로 구분 槪觀하고 여기에 제주도 해녀가 차지하는 비중을 분석함으로써 濟州道 海女의 위치를 再照明하는 데 그 초점을 둔다.

제주도 해녀의 위치를 재조명하기 위해서, 첫째, 海女人口의 增減推移를 분석・파악해야하므로 이를 漁業依存度別, 연령별, 학력별로 細分함으로써 海女減少의 원인을 구체적으로 究明하려고 한다.

둘째, 제주도 水産物 生産高 중에서 해녀에 의해 漁獲되는 수산물의 비중과 이를 魚種別로 분류하여 제주도 수산물 수출고에서 차지하는 비중도 아울러 분석함으로써 해녀의 위치를 재확인한다.

셋째, 해녀들이 海女作業에 소비하는 日數와 時間은 어느 정도이며 최근에 와서 작업시간의 연장으로 해녀의 건강과 水産資源에는 어떠한 영향이 미치는지를 究明해 보려고 한다.

넷째, 해녀작업에 필요한 作業道具와 이들 道具의 耐用年數 및 價格을 파악함으로써 작업에 소요되는 비용을 파악하고 아울러 해녀수입과 비교한다.

끝으로 해녀에 의해 漁獲되는 수산물이 제주도 수출에의 寄與度와 해녀수입의 家庭經濟에의 기여도를 분석함으로써 제주 해녀의 현재의 위치와 앞으로의 위치를 再照明해 보려고 한다.

따라서 여기에 提示되고 다루어지는 資料는 주로 제주도 海女의 經濟的 側面에 중점을 두게 된다. 여기에 필요한 자료 수집을 위해 필자는 해녀마을이라고 일컫는 舊左邑 演坪里 漁村契와 杏源里 漁村契, 安德面 大坪里 漁村契와 감독기관인 濟州市水協 그리고 城山浦水協을 방문하여 필자가 미리 작성한 조사항목에 대해 책임자 및 실무자와 면담을 통하여 필요한 자료를 수집하였다. 그러나 해녀의 生活實態와 作業實態는 해녀와 직접 면담을 통하여 파악하였다.

제주도 해녀의 經濟的 側面을 분석하기 위한 필요한 자료가 現地調査에 의해 부분적으로 수집되었으나, 우리나라의 全漁業從事者와의 비교분석 과정에서 이들 자료는 補助資料로 이용될 수밖에 없었다. 따라서 時系列分析이나 세부항목에 대한 모든 분석은 부득이 농수산부의 農水産統計年報 및 總漁業調査報告書와 濟州道의 水産現況에 의해 이루어졌으며 이 중에서도 농수산부의 總漁業調査報告書를 주자료로 이용하였기 때문에 1983년의 해녀수와 이에 따른 세부 분석 항목에서 農水産統計와 차이가 있음을 밝혀 둔다.

2. 제주도 水産現況

1) 제주도의 漁業從事者[1]

제주도의 漁業從事者는 1983년 말 현재 11,312명으로 1965년의 30,149

---

[1] 어업종사자에 대한 각 부문별 분석을 위해 부득이 第2總漁業調査報告書의 자료를 이용할 수밖에 없기 때문에 1983년 통계수치와 차이가 있을 수 있음.

명의 약 38%에도 미달하는 숫자이며 濟州道人口에서 차지하는 비중은 2.2%이다. 그런데 〈표1〉에서 보면 1970년의 37,107명(제주도 인구에서 차지하는 비중은 10.2%)을 고비로 2만 명 선으로 급격히 감소하였으며, 제주도 인구에서 차지하는 비중도 1983년에는 1965년의 비중보다 6.6% 가 적은 2.2%에 지나지 않고 있다. 이와 같이 漁業從事者의 수가 급격히 줄어든 것은 海女數의 감소에 起因한 것으로 볼 수 있다. 즉 1965년의 해녀수는 23,081명으로 제주도 漁業從事者에서 약 77%를 차지하고 있었으나 1973년에는 12,787명으로 약 1만 명이 감소하였으며, 1974년을 고비로 급격히 감소하여 1965년 해녀수의 약 3분지 1을 약간 넘는 8,402 명에 불과하다. 이와 같이 海女數의 급격한 감소현상은 經濟開發과 더불어 産業의 高度化에 따른 제1차 산업과 제2, 3차 산업 간의 必然的인 人口移動의 결과로도 볼 수 있지만, 한편 제주도의 높은 進學率에 따른 敎育水準의 향상이 그 주된 원인으로 지적될 수 있다.

本道의 전어업종사자 10,550명을 漁業依存度別로 분석해 보면, 어업에만 종사하는 인구는 1,656명으로 16%에 불과하며, 어업을 주로 하는 종사자는 3,253명으로 전어업종사자의 1/3을 차지하고 있다. 그런데 어업을 副業으로 종사하는 인구는 5,641명인데 이는 전어업종사자의 반이 넘는 53%에 해당하는 수로서 本道 어업종사자 84%가 副業으로 漁業에 종사하고 있는 것으로 나타나고 있어 農業을 主業으로 하면서 틈틈이 바다에 나가 주로 第1種共同漁場에서 海藻類의 採取나 軟體動物을 採捕하며 가계비 및 자녀의 학비 보조에 충당하고 있는 것으로 볼 수 있다.

이는 전어업종사자 중 75%인 7,885명이 여자종사자라는 사실이 이를 뒷받침 해주고 있다.

〈표1〉濟州道 漁業從事者 現況

연도	제주도인구 (A)	어업종사자 (B)	$\frac{B}{A}$(%)	해녀(C)	$\frac{C}{B}$(%)
1965	326,406	30,149	9.2	23,081	76.6
1966	336,694	31,672	9.4	24,268	76.6
1967	346,816	34,029	9.8	23,979	70.5
1968	358,282	34,640	9.7	21,122	61.0
1969	370,105	35,392	9.6	19,805	56.0
1970	365,522	37,107	10.2	23,930	64.5
1971	373,198	24,447	6.6	14,143	57.9
1972	380,926	23,437	6.2	14,456	61.7
1973	390,450	20,632	5.3	12,787	62.0
1974	408,246	14,613	3.6	8,402	57.5
1975	412,021	20,572	5.0	11,316	55.0
1976	420,830	16,492	3.9	8,017	48.6
1977	431,897	17,497	4.1	8,434	48.2
1978	443,708	18,887	4.3	9,774	51.7
1979	456,988	17,618	3.9	8,850 (9,054)	50.2 (51.3)
1980	462,755	12,216	2.6	8,850	72.4
1981	467,876	12,192	2.6	7,131 (7,135)	58.5 (58.5)
1982	473,967	11,496	2.4	6,907	60.1
1983	477,861	11,312 (10,550)	2.4	6,648 (7,885)	58.8 (74.7)

자료 : ① 인구는 濟州道 統計年報, 1984에서 작성
② 어업종사자 및 해녀수는 제주도, 水産現況, 농수산부, 農水産統計年報에서 작성.
* (   )는 제2차 總漁業調査報告書의 수치임.

이를 시군별로 보면 濟州市는 7.3%인 776명에 불과하며 北濟州郡이 5,259명으로 약 50%를 차지하고 있으며 南濟州郡은 43%인 4,515명이 어업에 종사하고 있다.

어업을 專業으로 하는 종사자는 濟州市가 15%, 北濟州郡 49%, 南濟州郡이 35%로서 전어업종사자 중 濟州市가 비교적 어업중사자 중 어

업을 專業으로 종사하는 인구의 비율이 높다. 이것은 어업에만 종사하는 인구 중 動力船 등 漁船을 이용한 남자 漁業 專業 종사자가 많기 때문으로 볼 수 있다. 한편 남녀 구성 비율을 보면 濟州市는 거의 비슷한 남자 394명 대 여자 382명인데 비해, 北濟州郡은 남녀 비율이 23% 대 77%로서 2/3이상이 여자 종사자로 구성되어 있으며, 南濟州郡의 경우도 24% 대 76%로서 여자 종사자가 8할 가까운 비중을 차지하고 있다.

따라서 어업을 副業으로 하는 종사자도 濟州市는 2.7%에 불과한데 비해 北濟州郡과 南濟州郡은 어업종사자 중 거의 반에 가까운 48%, 49%로서 농업을 주로 하고 있음을 알 수 있다(표2참조).

어업종사자의 연령별 구성은 40세 미만이 3,780명이며 40세 이상은 6,770명으로 36% 대 64%인데 이를 性別로 구분해 보면 40세 미만의 남자 종사자는 1,071명이며 여자 종사자는 2,709명이고, 40세 이상은 각각 1,594명, 5,176명으로 여자 종사자의 비중이 훨씬 높아 3배 이상을 차지하고 있는데 그 중 40세에서 59세까지의 연령층에서 많은 비중을 점하고 있다(표3참조).

〈표2〉 濟州道 漁業從事者의 漁業依存度別, 性別 現況

지역별	계			어업에만			어업이 주			어업이 부		
	합계	남	여	소계	남	여	소계	남	여	소계	남	여
계	10,550	2,665	7,885	1,656	981	675	3,253	934	2,319	5,641	750	4,891
제주시	776	394	382	254	142	112	365	184	181	157	68	89
북제주군	5,259	1,188	4,071	815	524	291	1,754	350	1,404	2,690	314	2,376
남제주군	4,515	1,083	3,432	587	315	272	1,134	400	734	2,794	368	2,426

資料 : 농수산부, 第2次 總漁業調査報告書, 1982에서 작성.

<表3> 濟州道 漁業從事者의 漁業依存度別, 年齡別 現況

연령별	계			어업에만			어업이 주			어업이 부		
	합계	남	여	소계	남	여	소계	남	여	소계	남	여
계	10,550	2,665	7,885	1,656	981	675	3,253	934	2,319	5,641	750	4,891
14~19	182	85	97	52	34	18	99	42	57	31	9	22
20~29	1,016	316	700	274	159	115	370	108	262	372	49	323
30~39	2,582	670	1,912	439	276	163	832	228	604	1,311	166	1,145
40~49	3,899	977	2,922	547	327	220	1,224	343	881	2,128	307	1,821
50~59	2,146	434	1,712	253	138	115	580	152	428	1,313	144	1,169
60~69	636	157	479	78	38	40	141	58	83	417	61	356
70이상	89	26	63	13	9	4	7	3	4	69	14	55

資料 : 농수산부, 第2次 總漁業調査報告書, 1982.

2) 水産物 生産 및 輸出動向

가. 生産動向

四面이 바다인 제주도는 水産資源의 寶庫라고 일컬어지고 있는데 海岸線의 길이가 2백53㎞에 달하며 大陸棚이 廣闊하고 氣候도 溫和하여 水族繁殖에도 극히 好適한 환경에 있어서 定着性水族 및 回游性魚族으로 풍부한 漁場이 형성되고 있다. 특히 海藻類가 풍부하여 第1種 共同漁場에서의 漁獲量이 本道漁獲庫의 절반 이상을 차지하고 있다.

'83년도 本道의 水産物 총생산량은 36千여톤으로서 전국 생산량의 약 1.3%를 차지하고 있으나 海藻類는 4%를 차지하여 비교적 높은 편이다.

본도의 수산업은 第1種共同漁場을 중심으로 하여 海藻類 부문에 중점을 두어 육성해 나가는 정책적 지원이 있어야 하겠다.

本道의 수산물 생산량 增減趨勢를 '79년을 기준으로 살펴보면 기준년도 38,389M/T 생산량이 '81년도에는 35,753M/T으로 약 3千M/T이 감소되었고, 그 이듬해인 '82년에는 급격히 감소하여 기준년도 생산량의

76%에 불과한 29,135M/T이었으나 '83년에는 36千M/T으로 증가하였다.

이를 漁業別로 보면 '83년 漁獲 생산량 중 가장 많은 생산량은 第1種 共同漁場이 21,167M/T으로 전체 생산량의 58%를 차지하고 있으며, 다음 많은 생산은 延繩漁業으로서 11%인 3,845M/T, 낚시어업 3,242M/의 순이다.

'82년의 생산량 激減은 第1種共同漁場 생산량이 基準年度 27,043M/T에서 '82년에는 基準年度의 절반을 약간 상회하는 15,024M/T의 수준에 머무른 데에 그 원인을 찾을 수 있다. 따라서 본도의 수산업은 第1種共同漁場 생산량에 의해 좌우된다고 할 수 있다.(표4참조).

〈표4〉濟州道 水産物 生産量 增減推移

단위 : M/T

연도별	계	저인망	선망	부망	유자망	낚시	연승	통발	정치망	잠수기	제1종공동	기타
1979	38,389	557	988	3,349	2,757	840	1,820		432	600	27,043	3
1980	38,172	448	804	9,706	2,034	1,142	2,270	28	1,304	323	20,077	36
1981	35,753	448	333	5,319	2,445	1,494	2,005	42	301	390	22,967	9
1982	29,135	546	459	4,811	1,931	2,530	2,445	214	771	395	15,024	9
1983	36,175	709	155	2,664	2,053	3,242	3,845	424	1,419	461	21,167	36

* 資料 : 농수산부, 水産統計年報에서 작성.

본도의 수산업 생산량을 魚種別로 그 비중을 〈표5〉에서 보면 第1種 共同漁場에서 漁獲되는 海藻類[2]가 주류를 이루고 있다. 즉 '83년 海藻類 생산량은 16,852M/T으로 水産業 전생산량의 47%를 차지하고 있는데 이는 전국 海藻類 생산량에서도 본도가 가장 많은 비중인 38%를 점하는 것이다. 그러나 기준년도의 생산량에 비하면 68%의 수준에 지나

---

2) 海藻類, 도박, 말, 톳, 우뭇가사리, 기타가사리, 기타.

지 않고 있으며 특히 생산량이 격감한 연도인 '82년에는 생산량이 11,862M/T으로 기준년도에 비하면 절반에도 못 미치는 48%에 머물고 있다. 軟體動物[3]의 생산량은 5,604M/T으로 본도 총생산량에서 제3위의 위치를 차지할 정도로 비중이 높다. 특히 軟體動物은 대부분의 수산업 생산량이 전반적으로 감소 추세에 있는 데 반해 꾸준히 생산량이 증가해온 魚種이다. 생산량 5,604M/T은 기준년도와 비교해 보면 188% 증가한 수치로서 이는 꾸준한 養殖事業으로 소라 고동의 생산량 증가에 따른 것이다.

〈표5〉濟州道 水産物의 魚類別 生産量

단위 : M/T

연도별	계	어류	갑각류	연체동물	기 타 수산동물	해조류
1979	38,389	10,520	124	2,977	41	24,727
1980	38,172	17,331	135	1,959	134	18,613
1981	35,753	11,637	218	3,162	475	20,261
1982	29,135	12,527	232	4,039	475	11,862
1983	36,175	12,632	270	5,604	817	16,852

* 資料 : 농수산부, 水産統計年報에서 작성.

나. 輸出動向

본도의 총수출고는 1975년 이래 계속 伸張되고 있으며 1984년 현재의 수출고는 23,755千弗로서 1975년을 기준으로 볼 때 10년 사이에 약 2.6배가 가 증가하였는데 이 가운데서 水産物 輸出이 차지하는 비중은 매우 높다.

---

3) 軟體動物, 전복류, 소라고동, 기타패류, 문어.

1975년 총수출고의 69%인 6,268千弗에서 현재는 19,064千弗로서 水
産物 輸出高에서 2.8배의 증가를 가져왔으며, 1979년에는 총수출고 중
에서 86%의 비중을 차지하여 水産物 수출 비중이 가장 높았고 '84년 현
재도 本道 수출고에서 8할을 차지함으로써 濟州道의 수출고에 절대적
인 비중을 차지하고 있다. 品目別로는 소라와 톳이 主宗을 이루어 이
두 品目의 수출고가 水産物 수출고 중에서 81%를 차지하고 있어서 본
도의 수출 戰略品目이 되고 있다(표27참조).

工産品 輸出이 거의 없는 본도의 수출고를 伸張시켜 나가기 위해서
는 총수출고의 80% 이상을 차지하고 있는 수산물 수출에 전력을 경주
하지 않을 수 없는 실정이다. 이는 四面이 바다인 본도의 立地的 條件
으로 보나 製造企業의 규모가 零細한 본도의 여건을 감안할 때 당연한
결과라고 할 수 있다(〈표6〉 참조).

〈표6〉 濟州道의 輸出實績

단위 : 千弗

연도별	총수출고	수산물수출고	%
1975	9,048	6,268	69.3
1976	10,939	7,565	69.2
1977	13,027	9,683	74.3
1978	13,903	11,411	82.1
1979	15,420	13,256	86.0
1980	18,764	15,268	81.4
1981	19,270	15,899	82.5
1982	18,964	15,972	84.2
1983	21,357	17,832	83.5
1984	23,755	19,064	80.3

* 資料 : 제주도, 水産現況에서 작성.

3. 제주도 海女現況

1) 海女數의 增減推移

이 지구상에 海女가 있는 나라는 韓國과 日本뿐인데, 일본의 경우는 數千에 불과하고 한국 해녀의 거의가 濟州道에 몰려 있으므로 해녀라 하면 한결같이 제주 해녀에 焦點을 둔다.

제주도는 마을이 대부분 海岸線을 따라 형성되어 있고 이 해안마을 마다 그 수가 많든 적든 해녀들이 있다.[4]

이 해녀들이 제주도 水産業의 中樞役割을 담당해 왔으며 제주도 수출고의 83.5%를 차지하는 수산물 생산의 主役을 맡고 있다. 그러나 안타까운 것은 海女數가 급격히 감소하고 있다는 사실이다. 海女島라고 하는 牛島에서조차도 1973년의 海女數 896명이[5] 현재는 484명으로 10여 년 사이에 반 가까이 감소하고 있다. 現地住民과의 대화에서 해녀 수입에서 敎育費가 마련되기만 하면 자녀들을 고등학교에 進學시키고 있다.

어떻게든 직장에 就業시켜 해녀 직업을 택하지 않게 하려는 것이 해녀들의 한결같은 바람이다. 그래서 敎育費 마련을 위해 부지런히 海女作業을 하려고 바다로 나간다.

農家 593세대, 非農家 98세대인 이 섬은 農産物 所得이 6억 원인데 漁獲高는 그 1.5배에 달하는 9억 96백만 원을 올리고 있다.

"아들은 나면 애 엉덩이를 처 때리고, 딸은 나면 돼지 잡아 잔치한다."[6]는 말까지 전해오던 이 섬의 주민들, 특히 여자들의 意識構造는

---

4) 제주대학 국어국문학회, 『國文學報』 第5輯, 1973, p.111.
5) 김두희·김영돈, "海女漁場紛糾 調査研究", 『論文集』 第14輯, 제주대, 1982.

이제 서서히 改變하고 있는 것이다.

종전의 해녀 작업에 대해서 그들 나름의 自矜과 自慰를 느끼던 意識이 10년의 세월이 흐르는 사이에 변화하고 있는 것이다.

이와 같은 意識의 改變現狀은 비단 이 섬에만 국한된 게 아니라 제주도 海岸마을 해녀들의 공통된 의식으로 서서히 擴散되어 가고 있다. 이렇게 의식이 변화되어 오는 과정에서 제주도의 해녀 실태는 어떻게 변모되어 왔는지를 해녀수와 漁業依存度別, 年齡別, 學歷別 분포상황을 중심으로 살펴보기로 하겠다.

가. 해녀수

濟州道 海女에 대한 정확한 통계는 없거니와 실제조사에 의해 파악하기도 어렵다. 다만 水協에 등록된 漁村契員 중에서 女契員만을 海女로 集計한 것이 水協이나 濟州道의 해녀수에 대한 공식적인 統計이다.[7] 따라서 非公式 統計資料에 의한 분석은 의미가 없을 뿐만 아니라 객관성도 결여되기 때문에 농수산부의 통계자료를 기초로 하면서 제주도 水産現況 자료를 補完資料로 하여 분석하고자 한다.

〈표7〉에서 보면 1983년 말 현재 제주도에는 7,885명의 해녀가 있다. 이 숫자는 제주도 漁業從事者 10,550명의 75%를 해녀가 차지하고 있는 셈이 된다. 그러니 수산업 종사자 중 남자는 4분지1에 불과하다. 269,495명 가운데 남자 종사자가 164,680명으로 61%, 여자 종사자 104,815명 39%인 점과 비교해 보면 제주도가 과연 海女島라는 실감이

---

6) 제주대학 국어국문학회, 前揭論文, p.112.
7) 실제 해녀수는 어촌계의 女契員數의 약 2배에 이르는 1만5천여 명에 이를 것으로 추산된다.

난다. 가히 해안마을의 主導權은 해녀들의 손에 있다는 표현이 나올 법한 일이다. 따라서 제주도 漁業從事者의 급격한 減少現狀은 바로 海女數의 감소에 그 원인이 있다는 것을 쉽게 짐작할 수 있다.

<표7> 濟州道 人口趨勢

연도	계	남자	여자(A)	해녀(B)	$\frac{B}{A}$
1970	365,522	175,193	190,329	23,930	12.5
1971	373,198	178,870	194,328	14,143	7.3
1972	380,926	182,053	198,873	14,457	7.2
1973	390,450	187,820	202,630	12,787	6.3
1974	408,246	197,324	210,922	8,402	3.9
1975	412,021	199,733	212,288	11,316	5.3
1976	420,830	203,612	217,218	8,017	3.6
1977	431,897	209,057	222,840	8,434	3.7
1978	443,708	215,041	228,667	9,774	4.2
1979	456,988	221,842	235,146	9,054	3.8
1980	462,755	226,558	236,197	8,850	3.7
1981	467,876	227,444	240,432	7,135	2.9
1982	473,967	230,767	243,200	6,907	2.8
1983	477,861	233,577	244,284	7,885	3.2

資料 : 濟州道, 濟州道 統計年報, 1984, p.62에서 작성.

20년 전 1965년의 海女數는 23,081명으로 전체 어업종사자의 77%를 차지하고 있었다. 1983년 현재보다 어업 종사자 중에서의 비율은 약 2% 정도 높은 수준이었는데, 이 수준이 계속 유지되어 오다가 1971년에 14,143명으로 '65년도의 3분지2선밖에 안 되는 61%로 약 1만 명 정도가 감소되었으며, 1974년에는 1만 명 이하의 수준으로 격감되어 1965년을 기준으로 볼 때 3분지1선인 8천여 명이 되었고, 漁業從事者의 남녀비율도 43% 대 57%로 거의 비슷한 구성비율이 되었다. 1980년에는 남녀 구성비율이 다시 28% 대 72%로 남자 漁業從事者는 급격히 감소하였는데 이는 전년도의 남자 어업종사자 8,768명에 비하면 약 5천 명이 감소되었으며, 전체 어업종사자도 12,216명으로 전년도에 비해 31%가 감소한 것이다.

한편 海女數가 가장 많았던 1970년의 해녀수는 23,930명으로 濟州道 여자 인구에서 차지하는 비율은 12.6%로서 해녀가 8명 중 1명꼴이 되는 셈이다. 그런데 이듬해인 1971년에는 41%가 감소한 14,143명으로 여자인구 중 차지하는 비중도 7.3%에 불과하다. 이렇게 해녀수가 급격히 감소한 이유는 물론 敎育水準의 向上과 이에 따른 意識改變 등이 작용했을 것으로 볼 수 있으나, 보다 근본적인 요인은 〈표8〉에서 보는 바와 같이 柑橘 재배면적 및 成果面積의 급격한 증가와 이에 따른 생산량 急增現狀을 들 수 있을 것이다.

〈표8〉 濟州道의 年度別 柑橘 生産量

연도	면적	成果面積	생산량
1953	16.8	18.0	6.3
1958	57.3	25.0	266.7
1963	380.5	110.6	494.0
1968	1,645.2	316.0	3,548.6
1973	8,408.8	4,668.0	26,231.0
1978	12,089.48	11,006.02	125,950.0

* 資料 : 濟州道, 濟州道誌, 1982, p.93.

감귤 재배현황을 살펴보면 1960년대 후반기부터 정부의 보호아래 幾何級數的으로 불어나서 1953년 약 17ha의 재배면적에 생산량 6.3M/T에 불과하던 감귤이 15년 후인 1968년에는 1,645.2ha의 재배면적에 생산량 3,548.6M/T에 이르러 1953년 생산량의 약 560배가 증가하였다. 이와 같은 增加現狀은 특히 1970년에 들어서면서 새마을운동이 활발히 전개되어 감귤 재배면적과 생산량은 계속 증가현상을 가져온 데에 起因한 것이다.[8] 이에 따라 勞動力 需要가 급증하고 감귤 소득향상에 따른 生活水準의 向上과 教育機會의 擴大 등은 해녀를 兼業으로 생활해 오던 農漁村에 새로운 바람을 일으켜 1971년을 基點으로 감소하기 시작한 해녀는 여자인구 중에서 차지하는 비중도 계속 감소하여 1983년에는 7,885명으로 3.2%에 불과하다.

나. 漁業依存度別

제주도 해녀는 대부분 밭에 나가 농사를 짓는 사이 물때에 맞추어서 자유롭게 바다에 나가 작업을 하기 때문에 해녀의 漁業依存度는 상당히 낮아서 농사를 主業으로 하면서 兼業하는 비율이 91.4%나 되며 상대적으로 어업에만 專業하는 해녀는 8.6%인 675명에 지나지 않는다.

따라서 專業漁民(full-time fishman)은 10%에도 미치지 못하며 兼業漁民(part-time fishman) 91.4% 중에도 臨時的 漁民(occasional fishman)이 상당수 있을 것으로 생각된다.[9]

이를 지역별로 보면 專業海女는 濟州市가 112명으로 專業海女 가운데서 16.6%인데 濟州市 해녀에서의 비중은 29.3%로서 타지역 해녀의

---

8) 제주도, 『濟州道誌』, 1982, pp.90~93.

9) 1959년 9월 스코틀랜드의 에딘바라에서 개최된 北大西洋地域의 어업통계에 관한 FAO 專門家會議에서 채택된 건의서에 의하면 전업어민이란 최소한 어업에 그의 生計의 90% 혹은 노동시간의 90%를 의존하는 사람이며, 겸업어민이란 그의 30~90%를 의존하는 사람이며, 그리고 그의 30% 이하인 사람은 임시적 어민이라고 規定하고 있다. ─ 張髮鎬『漁村契에 관한 研究』, 太和出版社, 1980, p.87.

專業海女 비율보다 상당히 높다. 北濟州郡과 南濟州郡 지역 專業海女
비율은 거의 비슷하여 큰 차가 없으나 北濟州郡 지역 專業海女가 南濟
州郡 지역보다 약 3%정도 높다. 그러나 지역별 해녀 중에서 차지하는
비율은 상당히 낮은 약 7%인 반면 兼業의 비율은 상대적으로 상당히
높다. 특히 어업을 副業으로 하는 해녀(臨時的 漁民)가 지역별 해녀에
서 차지하는 비중은 南濟州郡 지역이 가장 높아서 약 71%나 되는데 이
러한 현상은 南濟州郡 지역이 농업(감귤)에서의 소득이 큰 비중을 차
지하고 있기 때문으로 생각된다. 특히 이러한 臨時的 漁民(해녀)이 앞
으로 타 직업으로 이동하거나 해녀 작업을 포기할 것으로 예측되기 때
문에 濟州道 海女는 계속해서 그 수가 줄어들게 될 것이다.

제주도 해녀 중 臨時的 漁民의 성격을 띤 해녀수는 4,891명으로 推
算되는데 이것은 전해녀수의 62%나 되는 높은 비중이다. 앞으로 예상
되는 해녀의 감소에 대응할 수 있는 적절한 대안이나 移職 防止對策
수립이 절실한 실정이다(표9참조).

<표9> 濟州道 海女의 漁業依存度

지역별	계	어업에만	%	어업이 주	%	어업이 부	%
계	7,885	675	8.6	2,319	29.4	4,891	62.0
제주시	382	112	29.3	181	47.4	89	23.3
북제주군	4,071	291	7.1	1,404	34.5	2,376	58.4
남제주군	3,432	272	7.9	734	21.4	2,426	70.7

資料 : 農水産部, 農林水産統計年報, 1984에서 작성.

다. 연령별

1969년의 海女 構成比를 연령별로 보면 30~39세 연령층이 4,676명으
로 1969년 전해녀수 14,143명 가운데서 3분지1 이상을 이 연령층에서

차지하고 있다. 다음으로 많은 비중은 20~29세 연령층 23%로서 이를
합하면, 즉 20세에서 39세까지의 海女가 56%로서 반을 훨씬 넘고 있다.
14~19세 연령층도 8%인 1,165명이나 된다. 海女作業을 시작하는 연령
을 15, 6세 전후로 보면10) 14~19세 연령층과 20~29세 연령층 해녀수가
전해녀의 31%를 차지하고 있으므로 이들 연령층이 해녀수 증가에 결
정적인 役割을 한 것으로 생각된다.

　한편 50세 이상의 나이가 많은 海女는 상당히 낮은 13.8%에 불과하
다. 그런데 '83년에는 50세 이상의 연령층이 全海女數에서 28.6%를 차
지하는 높은 비율인 반면 14~19세 연령층은 겨우 1.2%인 97명에 불과
하며, 20~29세의 연령층도 9%에도 미달되는 낮은 비율이다. 29세 이하
의 해녀 비중이 10%에 불과하고 40세 이상의 海女가 3분지2 가까이 될
뿐만 아니라 그것도 臨時的 漁民의 성격을 띤 兼業海女가 대부분을 차
지하고 있다는 점에서 볼 때 앞으로 海女數의 감소는 불가피한 것일
수밖에 없다(표10참조).

〈표10〉 濟州道 海女의 年齡別, 漁業依存度別 現況

구분		계	14~19	20~29	30~39	40~49	50~59	60~69	70세이상
1969년①		14,143명	1,165	3,260	4,676	3,084	1,310	648	
1983년②	계	7,885명	97	700	1,912	2,922	1,712	479	63
	어업에만	675	18	115	163	220	115	40	4
	어업이 주	2,319	57	262	604	881	428	83	4
	어업이 부	4,891	22	323	1,145	1,821	1,169	356	55

資料 : ① 農水産部, 第1次 總漁業調査報告書, 1972에서 작성.
　　　② 農水産部, 農林水産統計年報, 1984에서 작성.

10) 제주대학 국어국문학회, 前揭論文, p.113.

住民所得이 農業所得보다 漁業所得이 높은 牛島 海女의 연령구성도 40세 미만 연령층이 상당히 적은 반면, 40세 이상의 연령층은 389명으로 全海女의 3분지2 이상을 차지하고 있어서 濟州道 全海女의 연령별 구성비율과 거의 일치하고 있다(〈표11〉 참조).

〈표11〉 牛島 海女의 年齡別 構成

계	20대	30대	40대	50대	60세 이상
484(명)	15	80	164	165	60
100(%)	3.1	16.6	33.8	34.1	12.4

資料 : 筆者 現地調査에 의함(연평 어촌계 제공), '85. 12. 현재.

한편 전국 여자 漁業從事者 연령별 구성을 보면 14~19세 연령층이 본도보다 많은 비중을 차지하고 있으며, 70세 이상의 연령층은 본도의 0.8%에 비해서 2%가 높은 2.8%를 차지하고 있는 것이 특색인데 이렇게 이 연령층 종사자가 비교적 많은 것은 육지부의 여자 漁業從事者가 종사하는 분야가 대부분 養殖業이므로 본도의 해녀작업에 비길 수 없는 輕勞動이기 때문이다(〈표12〉 및 〈도1〉 참조).

〈표12〉 年齡別 女子 漁業 從事者 分布 및 構成比

단위 : 명, ( )%

구분	계	14~19	20~29	30~39	40~49	50~59	60~69	70세 이상
전국	126,625	9,765 (7.7)	20,461 (16.2)	28,006 (22.1)	34,238 (27.0)	21,475 (17.0)	9,171 (7.2)	3,509 (2.8)
제주	7,885	97 (1.2)	700 (8.9)	1,912 (24.2)	2,922 (37.1)	1,712 (21.8)	479 (6.1)	63 (0.8)

* 資料 : 農水産部, 農林水産統計年報, 1984에서 작성.

〈도1〉女子漁業從事者의 年齡別 構成比

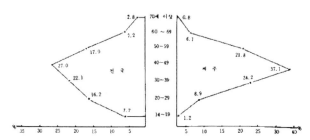

옛날에는 沿岸이 漁家經營의 全收入源이며, 그 가족의 모든 生計維
持를 위한 유일한 수단이며 절대적인 존재였으나 최근의 공업화 경향,
漁業資源의 枯渴, 어촌의 도시화 경향, 학력수준의 향상 등에 의하여
어민의 漁業外就業이 확대되고, 특히 都市와 그 近郊地 漁村 등에 있
어서의 漁業依存度는 年間을 통하여 상대적으로 축소되는 경향이 있기
때문에 어업종사자의 감소는 계속될 것으로 지적하고 있다11)(〈표13〉
참조).

라. 學歷別

학력수준이 높아짐에 따라 海女職業을 택하는 비율이 상대적으로
낮아지는 경향을 분석하기 위하여 해녀의 연령별 학력구성을 살펴보기
로 하겠다.

〈표13〉에 의하면 3분지2에 가까운 해녀가 학력이 國卒이며 無學도
29.5%나 된다. 제주도 해녀의 대부분인 9할 이상이 國卒 이하의 학력
이다.

---

11) 張發鎬, 前揭書, p.89.

전국의 여자 漁業從事者의 학력수준과 대비해 보아도 본도의 해녀가 國卒 이하의 학력비율이 높다. 그런데 상대적으로 中卒 학력 소지자는 7%, 高卒 학력소지자는 겨우 0.7%로서 中卒 이상의 학력 소지자는 전해녀의 1할에도 훨씬 미달하는 7.7%에 지나지 않는다.

연령별로는 29세 미만의 해녀는 國卒 및 無學이 519명으로 全海女 중 6.6%라는 낮은 비율인데, 中卒 이상의 학력은 3.5%인 278명이다.

그런데 40세 이상에서는 無學 및 國卒 해녀는 6할 이상이나 되는 5,046명이며 특히 이 중 無學인 해녀가 2,216명인 3할 가까이 된다. 또한 30세 이상은 6,750명으로 85%를 상회하고 있다. 한편 40세 이상의 해녀 중 中卒 이상의 학력소지자는 132명에 불과하며 전해녀 중에서 中卒 이상 학력 소지자 비중도 20%에 지나지 않고 있다. 30세 이상의 해녀 중 無學인 해녀의 비중이 3할에 가까운 2,300명 이상에 이른다는 사실에서 濟州道民의 소득수준이 보잘것없었던 예전에 出稼海女들에 대한 權益侵害 문제가 非一非再할 수밖에 없었던 요인으로 작용했을 것이다. 낯설은 異域千里에 나가 〈저승길이 오락가락〉 생사를 걸어 놓고 裸潛漁業하는 出稼海女들은 갖은 방법으로 人權蹂躪과 收奪만을 당해 왔다.

第1種共同漁場의 不法賣買에 따른 漁場主의 苛酷한 收奪과 橫暴, 惡德 引率者의 不當搾取와 採取物 代金淸算의 不當遲延, 地先民들의 냉대와 出稼地 유관기관들의 不實, 入漁慣行權의 무시 등등 그 收奪樣相은 一一이 枚擧할 길이 없다.[12]

---

12) 「石宙善教授回甲紀念民俗學論叢」, 1971, p.321.

<표13> 濟州道 海女의 學歷別·年齡別 從事者數

구분	계	국졸	중졸	고졸	초급대졸 이상	무학 글을 안다	무학 글을 모른다
전국	126,625 (100)	74,066 (58.5)	12,079 (9.5)	2,189 (1.7)	56 (0.04)	16,665 (13.2)	21,570 (17.0)
계	7,885 (100)	4,941 (62.7)	553 (7.0)	57 (0.7)	6 (0.07)	1,533 (19.4)	795 (10.1)
14~19세	97	48	46	2		1	
20~29세	700	462	209	21		7	1
30~39세	1,912	1,601	190	16		74	29
40~49세	2,922	2,154	97	13		511	144
50~59세	1,712	613	11	4	2	730	353
60~69세	479	61			3	201	217
70세이상	63	2		1	1	9	51

* 資料 : 農水産部, 第2次 總漁業調査報告書, 1982에서 작성.

　본도의 여자 中學 進學率은 〈표14〉에서 살펴보면 1980년을 기준으로 볼 때 계속 증가하여 1984년에는 국민학교 졸업자수 6,567명에서 98.4%가 중학교에 진학함으로써 높은 진학률을 보이고 있는데, 지역별로는 濟州市와 北濟州郡이 99%, 西歸浦市는 104.7%(南濟州郡 및 타지역 졸업자가 포함된 것으로 생각됨), 南濟州郡 91%(상당수가 西歸浦市로 진학한 것으로 생각됨)에 달하고 있다.

　潛水技術은 短期間의 훈련에 의해서 이루어지는 것이 아니고 중학교 진학 연령 때부터 持續的으로 習得해 나가야 하기 때문에 앞으로 해녀수의 감소는 學歷水準向上 要因이 크게 작용하게 될 것이므로 해녀작업에 특별한 인센티브 요인이 없는 한 불가피할 것으로 예측된다.

<표14> 濟州道 地域別 中學進學率(女子)

구분		국민학교 졸업자수	중학교 입학자수	진학률
1980		5,526	5,111	92.5
1981		6,139	5,946	96.9
1982		6,014	5,798	96.4
1983		6,323	6,170	97.6
1984		6,567	6,459	98.4
시군별	제주시	2,523	2,494	98.9
	서귀포시	1,126	1,179	104.7
	북제주군	1,598	1,583	99.1
	남제주군	1,320	1,203	91.1

* 資料 : 濟州道, 濟州道統計年報, 1985, pp.235~237에서 작성.

그러나 牛島의 경우는 中卒 학력의 해녀수가 118명으로서 우도 전해녀수에서 24%를 차지하며〈표13〉 본도의 전체 비율 7%에 비하면 상당히 높은 비중이지만, 高卒 학력의 해녀는 한 명도 없다. 所得向上과 이에 따른 敎育機會의 확대는 고등학교 진학률을 높이게 될 것이기 때문에 牛島에서조차도 해녀수의 점증적인 감소현상은 피할 수 없을 것 같다(〈표15〉참조).

<표15> 牛島 海女의 學歷別 分布

학력별 연령별	계	국졸	중졸	고졸
계	484	366	118	
20대	15		15	
30대	83		83	
40대	164	144	20	
50대	162	162		
60대 이상	60	60		

* 자료 : 연평 어촌계 제공

2) 海女의 魚種別 漁獲高

제주도의 水産物 漁獲高는 물론 수산물 수출에 있어서나 소득면에서 중요한 비중을 차지하고 있는 魚種은 第1種共同漁場에서 해녀에 의해서 採取하는 貝類와 海藻類가 主宗을 이루고 있다. 10여 년 전까지만 해도 3월에서부터 9월까지 7개월간은 월평균 出潛日數는 18일로 1개월 중 약 절반 이상을 해녀작업에 임하지만 10월서부터 이듬해 2월까지의 5개월간의 월평균 出潛日數는 8일에 머물렀다.[13]

그러나 1970년경부터 잠수복이 전해녀에게 보급됨에 따라 産卵期를 제외하고는 바람이 없고 바다만 잠잠해지면 年中 어느 시기나 가리지 않고 계절에 관계없이 작업이 가능하기 때문에, 出潛日數 및 潛水時間의 증가로 漁獲高도 급격히 증가하고 있다.

〈표5〉에서 魚種別 漁獲高를 살펴보면 1983년의 총어획고는 36,175M/T인데 이 가운데서 漁船을 사용하여 어획하는 魚類는 12,632M/T으로 약 3분지1 정도를 차지하고 있으며, 그 외의 3분지2의 어획고는 第1種共同漁場에서 해녀에 의해 採取되는 魚種이 차지하고 있다. 해녀에 의해 採取되는 漁獲高 가운데서 가장 많은 魚種은 海藻類가 46.5%인 16,852M/T이며 軟體動物은 15.5%로서 海藻類 다음으로 많은 魚種이다.

5년간의 魚種別 漁獲高의 增減推移를 살펴보면, 魚類는 1980년에 총어획고 가운데서 45.4%를 차지할 정도로 높은 어획고를 기록했으나 그 이후 점차로 감소현상을 보이고 있다. 甲殼類는 어획고에 큰 변동이 없으며, 비중은 1%에도 미달하는 극소량이 어획되고 있을 뿐이다. 軟體動物은 漁獲量이 계속 증가하여 1979년 전어획고의 7.8%이었던 것이 5년

---

13) 이경남, "濟州道 海女의 勞動生産性 實態", 「濟州道」 第34號, 제주도, 1968, p.136.

후인 1983년에는 전체 어획고에서의 비중은 1979년 어획고의 거의 2배
인 5,604%에 달하고 있는데, 이는 소라의 생산량 증가에 따른 것이다.

海藻類의 생산량은 1979년에는 전어획고의 64.4%를 차지하는
24,727M/T을 생산하여 높은 실적을 올렸으나, 1980년에는 48.8%로 감
소하고 1981년에는 다시 생산량이 증가하여 같은 해 전어획고에서 차
지하는 비중은 상대적으로 약간 감소하였고 1983년에는 46.6%인
16,852M/T을 생산하였으나 어종별 어획고에서는 단연 수위를 차지하고
있는데, 이 가운데서 주종을 이루는 魚種은 톳과 우뭇가사리다.

주민소득과 수출전략에 직결되는 魚種을 파악하기 위해 漁種別 生
産量을 세분화하여 〈표16〉에서 보기로 하겠다.

<표16> 濟州道 第1種共同漁場 魚種別 生産量

단위 : M/T

연도별	제1종계	전복	소라고둥	반지락	홍합	해삼	성게	우렁쉥이	미역	청각	말	톳	우뭇가사리	기타가사리	파래	기타해조류
1979	27,043	64	2,650	9	4	19	17	5	66	5	306	4,679	2,038	149	5	17,579
1980	20,077	62	1,477	10	1	46	82	1	141		386	5,370	1,329		8	11,281
1981	22,967	128	2,218	2	32	45	423	6	2,866	32	509	3,382	2,289	9	40	10,992
1982	15,024	80	2,792		3	34	429		121	43	77	6,225	2,264	15	52	2,979
1983	21,167	142	3,570			125	666	26	317	160	82	5,043	3,562	45	173	7,355

자료 : 농수산부, 農林水産統計年報, 1984에서 작성.

우선 第1種共同漁場에서의 생산량은 1983년에 기타 海藻類가
7,355M/T으로 第1種共同漁場 총생산량 21,167M/T 가운데서 34.7%를 차
지하여 가장 높은 비중을 차지하고 있으며, 톳 생산량도 5,043M/T으로
23.8%로서 비교적 높은 비중을 차지하고 있다. 이 이외에 전복, 해삼,

성게, 청각, 파래 등의 생산량도 꾸준히 증가하는 魚種으로 손꼽을 수 있다.

5년간의 第1種共同漁場 생산량 추이는 전반적으로 생산량이 漸減一路에 있다. 1979년 생산량 27,043M/T을 기준으로 볼 때 1983년에는 생산량이 21,167M/T으로 1979년 생산량의 78.3%로 감소하였으며, 특히 1982년의 생산량은 기타 海藻類 생산의 감소로 인하여 1979년 생산량의 반을 약간 상회하는 56%인 15,024M/T 으로 격감하였다.

연도별로 生産推移를 보면, 특히 소라와 우뭇가사리는 생산량이 점증하여 전체 생산량에서 차지하는 비중이 크다. 한편 기타 海藻類는 1979년 第1種共同漁場에서의 생산량 27,043M/T 가운데서 3분지2에 가까운 17,579M/T을 생산할 정도로 그 비중이 상당히 높았으나 1982년에는 약 8할 이상이 감소한 2,979M/T에 머물고 있다.

그런데 본도의 第1種共同漁場에서 主宗 魚種이라고 할 수 있는 우뭇가사리, 소라, 톳 등의 생산량은 본도에서 뿐만 아니라 全國 生産量에서 차지하는 비중도 높다.

소라 생산량은 1979년에 全國 總生産量의 3분지2 수준에 달하는 2,650M/T으로 전국에서 가장 많은 양의 생산을 기록하였으나, 그 후 점차로 생산량이 감소하다가 1983년에는 다시 증가하여 3,570M/T을 생산함으로써 전국 생산량의 61.7%를 점하고 있다. 정부의 지원과 융자의 의하여 畜養事業을 꾸준히 전개한 결과로 볼 수 있다. 1979~1982년까지 4년 동안에 507백만원이 투자되었으며 3,713M/T을 對日輸出함으로써 어민의 소득과 제주도의 수출에 크게 기여한 바 있다. 전복도 5년 전에 비해서 전국생산량의 42.6%를 차지할 정도로 생산량이 증가하였는데, 이 또한 畜養事業의 결과로 나타난 生産增大라고 볼 수 있다. 그러나 최근 産卵期의 異常氣溫과 水質汚染에 의한 養殖소라의 多量斃死

事例 등은 소라 자원의 감소추세에 상승작용을 함으로써 단기간의 增殖이 불가능한 자원임을 감안할 때 앞으로 資源枯渴에 따른 地先民 간에 새로운 漁場紛糾가 일어날 가능성이 짙어지고 있다.

톳은 5년간 생산량에 큰 변동 없이 전국생산량의 약 32%의 수준으로 안정된 생산량을 유지하고 있는데, 漁村契員들의 協同作業에 의해 앞으로 계속 이 수준의 생산량은 유지될 것으로 전망된다. 특히 톳은 중요한 위치를 차지하고 있는 輸出戰略 商品이다.

그런데 앞으로 경쟁국의 등장으로 對日 輸出不振이나 價格下落에 대비하여 수출시장을 다변화하고 현재 톳 생산에만 지나치게 의존하고 있는 漁村契의 운영방법이나 수협당국의 安逸한 지도에서 탈피하여 多品種商品을 개발함으로써 국제시장 변화에 능동적으로 대처해 나갈 수 있는 장기적인 전략을 수립해 나가야 할 것이다.

우뭇가사리는 생산량이 계속 증가하여 1983년에는 전국 생산량 중 절반에 가까운 3,562M/T의 생산실적을 올리고 있다(표17참조).

〈표17〉 濟州道의 主要 魚種 生産量 比較

단위 : M/T

연도별	전국 (A)				제 주 (B)								
	소라	전복	톳	우뭇가사리	소라	$\frac{B}{A}$	전복	$\frac{B}{A}$	톳	$\frac{B}{A}$	우뭇가사리	$\frac{B}{A}$
1979	4,382	458	12,932	7,671	2,650	60.5	64	14.0	4,679	36.2	2,038	26.6
1980	3,985	540	15,853	7,941	1,477	37.1	62	11.5	5,370	33.9	1,329	16.7
1981	4,497	558	13,743	7,178	2,218	49.3	128	22.9	3,382	24.6	2,289	31.9
1982	7,052	453	19,849	7,366	2,792	39.6	80	17.7	6,225	31.4	2,264	30.7
1983	5,787	333	15,335	7,354	3,570	61.7	142	42.6	5,043	32.9	3,562	48.4

* 자료 : 농수산부, 農林水産統計年報, 1984에서 작성.

1968년에 6,640M/T으로 최고의 생산량을 기록하여 漁民所得에 크게 기여했던 미역은 생산량이 급격히 감소하여 1983년에는 1968년 생산량의 20분지1에도 미달하는 317M/T 생산에 머물고 있다. 1964년경부터 시작된 육지부의 미역養殖으로 1974년에 들어와서는 육지부의 양식미역 생산량이 187천 톤에 이르게 되어 본도의 黃金魚種이었던 미역은 販路를 찾지 못하고 바다에서 썩히게 되는 뼈아픈 현실에 직면하고 있다. 더구나 소라양식에 필요한 日照量에 지장을 주고 있어 이를 제거하기 위해 노력을 동원해야 하는 귀찮은 魚種으로 轉落하고 말았다.

미역 解警하는 날에 信號로의 白色旗·나팔·貝類고동 등을 이용하여 알리고 나이 어린 少女에서부터 80高齡의 노파에 이르기까지 바다에 몰리며 남자들은 女人들이 캔 미역을 져 나른다고 아우성치던 漁村의 풍경도 요즈음에는 찾아볼 수 없는 전설이 되고 말았다.14)

요즈음 對日輸出의 所産으로 鹽藏加工技術이 발달하여 국내시장에도 염장미역의 유통량이 크게 늘어나는 추세에 있음을 감안할 때 앞으로 시장개척의 여지는 있지 않을까 생각된다. 그러나 소비시장의 限定性을 감안하여 생산량 증대보다는 다양한 食品開發, 海藻工業原料 등으로 활용할 수 있는 소비증대에 노력해야 할 것이다.

계관초(고장풀)는 3년 전부터 새로운 有望 輸出魚種으로 등장하여 1982년 132M/T, 1983년에는 110M/T의 對日輸出 실적을 올렸다. 그러나 中共의 시장침투로 販路가 위축되고 있어서 이에 대한 多角的인 市場戰略이 요구되고 있다.

---

14) 제주대학 국어국문학회, 前揭論文, p.115.

3) 海女의 作業日數 및 作業時間

水産業協同組合法에 의하면 漁村契員의 자격은 1년을 통하여 60일 이상 漁業을 經營하거나 이에 종사하는 자라야 한다고 규정하고 있다.[15] 따라서 60일 이상 漁業에 종사하여야 하나 자료에 의하면 60일 이하 작업 종사자도 1할 정도 있는 것으로 나타나고 있다. 그러나 실제 로는 漁獲作業이 불가능한 産卵期나 禁採期에도 밭에 김을 매는 거나 마찬가지로 바다에 나가 雜草除法 작업을 하게 되며, 소라 · 전복 양식 을 위해 種苗를 付着하든가, 不純物을 제거한다든가 하여 연중 해녀들 은 바다를 떠날 줄 모른다. 따라서 60일 이하 작업하는 해녀가 1할 가 량이라는 統計는 순수한 漁獲作業에 임하는 日數를 集計한 것으로 볼 수 있다.

〈표18〉에서 해녀의 作業日數를 몇 단계로 구분해 보면 1970년에는 30～59일을 작업하는 해녀가 14,143명 가운데서 가장 많은 4,509명으로 약 3분지1을 차지하고 있으며 60～99일 작업은 23%인 3,363명이고 200 일 이상 작업하는 해녀도 1,198명으로 8%에 달한다.

그런데 1983년에는 30～60일 작업 해녀는 1970년과는 대조적으로 가 장 적은 14%에 불과한 1,134명이며, 반면 1970년에 8%에 불과했던 180 일 이상 작업하는 해녀가 전해녀 7,885명 가운데 2,584명으로 약 3분지 1을 차지하고 있다. 90일 이상을 작업하는 해녀는 60% 이상으로서 1970년과는 좋은 대조를 이루고 있다. 90일 이상 작업에 임하고 있는 해녀수를 연령계층으로 보면 가장 年少層인 14～19세의 연령층에 있 는 해녀 중 82%를 차지하여 가장 높은 비중이며 나이가 많을수록 그 비율은 낮아지고 있다. 그러나 50～59세의 연령층도 과반수가 넘는

---

15) 水産業協同組合法 第26條(組合員의 資格).

53%가 90일 이상의 작업에 임하고 있다. 따라서 90일 이하를 작업하는 해녀는 상대적으로 낮은 3분지1을 약간 상회하는 정도이다.

1970년과 비교해 볼 때 作業日數別 從事者數는 거의 반대현상이 나타나고 있음을 알 수 있다. 1970년에는 99일 이하 작업 해녀수가 같은 해 海女數의 반 이상인 8,338명인데 반해 10여년이 지난 1983년에는 잠수복 보급에 따라 90일 이상 작업에 임하는 해녀수가 3분지2선을 차지하고 있다(표18, 19참조).

〈표18〉 濟州道의 主要 魚種 生産量 比較

1970년

계	29일 이하	30~59	60~99	100~149	150~199	200~249일
14,143(명)	466	4,509	3,363	2,482	2,125	1,198

* 자료 : 농수산부, 第1次 總漁業調査報告書, 1972.

〈표19〉 濟州道 海女의 年齡別, 漁業日數別 從事者數

구분	계	30~60일	60~90일	90~180일	180일 이상
계	7,885명	1,134명	1,993명	2,174명	2,584명
14~19(세)	97	9	8	16	64
20~29	700	51	127	178	344
30~39	1,912	209	425	596	682
40~49	2,922	350	783	840	949
50~59	1,712	302	507	461	442
60~69	479	171	134	79	95
70세 이상	63	42	9	4	8

* 자료 : 농수산부, 農林水産統計年報, 1984에서 작성.

合成고무로 된 잠수복 보급에 따라 파도가 거칠어서 작업을 못하거나 또는 禁採期間과 産卵期를 제외하고는 연중 작업이 가능하여 자연히 作業日數는 길어질 수밖에 없다. 잠수복을 착용하면 거의 무명옷과는 달리 海水를 遮斷하며 체온의 下落을 막아주므로 추운 겨울에도 장시간 바다에서의 작업을 가능케 한다.[16] 漁村契에서는 資源保護나 해녀의 건강을 위해서 월 작업일수를 10일 이상 할 수 없도록 제한하고 있으나 지켜지는 경우는 드물다.

그러면 월 평균 작업일수는 얼마나 될까?

잠수복이 전해녀에게 보급된 지금은 월 평균 15일 이상 작업이 가능하다. 고무잠수복 보급이 4분지1쯤에 불과했던 1973년에는 겨울과 여름철 작업일수에 起伏이 심해 겨울철인 11월~1월까지는 월 평균 5일 작업을 하였고 6월~8월까지의 여름철에는 월 평균 15일 작업을 하여 월 평균 작업일수는 10일이었다.[17] 따라서 10여 년 전에 비해서 월 평균 5일, 연 60일의 작업일수가 증가하였다. 그런데 海女作業은 일반 工業 勞動者와 같이 작업 시작시간과 마치는 시간에 규정되어 반복되는 것은 아니다.

대부분 밭에 나가 농사일을 하다가 바다로 나가든지 아니면 가정에서 家事일을 하다가 干潮가 되어 작업에 알맞은 시간이 되면 바다로 나가 작업을 하게 되기 때문에 해녀의 작업시간은 潮流에 따라 流動的일 수밖에 없다.

1968년에 조사한 1回의 出漁時間은 〈표20〉에서와 같이 평균 92.5분인데 자료에 의하면 [18] 평균 出漁回數 1.5회로 하면 純作業時間은 약 2시간 19분으로 계산되고 있다. 여기에 작업자가 바다까지의 往復時間을 평균 1시간, 出漁回數間의 휴식시간을 30분으로 하면, 1시간 30분이 소

---

16) 이기욱, "도서와 도서민 : 마라도", 「濟州島硏究」第1輯, 제주도연구회, 1984, p.170.
17) 제주대학 국어국문학회, 前揭論文, p.115.
18) 이경남, 前揭論文, p.137.

요되므로 해녀가 하루의 노동에 투입하는 시간은 3시간 49분이 된다.

〈표20〉 濟州道 海女의 1日 出漁時間

구분 ＼ 연도별	1968년*	1984년
순작업시간	2시간 19분	3시간
바다까지의 왕복시간	1시간	1시간
휴식시간	30분	1시간
총소요시간	3시간49분	5시간
월총작업시간	38시간(10일 작업)	75시간(15일 작업)

* 자료 : 이경남, 前揭論文, p.137.

그런데 잠수복이 개발되기 이전에는 겨울철 작업은 1회 1시간 정도
였으나 잠수복을 着用함으로써 계절에 관계없이 작업이 가능해짐에 따
라 자연 작업시간도 길어지고 있다.

牛島, 大坪, 杏源地方을 중심으로 필자가 직접 조사한 바에 의하면
漁村契 단위로 작업시간을 제한하고 있기 때문에 하루 평균 작업시간
은 3시간으로 잡고 있다. 〈표20〉에서 해녀의 작업시간을 1968년과 비
교해 보면 1984년의 작업시간이 약 1시간 정도 연장되고 있다. 그러나
고무잠수복 착용 이후부터는 작업 중 排泄物 處理 때문에 식사를 거르
고 작업에 착수함으로써 작업 후는 거의 脫盡狀態가 되어 밭에 나가
농사일을 하기가 어렵다고 한다. 따라서 총소요시간은 위 〈표20〉에서
와 같이 하루 5시간으로 계산되지만 작업일에는 일반 공장 노동자나
마찬가지로 도구준비와 피로회복 등에 소요되는 시간을 포함하여 일반
노동자나 마찬가지인 8～9시간을 소비하는 것으로 보아야 할 것이다.
특히 海女作業 자체가 워낙 고되기 때문에 작업시작 직전에 약을 服用
하는 것이 보통이다. 잠수할 때의 水壓 때문에 心臟系統의 疾患은 물
론, 불규칙한 식사로 胃腸病은 일반화되어 鎭痛劑와 胃腸藥은 항시 휴

대하고 다닌다.

작업시간의 연장으로 漁獲高는 상당히 증가하여 단기적으로는 해녀의 수입에 크게 보탬이 되고 있지만 해녀간의 지나친 경쟁이 자원의 급속한 枯渴現狀을 초래하고 있다는 현지의 지적이다. 또한 고무잠수복과 오리발 着用으로 해녀의 職業病은 날로 증가하고 있다. 오리발 착용으로 깊은 水深에서 작업이 가능하기 때문에 水壓에서 오는 頭痛現狀과 장시간 작업 때문에 排泄物에 의한 피부병, 일부러 식사를 거르고 작업에 임하기 때문에(空腹狀態에서 잠수가 용이하다고 함) 진통제 服用으로 말미암은 위장병 등은 해녀 누구나 가지고 있는 職業病이 되다시피 되었다. 그래서 S섬에는 가정마다 진통제나 위장약은 물론 영양제 주사를 갖추고 있으며 남자들은 주사를 놓을 줄 모르는 사람이 없다. 해녀들은 약 이름, 영양제 주사 이름을 척척 외우고 있다. 진통제를 服用하지 않으면 못 견딜 정도로 中毒이 되고 있다. 그래서 어느 漁村契 職員은 資源枯渴을 막기 위해서나 해녀의 건강을 위해서 합성 고무잠수복 着用을 금지해야 한다고 열을 올린다.

4) 海女의 收入과 作業道具

가. 海女의 收入

잠수복 착용 이후 海女의 收入은 급속히 증가하여 종전의 약 5배에 달한다. 해녀의 수입은 응답자에 따라 차이가 있게 마련이므로 정확한 수입액 산출은 어렵다. 그러나 上軍(상줌수), 中軍(중줌수), 下軍(하줌수) 계층의 수입액에 대해서는 응답자 모두가 공통된 견해를 가지고 있었는데 이것을 표로 만들어 보면 다음과 같다.

<表21> 濟州道 海女의 收入

1984년

구분	우도	대평
특		300,000
상군	300,000	200,000
중군	200,000	100,000
하군	100,000	70,000
월평균	200,000	167,500

* 자료 : 필자 현지조사에 의함.

牛島의 경우 上軍의 월 수입을 30만원으로 하여 10만원씩의 격차를 두고 있는데 上·中·下軍을 포함한 전체의 월 평균 수입은 20만원이 된다.

大坪里는 特·上·中·下의 4단계의 격차를 두고 있는데 월 평균 수입은 167,500원이다.

두 마을의 조사결과를 평균한 월 평균 수입은 183,750원으로 계산될 수 있다. 해녀의 월 평균 작업일수가 15일이므로 해녀 1인당 일당 평균 수입은 12,250원이 되지만 上軍과 下軍의 수입액 차이는 크다. 즉 上軍 은 일당 수입이 16,600원인데 비해 下軍의 일당 수입은 5,660원으로 그 차액은 일당 약 11,000원으로 上軍이 下軍보다 약 3배의 수입을 올리고 있다. 그런데 上軍은 각 漁村契別로 약 10%미만에 지나지 않는다.

전국 漁船非使用 漁業從事者의 소득률을 보면 粗收入은 年 1,843,574 원인데 작업에 소요된 諸經費는 287,810원으로서 純所得은 1,555,764원 이다. 따라서 어업소득률은 84.4%, 어업소득에 투하된 諸經費는 15.6% 가 된다.

이를 농업종사자의 소득률 70.8%, 경비 29.2%와 비교해 보면 농업종 사자보다 낮은 經費支出로 많은 소득을 올리고 있음을 알 수 있다.

본도 해녀 1인당 연간 粗收入은 2,205,000원인데 이에 필요한 경비는
〈표22〉에서와 같이 海女道具 65,120원, 種苗代 12,891원, 養殖施設 補修
42,423원, 漁村契 年會費로서 30,000원, 이를 합하여 150,434원이 되며
여기에 기타경비를 10%로 계산하면 165,434원이 投資되어 純收入은
2,039,566원이 된다. 따라서 所得率은 92.5%로서 전국 어업종사자 소득
률 84.4%보다 훨씬 높다. 즉 적은 경비를 투자하여 높은 수익을 올리고
있으며 경비면에서 전국 漁船非使用 漁業從事者가 投資하는 경비보다
10%가 덜 투자되고 있다.

下軍(하줌수)의 경우는 粗收入 1,020,000원이므로 경비를 빼면 소득
은 854,566원이 되어 소득률은 83.3%로 전국 어업종사자의 소득률보다
약간 낮다. 그러나 농업종사자보다 소득률이 높을 뿐만 아니라 경비지
출 비율도 훨씬 낮다.

〈표22〉 全國 · 濟州의 所得率 比較

구분		조수입	경비	소득	소득률(%)	가계비	가계비충족도(%)
전국	농업	4,701,737	1,370,776	3,330,961	70.8	4,053,675	82.2
	어업	1,843,574	287,810	1,555,764	84.4	2,547,837	61.1
제주	해녀	2,205,000	*165,434	2,039,566	92.5	2,547,837	80.1
	하군	1,020,000	*165,434	854,566	83.8	4,641,811	43.9

구분	금액
계	165,434
해녀도구	65,120
종묘대	12,891
양식시설보수	42,423
어촌계연회비	30,000
기타(경비10%)	15,000

자료 : ① 제주도 해녀의 粗收入과 經費는 필자의 현지조사에 의해 작성.
　　　② 농수산부, 農林水産統計年報, 1984에서 작성.

나. 海女의 作業道具

해녀의 작업도구는 비교적 단순하며 低廉하다. 그중 가장 값이 비싸
며 생산량을 急增시키는데 原動力이 된 合成고무로 만든 잠수복과 발에
신고 헤엄쳐 몸놀림을 빠르게 하는 오리발은 1970년대 초에 개발되어
보급된 새로운 海女裝備이다. 그 외는 在來式의 간단한 道具 들이다.

作業道具別로 價格과 耐用年數를 〈표23〉에서 보면 국내에서 製造되
는 잠수복은 종전에는 제품의 질이 좋아 2년 이상 사용이 가능했으나
점차 질이 저하되어 요즈음 제품은 1년 이상 사용이 불가능하다고 한
다. 또한 지퍼가 없어져 입고 벗기가 불편하며 찢어지기가 쉽다. 그런
데 日本製 잠수복은 질이 좋아서 2~3년은 사용할 수 있으며 지퍼가 附
着되어 입고 벗기가 수월한 편이다.

〈표23〉 海女 作業道具

종류	가격	내용년수	감가상각(년)
잠수복	60,000	1년	60,000
오리발	3,000	2년	1,500
빗창	1,000	〃	500
정개호미	1,000	〃	500
눈	1,200	〃	600
망사리	1,000	〃	500
테왁	2,000	〃	1,000
작살	500	〃	250
골각지	500	〃	250
계	70,200	〃	65,120

* 자료 : 필자 현지조사에 의함.

박양생 교수의 조사에 따르면 무명옷을 입었을 때 22.5℃의 물에서
1시간 작업하면 해녀들의 체온이 35℃로 떨어진다고 한다.

체온이 33℃가 되면 사람의 의식이 흐려지고 행동이 부자연스러워
지므로 해녀들은 오랜 경험을 통해 대체로 체온이 35℃에 이르면 물밖
으로 나와 불을 쬐며 체온을 높인 후 다시 작업을 계속한다는 것이다.

그러나 보온잠수복은 海水와 피부의 직접적인 접촉을 차단하여[19]
체온의 하락을 늦어지게 하므로 자연 水中作業時間이 늘어나게 된다.

잠수복, 오리발 등 현대식 장비가 해녀들에게 보급되어 漁獲量 增加
를 가져 왔으나 이 利點에 못지않게 여러 가지 副作用이 파생되고 있
다. 작업일수 및 작업시간 증가로 資源枯渴이라는 문제에 직면하고 있
으며 장시간 작업으로 인한 해녀의 職業病이 늘어나고 있다. 우선 고
무냄새를 독하게 풍기므로 오랫동안 냄새를 맡게 되면 정신이 혼미해
진다. 그리고 입고 있을 때 몸에 밀착되기 때문에 얼굴이나 손발이 부
어오르게 된다. 그밖에도 浮力이 증가하여 잠수하기가 힘들게 되므로
허리에 납덩어리를 차게 되는데 이것이 허리에 부담을 주고 腰痛의 원
인이 되기도 한다.[20] 특히 장시간 작업 때문에 排泄物 處理가 안되어
이것이 피부병의 원인이 되기도 한다. 이외의 道具는 그 모양이나 性
能이 改善되지 않은 채 在來式 그대로 내려오고 있으며 가격도 低廉하
여 장만하는데 별 어려움이 없다.

월평균 海女道具에 투자되는 비용은 5,427원 꼴이 되므로 生産原價
에서 차지하는 비중은 극히 낮은 편이다.

---

19) 이기욱, 前揭論文, p.162.
20) 이기욱, 前揭論文, p.162.

5) 第1種共同漁場의 面積 및 管理

社會經濟的 觀點에서 일반적으로 漁場이라 할 때에는, 漁獲活動이 수행되는 水域이며, 구체적으로는 「漁業技術의 대상이 되는 生物群, 곧 水産資源을 經濟的으로 採捕할 수 있는 場所」라고 할 수 있다. 이 의미에서 보면 共同漁場이란 「두 사람 이상의 다수 작업자가 水産資源을 經濟的으로 採捕할 수 있는 장소」라고 규정할 수 있다.[21)]

漁村契에 있어서 共同漁場의 主宗은 第1種共同漁場과 養殖漁業의 漁場이다. 第1種共同漁場은 貝類, 海藻類 이외에 水産廳長이 정하는 定着性 水産物의 採捕를 목적으로 하는 漁業을 내용으로 하고 있다.[22)]

이 어업은 全國海岸의 대부분에 걸쳐 散在하고 있으며, 漁場은 海岸으로부터 平均水深 10미터 이내의 범위 안에 설치되게 되어 있다. 그러나 예외로 江原道, 慶尙北道, 濟州道는 15미터 이내의 범위에서 설치되며 또한 그 이내라 하더라도 원거리에 위치한 無人島, 落島, 孤島 등 실질적으로 共同行使를 할 수 없는 水面에는 설치할 수 없게 되어 있다.[23)]

第1種共同漁場은 해녀들로서는 밭의 延長이다. 농사를 짓는 뭍의 밭만이 밭이 아니라, 漁場 또한 밭이다.[24)] 漁場은 해녀들에게는 바로 生計를 위한 作業場이기도 하다.

農水産部의 總漁業調査報告에 의하면 〈표24〉에서와 같이 濟州道의 第1種共同漁場의 면적은 16,462.8ha로서 전국에서 가장 넓은 漁場을 가지고 있어 天惠의 좋은 조건을 갖추고 있다. 그러나 어업 가구당 차

21) 張誌鎬, 前揭書, pp.122~123.
22) 水協法 第8條 ①-4.
23) 水産業法施行令 第11條-②.
24) 김두희 · 김영돈, 前揭論文, p.18.

지하는 면적은 1,699ha로서 전국에서 4번째이며 어업종사자 1인당 면적은 1,654ha로 京畿道, 江原道에 이어 3번째가 된다.

〈표24〉 第1種共同漁場 施設規模

면적 : ha

도별	제1종공동어장(A)	가구수(B)	$\frac{A}{B}$	종사자(C)	$\frac{A}{C}$
경기	4,111.6	1,030	3.991	1,707	2.408
강원	2,165.6	1,054	2.054	1,115	1.942
전북	715.0	458	1.561	807	0.885
전남	8,285.0	12,320	0.672	21,976	0.377
경북	11,357.3	8,726	1.301	8,822	1.287
경남	15,665.5	6,190	2.530	10,494	1.492
제주	16,462.8	9,689	1.699	9,952	1.654

자료 : 농수산부, 第2次 總漁業調査報告書, 1982에서 작성.

그러나 이러한 어장이 資源의 枯渴로 荒廢化되어가고 있다.

현지 漁村契마다 資源枯渴에 따른 資源保護問題를 심각하게 제기하고 있다. 물론 養殖技術 개발의 문제도 지적되고 있지만 그것보다도 해녀 자신들에게 문제가 있음을 지적하고 있다. 잠수복을 着用함으로써 종전보다 작업일, 작업시간이 상당히 길어지고 있다. 잠수복 착용 이전에는 겨울철 작업시간은 1시간을 넘기기가 힘들었으나 잠수복이 보급된 이후에는 계절에 관계없이 장시간 작업이 가능하게 되었고 따라서 漁獲量도 종전의 5배 이상에 달하고 있으니 資源枯渴問題가 대두될 수밖에 없는 실정이다.

또 한 가지 문제는 潛水器船의 不正漁業이다. 잠수기선의 不法漁業은 최근에 와서 크게 줄어드는 경향이 있지만〈표25〉참조) 본도가 소유하고 있는 漁業指導船 3隻으로 본도의 廣闊한 漁場을 관리한다는 것은 어려운 일이다. 정성들여 養殖하고 보호해 온 海産物을 마구 잡아가는 것을 해녀들은 발을 구르며 바라볼 수밖에 없는 경우가 허다하다. 당국에 연락해서 團束船이 현지에 도착하기 전에 고속엔진을 갖춘 不法 潛水器船은 유유히 살아지기 일쑤여서 團束에 實效를 거두지 못하고 있다. 非法人 D漁村契에서는 자체에서 團束員 3명을 고용하여 5개월간 월 30만원의 人件費를 支拂하면서 漁場保護에 힘 기울이고 있다. 法人漁村契에도 漁場管理에 필요한 適正人員을 增員할 필요가 있으며 현재 販賣高에 의한 漁撈手數料의 일부를 漁村契 收入으로 보조함으로써 漁村契 自體 資金 造成基金으로 활용할 수 있도록 하는 방안이 강구되어야 하겠다.

〈표25〉 潛水器船 不正漁業 團束現況

연도	부정 어업 단속 건수
1975	7
1976	7
1977	2
1978	4
1979	1
1980	1
1981	3
1982	
1983	1

* 자료 : 제주도, 水産現況에서 작성.

濟州道에서도 水産施策을 第1種共同漁場의 協業養殖場化와 水産資源, 造成 및 保護에 두고 꾸준히 施策을 펴 오고 있는데 그 실적을 보면 〈표26〉과 같다.

〈표26〉 濟州道 沿岸漁場의 協業養殖場

연도별 구분	1979	1980	1981	1982	1983
貝類養殖	6ha	10ha	10ha	10ha	20.3ha
전복稚貝撒布	34,100尾				60만尾
增殖事業				3건	
種苗培養場				1개소	

* 자료 : 제주도, 水産現況에서 작성.

貝類養殖에 사업의 중점을 두고 繼續事業으로 소라種苗區 施設을 하여 1974~1984년까지의 소라 增殖事業 實績은 582ha에 사업비 1,055 百萬원을 투자하고 있다.

소라가 海女收入의 60%를 점하고 있을 정도로 그 생산량이 대폭 증가하고 있으나 소라 稚貝의 購入難과 소라 人工種苗 量産技術의 未洽으로 增殖에 어려움을 겪고 있는 실정이다.

소라 생산량의 變動推移를 보면 〈표27〉과 같다.

〈표27〉 濟州道의 소라 生産推移

연도별 구분	'60	'70	'80	'81	'82	'83	'84
생산량(M/T)	702	1,591	2,145	2,929	3,368	3,648	3,332
금액(百萬원)	2,496	82,732	4,102	5,400	7,368	8,760	9,116

* 자료 : 제주도, 水産現況, 1985, p.15.

한편 전복양식에 있어서도 제주도 당국에서 전복稚貝撒布計劃을 계속 추진한 결과 그 실적이 〈표26〉과 같이 나타나고 있는데, 培養場 3곳에 敷地面積 16,344㎡, 水面積 944㎡로 生産能力은 115萬尾의 施設規模를 갖추게 되었고 이에 따라 1982년에 80.8萬尾, 1983년에는 100萬尾의 생산실적을 올리고 있어서 전복생산은 앞으로 계속 증가할 것으로

예상되며 水産物 輸出에서 차지하는 비중도 높아질 것으로 예상된다
(〈표28〉참조).

〈표28〉전복 種苗培養場施設 및 生産實績

施設年度	施設規模			生産實績	
	부지면적	水面積	생산능력	1982년	1983년
계	16,344㎡	944㎡	115萬尾	80.8萬尾	100萬尾
1972	9,200	500	70	50	60
1978	697	164	15	0.8	5
1981	6,447	280	30	30	35

* 자료 : 제주도, 水産現況에서 작성.

이에 따라 道와 水協에서도 國庫, 地方費, 融資 등을 적극 지원하면
서 계속 사업으로 매년 貝類養殖 면적을 확장해 오고 있다. 1979년 이
후의 養殖事業 實績을 〈표26〉에서 보면 1979년 6ha에 지나지 않았던
것이 계속 시설을 확대한 결과 1983년까지의 양식사업 실적은 56.3ha
에 이르고 있다. 말하자면 마구잡이 漁業에서 기르는 漁業으로 전환하
고 있는 것이다.

매년 풍부한 資源을 바다는 제공하지 않는다. 일구고 가꾸고 다듬어
야 沃土가 되듯이 바다도 철저히 관리해야 黃金漁場이 되는 것이다.

따라서 도에서도 沿岸漁場의 協業養殖場化에 重點施策을 두고 지속
적인 養殖事業과 魚礁施設 事業을 전개해 오고 있다.

현재 第1種共同漁場의 資源管理 手段은 일반적으로 漁具 漁法의 制
限, 禁止, 漁期의 제한(禁漁期), 漁場의 制限(禁止區域), 漁獲物의 體長
制限 등을 주요 내용으로 하고 있다.[25] 그러나 작업 때마다 해녀를 감

25) 金基柱・孔泳共, 「水産資源學」, 부산, 태화출판사, 1978, pp.204~293.

독하기가 어려운 점, 漁村契員만을 중심으로 漁場管理가 이루어지고 있기 때문에 전부락민의 협조체제 조성이 어려운 점 등의 문제점을 안고 있다. 따라서 漁場管理權을 전부락민이 共同管理토록 위임함으로써 부락민 모두가 어장에 대해 애착심을 갖도록 하고 漁場資源을 스스로 관리하도록 하는 방안이 고려되어야 할 것이다.

4. 海女의 地域經濟 및 家庭經濟에의 寄與度

1) 濟州道 地域經濟에의 寄與度

본도의 수출고는 매년 증가하여 1983년에는 21,357千弗로서 1975년의 9,048千弗에 비하면 2배가 넘는 높은 伸張을 이루었다.

이 가운데서 水産物 수출도 계속 증가하여 1975년 6,268千弗의 수출이 1983년에는 284%가 증가한 17,832千弗로서 수출 증가율이 본도 총 수출고의 伸張率을 앞지르고 있다.

본도 수출고 가운데서 水産物 수출이 차지하는 비중도 1975년 69.3%이었던 것이 1983년에는 83%를 점함으로써 제주도의 수출실적은 수산물에 의존하고 있음을 알 수 있다.

〈표29〉에서 보면 輸出品目의 대부분이 第1種共同漁場에서 해녀에 의해서 漁獲되고 원료가 되는 소라고동, 톳, 海藻粉, 알긴산, 전복[26] 등이 主宗을 이루고 있다.

水産物 輸出高 가운데서 海女가 漁獲한 어획물이 차지하는 비중을 보면 1975년 64.6%이었던 것이 급격히 증가하여 1977년 이후에는 계속

---

26) 이 중 잠수기선에 의해 어획된 어획물이 포함되고 있으나 이를 분류하기가 어려워 포함시킴.

해서 80%이상의 비중을 유지하고 있는데 1983년에는 거의 90%에 육박할 정도의 높은 비중을 차지하게 되었다.

魚種別로 가장 많은 수출고를 기록한 것은 소라인데 1975년 수출고 2,148千弗로서 水産物 輸出高에서의 비중이 34.3%에 불과했던 것이 1983년에는 12,457千弗을 기록함으로써 1975년 기준으로 볼 때 무려 580%가 증가했으며 水産物 輸出高에서의 비중은 약 70%선에 육박하고 있고, 濟州道 總輸出高에서 차지하는 비중도 절반이 넘는 58.3%를 접하고 있다. 또한 海女 漁獲物 輸出高에서의 비중도 80%를 차지하는 輸出戰略品目으로 등장하고 있다. 결국 濟州道의 海外輸出은 해녀의 어획물이 좌우하고 있으며 그 중에서도 소라가 主導的인 役割을 하고 있음을 알 수 있다.

<표29> 濟州道 海女 漁獲物 主要品目別 輸出實績

연도별	본도총수출고 (A)	수산물수출고 (B)	B/A	계 (C)	소라	전복	해조분	찐톳	알긴산	기타해조류	해조류	계관초	성계	불가사리	C/A	C/B
1975	9,048	6,268	69.3	4,048	2,148	169	21	1,583	117	10					44.7	64.6
1976	10,939	7,565	69.0	5,662	3,339	174	117	1,846	177	9					51.8	74.8
1977	13,027	9,683	74.3	7,915	4,643	167	210	2,562	333						60.8	81.7
1978	13,903	11,411	82.1	9,568	5,581	55	219	1,221	324		2,168				68.8	83.8
1979	15,420	11,025	71.5	9,084	7,328		254	1,330	172						58.9	82.4
1980	18,764	15,268	81.4	13,284	7,124		71	1,644	708		3,737				70.8	87.0
1981	19,270	15,899	82.5	13,125	10,052			1,672	749		652				68.1	82.6
1982	18,964	15,972	84.2	14,549	11,069			1,108	173	1,585		614			76.7	91.1
1983	21,357	17,832	83.5	15,499	12,457			2,022		106		379	523	12	72.6	86.9

* 자료 : 제주도, 水産現況에서 작성.

톳의 수출고도 1977년에는 2,562千弗로서 같은 水産物 輸出高에서의 비중은 26.4%로 약 4분지1을 차지하는 비교적 높은 비중을 차지한 것을 고비로 그 후 계속 輸出高가 하락하여 수산물 수출고에서 차지하는 비중은 2위이지만 이와 같은 현상은 소라의 수출고가 상대적으로 증가한 때문이며 수출고로 볼 때는 2,022千弗로서 비교적 높은 輸出實績을 기록하고 있다(〈표29〉참조).

소라의 生産高는 전국에서도 으뜸인데 1979년 전국 생산량 4,382M/T 가운데서 2,708M/T을 생산하여 전국 생산량의 61.8%를 차지하고 있으며 1983년에는 이보다 증가한 3,649M/T으로 63.1%의 비중을 점하고 있다.

우뭇가사리의 生産高도 1979년의 27.9%이던 것이 1983년에는 전국 생산량 7,354M/T의 48.4%를 차지하는 3,562M/T을 생산하고 있다.

톳은 1979년 5,642M/T을 생산하여 전국의 43.6%를 차지했으나 생산량이 점차 감소하여 1983년에는 5,043M/T으로 32.9%의 生産量에 머물고 있다.

전복류는 1983년에 전국 생산량 333M/T 가운데서 142M/T을 생산, 42.6%를 점할 정도로 생산량이 계속 증가하여 오고 있는 魚種이며 濟州道의 輸出戰略 品目으로 수출실적에 기여하고 있는 漁種이다(〈표30〉 참조).

〈표30〉 濟州道 海女의 地域經濟에의 寄與度

연도별	전복류			소라고동			해삼			성계		
	전국	제주	%	전국	제주	%	전국	제주	%	전국	제주	%
1979	458	65	14.2	4,382	2,708	61.8	3,325	62	1.9	2,719		
1980	540	56	10.3	3,985	2,142	53.8	3,139	87	2.8	3,383		
1981	558	133	23.8	4,497	3,000	66.7	3,534	50	1.4	5,212		
1982	453	80	17.7	7,052	3,368	47.8	3,678	34	0.9	5,565		
1983	333	142	42.6	5,787	3,649	63.1	3,966	125	3.2	5,260	666	12.7

연도별	미역			톳			우뭇가사리		
	전국	제주	%	전국	제주	%	전국	제주	%
1979	10,028	155	1.5	12,932	5,642	43.6	7,671	2,137	27.9
1980	10,244			15,853	5,494	34.7	7,941	1,897	23.9
1981	19,313			13,743	3,500	25.5	7,178	2,288	31.9
1982	6,191			19,849	6,225	31.4	7,366	2,208	30.0
1983	5,835	317	5.4	15,335	5,043	32.9	7,354	3,562	48.4

* 자료 : 농수산부, 農林水産統計年報에서 작성.

이와 같이 濟州道의 輸出戰略 魚種은 제주도에서만이 아니라 전국에서도 높은 비중을 차지하고 있는데 앞으로 계속적인 生産增進을 위해서는 보다 광범위한 養殖事業과 漁村契 中心의 共同漁場 管理로 誘導해 나가야 할 것이다.

그러나 위의 魚種에만 의존하는 輸出戰略은 자칫하면 경쟁국의 등장으로 輸出不振이나 價格下落 등의 문제가 발생할 가능성이 있으므로 새로운 魚種을 漸進的으로 개발하고 또한 市長情報를 통한 적극적인 市長開拓이 이루어질 수 있도록 情報센터의 설치도 검토해 볼 필요가 있다.

2) 家庭經濟에의 寄與度

〈표31〉에서 보면 漁船非使用 漁業家口의 家計費는 2,547,837원이며 이 가운데서 음식물 비는 871,905원으로 엥겔係數는 34.2이다.

그러나 農業家口의 평균 가계비는 이보다 훨씬 높은 4,053,675원으로 엥겔係數는 30.4가 된다.

또한 都市近郊 농촌의 家計費는 4,641,811원인데 이는 전국 농업 노동자의 가계비나 漁船非使用 가구보다 높은 지출이다.

〈표31〉 漁村 및 都市近郊 農村의 家計費 構成

구분	가계비	음식물비	광열수도비	교육비	주거비	피복비	가계잡비	엥겔계수
농업 (전국평균)	4,053,675	1,232,663	169,669	500,238	306,771	183,148	1,661,186	30.4
%	100	30.4	4.2	12.3	7.6	4.5	41.0	
어업 (어선비사용가구)	2,547,837	871,905	167,896	308,217	195,082	147,354	857,383	34.2
%	100	34.2	6.9	12.1	7.7	5.8	33.7	
농업 (도시근교)	4,641,811	1,496,691	213,765	510,929	377,008	267,397	1,776,021	32.2
%	100	32.2	4.6	11.0	8.1	5.8	38.3	

* 자료 : 농수산부, 農林水産統計年報에서 작성.

濟州道 漁業家口의 家計費 支出은 실지조사가 어렵고 또한 이에 대한 統計資料가 없는 실정이다. 따라서 農水産 統計의 資料에 의해 海女收入이 家庭經濟에의 寄與度를 살펴보기로 하겠다.

제주도 漁村의 生活水準이나 敎育水準과 敎育熱은 타 어촌과 비교될 수 없을 정도로 높다. 따라서 都市近郊의 농촌 가계비 支出水準에 육박하고 있는 것으로 짐작되기 때문에 이 지역의 가계비 지출을 本道의 漁村 家計費 지출로 보아도 무방할 것으로 생각된다.

우선 전국 漁船非使用 漁業家口의 가계비 充足度 61.1%와 비교해 보면 본도 해녀의 수입이 가계비의 충족도는 훨씬 높은 80.1%로서 가계비 지출에 海女收入이 80% 이상이 충당되는 셈이 된다(〈표22〉참조).

그러나 濟州道의 어촌 가계비를 全國 都市近郊 농촌의 가계비 지출과 비교해보면 海女收入이 가계비에 寄與度는 43.9%로서 가계비의 절반 정도도 충당하지 못하는 셈이 된다. 즉 가계비 4,641,811원이 지출되는데 비해 수입은 2,039,566원에 지나지 않는다. 앞으로 生活水準이

향상되고 敎育熱이 높아짐에 따라 高等敎育(대학)의 기회는 높아질 것으로 기대되기 때문에 교육비와 가계잡비의 증가로 가계비 지출은 漸增할 것으로 예측된다. 그러나 해녀수입이 급격히 증가할 요인이 발생하지 않는 한 가계비에의 충당률은 점차적으로 낮아질 수밖에 없을 것이다. 특히 下軍의 漁業所得은 854,566원이므로 漁船非使用 家計費에의 寄與度는 33.5%에 지나지 않으며 都市近郊 농촌 가계비에 대한 기여도는 18.4%에 불과하다. 上軍이 되기 위해서는 중학교 진학 연령부터 꾸준히 海女技術을 익혀야 하는데 본도의 1983년 여자 국민학교 졸업생 6,323명 중 6,170명이 진학하여 97.6%의 높은 진학률을 나타내고 있어서 미진학자는 153명에 불과한 실정이다(〈표14〉 참조).

중학교를 졸업하여 海女職業을 선택한다고 가정하더라도 적어도 몇 년간은 下軍의 수입을 넘지 못할 것이므로 가계에의 寄與度는 보잘것 없기 때문에 海女職業을 선택하는 경향은 낮아질 수밖에 없을 것이다.

남성들이 모든 일에 消極的이고 受動的인 태도를 보이는 것과는 대조적으로 가족의 생계는 해녀들의 노력에 의해 유지되고 있는 馬羅島와 같은 특수한 지역을 제외하고는 앞으로 海女收入이 家計經濟에의 寄與度는 점차적으로 감소하고 이에 비례하여 海女의 地位도 그 빛을 잃어갈 것으로 생각된다.

5. 要約 및 建議

이상에서 濟州道 海女의 現況과 그들이 차지하는 위치를 고찰하여 보았는데, 다음에서 각 항목별로 간단히 요약·정리하면서 本稿를 쓰며 절실히 느꼈던 水産當局과 해녀자신들에 대한 몇 가지의 建議事項을 살펴봄으로써 本稿를 맺기로 하겠다.

I

1. 濟州道의 海女는 1974년을 고비로 점차 減少趨勢에 있으며 앞으로 몇 년 이내에 그 수는 몇 백 명으로 헤아릴 수 있을 정도로 격감할 것이 예상된다.

2. 1983년 말 현재 海女數는 7,885명으로 1970년의 23,930명의 33%에 불과하다.

II

1. 濟州道의 漁業從事者는 10,550명으로 1965년의 30,149명의 약 35%에도 미달한다. 이와 같이 漁業從事者가 급격히 감소한 主原쩐은 海女數의 격감에 의한 것이다.

2. 濟州道 漁業從事者의 漁業依存度別 분포를 보면 어업에만 종사하는 인구는 16%인 1,656명이고 어업을 주로 하는 종사자는 3,253명으로 3분지1, 어업을 副業으로 하는 인구는 53%인 5,641명이다. 따라서 漁業을 主業으로 하는 어업종사자는 약 16%에 불과하다.

3. 水産物 總生産量은 36천여 톤이며 전국 생산량의 약 1.3%를 차지하고 있으나 海藻類는 전국 생산량 중 약 4%의 생산비중을 차지하고 있다. 따라서 第1種共同漁場을 중심으로 하여 海藻類 부문을 중점적으로 육성해 나가는 政策的 支援이 있어야 하겠다.

4. 漁業別 生産量에서 보면 第1種共同漁場에서의 생산량이 전체 생산량의 58%를 차지하고 있다. 이는 주로 해녀에 의한 생산량이 濟州道의 水産業 생산량을 좌우하고 있음을 뜻한다.

5. 濟州道 輸出高 중 水産物 수출고가 차지하는 비중은 상당히 높아서 1984년 총수출고 중 80%를 차지하고 있다. 水産物 輸出高 중 소라와 톳의 수출고가 81%를 점하고 있어 濟州道 輸出戰略 品目

이 되고 있다. 따라서 製造企業의 규모가 零細하여 工産品輸出이 거의 없는 本道의 輸出高를 伸張시키기 위해서는 水産物 輸出에 역점을 둔 관계당국의 多角的인 支援策이 필요한 실정이다.

Ⅲ

1. 濟州道 漁業從事者의 75%를 海女가 차지하고 있다. 1970년의 海女數는 濟州道 여자 인구의 12%를 점하고 있었으나 1983년에는 3.2%에 불과할 정도로 격감되었다.

2. 濟州道 海女의 漁業依存度別 분포를 보면 海女職業을 專業으로 하는 종사자는 10%에도 못 미쳐 90% 이상이 海女職業을 兼業으로 하고 있다.

3. 1983년 말 현재 연령별 분포는 40세 이상이 3분지2를 차지하고 있어서 1969년의 39세 이하의 연령층 해녀의 비중 64%와는 대조를 이루고 있다. 젊은 연령층의 海女數가 상대적으로 적은 것으로 보아 앞으로의 海女數 감소를 불가피한 것으로 받아들일 수밖에 없을 것이다.

4. 濟州道 海女의 9할 이상이 國卒 이하의 학력이다. 본도 여자 중학교 진학률이 1984년 98.4%임을 감안할 때 해녀에 대한 특별한 인센티브가 없는 한 海女數의 감소는 불가피하다. 그러나 본도의 수산물 수출고가 전체 수출고의 80%이상을 차지하고 있음을 감안할 때 海女數의 감소에 대응할 수 있는 보다 나은 脫衣場施設 등 作業環境의 改善과 厚生福地施設의 擴充, 模範海女의 産業視察, 優秀海女會 施賞 등 精神的, 經濟的인 報償策이 요구된다.

5. 海女에 의해서 漁獲되는 魚種 중 가장 많은 어획고는 海藻類가 46.5%로 首位이며 그 다음이 軟體動物로서 15.5%를 차지하고 있

다. 海藻類 중 主宗을 이루는 것은 톳과 우뭇가사리이며, 軟體動物 중 소라 생산량은 1979년 전국 총생산량의 3분지2 수준에 달하는 2,650M/T을 기록하였고 1983년에도 61.7%를 차지하는 높은 비중을 점하고 있다. 또한 톳과 우뭇가사리도 전국 생산량 중 각각 32%와 50%의 수준을 생산하고 있다. 그러나 톳, 소라 등 일부 魚種의 생산에만 치중하는 것은 앞으로 수출경쟁국의 등장으로 輸出不振, 價格下落 등의 不確實性이 항상 존재하고 있음을 감안하여 對日輸出에만 依存하고 있는 輸出市場을 多邊化하고 多品種商品 개발로 국제시장 변화에 능동적으로 對處해 나갈 수 있는 장기적인 戰略樹立이 시급하다. 특히 각종 魚種의 消費市場의 限定性과 資源枯渴에 대처하기 위하여 생산량 증대보다는 다양한 加工食品의 개발과 海藻를 사용한 工業原料의 생산 등에 노력을 기울여 나가는 관계당국의 政策推進이 필요하다.

6. 海女의 作業日數는 합성고무 잠수복이 보급됨으로써 파도가 거칠거나 禁採期間을 제외하고는 계절에 관계없이, 年中 작업이 가능하여 월평균 15일이며 작업시간도 하루 3시간 작업이 가능하다. 그러나 깊은 水深과 장시간 작업에서 생기는 頭痛, 皮膚病, 胃腸病, 등의 職業病으로 海女들은 고통을 받고 있다. 따라서 현재의 연1회의 정기 健康診斷과 竝行하여 월1회의 정기 巡廻診療가 필요한 실정이다. 특히 현재 의료수가 할인제(병원 30%, 약국 20%)를 더욱 확대하여 他職種別 의료보험조합과 같은 의료혜택이 돌아갈 수 있도록 당국이 배려해 줌과 동시에 財政的인 뒷받침도 요구된다.

7. 海女의 收入은 上軍·中軍·下軍에 따라 格差가 있으나 평균하여 월 183,000원 정도로 볼 수 있다. 여기서 作業道具 購入에 소

요되는 諸經費를 연 165,434원으로 보면 濟州道 海女의 所得率은 전국 어업종사자 소득률 84.4%보다 높은 92.5%이다.

8. 四面이 바다인 濟州道의 第1種共同漁場의 면적은 16,462.8ha로서 전국에서 제일 넓은 지역을 가지고 있어 天惠의 좋은 조건을 갖추고 있다. 그러나 잠수복 보급, 潛水器船의 不法漁業과 廢水에 의한 汚染등으로 漁場이 荒幣化 되고 있으며 資源枯渴의 문제가 심각하게 대두되고 있다.

9. 不正漁業의 강력한 團束과 해녀작업 일수 및 작업시간 제한 등을 통해 資源保護에 힘 기울여야 하며, 아울러 養殖事業의 지속적이고 적극적인 추진과 魚礁施設 사업 추진으로 마구잡이 漁業에서 기르는 漁業으로 漁場管理에 최선을 다해야 할 것이다.

IV

1. 海女에 의해 漁獲된 生産物이 濟州道 水産物 輸出高에서 차지하는 비중은 거의 90%에 육박할 정도로 높다. 특히 소라는 水産物 輸出高 중 약 70%를 차지하고 있다.

2. 濟州道 輸出高 중 水産物 輸出高가 83%를 차지하고 이중 海女에 의해 漁獲된 생산물이 90%를 차지한다는 사실은 그만큼 海女가 濟州地域 經濟에 큰 공헌을 하고 있음을 입증하는 것이다.

3. 전국 漁船非使用 漁業家口의 가계비는 2,547,837원으로 가계비 充足度는 61.1%인데 濟州道 海女家口의 가계비 충족도는 80.1%로서 가계비 중 80% 이상이 해녀의 수입에 의해 충당되고 있어서 자녀의 학비보조 등에 유익하게 쓰여져 왔음을 알 수 있다. 그러나 濟州道 漁村의 生活水準은 타 어촌보다 높아 都市近郊 농촌의 생활수준에 달할 것으로 생각하면 海女收入의 가계비 충족도는 약

44%에 불과하여 앞으로 생활수준의 향상과 敎育水準 향상으로 海女職業을 선택하는 비율은 낮아질 것이 확실하다. 그러므로 海女의 地域經濟 및 家庭經濟에의 寄與度를 감안하여 앞에서 지적한 海女數의 감소를 방지할 수 있는 근본적인 對策樹立이 필요하다.

 III 法社會學的 側面

1. 序

國家權力에 의하여 支持되는 法만을 「法」이라고 觀念한다면, 이러한 法과는 무관하게, 또는 獨自의 領域을 형성하여 「法 없이 사는」 農漁村의 生活秩序를 어떻게 파악할 것인가는 法社會學 내지는 法人類學的 觀點에서 중요한 관심사가 아닐 수 없다, 「法 없이 사는 사람」이란 存在할 수가 없는 것이며 法이 없는 社會도 存續될 수는 없는 것이다. 그러면서도 우리는 때때로 「그 사람은 法 없이도 살 수 있는 사람이다」 라는 말을 듣는데, 이것은 실은 規範을 잘 內面化한 사람을 두고 하는 말이다.27) 또 이 경우의 「法」이란 主로 國家制定法을 가리키고 있는 것이다.

法現象을 관찰함에 있어서는 반드시 國家라는 要因이 포함된 法槪念에 한정시켜, 그것에 구애될 필요는 없는 것이며, 처음부터 法槪念을 規定하여야 하는 것은 아니다. 따라서 본 연구에서는 共同體의 힘에

---

27) 李璋鉉 外, 「社會學의 理解」, 法文社, 1982, p.453.

의하여 유지되는 社會規範을 일단 널리 法概念에 포함시키고자 한다. 그런데 여기서 共同體의 힘이란 반드시 國家의 힘이 개재된 것이 아닐지라도 그 社會의 構成員 個個人을 초월하는 共同體 全體의 해, 예컨대「동네 매」와 같은 物理的인 것은 물론이지만, 그 外에도 心理的 壓力에 의해 構成員을 완전히 소외시키는 것까지도 포함할 수가 있다.

현존의 어느 社會의 規範을 파악하고자 하는 경우에, 우선 그 사회는 어떤 社會構造(social structure)를 가지고 있나를 먼저 살펴 볼 필요가 있다. 社會構造라는 말이 학자에 따라 의미하는 바가 다소 다르기는 하지만, 일반적으로 개인이 행동할 수 있는 範圍나 行動樣式을 정해주는 社會的 定義 내지는 틀로 이해하고자 한다. 모든 社會構造는 두 사람 이상의 社會的 相互作用에 의해서 형성되며, 이 社會的 相互作用은 그 社會的 關係가 어떠하느냐에 달려 있다. 여기서 社會的 關係란 두 사람 사이의 人間關係가 각자의 地位와 役割을 바탕으로 어느 정도 예측이 가능하고, 安定的인 相互作用의 類型을 이룰 때를 가리키는 말이다.

요컨대, 어느 社會의 構造 내지 構成要約는 구체적인 사람이 아니라 그 役割에서 파악된다. 사람은 동시에 수많은 役割을 담당하여, 이 役割은 결국 사회적으로 규정된다. 役割은 일정한 權利와 義務로 구성되며, 그 내용은 文化의 內容, 특히 價値와 規範에 의해 결정되는 것이다. 결국 法規範도 役割期待를 형성하는 한 因子로서 궁극적으로는 役割期待 속에 살아 있는 것이다.

이상과 같은 觀點에서 濟州道의 典型的인 漁村을 골라 그 漁村共同體의 社會構造와 法規範과의 相互關係를 살피고자 한다. 특히 濟州道의 대부분의 漁村에서는 他道와는 달리 海女들이 그 사회에 기여하는 社會·經濟的 役割이 막대하므로 여기에 焦點을 맞추어 그 機能을 살피고자 한다. 이를 위해서는 參與觀察(participant-observation)을 통하여 漁村의 生活相을 分析하는 方法이 最善이라 하겠으나, 시간의 제약으로 이 方法이 충분히 지켜질 수 없었다.

濟州道의 漁村은 調査過程에서 다시 몇 개의 類型으로 구분될 수 있었다. 즉 生産形態를 중심으로 純漁, 主漁從農, 半農半漁로 대별할 수가 있었다. 이 區別도 一刀兩斷으로 잘라서 나눌 수 없으나, 그 漁村 전체의 所得의 거의 전부를 漁業에 의존하고 있을 경우에는 純漁, 2/3 정도를 漁業에 依存하고 있을 경우에는 主漁從農, 所得의 殆半이 漁業에, 그 나머지를 農業에 의존하고 있는 경우에는 半農半漁로 구분하였다. 이렇게 나누어진 漁村의 類型에 따라 각기 海女의 役割이 어느 정도이며 또 入漁慣行의 强度가 얼마만큼 「法的」인지를 비교하여 보았다. 이와 함께 純漁인 漁村의 規範生活을 純農인 農村의 그것과 비교하면서 그러한 規範이 배태될 수 있는 自然的·經濟的·社會的 條件을 규명하여 그 規範의 社會科學的 根據를 밝히고자 한다. 또 같은 漁村이라고 하더라도 濟州道의 漁村과 他道의 漁村과는 상당히 다른 生活相을 보이고 있다. 특히 男女의 役割이 두드러지고 있다는 點이 他道와는 다른 것이다. 이러한 點에 유의하여 他道의 漁村과도 비교하여 고찰하고자 한다.

2. 漁村共同體의 自然的·經濟的·環境과 해녀의 역할

濟州道는 四面이 바다로 둘러싸여 있고, 육지부와는 원거리에 놓여 있다는 특수한 지리적 여건으로 인하여 우리나라의 다른 지역사회에 비하여 그 社會構造가 특이하다. 따라서 이에 따른 慣行 내지 法規範 역시 다르다고 하지 않을 수 없다. 社會構造는 그 社會가 처해 있는 自

然的 環境과 상당한 함수관계가 있는 것이므로, 여기서는 우선 고찰대상이 되는 漁村의 自然的 環境을 개괄하고자 한다. 濟州道內에서도 그 環境이 서로 다를 수 있으므로 이것을 세 가지로 類型化하여 그 환경에 따른 海女의 役割을 살피고자 한다.

1) 純漁의 경우

완전히 純漁라고는 할 수 없으나 거의 純漁에 가까운 곳이 馬羅島라고 할 수 있다. 馬羅島는 濟州島의 附屬島嶼로서 우리나라의 최남단에 있는 고립된 섬이다. 濟州 本島에서 11㎞, 인근 加波島와는 5.6㎞ 떨어져 있는 孤島로서 총면적 0.3㎢, 海岸線의 총 길이는 1.5㎞에 불과하다.

이 섬은 전체가 현무암의 덩어리로 이루어져 있고, 주변 해역 역시 많은 현무암이 뒤덮여 있어서 海藻類나 貝類, 기타 海産物의 最適 棲息地를 형성하고 있다. 섬의 동쪽 해안은 태평양의 거센 파도에 의해 끊임없이 浸蝕되어 39m나 되는 벼랑을 이루고 있다. 이러한 벼랑은 서쪽 해안도 정도의 차이는 있으나 동쪽과 유사하며, 북쪽과 남쪽만이 완만한 경사로 이어져 海水面과 맞닿고 있다. 그러나 이곳 역시 암석이 불규칙하게 깔려 있어 선박의 통행이 사실상 불가능하다. 이와 같이 험난한 地形과 强風으로 인한 氣候의 제약 때문에 외부 지역과의 교통이 어렵고, 따라서 주민들의 生計 活動도 전적으로 島嶼內의 資源 利用에 限定되고 있다.

이 섬의 人口는 總25家口에 남자 66名, 여자 42名으로 구성되어 있다 (1981年 基準). 남자가 여자에 비해 많은 이유는 남자 중 20名이 非常住人口로서 도서경비대와 등대직원 등이 있기 때문이다. 常住人口는 이 섬의 토지 및 주변 해역의 資源 등에 대한 所有權 및 利用權을 갖고 있다는 의미에서 非常住人口와 구별된다. 이 原住民들은 사실상 이 섬의 주민으로서 마을의 자치적인 사업을 계획하고 行使하는데 意思決定을 하고, 새로 전입하여 오는 사람들의 迎入與否를 決定하기도 한다. 原住民의 人口는 20家口에 남자 46명, 여자 36명으로 되어 있고, 남자 중 6명이 漁業에 종사하며, 여자 중 18명이 海女로서 이 섬의 資源利用을 통한 生計活動에 핵심적인 役割을 하는 사람들이다.

　섬 내의 거주 人口數는 50名 정도로서 他地域에 轉入해 나가므로 항상 일정한 數로 유지되고 있다. 人口 移動의 원인은 젊은이들의 일자리가 島內에는 없고, 특히 資源이 빈약하여 남자들의 주된 生計活動인 고기잡이가 힘들어 외지로 나갈 수밖에 없기 때문이다.

　原住民들은 인근 해안의 資源에만 의지하여 生活하여야 하고, 또 이 資源의 한계가 있으므로, 이것을 의식하여 가급적이면 이 資源을 利用하는 人口를 줄이려는 試圖가 다각적으로 이루어지고 있다. 이 섬에 특유한 鄕約은 오랜 세월을 거쳐 철저하게 지켜지고 있는「살아 있는 法」으로서 그것의 要諦는 한정된 資源을 효율적으로 관리하고, 人口를 줄이려는 戰略의 하나라고 볼 수 있다. 이 點에 대해서는 후술한다.

　住民들이 이용 가능한 資源은 土地資源, 섬주변 共同漁場의 沿岸資源, 그리고 深海資源 등이다.

　土地資源은 섬 內의 10만 평의 척박한 땅이 있을 뿐이다. 개척되기 이전에는 원시림으로 뒤덮여, 토양은 비교적 비옥했던 추측된다. 그런데 농사를 짓기 위해 숲이 제거되었고, 여기에 태풍이나 계절풍 등 자연적 작용으로 토질층은 얇아져 점점 불모지화 되었다. 그래서 현재는 섬 남단의 일부에서만 農耕이 가능하다. 그것도 고구마나 감자 등 球根類밖에는 다른 것은 경작이 불가능하다.

　과거의 營農方式은 각 가정별로 남자는 밭을 갈고 씨뿌리는 일을 맡고, 여자는 김매는 일을 전담하였다. 다만 수확만은 남녀 모두가 협동하였다. 耕作規模가 各 家庭이 自家 消費에 충족될 수 있는 정도의 곡식을 생산하고 있었으므로, 勞動力의 需要도 각 가정 단위로 충당되었다. 따라서 협동노동의 형태인 두레의 풍습은 없었다. 그러나 품앗이는 흔히 행해져 밭갈이 하루에 3日間 김을 매어주는 交換勞動의 形態가 支配的이었다.

土地의 所有形態는 私有와 共有가 혼성된 상태라고 할 수 있다. 본래 이 섬은 國有林野地였으나, 100여 년 전인 1883年에 開拓되면서 당시 開拓者들이었던 6人의 名義의 所有로 登記되었다. 그 후 1965年에 이 섬의 分校를 증축시켜 주는 조건으로 당국에서는 學校 敷地의 기부를 요구하였다. 최초의 登記 名義人이었던 6人은 이미 死亡하여, 그 후손들의 동의하에 섬은 住民들의 共同牧場으로 登記되었고, 學校 敷地도 마련하였다. 그리하여 현재는 國有地인 燈臺 敷地와 郡所有地인 學校 敷地를 제외한 섬 전체가 共同牧場으로서 住民의 共有地가 되고 있다. 이렇게 共同牧場으로서의 登記가 용이했던 이유는 우선 농사가 되지 않아 土地 自體가 重要視되지 않았고, 大部分의 農土가 牧草地化되어 土地利用 과정에서도 사실상 共有化하여 私有地라는 관념이 희박했기 때문이다. 더구나 住民들의 人的 構成이 모두 初期 移住者들(姻戚이나 血族으로 얽혀져 있었던)의 후손이라는 점도 간과할 수가 없다.

섬 住民들 사이에 잠정적으로 인정되고 있는 土地의 私有形態는 土地를 所有한다기보다는 오히려 土地를 使用·收益만 할 수 있는 權利라고 할 수 있다. 물론 도서 내에 居住하고 있는 동안은 土地를 排他的으로 사용할 수 있으나, 他地로 移住할 경우에는 이 使用權은 가까운 親戚에게 讓渡되는데, 이것은 持分의 讓渡라고 할 수 있다.

위에서 본 것처럼, 주변 해역은 水産資源이 풍부하다. 따라서 섬사람들의 主要 生計는 海産物 채취로 유지된다. 土地의 불모화는 더욱

이 水産資源에 매달리게 하는 요인이 되어 왔다. 특히 근래에 와서 海産物의 輸出과 水協을 통한 流通構造의 개선 등으로 需要가 늘게 되어 海産物의 채취 작업은 더욱 유리한 生計方法이 되고 있다. 이 水産資源은 두 가지 方法으로 利用된다. 즉 남자들은 어선을 이용하여 고기잡이를 하며, 海女들은 近海에 잠수하여 海産物을 채취한다. 그런데 고기잡이는 포구시설이 되어 있지 않아, 날씨의 변화에 대비하여 漁船을 뭍으로 끌어올려야 하는 어려움 때문에 1ton 內外의 발동선 2척밖에 없다. 따라서 漁業에 종사하는 인원도 6名밖에 안 된다. 이 두 척의 각 배에는 배의 所有主인 船主와 船主 外의 2人이 동승하여 作業한다. 船主를 포함한 3人은 저마다 自己 所有의 그물과 낚시를 가지고 고기를 잡는다. 그물을 가설할 때는 서로 협동하여 작업한다. 이 어부들이 자기의 그물로 잡은 고기는 물론 그 개인의 所有가 되지만, 船主에게는 잡은 어획량의 10%가 뱃삯으로 돌아간다.

　漁船을 利用한 고기잡이가 남자들만의 일이듯이 해안에 서식하는 海産物을 채취하는 潛水業은 여자들이 전담하고 있다. 개척 초기에는 깊은 물속에 들어가지 않고도 쉽게 채취할 수 있을 정도로 海産物이 풍부하였으나, 居住人口가 늘고, 또 農事가 불가능하여짐에 따라 住民들 모두가 이 채취업에 종사하게 되었고, 따라서 海産物도 稀少해지기 시작하였다. 그리하여 이제는 가격이 높은 海産物을 채취하기 위해서는 깊은 물속에서 오래 잠수하지 않을 수 없게 되었다. 이 일은 海水의 寒冷 자극에 강한 여성들이 전담하여 채취하고 있으므로, 生計活動에 있어서의 女性의 役割이 어느 지역보다도 중요시되고 있다.

　여러 가지 잠수도구를 사용하여 海底資源을 채취하고 있는 海女數는 18名으로 原住民 20家口 중 15家口의 부녀자들이다. 이들이 海女會의 회원들로서 스스로 정한 規約을 엄격히 지켜 나가고 있다. 수익은 작업량에 따라 각자가 所有하게 되므로, 동료들 사이의 競爭力도 대단하다. 따라서 이 作業은 근본적으로 協同을 바탕으로 하여 이루어지는 것이 아니라, 치열한 競爭 속에서 개별적인 勞動에 의한다.[28] 많은 수확을 얻기 위해서는 동료들보다 좀 더 깊이, 좀 더 멀리 헤엄쳐야 한다. 물론 작업시에는 海女 모두가 모여서 함께 물에 들어가야 하지만, 이것도 協同을 위해서가 아니라, 全體 海女가 公平하게 資源을 채취하여야 한다는 엄격한 規約에 따른 것이다. 이런 規約을 어겨 혼자서 물에 들어갈 때에는 海女會의 制裁를 받게 된다. 즉 密採取者는 水鏡 기타 잠수도구와 채취한 海産物을 압수당하고 일정금액의 罰金을 물게 된다.

이상의 잠수업은 海女들만의 作業分野에 해당되지만, 男女가 共同의 參與下에 이루어지는 作業이 있다. 그것은 미역과 톳이 中心이 되는 海草를 채취할 때 행해진다.

톳은 70年代에 이르러 日本으로 加工하여 수출하게 됨에 따라 가격이 급등하게 되었고, 따라서 중요한 資源으로 부각되었다. 톳의 채취는 마을의 自治規範인 鄕約에 의해 禁採期間이 정해져 있어서 이 기간에 밀채할 때에는 상기한 경우와 같이 制裁를 받는다. 禁採期間이 設定된 것은 톳이 가장 성숙한 時期에만 채취하도록 하여, 마을 전체의 수익을 높이려는 데 있으므로, 이 禁採律은 철저히 지켜지고 있다. 採取時에는 외지로 나가 있는 住民들까지 참여하여 마을 共同作業이 자발적으로 이루어진다. 자발적으로 참여하게 되는 理由는 收益金이 參與者의 數에 따라 公平하게 分配되기 때문이다.

미역은 종래에는 톳의 경우와 같이 禁採期間이 정해져 있었고, 이에

28) 李起旭, "島嶼와 島嶼民", 「濟州道研究」 第1輯, 濟州島研究會, 1984, p.171.

대한 違反의 경우에 같은 制裁를 받게 되었으나, 근래에 와서 양식된 미역이 많이 나와, 이제는 미역의 商品價値가 없게 되었다. 따라서 미역에 대한 禁採律도 없어져, 미역의 채취는 任意대로 하게 되었다.

이렇게 하여 채취된 海産物은 自家消費되는 것이 아니라, 제주도 소재의 대정읍을 통해 매매한다. 매매방법은 水協을 통해 매년 入札價格에 따라 판매되고 있다. 馬羅島 收益의 主種을 이루고 있는 것은 역시 海女들의 收益이다. 이들의 收益으로 子女들은 外地의 중학교나 고등학교에 다니고 있으며, 어떤 가족은 收入의 상당한 부분을 저축하여 타지로 이주할 것을 계획하고 있다. 따라서 馬羅島 住民들의 生活水準이 그렇게 낮은 것만은 아니다.[29] 島嶼民이 박한 環境에 머무르는 것도 결국 그들의 서식지가 살아갈 만한 與件이 되고 있고, 또 그러한 與件에 적응하기 위한 지혜를 짜 모으기 때문이다.

이 섬 住民들의 지배적인 分業方式은 性別分業이다. 作業方式이 단순하므로 일을 감당할 수 있는 體力과 技術을 지니고 있으면 연령에 상관없이 누구나 資源을 이용하는 作業에 참여할 수 있다. 그러나 이 島嶼의 生態的 特性에 의해 生計活動上 가정내의 남녀가 서로 다른 일을 하게 하고 있다.

島嶼의 自然的 特性은 남성들로 하여금 그들의 야외에서의 일터를 상실하게 하고 있다. 위에서 본 바와 같이 漁業에 종사하는 경우는 48명의 남자 중에 6명에 지나지 않으며 그 소득도 저조하여 生計維持에 큰 몫을 다하지 못하고 있다. 소를 돌보는 일도 共同 放牧場이 있으므로 남자들의 役割이란 대단하지 않다. 따라서 大部分의 남자들이 하는 일은 가정에서 아기보기, 돼지 사료 주기, 기타 장보기 등이다. 장보기

---

29) 戸當 年平均 所得이 250만 원을 넘고 있다.

는 남자가 빼놓을 수 없는 일의 하나이다. 생활필수품의 대부분이 대정읍에서 구입해야 하므로 한가한 남성들이 주로 맡게 되는 일이다. 이렇게 實生活에서 남성들의 役割은 중요시되지 않으나, 조상을 위한 儀禮에서는 그래도 남성들의 권위를 유지시켜 주는 영역이 있다. 해야 할 重要한 일이 없으므로 대부분의 시간을 술과 화투놀이로 보낸다. 특히 술은 마을내의 불화를 유발하는 요인이 되어왔다. 이렇게 형성된 習性은 결국 남성들로 하여금 일을 천시하는 경향으로 몰아갔고, 결국 여성들의 勞動力에 의존하는 扶養者로 변하였다.

가정내의 成人 女性은 거의 海女이면서, 또 사실상의 家長이다. 가족의 生計도 이들의 勞力에 의해 유지되고 있다. 남성들이 그 능력을 다할 일터를 상실하고 扶養者의 처지에서 오랫동안 생활하여 오는 과정에서 勞動에 대한 별다른 관심을 보이지 않는데 반해, 여성들은 稀少資源을 이용하는 과정에서 여성들 사이에서 은연중에 생기는 競爭心과 함께 적극적인 生活態度가 길러졌다고 할 수 있다. 가정 내의 일도 여성들의 손을 거쳐 처리되고 있지만 가장 중요한 役割은 잠수업이다. 海女들은 바다가 잔잔할 때는 언제건 바다로 나간다. 그리하여 하루에 5~6시간씩 水中 作業을 감당한다.[30] 生計活動에서와 같이 마을의 諸般 活動을 主導하는 것도 역시 여성이다. 資源의 保存을 위해 잠수기선의 침범 막는 일, 타지로 결혼하여 나가는 여자로부터 냉정하게 入漁權을 박탈하는 일 등에서 우리는 여성들의 강인한 決意를 볼 수가 있다. 따라서 마을의 중요한 일이 형식적으로는 남자들에 의해 主導되는 듯하나, 實質的으로는 여성들의 뒷받침에 의해 처리되는 것이다. 여기서 海女會는 가장 적극적인 기능을 하고 있다. 요컨대, 生産活動에

---

30) 이렇게 과도한 勞動의 후유증으로 잠수병에 시달려 과로와 하고 있다.

나타나는 馬羅島의 社會的 特性은 女性 中心의 採取經濟的 社會의 形態를 띠고 있다.

이상과 같이 馬羅島의 自然的·經濟的 側面에서 地域共同體의 특성을 살펴보았다. 이것을 江原道 原城郡 G면의 自然部落 P·K 경우와 비교하여 보면 相反되는 경우를 많이 볼 수 있다.

우선 P·K는 農業이 中心이 되고, 生計의 바탕을 土地에 두고 있는데 반해 馬羅島는 잠수업에 의지하고 있다. 勞動形態를 보면, P·K와 馬羅島가 다같이 自家勞動力에 의해 生産活動을 하고 있다는 점에서는 같으나, 전자는 두레등의 協同勞動이 있는데 후자는 없다. 생산품은 P·K의 경우, 自家消費가 이루어져 市場經濟에 대한 依存度가 대단히 얕으나[31] 馬羅島는 海産物은 대부분 商品化되어 그 依存度가 상당히 높다.

또 社會構造上 分業의 정도가 낮다는 점에서는 양쪽이 같으나, 性別分業이라는 측면에서는 상반되고 있다. 또 모든 生産活動은 協同에 의하는 것이 P·K의 경우는 뚜렷하나, 馬羅島의 경우는 오히려 競爭的인 요소가 강하게 나타나고 있다는 것이다.

2) 主漁從農의 경우

牛島는 主漁從農 대표적인 곳으로 볼 수 있다. 牛島 전체의 年間 所得을 보면, 總 19억원 중에 漁業에서 얻는 것이 약 13억원, 農業에서 얻는 것이 6억원으로서 漁業所得이 2/3이상을 차지하고 있다.

이 섬은 濟州道 北濟州郡 舊左邑에 속해 있는 외딴 섬이다. 교통편은 성산읍 성산리에서 3.8km 떨어져 있어서 매일 정기선이 왕래하고

---

31) 崔大權, 「法社會學」, 서울大學出版部, 1983, p.156.

있다. 總面積은 6.8㎢, 人口는 3,294名, 家口數는 692에 달하고 있다. 따라서 상술한 馬羅島보다 약 20배 크기의 면적을 가진 섬으로서 웬만한 面 所在地가 지닌 社會・文化・環境에 뒤지지 않는 곳이기도 하다.

이곳에는 중학교, 국민학교가 있고, 종교도 基督敎 개신교회 1개소, 佛敎寺刹이 2個所, 그리고 邑出張所, 單位農協分所, 경찰지서, 法人漁村契, 우체분국 등이 있어서 公共機關 내지 시설에서 보아 面 所在地에 못지않다. 또 문화 혜택의 상황을 보더라도 TV保有家口數가 總家口數의 半이 넘는 476家口, 냉장고는 1/3이 넘는 285家口, 카메라 保有家口數는 30家口, 신문 구독이 60家口에 이른다. 섬 안을 왕래하는 마이크로 버스도 3대나 된다. 이것을 볼 때, 島嶼地方으로서는 다른 곳에 비교하여 상당히 폭이 넓은 문화 혜택을 받고 있는 곳이라고 할 수 있다.

海女數는 여자 總人口 1,774名 중 486명으로 27.4%를 차지하고 있다. 따라서 취학하는 아동 및 고령자를 제외하면 여자의 상당수가 잠수업을 하고 있다. 한편 漁船數도 10屯 미만이긴 하지만 30척에 이르고 있어 馬羅島에 비해서는 漁船漁業도 왕성한 셈이다. 이 海女들이 어업활동을 통해서 얻는 收入도 1인당 연평균 250만 원 정도가 된다고 한다.

牛島는 馬羅島에 비해서 지역이 넓고 인구가 많고 12개의 마을로 나누어져 있어서 相互 統制를 가하는 것은 어렵다. 특히 마라도의 경우처럼 轉入者에게 상당한 入漁料를 부과하여 섬에의 移住를 불가능하게 하는 경우는 거의 찾아보기가 힘들다. 물론 이곳의 海女들도 점점 감소하고 있는 海産物 때문에 가급적이면 海女數가 줄어들기를 원하고 있지만, 이것을 표면화시켜 決定을 하려고 하지는 않는다. 교육받은 젊은이들이 오히려 轉出하는 경우가 많아 海女數도 점점 줄어들고 있지만, 마라도와 같이 한정된 資源을 활용한다는 의도로 人口數를 줄이려는 戰略은 찾아볼 수 없다.

牛島 住民들은 總面積의 약 74%인 5㎢를 田으로, 그 나머지를 목장 기타연료 채취지로 이용한다. 따라서 풍부한 海産物 외에도 밭에서 해야 할 일이 많다. 주로 보리・유채・고구마 등이 대종을 이룬다. 營農 方式은 가정을 중심으로 행해진다. 품앗이가 전혀 없는 것은 아니지만, 농사철이나 勞動力이 한정되어 있어서 개인의 勞動力을 기다리다가는 시기를 잃어버리기 십상이다. 그래서 가급적 자기 가족의 勞動力에만 의지하는 수밖에 없는 것이다.

勞動의 分業狀況을 보면, 女性들은 잠수하는 일을 주로 하지만 그 외의 일은 남녀가 같이 바다일을 한다. 또한 남자들은 선박을 이용하여 漁業에 종사하고 있다. 漁船漁業에 종사하지 못하는 남자들은 家事를 돌본다. 집도 수리하고, 밭도 정리하며, 기타 잡일을 한다. 마라도의 경우처럼 남자들이 무기력하여 扶養者가 되지는 않는다. 오히려 남자들은 전통적인 권위를 가지고 가정을 끌어나간다. 비록 女性들이 경제적으로 많은 所得을 올려 그것이 家計에 상당한 몫을 차지하고 있지만, 그렇다고 그에 相應하는 自己의 權益을 주장하지는 않는다. 그러나 女性들이 진취적이며 적극적인 생활 자세를 지니고 있는 점에서는 결코 마라도의 海女에 못지않다. 특히 이곳은 일찍부터 해외까지 出稼하여 그 收入으로 밭이나 집을 마련한 예가 많고 아직도 120명 정도의 海女들이 충무나 삼천포 등 南海岸 쪽에 출가하고 있다.

自强不息하는 참모습은 海女들의 일상생활을 통해서 찾아볼 수가 있고, 또 그것은 옛날부터 면면히 내려온 전통이기도 하다. 남자에게 의지하지 않고, 스스로 家計를 꾸려나가야 한다는 강한 責任意識은 일 속에서 삶의 보람을 찾는 人生觀을 갖게 한다. 그러므로 남편들의 가끔 있는 바람기에 대해서도 離婚을 요구할 정도로 크게 掛念하지는 않는다. 男子에게 종속하려고 하지도 않고, 그렇다고 支配하려고도 하지 않는다. 이들의 경제적 自立意志야말로 그 험한 바다 속에서 몇 시간이건 고된 작업을 하게 하는 原動力이 된다. 깊은 바다 속에서의 作業이 쉽거나 즐거운 것은 아니다. 실제로 海女들은 「밭일」이 「물질」보다 쉽다고 말하고 있다. 그러면서도 왜 그들은 바다 속에 왜 기꺼이 뛰어드는가? 그것은 「물질」이 밭일보다는 단조롭지 않기 때문이다. 잠수는 본래 그 속성이 많은 모험과 위험을 수반하는 일이다. 경우에 따라서는 10m 이상까지 잠수하여야 하는데, 이때 물속에서 나와서 뿜어대는 숨소리는 정말 「가슴을 도려내는 아픔」을 느끼게 한다. 물속에서 때로는 상어도 만나고 거북도 만난다. 상어에게 희생되는 예는 흔하지 않지만, 거북은 바다 속에서 만나는 참으로 반가운 손님이다. 「용왕의 셋째 아기」로 觀念되는 이 거북이와의 잠깐의 遭遇가 海女에게 낭만과 기쁨을 주는 것이다.

물속에서 제일 기쁨을 주는 것은 전복을 발견했을 때이다. 無主物을 先占하는 原始採取는 그 어떤 作業과도 비할 수 없는 보람과 환희를 준다. 전복을 따는 海女의 뇌리에는 병약한 老母나 꼬마의 얼굴이 스쳐가기도 한다. 전복죽은 허약한 가족들의 건강을 회복하여 줄 수가 있겠기 때문이다.

고된 作業을 극복하는 또 하나의 요소는 같은 또래의 海女들과의 競爭心이다. 잠수능력이 워낙 차이가 나는 경우에는 이런 競爭心은 크게 誘發되지 않지만, 같은 능력을 가지고 있다고 생각되는 海女들 사이에서는 다른 사람보다 뒤떨어진다는 것은 견딜 수 없는 것이다. 그래서 심지어는 일몰 후에까지 물속에서 나오지 않아 입어시간을 통제하지 않을 수 없었던 것이다.

이와 같이 海女들이 잠수업에 열중하고 있지만, 그것은 「며칠 잠수 안하면 몸이 쑤실」[32] 정도로 즐거운 것은 아니다. 과도한 물속에서의

作業으로 잠수병에 시달려 뇌선을 안 먹으면 견딜 수 없을 정도이다. 이럴 때면 남편들이 주사를 놓는 등 간호원 노릇을 하기도 한다. 따라서 海女들은 자식들에게까지 잠수업을 물려주기를 원하지 않는다. 가능한 훌륭하게 키워 좋은 직업을 갖기를 원한다. 이러한 욕구가 잠수업의 고된 일을 堪耐하게 하는 또 하나의 요소이다. 따라서 최근에 와서 海女數가 줄어들고 있는 것은 딸자식을 최소한 고등학교까지 시켜, 잠수업에서 멀어지게 하고 있는 데에도 그 원인이 있다.

이상과 같이 主漁從農인 牛島에 관하여 海女의 가정 내에서의 役割을 중심으로 살펴보았다. 물론 家計를 꾸려나감에 있어서 女性의 役割이 남자보다도 훨씬 크다는 것은 부인할 수 없으나, 마라도처럼 女性中心的인 사회는 아니다. 아무리 여성의 경제적인 役割이 두드러지고 있다고 하더라도 한국 전래의 가정적인 전통은 牛島에서도 의연히 남아있다. 따라서 이곳의 남녀의 役割은 相互補完的인 關係를 유지하고 있고 어느 쪽의 優位를 따질 수는 없다.

3) 半農半漁의 경우

상술한 바와 같이 濟州道는 그 지리적 특수성으로 인하여 해발 300m內外의 山間部落을 제외하면, 대부분의 마을이 半農半漁의 생활을 하고 있는 것이 특징이다. 따라서 山間部落은 농촌이라고 이름할 수 있으나 그 외의 마을은 뚜렷이 農村 또는 어촌으로 구분하기란 쉬운 일이 아니다. 또 이러한 곳의 住民에 대해서도 農民 또는 漁民을 구

---

32) 趙惠貞, "제주도 해녀사회연구"(韓相福編 : 한국인과 한국문화), 심설당, 1983, p.148. 趙敎授는 이 論文에서 海女들의 作業意慾을 마치 生來的으로 갖고 나온 것처럼 보고 있다.

분하는 것은 어렵다. 물론 마을 내에서는 農業이나 漁業에만 종사하는
주민도 다소 있는 것은 사실이지만 대부분의 주민들은 어업과 농업을
겸하고 있는 것이다. 즉 農繁期에는 농사를 짓다가 農閒期에는 바닷가
에 나가서 海産物을 채취하는 것이 濟州農漁村의 自然的・經濟的 側
面의 特徵이라고 할 수 있다. 따라서 이러한 農漁村의 경우에는 그 마
을 全體가 漁業에서 얻는 소득의 비율도 각각 반을 차지하고 있다고
할 수 있다.

　이상과 같은 特徵을 가진 마을 중 南濟州郡 西部地域의 大靜邑 下摹
里, 東部地域의 城山邑 新陽里, 北濟州郡의 龍水里, 北村里, 그리고 濟
州市에서 가까운 거리에 있는 東貴里를 중심으로 하여 半農半漁(이하
農漁村이라 한다) 마을의 自然經濟的 側面과 海女들의 役割을 살펴보
기로 한다.

　일반적으로 濟州道의 農漁村은 규모가 큰 마을들이 많다. 이들 마을
역시 예외는 아니다.[33] 이곳들은 새마을사업이 시작되기 전부터 마을
진입로 및 안길 포장, 전기・전화의 가설, 상수도시설 등 각종의 문화
시설이 개선되어 왔다. 근래에 와서는 새마을사업에 힘입은 바도 크지
만 在日僑胞들의 도움도 일익이 되었다. 여기에 감귤을 비롯한 亞熱帶
性 作物의 栽培가 비교적 他道에 비해 경제적인 풍부함을 가져왔다고
할 수 있다. 다만 이들 農漁村의 경우에는 밀감의 재배가 최근에야 시
작되었다. 따라서 주요작물은 유채, 고구마, 보리, 콩 등의 田作物 栽培
를 통하여 식량의 자급자족을 기하면서 농한기를 이용한 海産物의 채

---

33) 1984년 현재 下摹里는 1,695家口, 人口數 6,942명(男 3,373, 女 3,569), 東貴里
　는 315家口, 人口數 1,312명(男 627, 女 685), 北村里는 332家口, 人口數 1,591
　명(男 842, 女 749).

취로 자녀의 교육비, 기타 경비에 充當하고 있다.

海産物 중에 가장 중요한 資源은 톳이다. 톳은 70年代 후반부터 對日輸出이 활발하면서 그 價格이 急增하여 農漁民들의 소득에 상당한 기여를 하고 있다. 그 외에도 소라와 전복의 채취도 家計에 重要한 몫을 하고 있다. 그런데 톳도 최근에 와서 日本이나 中共 등에서 값싸게 大量으로 收入될 전망이어서 멀지 않아 그 값이 폭락될 것을 염려하고 있다. 그래서 미역과 같이 톳도 禁採期가 없어질 것이라고 보고 있다. 소라와 전복의 수량도 과거에 비해 현저히 줄어들어 하루에 벌 수 있는 收入金도 과거의 1/3에 못 미친다고 하는 것이 공통된 견해이다.

소라는 6㎝ 미만의 것은 採捕하지 못하도록 규정되고 있고(水産資源保護令 제10조 제1항 18호 但書), 또 소라의 양식을 위해 海女會의 주관으로 새끼소라들을 키우는데, 이것도 漁村契의 入漁內規로 6㎝ 미만의 것은 禁採하고 있다. 따라서 海女들은 이러한 禁採期 때문에 원거리의 암초나 무인도 등에 배를 삯 주고 나가서 채취하게 된다. 배의 삯이 하루에 5萬원(왕복하는 데에만)이나 주어야 하며, 이제는 원거리의 무인도의 자원도 고갈되어 가고 있어 海産物採取의 심각성을 말해준다.

한편, 어선을 이용한 고기잡이는 철에 맞추어 제주에 특유한 자리, 그리고 갈치, 오징어, 옥돔 등을 잡고 있으며, 여기에는 禁採期間이 없다. 문제는 고기의 양이 과거에 비해서 현저히 줄어들어 바다 멀리 나가지 않고서는 수지가 맞지 않는다고 한다. 따라서 이제는 최소한 75마력 이상의 배를 이용해야만 漁船漁業이 가능하게 되었다. 그러므로 과거의 영세한 漁夫들은 船主의 지위를 갖지 못하고, 결국 다른 船主의 밑에서 어업을 하는 경우도 흔히 있다.

이러한 고기잡이에는 고기의 종류에 따라 船員數가 다르다.[34] 船主와 船員 사이의 분배율은 갈치잡이의 경우, 6 : 4(대정읍 하모리인 경우) 또는 5 : 5(성산읍 신양리인 경우)로서 지역적인 차이를 보이고 있다. 그러나 우선 一般經費로 수확의 30%를 제외하고 나서 분배율을 정한다는 원칙은 같다. 어느 경우이건 船主가 폭리를 취하고 있는 것으로 볼 수도 있겠지만, 여기에는 자본의 힘이 크게 작용하고 있는 것 같다. 왜냐하면 漁船 한 척의 값이 3천만 원에서 5천만 원 선(장비포함)에 이르는 점을 감안한다면, 영세어민이 이러한 배를 소유한다는 것은 불가능에 가깝다. 따라서 船員에서 船主에의 階層間의 移動은 실로 어려운 일이라고 할 수 있겠다.

오늘날 農漁村에서의 남성의 역할은 옛날의 그것에 비해서 훨씬 커지고 있다. 흔히 濟州에서는 여자가 많고, 또 여자는 남자를 먹여 살린다는 말이 膾炙되고 있었지만, 그것은 이제 와서는 어울리지 않는 옛말이 되어버렸다. 濟州農漁村의 자연적 조건은 海産物의 채취와 밭농사를 겸하는 경제활동을 낳게 하였고, 여기에서 여성의 경제적 활동이 남자의 그것보다 훨씬 왕성하였음은 부인할 수 없지만, 근래에 와서는 경운기, 동력분무기, 트랙터 등의 각종 농기계의 대량 보급과 함께 농장에서의 남성의 역할이 증대되었다. 또 바다에서도 漁船의 근대화에 따라 大型 漁船이 다량으로 보급되어 漁船漁業이 활발하게 되었고, 잠수업을 제외한 톳 등의 海産物의 채취에 있어서는 남녀 공히 참여하게 됨에 따라 남성의 역할이 여성을 능가하게 된 것이다. 그리하여 漁船漁業이 왕성한 곳에서는 漁夫會가 결성되어 잠수회와 협력으로 海女 및 漁夫들의 복지, 각종 채취물의 판로, 그리고 가격의 절충 등 그들의 수익과 작업에 직접 참여하고 있다.

이상과 같이 農漁村에 있어서는 남성들의 왕성한 경제적 활동과 함

---

34) 자리잡이는 보통 7명, 갈치잡이는 10명 내외.

께 가정 내의 일도 남성의 주도하에 이끌어 나간다. 그러나 龍水里나 北村里 같은 마을은 海岸線이 발달하여 해산물의 최적 棲息地를 형성하고 있어서 상대적으로 海女活動이 왕성하다. 특히 龍水里는 예부터 잠수업이 성행하였고, 4·3사건 기타 고기잡이 등으로 과부가 많은데, 이들은 억척스러운 자립심을 발휘하여 가정은 물론 마을의 공동일에도 남자보다 더 적극적이다. 그리하여 마을 내의 폐습을 억제하는 기능을 하기도 한다. 예컨대 도박행위를 고발하기로 결의한 것은 海女會가 주동이 되었고, 이에 따라 남자들도 어느 정도 외견상이나마 순응하고 있다.

濟州의 農漁村共同體의 자연적·경제적 특성을 江原道 原城郡 G面의 자연부락인 農村의 그것과, 또 濟州道 馬羅島의 漁村과 비교하여 보면 여러 가지 대조를 이룬다. 江原道의 農村인 경우, 農業이 중심이 되고, 生計의 바탕을 土地에 두고 있는데 反해, 馬羅島는 잠수업에 두고 있음은 위에서 살펴본 바가 있다. 그런데 濟州의 農漁村의 경우에는 半農半漁의 다각적인 生業에 종사하고 있으며, 農繁期에는 田作을 위주로 한 농사를, 농한기에는 海産物과 漁船을 통한 고기잡이를 중심으로 한 漁業에 의존하고 있다. 勞動形態를 보면, 江原道의 農村과 馬羅島가 主로 自家勞動力에 의존하고 있는데, 濟州의 農漁村에서는 부분적이긴 하지만 船主, 대농장의 지주에 의해 고용노동력도 사용되고 있다.

3. 漁村共同體의 社會構造

漁村共同體는 어떤 社會構造 속에서 그 구성원의 生活 要求를 충족시키고 있는가, 이 속에서 개인 상호간은 어떤 관계 하에서 행위(役割)

하는 것일가. 무엇이 이 사회를 결속시키며 秩序化하는가. 이러한 것을 고찰하기 위해서는 規則性을 보이고 있는 몇 가지 役割群을 類型化하여 살필 필요가 있다. 그래서 社會構造의 構成要素를 個人間의 關係構造, 集團構造, 그리고 이들과 밀접한 關係가 있는 價値體系로 나누어 분석하고자 한다. 우선 純漁인 馬羅島를 中心으로 하되, 다른 類型의 마을은 이와 다른 點만 비교하기로 하겠다.

1) 個人間의 關係構造

馬羅島 住民들은 모두 12개의 姓氏로 構成되고 있으나, 이들은 서로 血族과 姻戚으로 얽힌 親族關係 내지는 親屬關係에 있다.

원래 婚姻한 夫婦의 出生子는 당연히 父系 親族集團의 一員으로 귀속된다. 또 婚姻하는 女性은 남편의 父系親族員으로 편입되어 친정가족과는 다른 이른바 「출가외인」으로 觀念하게 된다. 그런데 이 馬羅島 마을 주민들의 경우는 다르다. 개척 초기에 이주한 주민들은 섬에 정착하는 과정에서 「누이 바꿈」으로 이주민 가족끼리 서로 通婚하게 되었다. 그리하여 상호간에 婚戚關係를 맺게 되어 복잡하게 얽혀졌다. 따라서 오랜 세월이 지나는 동안 父系親族 集團으로서의 기능이나 결속은 弱化되고 地緣 中心의 心族組織으로 변모되어 갔다. 이러한 親屬關係를 통해 마을 주민들은 상호 부조하는 하나의 집단으로 통합될 수가 있었다. 住民들은 모두가 서로 삼촌, 조카 사이라고 밝히고 있듯이 姻戚이든 血族이든 잘 구분하려고 하지 않는다. 그러므로 상이한 父系親族集團을 서로 연결하고 있는 것은 여성들이라 할 수 있다. 결국 여성들의 관계여하에 따라 親族集團의 親密度가 결정되고 있다. 이와 같이 혼인을 통한 婚戚關係의 확대로 父系親의 排他性은 약화되고, 地緣 中心의 결속력을 强化하는 共同體가 형성됨으로써 住民들은 상호간에

互惠的 關係를 유지하고 있다.

馬羅島는 이상과 같이 混姓 部落으로서 여러 성씨를 가진 가족으로
구성되고 있으나, 血族 및 姻戚關係로 복잡하게 얽혀 있으므로, 島內
주민 사이의 혼인은 거의 이루어지지 않는다. 島外婚이 지배적인 婚姻
樣相이 되고 있고, 通婚地域은 주로 생활권의 영역에 속해 있는 가파
도와 대정읍에 한정되어 왔었다. 혼인도 중매로 맺어지기보다는 주로
연애로 맺어진다.

婚姻의 居住 樣式은 夫方에 기초를 둔 新居制다. 따라서 여자들은 결
혼과 동시에 친정을 떠나 남편의 가족에 편입된다. 혼인식과 함께 이
섬의 처녀들은 住民으로서의 자격을 상실한다. 동시에 島嶼內의 모든
資源을 이용할 수 있는 權限도 박탈된다. 이 利用權을 다시 취득할 수
있는 경우란 남편이 사망하여 島嶼內에 再居住하게 될 때에 限한다.

혼인하는 아들은 長男이건 아니건 모두 分家해야 한다. 혼인하면,
신혼부부는 새로운 거처지를 정하여, 獨立된 가정을 꾸미고, 독자적으
로 生計를 유지해야 한다. 分家하는 경우에도 재산의 분배는 거의 이
루어지지 않는다. 그 理由는 우선 土地가 마을 주민 전체의 共有로 되
어 있어서 利用權만이 서로 認定되고 있고, 또 土地가 생산성이 낮아
相續財産으로서의 의의를 잃고 있기 때문이라 할 수 있다.

住民들의 지배적인 가족형태는 核家族으로서 家口當 평균 인원은
2.5명에 불과하다. 分家를 당연한 것으로 받아들이는 점에서 각 가정
이 核家族이 될 수밖에 없는 것이다. 核家族은 부부중심의 성별 분업
에 의한 사회적인 최소의 노동단위로서 가장 효율적인 생산수단이 될
수가 있다. 특히 이 섬과 같이 海産物 採取를 주된 생계수단으로 하고
있는 경우에는 協業은 要求되지 않는다. 擴大家族이 되는 경우에는 오
히려 잉여노동력이 생길 수 있다. 이 점에서 核家族은 生計手段의 중

요한 戰略이라고 할 수 있다.

生計手段을 해저의 水産資源에 의존하고 있고, 그 採取는 여성의 잠수기술을 이용하지 않으면 안 된다. 따라서 이러한 잠수기술을 갖지 못한 여자를 아내로 맞는 남성은 이 섬에서 살 수가 없다. 이와 같이 가족의 生計를 여성이 떠맡아야 하므로, 가정 내에서의 意思決定의 주도권도 여자가 갖게 된다. 따라서 혼인형태도 엄격한 一夫一妻制가 될 수밖에 없다. 남자가 외지의 다른 여자와 가까워질 경우 이곳의 여자들은 이혼을 자청하여 혼자 살기를 원한다. 그래서 섬에서 처첩을 거느리고 있는 남자란 찾아볼 수 없다. 子女의 選好意識을 보더라도 다른 지역처럼 아들을 중시하는 풍조는 상당히 쇠퇴되어 있다. 아들은 생활에 부담이 되는 食率이 되지만 딸은 生活을 이끌어 나간다. 그래서 딸이 중시되고, 또 딸 많은 집안이 부자로 여겨지고 있다.

이상에서 본 바와 같이 個人間의 關係構造에 초점을 맞추어 주로 가족형태를 중심으로 살펴보았다. 馬羅島의 가족형태는 江原道의 농촌마을은 물론 다른 지역과도 상당히 다르다. 江原道의 農村의 경우 중매결혼이 압도적인 것에 비하여[35] 馬羅島의 경우에는 연애결혼이 지배적이라는 점이다. 그렇다고 이 섬이 都市의 경우와 같이 타인의 행동에 무관심 내지는 방과하는 것은 아니다. 오히려 후술하는 바와 같이 이 섬의 社會構造는 전형적인 共同體的인 성격을 지니고 있다. 그리하여 이 마을 주민은 모두「우리」group을 형성하여 어느 개인이건 마을 사람들의 道德的 支持를 받지 못하는 개별행동을 하기는 힘들다.

馬羅島가 부부 중심의 核家族이라는 點, 또 가사에 관한 意思決定을 여자가 주도하여 가며, 一夫一妻制가 철저히 지켜지고 있다는 점도 특

---

35) 崔大權, 前揭書, p.169.

기해야 할 것 같다.

主漁從農인 牛島의 경우는 12개 마을로 구성된 큰 섬이므로 통혼지역도 島內에서 흔히 이루어진다. 그러나 최근에는 젊은이들이 교육을 받기 위해 島外로 진출하는 경우가 많게 되었고, 이에 따라 100명당 30명 정도는 島外婚이 되고 있다고 한다.

牛島는 馬羅島처럼 여성들의 관계여하에 따라 親族集團의 親密度가 결정되는 것은 아니다. 유교의 원칙에 따른 父系 中心의 親族制度가 의연히 유지되고 있다. 개인은 父系 集團의 구성원으로서 뚜렷한 主體性을 가지며 제사를 통하여 이 연대감을 강화시킨다. 土地는 父系 相續制에 의거하며, 제사의 相續은 대체로 土地의 相續과 일치한다.

家族制度는 核家族에 가까운 형태를 이루고 있다. 아들이 결혼과 동시에 分家해야 하는 것은 제주도의 어느 곳에서나 같다. 노부모의 경우, 거의 거동을 못하게 될 때까지 독립하여 산다. 남편이 먼저 죽을 경우 여자는 대개 혼자 산다.

牛島의 女性 역시 가족의 生計를 떠맡고 있고, 특히 자녀의 교육비를 충당하고 있다. 따라서 남편의 不在는 경제적으로는 가정에 큰 변화를 가져 오지 않는다. 남편이 바람피우는 것에 대하여 무관심한 것은 아니지만, 그렇다고 馬羅島의 경우처럼 一夫一妻制를 주장하지는 않는다.

남자는 親族社會의 중추로서, 또 제사를 지내는 제관으로서 사회적으로는 역시 그 우위성이 인정되고 있다. 그러나 실제의 생활면에 있어서는 여성이 家計를 이끌어 간다. 따라서 가정 내에서의 주도권도 여자편이 강하다. 요컨대, 牛島의 경우에는 유교적 전통으로서 남자의 위신과 여자의 實勢가 공존하고 있는 곳이라고 하겠다.

半農半漁인 濟州道의 海岸 部落은 규모가 커서 300戶에서 500戶정도

로 되고 있어, 單一姓氏나 한두 개의 성씨로 구성된 마을은 거의 없다. 대정읍 하모리의 경우 34個姓, 성산읍 신양리는 28個의 姓氏로 구성되고 있다. 통혼지역은 주로 생활권의 영역에 속해 있는 同一邑面이었으나 이제는 차차 넓어져 道內 전체가 생활권이 됨에 따라 통혼지역도 道 전체로 확산되었다. 그러나 아직도 農漁村에서는 가업을 이어갈 수 있는 며느리를 구하려고 한다. 그리하여 부모들은 農漁村의 실정에 맞는 사람을 고르는 경향이 뿌리깊이 존재하고 있다. 그런데 젊은 층은 가급적 도시로 진출하여 여기에서 배우자를 구하는 것을 이상으로 하고 있어, 본인의 의사가 존중되고 있다.

혼인하는 아들은 장남이건 아니건 모두 분가한다. 分家方式은 일률적이라고 할 수는 없으나, 대체로 장자가 혼인하면 이웃에 집을 지어주어 내보낸다. 次子도 같은 방법으로 별거시키고, 결국 末子만이 本家에 남게 되는 셈인데, 이때에는 末子가 本家를 상속할 수도 있고, 부모가 마련해 준 집으로 별거하기도 한다. 다만 부모의 연령이 고령이거나 홀로 있을 때에 한하여 장남과 함께 거처한다. 따라서 濟州道의 지배적인 家族形態는 核家族으로서 이것이 보편화되어 있다. 자녀의 選好意識은 牛島의 경우도 마찬가지지만 아들을 중시하고 있다.

相續은 대개 아들 모두에게 균등하게 분배되는 것이 원칙이다. 다만 장남에게는 윗代로부터 長男에게 내려오던 밭을 「별급」이라 하여 우선적으로 상속된다. 相續의 균등한 분배에 맞추어 조상의 제사나 벌초도 균등하게 의무 지워진다.

2) 集團構造

馬羅島는 土地를 비롯한 주요자원을 共有하고, 그 利用權을 균등하게 배분함으로써 內部集團의 統合을 이루고 있는 반면에, 外部集團에

대해서는 강한 排他性을 강조한다. 따라서 그 社會構造는 전형적인 共
同體的 특성을 띠고 있다. 親屬(kindred) 關係로 맺어진 특수한 親族組
織, 禁忌事項, 그리고 儀禮活動 등은 모두 집단 구성원의 同質化, 所屬
感, 紐帶感을 강화시키고 있다.

이 마을은 우선 紛爭解決의 單位를 형성하고 있다. 즉 여기에서 일
어나는 모든 紛爭은 마을 자체에서 해결하고 있다. 표면적으로는 평온
하나, 수많은 갈등, 알력, 분쟁이 없을 수 없다. 그러나 이것이 확대되
어 외부기관, 예컨대 경찰지서나 법원 등이 개입하지 않으면 해결이
불가능한 紛爭으로 발전하는 일은 없다.

이 마을에서 흔히 일어날 수 있는 분쟁사건은 음주폭행이다. 폭행
자체는 물론 親告罪에 해당되는 것이지만, 그렇지 않는 경우에도 이것
을 운수소관으로 돌리고[36] 마을 안에서 和解를 통해 해결하는 것이 보
통이다. 경찰지서에 형사입건 되는 일은 없다. 和解에는 친척, 그중에
서는 연로한 자가 나서서 중재한다. 이러한 중재에 응하지 않는 경우
에는 따돌림을 당해 결국 이 마을에 거주하는 일이 불가능하게 된다.

마을에서 일어날 수 있는 가장 심각한 紛爭은 入漁權에 관한 문제이
다. 入漁權의 침해는 두 가지 측면에서 나타난다. 하나는 외부에서 침
입해 들어오는 잠수기선의 문제이고, 또 하나는 자원이용을 둘러싼 마
을 집단내의 문제이다.

共同體內의 資源에 대한 외부의 개입은 철저히 배제되고 있다. 우선
자원보호를 위해서 잠수기선이 침범할 때는 海女를 비롯한 마을 전주
민이 사력을 다하여 싸운다. 특히 海底資源의 보호는 이 마을의 사활에
관계되는 문제이므로 잠수기선의 침범은 외적의 침입과 동일시된다.

---

36) 暴行을 당하면 '맞는 놈만 손해'라고 생각하여 告訴하려고 하지 않는다.

이 섬의 거주민은 누구나 다 入漁權을 갖지만, 다른 지방으로 이주한 자는 여하한 일이 있어도 入漁權이 없다. 새로 轉入해 들어오는 사람은 1년 이상 거주하여야 하고 入漁權도 現物로 지불하게 되었으므로, 이 마을로 이주해 오기가 사실상 어렵다.

入漁權이 없게 된 者가 慣習을 무시하고 入漁權을 행사하려는 시도가 몇 번 있었다. 어떤 海女가 다른 지방으로 혼인하여 이주한 후에, 다시 本島에 와서 海産物을 채취하려고 하였다. 이때에 이 마을의 모든 海女가 入漁場에 나와서 그 해녀에게 集團抗議와 함께 설득하여 결국 그 海女는 入漁를 포기하지 않을 수 없었다. 또 한 가지 경우는 계속하여 入漁權을 行使할 것을 조건으로 하여 外地人과 결혼한 海女가 있다. 入漁慣行의 엄격함을 잘 아는 이 海女는 入漁權이 박탈될 바에는 결혼을 포기하는 것이 낫다고 판단하고, 이것을 海女會에 호소하였다. 海女會로서는 딜레마에 빠져 장시간 協議를 하게 되었다. 결국 그 海女의 행복과 결혼상대의 생활능력 등을 감안하여 일정동안 기간만 예외를 허용한 적이 있다.

農村 共同體의 경우, 在來의 農村灌漑施設인 洑와 관련하여 紛爭이 일어나지만[37] 아마 이 섬과 같이 심각한 상황은 아닌 것 같다. 왜냐하면 이때의 紛爭은 윗洑 受惠者와 아랫洑 受惠者와의 이해관계의 문제이기 때문이다. 그러나 이 섬의 入漁關係는 개인 대 마을 전체의 문제로서 제기되며, 이 入漁慣行의 rule이 깨지면 결국 이 漁村 共同體는 존속될 수 없는 것이다.

이 섬에서 실질적으로 이 마을을 이끌어 것은 海女會이다. 자원은 한계가 있고, 이 한정된 資源을 이용하는 과정에서 本島의 사회적 형

---

37) 崔大權, 前揭書, pp.159~160.

태는 어느덧 여성 중심적 사회가 되고 있는 것이다. 남성들은 일터를 상실하여 生計의 해결에 중요한 역할을 하지 못하고 있는데 반해, 여성들은 採取作業에서 고조되는 競爭力에 의해 억척스러울 정도로 강한 作業意慾을 가지고 가정을 이끌어 나가고 있음은 위에서 살펴본 바와 같다.

가정에서의 중심적 役割은 마을의 공적인 일을 처리함에 있어서도 그대로 나타난다. 남성들이 중심이 되어 움직이는 洞會가 있기는 하지만, 서로가 이해관계를 제대로 조정하지 못하여 意思決定이 쉽게 이루어지지 않는다. 특히 이 섬이 한국의 최남단에 위치한 변방지역이므로 정부에서의 크고 작은 원조가 끊어지지 않았다. 그래서 住民 스스로가 섬을 개발하려는 의지는 약화되고, 방문하는 사람들에게 호소하여 일을 처리하고자 한다. 그런데 여성들의 모임인 海女會는 모든 회원의 意思決定이 용이하여, 마을의 일을 적극적으로 주도하는 행동조직이 되고 있다. 남성이 중심이 되어 거행되는 忌祭祀도 부락민 전체가 참여하는 일종의 共同儀禮로 변모되었고, 마을의 共同儀禮로서 가장 전형적이라고 할 수 있었던 포祭도 근래에 와서 중단되었다. 그런데 여성이 중심이 되어 거행하는 「할망당祭」는 외부로부터 끊임없이 압력을 받아, 철폐될 위기에 놓이면서도 오늘날까지 철저하게 지켜지고 있으며, 주민들의 신앙의 핵심을 이루고 있는 것이다.

農村 共同體에 있어서는 각 부락에 이른바 「유지」급이란 階層이 있어서 마을의 공적인 일에 강한 「發言權」을 가져 영향력을 행사하는 것이 보통이다. 이 유지급의 지위는 학식이나 公的 地位, 예컨대 里長이나 區長과 같은 지위를 가지고 있다고 유지의 대우를 받는 것은 아니다. 그보다는 「유지」로 지목되는 住民이 마을 사람들의 어떤 기대에 부응하여, 마을 일에 경제적인 기여를 할 때에는 이에 상응하여 「마을

政治」에 있어서 그의 發言權이 커지고 또 유지로 인정받는다. 유지의 영향력은 마을 일에 기여도가 클수록 상승하게 마련이다.[38]

이상과 같은 觀點을 馬羅島에 비추어 본다면 유지급에 해당하는 것이 바로 海女會이다. 海女會는 마을의 공적인 일에 경제적인 기여를 함은 물론이고, 더 나아가서 마을의 弊習을 禁止하는 기능도 한다. 파도가 일렁이는 대양의 孤島에서 한가한 남자들이 중요한 道樂은 음주 행위이다. 술이 술을 부른다는 말이 있듯이 남자들은 과음에 빠져 서로 다투기가 일쑤였다. 이러한 과음현상을 막기 위해 75年부터 도서 내의 주류 판매를 일체 금지하기로 결의 하였다. 이것을 주동한 것도 海女會이다. 이러한 海女會의 결정에 남성들은 잘 순종하고 있으며, 도서 내에서의 주류 판매금지 規則은 아직도 유지되고 있다.

牛島의 경우에는 섬 全體가 紛爭解決의 단위를 형성하고 있는 것은 아니다. 12個洞으로 구성되고 있는 이 섬은 각 洞內에서 일어나는 문제는 가급적이면 그 洞 자체에서 해결하려고 하지만 洞과 洞間의 紛爭은 조금의 양보도 없이 사력을 다해 싸운다. 이 紛爭은 자기 동네의 地先水面에 대하여 入漁를 독점하려고 하는 데서 일어나고 있다. 과거에는 섬주민들은 섬 둘레의 共同漁場을 각 동네의 구역으로 나누지 않고 섬 주민 모두가 共同으로 入漁하여 왔다. 그러나 톳, 우뭇가사리 등 해조류의 상품 가치성이 점점 높아져 감에 따라, 이 섬의 迎日洞의 海女들이 종래의 慣行에 따른 共同入漁를 거부하고, 다른 동네가 자기 동네의 地先水面에서의 入漁를 못하게 한데서 분규가 비롯했던 것이다.[39]

---

38) 崔大權, 前揭書, p.166.

39) 金斗熙・金榮敦, "海女漁場紛糾 調査研究", 「論文集」14輯, 濟州大學校, 1982, p.26.

東天津洞등 5개 동네 海女들은 水産漁法에 명시된 共同漁場이므로 入漁할 권리가 있다고 맞선 이 漁場紛爭은 결국 법원의 결정을 보지 않으면 해결이 될 수 없었다.[40]

이 紛爭은「國家法이 없었다면 몇 사람이 죽었을지 모를」[41] 정도로 심각했었다. 특히 우리의 관심을 끄는 것은 동네와 동네 사이의 싸움이므로, 여기에는 血緣關係가 개입될 여지가 없었다는 것이다. 島內婚이 주류를 이루고 있었던 이 섬 안에서의 동네 사이의 싸움은 형제끼리도 적이 될 수 있었고, 부모와 자식 사이에도 적대관계로 되지 않을 수 없었다. 그리하여 각기 다른 동네에 살고 있는 海女들은 친형제라고 할지라도 서로 자기 동네를 위해 혈연관계를 가리지 않고 싸웠던 것이다.

共同入漁를 둘러싼 동네 사이의 紛爭은 아직도 분쟁의 소지가 그대로 남이 있어 폭력에까지는 이르지 않는다고 하더라도 심각하게 內燃되고 있다. 심지어는 같은 동네에서도 班과 班 사이에서 入漁問題를 놓고 상당한 갈등을 겪고 있는 예를 볼 수 있다. 漁場의 확보는 生計와 직결되어 있는 문제이므로 여기에는 人情으로는 해결을 볼 수가 없는 것이다.

牛島의 경우, 같은 동네에서 주민들 간의 入漁慣行은 마라도에 비해서는 그렇게 강하지 않다. 마라도처럼 轉入者에 대한 과중한 初入漁料를 징수하는 관행은 없고, 住民의 자격을 갖게 되면 누구나 海産物을 채취할 수가 있다.

馬羅島는 海女會가 중심이 되어 동네일을 주도하고 있고, 洞會의 기

---

40) 제남신문 : 1974.1.24.
41) 어느 牛島 住民의 表現.

능은 형식적이 되고 있지만, 牛島는 이와는 다르다. 入漁에 관한 문제만을 한정시켜 놓고 보더라도 중요한 일이 洞會를 통해서 결정된다. 이때의 洞長의 役割은 동네의 발전과 자원관계를 총괄하는 입장에 있고, 잠수회(海女會)는 동회의 決定 事項을 구체적으로 집행하는 일을 맡게 한다. 洞會에서는 물론 海女會도 참석하여 그들의 의견을 개진하며, 入漁에 관한 일은 海女會의 의견이 거의 반영된다. 청년회도 동네의 발전을 위해서 상당한 역할을 하고 있으며, 특히 漁場을 감시하는 기능을 하고 있다. 漁場의 일부를 청년회에 떼어주고 그것으로 감시에 대한 보수로 삼고 있다. 이렇게 볼 때 漁場管理에 관해서는 동네의 각 모임들이 서로 협동하면서 각기 기능을 분담하고 있음을 알 수 있다.

　牛島 내의 몇몇 동네는 漁場問題를 놓고 경쟁과 갈등이 존재하고 있지만, 이것 때문에 이 섬의 융화나 단합이 깨어지는 것은 아니다. 牛島는 12個洞에 합해 行政上 演坪里라고 부르며, 여기에는 여러 가지 공식적인 조직이 있다. 演坪里의 自治 契約을 보면, 代議員으로 구성되는 總會, 各 洞에서 1명꼴로 선출되는 開發委員會, 開發委員 및 洞長 連席會의 추천에 의하여 總會에서 선출되는 里長 등이 있다. 代議員은 里 行政戶數 10戶에서 1명씩 선출되며 여기에 各 洞長들은 자동적으로 代議員이 된다. 이외에도 演坪婦女會, 漁村契 등이 있다. 각 동네의 海女會長으로 구성된 이 婦女會의 기능은 馬羅島의 海女會보다는 그리 강한 것 같지는 않다. 한때는 婦女會가 주동이 되어 牛島 내에서의 술판매 금지를 시도한 적이 있었으나, 술판매상들의 저항으로 2개월이 못가서 포기되었다. 여기에는 남자들의 적극적인 호응이 없었음도 그 원인이라고 할 수 있다.

　漁村契의 활동도 왕성하여 톳이나 천초 등의 共同入漁의 시기를 정해주기도 하고, 해산물의 공동판매를 주도하고 있다. 요컨대 主漁從農

인 牛島의 경우에는 馬羅島에 비해 規範의 强度가 못하다는 것을 알 수 있다.

農漁村인 경우에는 漁村이 일반적으로 지니고 있는 조직과 農村이 지니고 있는 조직 등을 아울러 갖고 있다. 여기서는 北村을 중심으로 하여 마을의 集團構造를 살피고자 한다. 이를 위해서는 우선 組織的인 體系와 非組織的인 紐帶關係로 나누어 살펴볼 필요가 있다.

組織的인 體系는 행정당국의 지시 내지는 권장에 의해 이루어진 公式的인 組織과 마을내의 친목이나 협동을 위하여 임으로 구성된 非公式的 組織으로 나누어 볼 수 있다. 公式的 組織으로서 행정조직의 長인 里長, 漁村契 산하의 海夫會, 잠수회 등을 들 수 있다.

里長은 마을의 행정사무뿐만 아니라 鄕會를 소집하고 그 執行節次를 선출함에 있어서 중개역까지 하는 등 그 役割이 크다. 어부회 및 잠수회는 그들의 權益과 직접 관계되는 일을 하는 것은 물론이고, 村落의 수호신인 본향당에 당굿을 준비한다. 이외에도 몇 가지 組織에 있어서 이 마을의 유지들은 여기저기의 일을 보느라고 몹시 바쁘다. 이러한 조직들은 村民의 결합에 큰 作用을 하고 있고 그것은 마을의 경제적 · 문화적 측면에서도 많은 기여를 하고 있다.

非公式的 組織으로서는 鄕會, 體育會, 산담契, 궤契, 단스契 등이 있다. 鄕會는 재래의 마을 自治機構로서 村祭의 執行管理, 도로수리, 村民의 制裁 등 제반 村落管理를 하던 조직이었으나, 이제는 村祭인 포제를 집행하는 기구로서 밖에는 기능을 못하고 있다. 산담契를 비롯한 여러 가지 契도 村落의 경제순환에 큰 영향을 주고 있고 또 주민간의 사회적 · 정신적 결속을 다지는 데 중요한 役割을 하여 왔다.

비조직적인 유대관계는 위에서 본 형식적인 조직체계는 없으나, 사회적인 결합을 돈독히 하는 慣習 내지 慣行을 들 수 있다. 이것은 權利

義務關係로 맺어지는 것과 그러한 관계가 없는 贈答의 慣習으로 나누어 볼 수 있는데, 여기서는 전자에 관해서만 살펴보기로 한다.

　權利義務關係로 맺어지는 경우를 보면 用水의 수리, 도로의 수리, 방범, 방아의 관리 기타 이웃끼리의 赴役 등이 있다.[42]

　用水는 그 물을 쓰는 사람들끼리 共同管理를 하고 있지만, 管理를 주도하는 조직은 없다. 그러나 공동우물을 수리해야 할 때가 되었을 때에는 누구든 먼저 그 필요성을 제기하게 되고, 서로 합의를 한 후에 家戶마다 1인씩 나와서 작업을 한다. 이 부역은 의무화되고 있는데, 이 경우의 지도자는 대개 연장자가 맡는다. 도로의 수리도 마찬가지로 연장자의 지도 밑에 자발적으로 의무적인 부역을 나온다. 이러한 이웃의 合同의 기회에 村落生活을 위한 여러 가지 사항이 의논되고 부역에 빠진 가구에 대한 제재방안도 강구된다.

　이상에서 본 바와 같이, 마라도처럼 海女의 잠수업에만 그 생계의 수단을 삼고 있는 경우에는 海女會의 역할도 그 만큼 크고, 발언권도 강하여 마을 일을 주도하는 실질적인 세력이 되고 있다. 그러나 主漁從農인 牛島와 같은 곳에서는 다른 조직과의 긴밀한 협동을 통해서 海女會가 활동하고 있는 것이지 독자적인 기능은 기대되지 않는다. 한편 農漁村의 경우는 많은 조직 속의 일부분을 구성함에 지나지 않는다.

3) 價値體系

　馬羅島가 지닌 限定된 海底資源을 올바로 利用하기 위해서는 入漁慣行이 잘 지켜지지 않으면 안 된다. 또 이 共同體 內의 자원에 대한

---

42) 자세한 것은 玄容駿, "제주도 해촌생활의 조사연구(1)",「제주대학 논문집」제2집, 1970, p.58~59.

외부집단의 개입도 철저히 배제되어야 한다. 이것을 위해 마을 사람들
은 서로 결속한다. 그러면서도 자원을 채취할 때는 서로 경쟁한다. 강
한 경쟁심에 자극되어 근로의욕이 높아진다. 그러나 海底 속에서의 作
業은 항상 즐거운 것만은 아니고 위험이 도사리고 있다. 작업 시에 이
따금 만나는 상어 등의 큰 물고기의 위협과 잠수 시에 질식사의 우려
등에서 오는 심리적 불안이나 긴장이 고조되고, 採取社會에서 여성들
간에 은연중 생기는 競爭心으로 야기되는 갈등에 시달리게 된다. 따라
서 이러한 女性들 사이의 갈등이나 심리적 불안 내지는 긴장을 풀어주
는 종교 형태가 필요하게 된다. 여기에서 할망당(할머니堂)은 이러한
여성들의 심리적 욕구에서 형성되었고, 또 지속적으로 신봉되고 있는
것이다.

　앞에서 잠깐 언급하였지만 남성들이 주관하는 종교적 의식인 祖上
儀禮나 部落祭가 이곳의 새로운 환경에서 거행되는 동안, 本來의 儀禮
形式과는 다른 모습으로 변모되거나 소멸되었다. 그러나 여성들이 중
심이 되어 거행되는 할망당祭는 외부로부터의 끊임없는 압력에도 불구
하고 오늘날까지 철저하게 지켜지고 있고, 더욱이 주민들의 신앙의 핵
심이 되고 있는 것이다. 日帝末期에는 1960년대부터 정부의 迷信打破
施策에 따라 행정당국에 의해 여러 번 堂이 폐쇄되었다. 그러나 그때
마다 주민들은 파괴된 堂을 복구하여 할망神에 대한 儀禮를 지켜왔다.
그래서 처녀로서 개척민을 위해 희생당한 할망神을 정성스럽게 받드는
것을 그들의 의무로 생각한다.[43] 여신이 모두를 위하여 희생한 것처럼,

---

43) 開拓 初期에 移住民들의 원만한 뱃길을 트기 위하여 이 섬에 홀로 남겨져 餓
　　死할 수밖에 없었던 어느 식모의 영혼을 위로하기 위한 것이 할망堂 神話의
　　유례이다.

이 섬의 여성들도 가족을 위한 희생을 당연시한다. 할망堂神에 얽힌 신화의 내용도 여성들의 책임의식을 강조하는 계기가 된다.

　여성들은 가정에 어떤 불상사가 발생하였거나 불길한 꿈을 자주 꾸게 되어 심리적 불안이 고조되었을 때에 堂을 찾는다. 불길한 사건이 생기는 것은 여신의 기대에 어긋난 행동의 소치로 생각한다. 그래서 神의 노여움을 풀고 도움을 청구하기 위하여 정성스러운 예물을 드리면서 神의 환심을 되찾고자 한다. 그러므로 할망堂祭에서 행해지는 간단한 儀禮는 여성 개개인이 처한 심리적 葛藤이나 不安을 해소시켜, 生計의 責任을 履行함에 따른 난관을 극복하는 힘을 얻게 한다. 또 이 儀禮는 여성과 더불어 전 주민들에게 共同의 信念을 갖게 하므로, 주민간의 同質感을 형성하고 互惠的 關係를 강조하는 社會的 裝置가 되고 있다.

　馬羅島의 祖上 儀禮라고 하여 다른 곳의 그것과 다른 것은 아니었다. 그러나 이 섬에 이주하여 생활하는 동안, 의례의 성격은 상당히 변모하고 있다. 가장 두드러진 것은 기능적인 면에서의 변화이다. 일반적으로 祖上儀禮는 父系親族들로 하여금 그들의 공동 조상을 중심으로 결속시키는 데에 중요한 역할을 하고 있다. 따라서 儀禮에 참석하는 범위도 한정되고 있다. 그러나 이 섬의 경우는 다르다. 즉 儀禮時에는 마을의 모든 주민들이 의무적으로 참석하고 있다. 이것은 儀禮 본래의 목적과는 다른 것이다. 父系 親族의 유대강화의 기능을 갖는 것이 아니라, 部落民 전체의 결속을 도모하는 기능을 가지고 있다. 물론 이렇게 된 데에는 앞에서도 본 바와 같이 이곳의 특수한 親族 構造에도 그 원인이 있다.

　祖上儀禮는 葬禮式, 朔望, 大小祥, 그리고 忌祭祀가 있다. 이러한 儀禮는 1965年에 鄕約을 明文化할 때에 當時의 정부 시책을 따르고 있으므로 매우 간소한 형태로 되고 있다.

우선 葬禮式을 보면, 모든 주민이 일체의 작업을 중단하고 고인을 추모하며 매장하는 일에 참여한다. 이때에는 海女들의 잠수작업은 물론, 마을의 공동작업인 톳이나 미역 채취까지도 장례식이 끝날 때까지 중지된다.

朔望이나 大小祥은 鄕約의 규정에 따라 주민들의 참석은 금지되고, 直系 子孫인 喪主만이 고인을 위해 조석으로 식사를 올리는 절차로 끝난다.

祖上儀禮에서 주민들이 가장 중요시하는 것은 忌祭祀이다. 5代孫 止祭의 원칙을 따르고 있는 이곳의 忌祭祀는 전 주민이 참여하여 杯를 올린다는 점에 특색이 있다. 그리고 罷祭前까지 모든 주민이 드나들며 제물로 마련된 음식을 대접받는다. 또 이 날에는 마을에서 판매가 금지된 소주도 나온다. 그러나 이때에도 두 되 이상의 술이 나오지 못하도록 海女會의 제지를 받는다. 忌祭祀는 자주 있게 마련이다. 이와 같이 마을 내에 빈번한 忌祭祀에는 주민 모두가 한 자리에 모여 飮福을 하는 일은 주민들을 친족 단위로 갈라놓지 않고 하나의 共同體의 구성원으로 결속시키는 중요한 기능을 한다.

앞에서 본 바와 같이 유교적 전통으로서 남성의 권위와 여자의 實勢가 공존하고 있는 牛島의 경우, 여성들은 死後의 祭祀를 받기 위해서는 남성에게 의존하고 있으며, 적어도 아들 하나는 갖기를 원한다. 따라서 祖上儀禮를 중시하는 것은 馬羅島의 경우와 같다. 面單位의 규모를 가지고 있는 이 섬에서는 신앙도 다양화되어 있어 馬羅島 경우처럼 俗信的인 儀式에만 사로잡혀 있는 것은 아니다. 그러나 「용왕마지 굿」이 각 마을별로 행해지고 있는 것을 보면 역시 바다는 畏敬의 대상임이 틀림없다. 바다는 海女들에게 삶과 죽음, 빈곤과 풍요를 선택하여 줄 수 있는 위력을 지닌 곳이다. 바다가 진노할 때는 모든 것을 삼키고 앗아가 버리지만, 그 노기가 가라앉으면 자기가 지닌 것을 아낌없이 줄 수 있는 관용의 장이다. 그러므로 바다와 관련이 있는 神을 숭앙하지 않을 수 없는 것이다. 바다를 얕보고 바다로 나가는 길은 「칠성판을 등에 진 죽음의 길」인 것이다.

일반적으로 漁村은 직업의 분화나 階級分解가 잘 이루어질 수가 없고, 여기에 신앙의 同質性이 곁들여져, 이질적 요소를 배제하는 「慣習의 社會」가 이루어진다. 그리하여 韓國의 漁村을 「慣習社會=傳統的 停滯社會」로 도식화하는 경우도 볼 수 있는데,44) 그러나 牛島나 濟州道 漁村을 전적으로 이 범주에 포함시킬 수는 없을 것 같다. 왜냐하면, 이곳의 海女들은 일찍이 韓半島 각 연안을 비롯하여 일본·노서아·중국 등지로 出稼해 온 전통이 있다.45) 그리하여 결혼하기 전에 밭을 산다든지 하여 生計의 기반을 마련하려는 적극적인 생활자세를 보이고 있기 때문이다. 이곳 海女들이 그 고된 작업을 堪耐하며 마다하지 않은 것은 자식들의 교육에 가장 삶의 보람을 두고 있기 때문이다. 그들의 잠수업을 통한 수입이 없다면 자식들의 고등교육은 전혀 이루어질 수 없는 것이다.

半農半漁인 대부분의 農漁村의 경우에도 할망堂을 비롯한 각종의 俗信을 믿고 있다. 이것은 남성들 사이에서도 예외는 아니어서 漁船을 타는 船主는 매월 초하룻날과 보름날을 기하여 메를 올려 朔望과 비슷한 행사를 한다. 이러한 현상은 버스나 택시 등 運輸業을 하는 사람들이

---

44) 朴光淳, 「韓國漁業經濟史硏究 : 漁業共同體論」, 裕豊出版社, 1983, p.67.
45) 金榮敦, "濟州島 海女의 出稼", 「石宙善敎授回甲紀念民俗學論叢」, 1971, p.309.

초하루와 보름에 祭를 지내는 것과 그 맥을 같이 하는 것으로서, 결국 航行 중에 무사고를 비는 기원제의 속성을 지니고 있다. 그리하여 海女 또는 船主(또는 船員) 개개인의 심리적 갈등이나 불안을 해소시켜 生計 의 책임을 이행함에 따른 난관을 극복하는 힘을 얻게 하고 있다.

이러한 個個人의 求福的 행사 이외에 部落祭인 포제가 해마다 개최 된다. 이것도 정부의 강력한 미신배척운동에 의해 다소 주춤하였지만 아직도 이 部落祭의 맥은 어떠한 형태로든지 이어지고 있다.

農漁村에 있어서도 잔치나 葬禮式은 마을 전체의 행사이다. 장만하 는 음식의 양이나 모이는 사람의 범주를 볼 때 마을 전체가 대상이 된 다. 葬禮式을 보면, 매장하기 전날을 日哺祭라 하여 마을의 모든 주민 은 고인의 빈소를 찾아 배례하고 상주들에게 조의를 표한다. 남자들은 배례 시에 봉투에 약간의 조의금을 담아 자기의 성의를 표하는 것으로 족하지만, 여자들의 경우에는 상주들마다 그들의 친분관계 또는 전에 자기가 받았던 만큼의 조의금을 전달한다. 이 조의금은 여자들의 경우 대부분 쌀 한 말 정도의 現物이나 이에 상당한 금전으로 賻儀한다. 상 주의 수가 많은 집에 조의금을 전달하려면 한 사람이 부담해야 하는 금액이 5만 원 선 이상이 될 수도 있다. 이러한 扶助의 습성은 「받은 만큼 되돌려져야 한다」는 원칙이 묵시적으로 통용되고 있다. 객지에 나가서 장례식에 참석하지 못한 사람은 사후에라도 찾아가 조의금을 전달하는 광경을 종종 볼 수 있다.

그런데 장례식 당일에는 班別 내지는 洞別로 구분하여 班長이나 洞 長의 책임 하에 마을 젊은이 모두가 매장하는 일에 참여한다. 다른 班 에 속한 사람은 친족이나 親睦會員 등 상주나 고인과 긴밀한 관계를 갖지 않는 사람은 참여하지 않는 것이 통례이다. 이것은 불필요한 노 동력의 낭비를 막음과 동시에 마을 전체의 규모에 비례한 적절한 조치

라고 할 수가 있다. 같은 班에 속해 있으면서 별다른 이유 없이 매장하
는 일에 참여하지 않은 사람은 자기가 상주가 되었을 때 전혀 협조를
받을 수가 없으므로 이 참여의무는 制定法보다도 구속력이 있다.

大小祥은 三年祥에서 一年祥으로 변모하고 있고 朔望도 예전과는
달리 초하루인 朔祭만을 지내는 경향이 뚜렷하다. 노인층에서는 이러
한 현상에 대하여 不孝의 念도 느끼는 것 같지만 자연적인 추세로 받
아들여지고 있다.

忌祭祀는 친족끼리 모여 지낸 후 음복하는데, 이때 동네의 가까운
이웃이 술 한 병이라도 들고 오면 같이 참가한다. 그런데 이러한 이웃
에 대해서는 음식물을 대접하고 자정이 되기 전에 모두 돌려보내는 경
우(대정읍 하모리)와, 忌祭祀를 지낸 후 이웃도 친족과 함께 飮福에 참
석하는 경우(성산읍 신양리) 등 서로 다르다. 이것은 지역적인 풍습이
다르다는 면보다는 도시화에 따른 주민의 친소관계로서 이해할 수가
있겠다.

4. 漁村共同體의 法規範

모든 社會體制는「憲法」내지는 基本法을 가지고 있다. 그것이 成文
形式으로 되기도 하며 不文形式이 되기도 한다. 그래서 이것은 참여자
들이 함께 행위하기 위한 기본적 規則을 제공한다. 이러한「法的」뒷
받침이 없으면, 構成員 間의 相互作用이 秩序化되지 못하여 그 體制가
유지될 수 없는 것이다.[46]

---

46) Gerald R. Leslie 外 : *Order and Change*(Introductory Sociology), New York, Oxford University Press, 1973, p.655.

馬羅島 住民들은 이 섬에서 생활하고 生計를 유지하기 위한 최소한의 기본적인 規範을 유지·발전시키고 있다. 이것을 이 섬이 지니고 있는 鄕約에서 볼 수 있다. 특히 이 鄕約은 행정관청의 관여 없이 이루어졌고, 또 지켜져 왔다. 이 鄕約의 주요내용은 앞에서 이따금 살펴보았으나, 여기서는 이것을 총체적으로 살펴보고, 制定法과의 비교, 기타 이것이 이 사회의 統合을 위해 어떻게 기능하는지를 살펴보고자 한다.

이 섬은 1883년에 開拓되었다. 그 후 100년이 경과하는 동안에 처음에는 農耕 및 漁業을 병행하다가, 生態界의 변화로 어느덧 海産物 採取를 主要生計의 수단으로 삼지 않을 수 없게 되었다. 海産物 採取에 있어서는 舊來의 慣習에 의해 그 秩序가 유지되어 오다가 1965年 2月에 이 慣習을 토대로 「鄕約」이라는 規約을 만들었다.[47] 이 鄕約은 총 64個條 附則 5個條로 구성되고 있다.

第1章 總綱에서는 鄕約의 目的, 任員의 任務와 任免, 任員의 報酬關係를 규정하고 있다. 鄕約의 目的을 「地方의 建設과 그 組織 및 秩序를 維持하고 島民의 福利 增進에 寄與」함에 두고 있고, 任員으로서 班長 1인,[48] 總務 1인, 內務 1인, 그리고 外務 1인을 두고 있다. 班長은 鄕會의 다수결에 의해 선출되며, 鄕員을 통솔하고 모든 행정적 사무를 담당한다. 役員 즉 總務, 內務, 外務는 班長의 諮問機關임과 동시에 補佐機關이다. 이들도 역시 鄕員의 다수결로써 선출되며, 班長을 추천하는 권한을 갖는다. 任期는 班長과 같이 모두 1년이다. 役員들은 班長과 똑같은 일정액의 보수를 받고 있으며, 班長을 보좌하고, 자문하며, 추

47) 高翔龍, "韓國의 入漁權에 관한 연구", 성균관대학교 대학원 석사학위논문, 1967, p.104.
48) 오늘날에 와서는 里長으로 그 명칭이 바꾸어졌다.

천하는 권한을 행사함으로써 견제하는 기능까지도 갖고 있다. 이들은 각기 정부기관의 財務部, 内務部, 外務部에 비견할 수 있는 공식기구로서의 기능을 가지고 있다. 마을 일을 자치적으로 처리함에 있어서 부족함이 없는 機構이다. 보수는 물론 鄕員의 入漁料에서 충당된다.

鄕約 第二章에서는 海産物에 관한 규정에 두고 있다. 海産物은 주민들의 절대적인 生業의 대상물이 된다는 점에서 本章은 馬羅島 鄕約의 要諦라고 할 수 있다. 특히 第二章의 규정을 올바른 준수하지 않는 경우에 罰則을 두고 있다. 이것을 지키지 않는 경우에는 이 섬에 살 수가 없고, 또 살기 위해서는 반드시 지켜야 하는 강한 效力을 가지고 있다. 이 規約은 65년도에 와서 갑자기 設定된 것이 아니라 그 전부터 慣習으로 내려온 것을 明文化시킨데 불과하다.

海産物 중 미역, 톳, 김에 대하여 各各 따로 禁·解禁 기간을 두고 있다. 다만 미역은 최근에 와서 가격의 하락으로 그 상품적 가치가 없기 때문에 放任되고 있다. 이 기간을 철저히 이행할 수 있도록 監視規定을 두고 있다. 즉 班長의 지시에 의하여 役員이 監視를 하게 되는데, 監視成績이 不良할 경우에는 鄕會의 決議에 따라 그 보수를 삭감할 수도 있는 것이다.

許採期間이라고 하여 아무나 海産物을 채취할 수는 없다. 이 섬의 거주민은 누구나 入漁權을 가지고 있지만, 그 資格은 여러 가지로 制限되어 要件이 엄격하다. 우선 톳과 같은 海産物을 채취할 수 있기 위해서는 이 섬에 一年 이상 거주하면서 賦役動員 및 公共施設에 요구되는 의무를 이행하고 난 후에, 現物로 入漁料를 내야 한다. 다만 이 섬에 거주해야 하는 공무원에 대해서는 예외이다.

주민이었다고 하더라도 타지방으로 轉出된 경우에는 入漁權이 박탈되는 것은 앞에서 기술하였다. 더 나아가서 海産物을 採取한 후에 出

他하여 이 섬에 거주하지 않는 경우에도 入漁權이 없다.[49] 入漁權을 代理하여 行使하는 것은 인정되지 않으며, 入漁權者는 役員會議에서 결정하여 年末의 鄕會에서 발표하게 되어 있다.

本島에 居住하여 入漁權을 가지고 있으면서도 노약자로서 採取를 할 수 없는 자를 위해서 一定의 海岸을 割愛하고 있고, 또 70세 이상의 노인에게는 賦役도 免除하고 있는 규정도 특기할 만한 일이다. 이것은 교사 등 本島를 위하여 봉사하고 있는 공무원에게는 당연히 入漁權을 주는 規定과 함께 社會福祉的인 측면을 상당히 고려하고 있다.

入漁權者가 禁採期를 어기고 密採取를 하였을 경우에는 그 現物은 물론 채취 도구까지 빼앗기게 되며, 상당한 액수의 罰金을, 그것도 10日 이내에 「賠償」하여야한다. 2回 이상의 密採取者는 2배의 罰金을 賠償한다. 密採取者가 노인이나 어린이었을 경우에는 그 世帶主를 「犯罪者」[50]로 看做하여 賠償하도록 하고 있다. 다만, 入漁資格이 없는 자가 入漁했을 경우에는 現物 및 도구만 몰수한다. 여기서 採取道具를 압수당한다는 것은 생활의 무기를 빼앗기게 되는 것이므로 결코 가벼운 處罰이 아니라는 것을 주의할 필요가 있다. 그것은 곧 그의 생존과 직결되는 것이다.

入漁慣行은 톳과 같은 海草의 경우에만 적용되는 것이 아니라 전복이나 소라와 같은 패류의 채취에도 적용된다. 이 패류의 採取야말로 海女들의 住所得源이 된다.[51] 이 패류의 채취는 사시사철에 걸쳐 할

---

49) 居住民일지라도 許採期間만을 이용하여 來島하는 경우를 豫想하고 있는 것 같다.
50) 違反者가 아니라 '犯罪者'로 表現하고 있는 것은 이 密採取者를 竊盜犯과 同一視하고 있다고 볼 수 있다.
51) 81年度 水協支所의 입찰가격을 기준으로 하여 볼 때 해녀 1人의 所得은 月

수 있는 것이므로, 禁採期間이 따로 없다. 그러나 入漁權者만이 채취할 수 있는 것은 물론이다.

共同漁場에서의 入漁形態는 共同入漁와 自由入漁로 구별할 수 있는데, 톳이나 우뭇가사리의 채취 경우는 共同入漁하여 채취한다. 톳은 공동으로 판매하여 그 收益金이 均等分配가 된다. 이것을 제외한 貝類 또는 海藻類는 자유롭게 入漁하여 자유경쟁으로 채취하며, 그 收益은 개인 소득이 되는 것이다. 이러한 慣行은 本島에 한한 것은 아니다. 濟州道 연안의 전역에 걸쳐 마을에 따라 다소 다르기는 하지만 대체로 비슷한 慣行들이 예부터 행해져 왔다.[52] 다만 本島가 다른 곳에 비하여 이러한 慣行이 철저하게 지켜지고 있는 것이다. 한마디로 馬羅島는 거의 완전하게 「社會的 單位(social unit)」로서 결속되어 있는 곳이다.

馬羅島의 法規範을 農村 共同體인 강원도 마을 등과 비교하여 보면, 개인을 초월한 共同體 規範과 個人間의 去來가 構造的으로 명확히 구분되지 않는 점, 개별적인 행동에 대하여 마을 전체가 하나의 陪審團의 역할을 하고 있어 개인적 逸脫을 할 수 없다는 점에서[53] 강원도 마을과 같은 點을 찾아볼 수 있다. 또 마을 주민들은 서로 인척과 친족으로 밀접히 관련되었을 뿐만 아니라, 그 생존을 위해서나, 그 規範的인 支持를 위해서 대단히 相互依存的이라는 점에서도 農村 共同體와 같다. 그런데 이 점은 農村 共同體보다도 훨씬 强度가 높다. 入漁慣行을 어긴 자를 犯罪人으로 취급하여 賠償시킨다는점, 장례식 및 忌祭祀 때의 扶助가 의무화되고 있다는 점에서 農村 共同體의 規範보다 훨씬 法

30~40만원이 넘는다.

52) 金斗熙·金榮敦, 前揭論文, p.32.

53) 崔大權, 前揭書, pp.182~186.

的이다.

農村 共同體는 유교적인 規範과 미분화된 상태라고 한다.[54] 물론 馬羅島도 祖上儀禮 등에 온 마을이 참여한다는 점에서 그 잔재를 찾을 수 있다. 그러나 이것은 祖上崇拜보다는 마을 사람들을 결속시키는 共同의 儀禮로 그 기능이 변모하고 있다. 이러한 결속은 다른 마을에 대해서는 강한 排他性을 띠지만, 그것은 단순한 「텃세」가 아니라 한정된 資源을 효율적으로 이용한다는 戰略에서 비롯한 점에서 農村 共同體의 그것과는 본질적으로 다르다.

主漁從農인 牛島의 入漁慣行은 馬羅島와 대체로 같다. 그러나 規範의 强度나 遵守의 强制를 위한 장치는 馬羅島에 비해 약하다. 이것은 半農半漁인 農漁村으로 가면 더 약화된다. 密採取者에 대한 制裁가 없거나(北村의 경우), 制裁가 있더라도 한두 번 정도는 용서될 수 있는 여지를 남기고 있다. 그렇다고 다른 마을 사람들에게까지 관용되는 것은 아니며, 같은 마을 사람인 경우에도 이러한 非行이 알려지면 소외 내지는 고립되게 마련이다. 결국 入漁慣行을 위반한 사람은 마을 전체의 지탄의 대상이 된다. 「누구 아들, 누구 손자」가 그러한 짓을 했다는 지탄을 받으면 共同體 생활을 영위함에 있어서 막대한 지장을 초래하게 된다. 이것은 단순한 교통위반으로 罰金을 내는 것이 犯法行爲인 줄 알면서도 그렇게 수치스럽게 여기지 않는 것과 대조를 이룬다. 一定한 罰金을 내도록 하는 규정이 있을 수 있고, 또 실제로 賠償을 하기도 하지만, 罰金 그 자체보다 마을 사람들의 비난이 더욱 무서운 것으로 받아드려지고 있다. 그러므로 入漁慣行이 成文化되어 있지 않고 또 罰金에 관한 규정이 없더라도 잘 지켜지는 것이다.

54) 崔大權, 前揭書, p.183.

馬羅島가 入漁慣行에 관한한 다른 곳보다 강도 있는 規範을 유지하고 있는 점은 그것이 그들의 生計에 밀착되지 않으면 안 되는 필연성에 있다고 할 수 있다. 요컨대 共同體는 그들 生活에 가장 필요한 規範을 형성하면서 生活의 變化에 따라 그것을 變質시키는 것이다. 漁村共同體가 유지·존속될 수 있는 근거도 이 入漁慣行의 母體인 漁場의 總有制度에 있다. 漁場이 土地와 같이 私有化되지 못하는 것은 耕地와는 다른 많은 특질, 즉 相互關聯性(一體性), 流動變易性, 立體的 多岐利用性 등의 많은 특성을 동시에 具有하고 있기 때문이다.[55] 그리하여 所有權의 성립에 있어서 가장 중요한 요소인 排他的인 支配가 어려운 水界가 있는 것이다.

漁場은 끊임없이 유동하는 水界를 實體로 하고 있으므로, 海流·氣象과 같은 자연적인 변화에 좌우되며, 또 불가분의 水界를 實體로 하고 이 水界를 매개로 하여 이동하고 있다. 따라서 一定한 위치와 면적을 가지고 漁場을 分割할 수는 있다고 하더라도 한 漁場과 그 이웃 漁場은 서로 불가분의 一體로서 관련되어 있다. 그러므로 자연 요소로서의 漁場을 구획하는 것은 어려운 일이다. 따라서 漁場을 獨占的으로 支配한다는 것은 곤란한 일이며, 여기에는 복잡한 法律問題가 발생하게 되는 것이다.

요컨대 우리나라 연안어장의 殆半은 어업공동체의 總有라는 所有形態로 존재하여 왔으며, 現行의 水産業法도 이러한 慣行을 바탕으로 하여 「漁村契」에 의한 어업권의 행사라는 형태로 적법화하고 있는 것이다. 즉 연안어장의 어업공동체에 의한 總有라는 漁場秩序가 결국 어업공동체 존립의 일차적인 기반이 되고 있는 것이다.

---

55) 朴光淳, 前揭書, p.40.

5. 結語

이상과 같이 漁村 共同體의 전형인 馬羅島를 중심으로 하면서, 다른 農漁村을 이와 對比하여 規範生活의 特色을 살펴보고, 그 法規範이 拘束力을 갖게 되는 근거를 살펴보았다. 특히 濟州道 대부분의 漁村에서는 타도와는 달리 海女들이 그 사회에 기여하는 사회·경제적 役割이 크므로 여기에 초점을 맞추어 그 機能 내지 役割을 비교하였다.

慣行 내지 法規範은 그 사회의 社會構造의 反映이며, 또 그것은 그 사회가 처한 자연적·경제적 환경과 무관할 수 없다. 우선 生計의 基盤을 어디에 두고 있느냐에 따라 여성 특히 海女의 役割의 비중도 달라지고 있다. 生計의 基盤을 주로 해산물 채취에 두고 있는 馬羅島의 경우에는 海女의 役割도 아주 크고, 발언권도 강해지며, 入漁慣行의 强度도 훨씬 法的이라는 것을 感知할 수가 있다. 主漁從農의 형태인 牛島의 경우에는 여성과 남성의 役割은 相補的으로 그 어느 쪽에 우위를 둘 수 없다. 마을의 公的인 일은 남성의 주도하에 이루어지면서도 入漁에 관한 일은 海女會의 의견이 대폭적으로 받아들여지고 있다. 入漁慣行의 강도도 馬羅島에 비하여 완화되고 있으며, 대외적인 排他性도 뚜렷하지는 않다.

한편, 半農半漁의 형태인 農漁村은 상대적으로 여성의 役割이 약해지고 있다. 마을의 모든 일이 남성의 主導下에 이루어지고 있으며, 生産活動도 여성의 그것도 못지않다. 최근에 와서는 훨씬 남성의 役割이 두드러지고 있다. 入漁慣行의 强度도 馬羅島는 물론 牛島에 비해서도 약화되고 있는 것이다. 반면에 農村에 특유한 여러 慣行들이 混在하고 있는 것을 볼 수 있다.

이상에서 우리는 漁村 비롯한 農漁村까지도 국가의 制定法과 충돌하지 않고, 또는 지배를 받지 않는 영역이 있음도 발견할 수 있다. 그렇다고 制定法이 완전히 排除되어 있는 것은 아니다. 馬羅島의 鄕約을 보면, 冠婚喪祭가 당시의 국가시책을 완전히 반영시켜 規範化하고 있다. 그래서 철저하게 儀禮가 간소화되고 있다. 그러나 이것은 國家施策을 맹종하고 있다는 것을 의미하는 것은 아니다. 다른 곳에서는 전혀 지켜지고 있지 않는 것이 여기에서만큼은 정착할 수 있었던 이유는 그들의 生活環境이 그만큼 그들을 단순·소박하게 만들었기 때문이라고 할 수 있다. 따라서 국가시책이 없었다고 하더라도 그들 스스로 儀禮를 형편에 맞게 변용시켰을 것이라는 것은 어렵지 않게 짐작할 수 있다. 이러한 점에서 그들의 規範生活도 상당한 合理性이 內在하고 있음을 알 수 있으며, 그것은 결국 인간과 그 환경과의 함수관계라는 측면에서 찾을 수 있다. 즉 法規範의 이해도 環境을 적응 내지는 극복하는 과정을 추적함으로써 비로소 가능한 것이다.

흔히 島嶼民의 生活을 「낙후성」과 「정체성」으로 보고, 그 원인을 전근대적인 共同體的 生活樣式에서 찾으려고 하는 경향이 있다. 그러나 이러한 전근대적인 慣行이 유지되고 있는 데에는 그만큼 불가피한 이유가 있다. 그들은 모든 여건을 고려하면서 실제적인 방법으로 行爲를 選擇하고 있는 것이지, 도서지역의 주민들이라고 하여 맹목적으로 전통에만 의존하고 있는 것은 아니다.

앞에서 濟州道의 漁村(半農半漁의 형태를 포함하여)은 물론 우리나라의 대부분의 漁村이 漁場의 總有制度에 의한 入漁慣行으로 漁場秩序가 유지되고 있음을 보았다. 여기에는 어느 정도 合理性도 있다. 그러나 이 總有制度에 따른 폐단도 간과할 수는 없는 것이다. 첫째로 그것은 漁場의 管理에 있어서 철저하지 못하다는 것이다. 海産物의 收益性이 높아지면서 근로의욕도 강해져 바다 속에서 오랜 시간을 견디게 하고 있으나, 그것은 결국 자원의 고갈을 가져오는 원인이 되고 있다. 물론 漁村契에서는 자원의 증식을 위하여 노력하고 있으나 어느 정도 實效를 거두고 있는지 의문이다. 總有制度가 공동체의 결속을 도모한다는 점은 부인할 수 없으나, 자원의 효율적인 管理라는 측면에서는 약한 것이다. 둘째로 漁村에서 중요한 역할을 하고 있는 海女數의 감소이다. 정확한 統計數値는 알 수 없으나 최근에 와서 20대의 海女가 거의 없다는 것은 이것을 傍證하고 있는 것이다. 海女 스스로가 잠수업을 천시하고 있는 것은 아니지만, 자식들에게는 그것을 시키지 않고, 훌륭한 교육을 받아 다른 직업을 선택하기를 원하고 있는 점으로 보아 앞으로 더욱 그 數는 감소될 추세이다. 더구나 고무잠수복의 착용으로 물속에서 作業時間이 길어지고, 그 결과 잠수병에 시달리는 海女들이 대다수를 차지하고 있는 점으로 무시할 수 없다.

요컨대, 자원의 고갈과 海女數의 감소는 앞으로 漁場의 總有制度에 변화를 주게 될 것인데, 과연 그것이 어떠한 형태로 변모할 것인지, 또 변모되어야 할 것인지에 대해서는 더 많은 연구가 필요할 것이다.

 IV 民俗學的 側面

1. 海女의 生活과 作業

海女라면 女人이 거친 바다에서 일한다는 점에서 世人들이 보는 눈이 유다르다. 곧 해녀들은 가냘픈 女人들인데도 第一種共同漁場이라는 거친 海原에 뛰어들어 우뭇가사리·톳 따위 海藻類와 전복·소라 등

貝類를 채취하는 특이한 職種을 지녔다. 더구나 그들은 險한 바다를 마치 집안이나 들판으로 여기면서 특수한 장비를 갖춤도 없이 裸潛漁法으로 무자맥질한다는 점에서도 주목된다.

海女는 흔히 '潛嫂', '潛女'라고도 일컬어지고, 일본에서는 'ama'(海女)라 한다. 海女의 原鄕으로 보이는 제주도에서는 요마적에 '줌수'(潛嫂)・'海女'라는 말이 섞어 쓰이며, 노파들 사이에서는 가끔 '줌녜'(潛女)라 하기도 한다. 英譯하기는 至難한 바, women divers, diving women, female divers, sea women, Haenyu 등으로 표현하는데, 아예 Haenyu라 해서 註解하지 않는 이상 海女의 譯語로서는 무슨 다이빙선수를 指稱하는 것 같아 어딘가 마뜩하지 않다.

海女의 삶과 그 漁撈作業을 간추리기란 그 課題가 폭넓고 육중해서 마치 무성한 수풀 속에 들어선 듯 어렵다. 여기에서는 現場調査를 근거로 다음 몇 가지 관점에서 논의해 보려 한다.

① 海女는 어떻게 分布되었으며, 한국 농어촌에 있어서의 位相은 어떠한가.
② 海女의 入漁時期와 그 方法은 어떠하고, 그 作業技倆은 어떻게 익혀지는가.
③ 海女會(潛嫂會)의 機能은 어떠한가.
④ 濟州海女는 어떠한 特殊技倆을 지니고 있는가.
⑤ 海女들은 어떠한 海産物을 채취하는가.
⑥ 海女漁場의 實態는 어떠하며, 海女들과의 상관은 어떠한가.

1) 海女의 位相

海女는 제주도를 중심으로 한 韓國과 日本에만 있고, 이 地球上 다

른 어느 곳에도 本格的인 職業人로서 存在한다는 사실이 아직 확인된
바 없다.

① 어찌하여 海女는 韓國과 日本에만 分布되었고, 세계 각처의 다른
  지역에서는 찾아볼 수 없는 것일까.
② 海女는 언제 어떠한 機緣으로 發祥되었고, 그 發祥 당시의 漁撈
  方法은 어떠하였을까.
③ 海女의 發祥地는 어디일까. 그리고 그 技倆의 전파는 어떤 經路
  에 따라 이루어졌을까.

海女의 淵源에 따른 이 몇 가지 의문은 우리에게 매우 切實함에도
불구하고 그렇다할 해답을 찾기란 어렵다. ①의 경우 그 해답을 아직
구할 수 없고, ②는 水産業의 始原과 같은 맥락에서 推斷할 수 있지 않
을까 한다. ③의 경우 海女의 發祥地를 제주도로 보는 견해가 있다.56)
  海女의 發祥을 논의하는 데, 그 時期를 명백하게 밝히기란 어려울
뿐더러, 徒勞에 그칠 우려가 짙다. 아득한 옛날 바닷가를 거닐던 사람
들은 문득 바닷속을 유심히 살폈을 것이다. 숱한 海藻類와 貝類들이
제멋대로 서식하는 모습을 신기하게 관찰하다가, 이를 캐고는 그냥 날
것으로 試食해 보았겠고, 혹은 불에 익혀 먹어 보기도 했을 것이다. 제
법 먹을 만해서 잇따라 캐다가 보니 옷을 입은 채 그냥 허리만 굽혀서
캘 수 있는 미역·톳과 전복·소라 따위는 없어지고 깊은 바다에 뛰

---

56) 洪碩基·Hermann Rahn, "韓國과 日本의 海女"(The Diving Women of Korea
  and Japan), 「論壇」 第3卷 第3號, p.151, 美國公報院. (by Scientific American,
  Inc. Scientific American誌 1967年 5月號에서 轉載)

어들었어야만, 곧 자맥질했어야만 캐게 되었던 것이 海女의 始源이라 볼 수 있지 않을까. 처음에는 男女共同으로 작업하다가 배를 짓고 漁撈作業하는 生業이 일게 됨으로써 점차 배를 運用하는 漁撈는 억센 男性의 일로, 裸潛하는 일은 女性의 일로 分業하기에 이른 것이 아닐까. 海女의 始源이 水産業의 始初와 같은 맥락이 아닐까 함은 어린이들의 修練을 쌓아 어엿한 海女로 성숙해 가는 과정을 헤아려도 推論하기에 어렵지 않다. 곧 소녀들은 우선 바닷가에서 옷을 벗지 않은 채 톳이나 게 따위를 잡으면서 바다의 生理를 익히고, 엄마나 언니를 따라서 점차 헤엄과 무자맥질을 배우다가 점차 한몫의 海女로 독립해 가는데, 그 過程은 海女의 發祥段階를 살피는데 시사하는 바가 있겠다.

　제주도를 중심으로 한 韓國과 日本에만 분포되어 있는 海女數는 정확히 파악할 길이 없지만, 대략 한국에 약 1만6천, 일본에 약 7천, 도합 2만3천쯤에 이를 것으로 본다. 한국해녀의 대부분은 제주도에 몰려 있어서 제주도의 해녀수는 1만5천 내외가 아닐까 한다.57)

　제주도에는 裸潛漁業者로서 海女들뿐이요, 男性裸潛漁業者는 없는

---

57) 濟州道나 水協濟州道支部의 통계에 따르면, 제주도의 해녀수는 1980년 이래 8천~6천 사이를 오르내린. 이는 漁村契員數의 集計를 근거로 그 女契員數를 합산한 것인데, ① 裸潛漁業을 生業으로 하면서도 漁村契에 가입하지 않는 경우가 있는가 하면, ② 父母만이 漁村契에 가입되고 그 집안의 딸들은 어엿한 海女이면서도 漁村契員이 아니므로 그 통계에서는 누락되는 점을 감안할 때, 실제 해녀수는 公式統計의 倍數에 이를 것으로 본다. 濟州道水産課나 몇 漁村契(演坪漁村契, 北村漁村契, 杏源漁村契, 大坪漁村契)의 실무자들과 확인해 본 결과 역시 海女의 實數는 공식통계와 상당한 차이가 있음을 인정한 바 있다. 또한 주민들에게 확인한 바에 따르더라도 실제 해녀수는 公式統計의 갑절쯤에 달할 것으로 보고 있다. 예를 들어 소섬(舊左邑 演坪里) 東天津洞의 해녀수는 1985년 현재 공식적으로 43명으로 집계되었으나「1985年度 業務報告」, 演坪法人 漁村契), 東天津洞 주민들은(김선옥, 여·56, 우평순, 여·49 등) 80명에 이른다고 밝히고 있다.

데, 한둘 있다면 그 稀貴性 때문에 記事거리일 수 있다. 이 점은 日本의
南九州 등에서 숱한 男性들이 무자맥질 하는 사실과 썩 대조적이다.

해녀들은 오로지 해녀질만 專業하는 게 아니다. 여느 農家에서처럼
밭을 가지고 뭇여성들과 마찬가지로 농사를 지으면서 물때에 맞춰 물
질을 한다. 그러니까 그들의 밭은 육지에만 있지 않고 바다까지 쭈욱
뻗쳐 있는 셈이 된다. 예를 들어 北濟州郡 舊左邑 演坪里, 곧 소섬58)의
경우는 水産業의 소득이 農業에 따른 소득을 훨씬 앞질러 그 갑절에
이르는 主漁副農의 섬이지마는, 純農家는 소섬 주민의 3%뿐이라고 한
다.59) 제주도 해녀의 경우 그들의 밭은 뭍과 바다 두 곳에 널따랗게 펼
쳐져 있다. 그들은 거의 농사를 지으므로 그 兼業率은 97%에 이르리라
推算된다.

海女라고 하면 血統에 따라서 世襲하거나 하는 특수한 人種으로 자
칫 曲解하는 듯이 보이지마는, 해녀들에게는 특수한 血統이 있을 수
없다. 말하자면 그 潛水能力이 遺傳的인 素質로 이루어지지는 않는다.
무자맥질은 열두세 살부터 익히기 시작해서 열일곱 살쯤 되어 가면 그
潛水技倆이 뚜렷한 판가름되어 간다. 海女作業이 극성스런 마을에서는
어린 소녀의 물질도 家庭經濟의 중요한 所得源이 된다.

이제도 소섬의 경우엔 중학생이 우뭇가사리 등을 채취해서 상당액
을 저금하는 경우가 있다. 다만 진학률이 점차 높아져서 1960년대에만
해도 소섬에서 속담처럼 만연되었던 바, "딸 셋이면 한 해에 밭 한 뙈
기씩 사들인다"는 말은 옛말이 되어간다. 소섬 東天津洞의 경우, 1985

---

58) 牛島, 제주도의 城山浦 東北쪽 3.8㎞ 지점에 있는 면적 6.79㎢의 자그만 附屬
　　島嶼, 1985년 현재 693家口에 3,294명의 人口를 지닌 主漁從農의 섬이다.
59) 1985년 8월 演坪里 農協支所의 통계.

년 현재, 高卒海女는 단 한명이라 할 만큼,[60] 우선 부모들이 해녀질을 平生 職業으로 물려주려 하지 않는다. 소섬에서는 극성스런 해녀질로 말미암아 女兒選好意識이 짙었었다. 곧 소섬에서는 지난날 "딸은 낳으면 돼지를 잡아서 잔치하고, 사내는 낳으면 엉덩이를 발로 박찬다"는 말까지 번졌었다. 또한 소섬에서는 한 본토의 계집애를 데려다가 戶籍에 넣고 한 식구로 삼아서 해녀질을 하게 하는 養女制度[61]가 꽤 번졌었는데, 이제는 男女兒 가릴 것 없이 진학하므로 딸을 도리어 부담스러워 한다. 밀물 같은 高學歷趨勢와 함께 高卒이라더라도 해녀작업을 즐겁게 택하고 自尊意識을 지녀 신성한 生業으로서 이어나갈 건전한 職業觀이 아쉽다고 역설하는 소섬의 주민들도 있었다.

2) 海女의 入漁와 그 技倆의 習得

海女의 물질은 〈곳물질〉(加波島 등지에서는 〈덕물질〉이라 한다.)과 〈뱃물질〉로 나누어진다. 해녀들이 바닷가에서 헤엄쳐 나가서 치르는 물질을 〈곳물질〉(덕물질)이라 하며, 15~20명 쯤이 함께 배를 타고 나가서 치르는 물질을 〈뱃물질〉이라 하는데, 이의 구분은 海岸의 생김새에 따른다. 예를 들면 소섬의 경우는 〈곳물질〉(덕물질)을 하며 城山邑 吾照里에서는 〈뱃물질〉이 위주다. 해촌에 따라서는 〈곳물질〉(덕물질)

60) 北濟州郡 舊左邑 演坪里 1750-6, 우평순(여·48))의 말.
61) 이 養女制度는 소섬 특유의 慣行으로서, 養女가 한 식구로 큰 다음에 소섬에서 결혼하고 성실하게 사는 사람들이 있다. (「國文學報」 第5輯, 濟州大國語國文學會, pp.106~110, 1973) 소섬 동천진동 등대여인숙의 우평순 여인(48)의 媤家에도 2남3녀가 있지만, 어렸을 때 釜山에서 데려온 여인(전○○, 40)이 올케로서 구김살 없이 그곳에서 결혼하고 2남2녀를 키우면서 지내고 있다. 海女들이 숱한 日本의 舳倉島에서도 貧農의 계집애를 데려다가 養女로 삼는 慣行이 있었다.(瀨川淸子, 「海女」, p.112, 未來社, 1970)

과 〈뱃물질〉을 병행하기도 한다. 그럴 경우에는 지역에 따라서 그 入
漁時期와 시행하는 海女階層의 구별이 드러나기도 한다. 加波島의 경
우 〈뱃물질〉은 3월~9월 사이에만 치러지며 上軍海女들만이 감당한
다. 〈뱃물질〉하던 上軍들도 10월이 들어 날씨가 추워져 가면, 겨울철
을 나기까지 〈ᄀᆞ물질〉(덕물질)을 한다.[62] 〈뱃물질〉할 때의 배는 지금
은 모두 4톤~8톤 정도의 發動船이지마는, 1960년대 초까지만 해도 돛
배를 썼었다. 바람이 너무 자거나 風向이 거슬릴 때에는 돛배를 탄 해
녀들이 함께 櫓를 저었었고, 櫓를 저으면서 〈해녀노래〉를 구성지게 불
렀었는데, 이제는 發動船으로 대체됨으로써 〈해녀노래〉의 自然的 歌唱
機緣 역시 잃은 셈이다.

해녀들은 한 달 평균 15일쯤 작업하는데, 추운 겨울철에는 그 작업
일수가 줄어든다. 春夏秋冬 사시절을 가리지 않고 물질하지마는, 파도
가 일거나 물속이 너무 흐리거나 하는 날엔 쉰다. 눈이 오거나 비가 내
리더라도 바다가 거칠지만 않는다면 물질을 한다. 海女作業은 潮水의
상황과 깊이 관련되어 있으매, 음력을 기준으로 15일간 단위의 潮水週
期를 해녀들은 익숙하게 기억하고 있다. 제주도내 몇 마을의 潮水名을
일람으로 보이면 다음과 같다.

---

62) 濟州大國語國文學會, 「國文學報」 제6집, p.168, 1974.

濟州海女의 月別 平均 作業日數 對比

月別	城山邑 吾照里	西歸浦市 大浦里	舊左邑 演坪里(소섬)	大靜邑 加波島	翰京面 龍水里
1	9.6日	13.1日	4.4日	6.5日	4.1日
2	9.6	9.3	6.3	8.6	5.3
3	12.6	8.7	7.3	12.6	13.4
4	16.6	8.5	10.2	14.6	7.8
5	12.3	7.8	12.5	13.5	3.4
6	14.0	10.9	13.7	16.8	8.3
7	17.7	11.6	16.5	16.5	12.1
8	10.6	8.4	15.0	16.5	13.2
9	7.6	5.2	14.0	14.2	5.6
10	7.0	4.3	9.7	12.1	3.1
11	6.3	5.4	4.7	8.7	3.6
12	7.0	8.1	6.6	6.2	0.8

* 자료 : 「海村生活調査報告書」, 濟州大, 1978.
　。吾照里 : 1974년 7월 조사　　。大浦里 : 1975년 8월 조사
　。소　섬 : 1973년 8월 조사　　。加波島 : 1974년 8월 조사
　。龍水里 : 1973년 12월 조사

潮水名 一覽

陰曆日字	加波島	中文里	龍水里	吾照里	倉川里	소섬
陰曆1日	일곱물	일곱물	일곱물	으듭물	일곱물	으듭물
2	으듭물	으듭물	으듭물	아홉물	으듭물	아홉물
3	아홉물	아홉물	아홉물	열물	아홉물	열물
4	열물	열물	열물	열흔물	열물	열흔물
5	열흔물	열흔물	열흔물	열두물	열흔물	열두물
6	막물	막물	열두물	막물	열두물	막물
7	아끈조금	아끈줴기	아끈줴기	아끈줴기	아끈줴기	아끈조(줴)기
8	한조금	한줴기	한줴기	한줴기	한줴기	한조(줴)기
9	분할	부날	계무슴	흔물	부날	흔물
10	흔물	흔물	흔물	두물	흔물	두물
11	두물	두물	두물	서물	두물	싀물
12	싀물	서물	서물	너물	싀물	늬물
13	늬물	너물	너물	다섯물	늬물	다섯물
14	다섯물	다섯물	다섯물	으숫물	다섯물	으숫물
15	으숫물	으숫물	으숫물	일곱물	일곱물	일곱물
16	일곱물	일곱물	일곱물	으듭물	으듭물	으듭물
17	으듭물	으듭물	으듭물	아홉물	아홉물	아홉물
18	아홉물	아홉물	아홉물	열물	열물	열물
19	열물	열물	열물	열흔물	열흔물	열흔물

陰曆日字	加波島	中文里	龍水里	吾照里	倉川里	소섬
20	열흔물	열흔물	열흔물	열두물	열두물	열두물
21	막물	막물	열두물	막물	아끈줴기	막물
22	아끈조금 (족은조금)	아끈줴기	조금	아끈줴기	한줴기	아끈조(줴)기
23	한조금	한줴기	한조금 (한줴기)	한줴기	부날	한조(줴)기
24	분할	부날	게무슴	흔물	흔물	흔물
25	흔물	흔물	흔물	두물	두물	두물
26	두물	두물	두물	서물	싀물	싀물
27	싀물	서물	서물	너물	늬물	늬물
28	늬물	너물	너물	다섯물	다섯물	다섯물
29	*다섯물	*다섯물	*다섯물	**ᄋᆞᆺ물	ᄋᆞᆺ물	**ᄋᆞᆺ물
30	ᄋᆞᆺ물	ᄋᆞᆺ물	ᄋᆞᆺ물	일곱물		일곱물

　* 29日인 달은 29日을 「ᄋᆞᆺ물」로 하고 「다섯물」은 뺀다.
　** 29日인 달은 29日을 「일곱물」로 하고 「ᄋᆞᆺ물」은 뺀다.
　　◦ 加波島 : 「國文學報」 제6집(1974)
　　◦ 中文里 : 「國文學報」 제7집(1975)
　　◦ 龍水里·吾照里 : 「海村生活 調査報告書」(1978)
　　◦ 소　섬 : 「國文學報」 제5집(1973)

　해녀들에게는 바다가 밭이나 다름없으므로 바다의 事情에는 훤히 밝다. 15일 단위로 되풀이되는 潮水의 週期를 〈흔물찌〉라 하면서 그날 그날의 漁場의 實態는 성숙한 해녀라면 누구나마 어련히 익히고 있다. 上軍海女인 어느 누구는 우뭇가사리를 엄청나게 잘 캐어서 〈흔물찌〉에 몇 십만 원 소득을 올렸다느니, 〈두물찌〉 물질하고 벌어서 무슨 家具를 사들였다느니 하는 얘기가 파다하게 마을에 번진다. 이런 話題는 그들 日常의 소담스런 喜悅이기도 하다.

　물질 나갈 때 해녀들의 식사는 간편하다. 만약 배가 부르게 되면 몸놀림이 민활하지 못해서 해산물 採取活動에 지장이 온다. 따라서 조반을 간단히 치르고 고무옷을 입어서 아침나절에 裸潛活動을 시작하는 경우에는 점심시간을 아랑곳함이 없이 종일 작업한다. 고무옷을 입으

면서부터 작업시간도 6·7시간이나 이어갈 만큼 무척 길어져서 배가
몹시 고파야 작업을 그만둔다.[63] 고무옷 착용으로 깊은 바다에 들어가
오래 일할 수 있으므로, 漁獲量은 불어나는 반면, 體力消耗에 따른 健
康管理, 증가하는 職業病의 문제가 그 逆機能으로 절실히 대두된다.

單獨入漁는 삼가고 이웃 해녀들과 함께 물질하는 것이 그들의 不文
律이다. 일단 채취할 곳까지 이른 해녀들은 지니고 간 〈테왁〉과 〈망시
리〉를 水面에 띄워 두고 潛水, 採取하는 일을 수10회 되풀이한다. 무자
맥질, 곧 潛水하는 일을 제주도에서는 〈숨빈다〉고 하는데, 한번 숨비어
나오는, 곧 1회의 潛水時間은 제각기여서 대중없지마는 평균 30초 동
안이다. 上軍의 경우에는 무려 2분까지 견딘다는 점에서 국내외에 걸
쳐 해녀들의 特殊生理 연구에 유다른 관심을 쏟고 있다.

무자맥질을 수10회 되풀이하고 나면 바닷가나 배 위에서 불을 지피
고 몸을 쬔다. 이때에는 서로가 큰소리로 떠들면서 까발리는데, 마치
싸움이라도 하는 듯 그야말로 와자지껄이다. 潛水作業을 하다가 쉬는
시간에 몹시 떠드는 일은 活力을 되살리는 기능도 지닌 듯, 日本의 海
女들도 불을 쬐면서 와자지껄한다고 기록하고 있다.[64] 어찌어찌해서
큰 전복을 캐었다든가, 숨이 너무 짧아서 우둥퉁 살찐 전복을 놓쳤다
든가, 水中眼鏡에 물이 들었다든가, 깊은 물속에서 발이 암초에 걸려
혼났다든가, 모처럼의 採取物을 들고 나오다가 떨어뜨렸다든가, 어느

---

63) 박성인 외(박양생 지도) "한국해녀의 잠수생리학적 특성"(「히오라비」 제2집,
　　p.111, 고신대학의학부학도호국단, 1985)에서 밝힌 바에 따르면, 고무옷 곧 潛
　　水服을 착용함으로써 해녀들이 잠수작업시 外殼絶緣度는 綿水泳服을 착용할
　　때보다 2.7배가량 증가되었다고 보고되고 있다. 그 결과 작업시 體熱損失量
　　이 현저히 감소되었으며, 體溫下降이 미미하게 되어 體溫調節問題가 더 이상
　　潛水作業時間을 결정하는 要因이 되지 않게 되었다는 것이다.
64) 瀨川淸子, 「海女」, p.147, 未來社, 1970.

여, 어떤 바위틈에 큰 전복이 보였지마는 도저히 캘 수는 없겠더라든
가, 어느 누구의 漁獲量이 유달리 많다든가, 주로 採取物과 採取過程을
둘러싼 이야기가 話題의 主流를 이룬다. 우스갯소리를 던져서 한바탕
신명나게 웃기도 한다. 이처럼 발랄한 대화가 이루어지는 곳은 〈굿물
질〉인 경우는 바닷가요, 〈뱃물질〉일 때에는 배 위다. 곧 바닷가에서도
여름이면 바위 밑을 가려 5~10명씩 짝을 이루어 脫衣場을 삼은 곳이
요, 겨울철이면 바닷가 군데군데 마련된 〈불턱〉이다. 〈불턱〉이란 바닷
가 바위 위의 바람막이에 둥그스름하게 돌들을 쌓아서 만든 해녀들의
脫衣場이면서 불을 쬐며 쉬는 곳이다. 한 번 바다에 들고 나서 다시 드
는 사이에 불을 쬐고, 물질을 모두 마치고 나서 또 물을 쬔다. 땔감은
보릿짚이나 조짚, 雜草木 따위다. 해녀들은 불을 쬐며 쉴 때, 서로가
採取物을 견주어 보면서 內心으로는 결렬한 競爭意識도 품는다. 일단
무자맥질하기 시작해서 쉬러 뭍으로 나오는 동안을 한 번의 물질이라
한다면, 해녀들은 하루 평균 두 번 물질한다.

　다음 圖表에서 보면 1일 평균작업회수가 2회로 드러났지마는, 이는
〈물옷〉이라는 在來의 綿製海女服을 입었거나 在來服과 고무옷을 混用
할 때의 상황이고, 어디를 가든 고무옷을 專用하는 오늘로서는 일단
바다에 들면 3~4시간 물질이 이어지거나 6시간 남짓까지도 견딘다는
점에서 그 作業回數는 줄어드는 터이다.

　〈테왁〉과 〈망시리〉를 물 위에 띄워 두고 무자맥질한 해녀들은 30초
쯤 물속에서 해산물을 채취하고 水面으로 나왔다가 또 潛入하는 일을
되풀이한다. 일단 水面으로 올라올 때마다 해녀들은 呼吸을 調整한다.
한꺼번에 긴 숨을 내쉬면서 炭酸가스를 삽시간에 뱉고 酸素를 받아들
이는 작용이다. 이른바 過度換氣作用으로서 이때에 입술을 움츠리고
갑자기 큰 숨을 내뿜는 휘파람 소리가 바닷가 멀리 번진다. 물질이 한

창일 때면, 숱한 해녀들의 휘파람 소리가 해안에 메아리치는데, 이는 흡사 交響樂 같아서 異國的 情趣를 자아내게도 한다. 〈숨비소리〉·〈솜비소리〉·〈숨비질소리〉·〈솜비질소리〉 등으로 불리는 이 過度換氣作用은 生理學的으로도 유다른 관심이 쏠리는 줄 안다.

濟州海女의 月別 1日 平均 作業回數 對比

月	城山邑 吾照里	西歸浦市 大浦里	舊左邑 演坪里(소섬)	大靜邑 加波島	翰京面 龍水里
1	1.9回	2.4回	1.1回	1.7回	1.2回
2	1.9	2.3	1.2	1.8	1.5
3	2.1	2.4	1.8	2.0	2.4
4	2.4	1.8	2.0	2.3	2.2
5	1.8	2.1	1.9	2.4	0.6
6	1.9	2.1	2.1	2.6	0.8
7	1.7	2.3	2.2	2.8	2.1
8	1.9	1.6	1.9	2.8	2.0
9	1.8	1.4	1.7	2.2	1.4
10	1.8	1.3	1.7	2.1	0.8
11	1.8	1.7	1.3	1.8	1.3
12	1.8	1.9	1.3	1.7	0.3

* 자료 : 「海村生活調査報告書」, 濟州大, 1978.
 ◦ 吾照里 : 1974년 7월 조사   ◦ 大浦里 : 1975년 8월 조사
 ◦ 소 섬 : 1973년 8월 조사   ◦ 加波島 : 1974년 8월 조사
 ◦ 龍水里 : 1973년 12월 조사

海女는 그 技倆의 차이에 따라 대체로 세 단계로 구분된다. 이른바 上軍·中軍·下軍으로 나누어지는데, 이 구분은 한몫의 해녀가 된 다음, 오로지 그 漁獲技倆에 따를 뿐, 반드시 연령의 높낮이에 매이지는 않는다. 그 呼稱도 갖가지로 드러난다.

　　上級海女~上軍·상줌수(上潛嫂)·큰줌녜(潛女)·왕줌녜 등.
　　中級海女~中軍·중줌수(中潛嫂)·중줌녜 등.

下級海女~下軍·하줌수(下潛嫂)·족은줌수·족은줌녜·돌파리·똥
군·ᄀᆞᆺ줌녜·블락줌녜 등.

下軍을 〈돌파리〉·〈똥군〉이라 함은 그 技倆이 썩 모자람을 빗대어
말하는 말이겠고, 〈ᄀᆞᆺ줌녜〉란 말은 〈ᄀᆞᆺ〉, 곧 바닷가 얕은 곳에서나 물
질하는, 곧 初步的인 〈ᄀᆞᆺ물질〉이나 하는 해녀란 뜻이다. 〈블락줌녜〉라
는 뜻은 한참 무자맥질할 시간인데도 技倆이 모자라서 海面에 드러나
고 애써 〈테왁〉을 붙잡으려고 숨을 할딱이며 〈블락블락〉함을 빈정거
려 표현한 말이다. 소섬 등지에서는 上軍 가운데 特出한 해녀를 〈大上
軍〉이라 일컫기도 한다. 해녀의 계층이 이처럼 三分되기는 하지만, 흔
히 通用되는 말은 上軍과 下軍이다. 이 계층은 곧 무자맥질의 技倆과
能力의 차이이매, 그 所得도 역시 꽤 거리가 있다. 예들어 소섬 해녀의
수입은 1985년을 기준한다면, 한 달 上軍은 50만원쯤, 中軍은 30만원쯤,
下軍은 5~10만원이었다.

海女作業, 곧 물질의 技倆은 어떻게 익혀지는 것일까. 그 기량은 대
대로 世襲하는 것도 아니요, 갑자기 熟達되는 것도 아니다. 오로지 꾸
준하고도 옹골진 修練에 따를 뿐이다. 先天的, 遺傳的 素質로 말미암아
태어날 때부터 裸潛技倆을 몸에 지니고 나는 해녀는 없다. 어렸을 때
부터 바다에서 살면서 거듭거듭 꾸준하게 익혀온 反復訓練의 결과인
것이다.

바닷가 어린이들에게는 짙푸른 바다가 그들의 집이요 마당이다. 어
린이들은 멀리 펼쳐진 水平線을 집 울타리로 관념한다. 海村의 여자
어린이들은 여름철 내내 날이면 날마다 〈작은테왁〉을 바구니에 넣고
바닷가로 떼 지어 왁자지껄 몰려든다. 바닷가 바위 위에 옷을 훨훨 벗
어 바구니에 구겨 넣어둔 채, 물안경을 끼고 〈테왁〉을 들면, 물에 들

채비는 끝난다. 아직 해녀질을 익히지 못한 조무래기들도 함께 뛰어들어 헤엄치기를 배운다. 솜씨가 서툴러서 제대로 잡힐 리 없지마는 우뭇가사리도 캐고 소라도 캐는데, 얼마쯤을 꼭 캐어야 할 强迫이 업으매, 캐어져도 그만, 못 캐어도 그만이다. 벗들과 더불어 시원하고 신비로운 바닷속을 드나들며 즐기는 데 오히려 뜻이 있으므로 캐어지면 喜悅이 일고 못 캐더라도 그리 안달복달할 것 없다. 대부분 국민학교에 다니는 이 어린이들은 일과 遊戱의 구별이 모호하다. 반드시 所得이 얽매이지만은 않는, 썩 즐거운 놀이이기도 하다. 아직 제격으로 무자맥질할 줄 모르는 꼬마는 언니의 몸을 붙잡고 헤엄을 배우는데, 번번이 실수할 때면 그들은 박장대소한다. 배가 고파질 쯤해서 집으로 가면서도 그들은 여전히 수다스러워서, 이야기가 반이요, 行動이 반이다. 놀이를 겸한 그들의 물질은 單調롭지만 健康하다.

이렇게 자라는 사이에 이들은 어엿한 下軍이 되고, 技倆이 늘면서 中軍·上軍이 된다. 하찮은 우뭇가사리와 소라를 팔아서 備蓄하면서 自立·自尊의 기틀도 굳히는 셈이다. 필자는 이러한 어린이들의 물질 모습을 1973년 여름 어느 날, 하루 종일 소섬의 바닷가에서 관찰한 바 있었다. 1985년에 이르러서는 20대 해녀도 썩 줄어들었을 뿐더러, 어린이들이 물질을 즐겨 배우는 關心과 熱意도 激減되었음을 보고 사람 삶과 世態의 急變을 실감했다.

이들은 몇 살쯤 해서 한 몫의 海女로서 나서게 되는가. 1973~74년 사이의 조사결과를 보면, 해녀질을 시작하는 연령은 15세~18세 사이다. 마을에 따라서 해녀작업이 시작되는 연령의 차이가 드러나는 까닭은 갖가지이겠지만, 그 마을에서 얼마나 물질이 극성스러운가, 또는 그 마을의 물질은 〈뱃물질〉·〈ㄱᆞᆺ물질〉(덕물질) 어느 쪽인가에도 부분적인 까닭은 있겠다. 〈ㄱᆞᆺ물질〉(덕물질)일 경우는 해녀들이 作業場까지

헤엄쳐 나가서 치르므로 水深이 얕고 비교적 일이 수월스러움에 비하
여, 〈뱃물질〉은 함께 배를 타고 일정한 바다에까지 나가서 하는 작업
이므로 海底가 깊숙하고 일이 벅차서 어린 나이로는 감당키 어렵다.
따라서 물질이 극성스러워서 바다에 의한 家計依存度가 농사에 비해
갑절쯤 될뿐더러, 온통 〈ᄀ물질〉(덕물질)만 치르는 소섬의 경우, 해녀
들이 물질을 시작하는 연령 또한 평균 15.9세로서 가장 앞섰다. 이에
비하여 龍水里나 吾照里 海女들인 경우 18.4세, 17.4세 등으로 물질을
시작하는 연령이 늦어진 까닭은 다른 지역들이 主漁副農인데 비하여
半農半漁라는 生業의 차이가 있겠고, 또한 〈뱃물질〉 위주라는 데도 원
인되는 줄로 안다.

濟州海女의 作業始作 年齡 對比

里別	城山邑 吾照里	西歸浦市 大浦里	舊左邑 演坪里(소섬)	大靜邑 加波島	翰京面 龍水里
海女作業始作 平均年齡	17.4歲	16.9	15.9	16.7	18.4

* 자료 : 「海村生活調査報告書」, 濟州大, 1978.
  ◦ 吾照里 : 1974년 7월 조사   ◦ 大浦里 : 1975년 8월 조사
  ◦ 소 섬 : 1973년 8월 조사   ◦ 加波島 : 1974년 8월 조사
  ◦ 龍水里 : 1973년 12월 조사

이들은 몇 세에 이르기까지 해녀작업에 종사하는가. 漁村契員의 加
入規程은 15세에서 60세 사이로 되어 있으나, 실제 裸潛漁業에 종사하
는 연령은 70고령까지 치닫는다. 1985년 여름에도 80세의 노파가 무자
맥질하지는 않은 채였지만, 톳을 채취하는 것을 舊左邑 杏源里 바닷가
에서 목격했었다. 그러나 이들이 무자맥질할 경우란 지난날 미역을 解
警(許採)하거나, 오늘날 우뭇가사리·톳 따위를 解警(許採)하는 날에서

며칠 동안에 쏠린다. '解警'이란 '許採', 또는 '대즈문'이라고도 하는데, 資源保護를 위해 採取物을 일정기간 禁採했다가 일제히 채취하는 일을 말한다. 이때는 한창 活動期인 해녀들 외에 소녀들과 노파들마저도 물질에 참여하고, 채취물을 운반하느라 남자들까지도 동원된다. 바닷가는 그야말로 人山人海를 이루며, 生業의 아우성이 마을과 바다로 메아리친다.

노파해녀들의 물질은 解警(許採)하는 한 무렵뿐이요, 평상시에는 가끔 얕은 바다에서 소라 따위를 캐거나, 脫衣하지 않은 채 물속 바위를 거닐며 톳 따위를 캐는, 이른바 潛在海女들이다. 노파해녀들에 대한 特惠가 규정되어 있거나, 일반화되어 있지는 않다. 물질하던 한창인 해녀가 漁場에서 노파해녀와 마주쳤을 때에는 水面에 나왔다가도 이내 또 무자맥질해서, 곧 〈곱숨비여서〉 소라 따위를 캐고 선사하는 禮遇도 가끔은 있다. 1970년에 현지 조사한 바에 따르면, 韓國의 最南端 馬羅島의 경우, 이른바 〈할망바당〉(할머니의 바다라는 뜻)이라고, 61세 이상 된 노파들만이 입어할 수 있는, 해안에 이르는 通路가 덜 가파르고 해산물이 가멸진 어장을 일종의 敬老慣行으로서 劃定해 놓았었다.

3) 海女會(潛嫂會)

해녀들의 어로활동을 원활히 이끌어 나가기 위하여 마을마다 自治機構인 海女會가 있다. '潛嫂會'라고도 하는 이 海女會에서는 漁村契와 함께 해녀들의 義務와 權利를 관장하고, 漁場管理, 入漁權 規制, 入漁 時期 調整, 海女들의 集團意思의 代辨, 海女의 權益伸長 등을 맡는다. 漁村契 單位로 海女會가 조직되는 게 常例이지마는, 소섬 같은 경우에는 單一法人漁村契 구역인데도 지역이 너르고 裸潛漁業이 극성스런 곳이므로 洞別로도 海女會(婦人會)가 조직되어 있다. 곧 소섬은 北濟州

郡 舊左邑 演坪里라는 한 마을로 되어 있으나 가멸진 漁場을 지닌 자그만 섬이다. 이 섬은 몇몇 官署와 學校들이 들어선 中央洞까지 12개 自然部落으로 나누어졌는데, 섬 한복판인 中央洞을 빼고 섬을 뱅 돌며 바닷가에 흩어져 있는 11개 동마다 구획된 漁場을 지니며 제각기 海女會도 조직되어 있다. 소섬에서는 '대ᄌᆞ문' 또는 'ᄌᆞ문'이란 말을 흔히 쓰지마는, 우뭇가사리나 톳을 解警할 때에도 漁村契長·里長·洞長과 함께 海女會長이 주관한다. 海女會는 海女社會에 있어서 實質的인 機能이 뚜렷하다. 海女會는 形式的이거나 儀禮的인 모임이 아니라, 日常的인 삶과 生計와 직결된 일을 공동으로 처리하는 모임이기 때문이다.

海女作業은 여러 면에서 共同體的 性格을 띤다. 우선 물질은 언제나 혼자 나가질 않고 이웃과 함께 떼 지어 나가는 게 不文律이므로 아예 共同作業의 성격이 짙다. 또한 그 採取時期나 採取物의 販賣가 共同으로 결정되며 雜草를 베어서 가멸진 漁場을 가꾸거나, 紛爭이 일 경우 그 동네의 漁場과 入漁權을 합리적으로 확보하는 일도 共同으로 처리된다. 더구나 漁場은 한결같이 평온하기만 한 農土와 달라서 危險이 도사리고 있는 곳이므로 共同對處가 늘 절실하다. 그들의 共同漁場인 바다는 潮流와 날씨의 변화에 따라서 그야말로 千態萬象이므로 그날그날의 作業의 可否와 作業時間 調整 등만 해도 서로 유대가 깊어야 되고 情報疏通이 활발해야 한다. 그날 물질을 하든 말든, 많이 채취하든 말든, 무엇을 채취하든, 얼마나 오래 물질하든, 그것은 전혀 個個人의 所管이요, 어느 누구의 간섭을 받지 않아도 된다는 점에서는 個人的이지마는, 물질은 그 作業性格上 이처럼 共同體的 要素를 짙게 띤다. 합의된 바 集團意思에 따라서 작업하고 행동해야 實利的이고 海女社會의 秩序가 순조로우며, 두려운 바다의 위험에서 함께 대처할 수도 있다. 함께 論議하고 實行하는 데서 生産的인 즐거움이 솟고, 삶의 보람도 소담스레 가꿀 수 있게 된다.

海女會에는 회장·부회장·총무를 두고 정기총회는 한 해에 한 번 열린다. 그들의 모임은 오히려 生産活動과 직결되는 協議事案이 구체적으로 불쑥불쑥 드러날 때마다 물질 채비를 하거나, 마쳤을 때 바닷가 脫衣場 부근에서 열려지는 임시 모임이 잦다.

4) 濟州海女의 特殊技倆

해녀작업은 農繁期나 農閑期가 구분되는 농사짓기와는 달리, 그 작업시기가 따로 마련된 게 아니어서 年中無休다. 따라서 제주해녀들은 눈보라가 휘몰아치는 한겨울에도 바다에 뛰어들 만큼 추위에 견디는 힘, 곧 耐寒力이 유별스럽다. 따라서 이들의 한겨울철의 물질 모습을 처음 목격하는 이들은 크게 感動하게 된다. 이러한 耐寒力 등 제주해녀들의 特殊技倆은 강조될 만하며 숱한 과제를 던져 준다.

世宗 때에 奇虔收使가 제주도에 부임해 와서 처음으로 도내를 巡歷할 때의 逸話다. 눈보라와 하늬바람이 짓궂게 몰아치던 날, 사또가 初度巡視를 나서서 어느 海岸에 이르렀을 때 해녀들이 바닷물 속으로 풍덩풍덩 뛰어드는 모습을 목격했다. 너무나 엉뚱한 광경에 부딪친 사또는 깜짝 놀랐다.

"저런, 저런 일이 다 있나? 이것 참 큰일이로구나. 제주도엔 왜 미친 여자들이 이처럼도 많은가?"

해녀작업에 대한 見聞이라곤 전혀 없었던 사또로서는 일행들의 설명을 듣고서야 비로소 해녀들의 물질 모습임을 알아챘다. 해녀들은 春夏秋冬 가릴 것 없이. 嚴冬에도 저렇게 裸潛漁業을 해야 삶을 꾸려 나간다는 말을 유심히 듣고서야, 자기가 먹는 전복·소라도 저렇게 목숨 걸고 캐어지는 사실을 충격적으로 확인했다. 드디어 사또는 생명을 바처서 캐낸 전복 · 소라를 차마 어떻게 먹겠는가고, 그 다음부터는 제주 목사를 離任할 때까지 일체 海藻類 · 貝類를 밥상에 올리지 못하게 하고 먹질 않았었다는 말이 전한다. 朝鮮朝 正朝 또한 제주도에서 진상해 올린 전복에 대하여 그 採取過程을 샅샅이 듣고 난 다음부터는 해녀들의 非常한 辛苦를 헤아리면서 전혀 들지 않았었다 한다.

海女의 耐寒力은 학계에서도 관심거리의 하나다. 延大의 洪碵基 교수와 뉴욕州立大의 허만 란(Hermann Rahn) 교수가 共同硏究 執筆한 〈韓國과 日本의 海女〉(The Diving Women of Korea and Japan)[65]에서도 이 特有의 耐寒力은 지적되고 있다. 곧 한국의 해녀들은 바닷물의 온도가 50°F밖에 안되는 추운 겨울에도 潛水를 계속하고 있으나, 이때에는 추위 때문에 작업시간이 매우 짧다는 점, 해녀들은 일반여자들보다 低溫의 水中에서 戰慄을 일으키지 않고 견딜 수 있다는 점을 관찰하여 이를 밝혔다. 말하자면 正常男子의 경우 88°F에서 전율을 일으키며, 일반여자는 전율을 일으키는 水中水溫 82.0°F에서도 해녀들은 세 시간 동안 전율을 일으킴이 없이 견딜 수 있다는 것이다. 그러므로 해녀들에게는 長期間의 訓練으로 말미암아 寒冷暴露時 戰慄發生에 대한 抵抗이 생겨 있는 것이 아닌가 함이다.

해녀작업과 月經 및 分娩과는 어떠한 상관일까. 해녀들은 月經이거나 分娩 直前 直後에도 물질한다. 分娩이 닥친 무거운 몸으로도 千辛萬苦를 무릅쓰고 해녀작업을 치른다. 물질을 마치고 歸家하기 앞서서 분만하는 경우도 종종 있으니, 예를 들면 南濟州郡 城山邑 吾照里에서는 '축항둥이'의 이야기가 전해진다. 滿朔인 한 부인이 다른 해녀들과 함께 배를 타고 이른바 〈뱃물질〉을 마치고 돌아오는 길이었는데 항구

---

65) 洪碵基 · Hermann Rahn, 앞의 논문, pp.150~170.

에 내리자마자 産痛에 직면하여 애를 분만했는데, 그 애의 별명을 '축항둥이'라 이름했다는 것이다. 소섬 西天津洞의 한 여인은 소섬 안에서도 해산물이 썩 가멸지게 생산되는 迎日洞의 〈너런지바당〉이란 漁場으로 물질 나갔었다. 소섬의 남쪽 西天津洞에서 북쪽 迎日洞까지는 섬 한복판을 가로질러 걸어 다녀야 한다. 그녀는 〈너런지바당〉에서 물질을 마치고 돌아오는 길에 産痛을 느껴 다급한 대로 길에서 분만했고, 애의 별명을 〈질둥이〉라(제주에서는 '길'을 '질'이라 한다.) 했다 한다. 北濟州郡 翰京面 龍水里에서도 한 여인이 물질을 마치고 돌아오는 길에 애를 낳았었고 길에서 낳았음을 기념하여 〈吉童이〉라 이름 지었었으니, 1939년의 일이었다 한다. 이런 逸話 그다지 드물지 않다. 産後調理는 대체로 7일~15일 정도인데, 어떤 해녀는 産後 3~4일 후 억척스럽게 물질을 나서는 경우도 있다.

해녀들은 어느 만큼의 水深에서 작업하는가. 在來의 綿製 海女服을 입었을 때에도 이들은 보통 바닷속 15~20피트에서 물질하지마는, 필요할 때면 70피트까지 들어간다. 70피트라면 21m 33.6cm에 이른다. 물속에서의 작업시간은 평균 30초 동안이며, 그 가운데 15초는 海低에서 海産物을 채취하는 데 소비하고 水面으로 떠오른다. 水面으로 돌아온 해녀들은 〈테왁〉에 몸을 의지한 채 약 30초쯤 이른바 〈숨비질소리〉란 過度換氣를 하고 다시 물속으로 潛入한다. 따라서 潛水의 週期는 약 1분이 되는데, 잠수는 꾸준히 되풀이된다. 특수한 장비를 갖추지 않는 裸潛漁法으로 水深21m 이상 潛入, 採取作業할 수 있다는 그 技倆은 주목할 만하다. 제주에서는 물속의 깊이를 〈질〉('길'의 제주어)로 헤아리는데, 열 질 남짓 물질할 수 있는 上軍이라면 소문날 만큼 손꼽힌다. 〈질〉(길)이란 사람의 키의 길이로서 1m83cm로 환산되는데, 열 질이라면 18m30cm에 이른다.

1974년 南濟州郡 摹瑟浦 앞바다의 加波島에서 확인해 보았더니, 그곳에서 열 질 이상 물질할 수 있는 해녀는 20명에 이르렀고, 열두 질 들어갈 수 있는 해녀는 김여옥 등 11명이었다. 加波島는 모슬포에서 한국의 最南端 馬羅島로 이르는 사이에 놓여진 부속도서인데, 전복·소라 등 해산물이 풍부하고 물질이 극성스런 곳으로서 城山浦 앞바다의 소섬(牛島·舊左邑 演坪里)과 함께 해녀 마을로 이름 높다. 열두 질이라면 무려 21m96cm에 이른다. 더구나 1970년대 후반기에 이르러 在來의 海女服이 고무옷으로 탈바꿈됨으로써 潛水作業時間이 연장됨은 물론, 潛入하는 깊이도 15질(27m45cm)까지 이른다 한다. 그들은 실로 櫓 저으며 부르는 〈해녀노래〉에 드러나듯이 "七星板을 타서 다니고, 銘旌布를 머리에 이고 살면서", "저승길이 오락가락하는" 가운데, 저들의 生業에 全力投球한다.

```
탕댕기는        칠성판아
잉엉사는        멩정포야
못홀일이        요일이여
모진광풍        불질말라
(拙著: 「濟州島民謠硏究(上)」, 833번의 자료)
```

〈語釋〉
```
타고 다니는     七星板아
이어 사는       銘旌布야
못할 일이       요 일이네
모진 狂風       불질 말라
```

```
너른바당        앞을재연
```

혼질두질   들어가난
저승길이   왓닥갓닥
(위의 책, 932번의 자료)

〈語釋〉
너른 바다   앞을 재어
한길 두길   늘어가니
저승길이   오락가락

　世人들이 해녀를 주목하는 이유의 한 가지로는 이처럼 危險이 도사린 바닷속에 뛰어들어 목숨 걸고 제 하는 일에 온 힘을 쏟는다는 점에서다. 그의 生業과 經營이 무엇이든, 제 일에 至誠을 쏟되, 이처럼 生命까지 던지는 이가 있다면, 우리는 이들을 敬畏하게 된다. 이들의 修道僧的 마음자리와 崇高한 삶의 모습 때문이다.

　水中作業에만 몰두하다가 해녀들은 生命을 잃는 경우도 가끔 있다. 필자도 1958년 여름 민요 수집차 西歸浦市 甫木洞의 어느 집에서 채집에 들어서자마자, 그 집의 子婦가 물질하다가 그만 窒息死함으로써 몹시 당혹했었다. 不意의 事故는 대체로 전복을 캘 때 일어난다. 20세기 초까지는 그대로 전복이 흔해서 水中眼鏡, 곧 〈눈〉 없이 맨눈으로 潛入하더라도 꽤 잡혔다지만, 이제는 水深 깊은 海底에서만 발견된다. 전복은 깊디깊은 海底 가운데에서도 구부렁구부렁 오그라진 바위틈, 눈에 잘 안 띄는 곳에 서식하기 일쑤이매, 감격스럽게 이를 발견했을 때에는 이미 숨이 가빠진다. 숨이 막히는데도 이를 꼭 캐고자 억지 부릴 때 애꿎이 질식할 수도 있다. 전복을 캐는 쇠붙이를 〈빗창〉이라 하는데, 이 〈빗창〉에는 손잡이끈이 달렸다. 〈빗창〉으로 전복을 캐러 할 때 그만 전복에 끈이 물리어 뗄 수 없는데다, 손목에 감겨진 끈이 얼른 빠지질 않아서 進退維谷으로 목숨을 잃기도 한다.

물질할 때 해녀들을 해치는 얄궂은 고기들도 있다. 상어떼가 몰려와서 해녀들을 공포에 떨게 하고 人命을 해치는 수가 드물게 있으며, 새우라는 물고기가 해녀를 덮쳐서 해치는 수도 있다 한다. 城山邑 吾照里의 한 해녀는 지난날 새우에게 乳房을 물어뜯긴 일마저 있었다. 솔치·물쌔기 같은 고기도 해녀를 해친다. 이 고기들에게 물리면 痛症이 심하고 부풀어 오르는데, 體質에 따라서는 아무렇지도 않는 해녀들도 있다. 물쌔기가 바다에 나타나면 해녀들은 일제히 바닷가에 나서서 "물 알로 가라", "물 알로 가라'하고 외치는 習俗도 있다.(西歸浦市 大浦洞, 舊左邑 杏源里 등) 가끔 어린 아이들도 물쌔기의 파란 비누거품 같은 아름다운 모습에 반해 손으로 잡으려다가 물리는 수도 있다. 물고기에 물렸어도 엥간한 정도라면 해녀들은 물질을 强行한다. 다만 불행히도 生命을 잃는 일이 일어났을 경우에는 그 마을의 물질은 당분간 쉰다. 물질하다가 龍宮이나 저승에 갔다 온 이야기도 가끔 전해지며, 해녀들이 바닷속에 들어갔을 때, 이른바 〈쌀〉이라는 절굿공이만큼의 하얀 빛이 쫙 달려올 때가 있는데, 자칫 이를 맞게 되면 죽는다는 말도 전한다. 그리고 비 올듯한 궂은 날씨에는 아무도 없는데도 하얀 수건을 이쁘게 쓴 해녀가 물위에 나타나서 반갑게 손짓하는 경우가 있는데, 자칫 이 해녀를 따라 갔다가는 죽는다는 말이 전한다.

5) 海女의 採取物

해녀들은 年中 주로 무엇을 채취하는가. 그 採取物은 地域과 時代에 따라 차이가 있게 마련인데 한 지역의 예를 드는 게 이해가 빠를 줄 안다. 소섬 곧 北濟州郡 舊左邑 演坪里의 月別 採取物은 다음과 같다.

牛島海女의 月別 重要 採取物

月別	重要 採取物	備考
1	소라 · 전복 · 오분자기	·바다풀 캐기
2	소라 · 전복 · 오분자기	
3	톳 · 소라 · 전복 · 오분자기	
4	우뭇가사리 · 갈래곰보	·우뭇가사리 1반초 캐기
5	볏붉은잎 · 소라 · 전복 · 오분자기	
6	우뭇가사리 · 볏붉은잎 · 갈래곰보	·우뭇가사리 2반초 · 3반초 캐기
7	감태	·전복 禁採
8	소라 · 오분자기	·전복 禁採
9	소라 · 오분자기	·전복 禁採 ·바다풀 캐기
10	(休業)	·전복 禁採 ·고구마 절간 때문에 바빠서 물질을 쉼
11	소라 · 전복 · 오분자기	
12	소라 · 전복 · 오분자기	

· 1985년 8월 필자 조사
· 제보자 ; 김선옥(여 · 56, 소섬 동천진동) 외

　소섬(牛島)은 해산물이 워낙 풍부한 곳이라 연간 약 11억~12억 원의 수입을 올리고 있는데[66] 그 가운데 주된 해산물은 우뭇가사리다. 현지에서는 '우미', 혹은 '天草'라고도 하는 이 우뭇가사리는 소섬을 黃金漁場으로 이끄는 바탕이 되며, 그래서 소섬을 '돈섬'이라 부르게도 된다. 1985년도의 제주시수협의 漁獲目標量이 9천6백7십 가마니인데, 소섬에서의 채취목표가 6천 가마니에 이른다는 게 소섬 演坪法人漁村契의 이야기다. 그러니까 제주시 수협관내 우뭇가사리 채취량의 3분의 2가 소섬에서 산출된다는 말이다. 소섬어촌계의 집계에 따르면, 1984년의 소섬해녀의 수입을 그 所得額順으로 볼 때 5억4천만 원에 이르는 우뭇가

---

66) 演坪法人漁村契에 따르면, 1984년도의 해녀수입은 11억3천7백만 원으로 드러나고 있다. 이 漁村契에서 집계한 해녀수를 기준한다면, 1984년 현재 430명이므로 해녀 1인당 수익은 2백64만4천 원에 이른다.

사리를 비롯하여 톳(약 2억7천만 원), 소라(약 1억4천3백만 원), 섬게(약 5천8백원만 원), 감태(약 3천만 원), 오분자기(약 2천7백만 원), 갈래곰보(약 2천만 원), 문어(약 2천만 원), 전복(약 1천2백만 원) 등이다.

우뭇가사리는 한 번 캐고 난 다음에 일정기간 禁採했다가 또 자라나게 되면 두어 번 다시 캔다. 첫 채취를 '일반초', 그 다음을 각각 '이반초', '삼반초'라 한다. 소섬해녀의 收入源의 大宗을 이루는 우뭇가사리는 〈돌우미〉와 〈섭우미〉로 나누어진다. 〈돌우미〉란 썰물일 때 바닷가 바위 위에 나타나는 자잘한 우뭇가사리로 주로 下軍이나 노파해녀들이 무자맥질하지 않은 채 日常作業服으로 채취한다. 〈섭우미〉란 해녀들이 물질해서 캐는 비교적 헌칠한 우뭇가사리로 깊숙한 바닷속 바위에서 자란다.

〈톨〉이라고도 하는 톳 역시 상당한 收入源인데, 우뭇가사리와 함께 그 採取 日時를 공동으로 協議, 決定하고 엄격한 規制 밑에 채취된다. 漁村契長과 里長, 海女會長(婦人會長) 등의 합의 아래, 採取開始日時를 정해 놓고 해녀들 모두가 한꺼번에 채취한다. 이처럼 시일을 정해 놓고 일제히 공동채취하기 시작함을 〈解警〉·〈許採〉라 하기도 하고 〈대ᄌ문〉·〈ᄌ문〉이라 일컫기도 한다. 우뭇가사리의 禁採가 풀려서 처음으로 採取하는 일을 "우미ᄌ문흔다"고 하고, 톳 채취가 시작됨을 "톨ᄌ문흔다"고 이른다. 소섬에서의 〈대ᄌ문〉이라면, 지난날 미역과 넓미역의 경우가 壯觀이었다. 요마적에 이르러 〈줄미역〉, 곧 養殖미역이 1970년대 중반기에서부터 흔히 생산되자, 미역을 공들여 캐지 않아서 이른바 〈메역ᄌ문〉과 〈넓메역ᄌ문〉은 사라지고 말았지만, 1969년 여름의 넓미역 채취광경은 대견스러웠었다. 소섬 가운데에서도 下牛目洞 앞바다에는 1백여 척의 낚싯거루가 雲集하여 1주일 남짓 큰잔치를 벌였었다. 소섬 배만이 아니라, 終達·始興·城山·禾北·爲美 등지에서 몰려든 낚싯거루들은 마치 示威하듯 온 바다를 덮는다. 배에선 〈갈궁이〉(갈쿠리)로 넓미역을 건지고, 해녀들은 물질해서 캔다. 男女老少 할 것 없이 가족들도 온통 바닷가에 들끓는데, 캐어놓은 넓미역을 〈바지게〉로 져 나르고 바닷가 펑퍼짐한 잔디 위에 널어 말린다. 넓미역 캐는 배들 백여 척이 사열이라도 하듯 즐비해 있는 下牛目洞 앞바다에는 물질하며 캐는 해녀들, 이를 져 나르는 남정들, 널어 말리는 아낙네들, 조반밥을 나르며 뒷바라지하는 어린이들로 푸르른 바다와 바닷가는 그야말로 아우성이었다. 불과 10여 년의 세월이 흘렀을 뿐인데도, 미역이든 넓미역이든, 이제는 고작 집안의 부식 정도만 캐고, 나머지는 雜草로 보아 베어 던지고 있으매, 生業의 세계에도 世態의 改變은 無常하다.

미역과 넓미역이 채취대상에서 밀려나고, 요마적에 이르러 새로이 등장한 海藻類로서 갈래곰보나 벗붉은잎이라는 게 있다. 갈래곰보는 그 모양이 닭의 벗 비슷하다고 해서 〈鷄冠草〉, 또는 〈득고달〉(닭의 벗이라는 濟州語)이라 불리며, 벗붉은잎은 〈고장풀〉, 또는 〈고상초〉라 일컬어진다. 1980년부터 그 效用이 인정되어 캐기 시작한 갈래곰보는 84년에는 무려 소섬에서만 2억 원의 소득을 올리자, 종전에 法廷싸움까지 벌이고 썩 시끌시끌했던 迎日洞 앞 〈너런지바당〉을 둘러싼 紛糾가 再燃될 기미다.

소라는 고동 또는 〈구젱기〉라 하는데, 자잘한 소라를 〈조쿠젱기〉라 하고 중간을 〈쌀쿠젱기〉, 큰 것을 〈민둥구젱기〉라 한다. 〈민둥구젱기〉란 소라가 아주 커감에 따라 殼表에 생긴 뿔 모양의 突起가 뭉툭하게 되어 버린 形狀에서 온 말이다. 전복은 대체로 生鰒이라고 부르며, 〈수첨복〉(雄鰒)과 〈암첨복〉(雌鰒)으로 나눠지고 자그맣고 突起가 특수한 〈마드레〉가 있다. 전복의 雌雄의 차이는 해녀들이 쉽게 구분한다.[67] 전복은 어차피 貝類의 王座에 군림한다. 전복은 따라서 조선시대에 제

주도의 主要進上品으로서도 널리 알려졌었다. 물질을 하다가 겪는 커
다란 喜悅이 무엇이냐고, 해녀들에게 불쑥 묻는다면, 그것은 우둥퉁 살
찐 전복을 발견하는 刹那라고 흔히들 답변하는 까닭도 여기에 있을 터
이다. 섬게는 〈쿠사리〉·〈퀴살〉·〈퀴〉·〈구살〉이라 하는데, 韓半島
出稼海女에 따라 〈성게〉·〈성계〉라는 말도 수입해 와서 이제는 꽤 번
졌다. 〈오분자기〉는 떡조개의 濟州語.

전복·소라·섬게 등을 채취하는 일을 두루뭉수리로 묶어서 〈헛
물〉, 또는 〈허무레〉라고 말한다. 이에 대칭되는 표현으로 우뭇가사리
채취를 〈우미무레〉, 미역 채취를 〈메역무레〉라 표현한다. 〈헛물〉 가운
데에서도 그날의 주요한 채취물을 강조할 때에는 〈오분작무레〉, 〈성게
무레〉라 일컫기도 한다.

6) 海女漁場

海女作業과 漁場과는 어떠한 상관에 놓여 있으며, 그 義務와 權利를
둘러싼 慣行은 어떠한가. 海女漁場에 따른 慣行은 이 글에서도 法社會
的 考察에서 논의되고 있고, 이제까지도 일부 고찰한 바 있으나,[68] 그
課題는 숱하다. 여기에서는 裸潛漁場의 性格과 해녀와의 상관 및 漁場
管理를 위한 해녀들의 義務를 논의하는 데 그치기로 한다.

해녀들에게 바다는 곧 삶의 터전이요 生命源이다. 바다는 삶과 直結

---

67) 〈암첨복〉(雌鰒)은 둥굴넓데데하고 색이 좀 희멀건 편이면서 이쁘장한가 하
면, 〈수첨복〉(雄鰒)은 색이 거무죽죽하여 살찌고 껍질이 움푹한 꼴이다.
68) 高翔龍, 「韓國의 入漁權에 관한 연구」, 성균관대학교 대학원 석사학위논문,
1967.
金斗熙·金榮敦, 「海女漁場紛糾 調査硏究 : 海女入漁慣行의 實態와 性格分析
을 中心으로」, 『論文集』제14집, 濟州大學校, 1982.

되기 때문에 사시사철 해녀들이 쏟는 관심이 유별스럽다. 漁村社會에서 바다에 얼마나 관심을 쏟는가 하는 그 强度는 沿海에 불쑥불쑥 솟아 있거나 물속에 잠겨진 岩礁, 곧 여의 이름이 海村마다 숱하게 드러난다는 점에서도 이내 증거할 수 있다. 예를 들면 北濟州郡 舊左邑 촌源里 앞바다만 하더라도 다음과 같은 30 가까이의 여가 있는데, 주민들은 그 여 이름을 순식간에 異口同聲으로 나열할 만큼 어련히 기억한다.[69]

석은녀・흰돌코지・숫고냉이・복데기소・망마로코지・하나질성창・상자릿녀・물탄녀・노린녀・오즈여・넙은녀・알넙은녀・개굴녀・만선녀・숭어통바우・샛검은녀・개굴녀・모서여・남당알・등대알・느르코지・한갯목・닷거린녀・아침개・지방녀・개대가리・지픈개・한모살

이러한 여 이름의 命名에는 그 나름의 뜻을 머금기도 한다. 개의 머리 비슷하게 생겼기에 〈개대가리〉라 한다거나, 水深이 깊은 곳에 있으매 〈지픈개〉라 하고, 〈남당〉이라는 할망당(巫俗儀禮의 神堂) 북쪽에 위치했으므로 〈남당알〉이라 일컫는 따위다. 言語는 곧 사람삶에서 우러나는 關心의 表象임이 實證된다. 물속 사정을 그림을 보듯 속속들이 파악하는 해녀들은 어느 여의 어느 쪽 바닷속은 어떤 모습이고, 거기에는 전복과 소라가 어느 만큼 흔한 사실까지도 파악하는 수가 있다. 가끔 혼자만이 은밀히 알고 있는 전복 棲息處가 있기도 하지만, 이는 반드시 그의 딸이나 며느리에게 인계되지도 못한다.

---

69) 1985년 8월 舊左邑 촌源里 이만행(남・49)・고윤석(남・48)・문도석(남・55)을 대상으로 필자 조사.

해녀들로서는 漁場이 곧 밭의 延長이다. 농사를 짓는 뭍의 밭만이 밭이 아니라, 漁場 또한 그들의 밭이다. 裸潛漁場, 곧 海女漁場은 해녀들의 소중한 生業道場이매, 法的으로도 第一種共同漁場으로 규정해서 이를 보호하고 있다. 곧 第一種共同漁場이란 水産業法施行令 제11조2항에서 最干潮時 水深 10m이내(海藻刈引網漁具를 사용하는 15m 이내)의 水面으로 규정하고 있다. 그래서 해녀들은 해녀의 바다, 곧 第一種共同漁場을 그들의 집안이나 마당처럼 관념한다. "모자반덩일랑 집을 삼고, 놀고갤랑 어머니를 삼아서" 바다와 함께 살아가려는 마음가짐이 그들이 櫓를 저으며 부르는 〈해녀노래〉에서도 불쑥불쑥 드러난다.

몸짱으랑   집을삼앙
놋고개랑   어멍을삼앙
요바당에   날살아시면
어느바당   걸릴웨시랴
(拙著: 「濟州島民謠研究(上)」, 816번의 자료)

〈語釋〉
모자반덩일랑   집을 삼아
놀고갤랑   어머닐 삼아
요 바다에   내 살았으면
어느 바다   걸릴 리 있으랴

海原에 너풀거리는 모자반덩이를 집을 삼는다 함은 물질하는 바다를 온통 집안처럼 관념함이다. 따라서 해녀들은 제 집안 구석구석에 무엇이, 어디에, 어떤 모습으로 놓여졌음을 샅샅이 파악하듯이 바다의 사정을 속속들이 알아차릴뿐더러, 海圖는 이미 머릿속에 그려져 있다.

바닷속의 岩礁와 모래밭, 海流의 모습만이 아니라, 갖갖 海藻類와 魚貝類가 그 나름의 生理와 個性을 지닌 채 살아가는 모습을 제 집안의 일처럼 親熟하게 파악한다. 늘 新鮮하기만 한 海底의 千態萬象을 관찰하는 일이란 물질의 갖은 辛苦를 잊게 하는 짜릿한 喜悅이라고 해녀들은 말한다.

主漁副農의 해안마을에서는 바다의 사정을 둘러싼 관심이 더욱 절실하다. 가급적이면 넓은 共同漁場을 확보하고 해산물이 가멸지기를 바라는 것은 그들의 日常的인 삶과 實利的으로 직결되기 때문이다. 漁場은 본디 뭍의 밭과 달라서 개개인의 所有權이 인정될 수 없다. 漁場은 마을, 또는 동네 단위의 共同所有일뿐더러, 마을과 마을 사이, 동네와 동네 사이의 境界가 밭 경계처럼 可視的으로 구분되어 있지 않으므로 그 入漁境界를 둘러싸고 심심찮게 紛爭이 인다. 더구나 오랫동안 入漁해온 慣行權을 둘러싸고도 漁場紛糾가 일 수 있는 실마리가 꽤 潛在되어 있다. 따라서 어느 一定海域을 둘러싼 紛糾, 한 事案만을 대상으로 그 背景과 近저, 發端과 進展, 妥結 및 住民生活과의 관련을 소상히 기록하더라도 육중한 부피에 이를 줄로 안다.

해녀들은 주어진 共同漁場에 入漁하여 해산물을 캘 수 있는 權利를 지니는 한편, 제 漁場을 알뜰히 가꾸어 나갈 義務를 진다. 잡다한 義務 가운데 古來로 내세울 만한 것은 우선 共同漁場에 떠오른 屍體處理와 개닦기다. 지난날 제 어장에 떠오른 屍體處理를 외면했기 때문에 어장도 포기하게 된 사례를 가끔 본다. 예를 들면 北濟州郡 舊左邑 杏源里의 〈더뱅이물〉이란 바다는 본디 그 이웃의 漢東里의 바다였고, 〈개머리〉란 바다는 月汀里의 바다였는데도 杏源里의 주민들이 앞장서서 떠오른 屍體를 처리했으므로 杏源里의 소유가 되었다는 것이다.

海女漁場의 개닦기는 주민들의 水平的인 合議에 따라 충실히 치러

진다. 개닦기란 바닷속에 쓰잘데없이 자라는 雜草를 제거하는 작업인
데 이른바 "바당풀 캔다", "물 캔다"고 말한다. 곧 〈고지〉·〈듬북〉·
〈노랑쟁이〉 같은 잡초를 베어 버림으로써 우뭇가사리·톳 따위 필요
한 海藻類가 잘 자라도록 하는 조치로서, 말하자면 논밭의 김을 말끔
히 매는 일이나 한가지다. 소섬의 경우는 음력 1월 그믐에서 2월 초승
및 秋夕이 끝난 음력 8월말 두 번에 걸쳐 〈바당풀〉을 캔다. 이 작업은
海女會(潛嫂會)가 주관하는데, 15세~16세 사이의 해녀로서는 철저히
義務的이다. 엥간한 疾病中이라도 이 共同作業의 義務를 외면할 수는
없다. 重症일 경우라도 罰金 반액을 내야 하고 輕症일 때에는 闕席으
로 간주해서 罰金 전액을 바친다.[70] 만약 移住해 오거나 해서 〈바당
풀〉을 안 캐고, 그 해에 우뭇가사리를 캐려 할 때에는 소위 〈이베리〉
라 해서 더 많은 액수를 내야 入漁할 수 있다. 그 義務와 罰金額은 동
민의 民主的 合議에 따르기 때문에 소섬의 경우 11개 동마다 좀 다르
다. 베어 버린 잡초는 거둬 쌓았다가 보리를 파종할 때 밭에 깔아 밑거
름으로 쓰이기도 하고 바닷물에 그냥 흘려버리기도 한다.

2. 海女의 出稼

濟州海女들은 단지 제주연안에서만 물질해 온 것이 아니고, 東北아
시아일대에 進出했었다. 그들은 곧 韓半島의 각 연안과 섬들은 물론이
요, 日本의 여러 지방 및 中國과 소련의 바다에까지 물질 나갔었다. 지
금도 韓半島 漁場에는 일부 出稼한다. 19세기 말부터 제주해녀들은 釜

---

70) 1985년 8월 확인한 바에 따르면, 소섬 東天津洞의 경우 〈바당풀〉 캐기를 한
   번 闕席했을 때 그 벌금은 1만 원이었다.

山 등지에 물질 나가기 비롯해서 1세기 동안 日本 바다의 곳곳을 누비고, 山東省 靑島나 大連 등의 中國 바다에까지, 심지어는 소련의 블라디보스토크까지 나갔었으니, 그야말로 東北아시아 일대의 바다가 제주해녀들에게는 그대로 그들의 마당이요 밭이요 들판이었던 터이다.

고향을 떠나 낯선 他鄕으로 出稼하는 일을 그들은 흔히 〈물질나간다〉, 또는 〈물질간다〉고 한다. 어찌하여 제주해녀들은 정든 山川을 버리고, 오랜 세월 千里他鄕으로 물질나가게 되었을까. 그것은 한마디로 더 나은 收益을 얻기 위해서다. 제주도 연안에는 水産資源이 한정되었는데다가 出稼對象地에는 가멸진 資源이 바닷속에 깔렸는데도 이를 캘만한 해녀가 별로 없기 까닭이다. 그들은 첫봄에 20명 내외씩 집단을 이루고 섬을 떠나고, 6개월쯤 낯선 땅에서 물질하다가 秋夕 직전에 돌아오곤 했다. 1910년대에 와서는 韓半島로 出稼했던 제주해녀의 수효가 2천수백 명에 이르렀었고, 해방 후에는 急增하여 5천 명을 넘어섰는데, 그 수효는 20여 년간 이어졌었다. 韓半島의 중요한 出稼對象地는 慶尙北道의 九龍浦・甘浦・良浦 일대였다. 많은 해녀들의 出稼入漁가 오래 끌어가자, 慶尙北道의 이 지방과 제주도와의 사이에는 入漁慣行을 둘러싼 騷擾가 시끌시끌하게 일어 入漁慣行權消滅確認訴訟을 내는 사태가 빚어지기도 했다.[71) 日本出稼는 20세기 초에서 1945년까지 이어졌었는데, 主要出稼地는 對馬島를 비롯하여 靜岡・東京・高知・長崎・鹿兒島・千葉・德島・愛媛・島根 등이었다.[72)

國內外에 걸친 제주해녀의 出稼는 그 行動半徑이 너무나 넓고 다양

---

71) 康大元, 「海女硏究」, 韓進文化社, pp.132~140, 1973.
72) 金榮敦, "濟州島 海女의 出稼", 「石宙善敎授回甲紀念民俗學論叢」, pp.307~324, 1971.

하였으매, 그 實相을 파악, 정리하기란 쉽질 않다. 그 조사항목도 숱할
뿐더러, 고찰한 視角도 갖가지다. 장차 어떤 觀點에서 深層的으로 접근
하든, 우선 첫 단계로서는 事例調査부터 착수하는 게 순서인 줄 안다.
그 조사기록은 歸納的으로 해녀의 出稼實態를 밝혀 줄 것이며, 해녀들
의 유다른 獻身沒入度를 살피는 데도 이바지할 것이다. 그런 필요에서
여기에서는 해녀 개개인의 生涯歷(life history)과 더불어, 그 出稼經驗
을 소개하기로 한다. 해녀질을 극성스럽게 치러 왔을뿐더러, 물질나가
기를 여러 차례 거듭했던 해녀 몇을 택하기로 한다.

1) 海女出稼事例(①~⑤)

[海女出稼 事例 ①]

· 조사일자 : 1985. 8. 23.
· 조사지 : 北濟州郡 舊左邑 演坪里(소섬) 1750-6
· 제보자 : 조완아(女 71세, 北濟州郡 舊左邑 演坪里 東天津洞)

北濟州郡 舊左邑 下道里에서 태어나서 16세에 결혼했다. 얼굴도 못
본 채 부모가 마련한 婚處였는데, 남편은 一字無識이라 헤어지고, 소섬
분과 再婚하여 6남매(아들 1, 딸 5)를 슬하에 두었다. 본디 9남매를 두
었었으나, 아들 셋은 여의었다. 열두 질('질'은 길, 12길이면 11m96㎝)
물질했을 만큼 그 技倆이 出衆한 해녀다. 조노파가 열 살쯤인 때에는
눈(水鏡)을 안 쓰고 작업하는 해녀들도 이따금 보였다. 조노파도 어렸
을 때에는 水鏡을 안 쓰고 물질했었는데, 그 당시엔 水鏡이 귀했을뿐
더러, 제 눈에 알맞은 水鏡을 구하기 어려웠기 때문이다.

조노파는 16세인 처녀 때에 對馬島에 出稼하기 비롯해서, 18세에는
오빠의 인연을 따라 북한의 淸津에 물질 나갔고, 24세에 黃海道, 27

세에 忠淸道를 다녀왔다. 첫 出稼는 〈초용〉이라 하는데, 16세(1930)에
對馬島로 〈초용〉으로 나갈 때에는 친정인 下道에서 화물선을 타고 일
본인 인솔자를 따라서 5일만에 도착했었다. 음력 3월에 나가서 6개월
살고 秋夕 직전에 귀향했었다. 對馬島에서는 〈뱃물질〉을 했었으며 주
로 소라·전복·미역을 캐었었다. 해녀들은 서너 사람씩 제각기 짝을
지어 自炊하며 지냈었다. 그곳 주민들의 人心은 따뜻했고 고구마 절간
가루로 만든 음식 등을 받으면, 해녀들은 스스로 캔 해산물로써 答禮
하곤 했었다. 그곳에도 해녀들이 있었고 男子들도 팬티만 입고 海水浴
하듯이 얕은 물에서 물질하고 있었다. 海士들이 물질하는 모습은 서툴
러 보였으며, 서로의 紛糾는 없었다. 한 달에 15일 내지 20일 작업했었
는데, 對馬島의 바다는 물속이 흐렸었다. 조노파는 단 한 번 對馬島에
出稼하여 1백량을 벌어다가 6백 평의 밭을 살 수 있었는데, 보람되게
도 이 밭은 다음에 돈을 모아 덧붙이고 1천5백 평의 밭을 사서 바꾸게
되었다.

　24세 때(1938) 黃海道에 물질나간 곳은 지금의 휴전선 가까이였다.
15일간 배 위에서 생활하면서 이 섬 저 섬을 돌며 이른바 〈난바르〉를
했었다. 조노파가 〈난바르〉한다고 바로 배에 타서 물질을 시작하려 옷
을 갈아입을 때 심한 産痛을 느끼더니 애를 분만했다. 해녀 일행 12명
과 船主, 機關長, 사공 3명, 도합 15명이 일부러 〈난바르〉를 나선 길이
라 조노파 혼자의 사정 때문에 回航할 수 없는 상황이었고, 더구나 바
람도 거세어서 배 위에서 그대로 조섭하면서 지낼 수밖에 별도리가 없
었다. 그 때 분만한 애는 맏딸인데 잘 자라서 지금 48세나 되었다. 이
른바 〈난바르〉라면 여러 날 下船하지 않고 船上生活이 이어지므로 宿
食도 배에서 치렀다. 배 위에 화덕을 꾸려 장작을 때어 식사를 해 먹고
불도 배에 올라 쬐곤 했다. 조노파의 다리에는 이제도 장작불에 댄 자

국이 거뭇거뭇 남겨졌다. 밤이 되면 알맞은 갯가를 찾아 寄港하고 잠을 잤다. 물질은 아침에 눈을 뜨자마자 이부자리도 그냥 둔 채 조반을 먹기 전부터 시작되었다. 아침 10시쯤 되면 船主가 좁쌀로 미음을 쑤어 나눠 주었고, 물질은 저녁때까지 이어졌다. 좁쌀밥도 제때에 배불리 먹을 수 없어 목숨 걸고 갖은 辛苦를 견뎌냈다. 그 곳에서는 소라·전복·합자·해삼 등을 주로 캤다. 藿岩主는 일본인이었고 채취한 해산물은 仁川에 가서 팔곤 했다. 그곳에 해녀는 없었고, 이따금 남자들만 팬티를 입고 물질하는 모습이 신기하게 보였다. 그 남자들은 〈테왁〉이나 〈망시리〉도 준비함이 없이 나뭇조각으로 임시 신주머니처럼 꾸민 것을 〈테왁〉 代用으로 쓰고 있었고, 採取物은 그냥 손에 들고 나오곤 했다. 4개월 살고 예정보다 한 달 앞서서 30톤의 화물선을 타고 莞島를 거쳐 돌아올 때에는 무려 28일 동안이나 걸렸다. 아기를 데리고 나갔던 한 해녀는 莞島바다에서 애를 배에 두었다가 그만 물속에 빠뜨리고 가까스로 구출했던 애처로운 일도 겪었었다. 조노파는 받은 바 없지만. 그때 인솔자는 해녀들이 出稼하기 앞서 前渡金을 내주곤 했었다. 미리 前渡金 일정액을 받고 나간 해녀 가운데는 그 前渡金 액수만큼 벌지를 못할 때 歸鄕시키질 않고 人質로 묶이게 되는 딱한 경우도 목격했었다.

27세(1941)에는 忠淸南道에 물질 나갔다. 船主는 일본인이었고 인솔자는 제주 남자였는데, 인솔자는 나중 그곳에서 사공으로 일했다. 舊左邑 終達里의 해녀는 애를 데리고 함께 갔었다. 어느 날 물질하고 돌아와 보니, 두고 갔던 애가 종적 없이 사라져서 해녀들 모두가 마을 안과 바닷가를 샅샅이 뒤졌었지만 끝내 찾을 수 없었다. 바람이 불거나 〈웨살〉로 물속이 어두워질 때에는 물질을 쉬었는데, 주민들의 모심기를 돕거나 들에 나가서 땔감을 마련해 오기도 했다. 역시 봄에 나가서

秋夕 직전에 돌아왔는데. 주로 우뭇가사리를 캐었고. 入漁料네, 무슨 手數料네, 뱃삯이네 공제하다가 보면, 해녀들 개개인에게 지급되는 實收入은 수입 총액의 3분의 1쯤이었다. 우뭇가사리를 저울질할 때에는 不正檢斤이 이뤄지는 줄 알았었지만, 不可抗力이었다.(조노파는 해녀 자신의 人權伸長을 위해서도 해녀들 모두가 기초학력을 갖추어야 한다고 力說한다.) 〈1반초〉, 〈2반초〉의 우뭇가사리 채취가 끝날 때마다 회계되었지마는, 해녀들 일행은 거의 歸鄕할 때 一時支給을 받았다. 出稼地에서는 가끔 집단오락도 열렸었는데, 푸짐하게 고기를 마련해서 노래 부르기를 즐기기도 했었다. 물질을 나갔다가 그곳 남자들과 결혼하는 여인도 가끔 생겼었다. 물질 나갈 때에는 海女器具는 물론이요 보리쌀 15말~20말(小斗), 된장, 이부자리 등을 챙겨 갔었는데, 갖고 간 쌀이나 간장, 부식 따위가 모자라면 그곳 주민들과 物物交換으로써 보충하곤 했었다.

딸들은 부산 등지에서 식당과 다방을 차려 잘 살므로 조여인을 동네에서는 '부산할망'이라 일컫는다. 가끔 부산에 나갔어도 방안에 가만히 앉아 있는 게 답답하기 이를 데 없어 고작 한 달쯤 살다가는 歸鄕하곤 한다. 지난날 해녀를 모집해 인솔하기도 했던 남편은 여의고 지금은 혼자 지내는데, 勤儉·自立의 생활습관이 몸에 배어서 살림을 꾸려나가는 데 별 어려움은 없다. 지금은 社會改變으로 사람 삶도 썩 편리해졌거니와, 해녀작업만 해도 고무옷·오리발을 갖춰 물질을 하니까 무슨 어려움이 있겠는가고, 요새 태어나지 못했음이 썩 안타깝다고 지난날의 千辛萬苦를 회고한다. 조노파는 〈해녀노래〉를 비롯한 노동요도 썩 잘 부른다.

[海女出稼 事例 ②]

· 조사일자 : 1985. 8. 23.
· 조사지 : 北濟州郡 舊左邑 演坪里 西天津洞 고동환 댁
· 제보자 : 김효형(女, 79세, 北濟州郡 舊左邑 演坪里 西天津洞)

소섬, 곧 舊左邑 演坪里 西天津洞 洞長 고동환 씨의 모친으로서 함
께 산다. 15세에서 32세까지 18년간 韓半島의 각 연안과 對馬島에 出稼
했었다. 오랜 세월 거의 해마다 물질 나갔었으므로 다녀온 곳을 일일
이 기억하지 못할 정도다. 18년 동안이나 바깥물질을 다녔으나, 57세
에 질병으로 여읜 남편의 身病 뒷바라지 등으로 보람되게 밭떼기를 마
련하거나 하지는 못했다. 出稼할 때마다 해녀들의 수입은 각종 수수료
와 생활에 따른 잡비 등을 공제하다가 보면 實收入의 3분의 1쯤이 해
녀들에게 지불되었었으며, 빚을 내고 돌아오는 해녀들도 적지 않았다.
얼른 기억되는 出稼地域으로는 慶尙北道 울산·당포·서성·강구·
구룡포와 全羅南道의 욕지도·소리도·우왕리·보길도 및 忠淸南道·
黃海道와 對馬島 등지다. 黃海道에 나갔을 때에는 이른바 〈난바르〉로
中國의 大連물질도 겪어 봤다. 出稼地와 왕래하는 데는 주로 돛배를
이용했었으며, 제주에서 직접 출발하기도 하고, 가끔 藿岩主(錢主)가
돛배를 갖고 와서 실어 가기도 했다. 出稼地까지는 보통 사흘이면 닿
곤 했다. 식량은 보리쌀로 3말~10말 쯤(小斗) 준비해서 나가기도 했고,
그대로 가서 그곳서 사 먹기도 했다. 이불은 간편한 〈뚜데기〉를 가져
갔었는데, 물질을 한 번 마쳐서 배에서 불 쬘 때 뒤집어쓰기도 하고,
밤에 잠잘 때 덮기도 했었다. 어린 자식을 데리고 물질 갈 때가 흔했으
며, 그 자식들도 이제는 40대 후반에서 환갑에 가깝다. 자식들은 더러
서울에도 살아서 비행기도 여섯 번이나 타 보았음을 자랑스리 여기고

있다.

黃海道로 나갔다가 遼東半島의 大連까지 물질했던 것은 35세 때 (1941)였다. 돛배를 타고 黃海道로 나갈 때에는 밤이면 알맞은 포구에 寄港하곤 했었는데 船主는 黃海道 사람이었고, 인솔자는 제주 사람이었다. 黃海道를 근거지로 해서 그날그날 아침에 大連으로 나가서 물질하다가 저녁때 돌아오곤 했었다. 그때에도 셋째아들을 데리고 갔었는데. 그 아들은 지금 49세나 되었다. 그곳에서는 오로지 전복만 캐었었는데, 그곳 전복은 자잘했고 소득은 시원칠 않았다. 大連에서는 作業漁場이 고정되어 있지 않고, 이리저리 옮겨 다니면서 물질하곤 했다. 그곳 물속은 어두컴컴했고, 해녀들이 없는 반면, 남자들이 작업이 극성스러웠다. 2·30대의 남자들이 서넛씩 배에 타서 물질하면은 부인들은 채취물을 져나른다든가 열심히 뒷바라지 하곤 했다. 黃海道에는 4월에 나갔었지만, 大連 물질은 5월이 됐어야 본격화 되었다. 大連 물질을 마치고 난 다음에는 黃海道와 忠淸南道 사이에서 〈난바르〉 물질에 들어 갔었다. 〈난바르〉 물질이란 며칠 동안 배 위에서 宿食하념서 이리저리 옮아다니며 작업하는 경우를 말한다. 그때에는 한 번 물질 나가고 6개월쯤 살아서 귀향할 때에 1백량을 벌면 수월찮은 수입으로 쳤었다. 귀향할 때에는 흔히 옷을 사고 가족들에게 선사하는 게 慣例였다. 늘 돛배를 탔었는데, 바람이 자거나 거슬려 불 때에는 열심히 櫓를 저었었다.

[海女出稼 事例 ③]

· 조사일자 : 1985. 8. 23.
· 조사지 : 北濟州郡 舊左邑 演坪里(소섬) 1750~6
· 제보자 : 김춘산(女, 48세, 北濟州郡 舊左邑 演坪里 東天津洞)

17세부터 12년간 韓半島 일대를 누비다시피 물질을 다녔다. 17세에 〈초용〉(처음으로 물질 나가는 일)으로 釜山 동삼동에 나갔음을 시초로, 18세에 閑山島 가옥도, 19세에 閑山島 매물도로 나갔었고, 20세에는 江原道에 나갔다가 돌아오는 길에 蔚山을 들렀었다. 21세에는 統營 중화도에 나갔었고, 그해에 결혼도 했다. 22세에 全羅南道 청산으로, 23세에 年初에 부산 남천동에 나가서 3개월간 물질하다가 봄이 되자 慶尙北道 구룡포·대보 지방 일대로 올라가서 물질했었다. 이 구룡포·대보 지방에는 그 후 3년간 연거푸 出稼했었는데, 그 일대의 솔머리·구만·대천·삼정·강구미 지방을 누벼 다녔다. 26세에도 慶北 구룡포 남쪽 솔머리라는 곳에 나갔었고, 27세에는 全南 소안도를 다녀왔다. 세 살 때 해방을 맞이했으므로 對馬島 등 日本 出稼 경험은 없다. 김여인은 韓半島의 東海岸 일대와 全南 多島海를 샅샅이 거쳤었으매, 이제 出稼했던 곳을 다 헤아리기 어려울 지경이다.

出稼는 대체로 돛배를 이용했었다. 19세에 매물도로 나갈 때에도 역시 돛배를 탔었는데, 그만 거센 風波에 휘말리어 九死一生으로 목숨을 건졌었다. 고향에서는 다들 沒死했다는 소식까지 번졌을 정도였다. 또한 釜山 앞바다에는 침몰한 배가 물속에 오랫동안 가라앉아 있었으매, 그곳에 홍합 따위가 자라나서, 이를 캐던 해녀들이 위험에 직면했던 일도 있었다. 곧 험난한 船體 안까지 들어가 過慾해서 작업하다가 그만 목숨을 잃었던 일이다. 물질 나갈 때마다 뼈를 깎는 고생이야 겪었지마는, 그런대로 산뜻한 보람도 있었다. 이른바 〈초용〉이라고, 釜山 동삼동에 첫 물질을 다녀오면서 번 2천 원이 바탕이 되어 5천 원짜리 밭 한마지기를 산 일이다. 번질나게 육지를 드나들었지마는, 입쌀밥을 먹어 본 일은 없다. 언제나 물질 나갈 때 가지고 간 좁쌀 몇 말로써 粗食, 忍苦했었다. 勤儉質朴으로 일관해서 찬거리라고 따로 마련할 엄두

도 내질 못했다. 絶海孤島에 갇혀짐으로써 애써 副食을 마련하려 해야
不可抗力이었다. 식사는 좁쌀밥과 된장이 고작이어서 김장 정도도 마
련할 수가 없었으며, 게다가 된장마저 떨어질 경우엔 캐어 놓은 홍합
과 멍게 몇 개 들고 마을을 찾아가서 된장과 바꾸곤 했었다. 배 위에서
며칠씩 宿食하며 이른바 〈난바르〉를 할 적에는 가끔 食水가 모자라서
큰 고생을 겪기도 했었다. 벌이가 그런대로 괜찮았을 때에는 藿岩主가
돼지를 잡고 잔치한 적도 있었고, 일행들이 함께 觀光하기도 했었다.
漁獲高 총액 가운데, 해녀들에게 실제 지불되는 액수는 35%쯤이었다.
藿岩主에게 돌아가는 여러 명목의 수수료가 50%, 나머지 50% 가운데
서 〈뱃물질〉할 때 사공에게 지급되는 비율이 15%이었기 때문이다.

[海女出稼 事例 ④]

· 조사일자 : 1985. 8. 17.
· 조사지 : 北濟州郡 舊左邑 杏源里 1313
· 제보자 : 이도화(여, 80세, 北濟州郡 舊左邑 杏源里 1313)

杏源里에서 태어난 이노파는 슬하에 딸만 아홉을 두었다. 이노파가
사는 杏源里는 해녀들에 따른 裸潛漁業이 극성스런 마을로서 해녀들에
의한 漁獲高가 농사 수입에 비해 갑절에 이른다. 제주도내에서도 농토
가 메마르고 家口當耕地面積이 비좁으므로 주민들의 삶은 바다에 의존
하는 율이 높다. 第一種共同漁場도 杏源里 소유를 자치적으로 三分해
서 〈앞바당〉·〈뒤터지〉·〈버댕이〉라 부르는 海域을 각각 2개 반이 한
海域씩 순번제로 관리하고 그 海域 안에서만 採取權을 지닌다. 세 바
다의 구분을 어련히 하기 위해서 이 마을에서는 해녀들의 〈테왁〉색을
赤靑白 3色으로 자율적으로 정해 놓았다는 점에서도 해녀작업에 대한

熱意를 짐작케 한다.

15살에 해녀질을 시작해서 60세까지 이어왔던 이노파는 20세에서 몇 년 동안 釜山·蔚山·多島海 등지에 물질 나갔었다. 고생스리 번 돈은 서울에서 고학했던 5살 밑의 남편의 학비로 충당했었다. 당시엔 遊學하는 일이 드물었으므로 물질 나가서 얻은 수입을 남편의 학비로 쓰인 사례는 특수하다. 이노파는 19세에 결혼했는데, 여읜 남편의 연령은 고작 14세였다. 당시엔 두세 해 물질 다녀오면, 7백 평~1천 평의 밭 한뙈기씩을 살 수 있었다 한다. 일행은 2월이나 3월에 물질 나가서 秋夕 직전에 돌아오곤 했었는데, 보리쌀과 좁쌀을 제각기 20말쯤(小斗) 실어 가곤 했었다. 해녀를 실은 돛배가 이 쌀 무게에 눌리어 바닷물에 잠길 듯했었다. 쌀을 이처럼 숱하게 싣고 갔던 것은 辛苦萬狀을 견디며 버는 돈을 備蓄하려는 뜻이었다. 돛배로 나갈 때에는 열심히 櫓를 저으면서 〈해녀노래〉를 부르곤 했었다. 세차게 거슬려 부는 바람을 이른바 〈한전〉이라 하는데, 이때에는 심한 멀미를 이기기 힘겨웠다. 船主는 돼지 한 마리를 犧牲하여 배에 실어 가다가, 怒濤로 이름난 바다 〈사서와당〉에 이르게 되면 告祀를 지내곤 했었다. 한 배에는 10~20명이 同乘했었고, 이불은 그 당시 出稼地에서 사들일 수가 없었으므로 반드시 마련해 갔었다. 方魚津까지는 3일, 唐浦까지는 5일쯤 걸렸었는데, 밤에는 알맞은 곳에 寄港하곤 했었다. 5~6인씩 宿食을 함께 했는데, 장작은 船主가 한 배 가득 사들여다가 나눠 주곤 했었다. 바다의 사정에 따라 한 달 10일에서 20일쯤 물질했었는데, 주로 〈뱃물질〉을 했다. 歸鄕時엔 부모형제에게 옷이나 고무신, 바늘 등을 사다가 선사하곤 했었다. 그의 남편은 학업을 마치고는 19세부터 사업을 벌였었는데, 이노파는 寒天工場을 경영하는 남편을 따라 淸津까지도 다녀온 일이 있었다. 당시의 젊은 여인들로서는 海女出稼가 피할 수 없는 生計手段이었고 삶의 방법이었다는 게 이노파의 견해다.

[海女出稼 事例 ⑤]
· 조사일자 : 1985. 8. 16.
· 조사지 : 北濟州郡 舊左邑 杏源里 웃동네
· 제보자 : 강미춘(여, 64세, 北濟州郡 舊左邑 杏源里 웃동네)

親庭은 舊左邑 下道里인데, 17세에 〈애기上軍〉(나이 어린 上軍海女)
이 될 만큼 물질에 능란하다. 슬하에 아들 둘을 두었는데, 모두 서울에
서 산다. 12·3세에는 친정인 下道에서 夜學修學을 했었고, 그때에 은
밀히 배운 〈海女歌〉 등을 아직도 어련히 기억하고 있으며, 〈해녀노래〉
등 민요도 능숙하게 부른다. 17세에 蔚山·성외·목섬을 〈초용〉(첫 出
稼)으로 나가기 시작해서 20수년간 국내외를 누벼 다녔다. 〈초용〉으로
나간 蔚山 목섬에서는 3년간 눌러살았었고, 23세에 日本, 24세에 江原
道 당진, 26세에 閑山島 대섬, 33세에 忠淸南道 안흥 앞섬, 34세에 巨濟
島 등에 나갔었으며, 36세에서 2년간은 해운대 옆 해창에 살면서 물질
했었다. 그 숱한 出稼生活 가운데에서도 평생 잊을 수 없는 것은 24세
때 이북에서 해방을 맞아 九死一生으로 월남했던 일과, 33세에 忠淸南
道에 나갔을 때 白翎島를 거쳐 小靑島에 이르러 작업하다가 風浪으로
배가 침몰해서 몇 친구들을 여읜 사건이다.
　蔚山 성외·목섬으로 17세에 첫 出稼할 때에는 인솔자를 따라서 발
동기로 나갔었다. 두 가마니에 좁쌀 10말(小斗)씩을 넣고, 〈대마리구
덕〉이란 커다란 바구니에 좁쌀 5말(小斗)을 넣는 등 넉넉한 식량과 海
女器具, 食器, 이부자리 등을 야단스럽게 챙겨서 떠났었다. 出稼時의
채비란 늘 이처럼 번거로웠고, 出稼生活 역시 質朴했다. 새벽에 별을

보며 시간을 가늠하고 첫닭이 울면 깨어나서 서둘렀어야 먼 漁場으로 나갈 수 있었다. 식사는 좁쌀밥과 된장이 고작이었는데, 그것도 배위에서 떨리는 몸을 쬐면서 먹는 게 보통이었다. 出稼地에 이르면 작업하기 앞서 일행은 날짜를 택일하고 祝言하면서 입쌀을 백지에 싼〈지〉를 바다에 던져 龍王에게 致祭했었다. 그때 강여인은 첫 出稼인데도 그 漁獲高가 일행 중 세 번째여서 막걸리 한 통으로 일행에게 한턱내었던 게 즐거운 추억이 된다.

東京 곁 하시마라는 자그만 섬에 어린 딸애를 데리고 君代丸을 타서 나갔던 것은 23세였다. 그때는 증명을 갖추면서 杏源에서도 20명이나 동행했었다. 韓半島 出稼와는 달리 빈 몸으로 나가면, 그곳에서 海女器具를 내주었고, 3월에 나가서 8월에 귀국했었다. 우뭇가사리만 캐어〈물우미〉(말리지 않은 우뭇가사리)로 팔았었고, 전복이나 오분자기(떡조개)는 채취하지 못하게 했다. 日本 海女들은 해녀 1명에 작업을 돕는 남자 1명씩 실은 배 2・30척이 가지런히 나가서 작업하곤 했다. 바다에서 다툼이 이는 일은 없었으며, 日本海女들은 가끔 出稼海女들과 함께 불을 쬐곤 했다. 日本海女들은 부부동반해서 물질했고, 남편은 배위에서 기계를 조작했는데, 이른바〈기릿물질〉(フナド、フナモグリ)이라 했다. 出稼海女들은〈테왁〉대신〈담뿌〉를 썼으므로〈담뿌물질〉이라 일컬었다. 兵舍처럼 방이 여럿 달린 집에 인솔자와 출가해녀 모두가 함께 지냈었는데, 식사는 콩 섞인 쌀밥과 고구마가 위주였다. 뇌선 따위의 藥은 먹은 바 없다. 韓半島 出稼 때와는 달리, 海女班長을 두는 일은 없었으며, 인솔자가 작업과 생활 일체를 거들었다. 데려간 어린애는 고향에서 함께 간 업저지가 돌봐 주었다. 그 수입은 韓半島 出稼 때나 별다름 없었는데, 1백 원이면 자그만 밭 한뙈기를 살 수 있었던 그때 장여인은 50원을 벌었었다.

해방되던 해, 곧 24세에는 벌이가 좋다 해서 이북땅 江原道 당진으로 나갔었다. 자그만 發動船으로 당진을 도착하기까지는 風波를 만나서 9일간이나 시달렸었다. 그곳에서는 섬게·전복·미역 따위를 캐었었는데, 그런대로 벌이는 괜찮았었다. 8월 15일, 해방을 出稼地에서 맞이하였고, 일행 6명과 함께 越南하느라 死境을 헤맨 일이 지금도 회고하면 惡夢 같다. 6일간을 밤낮으로 걷다가 신발이 헤어지자, 쓰다 버린 車體에 올라 시트를 잘라내어 발에 묶어 신발을 대응했던 일, 몇 차례 소련군에게 저지당하여 공포에 떨던 일, 캄캄한 밤에 목숨 걸고 渡江하던 일 등은 생각만 해도 등이 오싹하다. 번 돈 1만 원으로 서울에 와서는 크림을 한 드럼통 사고 귀향해 보니, 집안에서는 살아서 오리라고 믿질 않고 있었다.

33세에 忠淸南道 안흥 앞섬 신진이란 곳에 나갔던 때에도 큰 사고를 겪었었다. 杏源里에서는 넷이 동행했었는데, 그곳은 水溫이 너무 차가와 한 번은 울며불며하더니 出稼期間中에 歸鄕해 버린 일마저 있다. 추위와 싸우며 하루 4·5회 入漁하기란 모진 苦役이었는데. 미역과 전복을 캐던 그곳 물질은 음력 7월이면 마감되었다. 그대로 歸鄕하기란 아쉽고 해서 仁川에 가서 어렵게 증명을 얻고 돈벌이가 썩 좋다는 白翎島로 갔다. 白翎島 바다에는 메밀꽃이 필 때면 그 냄새를 맡고 사나운 고기가 나타나서 人命을 해친다는 소문이 번졌었다. 따라서 아침마다 入漁할 때에는 불안했으나, 그렇다고 주어진 生業을 외면할 수는 없었다. 전복은 숱하게 잡혔으나, 물밑이 지나치게 어둡고 군인이 주둔한 要塞地라 불편하기도 해서 小靑島로 옮겼었다. 小靑島 바다에서는 작업 도중 모진 突風을 만나 배가 破船되는 큰 事故에 직면했다. 그때 船主와 동료해녀 1명을 여의었는데, 여읜 해녀는 忠南으로 가서 장사를 치렀다. 그 무덤에서는 늘 울부짖는 소리가 끊이지 않았었는데,

나중 고향으로 移墓했다. 강여인의 그 숱한 出稼 經歷을 통하여 喜悅
이 있었다면, 가는 곳마다 바다 모양이 千態萬象이요, 해산물, 특히 貝
類의 生理가 제각기 다르다는 점이다.

이상 제주해녀들의 出稼事例 몇을 간편하게 살펴보았다. 이런 사례
를 샅샅이 기록해 놓는다면 엄청난 부피에 이를 터인데, 世態의 急變
과 海女의 激減에 직면한 오늘날, 이는 우리의 시급한 과제다. 現場調
査에 따른 이런 기록은 海女出稼에 대한 立體的인 자료로서 활용될뿐
더러, 이들의 生涯歷을 통해서 어려움에 직면하더라도 까무러쳐지지
않고 열심히 살아가는 사람 삶의 모습을 살필 수 있게 된다. 곧 우리는
이상의 몇 가지 사례에서 해녀들의 出稼準備, 出稼過程과 船便, 航路에
서의 告祀, 出稼期間과 出稼對象地, 出稼地에서의 宿食方法과 生活樣
相, 採取物, 물질 모습, 出稼에 따른 收益과 그 用途, 出稼期間中 부딪
치는 古難과 事故 및 보람, 出稼海女의 權益, 藿岩主와 인솔자의 기능
등 그 共通分母가 밝혀진다. 앞으로 質疑事項 項目이 더욱 치밀하게
細分되고, 그 조사가 深層的으로 本格化되어야 할 課題가 무척 쌓였다.
어차피 이상 몇 해녀의 出稼經驗만 보더라도 東北아시아 일대의 바다
에까지 제주해녀의 生活半徑은 뻗쳤었다는 사실과, 그들의 生業에 대
한 獻身沒入度가 유다르게 강렬함을 이내 파악할 수 있게 된다.

2) 海女出稼引率事例(⑥～⑦)

제주해녀들은 韓半島 각 연안과 일본에만 出稼했던 게 아니라, 中國
遼東半島의 大連과 山東省의 靑島, 소련의 블라디보스토크까지 나갔었
다. 大連·靑島·블라디보스토크에 出稼했던 해녀들을 만나기란 쉽지
않다. 블라디보스토크에 出稼했던 해녀로서는 北濟州郡 舊左邑 杏源里

578번지의 姜禮吉 노파(89세) 등이 있으며73) 靑島 出稼는 소섬(舊左邑 演坪里)의 文德進씨(作故)가 1940년대 초에 소섬의 미역포자를 移植하고 採取物을 얻어 제주의 上軍海女들을 인솔해 가서 몇 해 동안 채취했던 일에서 연유한다. 1985년 8월, 南濟州郡 安德面 大坪里에서 出稼海女를 인솔하고 大連에 다녀온 姜應壽 씨(남 78)와 그곳에 물질 갔던 이찬옥 노파(89)를 만났었다. 여기에서는 大連에 出稼海女를 인솔했던 姜應壽 씨의 경험담과 靑島의 海産物 採取權을 얻어 제주해녀를 출가시키고 채취를 主導했던 文德進 씨의 경우를 소개한다. 文德進 씨의 경험담은 文씨의 靑島 進出을 도왔던 소섬, 곧 舊左邑 演坪里 東天津洞에 거주하는 姜港燦 씨의 증언에 따른 것이다.

[海女出稼(引率) 事例 ⑥]

· 조사일자 : 1985. 8. 5.
· 조사지 : 南濟州郡 安德面 大坪里 마을거리
· 제보자 : 姜應壽(男, 78. 南濟州郡 安德面 大坪里 849)

23세부터 10여 년간 국내의 江原道·黃海道·慶尙北道의 각 연안과 對馬島 및 中國 遼東半島 大連까지 제주 해녀를 인솔했었다. 23세에 江原道의 양양·대포 지방으로 나갔을 때에는 귀향길에 海路를 잃어 寄港할 곳도 쉬 못 찾았고 물결이 거센 〈사수와당〉에서 풍파를 만나 死境을 헤맨 적도 있었다. 大連까지는 돛배를 타고 나갔었는데, 바다가 잔잔해서 3일 밤낮 항해하니 도착되었었다. 해녀들은 대체로 보리쌀 20말(小斗)과 〈테왁〉·〈빗창〉만을 챙겨 갔었다. 오직 전복만을 캐고,

---

73) 「觀光濟州」 제6호, 月刊觀光濟州社, pp.90~94, 1985.

우뭇가사리나 미역은 캐질 않았었으므로 〈중게호미〉 따위는 불필요했었다. 그해 大連으로 나간 제주 해녀들은 도합 2십수명이었는데, 大坪里(조사 도중 大連으로 出稼했던 大坪里의 88세 된 이찬욱 노파가 합석했다), 沙溪里와 翰林邑 瓮浦里 출신들이었다. 출가해녀들은 두셋씩 합숙하면서 자취했었는데. 국내와는 달리 言語不通이 꽤 困惑스러웠다. 水深은 얕은 편이었고 제주도나 對馬島와는 달리 전복은 자잘했다. 그곳 출신의 해녀들은 없었고 남자들만이 물질하면서 전복을 캤었는데, 박으로 만든 〈테왁〉을 쓰기는 했으나 자그만 것이었다. 또한 무자맥질하는 모습이 제주도 해녀들과는 달라서 〈테왁〉을 깔고 앉은 채 물 속으로 潛入하고난 다음 헤엄치기 시작했다. 자칫 所管海域을 어길 경우면 그곳의 男性裸潛漁業者들이 우리의 해녀기구를 압수하는 등 분쟁이 일곤 했다. 우뭇가사리는 생산되지 않았고, 미역 養殖은 성공했었는데, 전복을 채취하는 기량은 그곳 남자들에 비하여 제주해녀들이 월등했다. 採取物은 馬車로 시장에 실어가서 판매했었다. 채취물은 藿岩主가 1할, 뱃삯 1할, 사공삯 1할을 제하고 秋夕 직전 歸鄕할 때에 해녀들에게 계산되었는데, 國內에 물질 나갔을 때와 그 所得은 비슷했다. 밭 1마지기에 15원이었을 당시에 大連 出稼海女들의 수입은 최고 80원~100원이었다. 大連은 물론, 그 당시 出稼地와의 往復은 주로 뱃길을 이용했었으니, 陸路를 피했던 까닭은 旅費를 아끼기 위함에서였다.

[海女出稼(引率) 事例 ⑦]

· 조사일자 : 1985. 8. 22.
· 조사지 : 北濟州郡 舊左邑 演坪里(소섬) 1751-1
· 제보자 : 姜洿燦(男, 65세, 北濟州郡 舊左邑 演坪里 1751-1)

여기에서는 소섬 출신 文德進 씨가 中國 山東省 靑島에 創意的으로 海女出稼의 길을 터놓았던 사례를 소개한다. 소섬, 곧 北濟州郡 舊左邑 演坪里 上牛目洞 1082번지에서 출생한 그는 學力도 없었으나 옹골지고 활달하였을 뿐더러, 社交的이며 開拓的인 眼目과 意志가 남달랐다. 일제 때에 元山에 나가 사업하다가 실패하자, 단돈 50원을 밑천으로 釜山에서 여관을 차렸었는데, 애꿎이도 火魔가 덮쳤었다. 또한 對馬島에서 海産物 輸出加工業을 수년간 치르다가 不運은 잇따라 겹쳐 화재를 다시 만났다. 그럼에도 그는 까무러쳐지지 않고 오뚝이처럼 일어서서 中國 山東省의 靑島로 事業次 나갔었다. 그곳에는 해녀들이 없으므로 숱한 우뭇가사리를 캘 수 없음을 보고 문득 고향의 해녀들을 想起했다. 그곳 바닷속에 미역이 없음을 보고 고향의 미역 移植을 創案했다. 미역은 아예 자라질 않았고 우뭇가사리를 캔다고 해야 고작 남자 潛水夫들이 앉은 자세로 무자맥질해서 서툴게 캘 따름인 그곳 실정을 살피면서는 進取的인 그로서는 큰 충동을 느낀 터였다. 소섬의 미역포자가 자라는 돌들을 그곳으로 옮기고, 그 漁業權을 획득하려는 뜻을 굳혔다. 1933년에 귀국한 그는 미역포자가 붙은 돌과 전복 등을 싣고 靑島로 가서 移植하고 增殖事業을 벌였다. 2년 후 전복 양식은 실패했으나 미역 移植은 성공했다. 그 採取權을 당시 그곳을 점령했던 일본 관현에게서 획득한 그는 제주로 돌아와서 前渡金을 내주고 上軍海女 80여 명을 싣고 갔었다. 그 上軍海女들은 소섬에서만 아니라, 舊左邑 終達里, 城山邑 古城里, 翰京面 龍水里, 安德面 沙溪里, 表善面 表善里 등 제주도 일원에 걸쳐 두루 모집했던 것이다. 그곳 中國人들과 日本 官吏들의 협조로 그의 사업은 순조로웠다. 5월에 靑島에 나가서 8월에 돌아올 때까지 미역과 우뭇가사리를 캐었던 出稼海女들은 3개월간 평균 3백 원씩 수월찮은 수입을 올렸다. 당시 소학교 교사의 봉급이 40원

이었으므로 괜찮은 수입이었는데, 그곳은 인플레여서 화폐가치가 폭락
했었으나, 歸國하면 가치 있게 쓰였었다. 姜洸燦 씨는 1939년(19세)에
서 5년간 靑島에 머물면서 文德進 씨의 사업의 書記를 맡았었다. 出稼
海女들은 靑島 往復時에 18톤의 發動船을 이용했었는데, 그 배는 어업
조합과 경찰관서에 所定의 手續을 거친 다음, 소섬에서 出航했었고, 出
航할 때마다 돼지고기 등 祭需를 차려 告祀를 치렀었다. 소섬에서 靑
島까지는 發動船으로 55시간쯤 걸렸었다. 다행히도 바다에서 風波에
시달린 적은 없었다. 그곳은 남자 潛水夫뿐이 裸潛漁業에 종사했었는
데, 온통 발가벗은 채 水鏡도 끼지 않고 앉은 자세로 潛水했었으며, 그
技倆은 우리 海女들과 견주어 썩 서툴렀다. 제주 해녀들이 靑島로 나
가서 移植한 미역을 다량 채취하게 되자, 山東省 일대에서는 외국에서
의 미역 수입을 중단하기까지에 이르렀었다. 해녀들이 그곳에 나가서
出稼生活을 하는 동안 주민들과의 알력은 없었다. 그곳에서는 바닷가
에서 헤엄쳐 나가서 치르는 〈ᄀ물질〉과 먼 바다로 배 타고 나가서 치
르는 〈뱃물질〉을 함께 했었는데, 이른바 〈난바르〉라고 며칠씩 먼 바다
에 나가 배 위에서 지내면서 裸潛漁業하는 경우도 있었다. 우뭇가사리
는 水草로 寒天工場에 직접 판매하였는데, 해녀들의 實收入은 채취액
의 50%쯤에 이르렀었다. 그곳 漁業權을 둘러싸고 일본인들도 탐내곤
했었으나, 중국 측에서도 漁業權은 한결같이 文德進 씨의 專有로 인정
했었다. 그의 수입은 대단해서 이른바 돈을 가마니에 쌓을 정도였다는
데, 그것도 해방이 되자 단 2년간의 채취로서 歸國하고 말았다. 해녀들
과 함께 종사원 30여명(사무직원 6명, 현장종사원 4명, 선박종사원 20
명) 역시 모두 귀국했다.

　文德進 씨는 귀국한 다음, 西歸浦에 定着하면서도 잇따라 사업을 벌
었었다. 신서란을 재배하여 이를 원료로 한 로프공장을 경영하기도 했

고, 西歸浦市 吐坪洞에 대나무를 재배하기도 했었다. 하와이 교포한테서 파인애플을 기증받아 이를 西歸浦에서 재배해 본 일도 있었다. 1963년 作故했는데, 소섬의 중앙동 거리에는 그의 功績碑가 세워 있다. 슬하에 5남 6녀를 두었는데, 아들들은 모두가 일본이나, 서울, 부산 등지에 나갔다. 文씨는 異國 中國의 山東省 靑島에 제주해녀들을 出稼하게 했던, 그 획기적인 동기를 마련했었다는 점에서, 進取的이고도 奇拔한 뜻의 實現은 기억할 만하다.

結論

이상 제주도 해녀를 經濟的 側面, 法社會學的 側面, 民俗學的 側面에서 現場 調査를 바탕하여 조사 연구한 바를 간추린다. 그 重要時急性에 비추어 海女 및 海女社會研究가 앞으로 더욱 활발히 전개되기를 기대한다.

(1) 제주도 해녀는 1974년을 고비로 減少趨勢에 있으며 1983년말 현재 海女數는 1970년의 33%에 불과한 실정임을 감안할 때 앞으로 몇 년 안 가서 그 수는 몇백 명으로 격감할 것이 예상된다. 이러한 海女數의 격감에 의해 漁業從事者도 1965년 30,149명의 약 35%에 미달하는 10,550명으로 감소하였다. 또한 해녀의 연령별 구성도 젊은 연령층의 海女數가 상대적으로 적어졌고, 특히 본도의 生活水準 向上에 따른 높은 進學率 등을 감안할 때 특별한 인센티브가 없는 한 앞으로의 海女數의 減少趨勢는 불가피하다. 그러나 濟州道의 水産物 輸出高가 대부분 이들 海女들에 의해 이루어지고 있으며 濟州 地域經濟에 큰 공헌을 하

고 있음을 고려하면 海女數의 減少에 대응할 수 있는 海女의 厚生福祉施設의 擴充과 脫衣場施設 등 作業環境의 改善, 模範海女의 産業視察, 優秀海女會의 施賞 등 精神的·經濟的인 報償策이 아울러 요구된다.

또한 海女保護를 위해 깊은 水深에서 長時間 作業으로 인해 생기는 頭痛, 皮膚病, 胃腸病 등의 海女의 職業病에 대한 대책으로 현재 年1回의 정기 건강진단은 물론 月1回의 정기 순회진료가 필요하며, 특히 이와 병행하여 1985년부터 시행하고 있는 의료수가 할인제를 더욱 확대하여 해녀의료보험조합을 구성할 수 있도록 당국의 적극적인 배려가 요구된다.

濟州道 水産物 總生産量은 36千톤으로 全國 生産量의 약 1.3%를 차지하고 있는데, 이 가운데 海藻類는 약 4%의 生産比重을 점하고 있다. 漁業別 生産量 중 海女作業에 의한 第1種共同漁場에서의 生産量이 全體 生産量의 58%를 차지하고 있다. 특히 濟州道의 第1種共同漁場의 面積은 전국에서 제일 넓어 天惠의 좋은 조건을 갖추고 있으나 潛水服補給, 潛水器船의 不法漁業, 廢水에 의한 汚染 등으로 漁場이 荒廢하고 있으며 資源枯渴問題가 심각하게 대두되고 있다. 그러므로 不正漁業의 강력한 團束과 海女의 作業日數 및 作業時間의 制限 등을 통해 資源保護에 힘 기울여야 하며 아울러 지속적인 養殖事業과 魚礁施設事業 등으로 마구잡이 漁業에서 기르는 漁業으로 轉換해야 한다.

濟州道 總生産高 중 水産物 輸出高가 차지하는 비중은 80%이며 그중 소라와 톳이 81%를 점하고 있어 輸出戰略 品目으로 育成이 요망되고 있다. 그러나 일부 魚種의 生産·輸出에만 치중하는 것은 競爭國의 등장으로 輸出不振, 價格下落 등 不確實性이 뒤따르므로 일부 魚種의 對日輸出에만 의존하고 있는 輸出市場을 多邊化하고 加工食品의 開發과 海藻를 사용한 工業原料의 生産 등 多品種商品 開發로 國際市場 變

化에 能動的으로 對處해 나가야 한다.

(2) 어느 사회의 慣行 내지 法規範은 그 社會의 社會構造의 反映이며, 그 사회가 처한 자연적·경제적 환경과 無關할 수가 없다. 濟州島의 漁村의 경우, 우선 生計의 기반을 어디에 두고 있느냐에 따라 女性 특히 海女의 역할이 달라지고 있다. 생계의 기반을 주로 해산물 채취에 두고 있는 마라도의 경우에는 해녀의 역할이나 발언권도 아주 강하고, 入漁慣行의 强度도 훨씬 法的이다. 主漁從農의 형태인 牛島의 경우에는 여성과 남성의 역할이 相補的으로 그 어느 쪽에 우위를 둘 수 없다. 마을의 公的인 일이 남성의 주도하에 이루어지면서도 入漁에 관한 일은 海女會의 의견이 대폭 받아들여지고 있다. 入漁慣行의 强度도 마라도에 비하여 완화되고 있으며, 대외적인 배타성도 뚜렷하지는 않다.

한편, 半農半漁의 형태인 農漁村은 상대적으로 여성의 역할이 약해지고 있다. 특히 최근에 와서는 남성의 역할이 두드러지고 있고, 入漁慣行의 强度도 마라도나 우도에 비해서 약화되고 있다.

이상에서 우리는 漁村을 비롯한 農漁村까지도 國家의 制定法의 지배를 받지 않는 영역이 있음을 발견하게 된다. 한마디로 그들의 규범생활은 合理性이 內在하고 있고, 그것은 결국 人間과 그 환경과의 함수관계에서 그 환경을 적응 내지는 극복하는 과정에서 우러나온 것이라는 것을 알 수가 있다. 다만 문제가 되는 것은 그들의 入漁慣行 기타 規範生活의 資源管理를 위해 어느 정도 타당한 것인지에 대해서는 아직도 많은 과제가 남아 있다.

(3) 제주도를 중심으로 韓國과 日本에만 분포된 海女의 發祥은 水産業의 始源과 비슷하리라 추측되며, 그 發祥地는 제주도로 보인다. 제주도 해녀수는 약1만5천으로 추산되며, 專業하는 해녀는 드물다. 제주해녀들은 거의 농사를 지으면서 물질하는데, 그 潛水技倆 역시 遺傳的

素質로 이루어지지도 않는다. 한 달 평균 15일쯤 하는 물질은 潮水週期와 밀착된다. 在來의 綿製海女服이 고무옷으로 바뀌지고 體溫이 유지됨으로써 潛水作業時間도 훨씬 길어졌다. 20여m의 水深까지 들어가서 2분 이상 견뎌내는 特殊技倆과 유별스런 耐寒力 및 過度換氣作用, 分娩直前直後의 작업 등 제주해녀들의 特殊生理는 학계의 관심거리다. 技倆의 차이에 따라 해녀는 下軍·中軍·上軍으로 나누어지며 15세~18세 사이에 해녀로서 독립되고, 대체로 60세까지 이어진다. 해녀질은 共同作業이므로 마을단위, 혹은 동네단위로 海女會(潛嫂會)가 조직되어 있으며, 이 집단은 生業과 직결되는 實質的인 機能이 뚜렷하다. 해녀들이 캐는 해산물로는 우뭇가사리·톳·감태·갈래곰보·소라·성게·오분자기(떡조개)·전복·문어 따위이며, 養殖미역이 번짐으로써 본격적인 미역 채취는 중단된 상태다. 漁場은 해녀들에게 뭍의 밭이나 다름없이 소중히 인식되고, 海圖를 외듯이 샅샅이 파악하고 있다. 해녀들은 共同漁場에 入漁할 수 있는 權利와 함께 雜草除去 등 민주적 합의에 따른 管理義務를 철저히 치른다. 漁場은 共同所有이면서 그 境界가 뭍의 밭처럼 명확하지 못하고, 入漁慣行이 따르기 때문에 그 入漁權을 두고 紛爭이 잦다.

　제주해녀들은 19세기 말부터 韓半島 각 연안과 日本·中國·러시아로 出稼했었다. 오늘날에도 韓半島에는 일부 물질 나가지만, 그 出稼의 實相을 파악하기 위하여 다섯 해녀의 出稼事例와 出稼海女引率事例 들을 소개했다. 이 事例들을 통하여 우리는 해녀들의 出稼過程, 出稼生活과 作業, 그 所得과 權益 등을 파악하게 되고, 그들의 生業에 한결같이 全力投球하는 獻身沒入度를 살필 수 있게 된다.

08

조혜정 교수의 해녀론을 중심으로

제주 해녀의 신화와 실체

| 권귀숙 | 제주대학교

『한국사회학』제30집, 1996.

I 서 론

제주도 남단의 한 해녀[1] 마을에 이사오기 이전부터 필자는 '제주도
에서 여성과 남성은 평등하다'는 말을 자주 들어왔다. 거주한 지 2년여
동안(1993년 4월-현재), 평소 성 평등 문제에 관심을 갖고 있던 필자는
해녀였던 "할망(할머니)"과 "삼촌"[2]들, 그리고 현재도 "물질(해녀업)"을
하고 있는 삼촌들과 이웃들의 일상적인 삶의 모습에서 그 평등성을 구
체적으로 찾고 확인해 보려고 하였다. 제주 해녀들은 과연 그들이 속
한 사회의 남성들과 평등한가? 만일 그렇지 않다면 그 평등성의 실체
는 무엇인가? 그 평등성은 제주 해녀에 대한 신화에서 비롯되지 않았
을까? 이러한 질문들을 가지고 주위의 해녀들과 그들의 가족들을 통하
여 해녀 마을의 사회와 문화를 관찰하면서, 그간 연구 보고되거나 편
집된 문헌들을 수집하여 읽어가기 시작하였다. 그러던 중 필자와 마찬
가지로 해녀 마을의 성 평등 문제에 관심을 가지고 현지 조사를 치밀
하게 한 조혜정 교수(이하 조 교수)의 글들을 만나게 되었다.

조 교수의 글들은 아직 여성주의가 잘 인지조차 되지 않았던 1970년
대에 이미 여성주의적 시각을 통하여 해녀 마을의 "성 역할 분담과 그
에 따른 권력 관계"(1994: 193)를 분석하고 있었다. 특히 조 교수는 "여
성의 경제적 자립은 여성의 사회 정치적 자립을 보장해 줄 것"(1994:
193)이라는 가설을 검증하려고 함으로써 단순한 인류학적인 연구를 넘

---

1) "해녀"라는 호칭은 일제시대의 산물이므로, 그 이전부터 내려온 "잠수"라는 호
   칭을 써야한다는 주장들이 있다(강대원, 1973; 한림화·김수남, 1987). 그러나
   여기에서는 일반적으로 통용되는 해녀라는 호칭을 그대로 사용한다.
2) 제주도에서는 윗대의 일가 친척들과 이웃 어른들에게 남녀를 불문하고 "삼촌"
   이라는 호칭을 사용하고 있다.

어 해녀 연구를 여성학, 또는 여성주의와 접목시켰다. 조 교수는 이 과정에서 서구의 앞선 문화 이론과 연구 방법론을 활용했을 뿐만 아니라, 그것들을 현장과의 관계에서 끊임없이 주체적으로 수용하고자 하는 의지를 보여주었다. 또한 조 교수는 1976년도의 최초의 현지 조사 이후에도 여러 차례 같은 해녀 마을을 방문하여 그 동안의 변화를 관찰함으로써, 정태적이기 쉬운 민족지(ethnography) 조사 방법의 한계에서 벗어나 이 마을에서 일어난 역사적 변화까지 포괄적으로 이해하려고 하였다. 무엇보다 조 교수의 해녀 마을 연구는 해녀들로부터 긍정적인 한국의 여성상을 발견함으로써 오늘날까지 제주 여성 연구뿐만 아니라 한국의 여성학 및 여성주의에도 새로운 관점과 방향을 제시했다.

이 글은 제주 해녀 마을의 성 체계를 분석한 조 교수의 연구를 분석하면서 가지게 된 의문점들을 정리하는 한편, 필자 나름대로 거칠게나마 해녀 마을 연구를 위한 대안적인 구성을 시도해 본 것이다. 조 교수의 글들은 치밀한 현지 조사의 결과와 이를 체계적으로 설명해 주는 이론 틀을 적절히 제시할 뿐만 아니라, 끊임없는 자아 성찰을 통하여 자신의 시각을 재조정하고 심화시켜 나가고 있기 때문에 그것들을 논평하는 것은 필자로서는 버거운 일이었다. 그러나 필자는 제주도의 한 해녀 마을에 거주하면서 알게 된 해녀들의 삶과 문화에서, 그들을 통하여 듣게 된 여러 단편적인 사실들에서, 그리고 해녀 연구에 관련된 다른 문헌들과의 비교에서, 조 교수의 연구 결과에 동의하기 어려운 점들을 보게 되었다. 그래서 필자는 우선 실증적 차원에서의 의문점들을 정리해 나가기 시작하여, 그러한 의문점들과 맞물려 있는 조교수의 연구 방법론과 이론상의 문제점, 나아가서 조 교수의 여성주의의 전제까지 거슬러 가보는 모험을 시도하였다. 물론 해녀 마을의 성 역할 분석은 우선적으로 실증적인 작업의 대상이겠지만, 필자는 이 글에서 다르거나 새로운 사실들을 제시하기보다는 이미 알려진 사실들의 설명과 해석에 초점을 맞추고자 한다. 필자는 제주 해녀가 신화로서 생산되고 재생산되고 있으며, 조 교수의 해녀 연구들도 그러한 신화로부터 벗어나지 못하고 있음을 지적하려고 한다. 이를 위해 필자는 먼저 조 교수의 해녀 연구를 요약한 후, 해녀에 대한 신화, 특히 성 평등의 신화가 어떻게 조 교수의 각 연구 과정에서 나타나고 있는지를 살펴보면서, 대안적인 해녀 연구 방법론을 개괄적으로 기술하려고 한다. 필자는 제주 해녀의 신화가 해녀들에게, 그리고 제주 여성 일반에게 억압적으로 작용할 수 있으며, 이 신화의 '해체' 작업은 앞으로의 해녀 연구를 위해서도, 여성주의를 위해서도 반드시 필요함을 주장하려고 한다.

 ## Ⅱ   조 교수의 "해녀 사회" 연구3)

조 교수의 해녀 마을 연구는 1976년, 제주도의 한 해안 마을인 "용마

---

3) 여기에서는 조 교수의 제주도 "해녀 사회"에 대한 연구 논문 중(1979, 1982, 1987, 1988, 1992a)에서 "한국의 여성과 남성"(1988)에 게재된 "발전과 저발전: 제주 해녀 사회의 성 체계와 근대화"를 중심으로 요약하려고 한다. 조 교수의 이 글에서는 최초의 현지 조사 연구(1976년 민족지적 현재의 "용마을")와 10년 후의 같은 마을에 대한 이차 조사 연구도 포함되어 있다. 가장 최근에 게재된 1992a는 이 글이 편집되어 재수록된 것이다. 조 교수가 말하는 "해녀 사회"란 해녀들만의 특수 사회라기 보다는 해녀들이 일상 거주하는 "해안 마을"을 의미한다. 필자는 이러한 용어상의 혼동을 피하기 위하여 조 교수가 사용하고 있는 "해녀 사회" 대신 제주도에서 일반적으로 사용되고 있는 "해안 마을" 또는 "해녀 마을"이라는 용어를 쓴다. 제주도에서 해안 마을이란 "제주도 해안 일주도로에 인접하여 위치하는 마을"로서 해발 200m 이하의 지대의 마을들을 가리킨다(신행철, 1995: 109-110).

을"의 현지 조사에서 시작되었다. 우선 조 교수는 제주도를 한반도에서 "유일하게 고유한 자생적 문화를 지켜올 수 있었던 지역"(1988: 269)으로 파악하고, 육지로부터 외래적, 가부장제적 문화가 들어오기 이전의 제주도의 토착 문화를 가설적으로 재구성하려고 한다. 조 교수는 제주도가 "곧 모권 사회이며 진정한 아마존 공동체"(269-270)라는 1930년 한 영국인 여행자의 글을 길게 인용하고 있는데, 실제로 조 교수는 제주도의 토착 사회를 "여성 우위의 사회"(279)로 일단 가정하려고 한다. 이에 따라 육지 문화에 의해 오염되기 이전의 제주도 토착 사회에서는 여성의 경제적 자립이 가능하며, 여성간의 공동체적 유대가 강하고, 남성들의 경제 활동은 상당히 저조한 것으로 상정된다. 조 교수는 이러한 "여성 우위의 사회"(279)의 형성을 생태학적인 고찰에 의거하여 설명하고 있다: "제주는 생태적으로 특히 토질과 강우량에 있어 여성 노동 중심의 밭농사 위주로 생업을 발전시켜 왔던 것이다. 여기에 해변 지역에서의 잠수업이 첨가되어 제주는 명실공히 여성 노동력 위주의 생산 체계를 이루어 왔다."(266) 다시 말하면, 여성 노동력이 중심이 되는 밭농사 및 잠수업 위주의 생산 구조가 해안 마을에서 여성을 중심으로 한 경제 및 사회 조직을 갖추도록 했다는 것이다. 그렇다면, 제주 해안 마을에서의 여성 우위의 사회 구조는 생태학적으로 결정된 셈이다.

그러나 조 교수는 제주도가 역사적으로 1,000여 년 전부터 어떤 형태로든 이미 육지에 종속되어 왔고, 1960년대 이후에는 실질적으로 국가 권력에 의하여 국내적으로 급격히 식민지화되었다는 점을 간과하지는 않는다. 따라서 조 교수는 이러한 외래적, 가부장제적인 요소들로 '오염'된 제주의 본래의 토착 문화를 "1976년 현재 용마을의 민족지"를 통해 재구성하려고 했다. 그러나 문헌상 본래의 토착 문화에 대해 거

의 알려진 것이 없으므로, 조 교수는 1976년의 용마을 현지 조사에서
여성과 남성의 대립적인 기질의 차이, 일상생활의 삶과 태도의 차이에
서 "여성중심"적인 경향을 찾아내려고 한다. 조 교수에 의해 관찰된 용
마을의 해녀들은 "일하는 것 자체를 즐기며, 일을 통해 얻는 대가를 자
랑스럽게 추구"(285)하며, "매우 자신감에 차 있고 낙관적이며 적극적
인생관을 가지고 있"(285)는 반면, 남자들은 "명색은 가장이지만 손님
대접 정도를 받게 되는 주변인으로 존재"(287)하고, "타자 지향적", "비
관적", "수동적"인 기질을 갖고 있다. 또한 해녀들이 "잠수 그 자체를
즐기고 서로 간에 협동과 유대를 또한 즐기"(274)면서, 농사일에도 "더
적극적으로 솔선하여 처리"(275)하고, 집안에서 "돼지를 기르고 가사를
책임"(275)질 때, 남자들은 "아침에 일어나면 바쁘게 할 일이 없"어서
"조반 후에 애기를 보거나, 소를 몰고 나가거나, 낚시하러 가거나 그때
그때에 따라 시간을 적당히 보내는데, 나무 밑에 모여 토론을 하거나
술을 마시거나 낮잠을 자기도"(286) 하는 삶을 보내고 있다고 조 교수
는 보고하고 있다.

　이처럼 기질이나 삶에 대한 태도가 성의 차이에 따라 확연히 구분되
는 사회에서도 외래적, 가부장제적인 요소들에 의해 성 불평등이 초래
하게 된다. 조 교수에 따르면, 해녀 마을에서도 "외부의 영향", 이를테
면 "유교의 부계 원칙의 친족 제도와 제사"(280)가 고수된다. 그러므로
마을에서도 "토지와 성은 부계 상속제에 의거하며, 제사와 상속은 대개
토지의 상속과 일치"(280)하고 있는 것으로 보고된다. 그렇다면, 원형
적인 제주 토착 사회와 침투해 오는 육지 문화 사이에 어떠한 관계가
형성될 것인가가 문제가 된다. 조 교수는 토착적인 "여성중심"의 사회
와 외래적인 부계 원칙간의 관계를 토착 문화에 의한 외래문화의 수용,
변형, "변칙"(281)으로 이해한다. 공식적으로는 부권적 원칙을 따르면서

도 비공식적으로는 여성 중심적이 된다는 것이다. 즉 1976년 민족지적 현재의 용마을에서는 남자는 친족 사회의 중추로서, 제사를 지내는 제 관으로서 사회적으로 그 중요성이 인정되는 것이 사실이지만, 실제 생 활면에서는 "여성 중심" 또는 "모중심"의 가족을 이루고 있는 "특이한 구조"(292)가 나타난다는 것이다. 조 교수는 이를 "양편 비우세(neither dominant) 사회"라는 개념으로 설명하고 있다.

> 용마을의 사회 구조는 남성 지배적이라고도, 여성 지배적이라고도 규정하기 어렵다. 즉 자치권 침해의 면에서 어느 한 편이 더 침해를 받 는다고 규정하기 어려운, 여성 지배적 현실과 남성 우월적 의식 세계 가 공존하는 사회로, 현 시점에서 볼 때 남녀 관계상 서로가 서로를 견 제하는 양편 비우세(neither dominant) 사회라고 정의할 수 있을 것이 다.(290)

간단히 말해서 제주 토착 사회 또는 해녀 마을은 본래는 여성 중심 의 사회이지만, 외래 문화의 침투에 따른 변형의 결과 남성과 여성의 권력이 서로 견제하며 공존하는 "양편 비우세"라는 특이한 사회 구조 를 형성하게 되었다는 것이다.

1976년 용마을에 대한 최초의 현장 조사 보고에 이어 조 교수는 10 년 후인 1986년에 이차 현장 조사를 통하여 "놀라운 변화"(292)를 보여 주고 있다. 용마을에서 전화, 신문, TV, 냉장고 등 문화 시설은 크게 확 충되었으며, 교통은 편리해졌고, 교육 수준은 높아졌다. 그러나 해녀의 수는 2/3로 감소되었으며, 고령화 현상이 두드러지게 나타났다. 이와 함께 젊은 여성들의 학력이 높아져서 해녀업의 기피 현상이 일반화되 었다. 나아가 남성 중심의 어촌계가 활성화되면서 "마을 해녀들의 자 치권은 크게 축소"(298)되었고, 바다에 대한 주인 의식이 희박해지면서 해녀들 간의 상호 불신은 심화되고 공동체 의식은 약화되었다. 이와는 반대로 "전통적 남성 우월주의"(307)는 새로운 양상으로 나타나고 있었다. 족보에 대한 관심이 증대되었고, 부계 친척 조직은 강화되었으며, 특히 남성들의 경제 활동 참여가 증대되고 있었다. 이러한 변화는 남녀의 권력 관계에도 반영되어 "예전에 비해 남성의 경제적, 사회적 발언권은 확실히 커져가고 있으며, 여성의 자주성은 감소되고 있음이 분명"(297)해졌다는 것이다. 이러한 급격한 변화 속에서도 조 교수는 일차 조사와 이차 조사 결과 사이의 "연속성"(292)을 "아직도 희망을 잃지 않고 적극적으로 일을 해나가는"(310) 의식과, "남성 우월적 영역"을 상당히 상쇄시키고 있는 "여성의 자주성"(321)에서 발견한다. 그러나 조 교수가 이 "연속성"(292)을 해안 마을의 경우에서 구체적으로 보여주는 것은 아니다.

조 교수는 용마을에서 관찰된 변화를 제주도, 더 나아가 한국 사회의 일반적인 변화 과정 속에서 역사적으로 재조명한다. 조 교수는 제주의 사회 변동 과정을 "1970년대를 기점으로 질적인 차이를 나타내는 세 단계"(310)로 나누어 분석하고 있다. 첫째 단계는 1700-1900년까지로서 여성을 중심으로 한 농업 체계이지만, "공식적 의례 세계와 일상 세계의 대비"(310)와 "성별 분업"(310)이 특징으로 나타나는 시기이다. "제주 해녀 사회"(311)에서 이 첫째 단계는 "이데올로기적 지배 및 귀속적 신분 사회라는 점에서 남성 세계의 우월이 인정"(311)되지만, "육지와 비교하여 자율성, 평등성이 존중"(311)되는 시기로 파악되고 있다. 그런데 이러한 "전통적 가부장제"(311) 단계는 일본 식민 자본주의에로의 편입과 함께 둘째 단계로 넘어가는데, 바로 1900-1970까지의 남녀 "양편 비우세"의 시기가 그것이다. 이 둘째 단계에서는 여성의 화폐 수입이 늘어나고, 남성 주도적인 의례 활동은 약화되어 오히려 "여성 중심

및 모중심적 성격이 강화"(312)된다. 그렇다면, 조 교수의 일차 현지 조
사는 바로 이 둘째 단계에 초점을 맞추고 있었음이 드러난다. 마지막
으로 1970년대 이후의 셋째 단계에서는 국가 경제에 의하여 제주도 경
제가 육지에 종속되면서 남자의 경제력 부상과 함께 "명실상부한 남성
지배 체제로의 이행"(312)이 일어난다고 한다.

조 교수의 이러한 역사적인 연속 모델에 의거하면, 제주 사회에서
조선조 시대에는 남성이 가부장적인 권위로써 여성을 "노동 계층"(314)
으로 경시했으나, 20세기 초반부터 시작된 화폐 경제의 진전으로 남성
우월은 약화되고, "마을의 협동 구조는 모녀 유대가 중요한 여성 중심
적인"(315) 사회로 이동했다. 그러나 과도기적인 "양편 비우세"로서의
제주 사회에서는 1970년대 이후 "지방 경제의 중앙 경제로의 종속
화"(316)가 이루어졌고, 이데올로기적으로도 내적인 "문화 식민주의"
(317)와 "육지 선호 사상"(317)이 확산되어, 제주 여성들 사이에서도 해
녀와 같이 독립적이고 강인한 여성상보다는 육지의 "행복한 가정 주부
상"(319)이 이상시되기에 이르렀다는 것이다. 결론적으로 조 교수는
"비교적 여성의 자율성이 존중되"(324)던 제주 해안 마을이 "역사가 역
행"(263)한다는 생각이 들게 할 정도로 부정적인 방향으로 변화하고 있
다고 파악한다. 이 역사적 역행이 육지 문화에 의한 일방적인 이식 과
정에서 비롯되는 것만이 아니라, "육지 지향적 콤플렉스를 가진 엘리트
집단의 역할"(326)을 포함한 "제주 사회의 자율적 문화 수용 능력의 한
계"(326)에서도 비롯되는 것으로 조 교수는 이해하고 있다. 그러므로
조 교수는 "지방 엘리트의 반성과 일반 주민의 '눈뜸'"(327)을 통해 "제
주 문화가 자생적으로 길러온 자율과 평등의 측면을 살려나가야 할
것"(327)이라고 주장한다. 이와 함께 조 교수는 육지와 비교할 때 "양편
비우세 사회"를 역사적 유산으로 가지고 있는 제주도에서는 "'의식 혁

명'이 아닌 '의식 계발'로 동등한 남녀 관계가 이루어질 소지는 여전히 많다"(324)고 결론짓고 있다.

 ## Ⅲ 실증적 분석에 있어서의 문제점들

1. 해녀의 역사성 문제

조 교수는 해녀를 제주 토착 사회에서 늘 존재해왔던 집단으로 상정하고 있다. 그러나 제주 해녀는 역사적 존재로서 역사적 조건에 의하여 생성되고, 그 존재 양태가 달라져 왔다. 왜 남성보다도 여성이 물질을 담당하였으며, 왜 유독 제주도 지역에서 해녀의 수가 많고, 경제적으로 활발하였던가 하는 물음들은 생태학이나 기질론만으로는 답해질 수 없다.

해녀가 언제부터 어떻게 해서 존재하기 시작했는지는 알 수 없다. 고려 숙종 때(1105년) 남녀 간의 나체 조업에 대한 금지령이 있었다는 것으로 미루어 고려 시대에 이미 해녀가 존재하고 있었던 것으로 보여진다(강대원, 1973). 그리고 해녀의 존재가 문헌상 최초로 나타나기 시작하는 시기에 이미 남성들도 물질에 참여하고 있었던 것으로 나타난다. 현재로선 이 전근대적 잠수업에서 어느 만큼 많은 수의 남성들이 여성들과 어떠한 분업방식에 의하여 작업에 임했는지는 잘 알 수 없다.[4] 그런데 남성 우위의 유교적 가치관으로 인한 관의 명령에 의한

---

4) 물질의 남녀 분업 방식에 관한 기록으로는 1601년 안무어사 김상헌이 정리한

것이었던지, 여성의 신체적 특성이 남성보다 나잠업에 더 유리하였기 때문인지(강대원, 1973), 또는 목사 이형상의 "탐라계록초"에 시사되는 것처럼 과중한 공납의 부담을 여성들에게 전가하기 위해서인지(속탐라록, 1994: 378-9) 더 연구 조사가 필요하겠지만, 남성 나잠업자의 수는 점차 감소되어 어느 시기부터는 여성만이 물질을 거의 전담하기에 이르렀다.5) 해녀의 출현 시점에 이미 남성 나잠업자가 나타나는 만큼, 여성만이 물질을 담당하던 조선 후기 이전의 해안 마을이 여성 중심의 경제 또는 모중심적 사회라고 상정할 수 있을지 모르겠지만, 그것을 사료적으로 입증하기는 어려울 것이다.

필자는 제주 해녀의 노동이 가정 경제에 미치는 비중이 커지기 시작한 것은 일본 식민 자본주의의 발전 과정과 밀접한 관련이 있다고 본다. 1900년대 초부터 많은 제주도민들이 일본의 노동 시장에 저임금 노동자로 진출하기 시작했다. 이는 일본 자본주의가 근대 공업의 발전 과정에서 필요한 노동자를 일본과 가까운 특히 제주도에서 대량으로 이끌어내었기 때문이다(이영훈, 1989; 정수철, 1989). 또한 일제 식민지 정책에 의한 조세의 수탈, 토지 조사 사업에 의한 토지의 박탈 등으로 제주도내에서도 무산자층이 증가되어 인구가 유출될 수밖에 없는 현상

"남사록"과 이로부터 100여년이 지난 1702년 제주 목사 이형상이 정리한 "탐라계록초"가 있다. 전자의 기록에 의하면, "포작(남성 나잠업자)"은 주로 깊은 바다에서 채취하는 전복을 따고, "잠녀(여성 나잠업자)"는 미역, 청각 등의 해조류를 채취했다고 한다. 후자의 기록에 의하면 전복 채취 등은 모두 잠녀에게 떠맡겨졌다고 한다. 이 두 기록을 비교해 보면 나잠업의 분업 방식의 변화는 17세기 중에 이루어진 것으로 나타나지만, 자세한 변화의 과정은 알 수가 없다.

5) 예외적으로 남아 있는 남성 나잠업자들의 사례는 김영돈(1994), 한림화·김수남(1987) 등의 글에서 찾아 볼 수 있다.

이 빚어졌던 것이다(이영훈, 1988). "제주도세열람"에 의하면, 1938년경에는 당시 20만 전 제주도민의 1/4에 해당하는 5만의 인구가 이미 일본으로 도항하였다고 한다(정수철, 1989: 14-15에서 재인용). 즉 한 가구당 한명 이상이 일본의 노동 시장에 유입된 셈이다(정수철, 1989). 이는 괄목할 만한 숫자이다. 일본에 거주한 5만의 인구중 1,500명의 해녀를 포함한 일부 여성을 제외한다면6) 도일 제주도민이 거의 젊은 남성 인구이었음을 미루어 볼 때, 제주도에 남아 있는 여성 노동의 경제적 중요성은 증가하지 않을 수 없었다. 특히 해안 마을의 해녀들은 물질뿐만 아니라 밭일도 전담하는 등 가정 경제를 책임지지 않을 수 없게 되었다. 동시에 일본의 어류 수요 증가에 따른 수산물의 상품화는 가격 상승과 더불어 해녀들의 수입이 가정 경제에 차지하는 비중을 더욱 높였다.7) 1937년도 "제주도세열람"의 기록에 의하면, 해녀의 총 어획고가 백만원에 육박하여 제주 전체의 경제에까지 상당한 영향을 미치기에 이른 것으로 보고되고 있다(김영돈, 1994: 221-222에서 재인용). 또한 식민지 정책에 의하여 이루어진 "해안 일주 신작로" 등의 도로 개발과 함께 읍, 면 사무소 등이 해안 지대로 이전했고, 이는 중산간 마을 인구의 해안 지대로의 이동을 촉진시켰다. 따라서 중산간 마을에서 이주해온 여성들도 수익성이 높았던 해녀업을 자원했고, 1916년도에는 증가된 채취물의 공동 판매를 위한 "해녀 어업 조합"의 결성이 이루어져

---

6) 일제하 일본 대판에 거주한 조선인의 약 60%가 제주인이었다고 한다(이영훈, 1989). 조선 총독부의 조사에 의하면, 1925년 대판의 조선인 중 남자는 25,795명이며, 여자는 6,065명으로 기록되어 있다(이영훈, 1989: 16에서 재인용).

7) 뒷날 일본의 식민지 지배 정책이 강화됨에 따라 제주도의 수산물의 유통 부문이 일본에 의해 독점되는 등, 해녀업에 치명적인 손실이 초래된다. 이에 따라 해녀들을 중심으로 "생존권 투쟁"이 일어났는데, 1932년 세화리 잠녀 투쟁이 대표적이었다(강대원, 1973; 이기욱, 1995; 이영훈, 1989; 현기영, 1989).

서(강대원, 1973), 해녀들은 근대적 조직 사회의 경험도 갖게 되었다.
한편 이 시기의 제주 해녀들은 식민지 조선의 토착 상인 또는 일본 상
인들에 의하여 대거 고용되어 "출가(섬바깥 물질)", 임노동적인 잠수 활
동에도 종사하게 되었다.[8] 1937년도의 기록에 따르면 1만 3백 명의 해
녀 중 그 해 출가한 해녀 수가 약 5천명에 이르렀다고 한다(김영돈,
1994: 222에서 재인용). 그러므로 현재 일반적으로 알려진 제주 해녀들
은 일본에 의한 자본주의화 이전에 존재했던 해녀 또는 "잠수"와는 매
우 다른 성격을 갖는다고 할 수 있다.

이렇게 볼 때, 일반적으로 알려진 제주 해녀의 역사적 기원은 제주
해안 마을이 전자본제적인 경제에서부터 상품 경제로 변화해 가는 과
정에서 찾아보아야 할 것이다. 즉 해녀라는 존재는 일본 식민 자본주
의와 가장 가까운 변경에 위치했던 제주도가 '근대화'하는 과정에서 나
타나는 새로운 집단으로 이해되어야 한다. 이 집단은 조직의 경험과
임노동의 경험을 지닌 일종의 직업 집단인 것이다. 그러므로 현재 일
반적으로 알려진 해녀상은 비시간적이거나 '전통'의 산물이라기보다
'근대'의 산물로 간주되어야 할 것이다.

그렇다면, "고려사", "조선왕조실록" 등에서 나타나는 전근대적인 해녀
에 대한 기록을 어떻게 이해할 것인가? 필자는 여기에서 제주도의 전자
본제적 생산 양식을 "공납제적 생산 양식(tributary mode of production)"

---

8) 제주 해녀의 출가는 1900년경부터 시작되었는데, 1934년도의 기록에 따르면
출가 해녀 수는 한해동안 약 5천명에 이르렀다고 한다(김영돈, 1994). 이들은
식민지 조선 연안은 물론 일본, 연해주, 중국 등의 연안에도 진출하였다고 한
다. 중년 이상의 제주 해녀들은 거의 출가 경험을 갖고 있다고 하는데, 이들
의 경험 사례는 "한라일보"에서 1990년 9월 19일부터 1993년 1월 25일까지 연
재된 김영돈의 "해녀" 연구에 상당수 수록되어 있다.

(Wolf, 1982)[9]으로 파악하고, 해녀의 존재 자체를 공납제와의 관계에서 이해하는 것이 적합하다고 본다. 해녀 마을이 육지의 조정과 지방의 관에 의하여 어떠한 방식으로 어느 정도 수탈되었는지에 대한 체계적인 연구는 없으나, 해녀 가족의 공납 의무가 해녀 마을의 성격을 기본적으로 규정지었을 것은 의심할 여지가 없다. 1601년 안무어사 김상헌에 의하여 쓰여진 "남사록"에서 당시의 공납 범위와 상황이 추정될 수 있다: "본주의 공납은 해마다 별진상이 추복 3,030첩, 조복 250첩, 인복 910적음, 오징어 680첩이고, 사재감에 바치는 물건은 대회전복 500첩, 중회전복 955첩, 소회전복 8,310첩이고, 별공물은 대회전복 1,000첩, 중회전복 700첩이다. … 그 밖의 해초류와 수령이 싸보내는 수는 차한에 부재한다. 한 섬의 물력이 이 때문에 거의 없어지는 것이다"(1992: 62). 김상헌은 이러한 과도한 공납과 관리의 수탈로 인하여 포작들은 "물에 빠져죽거나" "오래도록 바다 가운데 있고", 공납 의무를 다하지 못하면 그 처(잠녀)들은 "오래도록 감옥 속에 있어 원한을 품는다"는 기록을 남기고 있다(1992: 62). 숙종 28년(1702년) 제주 목사로 부임해온 이형상의 "탐라계록초"에서도 비슷한 기록을 볼 수 있다. 남사록이 쓰여진 약 100년이 지난 이후에도 잠녀의 지아비인 포작은 "선결(사공의 일) 등 허다한 괴로운 일"들을 해야 하므로 3백여 명에 이르렀던 포작의 수가 88명으로 줄었다는 것이다(속탐라록, 1994: 378-379). 이형상은 이 80 여명에게 "추복 3,900여첩, 조복 260여첩, 인복 1,100여첩, 회전복 3,860

---

9) 울프(Wolf, 1982, 3장)는 "자본주의적 생산 양식(capitalist mode of production)"으로 전환되기 이전의 유럽 또는 아시아 등의 농업 지역에서 정치적 또는 군사적 지배자들이 정치적 권력 또는 무력을 이용하여 생산자들로부터 잉여를 직접적으로 착취해 가는 생산 양식을 "공납제적 생산 양식"이라고 개념화하였다.

여첩, 도합 9,100여첩, 오징어 860여첩과 분곽 조곽 곽이 등의 부역"을 "책임지워 징출"하므로 "어찌 가히 지탱 감당할 수 있겠습니까?"라고 조정에 호소하고 있다. 또한 "처는 잠녀로서 1년 동안의 진상 미역과 전복 공납을 준비"해야 하는데 "그 고역이 됨이 목자들보다 열배"나 된다고 한다. 그는 이어서 "한 집안에서 부부의 공납하는 바가 거의 30여 필에 이르르니, 갯가의 백성들이 죽음을 무릅쓰고 피하려고 하는 것은 형세가 진실로 그러한 바 있습니다"라고 보고하고 있다(속탐라록, 1994: 378-379). 17세기 초 이건의 "제주풍토기"도 "잠녀들의 고초는 말할 것도 없"으며, 당시의 잠녀는 "관의 종살이에 다름없다"는 기록을 남기고 있다(강대원, 1973: 34에서 재인용). 부분적인 기록만으로는 잠녀의 채취물중 어느 정도가 공납으로 진상되었고 어느 정도가 자가용으로 소비되었는지는 알 수가 없지만, "공납제적 생산양식" 하에서 해안 마을이 특별히 "여성 중심적", "모중심적"이 될 근거를 찾아보기는 어렵다. 가혹한 공납 의무 하의 해안 마을에서 여성 노동이 남성 노동보다 더 중요했다는 증거도 나타나지 않는다. 공납제가 존재하기 이전의 제주 토착 사회를 그러한 특성을 지닌 사회로 상상할 수는 있을지 모르나, 그것은 신화의 세계로 들어가는 것이다. 제주 해안의 "아마조니언"의 실존은 역사적으로 실증될 수 없다.

해녀의 존재가 역사적으로 이해될 때 해녀업의 쇠퇴 과정도 역사적으로 이해될 수 있다. 조 교수는 1960년대 제 3공화국 이후 육지의 자본주의에 의하여 해녀의 수적인 감소와 공동체적 의식의 감퇴가 일시에 일어난 것으로 설명하고 있는데, 필자는 이와 함께 해녀라는 직업 집단의 성쇠가 해녀 마을에서의 상품 경제의 변동 과정에 의하여서도 조건 지어진 것으로 본다. 해녀의 수는 일본 자본주의 하에서 급격히 늘어나서, 양식업이 보급되기 이전, 감귤 등 현금 작물 재배가 확장되기 이전에 최고로 증가하였다가, 그 이후로 점차 줄어들고 있다. 해녀의 수는 일제 하인 1930년대에 총 20만 제주 인구 중 1만 명이 넘었고, 1966년도까지는 총 인구 3십 4만 명중에서 2만 4천명에 이르렀던 것으로 집계되었으나, 십년 이후인 1976년도에는 총 인구 4십 2만 명중 8천명으로 집계되고 있다(김영돈·김범국·서경림, 1986). 이러한 감소는, 현금 작물 재배가 해녀업에 치명적인 영향을 미친 결과로 인하여 나타난 것이다.[10]

현금 작물 재배의 확산과 이에 따른 소득 향상은 무엇보다 해녀업의 단절 현상을 빚어내었다. 이는 해녀들 스스로가 그들의 딸들이 해녀업을 계승받기보다는 보다 나은 직업을 갖거나, 이러한 선택의 가능성을 높여 주는 학교 교육의 기회를 갖기를 원하였기 때문이었다. 제보자들에 의하면, 현금 작물 재배의 확산 시기에 해녀 마을의 교육열은 대단하였고, 이에 따라 해녀의 딸들에게도 교육의 기회가 주어지면서 해녀업을 이을 젊은 여성 인구가 사라지게 되었다. 또한 일부 해녀는 해녀업에 비하여 안전하고 수익성 높은 현금 작물업으로 전업하기 시작했다. 만약 해녀들이 조 교수가 이해하는 것처럼 높은 사회적, 경제적 지위를 누리고 있었다면, 해녀들은 당연히 해녀업의 몰락에 반발했을 것이다. 그러나 필자가 만난 해녀들은 "고생, 고생"이라고 지난날을 회고하였고, 해녀업에 대한 자부심이나 지나간 전성기에 대한 향수는 표현하지 않았다. 해녀라는 직업은 위험하고, 하루 평균 5시간 정도의 작업 후에는 "탈진상태"가 될 정도로 힘들고, 가족 경제에 도움이 된다고 하

---

10) 제주 주민들에 의하면, 1960년대 제주도에서 시작된 1차 현금 작물은 고구마, 유채이었으며, 그 뒤 맥주용 보리가 2차 현금 작물로 대두되었고, 오늘날까지 주 농가 소득원인 감귤이 3차 현금 작물로 등장하였다고 한다.

더라도 만성적 두통, 위병 등의 직업병이 결과로서 남는 일이었다. "극도의 피로감으로 인하여 갖은 질병을 얻어"서 일년에 한두번 한라산 약수물로 휴양을 해야만 했던"(강대원, 1983: 45) 해녀들은 이제 진통제와 위장약을 늘 소지하게 되었다고 전한다.

2. 남성 문제들과 인구학적 문제들

해안 마을의 성 권력 관계를 이해하려면 해안 마을의 남성들(특히 배우자)에 대한 연구도 병행되어야 한다. 왜냐하면 권력 관계는 일방적으로 존재할 수 없기 때문이다. 그런데 이점에서 조 교수는 1970년대의 용마을 남성들이 책임 의식 없이 농사일이나 돕고, 집안일, 아기보기나 돕는 주변인으로, 게으르고 "타자지향적"인 모습으로 묘사하고 있다. 만약 남성이 하는 일이 조 교수가 관찰한 것처럼 "낚시로 소일"하고 "한담과 술"로 시간을 보내는 것이라면, "저승길이 오락가락"하는 물질을 담당하고 있는 해녀들과 그들의 배우자와의 관계는 "양편 비우세"가 아니라 남성에 의한 여성의 가혹한 착취의 관계라고 보아야 한다.

해녀들의 부지런함에 반하여 그들의 배우자들이 게으르다고 일반적으로 알려져 있다. 그러나 이 점은 조심스럽게 조사되어야 할 필요가 있다. 해녀의 배우자가 해안 마을에서 어떠한 역할을 담당해 왔는지는 역사적으로 지역적으로 다르겠지만, 필자의 제보자들의 진술이나 기존의 연구 조사에 의하면, 해안 마을의 남성들은 어떤 형태로든 "여자들이 하기 어려운 노동"들을 담당하여 왔다고 한다. 50대 중반의 한 제보자에 의하면 그의 "하르방(할아버지)"들은 해안 지역의 척박한 토지에서 별다른 수확을 기대할 수 없으므로, 새벽부터 2시간쯤 걸리는 중산간 마을로 올라가 쟁기질 등으로 자갈투성이의 밭을 개간하였다고 한다. 또 다른 제보자에 의하면 지붕개량 이전, 남자들이 "새(띠)"가 있는 산으로 올라가서 새를 베고, 해안으로 운반하고, 지붕을 잇는, "피투성" 이가 되는 작업을 담당하였다고 한다. 1970년대 초의 여러 제주 마을 들을 연구한 글에서도 남성들이 "가옥가구수리, 집일기(지붕잇기), 돌 담쌓기, 풀베기 등 힘드는 일"(최재석, 1979: 70)을 주로 담당하였던 것 으로 나타난다. 일부 해녀들의 배우자들은 "풍선"이나 "발동기"를 타고 근해안이나 일본 등지로 출어하는 등 어업에 종사하기도 했으며(강만 생, 1980; 제주도 부락지 III, 1990), 또한 양식 미역이 보급되기 이전 해 안 마을의 주 수입원이었던 미역 "해경" 기간 중에는 해녀의 배우자와 집안의 남성들이 "마줌(중)"하여 미역을 나르고 말리는 일을 담당하였 다(김영돈, 1994; 한림화·김수남, 1987). 더구나 해안 마을의 남성들은 자주 제주도를 떠나 육지나 일본으로 "돈벌이"하러 떠나야 했고, 그들 나름대로 임노동 등 힘든 삶을 살았던 것이다. 그렇다면, 조 교수가 현 지 조사에서 보고하는 것과 매우 다른 제주도의 남성상도 가능해 진 다. 적어도 조 교수가 보고하는 제주도 남성들의 게으른 "기질"이나 "비관적이고 수동적인"(1988: 287) "세계관"은 여성 중심 경제 체제의 산 물로 이해되기보다는 남성에 의한 여성의 착취 또는 영세한 밭농사에 서의 남성들의 지속적인 잠재 실업 상태나 남아있는 남성들의 고령 등 으로 설명될 수 있을 것이다.

성 권력 관계의 연구에는 인구학적인 요소들도 고려되어야 한다. 제 주도의 경우 남성의 부재로 인한 여성의 경제적, 사회적 활동의 증가, 특히 일제하의 인구 이동, 4.3사건과 6.25전쟁으로 인한 남성 수의 절 대적 감소 등의 요인에 의해 이루어진 여성의 불가피한 노동량 증가가 여성의 사회적 지위 향상으로 이어졌는가 하는 것이다.[11) 남성들이 부 재하여 여성들이 가족 경제의 중심이 되는 경우, 여성의 노동 강도와 가계에 대한 책임 의식은 더욱 높아지겠지만, 가족내의 성 권력 관계나 사회적 지위에는 별다른 변동이 없거나 오히려 악화될 수도 있다. 기존의 연구에서도 여성의 노동량과 경제 참여도의 증가가 여성의 자긍심(self-esteem)은 높일 수 있으나, 여성의 사회적 지위를 반드시 높인다고는 할 수 없음을 지적하고 있다(Deere, 1976, 1977; Meillasoux, 1975, 한정우, 1987: 3에서 재인용). 자본주의 사회에서도 여성들의 취업이 반드시 여성 지위의 신장을 보장하지는 않는 것으로 알려져 있다(예, Hartmann, 1976). 조 교수의 현장 연구는 성비 변화에 관한 조사 결과를 보여주고 있지 않으나, 성 평등의 문제를 다룰 때에는 성비 균형과 성 역할의 관계도 고려되어야 할 것이다.

인구학적인 고려와 더불어 성 권력 관계에 영향을 미치는 것은 역할에 대한 사회적 가치의 부여이다. 제주도에서 오늘날까지 확고히 유지되고 있는 남성의 제사 독점이나 공적인 일의 전담 역할이 여성의 생

---

11) 제주도는 오래 전부터 여성의 수가 남성의 수보다 더 많은 지역으로 알려져 있다. 조선 시대에는 조공선이나 고기잡이 배를 탄 남성들이 생명을 잃기도 하였으므로 여초 현상이 발생했다(한림화·김수남, 1987). 이는 해안 지대의 일반적인 양상일 뿐인데, 성비의 균형이 심하게 무너지게 된 시기는 제주도의 경우 일제 하이다. 인구 조사에 의하면 1925년부터 1944년까지 제주도의 성비는 86.6에 이르고 있는데(정수철, 1989), 이것은 남성들의 일본 노동 시장으로의 진출과 전쟁시의 강제 징용으로 인한 것이다. 해방 후 10만 명의 일본 거주자 중 4만 명이 귀환했으나, 1948년부터 시작된 4.3.사건으로 제주도의 성비는 1949년 인구 조사에서 82.1로 더 낮아졌다(정수철, 1988). 그러나 1960년대 이후 성비가 서서히 높아져서 1980년 조사에는 95.9로 기록되었고(강상배, 1982), 1990년 조사에는 97.7로써 거의 균형된 성비 구조를 보여주고 있다(인구주택총보고서, 1992). 특히 1990년 연령별 인구 분포에서 보면, 0세에서 49세까지는 오히려 남자의 수가 여자의 수보다 많은 것으로 나타나므로, 전체적인 여초 현상은 50세 이상의 여성 인구의 높은 비중을 반영한다(인구주택총보고서, 1992).

산 노동 담당 역할보다 더 성 권력 분배에 영향을 미친다고 할 수 있
다. 비록 유교적인 이데올로기가 토착 사회에서 "선택적"으로 수용되었
다 하더라도 제주도에서는 여전히 농업에 비하여 어업이나 잠수업은
하위의 일이며, 해녀는 천시되었다.[12] 그러므로 여성이 생산의 주 담
당자라고 하더라도 제사나 공적인 일이 더 가치있는 일로 여겨지는 문
화에서는 그 역할을 담당하는 남성이 권력 관계에 있어서 우월한 위치
에 있다고 볼 수 있다. 그러므로 제주도 해안 마을의 성 평등 문제를
이해하기 위해서는 해녀들뿐만 아니라, 해녀들의 배우자들의 역할과,
여성 역할과 남성 역할간의 "공존"과 갈등, 그리고 각 역할의 문화적,
사회적 위계화를 더불어 생각해야 할 것이다.

3. 제주 해녀의 신화화에 따른 문제들

성 평등의 문제와 관련하여 제주 해녀가 주목을 받게 된 한 요인은
그들의 이른바 "여성적 가치관"인데, 조 교수는 "근면성"을 그 중에서
중요한 요소로 들고 있다. 이 "근면성"의 기원은 가혹한 육지의 공납제
적 착취에서 비롯된 것인지, 척박한 토질에 의한 생존의 불가피성에서
비롯된 것인지, 또는 조 교수가 관찰한 대로 "일 없이는 못사는"(1988:
318) 해녀들의 "기질"에서 비롯된 것인지는 속단하기 어렵지만, 이 "신

---

12) 조선 시대에 가족 중 물질하는 해녀가 있는 경우 그 집안의 남자들은 향교
    출입이 금지되었다(김영돈, 1990). 향교의 출입은 양반의 신분 유지 수단으로
    서 특권의 상징이었다(조성윤, 1989). 그리고 양반층이 주로 살았던 해발
    200m~600m 고지에 위치한 중산간 마을(김석준, 1986)의 주민들은 해안 마을
    의 주민과는 혼인을 하지 않는 등 깊은 "반상 의식"을 갖고 있었다(김혜숙,
    1993; 율파고지, 1992).

화"[13]는 육지인이나 제주도민들 사이에서도 널리 유포되어 있다. 제주 여성 스스로도 조 교수의 표현처럼 "청교도적 이데올로기"를 무의식적 으로 수용하고 있는 것이다. "허리 아래를 남을 준들 요 노 상책 남 주 리야"[14]라는 민요에서 제주 해녀의 근면성의 신화가 해녀 스스로도 내 면화하고 있는 것으로 나타난다.

이 근면성의 신화는 해녀를 연구한 여러 글에서 수용되고, 또 재생 산되고 있다. 1960년대, 1970년대의 연구들은 "본도 해녀들은 천직인양 자신을 경멸하며 천시당하면서 어쩔 수 없는 운명처럼 다시 바다로 뛰 어"(홍명표, 1968: 63)든다고 하면서도 "본도 여성의 근면성은 전세계적 으로 본보기"(강병찬, 1977: 32)라고 예찬하고 있다. 또한 근면한 해녀 를 적어도 "멸시할 수 없다"(홍명표, 1968: 63)는 구호는 물질, 밭일, 가 사일 등으로 하루 종일 일하는 해녀의 노동 강도를 줄여야 하기보다는 "주냥 정신(근검 자조 정신)"으로 찬양하는 방향으로 가고 있다. 1980년 대 이후의 연구들은 해녀들이 "잠수 그 자체를 즐기며 서로간의 협동 과 유대를 또한 즐"(조혜정, 1988: 274)기면서 엄청난 노동을 감당하고 있다고 함으로써 근면한 해녀라는 신화를 더욱 심화시키고 있다(김영 돈 외, 1986; 김영돈, 1994; 조혜정, 1988). 조 교수는 해녀들의 경우 "지 나치게 여성노동이 강요되기는 했"(1988: 325)다고 언급하면서도 1986

---

13) 여기에서 "신화(myth)"는 이데올로기와 거의 같은 뜻으로 쓰여진다. 그러나 필자가 신화라는 용어로서 의미하고자 하는 것은 하나의 신화가 이데올로기 라는 용어에 흔히 관련되는 것처럼 단순한 허위 의식이나 지배 계급에 의해 조작되었다고 하기보다는 어떤 텍스트나 문화를 조건짓고, 가능하게 하는 것 으로서, 거의 집단적 무의식에 가깝다. 신화에 대한 정의는 실버만(Silverman, 1983)의 The Subject of Semiotics의 30-31쪽을 참고할 것.

14) "상책"이란 노의 손잡이를 의미한다. 해녀가 정조를 잃는다고 하더라도 노의 손잡이를 놓지 않겠다는 의미이다.

년도 현재의 제주 여성들이 "그 노동에 담긴 또 다른 긍정적인 면을 보지 못하고 있다"(1988: 319)라고 비판하는 점에서 이 신화를 재생산하고 있다고 볼 수 있다. 이 심화 과정에서 해녀의 이미지도 다르게 묘사되기에 이른다. "연약한 여성"(홍명표, 1968: 63)에서 "불가사의한 저력"을 가진 여성(김영돈, 1994: 191)의 모습으로, "소로 못나면 여자로 난다더니…" 또는 "천한 물질", "쌍것 씨"라는 모욕 등에 저항하기 시작하던 해녀들은(현기영, 1991), 이제 "불턱"(해녀들의 탈의장이면서 불을 쬐는 곳)을 중심으로 적극적으로 관이나 일제에 대항하는 여장부의 모습(한림화, 1993)으로 재현되고 있는 것이다.

여기에서 간과될 수 없는 문제는 이 근면성의 신화가 제주 해녀들에게 억압적으로 작용할 수 있는 점이다. 이 신화는 노동이 천시되는 유교적 문화권에서 해녀들을 초과 노동으로 내모는 담론이 될 수 있다. 그렇다면, "근면한 해녀상"은 해녀들에게 억압적인 이데올로기라고 판단할 수밖에 없다. 해녀들은 물질, 밭일, 가사일 등을 거의 전담해야 하는, 권리와 자유보다는 의무와 책임에 눌려야 하는 상황에서 벗어나기 어려운 것이다. 이 해녀들은 또한 가정과 일의 이중 부담을 갖고 있는 일종의 직업 여성의 문제도 갖게 된다. 여성들은 가정의 경제를 주로 담당해야 하는 책임은 있으나, 그에 상응하는 경제권은 없으며, 남성은 가족을 부양하지 않아도 여성들로부터 "졸(올)바르게 모심"을 받을 수 있게 되는 것이다.

제주 해녀의 근면성의 신화는 해녀의 자율성, 낙천성 등 기질론을 중심으로 다층적인 성격을 띠면서 재생산되어 가고 있다. 조 교수에 의하여도 해녀에 대한 신화는 일부 재생산되고 있는 것으로 보이는데, 그것은 물질을 노동으로 보기보다는 놀이로 파악하고 있는 데에서도 나타난다. 조 교수는 해녀들의 노동이 심하다고는 하지만, 해녀들이 즐겁게 일한다고 여러 번 강조하고 있다.[15] 또한 조 교수는 "나는 장래 해녀가 되고 싶다"(1988: 274)라고 쓴 한 중학교 여학생의 작문을 예를 들어 해녀가 젊은 세대에게도 이상적인 직업상으로도 나타남을 입증하려고 하고 있다. 그러나 실제로 해녀가 될 가능성이 거의 없는 이 중학생의 경우에도 이미 해녀에 대한 신화가 무의식적으로 수용되어 있는 것으로 이해될 수 있다. 실제로 해녀들이 월경중일 때나 만삭일 때도 물질을 해야만 하고, 바닷가나 길가에서 출산하는 경우가 적지 않다는 사례들로 미루어 보아 그들이 물질을 즐거운 놀이로 생각한다고 보는 것은 무리가 있다. 특히 출가 해녀들의 "목돈"을 마련하기 위한 "고생길"로서의 물질은 그것이 놀이라기보다는 생존을 위한 위험한 노동이며, 해녀들이 겪은 "권익피탈"의 역사는 물질이 "눈물과 땀을 흘려 애쓴"(강대원, 1973: 116) 노동임을 보여주고 있다.[16]

제주 해녀에 대한 신화가 얼마나 오래되었고, 어떻게 변형되어 왔는지 더 연구가 되어야 할 것이다. 이 때 반드시 고려되어야 할 것은 이 신화가 남성 중심적인 성격을 갖고 있다는 점이다. 이 신화는 해녀들을 일로 내모는 담론으로 작용할 수도 있고, 해녀들의 자녀 세대 여성들에게도 부정적인 역할을 할 수 있는 것이다. 젊은 세대의 남성들은 근면한 해녀인 어머니상을 여성들에게 강요할 수 있고, 여성들도 권리보다 의무가 더 강조되는 이 신화를 무의식적으로 받아들일 수 있는

---

15) 조 교수는 해녀들이 물질을 즐기고 있음을 여러 번 강조하고 있다. 물론 해녀들이 인터뷰에서 "일은 즐겁다"라고 말했을 것이나, 해녀들이 도시 여성, 특히 지식인 여성들에게 후자가 원하는 답을 말했을 가능성도 있다고 본다. 즉 "정보 제공자들이 자신의 생활방식을 조사자의 문화의 틀 속에서 해석하여 말"(유철인, 1984: 121)할 가능성이 있다.
16) 출가 해녀의 권익 수탈에 관해서는 강대원(1973), 김영돈(1994)의 글 등에서 잘 정리되어 있다.

것이다. 더구나 해녀의 신화가 가부장제적 이데올로기와 결합될 때, 남성 중심적인 성격은 더욱 강화될 수밖에 없을 것이다. 어떤 제보자에 의하면, 해녀 출신의 시어머니는 자신의 아들에게 남편에게 하는 것처럼 극진한 대우를 하면서도, 며느리에게는 가사일과 직장일을 모두 감당하는 것이 당연하다고 한다. 또 다른 제보자에 의하면 해녀 자녀 세대의 여성들은 (해녀업을 하지 않는 경우에도) 가정 경제에 남성들보다 더 많은 책임을 지고 있고 "쉴사이 없이 일해야" 하는데도 불구하고 일부 여성들은 배우자들로부터 구타를 당하고 있다고 한다. 해녀의 자녀 세대의 성 권력 관계는 더 연구가 필요한 것이지만, 제주 해녀에 대한 신화가 여성들에게 억압적임을 간과해서는 안될 것이다.

　제주 해녀에 대한 신화는 또 다른 형태의 "전통의 발명"(Hobsbawm, 1983)[17]으로 되어가고 있다. 제주의 관광 산업이 개발되면서 제주 해녀의 이미지는 또 다른 형태로 상품화되어 가고 있는데, 비키니 비슷한 해녀복을 입은 젊고 아름다운 해녀가 미소를 띠면서 "혼저 옵서예 (어서 오세요)"라고 말하는 그림을 관광지 일부에서 보게 되는 것이다. 해녀업이 쇠퇴되어 가고 있는 시점에서 관광객의 호기심을 만족시켜 주기 위하여 신비한 인어 공주의 이미지로, 또는 "벌거벗은" 여성, 즉 섹스의 상징으로서 신화화하려는 작업도 또 다른 남성 우월주의의 표현으로 볼 수 있다. 40대의 해녀들도 찾아보기 어려운 현실에서 해녀의 신화는 이처럼 변형된 형태로 나타나고 있는 것이다.

---

17) "전통의 발명"이란 전통이 후대에 의해 의도적으로 재구성된 것으로써, 과거와의 관련을 통하여 특정한 가치나 규범을 반복하여 부과시키기 위한 "공식화 (formalization)"와 "의례화(ritualization)"의 과정을 의미한다(Hobsbawm, 1983).

382 해녀연구총서(경제학·관광학·법학·사회학·인류학)

IV 방법론적, 이론적인 문제점들

이 장에서는 조 교수의 방법론적, 이론적 구성에서의 문제점들을 다루어 보려고 한다. 왜냐하면 이러한 문제점들은 앞서 지적한 바와 같은 실증적 문제점들과 맞물려져 있기 때문이다.

1. 연구 방법론상의 문제점들

조 교수의 민족지적 연구에는 몇 가지 방법론이 함께 사용되고 있는 것으로 보인다. 먼저 조 교수는 인류학 특유의 "공시적" 분석을 시도한다. 공시적 분석 방법은 토착 사회의 민족지적 현재를 역사적 변화나 외부와의 접촉에 따른 변용 등으로부터 분리하여, 시공으로부터 고립된 어떤 사회를 상정하고, 그 사회의 구조나 문화적 표현 등을 파악하는 방법이다. 즉 연구자가 현재 경험적으로 관찰하는 사회 상태가 비록 '순수한' 상태가 아니라, 이를테면 자본주의, 또는 서구의 종교나 문화 등 외부 영향에 의하여 '오염'되었다 하더라도, 이러한 외래적 요소를 제거하고 원주민 사회의 순수한 원형을 복원해 보려는 방법이다. 이러한 방법에 의거하여, 조 교수는 용마을을 "1976년 현재"라는 시점에 고정시키고, 외래적 요소를 걸러내어, 오염되기 이전의 토착 사회의 모습을 재구성하려고 한다. 이 공시적 연구 모델을 통하여 조 교수는 자본주의적 가부장제 이전은 물론, 유교 문화의 수입 이전의 제주 해녀 마을의 "자생적 문화"를 복원해 보려고 한다. 조 교수가 사용한 생태학적 고찰이나 남녀 기질론 등은 이 모델을 보완하고 있다. 분석 결과 조 교수는 이 자생적 문화를 "동양의 아마조니언"(1994: 173-4)이 살았던 "여성 우위의 사회"(1988: 279) 등으로 일단 가정하기에 이른다.

그러나 조 교수는 이러한 공시적 방법만으로는 오랫동안 육지의 영향을 이미 받아 왔던 제주 사회 또는 현재의 해녀 마을에서 관찰된 현상들을 모두 설명할 수 있다고 보지는 않는다. 실제로 육지의 영향으로부터 고립된 원시적이고 토착적인 제주 문화의 원형을 회복할 수 있는 것도 아니다. 그러므로 조 교수는 1976년의 민족지적 연구에서 비시간적인 존재로서의 "동양의 아마조니언"들이 육지로부터 들어오는 유교적인 문화, 수탈, 지배 등의 외래적 요소를 "주체적"으로 수용하고 변형시킴으로써, 해안 마을에서 "양편 비우세"라는 성 권력 관계가 형성되기에 이르렀다고 추정한다. 이 민족지적 현재의 사회에서는 육지와 섬, 남성과 여성, 가부장제적 원리와 평등주의적 원리, 이데올로기적 지배와 현실적 지배 등등의 서로 "다른" 원리들이 "공존"하고 있다고 파악된다. 1976년도의 현지 연구에서 사용된 방법론에 의하면, 제주의 한 해녀 마을은 본래의 "여성 우위의 사회"에서 토착민에 의한 외래적 문화의 주체적인 수용으로 "양편 비우세 사회"로 전환된다. 따라서 일반적으로 문헌 등에 의하여 알려진 제주 사회의 문화는 육지 문화와 제주 토착 문화의 관계 속에서 형성되었다고 설명될 수 있게 된다. 이와 같은 공시적, 통시적 방법이 구조적으로 고착된 관계를 분석하는데 유용한 것은 사실이다. 그러나 육지와 제주라는 중심/주변 관계에서 나타나는 복합적인 패턴-지배, 수탈, 모방, 수용 등을 분석하는 데는 충분하지 않다. 필자가 앞에서 거론한 공납제적 생산 양식도 육지와 제주간의 복합적인 관계의 패턴, 이를테면 정치적 지배와 저항, 경제적 수탈, 문화적 모방과 수용 등을 전체적으로 조명하기 위한 한 방안이 될 수 있을 것이다.

그러나 이러한 구조나 패턴이 이해된다고 하더라도 공시적, 통시적 연구 방법만으로는 급격한 역사적 변화, 특히 자본주의화 과정에서 일어난 제주 사회에서의 변화를 설명하기에는 무리가 있다. 이러한 어려움 때문에 조 교수는 1986년 이차 조사시에는 토착 문화에 의한 육지 문화의 주체적 수용이라는 시각을 교정하여 전통/근대라는 양분론적인 설명 방식을 채택하기에 이른다. 조 교수의 관찰에 의하면, 일차 조사와 이차 조사간의 10여년 동안 용마을이 급격한 변화를 겪었는데, 전통/근대의 양분론은 이러한 변동을 이해하기 위한 방법으로 사용된 것으로 보인다. 조 교수에 의하면 1986년의 용마을에서는 육지로부터 밀려들어오는 자본주의적 국가에 의하여 남성 지배가 강화되었고, 마을의 공동체 의식은 붕괴되었으며, 해녀들은 "그들 나름대로 갖고 있었던 약간의 긍지마저 잃어"(1988: 300-301)버린 상태여서, 해녀의 "마을내 지위에 대한 논의가 무의미"(1988: 310)할 지경이었다. 조 교수는 이 변화를 제주도가 근대화하는 과정에서 발생한 국가 체제에 의한 "국내적 식민주의"(1988: 264)와 "지역 공동체의 무차별 편입"(1988: 265) 현상으로 설명하고 있다.

하지만 이 양분론적이고 비연속적인 설명 방식을 채택할 경우, 일차 조사시에 사용한 공시적, 통시적 분석 방법과의 마찰을 피할 수 없다. 우선 1976년도의 "양편 비우세"의 원리가 바다에 대한 "주인 의식" 또는 "마을 공동체 의식"(조혜정, 1988: 302) 등으로 대체되어, 분석의 초점이 성 권력 관계로부터 근대적 국가와 전통적 마을 공동체간의 관계로 옮아가고 있는 것이다. 또한 전통/근대의 양분론적 방식을 따르면서도 1976년의 민족지적 현재를 과연 "전통적인" "양편 비우세 사회"로 규정할 수 있을까 하는 의문이 생기며, 동시에 어느 시기의 용마을을 전통적인 사회로 간주할 것인지 물어 볼 수밖에 없다. 마지막으로 1976년 민족지적 현재에서 "외부의 문화 수용도 토착 사회의 자체 육지에 의

거하여 수용되고 변형된다"(1988: 280)고 할 수 있다면, 왜 1986년의 민족지적 현재에서는 해녀 공동체가 "근대화 과정"을 주체적으로 수용할 수 없었는지를 설명하기가 어려워진다.

조 교수가 전통/근대의 양분론을 수정하여 역사 발전 모델을 제주 사회의 분석에 적용하기에 이른 것은 위에서 지적한 바와 같은 문제점들을 고려하면서도 일차 조사시 현장 경험, 이차 조사시 현장 경험 등을 종합하기 위한 것이었다고 추측된다. 이 연속적인 역사 발전 모델에 의하면, 제주 사회, 또는 해녀 마을은 1700-1900년대의 "전통적 가부장제"에서 1900-1970년대의 "양편 비우세 사회"로, "양편 비우세 사회"에서 1970년 이후의 "자본제적 가부장제" 사회로 이행되어 간 것으로 파악된다. 따라서 용마을에서 관찰한 이른바 "양편 비우세 사회"는 전자본제적 가부장제에서 자본제적 가부장제로 옮겨가는 이행 과정에서 나타난 일종의 "과도기적 양상"(1988: 326)으로 정리된다. 이에 따라 제주 해녀의 역사적 조건과 성격이 보다 체계적으로 설명될 수 있게 되었다. 그러나 아마조니언들이 그리이스의 신화에서 남성들의 무훈담 사이에 잠깐 끼여든 막간 인물들이었던 것처럼, 제주 해녀라는 "동양의 아마조니언"들은 자본주의의 심화 과정에서 일시적으로 등장한 존재로 귀착되는 셈이다. 성 평등의 모델로서의 가능성을 보여 주었던 "양편 비우세 사회"는 과도기적으로 해녀업에 따른 화폐 수입의 증대가 가져다 준 "비교적 여성의 자율성이 존중되는 사회"(1988: 324)로 하향 조정되어 버리고 만다. 조 교수가 활용하고 있는 다양한 연구 방법론은 제주 해녀 마을 현지의 특징을 다각적으로 이해하려는 시도로 보이나, 이는 동시에 해녀 마을의 성격을 규정하는데 있어서 상당한 개념상의 혼동을 불러일으킨다. 먼저 공시적 방법에 의하여 1976년도의 "해녀 사회"는 "여성 우위의 사회"로 가정되었다. 그러면서도 동시에 지속적인

386 해녀연구총서(경제학·관광학·법학·사회학·인류학)

육지 문화의 이입이 고려되지 않을 수 없었으므로 해안 마을은 토착민이 이 문화를 주체적으로 수용하여 형성시킨 "양편 비우세 사회"라고 규정된다. 그러나 이차 조사에서 사용된 전통/근대의 양분론적 설명 방식에서는 1976년 용마을이 일반적인 범주의 "전통 사회" 또는 "마을 공동체 사회"로 간주된다. 끝으로 연속적 역사 발전 모델에 의하면, 제주 해녀 마을에서 특징적으로 보여진 "양편 비우세 사회"는 어떤 구조적이고 지속적인 특성을 갖기보다는 자본주의 이행의 한 단계에서 나타난 "비교적 여성의 자율성이 존중되는 사회"로 재조정되어 설명된다. 따라서 이러한 다양한 방법론에 의하여 규정된, 1976년 제주 해녀 마을의 성격에 대해 조 교수가 어떤 결론을 내리고 있는지 의문이 생긴다. 이를테면 만약 조 교수가 역사 발전 모델을 최종적으로 선택한다면, 제주 "해녀 사회"의 지역적 특징은 무의미해지며, "양편 비우세 사회"는 보편적인 사회 변동의 한 과정에서 발생된 것으로 설명된다. 이에 따라 제주 사회 또는 해안 마을이 갖고 있는 특성들, 이를테면 생태학적, 인구학적 특이성들, 육지와의 오랜 주변, 종속 관계, 4.3사건 등과 같은 역사적 경험, 관광 지구화 등이 자본주의화라는 일반적 과정 속에서 환원되는 결과가 초래된다. 그렇다면, "양편 비우세 사회"란 조 교수가 분류한 "한국 가부장제의 유형"(1988) 중에서, 조선조 말에서부터 1950년대에 이르기까지의 사회적 혼란기에 남성 부재로 인하여 일시적으로 나타난, "센 한국 여성"이 중심이 되는 생존 경제의 한 유형으로 분류될 수도 있을 것이다(109-110). 필자는 조 교수의 설명 방식 중에서 역사 발전 모델이 가장 설득력이 있다고 보지만, 이 모델에 대한 보다 많은 보완과 검증이 필요할 것으로 생각한다. 이를테면 조 교수가 1976년 현재 용마을에서 관찰한 이른바 "양편 비우세 사회"라는 것이 조 교수가 파악하는 것처럼 이행기적 양상인지, 아니면 공납제적 생산 양식하에서의 마을 공동체로부터 유증된 잔존물(residual element)(Williams, 1977)[18]인지, 그렇지 않으면 1900년대 이후의 자본주의화에 따른 전혀 새로운 현상인지는 다시 검토해야 할 것이다. 그리고 앞에서 언급한 제주도의 지역적 특성들도 역사 발전 모델을 구체화시키는데 고려되어야 할 것이다.

조 교수의 연구 방법론과 관련하여 분석 단위의 이동은 또 다른 혼란을 가져오게 한다. 1976년의 연구에는 "용마을"이 분석 단위로 설정되었으나 "해녀"의 분석에 초점을 두고 있으므로 해녀들이 마을 공동체나 남성의 세계와는 상관없는 별도의 존재라는 인상을 준다. 1986년의 이차 연구에는 공동체로서의 용마을이 분석 단위가 되어 해녀를 포함한 용마을의 여성과 남성이 근대화 과정에서 겪는 마을 공동체의 붕괴 과정이 분석 대상이 되나, 역사 발전 모델로 종합적인 설명을 시도할 때는 "제주도", "제주 여성"이 분석 단위로 등장한다. 따라서 제주 해녀가 제주 여성 나아가서 제주도의 상징으로 재현되기도 한다. 또한 해녀-용마을-제주 여성-제주도 등으로의 분석 단위의 이동은 실증적 연구 과정에서 반드시 포함되어야할 연구 대상이 배제되는 결과를 가져오게 된다. 이를테면 해녀 연구에서는 해녀의 배우자가, 용마을 같은 해안 마을 연구에서는 중산간 마을이, 제주 여성의 연구에서는 제주 남성이 상관적으로 고찰되지 않고 있다. 필자는 해안 마을이 해녀의 실증적 연구에서 적절한 분석 단위가 되어야 한다고 본다. 나아가서 해녀 연구에서는 남성과의 관계뿐만 아니라 다른 여성과의 관계, 예를

---

18) "잔존적 요소"란 단순히 과거의 요소가 현재에까지 남겨져 있는 "고풍스러운 것(archaic)"이 아니라 현재에도 문화적 과정에서 여전히 효과적인 경험, 의미, 또는 가치를 가리킨다(Williams, 1977, 8장).

들어 중산간 마을의 여성들과의 관계도 고찰되어야 할 것으로 본다. 조 교수가 주로 관심을 가졌던 해녀들의 가치관만 하더라도, 그 가치관을 육지 여성들의 가치관과 비교하기에 앞서 제주도에서 해녀 아닌 여성들과 비교하는 것이 우선되어야 할 것이다. 물론 해녀 또는 해안 마을을 제주 여성 또는 제주도 등으로 일반화하는 것도 경계되어야 한다. 그와 같은 일반화 과정은 해녀의 신화화 과정일 수도 있기 때문이다.

2. 이론적 고찰

실증적 연구 관찰과 방법론적 모색은 반드시 이론적 관점과 맞물려 있다. 여기에서는 조 교수의 평등 이론, 권력 이론, 공동체 이론 등에 초점을 두어 조 교수의 이론 구성의 문제점들을 지적하면서 대안의 구성을 시도하려고 한다.

1) 평등의 문제

남녀 간의 불평등은 가사노동의 분업에서부터 국가의 정책에 이르기까지 다양한 측면에서 발견된다(Walby, 1989). 또한 평등은 기회의 평등에서 조건의 평등, 결과로서의 평등에 이르기까지 다양한 차원에서 이해되어야 한다(박호성, 1994). 조 교수는 "양편 비우세"라는 개념으로 용마을의 남녀간의 "평등"을 논하면서, "양편 비우세의 사회는 남녀에게 기회 균등이 이루어지는 평등의 사회는 아니다. 남녀 불평등의 사회인 점에서 세계에 편재한 대부분의 남성 중심의 사회와 비슷하나, 남성 지배적이 아닌 점에서 특이하다"(1988: 291) 라고 규정하고 있다. 이 규정에서 조 교수가 의미하는 평등, 또는 불평등이 구체적으로 무엇을 의미하는지 모호하다. 남성 지배가 이루어지지 않으면서도 용마을에서 남녀 간의 불평등이 상존한다는 의미에서 다른 남성 중심의 사회들과 비슷하다는 설명은 이해되기 어렵다. 남녀 불평등의 사회로 전제하면서도, "두 세계가 최소한의 자치권을 가진다"(1988: 291)는 의미에서 남성 지배적이 아니라고 주장하는 점도 애매하다. 즉 남녀 간의 불평등을 상정하면서도 그러한 불평등을 지속시키는 남녀 간의 지배/복종 관계는 부정될 수 있는가 하는 의문이 일어난다.

필자는 제주 해안 마을의 성 평등 문제를 이해하기 위해서는 경제활동이나 사회 위계, 문화적 표현 등을 종합적으로 고찰해야 한다고 생각한다. 우선 조 교수가 관찰한 바와 같이, 해녀 마을의 각 가정에서도 여성들이 "식사준비, 설겆이, 빨래", 돼지치기, 애기양육 등의 책임을 담당하여 왔고, 남성들은 가능한 한 개입하지 않으려고 하였다(1988: 275-276). 가사노동에서의 불평등은 필자가 거주하고 있는 해녀 마을에서도 자주 목격되는데, 지금도 남자 삼촌들의 가사일은 생선 다듬기와 관혼상제시 돼지고기 만지는 일에 한정되어 있다. 해녀업의 강한 노동 강도에 비추어 볼 때, 가사일은 당연히 여성의 책임이라는 일반적 인식은 남녀 불평등의 한 지표의 이해된다. 특히 제주 남성들이 자주 육지나 일본을 출입하고 있는 점을 미루어 볼 때, 남성 부재 시기에 여성들의 가사노동의 부담은 더욱 커지지 않을 수 없었다.

용마을에서나 다른 해녀 마을에서 여성들이 생산의 주담당자이고, 과중한 노동을 담당하고 있었다면 경제적 권리상의 평등 문제도 제기되지 않을 수가 없다. 해녀들은 생산자로서의 권리를 갖고 있었던 것인가? 해녀들의 "출가" 사례를 보면, "죽을 고비를 번번히 겪"으면서 "좁쌀밥도 제때에 배불리 먹"지 못하고 번 돈은 "남편이나 시가족의 교육"을 위하여 쓰이거나 남편 명의의 밭을 사는데 쓰였다고 한다(김영돈, 1994). 또한 이 밭의 상속은 해녀 마을뿐만 아니라 제주도 전체에서도 아들들에게로 이루어져 왔던 것이다. 지역에 따라 딸이 "별등급"으로 약간의 토지를 상속받는 경우도 있었지만, 큰아들이 주로 토지를 상속받거나, 아들들이 균분하게 토지를 상속받는 것이 관례적이었다(최재석, 1979). 비록 부계제가 육지에 비하여 엄격하게 실행되지 않았다고 하더라도, 이 원리가 일반적으로 해녀 마을에서도 통용되어 왔던 것이다.

의례적인 측면에서도 부계제의 원리는 그대로 적용되어 온 것으로 보인다. 해녀들은 제사 의례에 남성들과 동등한 자격으로 참여할 수 없었다. 성 역할의 구분에 따라 남성들이 제사를 주관하여 왔고, 여성들은 제수의 준비와 뒷설거지를 담당해야 했다. 필자의 경험으로도 시집간 딸들은 부모, 형제의 제사 시에만 대개 참석만 할 뿐, 제사 준비나 설거지는 "방상(친가족)" 며느리들이 거의 전담하고 있다. 제사 후 "반(제물)"을 나누어 먹는 순서가 남자 어른들, 남자 아이들, 방상 할망들과 시집간 딸들이고, 마지막으로 부엌에서 방상 며느리들과 여자 아이들이 남은 음식으로 먹는데, 이 순서는 남성 우위의 위계를 상징적으로 보여주고 있다고 할 수 있다. 한 번은 필자가 제사 후 남자 아이들보다 할망들에게 먼저 "식게(제사)" 음식을 나누어주려고 하자, 50대의 한 여자 삼촌은 필자에게 "야! 남자 먼저야. 여자가 어디 사람이냐"하면서 음식 나누는 순서를 주지시켰다.

교육과 공공 영역 부문에서도 남성 중심적인 현상은 드러난다. 우선 해녀들의 교육 수준보다 배우자들의 교육 수준이 높다. 필자가 거주하는 해녀 마을의 경우, 해녀들은 무학이거나 국졸인데 반하여 그 배우자들은 중졸, 또는 고졸이 대부분이다. 교육 정도의 차이는 다시 남아 우선의 교육으로 이어져서 해녀 마을에서도 아들이 딸보다 더 많은 교육을 받게 된다. 교육을 더 받은 남성들은 집안의 대표권을 가질 뿐만 아니라, 공공 영역으로 진출할 수 있는 자격을 갖추게 된다.[19] 마을 회의에 참가하는 것에서부터 정치 활동에 이르기까지 남성들이 공공 부문을 거의 전담하여 왔는데, 이는 남성 역할의 "상징적인 가치"(조혜정, 1988: 315) 뿐만 아니라 남녀의 관계에서 남성의 지위를 실제로도 높여 주는 것이다. 남성 위주의 교육과 공공 활동은 제주도에서 현금 작물 재배가 본격적으로 이루어질 때, 남성들이 그에 필요한 정보와 기술을 먼저 받아들일 수 있는 기반을 마련해 주었다.

이렇게 평등을 다양한 차원에서 접근한다면, 해안 마을에서 평등한 남녀 관계는 실제로 존재하지 않았으며, 해녀의 전성기에서조차도 과연 그러한 성 평등이 이루어졌을까 하는 의문을 피할 수 없다. 조 교수는 이데올로기적 우월과 실제적 우월을 구분함으로써 이 의문을 해결하고 있는데, 이에 따르면 남성들은 이데올로기적으로 우월하고, 여성들은 실제적으로 우월하다는 것이다. 그러나 과연 이데올로기와 실제의 삶이 서로 독립적일 수 있으며, 이데올로기와 실제의 삶이 서로 같은 값으로 교환될 수 있는지 의문이 남는다. 어떤 의미에서는 역설적으로 해녀들이 이데올로기적으로 우월하며 실제적으로 열등하다는 가설을 세워 볼 수도 있다. 남성보다 강한 여성, "우러러 칭송하여 마땅"(김영돈, 1994: 265)한 여성 등 여성 우월의 이데올로기가 표면상에 있으나, 이른바 "청교도적" 해녀들은 실제로 남성보다 열등한 경제적, 사회적 지위에 놓여져 있다고 할 수 있기 때문이다.

---

19) 제주 해녀 마을을 포함한 제주 농촌 마을의 권력 관계를 연구한 글을 보면, 남성이 마을의 지도자, 또는 유지 역할을 하는 등, 마을의 권력 관계에서 중심적인 역할을 하고 있다(신행철, 1989).

2) 권력의 문제

성 평등의 문제는 성 권력 관계와 밀접하게 연관되어 있다. 성 불평등은 한 성에 의한 다른 한 성의 지배에 의해 지속되며, 그 결과이기도 하기 때문이다. 조 교수는 지배를 다음과 같이 정의하고 있다.

> '지배'란 역동적으로 말해 한 집단이나 개인이 다른 집단이나 개인의 자아 실현의 가능성을 막을 때 생기며 '자치권의 침해'의 측면에서 논의되어야 한다고 생각한다. 자치권이란 개인의 인격체로서의 존재, 그의 재산 활용에 대한 관리권과 통제권을 말한다.(1988: 290)

여기에서 조 교수가 "자아 실현", 또는 "개인의 인격체로서의 존재"와 같은 주관주의적 용어를 사용하여 지배를 정의하고 있는 점이 주목된다. 이 정의에서 지배는 인격적 관계라는 가정이 전제되어 있는데, 여성과 남성간의 지배 문제로 한정해서 논한다면 여성이 남성을, 또는 남성이 여성을 인격적으로 침해했는가 하는 문제로 정리될 것이다. 그렇다면, 개인의 자아실현이라는 근대주의적 이념이 보편화되지 않은 사회에서의 지배 문제는 어떻게 설명할 것인가? "개인의 인격체"나 "자아실현" 등과 같은 이념들이 출현되기 이전에도 지배/피지배 관계는 이미 존재했었던 것이다. 지배는 오히려 피지배자의 인격과 상관없이 권력자의 의지를 실현하는 과정이라고 보아야 할 것이다(Weber, 1968). 특히 지배는 지배/복종의 관계가 있어야 하는 "관계"적인 속성을 갖고 있다. 그 관계에서는 권력자(또는 지배자)와 피지배자가 존재하고, 물리적 폭력에서부터 담론적 설득에 이르기까지 권력자의 의지를 피지배자를 통해, 또는 피지배자에게 실현하는 다양한 방식도 존재한다. 이런 관점에서 볼 때, 조 교수가 정의한 지배 개념에 의문이 제기될 수 있

다. 용마을에서의 권력 관계도 피지배자가 지배 권력을 어떻게 주관적
으로나 인격적으로 수용하는가의 문제라기보다는 권력자의 의지가 어
떻게 실현되는가의 문제일 것이다. 또한 푸코(Foucault)의 적극적이고
형성적인 권력 개념으로 이해해 본다면, 인격적으로 침해했는가 하는
주관적인 문제뿐만 아니라 인격 침해에 어떻게 "저항"했는가 하는 전
략적인 문제가 제기될 수 있다(Smart, 1985). 지배 관계가 다양한 형태
로 나타날 수 있으므로, 권력에 의한 지배가 자아 실현의 가능성을 막
을 수도 있겠지만, 자아 실현을 오히려 강요하고 설득할 수도 있다. 권
력이 자치권의 침해를 초래할 수도 있지만, 반대로 자치권의 형성을
초래할 수도 있다.

이데올로기적 측면에서도 조 교수의 이러한 지배 이론은 몇 가지 의
문점을 보여주고 있다. 조 교수는 1976년 용마을의 성 권력 관계는 남
성들의 유교적 지배 이데올로기와 여성들의 평등주의의 두 가치관이
공존하고 있는 것으로 설명하고 있다. 조 교수는 "이 두 가치관은 매우
상반된 성질의 것이나 서로의 우세를 견제하며 공존하는데 이는 양편
비우세적인 용마을의 남녀 관계를 증명해주고 있는 것"(1988: 292)이라
고 주장하고 있다. 이 주장을 따른다면 용마을의 권력 구조를 필자가
제기한 바와 같은 지배/복종의 권력 관계로 설명하기에는 어려워진다.
지배/복종 관계의 관점에서 본다면, 남성들의 유교적 지배 이데올로기
가 실제의 삶 속에서 실현되기 위해서는, 여성들의 이른바 "평등주의"
는 억압되거나 아니면 일종의 하위 이데올로기로서 "포섭"되어야 한다.
그 반대로, 여성의 평등주의가 용마을의 지배 이데올로기로 실현되려
면 남성들의 남성 우월 사상은 냉소되거나 "부분 문화화"해야 된다. 그
러나 용마을에서 조 교수가 주장하는 것처럼 이 두 상반되는 이데올로
기 간에 아무런 갈등도 나타나지 않았다면, 용마을의 여성과 남성의

관계는 지배/피지배라는 권력 관계로 설명되기에는 무리가 있다. 만약 용마을 남녀 간의 이른바 "공존"적 관계를 권력에 의한 지배/복종의 관계가 아닌 비권력적 관계로 설명된다면, 남녀간의 노동 분업에 의하여 그 결과로서 남성적 세계에서는 가부장제적 원리가, 여성적 세계에서는 평등주의적 원리가 공존했었다고 할 수 있을 것이다. 그러나 이렇게 기능주의적으로 두 원리의 공존을 설명한다면 또 다른 의문이 생기는데, 용마을에서는 적어도 1976년도까지는 여성과 남성간의 권력 관계가 발생되지 않았다고 할 수 있는가 하는 것이다. 또한 지배가 이루어지지 않는 "양편 비우세 사회"에서 성간의 불평등이 어떻게 지속될 수 있을까?

1976년 용마을의 성 권력 관계가 실제로 어떤 형태로 구조화되고 있었는지는 조 교수의 보고만으로는 충분히 파악되지 않는다. 조 교수의 또 다른 관찰에 의하면 "해녀 사회"는 "여성 중심적 경제 구조"(1988: 271)로서 여성들은 자발적이고도 "즐거운" 노동을 하고 있었다고 한다. 그러나 여성의 노동 행위가 조 교수가 가정하는 것처럼 비권력적 관계에서 발생될 수 있다고는 볼 수 없다. 여성들이 비록 주관적으로 즐거운 마음으로 일한다고 하더라도, 남성들에게는 "게으름"이 장려되는 상황이라면, 여성의 과중한 노동은 오히려 남성에 의한 여성의 착취의 결과로서, 또는 실제적, 이데올로기적으로 철저한 지배의 결과로서 해석되어야 한다. 비록 여성의 노동이 자발적이었다고 하더라도, 여성의 근면성과 노동 윤리의 예찬에는 남성 지배적인 이데올로기가 잠재되어 있다는 점도 지적하지 않을 수 없다. 이러한 권력 관계의 문제가 충분히 고려되지 않는 한에서는 왜 해녀업이 천시되었고, 해녀들 스스로도 가정의 소득이 향상될 때 딸들에게 왜 "물질만은 하지 말라"고 하였는지 이해할 수 없다.

3) 공동체 이론의 문제

조 교수의 공동체 이론에서도 몇 가지 문제점들이 발견된다. 먼저 조 교수는 현지 조사에서 마을 공동체와 이 마을 공동체 내의 하위 범주로서 해녀 공동체가 이미 존재하고 있었던 것으로 상정하고 있다. 그렇다면, "양편 비우세" 시기의 용마을에서 남성이 중심이 되는 마을 공동체와 해녀가 중심이 되는 해녀 공동체가 어떤 관계를 가질 것인가? 여기에서 만일 용마을이라는 마을 공동체가 전적으로 남성 지배하에 있었다면, 어떻게 해녀 공동체가 이렇게 남성이 지배하는 공동체에서 자신들만의 공동체적 자율성을 지킬 수 있었던 것인가 하는 의문이 제기된다. 또한 마을 공동체의 결속력이 "근대화 과정"에서 약화될 때, 이 공동체로부터 일정한 "자율성"을 가졌다고 하는 해녀 공동체가 왜 마을 공동체와 더불어 자동적으로 약화될 수밖에 없었는가 하는 의문도 제기된다.

마을 공동체와 해녀 공동체간의 관계는 "잠수굿"과 "포제"의 관계에서 상징적으로 나타난다. 조 교수에 의하면, 용마을에서의 잠수굿은 해녀들만의 공동체적 의례이고, 포제는 남성 우월적인, 마을 전체의 공동체적 의례라고 구분된다. 이 두 의례는 1970년대 초까지 "공존"하였으나, 포제는 계속 이어졌던 반면, 1974년 이후 잠수굿은 사라졌다가 1987년 부활했다고 한다. 포제가 "남성 우월을 지키고 공동체의 공식적 집단성을 표현"(1988: 307)하는 것이고, 잠수굿이 여성간의 "공동체적 유대"(1988: 306)를 표현하는 것이라면, 이 두 의례가 서로 다른 원리에 입각하고 있는 셈이다. 또한 이는 용마을에서의 성 권력 관계가 공존적이기보다는 갈등적임을 보여준다. 그런데 1976년 해녀 공동체의 "평등주의적 의식"이 "최대로" 커졌다는 조 교수의 보고와는 달리 1974년에 해녀간의 "공동체적 유대"를 상징하는 잠수굿이 중단되었다는 사실은 해녀 공동체가 1970년대 중반에 이미 약화되었음을 시사해준다. 반면 포제가 남성들의 "허가받은 도박"(1988: 307)의 형태로 변형되어 지속될 수 있었다는 것은 자본제적 가부장제의 원리가 그 당시 이미 조교수가 지적하는 대로 "신전통주의"(1988: 306)로 변질되어 용마을에 정착되었음을 상징적으로 보여준다.

또한 조 교수는 해녀 공동체의 성격을 논할 때, 그것의 "평등주의적 의식"을 특히 강조하고 있다. 그런데 조 교수는 공동체나 공동체적 의식이 역사적인 조건에 의하여 형성되는 것으로 보기보다 과거로부터 이미 주어진 것으로 보고 있으며, 여성의 "평등주의적 의식"도 일정한 과정을 통해 형성되는 것으로 보기보다 여성의 선천적인 자질로 보고 있다. 필자는 "양편 비우세" 시기의 해녀들의 "평등주의적 의식"은 여성의 타고난 자질이라기보다 사고 위험의 방지와 해녀들 간의 과열 경쟁에 대한 집단적 규제의 성격을 갖고 있는 것으로 이해한다. 해녀들은 작업 중 발생할 수 있는 사고 위험성 때문에 서로 안전을 돌보는 "벗"과 더불어 물속에 들어가는 것이 관례로 되어 있다. 그렇다고 해서 해녀의 물질은 공동 작업이 아니라 개별적인 작업이며, 채취물은 채취자가 각각 차지한다. 비록 물질의 시작과 종결이 같은 시각에 이루어진다고 하더라도, 이와 같은 개별적인 노동 과정은 해녀들 간의 경쟁 심리를 불러일으킨다. 해산물의 화폐 가치가 높아갈수록 개인주의도 심해졌는데, 이 경우 "평등주의적 의식"은 이와 같은 개인주의로 인한 자원의 남획을 방지하기 위한 공동체적 견제 심리가 반영된 것이다. 예를 들어 양식 미역이 보급되기 이전에는 미역의 상품 가치가 가장 높았는데, 그에 따라 해안 마을에서는 금채 기간, 해경일, 벌금 등 미역 채취에 대한 규정이 가장 엄격했고, 채취에 대한 기회의 균등이 보장되었다(김영돈, 1994; 이기욱, 1995).[20] 그러나 미역이 더 이상 고가 상품의 가치를 잃은 이후에는 이러한 견제는 사라졌고, 대신 대 일본 수출 상품이 되면서 가격이 급등한 "톳"에 대한 마을 공동체의 규정이 새로 등장했다(이기욱, 1995).[21]

더구나 해녀 공동체가 해녀들 간의 평등성을 보장한 것도 아니었다. 해녀들 간의 위계는 특히 과거에는 상당히 중시되었던 것으로 알려져 있다. 물질의 능숙함에 따라 해녀들은 상, 중, 하군으로 구별되어 왔는데, 그 구별이 엄격하였던 것이다. "불턱"도 각 집단으로 나뉘어져서 "상군덕, 중군덕, 하군덕"으로 구별되고, "같은 불턱에서 불을 쬘 경우라면 연기가 덜 나는 자리에 상군해녀가 앉도록 모시는 게 불문율의 관행"(김영돈, 1994: 198)이었다. 이러한 능력의 차이에서 오는 위계화로 인하여 해녀들 간의 갈등이 빚어지기도 했다(한림화·김수남, 1987: 40-41). 그러므로 공동체 문화가 평등주의적 원리에만 입각하는 것은 아니다.

---

20) 어장의 가치가 높았던 1960년대에 발생한 마을과 마을간의 어장 분규 사례들을 보면, 해녀들간의 평등주의적 공동체 의식보다 더 높은 수익을 올리려는 마을 간의 경쟁 의식이 더 두드러지게 나타난다. 두 마을의 해녀들이 관행상 공동으로 입어하던 공동 어장의 가치가 높아짐에 따라, 자기 마을에게 유리하게 어장을 확보해 보려는 분규들이 발생하였던 것이다. 법정 투쟁으로까지 비화되던 어장 분규들은 미역값이 하락한 이후 사라졌다(김두희·김영돈, 1982; 한림화·김수남, 1987).

21) 해녀 공동체가 일제 하에서 생존권을 위한 저항 운동을 전개했음은 명백하다. 필자가 여기에서 문제삼고자 하는 것은 다만 해녀들의 공동체 의식이 그들이 여성이라고 하는데서 선천적으로 주어진다고 보기보다는 일정한 조건과 계기에 따라 형성되는 것이라는 점이다. 앞서서 필자는 해녀들이 일제 하에서 임노동과 조직 경험을 갖추었다고 지적했는데, 그러한 것들이 공동체 의식의 형성 과정에 연관이 될 것이다.

V 본질주의와 여성주의

조 교수의 이론적인, 그리고 실증적인 작업 과정에서 발견되는 문제점들은 조 교수의 여성주의의 전제에서 비롯되는 것으로 보인다. 그것은 조 교수가 다른 글에서 밝히고 있는 것처럼 "중산층 편향성"(1988: 52), 즉 "경제 문제로 인하여 여러 문제가 얽힌 경우보다 문화적 구속력이 두드러지게 나타나는 중산층"(1988: 52)의 관점에서 제주 해녀를 관찰하려고 했던 데서 오는 문제점들로 보여진다.[22] 조 교수는 해녀들의 경제와 문화를 중산층"화"시키고 있는데, 이 점은 특히 조 교수의 평등과 권력의 개념에서 잘 드러나고 있다. 조 교수는 평등과 권력 개념을 "자율성," "자아실현" 등과 같은 주관주의적 용어들로 규정하였으며, 근면성, 평등주의, 책임감, 자신감, 적극적인 인생관, 자주성, "청교도적인 사고방식" 등의 "여성적 가치관"(1988: 291)으로 해녀들 간의 평등성을 보여주고자 하였던 것이다. 이렇게 함으로써, 조 교수는 남성에 의한 자율권의 침해, 자아실현 기회의 박탈, 그리고 그것의 수동적 내면화에 따른 여성들의 의존적이고 비생산적인 "가치관" 등, 바로 도시 중산층 여성들이 직면하는 문화적, 심리적 문제들을, 이와는 상반되는 제주 해녀들의 가치관 및 삶과 날카롭게 대비해 보려고 했던 것으로

---

22) 조 교수는 바로 이러한 "중산층 편향성"이 이 글에서 다루고 있는 해녀 연구 논문을 포함한 "한국의 여성과 남성"(1988)에 수록된 글들이 갖고 있는 "명백한 한계"임을 이미 인정하고 있다(1988: 52). 이 장에서의 필자의 의도는 조 교수가 해녀 연구의 "중산층 편향성"을 인식하지 못하고 있다거나, 그 자체를 비판하려는 것이 아니라, 중산층 편향 시각에 의하여 조 교수의 해녀 연구가 이론적으로나 현장 연구에서 어떻게 조건 지워 지는가를 살펴보려고 하는 것이다.

보인다. 이는 도시 중산층 여성들의 부정적 측면과 제주 해녀들의 긍
정적 측면을 대비함으로써, 도시 중산층 여성들에게서도 자생적인 여
성 문화의 창출 가능성을 찾아보려는 의지로도 이해된다. 해녀들에서
나타나는 평등주의, 근면성 등의 "여성적 가치관"이 실은 여성 모두에
게 본질적으로 갖추어져 있는 것이며, 남성과 여성의 "기질"적 차이가
선험적으로 존재한다는 조 교수의 여성주의의 전제는 이처럼 "중산층
편향성"과 관련되어 드러나고 있다.

　이러한 전제에서 조 교수의 본질주의적인 성향이 엿보인다. 해녀 문
화가 도시 중산층 여성들의 문화와 마찬가지로 부권제 사회에 위치하
고 있다는 현실을 간과하고, 그것을 남성 우위의 문화밖에 존재하는
여성 독자의 문화로 상정된다면 본질주의의 위험에 빠지게 된다. 여기
에서 필자는 먼저 해녀의 문화와 도시 중산층 여성 문화간의 차이를
정확하게 인식하는 것이 필요하다고 본다. 제주 해녀들의 문화는 도시
중산층의 문화라기보다는 민중의 문화로 이해되어야 적합하다. 도시
중산층의 문화와는 달리 해녀의 문화는 일종의 "필연의 문
화"(Bourdieu, 1984)[23]로 이해될 수 있다. 이는 여성의 진취성과 적극성
이 도시 중산층에게서는 일종의 선택일지 몰라도, 해녀들에게서는 생
존 경제와 남성 우월주의에 따른 '강요된 적극성'이라는 사실을 시사하
는 것이다. 이 강요된 적극성은 여성들을 일로 내몰며, 그 과도한 노동

---

23) 부르디외(Bourdieu, 1984, 7장)는 기층 문화권 특히 노동자 계급이 객관적 상
　　황의 적응에 따라 결과적으로 필연적인 것을 받아들일 수밖에 없는 뿌리 깊
　　은 경향을 지니고 있다고 지적한다. 여성의 경우, 이중으로 지배받는 상황이
　　므로 스스로를 가치있게 평가하지 않고, 유일하게 명백한 규범인 "순응의 원
　　칙(the principle of conformity)"을 따르는 것이 "합리적인" 선택을 취하게 되
　　는 것이다.

의 결과는 다시 가부장제를 강화하게 될 것이다.

그리고 본질주의의 전제 하에서는 여성의 '저항'과 저항의 가능성을 설명하기가 어렵다. 조 교수의 글에서는 여성의 "평등주의적 의식"에 관하여 자주 언급되어 있지만, 이 평등주의가 어떻게 출현하였으며, 가부장제의 원리와 어떻게 마찰 또는 저항하였는지는 충분히 설명되어 있지 않다. 여성들의 투쟁 없이도 "전통적 가부장제"에서 "양편 비우세 사회"로 자동적으로 이행되며, "자본제적 가부장제"의 출현으로 인하여 "양편 비우세 사회"가 "역행"될 때에도 여성들의 적극적인 저항은 나타나지 않는 것이다. 따라서 해녀들간의 공동체적 의식은 마을 공동체의 약화와 더불어, 어떠한 저항도 없이 자동적으로 감소되어 간 것으로 기술되고 있는 것이다. 필자는 이러한 본질주의가 갖는 문제점들을 극복하기 위해서는, 이른바 여성의 "평등주의"가 갖는 전략적 성격이 분석되어야 하며, 이러한 의식이 해녀들의 일상 생활에서 어떻게 기능하는지, 그리고 성 권력 관계의 한 표현으로서 어떻게 신화화하는지 밝혀져야 할 것으로 믿는다.

VI 결 론

조 교수의 제주 해녀 연구는 일종의 프로토 페미니스트(proto-feminist)를 한국에서 발견하고자 하는 진지한 노력으로 이해된다. 또한 조 교수의 연구는 그동안 관심 밖이었던 기층 여성의 문화에 대한 본격적인 연구로서, 사회학에서 잘 다루어지지 않았던 성 평등의 문화를 치밀하게 보여주었다. 긍정적으로는 프로토 페미니스트로서의 해녀들,

"강한 여성의 이미지"(조혜정, 1994: 171)로서의 해녀들은 그들 스스로
나 여성학에 관심있는 연구자들에게나 여성의 자기 긍정의 한 상징으
로서 기억될 수 있을 것이다. 그러나 제주 해녀의 신화가 실제로는 억
압적 이데올로기로서, "타자화"된 이데올로기로서, 일종의 "독사(doxa)"
(조혜정, 1988: 37)로서 작용하고 있음을 간과할 수 없다고 본다. "독사
의 연구에서는 무엇이 이야기되고 있는지의 차원이 아니라 무엇이 이
야기되고 있지 않으며 왜 이야기되고 있지 않은지의 차원이 문제되는
것이다."(조혜정, 1988: 37) 그렇다면, 제주 해녀 연구에서의 우선적인
과제는 새로운 여성성의 신화를 창조하는 것이라기보다는, 바로 이러
한 여성성의 신화 그 자체를 구체적으로 '해체'하는 작업이 되어야 할
것이다.

이와 같은 신화의 해체 작업이 여성들에게 긍정적인 상징을 파괴할
수 있다는 반론이 가능하다. 그러나 원시 사회에서의 모권제의 신화가
여성들을 특정한 사회적, 문화적 책임감 속에 묶어 두려고 하는 재질
서의 수립 장치였음이 드러나고 있다(Bamberger, 1974). 흑인 여성의
경우에서도 흑인 남성의 부재 현상과 함께 출현한 모권제 신화가 실제
로 흑인 남성들이 흑인 여성들을 지배하기 위한 수단으로 사용되었음
이 지적되었고, 따라서 흑인 여성주의자들에 의하여 강력하게 거부되
었다: "흑인 여성을 여가장으로 호칭하는 것은 잔인한 오칭이다. 모권
제란 모친이 결정적인 권위를 행사하는 안정된 친족구조를 의미하기
때문에 그 명칭은 오칭인 것이요, 소외되고 약탈을 일삼는 경제적 이
익추구로 인해 흑인 여성이 자신의 육아를 포기해야만 할 때 체험해야
하는 심각한 정신적 외상을 무시했기 때문에 그 명칭은 잔인한 것이
다"(Donovan, 1993: 288-294). 필자는 제주 해녀의 신화가 성 평등 문제
에서는 해녀 자신들에게, 그리고 그 아들, 딸들의 세대에게 부정적으로

영향을 미치고 있음을 지적하는 것이 해녀 연구에 있어서 여성주의의 한 과제라고 믿는다.

이 글에서 필자는 제주 해녀 마을의 성 체계를 최초로 그리고 유일하게 다룬 조 교수의 연구를 검토하면서 제주 해녀에 대한 신화가 어떻게 드러나고 있는지를 살펴보았다. 그리고 필자는 이 신화의 부정적인 측면을 지적하고, 제주 해녀 마을의 성 권력 관계의 대안적인 구성을 모색해 보았다. 조 교수의 선구적인 해녀 연구가 제주 해녀에 대한 신화를 극복할 수 없었다면, 후학들에게 남겨진 과제는 일종의 탈신화화 작업이 될 것이다. 탈신화화의 한 작업으로서 필자는 중산층의 편향성에서 벗어나 중산층의 문화와 해녀 문화 간의 차이를 먼저 인식하는 것이 필요하다고 본다.[24] 또한 해녀 마을의 성 권력 관계를 설명하기 위해서는 "자아 실현" 등 주관주의적 개념으로 이론화하는 것보다는 역사적인 조건하에서의 지배, 복종, 저항, 갈등 등의 복합적 관계를 포함하는 대안적인 이론 구성이 요청된다. 남녀의 평등 문제에 있어서도 일상 생활의 다양한 측면, 즉 가사노동, 경제권, 의례, 교육, 공공부분 등이 구체적으로 분석될 때, 자본제적 가부장제의 실상이 더 잘 드러날 수 있을 것이다. "동양의 아마조니언"과 같은 제주 해녀의 이미지가 제주도의 특수한 역사적, 문화적 상황에 의하여 어떻게 생산되어 가고, 또 재생산되어 가고 있는지에 대한 문화학적 분석도 물론 필요할 것이다.

---

24) 기층 여성의 연구에 흔히 나타나는 중산층 여성의 시각에 대한 반성은 폭스-제노비즈(Fox-Genovese, 1991), 모한티(Mohanty, 1991) 등의 글에서 체계적으로 정리되어 있다.

● 참고문헌 ●

강대원. 1973. 『해녀 연구』. 서울: 한진문화사.

강만생. 1986. "한말 일본의 제주어민 침탈과 도민의 대응." 『제주도 연구』 3: 101~134.

강병찬. 1977. "여성활동에 관한 연구: 제주도를 중심으로." 동국대학교 대학원석사논문(미간행).

강상배. 1982. "제주도 인구의 성비변화에 관한 연구." 『제주교육대학 논문집』 12: 53~70.

김두희·김영돈. 1982. "해녀어장분규 조사연구." 『제주대학 논문집』 14: 15~35.

김상헌 원저, 김예동 역. 1992. 『남사록』. 서울: 영가문화사.

김석준. 1986. "제주도 중산간 부락민의 계집단 참여와 사회적 유대." 『제주대학 논문집』 22: 347~366.

김영돈·서경림·김범국. 1986. "해녀조사연구." 제주대학교: 탐라문화연구소. 『탐라문화』 5: 145~268.

김영돈. 1990~1993. "해녀" 한라일보 연재(1990.9.19-1993.1.25).

김영돈. 1994. "제주 해녀" 제주문화자료총서 2, 『제주의 민속 2』. 제주도, pp. 190~288.

김혜숙. 1993. "제주도 가정의 혼인연구." 성신여자대학교 대학원 박사학위논문(미간행).

박호성. 1994. 『평등론』. 창작과 비평사.

신행철. 1989. 『제주 농촌 지역사회의 권력구조』. 일지사.

신행철. 1995. "제주마을의 공동생활권으로서의 성격과 그 변화." 『제주사회론』. 한울, pp. 105~132.

유철인. 1984. "일상생활과 도서성: 제주도 문화에 대한 인지인류학적 접근." 『제주도 연구』 1: 119~144.

율파고지. 1992. "제주도의 통혼권." 『제주도 언어민속논총』. 제주문화, pp. 567~579.

이기욱. 1995. "제주도 농민경제의 변화에 관한 연구." 서울대학교 대학원 인류학과 박사논문(미간행).

이영훈. 1989. "일제하 제주도의 인구변동에 관한 연구." 고려대학교 대학원 경제학과 석사논문(미간행).

이형상. 1704. "탐라계록초." 『속탐라록』. 1994. (재수록) 제주문화방송, pp. 370~432.

정수철. 1989. "제주도 인구성장에 관한 연구." 제주대학교 석사논문(미간행).

제주대학교 탐라문화연구소. 1990. 『제주도 부락지 III』. 제주: 경신인쇄사.

조성윤. 1989. "조선시대 제주도 신분 구조 연구 시론." 『제주도 연구』 6: 237~246.

조혜정. 1982. "제주도 해녀 사회 연구: 성별 분업에 근거한 남녀 평등에 관하여" 한상복 편. 『한국인과 한국문화』. 심설당, pp. 143~168.

조혜정. 1987. "근대화에 따른 성 역할 구조의 변화: 제주도 해녀 마을을 중심으로." 한국여성개발원. 『여성연구』 5: 99~139.

조혜정. 1988. "발전과 저발전: 제주 해녀 사회의 성 체계와 근대화." 『한국의 여성과 남성』. 제 6장. 문학과 지성사, pp. 263~331.

조혜정. 1988. 『한국의 여성과 남성』. 문학과 지성사.

조혜정. 1992a. "제주 잠녀 사회의 성 체계와 근대화." 전경수 편. 『한국어촌의 저발전과 적응』. 집문당, pp. 63~112.

조혜정. 1992b. 『글 읽기와 삶 읽기 1』. 또 하나의 문화.

조혜정. 1994. 『글 읽기와 삶 읽기 2』. 또 하나의 문화.

최재석. 1979. 『제주도의 친족조직』. 일지사.

통계청. 1992. 『인구주택총조사 보고서』. 제 2권, 제주도 편.

한림화·김수남. 1987. 『제주바다 잠수의 사계』. 한길사.

한림화. 1993. 『꽃 한송이 숨겨놓고』. (소설) 한길사.

한정우. 1987. "도서 어촌 여성의 사회적 지위에 관한 연구: 추자도 답마을의 사례를 중심으로." 서울대학교 대학원 인류학과 석사논문(미간행).

현기영. 1989. 『바람타는 섬』. (소설) 창작과 비평사.

현기영. 1991. "거룩한 생애." 우정반세기. (소설)/『마지막 테우리』(1994)에 재수록. 창작과 비평사.

홍명표. 1968. "본도 출가 해녀의 권익 문제." 『제주도』 37: 63~71.

Bamberger, Joan. 1974. "The Myth of Matriarchy: Why Men Rule in Primitive Society." Pp. 263-280 in Michelle Rosaldo and Louise Lamphere(eds). *Women, Culture, and Society*. Stanford: Stanford University Press.

Bourdieu, Pierre. 1984. *Distinction*. Cambridge: Harvard University Press.

Cho, Haejoang. 1979. "An Ethnographic Study of a Female Diver's Village in Korea: Focused on the Sexual Division of Labor." University of California, Los Angeles. Ph.D. Dissertation.

Deere, Carmen. 1976. "Rural Women's Subsistence Production in the Capitalist Periphery." *Review of Radical Political Economics* 8: 9~17.

Deere, Carmen. 1977. "Changing Social Relations of Production and Peruvian Peasant Women's Work." *Latin American Perspectives* 4: 48~69.

Donovan, Josephine. 1985. *Feminist Theory: The Intellectual Traditions of American Feminism*. 김익두·이월영 옮김. 1993. 『페미니즘 이론』. 문예출판사.

Fox-Genovese, Elizabeth. 1991. *Feminism without Illusions*. Chapel Hill: The University of North Carolina Press.

Hartmann, Heidi. 1976. "Capitalism, Patriarchy, and Job Segregation by Sex." *Signs: Journal of Women in Culture and Society* 1: 137~169.

Hobsbawm, Eric. 1983. "Introduction: Inventing Traditions." pp. 1~14 in Eric Hobsbawm and Terence Ranger(eds). *The Invention of Tradition*. Cambridge: Cambridge University Press.

Mohanty, Chandra. 1991. "Under Western Eyes: Feminist Scholarship and Colonial Discourses." pp. 51~80 in Chandra Mohanty, Ann Russo, Lourdes Tores(eds). *Third World Women and the Politics of Feminism.* Bloomington and Indianapolis: Indiana University Press.

Silverman, Kaja. 1983. *The Subject of Semiotics.* New York: Oxford University Press.

Smart, Barry. 1985. *Michel Foucault.* Chichester, England: Ellis Horwood Limited.

Walby, Sylvia. 1989. "Theorising Patriarchy." *Sociology* 23: 213~234.

Weber, Max. 1968. *Economy and Society.* Guenther Rorh and Claus Wittich(eds). New York: Bedminster Press.

Williams, Raymond. 1977. *Marxism and Literature.* Oxford: Oxford University Press.

Wolf, Eric. 1982. *Europe and the People without History.* Berkeley: University of California Press.

09

제주해녀의 사회문화적
의미와 가치변화

- 서 론
- 제주잠녀의 사회문화적 의미성과 가치

| 고승한 | 제주발전연구원

『제주발전연구』 제8호, 2004.

I   서 론

제주도의 역사적 발전과정에서 제주해녀는 제주여성의 전형적 모습으로 상징화되어 오곤 했다. 제주해녀들이 거친 바다에서 생계를 유지하기 위한 노동에 참여하여 억센 물질을 하는 과정에서 삶과 죽음을 넘나드는 위험을 감수할 뿐만 아니라 해산물 채취를 통한 소득으로 가정경제의 주도자 역할을 하였다. 이는 단순히 노동생산 활동에 참여하는데 그치고 않고 그 가치와 역할이 다양한 영역으로 확산되었다.

제주해녀들은 가사노동, 자녀교육, 집안의 대소사일, 그리고 농사일에도 소홀히 할 수 없는 상황에서 그들은 과도한 초과노동에 직면하였다. 이런 초과노동의 동원은 여성의 노동착취 혹은 불가피한 생존전략으로 인식되기도 한다. 더구나 사회활동에도 적극적으로 참여한 제주해녀들은 역사 속에서 사회저항가로 활동했으며 혹은 오늘날에도 지역사회 발전을 위한 사회활동가로서 역할을 수행하고 있다. 이처럼 제주해녀들이 일상적 삶을 영위해 나가는 과정에서 나타난 개인적 혹은 사회적 가치와 역할들은 제주여성에 대한 이미지와 사회적 상징성으로 규정되기도 한다.

제주해녀의 삶과 일에서 생산 및 재생산되어져 나오는 의미성과 상징성들은 사회적 구성(social construction)으로 나타나게 된다. 제주해녀는 역사적 존재로서 시대와 사회적 상황에 따라 그들의 삶의 문화적 가치와 양상들이 달리 규정하게 된다. 사회현실에 대한 의미와 가치부여는 사회현실에 참여하는 행위자들의 사회적 상호작용의 지속적 과정 속에서 결과하며 동시에 사회·문화적 맥락에서 형성된다(Berger; Luckman, 1966).

다시 말해서, 행위자들은 일상생활에서 나타나는 다양한 사회현실들을 내재화하고, 동시에 외재화 함으로써 서로 간에 끊임없는 상호작용의 역동적 관계 속에서 정의(definition)하고 재정의(re-definition)한다는 것이다. 그 결과로서 특정한 사회적 현상이 지배적인 사회적 규정으로 인식되고 확산되어 하나의 제도로서 자리매김하게 된다. 이런 지속적 정의 및 재정의 과정 속에서 행위자들은 사회·문화적 상황에 의해 구속받는 것이 아니라 주체적이고 능동적인 존재로서 상호작용 과정에 참여하게 된다.

제주해녀들이 지닌 근면성, 강인성, 그리고 독립성의 상징화된 의미성들이 과연 급격히 변화된 오늘날 시대적 상황에서 어떻게 규정되고 있는지를 밝히는 일은 중요한 의미가 있다. 제주해녀들이 자신들의 의미와 가치를 정의 및 재정의하는 과정에 얼마나 주체적으로 간여되어 있는지는 흥미로운 사실이다. 그런데 우리사회에서 대체적으로 주변집단 혹은 약자들에 대한 의미규정들은 대체로 하향식 접근(top-down approach)에 의해서 형성되고 확산되는 경향이 강하다. 여기서는 먼저 제주해녀에게 부여되어 왔던 의미와 가치들이 과연 어떻게 인식되고 있는가? 라는 문제에 관심을 두었다. 또한 제주해녀들의 일상적 삶, 노동 및 문화 그리고 조직적 사회활동이 어떤 의미와 가치들을 함의하고 있는가? 그리고 제주해녀들의 존재성과 가치들이 지속되려면 우리들에게 남겨진 과제는 무엇인가?

이 글은 이러한 문제의식에 바탕을 두어서 제주해녀의 사회문화적 의미와 가치들이 사회적으로 어떻게 구성되고 변화하여 왔는가를 서술하는데 주안점을 두고자 한다. 다시 말해서, 이 글은 제주해녀들이 오랜 역사적 과정에서 구성해 온 그들의 일상생활과 세계를 설명하고 그 의미와 가치들을 현재적 관점에서 조망하고 성찰하고자 한다. 그러나 특정한 이론적 관점에 바탕을 두어서 제주잠녀들의 일반적 사실들에 근거한 가설적 검증을 시도하거나 혹은 경험적 일상성으로부터 특별한 실체들을 설명하는데 주의를 기울이지 않고 있다. 다만 제주해녀들에 대한 제한된 문헌조사들을 중심으로 연구목적에 의도한 내용들을 주로 설명하는데 그치고 있음을 밝혀둔다.

제주잠녀의 사회문화적 의미성과 가치

1. 제주잠녀의 이미지와 역할 변화

제주해녀의 이미지 형성과 변화는 역사적, 사회적, 그리고 경제적 상황변화와 밀접한 관계를 맺고 있다. 과거 전근대적 사회에서 제주해녀들은 해산 채취물(주로 미역과 전복)에 대한 정치적 또는 군사적 지배자들로부터 과도한 공납과 관리들의 수탈의 희생자이기도 하였다. 특히 정치적 주권을 상실한 상황에서는 더욱 커다란 희생을 강요당하였다.

제주해녀들에 대한 이미지 형성은 일제강점기에 뚜렷한 변화를 보였다. 봉건주의적 생산양식이 지배했던 전근대적 사회에서와는 달리 일본 식민자본주의가 침입하는 과정에서 제주잠녀도 하나의 자본과 임노동 관계에 편입되어 새로운 직업집단으로 변화하였다(권기숙, 1996). 이를테면, 전근대적 생산양식 체제하에서 제주해녀는 일상생활에서 다만 생존을 유지하는 노동활동에 참여하게 된 것이다. 그래서 전근대적 사회에서 해녀들은 '생존양식' 혹은 '생존전략'의 수단으로 해산물을 채취하여 힘겹게 생계를 유지해 나갔고, 또한 다른 생산품과 교환하는 단순한 생산·교환체제하에 놓였다.

그러나 자본주의적 생산양식이 전자본주의적 생산양식체제를 대체시키면서 자본과 노동이 생산활동의 주요 요소로 작용하게 되었다. 자본주의적 생산체제로의 이행(transition)으로 말미암아 제주해녀도 자본, 노동 그리고 이윤이 치밀하게 고려되는 경제적 합리성에 근거하여 평가받는 새로운 직업인으로서 인식되게 되었다. 해녀들도 자본 지배자가 제공하는 노동조건에 합의하여 일정 임금을 받는다는 계약조건을 수용하는 생산관계에 참여하게 되었다. 이처럼 해녀들이 새로운 경제관계에 참여함으로써 자신의 노동투자에 대한 가치를 임금으로 계산되어 지급받는 노동자의 지위를 갖는 획기적 변화를 맞게 되었다.

특히 육지부 해조업자들이 제주섬에 건너와 해녀들과 일정기간 동안에 일정 임금을 지불하는 계약조건이 성립하게 되면 제주해녀들은 바깥물질에 나서서 육지부 연안의 해조류 채취에 적극 나서게 되었다(강대원, 1970:125). 제주해녀들의 육지부 바깥물질이 경제적 수익 증대를 가져옴에 따라서 바깥물질을 통해서 가족의 생계유지에 도움을 주고, 또한 그들이 시집갈 혼수를 스스로 마련하고, 결혼한 이후에도 집 혹은 전답을 사는 경우도 있었다. 한 집안에 가족성원들 가운데 해녀가 있어서 그녀가 가정경제에 소득창출자 혹은 수입제공자 역할을 충실히 하여 가족생계 유지에 전적으로 기여하기도 하였다. 이처럼 바깥물질이 제주해녀들 사이에 널리 확산됨에 따라 해녀들은 잠수활동 영역을 일본의 여러 연안, 중국 및 러시아의 지역까지 넓혀나갔다. 그런데 흥미롭게도 제주해녀들의 바깥물질 영역을 동아시아 일대로 확대되었다는 사실은 그 당시 여성들이 지리적 이동이 쉽지 않은 상황에서 놀라운 일이 아닐 수 없다.

제주해녀들이 바깥물질을 통한 경제적 수입이 그들 자신뿐만 아니라 가정경제에 상당한 도움을 주는 결과로 바깥물질은 해녀들 사이에 개인적 꿈을 실현하는 기회로서 혹은 가족생계 유지를 위한 경제적 기회로서 도전해 볼만한 일로써 인식되기도 하였다. 따라서 바깥물질을 경험한 제주해녀들은 스스로 자긍심을 가졌을 뿐만 아니라 주위로부터 부러움의 대상으로 이미지화되었으리라 생각된다. 그렇지만 바깥물질로 동아시아로 나갔을 경우에 그 만큼 위험부담(신변안전, 질병, 적응, 실종 등)도 많았을 것으로 생각되며, 동시에 해조류의 경제적 효용가치가 증대함에 따라 객주 및 해조상인들이 잠녀들에 대한 경제적 착취도 증가하였으리라 본다.

제주해녀들에 대한 거센 경제적 수탈은 일제강점기에 더욱 기승을 부렸는데 이때 해녀들은 일본 식민통치 정부에 의해서 강제적으로 조직된 해녀조합에 의해서 조직적인 착취를 당했다. 특히 1931-1932년 두 해 동안에 제주해녀들은 생존권에 대한 일제의 악랄한 수탈에 못 견디어 생존권 투쟁으로 나섰는데 급기야 항일투쟁으로 이어졌다. 제주해녀들의 항일투쟁은 북제주군 구좌읍과 성산읍 및 우도면 등지에서 거세게 일어났으나 그 당시 최대 규모의 어민투쟁이었으며 제주도의 3대 항일운동으로 평가받고 있다(김영돈, 2000).

따라서 일제강점기에 제주잠녀들은 새로운 직업집단으로 편입되면서 임노동 고용관계라는 자본주의적 생산체제 속에서 생산의 피지배적 존재로 전락하게 되었다. 또한 해녀들은 보다 많은 경제적 수입을 얻기 위해서 바깥물질에 나서게 되었는데 결과적으로 임금 착취의 대상으로 전락하여 항상 이윤 극대화를 위한 수탈을 강요당하는 경험도 하게 되었다. 아울러 제주해녀들은 일제의 수탈에 더 이상 견디지 못하여 집단적 그리고 조직적으로 생존권 투쟁에 강력히 나서게 되었으며 급기야 항일운동에 적극 동참하였다. 이로써 제주해녀들은 외세의 억압에 저항하는 투쟁가의 이미지를 형성하였고 독립운동 의식을 사회적으로 고취시키는 정치적 역할을 하기도 하였다.

해방 이후 동아시아 지역으로 바깥물질 나갔던 제주해녀들은 점차 귀국하게 되었고 바깥물질 해녀수도 점차 감소한 반면에 1960년대 중반에 이르러서 제주잠녀수는 무려 24,268명에 달하였다(유철인, 2001: 16). 해방 이후부터 1960년대까지만 하여도 제주지역의 경제적 상황과 산업구조는 여전히 자급자족형 농업사회였으며 최저생계를 유지하는 경제생활을 영위하였다. 이런 경제적 여건 속에서 제주해녀들은 여전히 생계유지형 가정경제체제하에서 주도적 생산자-소득자 역할을 담당하였다.

1970년대에 접어들면서 제주지역의 지역농업이 환금작물(특히 감귤생산) 재배체제로 전환하기 시작하였고 동시에 관광산업이 국가적 차원에서 집중 육성되기 시작하였다. 이처럼 제주도의 경제생산 기반 뿐만 아니라 지역개발 정책이 구조적 변화를 겪으면서 직업분화도 다양하게 복잡한 양상을 띄게 되었다. 사실상 밀감생산이 지역경제의 핵심적 산업부문으로 획기적으로 변화하였다. 전통적 생계유지형 농업구조가 재편화 되어 환금작물 생산의 상업농 시대가 본격적으로 정착하게 되고 또한 관광산업이 국가적 지원에 힘입어 급격히 양적 발전을 거듭하면서 제주해녀의 수는 급격히 감소하기에 이르렀다.

예컨대, 1970년에 제주해녀 수는 60년대의 절반 수준인 14,143명으로 급감하였으며, 그리고 2001년에는 5,611명으로 줄어들어 지난 30여 년 동안에 약 4분의 1로 감소하였다. 특히 2001년에 전체 해녀들 가운데 50세 이상은 81%를 차지하고 있는 반면에 30~40대는 18%이고 20대는 거의 1% 수준에 이르고 있다(제주도, 2002).

이와 더불어, 다양한 서비스 산업(여행업, 판매서비스, 음식업 등)이 급격히 팽창하게 되었고, 또한 다양한 직업군이 등장하게 되었다. 특히 여성에 대한 사회적 인식이 변화함에 따라 부모들이 아들과 동등하게 딸에게도 교육기회를 주어야 한다는 인식은 여성들의 상급학교 진학 열망을 촉진시켰다. 따라서 제주여성들의 사회적 진출 기회가 더욱 확대되어 해녀 이외에 다른 직업을 선택할 가능성이 그 만큼 훨씬 높아졌다.

이처럼 1970년대 이후 제주해녀의 급격한 감소와 고령화 현상이 뚜렷하게 나타나고 있으나 그들의 이미지와 역할은 과소평가되고 있지 않고 있다. 왜냐하면 상업농 체제하에서도 제주해녀들은 영농활동에 지속적으로 참여할 뿐만 아니라 해산물 채취에도 종사하여 이중적 경제활동으로 바쁜 일상을 보내고 있다. 예전과는 달리 해녀들의 경제적 수입이 가정경제의 주요 소득원 보다는 보조적 소득원으로 바뀌게 되었다. 물론 영농규모가 적어 농업소득이 많지 않은 가정에서는 해녀들이 얻는 농외소득에 대부분 의존하는 경우도 적지 않다. 비록 해녀수의 감소와 고령화 현상이 시대의 사회경제적 환경변화 결과로 나타나고 있지만 해녀들이 일상생활 속에서 수행하는 역할과 기능은 해녀 자신의 삶과 노동뿐만 아니라 지역사회의 경제적 생산자로서의 가치를 무시할 수 없는 실정이다.

제주해녀에게 지금까지 크게 변하지 않는 지배적 사실은 이미지와 관련되어 있다. 제주해녀의 억척스런 삶의 과정 속에서 생산 및 재생산되어온 이미지는 대체로 근면성, 강인성, 독립성, 건강성, 자율성 등으로 특징화되어 나아가 제주여성의 이미지로 부각되고 있다. 이런 제주해녀의 사회적 이미지화는 압축성장의 경제개발시대에 일반인들이 본 받아야할 상징적 모델로 자리 잡을 수 있었다. 일반적으로 경제성장 혹은 경제개발을 촉진시키는 과정에서 인적자원의 동원화 전략은 여성들에게도 예외는 아니다. 그 이면에는 여성 노동력 동원과 착취들이 은연중에 정당화시키는 의도된 형상화가 배여 있다. 특히 제주해녀를 홍보하는 대중매체(대중잡지, 여행잡지, 신문, 방송 등), 제주해녀를 소재로 만든 소상품, 해안도로 및 공공시설에 설치된 잠녀 조각상 등이 그들에 대한 이미지를 생산 및 재생산하는 과정에서 해녀들의 삶의 과정과는 무관하게 그들을 폄하하거나 비하하는 경향이 있다(안미정, 1998).

오늘날 양식산업이 발달하여 해녀회(혹은 어촌계 조직)에서 공동으로 마을 앞바다를 일정 구역을 차지하여 독점 운영하는 사회적 상황에서 해녀들은 특수한 직업집단으로서 경제적 이익을 추구하는 이익집단으로 인식되고 있다. 과거에는 마을의 대부분 여성들이 해녀활동에 종사하였으나 오늘날은 일부 나이든 여성들만이 종사하는 경제적 활동영역으로 변화하였다. 따라서 해녀조직이 해산물 채취 혹은 양식업 운영을 독점함으로써 개인적 그리고, 혹은 조직의 경제적 수익을 독점하는 상황에 이르렀다.

더구나 해녀활동은 바다에서 목숨을 걸고 깊은 바다 속에서 해산물을 채취하는 일이기 때문에 젊은 여성들에게 기피해야할 3D(어렵고, 위협하고, 더러운 일) 업종으로 널리 받아들여지고 있는 실정이다. 그 결과 나이어린 청소년 여학생 혹은 젊은 여성들이 장래에 선택할 직업적 활동영역으로 받아들이기가 쉽지 않다. 안타깝게도 현재 해녀로서 경제적 활동에 참여하는 사람들이 자녀들에게 '해녀' 직업을 권장하는 사람은 거의 없을 것이다.

그렇기 때문에 해녀에 대한 부정적 사회적 이미지가 제주해녀의 자긍심을 더욱 위축시키고 스스로 좌절감을 갖게 만든다. 한국사회에서 1차산업(농업과 수산업)에 종사하는 사람들에 대한 직업적 위세점수가 최하위를 차지하는 상황(최태룡, 2002)에서 직업집단으로서 제주해녀 활동에 참여코자 하는 젊은 여성은 극히 적을 것으로 생각된다. 이런 사회적 이미지 형성과 고착화는 제주해녀의 세대간 계승의 단절을 촉진시키는데 상당한 영향을 줄 것으로 생각된다.

2. 제주해녀의 삶, 노동, 그리고 문화

제주해녀들이 자급자족 생계형 경제체제하에서 그들은 그야말로 억척스런 일상생활을 영위한 것으로 전해내려 오고 있다. 1960년대 이전까지만 하여도 많은 제주여성들은 대부분 밭농사 그리고, 혹은 물질노동에 참여하면서 사회·경제적 활동에 참여해 나갔다. 이즈미 세이이치(1999: 183)는 1930년대 제주해녀의 일상생활의 단편을 다음과 같이 이야기하고 있다.

7,8월의 잠녀의 하루생활을 살펴보기로 하자. 여자들은 아침 2시간은 밭에서 김매기에 종사한다. 그런 다음 누군가가 땀을 훔쳐내며 '물질하러 가자'고 말하며 갑자기 수명 또는 십수명이 일어나서 집으로 향한다 (중략). 잠수를 일연속 (一連續)이나 이연속 계속하면 집으로 돌아와 점심을 먹은 다음 다시 밭으로 나간다. 오후 4쯤이 되면 바다가 따뜻해진다. 다시 누군가가 '물질하러 가자'고 말하면 줄줄이 바다로 나간다. 이번엔 저녁노을이 해상에 피와 같이 흐르고 화산자갈이 흩어지는 산간지대가 보랏빛으로 빛나기까지 그녀들은 일을 계속하고 해가 질 무렵 용암의 언덕길을 거쳐 집으로 돌아오는 것이다. 그 사이 남자들은 아이들을 보거나 잡담들을 하거나 낮잠들을 자면서 느긋하게 보낸다.

이처럼 해녀들은 아침부터 저녁 늦게까지 농사일과 물질을 병행하면서 하루의 일상을 보냈다. 제주지역에 밀감재배가 성행하기 이전까지만 하여도 제주농업은 거의 밭작물(보리, 유채, 조, 바늘, 감자, 고구마, 배추, 파, 마늘, 당근 등) 재배에 의존하였다. 이런 작물재배에 여성 노동력이 반드시 필요했고 농기계가 발달되지 않은 상태에서 파종과 출하에 이르는 농업생산 전 과정에 여성의 노동량과 노동강도가 크게 요구되었다. 따라서 영농활동에 종사하는 해녀들은 고된 노동에 시달리지 않을 수 없었다.

제주해녀에게 물질은 바다 깊숙이 들어가 위험을 무릅쓰고 해산물(전복, 소라, 미역 등)을 채취하는 노동이다. 이런 물질행위는 거친 바다에서 자칫 목숨을 앗아 갈 수 있는 위험한 상황 속에서 이루어진다. 그러나 해녀들은 물질을 통하여 괜찮은 경제적 보상을 획득할 수 있을 뿐만 아니라 소일거리로 괜찮은 노동활동이기 때문에 참여하게 된다. 물론 해녀에게 경제적 보상은 물질의 기량에 따라 달리 얻게 된다.

해녀들의 물질행위가 다른 일보다 경제적 수입을 많이 가져다주는 또 하나의 일터인 셈이다. 사실상, 우리사회에서 교육수준이 낮고 특정한 기술이 없는 나이든 대부분의 여성들에게 제공되는 직업은 대부분 비정규직 시간제 단순 노동직이다. 이런 단순노동직으로부터 얻는 수입은 그리 많지 않다. 이런 점을 고려할 때 대부분의 해녀들은 영농활동에 참여하여 농업소득의 창출에도 기여하고 있지만, 동시에 육체적으로 고달프고 힘든 물질을 함으로써 경제적 수입도 올리고 있는 실정이다. 특히 특정한 소득원이 없는 해녀들에게 물질은 소득을 창출할 뿐만 아니라 사회·경제적 생활을 유지케 하는 일자리를 제공하는 귀중한 역할을 한다.

제주해녀들이 물질행위에 참여하여 경제적 생활형편이 좋지 않아서 가계에 도움이 되는 부수적 수입을 올리려는 목적도 있지만 어쩌면 어린 시절부터 자연스레 물질을 해 온 결과로 노동과정에 참여하는 가능성도 많다. 물질은 숙련된 기술이 필요로 하여 일정기간 동안 훈련과정이 필요하다. 그렇기 때문에 해녀들은 어린 시절부터 해산물 채취의 특수 기술을 학습하고 획득하여 물질노동에 참여하는 전문적 직업인으로 변하게 된다. 그런 모습들이 다음 이야기에도 잘 나타나고 있다.

> 여성이면 누구나 바다를 놀이터로 삼아 자란다는 생각으로 자랐습니다 (중략). 저는 늘 그 아이들과 노는 것을 즐거워했으며, 대부분 바닷가에서 놀았다고 기억하고 있습니다. 초등학교를 졸업한 후에는 동네 친구들과 언니들과 어울려 바다에 뛰어드는 횟수가 점점 늘어났습니다. 그 당시만 해도 평생 직업이 되리라는 생각을 단 한 번도 해 본적이 없습니다.
> 결혼적령기가 되어 결혼을 한 후에도 잠수 일은 계속되었습니다. 지금은 여성들이 일할 수 있는 일자리가 많아졌습니다만, 배운 것도 없고 가진 재산 없는 우리에겐 더없이 소중한 일터였기 때문입니다. 그 당시에는 바다 일을 거의 매일 하였습니다. 오염이 되지 않는 바다에는 해산물이 풍부했으며 젊었을 때라 아픈 곳도 없었습니다. 오로지 아이들이 건강하게 자라나는 모습은 나에게 큰 힘을 주었으며, 큰 소득을 안겨주는 바다가 가까이 있어서 감사하다는 생각뿐이었습니다 (중략). 제주의 산업구조가 농업과 어업을 함께 하는 경우가 대부분이다 보니 쉬는 날에는 밭일을 하게 됩니다. 그렇다 보니 나이가 들면 지병으로 고생하는 사람이 많으며 항상 진통제를 복용하는 사람들도 참 많습니다(고송환, 2002: 11-12).

제주해녀들은 자급자족농 그리고, 혹은 상업농(주로 환금작물재배)이 지배하는 농업생산체제에서 영농활동에 전적으로 종사하는 농업생

산주체로서 역할을 수행하는 여성 농민이었으며 동시에 바닷가에서 물
질노동을 하는 어업생산주체로서 두 개의 생산활동을 담당하는 이중의
직업인 역할을 수행하고 있다.

자급자족 농업이 지배한 시기에는 영농활동에 종사하는 가족구성원
이 많았음에도 불구하고 밭농사 일이 대부분 여성들의 노동력에 크게
의존하였기 때문에 해녀들은 너무나 힘든 생활을 하지 않을 수 없었
다. 이런 상황은 상업농이 확산되고 농업기계화가 보편화된 시점에서
도 해녀들은 농사일에 전적으로 종사하고 있다. 물론 환금작물(특히
밀감, 파인애플)이 도입되어 과수재배 농가가 증가하면서 농업소득이
괜찮아서 일부 해녀들은 물질노동은 그만두고 영농활동에 전념하는 경
우가 늘어났다.

그러나 오늘날 전적으로 밭작물(파, 바늘, 당근, 감자, 고구마, 배추
등)을 재배하는 농업지역에서는 아직도 해녀들은 힘든 농사일과 물질
노동에 동시에 종사하고 있다. 특히 대부분 제주지역의 농가에서 영농
활동을 계승해 나갈 젊은 영농후계자가 부족한 실정에서 여성농민으로
서 역할도 마다하지 않는 해녀들은 나이가 들면서 육체적으로 더욱 힘
들어지고 있다. 이런 이중적 상황이 해녀들의 물질노동으로부터 은퇴
를 더욱 가속화시켜 해녀수의 급속한 감소를 재촉하는 요인으로 대두
되고 있다.

제주해녀들은 경제적 생산활동에 참여할 뿐만 아니라 다양한 가사
노동(예컨대, 청소, 세탁, 요리 등)도 전적으로 책임져 왔다. 즉, 농사일
과 물질노동으로 하루 일을 마치고 완전히 소진한 몸을 이끌고 집에
돌아와서도 가사일은 그들이 감당해야할 몫이었다. 더구나 해녀들은
자녀들에 대한 양육 및 교육과 관련된 일들도 대부분 해내야 하는 것
이었으며, 아울러 집안 및 친족의 경조사 일(예컨대, 제사, 명절, 결혼,

장례 등)을 준비하거나 돕는 일에도 빠지지 않고 해야 했다. 이런 상황들은 우리사회에 뿌리 깊게 자리한 가부장적 문화 및 이데올로기가 강요하는 여성지배의 메커니즘이 강하게 작동되는 결과라 생각된다.

제주해녀의 삶이 시대적 상황변화에 따라 약간의 정도 차이는 있을지 몰라도 본질적 특성은 그대로 남아있는데 그처럼 힘들고 고달픈 노동행위들은 일상적 삶의 애환들을 그려내고, 다른 한편으로 보다 나은 삶을 구성해 나가려는 인고의 연속이었다. 제주해녀의 일상적 노동과 삶의 과정에서 그들의 심리적 고통과 스트레스, 정서적 애환과 절규, 감정 상태들이 신화, 춤, 굿, 노래, 그리고 언어에 자연스레 표출되어 하나의 독특한 문화를 형성하였다. 특히 잠녀노래는 어업노동요로서 개인적 삶에서 우러나오는 다양하고 복잡한 정서들의 표출이며 동시에 집단적 정서를 반영하고 있다(좌혜경, 2002). 다시 말해서, 잠녀들의 개인적 일상의 삶과 집단적 활동으로 나오는 감정과 정서들이 다양한 문화양식들로 체화되어 결과적으로 잠녀들은 자연스레 주체적 문화생산자의 주체적 역할을 하게 된 셈이다. 동시에 문화적 생산을 유도하는 촉매자 역할도 하고 있다.

특히 현대소설을 쓴 외지인(육지)출신 작가 혹은 제주출신 작가들은 제주해녀를 소재로 '성적 이미지로서 제주해녀' '생활인으로서 제주해녀' 그리고 '역사적 격변속의 제주해녀'의 다양한 모습들을 형상화하고 있다고 지적하고 있다(김동윤, 2004: 111-139). 여러 소설에서 해녀는 직업을 가진 여성으로서가 아니라 얼굴, 피부, 몸매, 옷 등으로 남성들에게 성적 매력을 주는 대상으로 형상화되고 있다는 것이다. 그러나 제주출신 작가들은 제주해녀를 하나의 성적 이미지로 형상화하기 보다는 억척스런 삶을 개척하고, 온갖 고통을 감내하면서 가족의 생계를 책임져 생활을 유지해 나가는 직업인 그리고/혹은 생활인으로서 묘사하는데 주저하지 않았다는 것이다. 끝으로, 식민지 지배와 착취의 격변기에서 발생한 역사적 사건들 중심에 해녀들의 정치적 투쟁과 고난들이 소설에 형상화되고 있다.

해녀들이 과거에는 삶 그 자체로부터 문화를 창출하였던 주체자였으며 동시에 문화생산의 촉매자였다. 그러나 오늘날 해녀수가 급격히 감소하고 또한 해녀에 대한 사회적 지위 및 평가가 오래 전에 비하여 훨씬 낮아지고, 결과적으로 해녀는 사회적으로 주변집단(marginalized group)으로 머무르는 상황에 이르렀다. 이런 시대적 환경변화에서 해녀들은 그들 선배들이 과거로부터 창출하고 지속해 온 문화적 유산(노래, 춤, 굿, 의례 등)들을 겨우 계승하는 보존자 역할에 만족해야 하는 상황에 이르렀다. 그러나 오늘날 제주해녀의 다양한 문화적 유산들은 오히려 전문적 연구집단(인류학자, 사회학자, 민속학자, 언어학자, 작가, 예술가 등)에 의해 보존의 필요성이 강하게 제기되고 있다.

특히 오늘날 대규모 국제행사들이 제주지역에서 개최될 때 빠짐없이 등장하는 것이 '제주해녀문화'라는 주제로 이벤트성 축제가 열린다. 이런 '해녀축제' 과정에서 해녀들은 적극적 참가자 혹은 연출자로서 보다는 초청받아 참가하는 객체적 입장으로 전락하고 심지어는 해녀들의 문화적 의미성과 가치들이 간혹 상업적으로 이용되어 왜곡되는 경향도 없지 않다.

경제적 생활에서 전문직업인, 그리고 문화적 생산자 역할 및 촉매자 역할을 수행하는 측면과 더불어 물질행위는 해녀들에게 일상의 사회적 관계를 형성시켜주는 촉매제 역할을 하기도 한다. 제주해녀들이 물때에 맞추어 정기적으로 물질노동에 함께 참여함으로써 동료의식, 연대의식 그리고 공동체 의식을 느껴 하나의 사회집단을 형성하게 된다. 해녀들 개인에게 물질은 중노동과 다름없이 힘이 들지만 강한 동질감과 연대감을 갖는 집단속에서 심리적 안정감을 갖게 되고 개인적 스트레스와 고민들을 풀기도 한다.

그러나 제주해녀의 수가 급감하고, 동시에 고령화가 급속히 확산되는 현단계 상황에서 해녀들의 일터는 차츰 공동화(空洞化)되어 가는 현상을 확연히 관찰할 수 있다. 제주해녀들의 물질행위가 경제・사회적 의미를 함의하는 노동(일) 혹은 직업적 활동영역으로 보다는 단순히 나이든 해녀들에게 작은 용돈이나 버는 일 혹은 심심풀이 여가활동의 일환으로 변화하는 모습들을 조금씩 엿볼 수 있다. 그런 측면에서 직업적 활동으로서 해녀의 노동행위는 사회・경제적 의미와 기능적 가치를 가진 범주로서 보다는 단순히 취미활동의 일환 혹은 사라질 직업범주로 자리매김 될 가능성이 높다. 앞으로 한 세대(약 30년) 후에는 거의 모든 해녀들이 은퇴하게 되면 제주해녀는 현재형과 미래형이 없는 역사적 유산 혹은 무형문화재 보유자로만 남아있을 것이다.

3. 사회적 자본으로서 해녀공동체 활동

제주해녀는 직업적 활동(전업이든 부업이든)으로써 물질을 스스로 선택하지만 그들의 해녀활동은 집단속에서 다른 구성원들과 함께 이루어져 나간다. 특히 물질은 집단적으로 이루어지면서 여성노동력 위주의 생업생산체계를 이루고 동시에 조직으로서 해녀공동체(혹은 잠수공동체)를 형성한다(한림화, 2002).[1] 그런 측면에서 해녀들은 하나의 집

---

1) '해녀'라는 호칭은 일제강점기부터 사용되어 왔는데, 그 이전부터 현재까지 사용되어 온 '잠수'라는 호칭을 사용해야 한다는 주장들도 있다(강대원, 1973; 한림화・김수남, 1987). 이 글에서는 일반적으로 통용되는 '해녀'라는 호칭을 사용하였고, 그런 측면에서 '잠수공동체'도 '해녀공동체'로 사용하였다.

단조직에 속하여 조직체의 속성과 원리에 바탕을 두어서 행동하게 된다. 해녀들이 물질노동에 참여하는 행위는 개인적 의사결정의 결과일지 모르지만 일단 물질을 시작하는 단계에 돌입하게 되면 해녀공동체 조직의 규범, 관행, 권력관계 등에 의해서 영향을 받는다.

잠수공동체는 나름대로 잠수만의 문화를 창출하여 향유하였다. 사회성 면에서도 위계질서를 존중하고 개인의 능력을 최대한 인정하는 등 보편성과 고유성도 확보하였다. 제주의 바닷가 마을 전역에 잠수공동체가 구축된 점은 제주사람의 삶의 질과 양에 지대한 영향을 끼쳤다.............. 〈불턱〉은 잠수가 〈물질〉을 하는 바다의 갯가 양지끔에 놓인 노천탈의장을 일컫는다. 그 본래의 뜻은 화톳불자리를 말하는 〈화덕〉이다............. 엄연한 의미의 잠수공동체 혹은 〈잠수의 세계〉는 바로 〈불턱〉에서 비롯된다. 따라서 〈불턱〉은 잠수공동체의 집합장소일뿐더러 〈잠수의 세계〉를 상징하는 곳이기도 하다. 이곳에서 실질적인 잠수공동체가 형성되며 후대잠수에 대한 학습이 이뤄지고 직업이 전승된다.............. 전통적인 잠수공동체의 의결기구는 〈잠수회〉이었고 의결방법은 만장일치제를 택하고 있었다. 의견차이가 심하여 결론을 도출해내지 못했을 때는 대개 최종결정권은 그 지역잠수공동체의 최고참인 〈웃어른〉이 내리는 결론에 절대적으로 동의하였다(한림화, 2002: 59).

제주해녀는 제주여성 사회에서도 대규모로 조직화된 대표적 여성조직의 하나로 형성 발전되어 왔다. 더욱 중요한 사실은 해녀공동체가 해녀 개개인의 행동과 결정에 영향을 미치는 단순한 사회조직으로 머무르는 것이 아니고 사회적 자본의 원천을 제공한다는 것이다(Kim, 2002).[2] 제주해녀들이 바다에서 어패류와 해초류를 채취하는 직업적 생산활동에 참여함으로써 제주도의 지역사회발전에 상당한 기여를 하

는 사회·경제적 행위자들이다. 이들 행위자들은 개인으로 남아있는
것이 아니라 해녀회(혹은 잠수회)로 알려진 자발적 조직체에 가입하게
된다. 제주지역에서 해녀들이 있는 모든 바닷가 마을에는 해녀회가 조
직되어 있다.

마을의 해녀회는 개별 해녀들의 건강문제 및 경조사뿐만 아니라 마
을 공동체 문제에도 상당한 관심을 갖는다. 즉 해녀회 활동을 통해서
개별 해녀들이 갖는 경제적 이권을 집단적으로 보호하고, 더 나아가
마을공동체의 이익증진을 위해서 책무를 지기도 한다. 예컨대, 해녀회
는 해산물 채취로 인한 자원고갈 및 수질오염을 방지하기 위한 바다환
경 및 자원보존(스쿠버다이버들의 불법채취 금지, 하수종말처리장 반
대, 비해녀회원의 해산물 채취 금지 등)에도 적극 나서며, 동시에 마을
의 단합, 홍보, 그리고 수익사업에 목적을 둔 마을공동체 축제(예컨대,
자리돔축제, 한치축제 등)에도 적극 협조한다. 이외에도 학교발전을 위
한 기금마련 혹은 어버이날 경로잔치 행사를 주관하는 일도 해녀공동
체 사회적 활동의 일환으로 치러지기도 한다.

해녀공동체의 활동은 구성원들 사이에 강한 결속력, 자율성, 독립성
에 바탕을 두고 있지만(제주도, 1996), 반면에 해녀회의 운영은 정당화
된 권위관계와 권력의 분산화에 의존하고 있다(Kim, 2002). 해녀회 조
직은 합리적 의사결정 구조를 가지고 있어서 특정사안의 해결은 전체
구성원들의 동의를 받아야 한다. 그렇기 때문에 해녀공동체 조직에서

---

2) 사회적 자본은 개인 그 자체에서 보다는 개인과 집단과의 상호작용 관계에서
 형성되어 개인과 집단의 다양한 행동양식을 만들어 내는 자원으로 인식되고
 있다. 그래서 사회적 자본은 물질적 그리고 인적자본으로서 개인과 집단의
 생산적 활동을 효과적으로 달성하도록 만드는 기능을 한다. 사회적 자본에
 대한 논의는 Coleman(1988; 1990)을 참고할 것.

는 특정한 개인에게 의사결정권이 독점적으로 집중되지 않고 민주적
합의 절차와 토론문화에 근거하여 해녀회 활동이 전개되고 있다. 더구
나 지역사회와 연계된 활동은 오늘날 시민사회 운동차원에서 새롭게
평가될 수 있다. 특히 1930년대 일제강점기 시대에 제주해녀회가 보여
주었던 생존권 투쟁과 항일운동은 해녀들의 공동이익을 쟁취하기 위한
활동의 범위를 넘어서서 정치투쟁으로 변화하였다. 결국 제주해녀공동
체는 일제에 의한 수탈과 억압지배구조를 타파하여 식민지통치체제를
해방시키려는 사회변혁의 주체로서 평가받을 만하다.

그러나 오늘날 마을해녀공동체 조직을 둘러싼 변화된 상황(해녀회
원 수의 급감, 해녀의 노령화 확산, 여성 직업의 다원화, 직업으로서 지
위 하락, 사회적 편견, 지역사회 및 타 시민사회 단체와의 연대감 부족,
해녀회 활동 및 사업의 한계, 조직활성화 방안의 부족, 결속력의 약화
등)들이 조직의 활성화를 제약하는 요인으로 작용할 것으로 생각된다.
다시 말해서, 바닷가 마을에서 해녀들의 자발적 조직체가 지역사회 발
전에 기능하여 왔지만 앞으로 해녀회 자체의 변화 뿐 만 아니라 급변
하는 사회적 환경요인들이 해녀회에 내재된 사회적 자본의 생산 및 재
생산을 위축시킬 것이다.

4. 제주해녀의 생활문화적 가치 보존을 지향하면서

제주사회의 역사적 발전과정에서 해녀들은 평범한 제주여성이면서,
전문적 기술을 가진 직업인이면서, 그리고 마을 구성원으로서 다양한
역할들을 수행해 왔다. 그런 역사에서 해녀들에 대한 이미지들은 다양
한 모습으로 사회적으로 구성되어 왔다. 아울러 제주해녀들의 일상적
삶과 노동의 특성들도 다양하고 복잡한 형태로 변화하였다. 더구나 해

녀들의 공동 이익을 추구하고 보호하는 해녀공동체(또는 잠수공동체) 활동도 과거의 모습들을 찾기가 힘들어진 상황에 이르렀다. 이런 측면들을 고려하여 향후 제주해녀의 생활문화적 가치와 유산들을 여하히 잘 보존해 나가려면 우리에게 어떤 과제들이 남아있는가를 간략히 지적하고자 한다.

첫째, 제주해녀들에 대한 연구가 보다 지속적이고 체계적으로 이루러져야 할 것이다. 지금처럼 특정 연구자의 개인적 관심 혹은 노력만으로는 체계적 연구에 한계가 있으므로 제주해녀 연구가 제도화되어 나가야 할 것이다. 예컨대, 대학 혹은 연구소가 중심이 되어 '제주학' 연구 분야와 관련시켜 '제주해녀연구' 프로그램이 마련되어야 할 것이다.

둘째, 제주해녀들의 역사적 유산과 가치들을 종합적으로 견학할 수 있는 가칭 '제주해녀박물관'이 설립하는 일도 고려해 볼 만하다. 해녀박물관은 상업적으로 이용되어 관광객을 유치하는데 초점이 맞추어져서는 안 될 것이다. 대신에 제주해녀문화를 종합적으로 체득해 볼 수 있는 학습공간의 기능성을 살리는데 철저해야 할 것이다. 여기서 젊은 세대들에게 제주해녀들에 대한 폭 넓은 이해와 관심을 불러일으키는 다양한 행사(정기적 학술세미나, 포럼, 해녀 관련 각종 문화행사, 해녀와의 대화, 해녀들과의 체험학습 등)들이 비상업적 측면에서 마련되어야 할 것이다.

셋째, 제주해녀의 수가 급감하고 해녀의 고령화가 가속화되는 상황에서 제주해녀문화 계승의 단절을 막기 위해서 직업으로서 해녀생활에 새로 진입하려는 인적자원을 발굴하고 육성하는 프로그램도 필요할 것이다. 젊은 여성들이 과거 해녀생활을 하다가 중단하여 다시 시작할 경우 혹은 신규로 진입하는 경우에 체계적인 교육 및 훈련이 이루어지도록 다양한 정책적 지원이 선결되어야 할 것이다.

넷째, 현존하는 해녀들이 보다 오래 동안 해녀활동에 종사할 수 있도록 그들이 겪는 각종 질병에 대한 예방과 치유에 보다 많은 정책적 지원이 필요하다. 물론 현재에도 의료보험 혜택을 주고 있지만 질적으로 보다 나은 다양한 의료복지 서비스, 자녀교육, 교양강좌개설 등을 위한 다양한 사회적 지원 프로그램이 요구된다.

다섯째, 제주해녀공동체가 새로운 사회변화에 걸맞게 혁신하여 여타의 시민사회단체들과의 연대와 협력을 모색하여 지역사회발전을 선도해 나가는 자발적 결사체 역할을 재정립할 필요가 있다. 예컨대, 바다자원의 보존과 환경보호, 그리고 지역사회의 각종 개발문제들과 관련해서도 다른 NGO 단체들과도 연계하여 활동함으로써 해녀공동체의 역할과 기능을 보다 확대해 나갈 수 있을 것이다.

끝으로, 전문적 기술을 가진 직업인으로서 '해녀'에 대한 사회적 편견과 상업적 왜곡, 그리고 낮은 직업적 지위 등으로 해녀의 직업을 3D 업종으로 생각하거나 혹은 젊은이들이 선택해서는 안 될 직업이라는 사회적 인식이 변화해야 할 것이다.

● 참고문헌 ●

강대원. 「해녀연구」, 한진문화사. 1973.

김동윤. "현대소설에 나타난 제주해녀."「제주 해녀(잠녀)의 해양문명사적
　　　가치와 〈해녀학〉 정립 가능성 모색: 문화비교론적 관점」, pp. 111-
　　　139. 좌혜경 외. 제주대학교 평화연구소. 2004.

김영돈. "제주해녀의 실상과 의지."「비교민속학」제18집, pp. 125-133. 비
　　　교민속학. 2000.

고송환. "제주잠수를 말한다."「제주잠수의 일터보존가 권익증진을 위한
　　　토론회」 pp. 11-13. 제주도여성특별위원회. 2002.

권기숙. "제주해녀의 신화와 실체: 조혜정 교수의 해녀론을 중심으로."「한
　　　국사회학」제30집, pp. 227-258. 한국사회학회. 1996.

안미정. "제주해녀에 대한 이미지와 사회적 정체성."「제주도 연구」, pp.
　　　153-193. 제주학회. 1998.

유철인. "해녀의 삶."「전통문화강좌」 제주교육박물관. 2001.

제주도. 「제주의 해녀」 제주도. 1996.

좌혜경. "해녀노래의 노동기능과 정서."「해양문명사에서의 잠녀의 가치와
　　　문화적 계승」 pp. 186-195. 제1회 세계잠녀학술회의. 세계섬학회
　　　및 제주대학교 평화연구소. 2002.

최태룡. "직업위신의 변화."「직업과 노동의 세계」 pp. 29-58. 김경동 교수
　　　정년기념논총 간행위원회. 박영사. 2002.

한림화. "제주잠수의 사회문화적 의미와 역동성."「해양문명사에서의 잠녀
　　　의 가치와 문화적 계승」 pp. 57-61. 제1회 세계잠녀학술회의. 세
　　　계섬학회 및 제주대학교 평화연구소. 2002.

한림화·김순남. 「제주바다 잠수의 세계」 한길사. 1987.

이즈미 세이이치. 「제주도」 동경: 동경대학출판회. 1966. 홍성묵 역. 1999.
　　　「제주도」제주시: 우당도서관.

Berger, Peter and Thomas Luckman. 「The Social Construction of Reality」 Anchor Books : New York. 1966.

Coleman, J.S. "Social Capital in the Creation of Human Capital." 「American Journal of Sociology」 94: 95-120. 1988.

_____ 「Foundation of Social Theory」 Cambridge, MA: Belknap. 1990.

Kim, Soonhee. "Jeju Island Women Divers' Association: A Source of Social Capital." 「Values of Women Divers and their Cultural Heritage」 pp. 250-270. The First World Jamnyeology Conference. World Association for Island Studies and the Institute for Peace Studies of Cheju National University. 2002.

10

태안 구포리 해녀공동체를 중심으로

기름유출사고가 해녀공동체에 미친 사회영향

- 서 론
- 문화생태학: 개념과 함의
- 구포리 해녀공동체의 형성과 물질노동형태
- 기름유출사고에 의한 경제적·사회적·심리적 영향
- 결 론

x

| 김도균 | 충남대학교

『도서문화』 제39집, 2012.

서 론

1. 연구 배경과 목적

급속한 산업화에 따른 선박 운항 및 원유 수입의 증가, 어선의 현대화 등으로 해양 유류유출사고는 매년 큰 폭으로 증가해 왔다. 국내 해양유류오염 사고는 유조선 사고보다 중소형 어선에 의한 1kℓ미만의 유출사고가 주를 이루고 있지만, 해양오염은 사고 횟수보다 유출량과 밀접하게 관련되어 있기 때문에 대량 유출로 이어지는 유조선 사고의 발생 빈도가 낮더라도 바다환경에는 더 치명적인 영향을 미친다고 볼 수 있다. 특히 해양자원에 의존한 경제활동이 활발한 우리나라 연안지역은 그 특성상 대규모 해양재난(environmental disaster)은 사회재난(social disaster)을 불러올 가능성이 높다(박재묵, 2008). 사회재난은 환경오염 혹은 환경변화의 사회영향(social impact)이라는 측면에서 환경사회학의 주요한 연구 영역이라고 할 수 있다. 이러한 관점에서 2007년 12월 7일, 충남 태안 앞 바다에서 일어난 대형 기름유출사고의 사회영향에 관한 환경사회학적 연구가 활발하게 진행되었다.[1] 박재묵(2008), 이시

* 이 논문은 2011년도 정부(교육과학기술부)의 재원으로 한국 연구재단의 지원을 받아 연구되었음(NRF-2011-35C-B00226)

[1] 2007년 12월 7일 07시 06분, 삼성중공업 소속 크레인 부선(삼성1호, 11,800톤)이 태안 앞바다에 정박 중이던 홍콩 국적의 유조선 허베이 스피리트(Hebei Spirit)호(146,848톤급)를 들이받은 면서 12,547kℓ의 기름이 바다로 흘러들어 갔다. 당시 해양수산부에서는 "해안가에 좌초한 시프린스호와 달리 허베이 스피리트호는 해안에서 멀리 떨어진 곳에서 기름을 유출했고, 겨울이라 확산 속도가 느려 시프린스호 사고 때와 같은 피해는 없을 것"이라고 발표하였다

재(2008; 2009), 홍덕화와 구도완(2009), 김희수와 이성태(2008), 박순열
과 홍덕화(2010) 등은 태안군 전체를 연구대상으로 하여 기름유출사고
이후 주민들의 경제적 피해 및 사회갈등의 양상과 그 원인을 설명하였
다. 그리고 정인관(2010), 이재열과 윤순진(2010) 김도균과 이정림(2008)
등은 소규모 어촌마을을 대상으로, 김도균(2011)은 서로 다른 사회경제
구조를 지닌 어촌마을 간의 비교연구를 통해 마을 별로 서로 다른 사
회경제적 영향의 양상과 원인을 밝히고 있다.

　이상의 선행 연구들은 지역, 업종, 소득에 따른 차별적인 경제적 피
해, 재난 복원력(disaster resilience)으로서 사회자본의 효과뿐만 아니라,
재난발생 책임자인 삼성과 관리 책임자인 국가의 행위가 어떻게 지역
사회의 내부 갈등을 유발했는지 등을 체계적으로 밝히고 있다. 그런데
이들 연구는 주로 지역어민 및 관광업자들을 중심으로 연구되었다. 물
론 피해주민 중에 이러한 직업군이 차지하는 비중이 높은 것 사실이
다. 하지만 이번 기름유출사고의 사회영향을 보다 종합적으로 이해하
기 위해서는 그간 주목받지 못했던 소수집단에 관한 연구가 보충되어
야 한다. 그뿐만 아니라 피해 집단에 따른 맞춤형 지원정책 수립을 위
한 실용적인 목적에서도 이러한 연구는 필요하다. 따라서 본 연구에서
는 이 점에 착안하여 바다환경에 대한 경제적, 사회문화적, 심리적 의
존도가 높은 해녀공동체를 중심으로 기름유출사고의 사회재난 양상을
밝혀보고자 한다.

　해녀는 산소공급 장치 없이 잠수한 후 낫·호미·칼 등의 단순한

　(『한겨레신문』, 2007년 12월 8일). 하지만 사고당일 21시경부터 구름포 및 만
리포 등 태안 북부지역의 해안으로 기름띠가 밀려들어오기 시작했다. 유출된
기름은 태안반도에서 제주도 인근까지 광범위한 연안바다를 오염시켰다.

도구를 사용하여 조개 및 해조류, 그 밖의 정착성 수산동식물을 포획
·채취하는 맨몸잠수[裸潛]어업에 종사하는 여성이다. 해녀하면 제주
도를 떠올리지만, 오랜 역사적 과정을 거치면서 전국 연안과 섬 지역
으로 제주해녀들이 이주·정착해 살고 있다. 태안지역 또한 제주도에
서 바깥물질 나온 해녀들이 현지 남성과 결혼하면서 정착하게 되었는
데, 그 대표적인 지역이 아산면 '구포리' 일대다.2) 이 마을에는 젊은 시
절 제주도에서 바깥물질 나와 정착한 32명의 해녀가 아산면 일대의 마
을어장을 포함한 공유수면에서 전복과 해삼 등을 채취하면서 살고 있
다. 현재 태안군에서 가장 많은 수의 해녀가 구포리에 거주하고 있다.

　해녀는 작업 장소가 바다라는 측면에서, 그리고 채취한 자연물 자체
가 시장에서 직접 교환 가능한 상품이라는 측면에서 해양생태계에 강
하게 종속되어 있다. 그뿐만 아니라 '물질'은 기본적으로 경제적 행위
지만, 오랜 시간 바다 속에서 체득한 신체화된 '몸의 기술'(안미정,
2007)이라는 측면에서 해녀는 바다와 심리적 유대감이 강한 집단이다.
즉, 해녀는 어떠한 직업 집단보다 바다환경과 밀착된 삶을 산다. 문화
생태학(cultural ecology)의 관점에서 본 다면 이들의 사회적 삶은 자연
을 재생·성장시키는 생물학적 순환과정에 토대를 두고 있다고 볼 수
있다. 따라서 환경오염 혹은 환경변화로 인해 생물학적 순환과정이 붕
괴된다면, 그 순환과정과 깊게 연결된 해녀들의 사회적 삶 또한 붕괴
되고 만다. 환경과 문화간의 상호작용을 통해 문화의 적응과 수정, 진
화과정을 설명하려는 문화생태학은 생물학적 순환과정과 문화적 순환
과정이 통합된 해녀공동체가 기름유출사고로 인해 어떠한 재난영향을

---

2) 본 논문에서 사용되는 지명중 아산면, 구포리, 동호리 등은 실제 마을명칭이
　아니다.

받았는지를 이해하는데 유용한 분석틀 제공해 줄 수 있을 것이다.

본 연구는 문화생태학적 관점에서 환경오염에 취약한 해녀들이 기름유출사고이후 어떠한 재난영향을 받았는지를 경제적, 사회적, 심리적 영역으로 나누어 살펴 볼 것이다. 이러한 작업은 그간 다루어지 않았던 새로운 집단을 연구함으로써 선행 연구의 공백을 메울 수 있을 뿐만 아니라 지역주민들의 재난복구를 지원하기 위한 정책수립을 위한 기초자료로도 활용할 수 있다. 그리고 충남지역에 300여명 이상의 해녀들이 거주하고 있음에 불구하고 이들과 관련된 단 한편의 연구 논문 밖에 없는 연구 현실을 감안할 때(안미정, 2006b), 충남지역의 해양문화 연구에도 기여하는 바가 있을 것으로 판단된다.

2. 연구방법과 용어정리

연구에 필요한 자료는 2008년 11월, 2012년 3월에 진행된 현지방문 심층면접을 통해 확보했다(〈표1〉 참조). 구포리 해녀들에게 심층면접 대상자로 추천받은 아산면 해녀영어조합법인 대표 해녀를 포함하여 해녀출신 선주, 지방해녀, 객지해녀 등 총 9명을 면접했다. 이 중에서 주요 제보자라고 할 수 있는 해녀1과 해녀3은 2012년 3월 추가 면접을 실시하여 최근 정보를 확보했다. 해녀들이 면접을 거부한 경우도 있었지만 면접을 수락한 경우에는 적극적으로 면접에 응하여 원활하게 자료를 수집할 수 있었다. 하지만 면접자들이 관(官)과 대학의 연구자, 그리고 언론사 기자들의 지나친 인터뷰 요청으로 높은 피로감을 호소했다. 인터뷰 시간은 일인당 1~2시간 정도 소요되었으며 주변 사람들의 눈치나 암묵적인 압력에서 자유롭게 하기 위하여 해녀들의 집에서 개별적으로 진행했다.

〈표1〉 주요 심층면접 대상자들의 일반적 특성

(주: 연령은 2008년 기준)

참여자	연령(세)	출신지역	현거주지	면접시기	비고
해녀1	66	제주	구포리	2008년 11월 (2012년 3월)	지방해녀
해녀2	54	구포리	구포피	2008년 11월	〃
해녀3	71	제주	구포리	2008년 11월 (2012년 3월)	〃
해녀4	59	제주	구포리	2008년 11월	〃
해녀5	54	제주	구포리	〃	〃
해녀6	69	제주	구포리	〃	〃
해녀7	65	제주	구포리	〃	〃
해녀8	54	제주	제주	〃	객지해녀
해녀9	46	제주	제주	〃	

이 글의 이해를 돕기 위해 해녀와 관련된 용어를 다음과 같이 정리해 보았다. 물질은 해녀들이 바다에 들어가 해산물 및 해조류를 채취하는 노동을 지칭하며, 바당은 제주도 방언으로 물질이 이루어지는 특정한 바다 혹은 어장을 뜻한다. 바깥물질은 해녀 자신의 거주지가 아닌 다른 지역으로 이동하여 하는 물질로 계약한 작업 기간이 끝나면 다시 자신의 거주지로 돌아가는 형태의 물질을 가리킨다. 그리고 지방해녀는 주로 그 지역출신 해녀를 가리키는 용어로 제주출신 해녀와 구분하기 위하여 사용하지만, 구포리 해녀들은 출신 지역과 관계없이 구포리에 정착한 해녀들을 지방해녀라고 부르고 있어 구포리 해녀들의 관행에 따라 그 용어와 의미를 그대로 사용하였다. 객지해녀라는 용어는 구포리 해녀들이 제주도 및 기타 지역에서 바깥물질 온 해녀들과 자신(지방해녀)들을 구분하기 위해 사용했다.

Ⅱ 문화생태학 : 개념과 함의

환경과 문화의 관계에 관한 최초의 주요한 논의는 환경이 기계적으로 문화를 결정한다는 환경결정론(environmental determinism)에서 시작했다. 고대 희랍의 의학자인 히포크라테스(Hippocrates)는 기후와 민족성 사이에 인과관계가 존재한다고 보았으며, 16세기 프랑스 정치철학자 장 보댕(Jean Bodin) 같은 이는 환경요인과 정치제도 사이의 인과성을 주장 했다. 이러한 환경결정론은 19세기 말 지리학자이자 민속학자인 프리드리히 라첼(Friedrich Ratzel), 20세기 초 지리학자이자 기상학자인 엘즈워즈 헌팅턴(Ellsworth, Huntington) 등에 의해 체계적인 가설로 발전하였다. 반면, 20세기 초 미국 문화인류학의 형성을 주도한 프란츠 보아스(Franz Boas)와 그의 제자인 앨프레드 크로버(Alfred Kroeber) 등은 환경은 제한적인 요소일 뿐이라면서 문화를 환경요인으로 설명하려는 접근을 거부했다(김용환, 2009: 18-27; Sutton and Anderson, 2010: 15). 이는 환경이란 문화에 의해 이용되는 재료일 뿐, 문화를 형성하거나 설명하는 데 필수적인 요인이 될 수 없다는 환경가능론(environmental possibilism)의 입장이라고 볼 수 있다(Kroeber, 1915; 김용환, 2006: 28; 전경수, 1997: 9). 환경가능론은 환경과 인간의 관계에서 인간의 능동적인 능력을 중시했지만, 이 둘 사이의 상호작용을 완전히 부정했던 것은 아니다. 환경가능론의 관점 속에도 환경과 문화 간의 약한 상호관계는 존재했으며, 이 둘 사이의 인과적 관계에 관한 체계적 연구는 크로버의 제자인 줄리안 스튜어드(Julian Steward)에 의해 진행되었다. 1930년대 후반부터 스튜어드는 문화의 생태학적 측면을 부각시키는 방법으로 환경과 문화 사이의 상호작용을 설명하는 인류학적 이론으로 문화생태학을 주장했다.

스튜어드의 문화생태학은 인간 문화를 생태학적 적응의 창조적 과정으로 이해한다는 측면에서 기존의 환경결정론이나 환경가능론과 구분된다. 스튜어드(2007: 62)의 문화생태학은 생태학의 핵심 개념인 '생물종의 환경에 대한 적응'을 문화연구에 통합한 것으로 '환경에 대한 문화의 적응'을 설명하려 했다. 따라서 문화생태학에서 문화는 곧 환경에 대한 인간사회의 적응양식이다. 특히 스튜어드는 문화요소를 문화핵(culture core)인 생계경제 부문과 2차 문화요소인 사회제도 및 이념체계로 구분한 후, 문화 핵인 생계경제와 환경간의 상호작용을 중시하였다. 스튜어드는 쇼쇼니 인디언(Shoshoni Indians)과 푸에르토리코(Puerto Rico)의 농민문화를 설명하는 경험적 연구에서도 문화 핵에 초점을 맞추어 자신의 이론이 지니는 장점을 확인하고자 했다.

스튜어드는 미국 서부 대분지(the Great Basin)에 거주하는 쇼쇼니 인디언의 '가족수준의 사회문화적 통합'이 척박한 자연환경에 적응한 생계경제에 있음을 증명했다. 쇼쇼니 인디언은 수렵채집생활을 하지만 사냥꾼이라기보다는 식물의 열매나 뿌리, 작은 동물이나 설치류, 곤충, 유충 등을 채집하는 채집자라고 할 수 있다. 이 지역은 척박한 자연환경으로 인해 영구적인 정주 취락 건설이 가능할 정도로 충분한 식량자원을 확보할 수 있는 지역이 없다. 따라서 쇼쇼니 인디언들은 수렵채집경제의 최소단위인 핵가족을 중심으로 식량을 찾아 끊임없이 이동생활을 한다. 때때로 친족관계를 맺고 있는 다른 가족들과 수렵채집 집단을 구성한다 하더라도 2~3가족 수준을 넘지 않는다. 전형적인 쇼쇼니 인디언 가족은 일 년의 80~90%를 가족단위로 독립적인 생활을 하며 문화의 전승 및 학습 또한 가족단위로 수행된다. 스튜어드는 쇼쇼니 인디언들의 가족수준의 사회문화와 그 재생산 과정을 그들이 처한 척박한 자연환경에 대한 독특한 문화적 적응양식임을 주장했다(스튜어드, 2007: 139~150).

쇼쇼니 인디언에 관한 연구가 문명세계와 거리를 둔 집단에 관한 문화생태학적 접근이라면, 푸에리토리코 농민문화에 관한 연구는 산업화의 영향을 받은 농민집단에 관한 문화생태학적 접근이다. 스튜어트는 농촌지역마다 다른 자연환경으로 인해 서로 다른 농작물을 재배하며 그로 인해 서로 다른 하위문화가 형성된다고 보았다. 그는 자급용 식량과 환금작물인 담배를 함께 경작하는 지역과 커피 플랜테이션 지역의 농민문화를 비교했다. 당시 담배 경작은 좁은 면적에서 다른 작물과 윤작할 수 있을 뿐만 아니라 값비싼 농기계를 필요로 하지 않았다. 따라서 담배는 소농들도 쉽게 참여하여 현금 수입을 얻을 수 있는 작물이었다. 이들은 식량을 자급하고 있었기 때문에 임금으로 식량을 구입해야하는 단일작물 재배지역의 농민들 보다 더 안정적으로 생계를 유지할 수 있었다. 따라서 소농이나 소작인들도 담배경작을 통해 벌어들인 현금으로 소규모 토지를 구입할 수 있는 경제적 상향이 이동이 가능했으며, 그로 인해 개인적 노력을 강조하는 가치성향과 함께 지주들로부터 독립적인 경제적, 정치적, 사회적 태도를 갖게 되었다.

반면, 커피 재배는 높은 자본투자를 필요로 했기 때문에 가난한 농민들의 환금작물이 될 수 없었다. 따라서 농장주와 농민은 여전히 전형적인 가부장적 상호의존 관계를 유지하고 있었다. 농장주는 농민들에게 식량을 재배할 수 있는 생계용 토지를 제공할 뿐만 아니라 농민들의 개인적인 일에 관여하거나 생활을 보살피기도 했다. 그 대신 농민들은 무보수로 농장주에게 노동력을 제공했다. 농장주와 농민 사이의 관계는 호혜적이지만 평등한 관계는 아니었으며, 경제적, 정치적, 사회적 사안에 관해서도 농장주의 리더십에 의존했다. 또한, 담배경작 농민들처럼 경제적 상승 기회를 갖지 못했기 때문에 개인적인 노력에 대해서도 큰 가치를 두지 않았다(스튜어드, 2007: 287~292). 스튜어드는 서로 다른 자연환경에서 재배되는 담배와 커피라는 생계작물을 핵심변수로 하여 푸에리토리코 농민문화의 차이를 설명하고 있다. 물론 발달된 푸에리토리코 농민사회보다 단순한 쇼쇼니 인디언 사회에서 환경이 문화에 미치는 영향이 직접적으로 잘 드러나지만, 마빈 해리스(Marvin Harris)의 표현처럼 스튜어드의 문화생태학은 환경과 문화의 상호작용이 어떻게 인과적으로 연구될 수 있는지를 명료하게 보여준다(조승연, 2007).

그러나 스튜어드의 문화생태학은 환경과 문화의 기능적 관계에 있어 생계경제 부문에만 집중한 나머지 환경개념을 식량자원 및 농작물과 밀접하게 연관된 기후, 지형, 식생 등으로 한정하여 환경의 다양한 요소를 고려하지 못했다는 비판을 받았다. 그뿐만 아니라 생계경제와 동떨어진 것으로 보이는 2차 문화요소인 종교적 의례 및 관습 등이 담고 있는 생태학적 의미를 해석하지 못했다는 비판도 받았다. 이후 스튜어트의 협소한 환경개념 대신 생태학의 생태계 틀을 적용하고, 2차 문화요소가 담고 있는 생태학적 의미에 관한 연구들이 진행되었다(Vayda and Rappaport, 1968; Geertz, 1963; 김용환, 2006: 84~86에서 재인용; 김재호, 2007; 조정현, 2010). 하지만 이러한 비판은 스튜어드의 문화생태학을 이론적으로 파괴하려는 것이 아니라 재구성하고 완성하려는 작업의 일환으로 진행되었다. 스튜어드가 강조한 생계경제 부문과 환경 사이의 상호작용만으로 한 사회를 환원하여 설명할 수는 없지만, 문화생태학은 문화와 환경간의 상호관계뿐만 아니라 문화 자체를 이해하는 데 효과적인 방법을 제시하고 있는 것 또한 사실이다.

환경과 문화의 상호연계는 자연자원에 의존도가 높은 수렵·채집·농어촌공동체 등과 같은 자연자원의존공동체(natural resource-depent community)에서 뚜렷하게 나타나는 경향이 있다(Dyer, Gill and Picou,

1992). 즉, 문화적 복합성이 증대된 산업화된 사회보다 더 단순한 사회에서 문화의 생태학적 영향이 명료하게 관찰될 수 있다는 것이다. 본 연구의 분석 대상인 해녀들 또한 작업장소가 바다라는 점, 인공적인 산소공급 장비도 없이 극히 단순한 도구를 사용하여 노동을 한다는 점, 그리고 채취한 자연물이 시장에서 직접 교환이 가능한 상품이라는 측면에서 바다환경과 공생관계를 통해 문화의 생산과 재생산이 이루어진다. 즉, 문화생태학적 시각에서 본다면 기름유출로 바다환경이 오염될 경우 이들의 사회적인 삶 또한 붕괴되고 만다. 문화의 생태학적 수용과 적응과정을 부각시키는 문화생태학은 역으로 '바다 환경오염이 해녀들의 삶에 미친 재난영향'을 밝히는 본 연구에 유용한 지침을 제공해 준다고 할 수 있다.

 구포리 해녀공동체의 형성과 물질노동형태

1. 형성과정

　구포리 해녀들의 정착과정은 제주해녀 바깥물질의 역사 속에서 이해될 수 있다(〈표2〉 참조). 제주해녀 바깥물질은 1887년 부산 영도에 간 것을 시초로 들 수 있지만 본격적인 출발은 일제강점기에 들어오면서다. 당시 바깥물질이 활발했던 이유는 일본인 잠수기업자들의 진출로 인해 제주도 인근 어장이 황폐해져 생산성이 급격하게 떨어졌을 뿐만 아니라 해산물 수요 및 상품가치 상승으로 인해 물질노동이 경제적 가치를 인정받았기 때문이다.[3] 바깥물질이 절정에 이르던 1932년에는 제주도 전체 해녀조합원 8,862명의 57%인 5,078명이 바깥물질을 나갔을 정도로 제주도 해녀들에게 바깥물질은 일반적인 관행으로 자리 잡았다(박찬식, 2006; 김영돈, 1999).

〈표2〉 제주해녀 바깥물질의 역사적 전개과정

구분	시기	원인	입어권	지역
바깥물질 모색기	1887~1910 이전	-일본인 잠수기업자 진출로 인한 어장황폐화 -물질노동의 경제적 가치 인정	자유입어관행 인정	경남지역을 중심으로 출가, 일부는 일본으로 출가.
바깥물질 확산기	1910~1945	-일본인 잠수기업자 진출로 인한 어장황폐화 -물질노동의 경제적 가치 인정	자유입어관행 인정	한반도 전역 및 일본, 일부는 대련, 청도, 블라디보스톡 등.
	1946~1961	-해녀 수의 증가에 따른 제주도 어장 축소 -소득증대	자유입어관행 인정 (경남 일부 지역에서 거부)	한반도 중남부 지역
바깥물질 축소기	1962~현재	-1962년 수산업법의 제정 -제주도 내 감귤농업 및 관광산업 성장	어촌계원으로 한정	한반도 중남부 지역

3) 잠수부어업은 공기호스가 연결된 잠수복을 착용하고 잠수하여 조개류 및 패류를 채취하는 어업형태이다. 따라서 아무런 생명유지 장치를 착용하지 않는 해녀들에 비해 장시간 작업을 할 수 있었으며, 그것 때문에 급격하게 자원이 고갈되었다. 조선총독부(1910)에서 발행한 『한국수산지』에도 이러한 사실이 잘 기록되어 있다. "전복은 연안 없는 곳이 없어 거의 무진장이라고 일컬어져 왔으나, 일찍이 일본 잠수기업자들이 도래하여 남획한 결과 지금은 많이 감소하였다. 예부터 토착의 잠수부들이 이것을 캐어왔지만, 현재는 온종일 조업해서 겨우 1~2개를 잡는 데 불과하다(『한국수산지』 3, 34쪽; 권미숙, 「근현대 제주도 출가해녀의 입어관행 분쟁」, 제주대학교 석사학위논문, 2008에서 재인용)." 일본 잠수기업자들의 약탈적 어업이 제주바다의 생산성을 급격하게 떨어뜨렸다.

해방 이후에도 바깥물질의 필요성은 사라지지 않았다. 해녀 수가 증가하면서 제주도 인근의 어장만으로는 이들을 다 수용할 수 없었다.[4] 여기에 육지에서는 여전히 잠수기술이 희소했기 때문에 제주도에서 물질하는 것보다 바깥물질을 다니는 편이 수입 면에서도 더 나았다. 1960년대 초반까지 매년 3천 명 이상의 제주해녀가 바깥물질을 다녔다(권미숙, 2008). 하지만 1962년 개정된 「수산업법」에 의해 어촌계가 성립되고 연안 어장에 대한 입어권(入漁權)을 연안 어민들이 독점하게 되면서 해녀들의 자유로운 입어가 제한받게 되었다. 그 이전에도 연안 어민과 해녀간의 어장분쟁이 없었던 것은 아니지만, 입어료만 내면 국내 어디서든 자유롭게 입어할 수 있는 입어관행을 인정받아왔다. 하지만 어촌계가 입어권을 독점하면서 해녀들의 입어가 제한받게 된다. 따라서 자연스럽게 바깥해녀 수도 줄어들었고 육지지역에서 물질을 계속하기 위해서는 현지에 '정착'하는 수밖에 없었다(안미정, 2006b; 오선화, 1999).[5]

구포리 지역에 제주해녀가 정착하기 시작 한 것은 해방 전으로 거슬러 올라간다. 자신의 큰 아버지가 해녀사업(선주)을 했다는 한 마을주민의 구술에 따르면 해방 전부터 바깥물질 나온 제주해녀들 중에서 일

---

4) 제주해녀는 1913년 8.391명 수준이었는데 1965년에는 23,081명으로 3배 가까이 증가했다(권미숙, 「근현대 제주도 출가해녀의 입어관행 분쟁」, 제주대학교 석사학위논문, 2008).

5) 이외도 제주도에서 감귤농업 및 관광산업이 성장하면서 제주여성들에게 새로운 일자리를 제공한 것도 바깥물질이 줄어든 한 이유로 들 수 있다(안미정, 「마을어장 자원의 채취방식과 공존」, 『제주해녀와 일본의 아마』, 민속원, 2006b).

년도	1962	1963	1964	1965	1966	1967	1968	1969	1970	1971	1972	1973
수(명)	4,090	2,215	2,071	1,538	1,903	1,909	1,093	1,167	1,023	1,230	917	867

1962~1973년 제주해녀 바깥물질의 변화(김영돈, 『한국의 해녀』, 민속원, 1999, 393쪽).

부가 제주도로 돌아가지 않고 마을에 정착했다고 한다. 하지만 구포리 지역 역시 본격적인 정착은 1960년 이후인 것으로 보인다. 바깥물질 나온 제주해녀들이 정착하게 된 직접적인 계기는 현지 남성과의 결혼 때문이었다. 해녀들의 진술을 따르면 "남자들의 꼬임에 넘어가 연애결혼을 많이 했다"고 한다. 하지만 이러한 낭만적인 진술 이면에는 경제적인 동기가 강하게 자리 잡고 있었다. 우선 "옛날에는 제주도가 살기 굉장히 곤란했다", "제주도가 지금처럼 살면 뭐 하러 여기 나와"라는 해녀들의 구술에서 확인할 수 있듯이, 제주도의 열악한 경제적 조건이 이들을 육지로 밀어내는 요인으로 작용했다. 그리고 또 다른 경제적인 이유는 현지 남성과 결혼하면 마을어장에 입어할 수 있는 자격을 자연스럽게 획득할 수 있었기 때문이다. 앞서 언급했듯이 1962년 수산업법 제정이후 어촌계가 마을어장에 대한 배타적 권리를 갖게 되면서 해녀들의 입어가 엄격하게 제한되었다. 하지만 현지 남성과의 결혼을 통해 분가하면 어촌계원 자격을 획득할 수 있을 뿐만 아니라, 잠수기술의 희소성 때문에 주변 다른 어촌계의 마을어장까지 입어할 수 있어 더 많은 노동기회를 확보할 수 있었다.

구포리 주변의 풍부한 어장환경은 해녀들의 이러한 경제적 요구를 충족시켜 주었다. 마을에 정착한 해녀들은 태안바다를 상품가치가 높은 전복을 많이 채취할 수 있는 '황금바다'로 묘사하였다. 경남 및 전남 지역의 미역채취에 비해 수익성이 더 좋았을 뿐만 아니라 같은 전복이라도 남부지방보다 서울과의 지리적 거리가 가까워 더 싱싱한 상태로 출하할 수 있어 높은 가격을 받았다고 한다. 아산면 해녀영어조합의 대표 해녀의 구술에 의하면(2008년 기준), 물질하고 있는 해녀는 32명, 고령 및 건강상의 이유로 물질하지 못하는 해녀까지 포함하면 구포리 인근에 50여 명의 해녀들이 거주하고 있다.

2. 물질노동의 형태

물질노동의 형태는 지역별로 약간의 편차가 있지만 선행 연구들을
참고로 구분해 보면 제주형과 육지형으로 나누어 볼 수 있다. 해녀들
의 물질작업은 마을어장이 아닌 공유수면에서 이루어지는 경우도 있지
만 일반적으로 마을 어촌계가 배타적 권리를 갖는 마을어장에서 이루
어진다. 해녀들의 물질은 수심 15미터 이내의 수중에서 이루어지기 때
문에 해안에 인접한 마을어장과 대체로 일치한다(안미정, 2005). 마을
어장은 이동거리가 짧고 어촌계의 지속적인 치패사업과 감시활동을 통
해 자원을 관리하고 있어 해녀들이 선호하는 작업공간이다.

제주도의 경우 마을어장에서의 물질은 입호제도(立戶制度)[6]에 기초
하여 어촌계원인 마을해녀만으로 엄격하게 입어가 제한되는 반면, 육
지의 경우 다른 마을어장이라도 '어촌계 및 선주'와의 계약을 통해 자
유로이 입어할 수 있다. 이러한 이유는 육지지역이 제주도에 비해 전
체 어장규모가 크고 잠수기술 또한 희소하기 때문이다. 제주도는 자신
이 속한 어촌계의 마을어장으로 물질공간이 한정되지만, 육지지역은
자신이 속한 어촌계의 마을어장과 함께 인근의 다른 마을어장에서도

---

6) 일반적으로 마을성원으로 인정받기 위해서는 입호권을 가져야 한다. 입호권
은 지역에 따라 약간씩 다르지만 일반적으로 가장 중요한 것은 독립적 호의
구성여부와 거주기간 이다. 즉 입호를 신청하기 해서는 결혼을 통해 독립된
호(戶)를 형성해야 한다. 이러한 조건을 갖추고 입호를 신청하여 마을정기 총
회의 심사를 통해서 입호를 인정받고 일정한 액수의 입호금을 내고 마을 성
원이 된다. 입호권을 인정받아야 공동(마을)어장을 이용할 수 있는 입어권(入
漁權)이 얻을 수 있으며, 입호금은 양식작목의 경제성, 어장의 규모 및 비옥
도, 공동체 성원의 수 등에 의해 결정된다. 그리고 이것은 타지인에 보다 엄
격하게 적용하여 공동체 자원의 보호와 보존을 위한 진입장벽의 성격이 강하
다(김준, 『어촌사회의 변동과 해양생태』, 민속원, 2004, 225~227쪽).

물질이 가능하다.

〈표3〉 물질노동형태(제주형과 육지형의 비교)

구분	제주도형	육지형
어장소유	어촌계	어촌계
작업공간	마을어장	마을어장, 임대어장
입어자격	입호제도	입호제도(마을어장) 계약관계(임대어장): 어촌계-선주-해녀, 어촌계-해녀
노동형태	공동노동	공동노동, 임노동
해녀구성	제주해녀	제주해녀, 지방해녀

　　제주도의 경우 모든 물질은 공동노동 형태를 보인다. 즉, 어촌계 및 해녀들의 노동조직인 잠수회가 채취시기, 어획물의 종류와 크기 등을 엄격하게 규제하며 어촌계와 해녀가 일정한 기준에 따라 수익금을 배분한다. 하지만 이러한 규제가 어촌계 또는 잠수회와 해녀간의 고용-피고용 관계를 의미하는 것은 아니다. 그러나 육지의 경우 공동노동과 함께 제주도에서는 거의 찾아볼 수 없는 해녀들의 임노동화 현상이 뚜렷하게 관찰된다. 즉, 해녀들이 인근 어촌계로부터 바다를 임대한 선주에게 일정 기간 고용되어 물질을 한다(안미정, 2006b). 정해진 급여를 받는 것은 아니지만 선주와 해녀 간에 고용-피고용관계가 성립되어 고용기간 동안에는 다른 선주의 배를 탈 수 없다. 또한, 해녀들이 직접 노동조직을 만들어 어촌계와 직접 계약을 맺기도 한다(오선화, 1998).

　　해녀들 입장에서는 보면 계약관계를 통해 다른 마을어장에 입어할 수 있는 기회를 갖게 되고, 어촌계 입장에서는 육지에서는 희소한 물질기술을 확보할 수 있어 안정적으로 어장운영을 할 수 있다. 현재 구포리 지역에는 다섯 명의 선주가 있는데 이들은 모두 제주출신 해녀들로 채취한 수산물의 원활한 판매를 위해 수산상회 및 식당 등을 같이

운영하고 있다. 상황에 따라 바뀌기는 하지만 이중 세 명의 선주는 지
방해녀를, 두 명의 선주는 객지해녀를 주로 태운다.

<표4> 구포리 해녀사업 현황(2008년 기준)

선주	구성	작업장	계약관계	판매
○○수산	지방해녀	아산면 일대 마을어장, 공유수면	어촌계-해녀(영어조합법인)	△△수산
○○수산	지방해녀		어촌계-해녀(영어조합법인)	△△수산
○○수산	지방해녀		어촌계-해녀(영어조합법인)	△△수산
○○수산	제주해녀	아산면 이외의 마을어장, 공유수면	어촌계-선주-해녀	△△수산
○○수산	제주해녀		어촌계-선주-해녀	△△수산

　　2001년에 「아산면 영어조합법인」을 결성하기 이전까지는 어장 계약
의 주체는 개별 선주들이었다.[7] 하지만 조합이 결성된 이후 계약 주체
가 영어조합법인이 되었다. 그렇다고 해서 채취한 해산물의 처분권을
영어조합이 갖는 것은 아니다. 물건에 대한 처분권은 실질적으로 물질
작업을 추진하는 선주들이 갖고 있으며 개별 해녀들은 고용된 입장에
서 본인이 채취한 물건의 절반을 인건비로 받는다. 그리고 지방해녀들
을 태운 배만이 아산면 마을어장에서 작업할 수 있기 때문에 객지해녀
들을 태운 선주들은 개별적으로 아산면 이외의 어촌계와 계약을 맺어
물질공간을 확보해야 한다. 즉, 지방해녀와 객지해녀는 물질공간이 서
로 분리되어 있다.

---

7) 조합원 중에 건강상의 이유로 물질을 할 수 없는 2명을 제외하고 30여 명이
　　물질 작업을 하고 있으며, 선주들도 또한 해녀로서 영어조합 회원이다. 조합
　　이 결성 되면서 조합 명의로 천리포 앞바다에 2ha 규모의 전복양식을 직접
　　운영하고 있다.

〈그림1〉 어촌계, 선주, 해녀간의 수입 분배 구조

※ 설명, a)어촌계수입 b)해녀수입 c)선주수입

해녀들은 채취한 수산물의 반을 어장임대료(입어료)로 지불하고 남은 반이 자신의 수입이 된다(〈그림1〉 참조). 채취한 물건은 개별적으로 판매하지 않고 선주들을 통해 일괄 판매된다. 직접 소매하는 것 보다 물건 값을 덜 받지만 판매책임과 경비를 선주들이 부담하기 때문에 개별 해녀들의 입장에서 보면 편리한 측면이 있다.

 기름유출사고에 의한 경제적 · 사회적 · 심리적 영향

1. 바다환경의 오염: 경제적 · 사회적 · 심리적 영향의 출발

기름유출사고이전 구포리 해녀들의 작업장은 의항, 천리포, 만리포, 구포리, 어은돌과 파도리에 이르는 태안군 아산면 서쪽 마을어장이었다(〈그림2〉 참조). 이 지역은 이번 기름유출사고로 인해 가장 심각한 환경피해를 입은 지역으로 모든 마을어장이 오염되었다. 해녀들의 물질작업이 수중 15m이내에서 이루어지기 때문에 수심이 낮은 마을어장의 오염은 물질바당의 완전한 상실을 의미한다.

사고발생 4년 4개월이 지나면서 겉으로 보기에는 바다환경이 정상을 찾은 것처럼 보인다. 대규모 자원봉사자들의 도움으로 눈에 보이던 기름띠가 신속하게 제거되었고, 이후 진행된 정부의 방제작업과 자연적인 정화과정을 통해 손상된 환경이 정상으로 돌아간 듯하다. 국제유류오염보상기금(International Oil Pollution Funds, 이하 IOPC기금)측은 기름유출 사고 발생 이듬해인 2008년 9월, 태안 바다가 예전과 같은 모습으로 되돌아왔다고 판단했다.[8] 이를 기준으로 IOPC기금은 피해배상액 기간을 2007년 12월 7일에서 2008년 2월 29일까지 그리고 피해가 심한 일부 지역은 2008년 6월 30일까지만 인정하고 있다.[9] 정부 또한 2010년 11월 국토해양부가 발표한 자료에 통해 해수오염 정도를 나타내는 해수 수질이 사고이전 수준으로 회복되었으며,

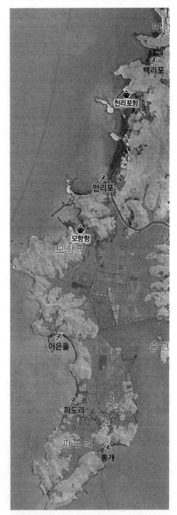

〈그림2〉 구포리 해녀들의 물질바당

(출처 : 다음(Daum) 지도)

---

8) 정대희, 〈내 나이 73… 도대체 8천만 원은 언제쯤 즐겨〉, 오마이뉴스 2010년 12월 6일.
9) 김동이, 〈태안남부수협, 사실상 기름유출사고 배상완료〉, 오마이뉴스 2012년 4월 24일.

퇴적물 유류오염 농도 또한 지속적으로 감소하고 있다고 발표하였다. 다만, 생태계 회복정도를 나타내는 서식생물의 개체 및 군집이 조사지역별로 차이를 보인다고 지적하였다.[10] IOPC기금과 정부 측의 발표가 다소 차이가 있지만, 바다환경이 빠른 속도로 정상을 찾아가고 있다는 점에서는 서로 일치한다. 하지만 IOPC기금과 정부 측의 이러한 주장은 해녀들이 현장에서 느끼는 오염의 회복 정도와는 큰 괴리가 있었다.

수심이 낮은 아산면 마을어장의 현재 오염상태를 해녀들은 "해초조차 살수 없는 백(白)바다"로 묘사했다. 즉, 해초가 부착·성장하는 바다 속 암석(돌)들이 하얀색으로 탈색되어 버렸다는 것이다. 해초가 없다는 것은 구포리 해녀들의 주요 채취물인 전복과 해삼이 산란하고 성장할 수 있는 생태적 환경이 붕괴되었다는 사실을 뜻한다. 그리고 해녀들은 그 원인으로 사고초기 과도하게 사용된 유화제를 지적했다.

> (면접자: 현재도 바다 상태가 좋지 않나요?)그럼요. 바다가 그때부터. 유화제를 많이 뿌렸기 때문에 전복, 해삼이 산란을 못해. …바다가 하얀 백(白)바다가 됐어요. 유화제 뿌렸기 때문에…그전에는 파래, 톳 이런 해초가 많았지요. 지금은 그런 것이 별로 없어. 그런 것이 많이 나야 전복 같은 것도 산란을 하죠. …해초에다 산란을 해. 그것이 커가면서 더 깊은 바다로 내려앉는데. 바다가 오염되어 해초가 없기 때문에 산란을 못해요. 그렇기 때문에 기름유출 이후 해녀들이 많은 고통을 받았지요.[11]

10) 국토해양부. 2010년 11월, 〈서해안 유류피해보상소식〉(제23호).
11) 해녀1, 2012년 3월 29일

바다가 상태가 형편없어요. 바다가 말도 못해, 오염이 돼가지고. 첫째 유화제를 뿌리고 해서 돌이 다 섞었어. …정부가 우리처럼 (바다에) 들어가면 아 이렇게 됐구나 할 텐데. 그것을 우리밖에 모르잖아. 우리밖에. 암만 이야기해도 인정을 안 해. …물은 좋아졌는데 그 밑에는 별로예요.[12]

유화제 사용의 문제점은 사고초기부터 환경운동단체를 중심으로 꾸준히 제기되었다. 즉, 유화제는 기름을 바닷물에 녹여 희석시키는 데 이것이 오히려 바닷물의 독성을 높여 물고기 및 플랑크톤과 같은 미생물의 성장을 저해한다는 것이다. 현재 아산면 앞 바다의 황폐화 현상이 유화제 사용에 의한 것인지 아니면 다른 원인에 의한 것인지 과학적으로 밝혀지지 않았다. 하지만 사고초기 아산면 일대를 중심으로 유화제가 집중 살포 됐다는 것, 그리고 사고발생 4년이 지났음에도 바다 속의 회복 상태가 더딘 것 또한 분명한 사실이다. 해녀들은 전복과 해삼의 산란 장소이자 먹이인 해조류의 소멸로 인해 전복과 해삼의 생물학적 순환과정이 붕괴되었다고 보고 있었다. 따라서 해녀들은 사고이후 정부에서 실시하고 있는 전복과 해삼의 치패사업이 앞뒤가 바뀐 정책이라고 비판했다. 즉, 오염된 바다를 정화한 후 치패를 뿌려야 원하는 효과를 얻을 수 있는데, 오염된 바다는 그대로 두고 치패를 뿌리고 있어 전복과 해삼이 원활하게 산란·성장하지 못하고 있다는 것이다. 결국, 해녀들의 입장에서 보면 환경오염은 여전히 현재 진행형이다.

---

12) 해녀3. 2012년 3월 30일

2. 경제적 영향

(1) 물질노동의 축소와 소득 감소

기름유출사고로 인해 구포리 해녀들의 중요한 작업공간인 아산면 서쪽 마을어장이 모두 오염되어 버렸다. 마을어장의 오염은 물질작업을 크게 축소 혹은 중단시켜 버렸다. 기름오염이 수산업에 미치는 해로운 영향은 조간대 및 수심이 얕은 수역에서 장기간 지속되는 경향이 있을 뿐만 아니라, 지느러미가 있어 이동성이 좋은 어류보다는 움직임이 적은 패류에 더 치명적 이다(클라크, 2003: 127). 물론 오염되지 않는 공유수면으로 가서 물질을 할 수 있지만 이는 해녀들이 선호하는 물질바당이 아니다. 왜냐하면 마을어장이 거리도 가깝고 어촌계에서 지속적인 치패사업을 통해 해양자원을 관리하고 있어 생산성이 높기 때문이다. 그리고 어촌계의 마을어장이 확장되면서 작업할 수 있는 공유수면이 줄어든 것도 한 이유로 들 수 있다. 아산면 마을어장이 오염되었다고 해서 구포리 해녀들이 태안군 관내의 다른 마을어장을 자유롭게 입어할 수 있는 것도 아니다. 태안 해녀들의 작업공간은 오랜 시간동안 관행적으로 구분되어 왔기 때문에 오염 피해가 적은 남쪽의 안면도 및 신진도 지역은 그곳 해녀들이 물질공간이다.

기름유출사고이전 구포리 해녀들은 4월 초·중순경 물질을 시작해서 12월경에 마무리하는데 하루 평균 4~5시간을 작업했다고 한다. 7월까지는 전복과 해삼, 7월 이후부터는 해삼이 나오지 않기 때문에 주로 전복만을 채취했다. 기름유출사고 직후 해녀들은 마을주민들과 함께 방제작업에 참여하다가 방제작업이 일정하게 마무리된 5월 초(2008년)부터 물질을 나가기 시작했다. 그러나 오염이 심한 아산면 내의 마을어장에서는 물질을 할 수 없기 때문에 오염피해가 없는 학암포, 안면도 등의 공유수면으로 물질을 나갔다. 마을어장을 제외한 공유수면은 어촌계의 배타적 권리와 무관하기 때문에 별도의 입어료 없이 자유롭게 물질작업이 가능한 곳이다. 사고이전에는 아산면내 마을어장에 입어할 수 없었던 객지해녀 배들이 주로 작업했던 바당이다. 지방해녀에게 공유수면은 "마을어장에서 열 번 물질하면, 공유수면에 한 번 물질"을 갔을 정도로 주요한 작업공간이 아니었다.

사고이전에는 지방해녀와 객지해녀간의 물질바당이 분리되어 있어 두 집단간의 일정한 공존이 가능했다. 하지만 기름오염으로 마을어장에서 작업할 수 없게 되면서 지방해녀들도 공유수면에서 물질을 하게 되었다. 결국, 많은 해녀들이 같은 바당으로 한꺼번에 몰리면서 경쟁이 치열해지고 수입도 큰 폭으로 줄어들었다. 2008년 당시 많을 때는 7~8척의 배들이 모여다고 한다. 한 배당 7명 정도만 탄다고 보아도, 49~56명의 해녀가 한꺼번에 협소한 공간에 몰린 것이다. 따라서 4~5시간 힘들게 물질해 봐야 2~3만 원 벌이밖에 안되어 2008년도에는 한 달에 50만원 벌기도 힘들었다.

해녀들의 수입은 물질의 숙련도뿐만 아니라 체력과 밀접하게 연관되어 있어 체력이 떨어지는 시점부터는 수입이 감소하는 경향이 있다. 그럼에도 불구하고 65세 이상의 해녀들도 사고이전에는 한 달에 200만원에서 250만 원 정도의 수입을 올렸던 점을 감안하면 사고이후 소득의 감소폭이 상당하다고 불수 있다. 그뿐만 아니라 바당의 이동은 이동거리를 증가시켰다. 과거 15~30분 이내였던 이동시간이 1시간, 많을 때는 2시간이 걸린다. 이 때문에 선박운영 비용 늘어나고 육체적 피로 또한 더욱 가중되었다.

　대략 한 달에 한 이백 정도 벌었지. 사람에 따라 다른데 많이 버는 사람은 삼백까지 벌고, 못 버는 사람은 백에서 백오십정도 벌고, 보통 이백에서 이백 오십은 벌었지. 잘 버는 사람은 기술도 좋고, 젊고 그런 사람들이지. 우리 같은 늙은 사람들은 병들어서 눈도 어둡고, 숨도 가쁘고 해서 많이 못 잡아. 젊은 사람들 절반이나 하지. 그런데 지금은 한 달에 50만 원 정도 벌어. 잘 버는 사람은 한 칠팔십. 많으면 백만 원. 못하는 사람은 사십만 원⋯작년(사고이전)하고 올해하고는 많이 다르지⋯ 오늘도 전복 잡았어. 이만 원어치, 다섯 시간 헤매고 이만 원어치 번거야. 일할 장소가 없으니까. 일할 바당이 아주 줄어 가지고, 학암포, 안면도 그쪽에 공유지(공유수면) 있는데 그쪽으로 가지. 사람들 다 거기로 와, 맨 날 가는데 또 가고, 또 가고.[13]

　기름사고 나서 아주 소용없게 됐지. 돈을 못 벌지, 못 벌기만 혀. 작년에 이천만원 벌었다면 올해는 천만 원도 못해. 기름사고 전에는 관광객들이 전복 먹으로 평일에도 왔거든. 근데 주말에도 이제 오지 않아. 지금 내가 데리고 있는 해녀가 일곱, 여덟 되거든. 해녀들이 만약 5킬로 전복을 잡아도 그걸 다 못 판다니까. 그래서 죽는 게 반이야. 손님이 없어. 물건도 없지, 판로도 없지. 해녀들이 이렇게 힘들지. 기름사고 때문에 바당도 없고. ⋯전복 5킬로 잡으려고 두세 시간 저 먼 곳으로 나가. ⋯홍합 따러. 왕복 다섯 시간이 걸린다고. 기름사고 전에는 이 앞바다가 다 양식장이고 가까운데서 했는데 이제는 멀 리가. 멀리 가도 돈도 못 벌고⋯진짜 힘들지.[14]

---

13) 해녀1, 2008년 11월
14) 해녀7, 2008년 11월

아산면 마을어장에서 물질작업을 재개한 2009년 6월 이후에도 이러한 사정은 크게 달라지지 않았다. 바다환경의 황폐화로 인해 여전히 해조류가 자라지 못하고 있으며, 그로 인해 전복과 해삼의 생물학적 순환과정에 균열이 발생했다. 특히 구포리 해녀들의 주 수입원인 전복은 치패를 바다에 뿌려 자연 상태에서 자라는 것은 채취하는 자연산 전복이다. 따라서 전남 완도지역에서 대규모로 행해지고 있는 가두리 양식에 비해 전복의 성장 속도가 더딘 편이다. 어장환경에 따라 전복의 성장 속도가 달라질 수 있지만, 구포리 해녀들의 진술에 따르면 태안 앞 바다에서는 산란 후 3년은 자라야 상품성 있는 전복을 채취할 수 있다고 한다. 전복은 늦가을에서 초겨울 사이에 산란을 하는데 이 시점은 기름유출사고가 났던 시점과도 일치한다. 즉, 기름오염으로 인해 제대로 산란을 하지 못했기 때문에 물건의 양이 급격하게 줄어들었을 뿐만 아니라 산란을 한 경우에도 먹이인 해초가 부족해 제대로 자라지 못하였다. 반면, 해삼은 전복보다 성장속도가 빠른 편으로 1년 만에 채취하여 팔수 있다. 완도 지역에서 전복이 대량 양식되면서 전복 가격은 큰 변동이 없는 편이지만, 해삼은 1kg 당 5~6천 원 하던 것이 최근 1~2년 사이에 2만 원 선으로 4배정도 뛰어 올랐다고 한다. 해삼 가격이 크게 오른 결정적인 이유는 중국 경제가 성장하면서 고급요리 재료인 해삼의 수요가 폭발적으로 증가했기 때문이다. 해삼의 소비량에 비해 자체 생산량이 절대적으로 부족한 중국시장 상황을 고려할 때 당분간 이러한 가격이 지속될 것으로 보인다. 그간 상대적으로 전복에 비해 상품성이 떨어졌던 해삼 가격이 큰 폭으로 상승하면서 해삼을 주요 품목으로 하는 서해안 지역의 일부 마을어촌계가 큰 수익을 올렸다. 하지만 구포리 해녀들은 기름오염으로 인해 해삼 채취량이 크게 줄어들어 이러한 특수를 누리지 못했다. 해녀공동체는 자연자원에 기반을 두는 자연자원의존공동체로 환경과 생계경제 부문이 유기적으로 통합되어있다. 따라서 해녀들은 기름오염으로 바다환경이 오염될 경우 치명적인 경제적 피해에 노출될 수밖에 없는 환경적으로 매우 취약한 집단이다.

전복은 3년은 돼야 잡어요. 전복을 중정도 크기로 잡으려면 3년을 커야해. 그러니까 그동안 (기름유출사고로 인해)산란을 못했기 때문에 못 잡는 거여. 빨리 빨리 크지 않아요. 해삼은 1, 2년 치기여. 해삼은 올 해 산란하면 내년에 많이 잡을 수가 있는데. 전복은 빨리 크지 않아요. 전복은 3년이 지나도 대(大)로도 못 잡고 중(中)으로 밖에 못 잡아. 그러기 때문에 지장이 많이 있는 거예요. …우리나라 해삼을 최고로 알아주는 거여 중국에서. 그나마나 해삼 시세가 옛날 보다 많이 올랐어. 올랐는데 그전 같이 물건이 있으며 해녀들도 힘이 폈는데. 해삼 시세는 올라지만 해삼이 없는 거야. 바다가 오염 전에는 해삼도 많이 있었는데. 해삼이 나는 시기가 있어요. 아무 때나 나지 않아요. 한 5, 6, 7월 3개월이 해삼 시기예요. 그러니 해삼이 많이 나면 3개월 동안 벌면 그나마나 유지해 나가는데. 시세는 좋았는데 물건이 없는 거여. 해삼이 없는 거야. 산란을 못했기 때문에…15)

해삼 가격이 큰 폭으로 상승하면서 구포리 일부 선주들도 해녀 사업 규모를 키우고 있다. 자본 동원 능력이 있는 선주들은 오염되지 않은 마을어장을 임대하여 해삼 특수를 누리고자한다. 하지만 이들은 고령화된 지방해녀보다는 상대적으로 노동능력이 좋은 젊은 해녀들을 제주도 및 남해안 등지에서 모집해 온다. 따라서 해녀 사업의 확장이 오랫

---

15) 해녀1, 2012년 3월 29일.

동안 지방에 거주하면서 물질을 해온 지방해녀들의 일자리 및 소득 증
대로 연계되지 못하고 있었다. 즉, 사고발생 4년 4개월이 지났음에도
해녀들의 경제활동과 수입은 사고이전 수준으로 회복되지 못했을 뿐만
아니라 해삼 가격 상승으로 인한 새로운 경제적 기회마저 잡지 못하고
있는 실정이다. 구포리 해녀들의 주요 채취물이라고 할 수 있는 전북,
해삼 등과 같이 움직임이 적은 생물은 한번 오염피해를 입으면 그 피
해가 장기간 지속되는 경향이 있다.

(2) 불충분한 IOPC기금의 손해 배·보상

아산면 해녀영어조합 대표 해녀의 구술에 따르면 IOPC기금의 손해
배·보상과 관련해서 구포리 해녀들은 평균 730만원을 받았다고 한다.
그녀는 태안군내 맨손업자 및 다른 마을 해녀들이 받은 보상 금액에
비하면 많이 받았다고 했다. 이러한 일차적인 이유는 해녀들이 채취한
물건을 처분하는 선주들에 의해 개별 해녀들의 작업일지가 꼼꼼하게
기록되어 있었기 때문이다. 선주의 거부로 관련 장부 내용을 기록·복
사할 수 없었지만 필자 또한 현지조사 과정에서 자세하게 기록된 장부
를 확인할 수 있었다. 장부에는 개별 해녀들이 채취한 물건의 종류와
수량 등이 날짜별로 정리되어 있었다. IOPC기금보상청구 매뉴얼(IOPC
Funds Claims Manual)에 따르면 유류 피해보상의 청구 및 보상은 객관
적, 합리적, 과학적인 입증자료에 근거하도록 규정되어 있다. 이번 사
고의 경우에도 수산업 분야 피해자들에게는 지난 3년간의 세무서 소득
신고, 수협위판소득, 종묘구입내역, 사매매 실적자료(거래통장, 회계장
부, 거래처 법정 영수증 등)를 요구했다(강연실 외, 2010). 완벽한 수준
은 아니지만 해녀들은 선주들의 장부에 기초하여 보상신청을 했으며
이들의 손해사정을 담당했던 손해사정대행기관으로부터 서류가 잘 구

비되었다는 평가를 받았다고 한다. 대표해녀의 구술에 따르면 작업일
지에 기초하여 "더하거나 뺄 것도 없이 있는 그대로"로 신청했다. 따라
서 관내의 다른 해녀 및 맨손업자들보다는 많은 보상금액을 받았지만,
그렇다고 충분한 보상이라고 할 수는 없다. 3년간 작업일지를 근거로
아산면 해녀영어조합 대표 해녀가 청구한 보상금액이 8천만 원인 점을
감안한다면 실제 사정율은 신고 금액의 9.1% 수준에 불과하다.

구포리 해녀들의 주요 작업공간인 아산면 마을어장에서 물질을 본
격적으로 재개한 시점이 2009년 6월인 점과 년 중 해녀들의 작업시기
를 고려할 경우 해녀들은 10개월간 물질을 하지 못했다. 어선어업은
2008년 9월을 기점으로 태안군 전역에서 조업이 재개되었지만 해녀들
의 작업 공간 및 물질노동의 특성상 더 늦추어질 수밖에 없었다. 여기
에 물질재개 이후에도 전복과 해삼의 채취량이 회복되지 못해 발생한
소득감소 분을 고려한다면 730만원은 해녀들의 기대에 한참 미치지 못
한 보상금액이다. 경제활동의 보조자라는 여성에 대한 정형화된 이미
지와 달리 해녀들은 가족 및 자신들의 생계를 책임지는 독립적인 경제
활동의 주체인 경우가 많다. 우선, 이들은 자신들만의 독자적인 물질기
술로 인해 남성의 보조 노동력이 아닌 독립적인 노동력으로 인식·취
급되어 왔다. 물질기술을 수단으로 구포리 해녀들은 빠르면 10대 중반
늦어도 20대 초반부터 스스로 돈을 벌어 경제적 독립이 일찍 이루어졌
는데, 이러한 생애 경험이 해녀들에게 경제적 독립성을 강조하는 가치
성향을 발전시킨 것으로 보인다. 마치 푸에리토리코 담배경작 농민들
이 경제적 상향이동이 가능해지면서 지주들로부터 독립적인 가치관을
갖게 된 것처럼 말이다(스튜어드, 2007: 290). 따라서 이들은 자신들은
'평생 누군가에게 신세지면서 살지 않았다'는 것에 강한 자긍심을 드러
냈으며 건강이 허락하는 데까지 물질을 하고 싶어 했다.

이들이 독립적인 경제활동의 주체인 또 다른 이유는 가족의 경제적 현실 때문이다. 구포리는 5톤 이상의 규모 있는 어선어업이 발달한 관계로 패류 양식어업이 활성화된 이웃 마을에 비해 상대적으로 남성들의 경제활동이 일찍 중단 혹은 축소되는 편이다.[16] 5톤급 어선을 운영하기 위해서는 상당 수준의 자본투자와 양질의 젊은 남성 노동력을 필요로 한다. 따라서 자본동원 및 노동능력이 떨어지는 나이가 되면 배를 팔고 경제활동이 급격하게 쇠퇴하는 경향을 보인다. 구포리 해녀들의 나이를 고려할 때 남편들의 경제활동 능력을 상당부분 상실되었다고 볼 수 있다. 즉, 여성인 해녀가 가구경제를 책임지는 실질적인 경제적 부양자라는 것이다. 실제로 필자가 면접과정에서 만나 해녀들 중에 나이가 60세 이상의 경우에는 남편들이 유급 경제활동을 하고 있지 않았다. 따라서 해녀들의 물질노동의 축소와 그에 따른 소득감소, 그리고 불충분한 손해 배·보상은 해녀 개인의 경제적 피해를 넘어 가구경제를 위협하는 요인으로 작동하고 있다.

3. 사회적 영향 : 사회관계의 변화

이번 기름유출사고이후 눈에 띠는 사회적 변화로는 '주민갈등'의 증가를 들 수 있다. 물론 재난을 극복하려는 주민협력도 나타났지만, 피해주민 및 지역시민단체, 그리고 관련 연구자들 모두 주민갈등을 가장 두드러진 사회적 영향으로 지적했었다(박재묵, 2008; 이시재, 2008; 2009; 구도완·홍덕화, 2009; 박순열·홍덕화, 2010; 김도균, 2011). 사

---

16) 구포리 해양경찰서 장부에 기록된 어선규모를 보면 전체 66척 중 5톤 이상이 50척(75.8%)을 차지한다(2008년 12월 기준).

고이후 경제활동의 기준에 따라 집단을 분리해서 사고하고 행동하려는 집단의식이 강하게 표출되었다. 사고이전에는 같은 마을주민이었는데 사고이후에는 농민과 어민, 어민은 다시 맨손어민이냐 어선어민이냐 등에 따라 집단간의 경계가 뚜렷하게 구분되는 경향을 보였다. 뿐만 아니라 마을과 마을 사이의 대립과 갈등이 표출되었다. 이러한 집단 간 구분은 이해관계가 상충하는 외부집단에 대해 배타적인 태도와 행동으로 드러났다(노진철, 2009; 김도균, 2011). 따라서 본 연구에서도 해녀와 해녀, 해녀와 주민간의 사회관계의 변화를 통해 사회적 영향을 살펴보고자 한다.

구포리 해녀들 또한 평생의 고된 물질노동, 그로 인해 앓고 있는 갖가지 직업병 그리고 작업 특성상 '바다가 전부인 자신들이 최대의 피해자'임을 강조했다. 이들은 사고이후 심장마비로 사망한 한 해녀의 죽음을 기름유출사고로 인한 스트레스와 연관시켜 생각하면서 이러한 피해의식을 강화했다. 이렇게 강화된 구포리 해녀들의 피해의식은 바깥물질 나온 객지해녀와 객지해녀를 고용한 지방 선주에 대한 반감으로 표출되었다. 한 지방선주의 구술에 따르면, 오랫동안 지방해녀를 태우던 배가 객지해녀들을 고용한 이유는 아산면 내의 마을어장에서 채취할 수 있는 자원의 양이 줄어들었기 때문이라고 한다. 지방해녀를 태운 배만이 아산면 내의 마을어장에서 작업할 수 있기 때문에 채취자원이 풍부할 때에는 지방해녀를 태우는 것이 객지해녀를 태우는 것보다 경제적으로 더 유리했다. 하지만 아산면 내의 채취자원이 줄어들면서 한 선주가 상대적으로 관리하기 쉽고, 노동 능력이 좋은 젊은 객지해녀를 제주도에서 모집해 왔다.17) 즉, 아산면 내 마을어장의 자원이 줄어들

---

17) 이 외에도 객지해녀를 고용한 이유는 객지해녀는 지역사정을 잘 아는 지방해

면서 굳이 나이든 지방해녀를 고집할 필요가 없어진 것이다. 사고이전
에도 구포리 해녀들은 객지해녀들의 진출에 불만을 품고 있었지만, 갈
등이 표면화되지는 않았다. 그러던 것이 사고이후 모두가 공유수면으
로 한꺼번에 몰리면서 구포리 해녀들이 객지해녀와 객지해녀를 고용한
지방 선주에게 '적', '왕따'라는 강한 표현까지 하면서 반감을 드러냈다.
즉, 사고이후 바당을 둘러싸고 경쟁이 격화되면서 이 두 집단 간의 균
열이 표면화된 것이다.

> 관계는 당연히 나쁘지. 사람이 박해지고. 그렇잖아. 먹고살기 힘들
> 어지니까. 그럴 수밖에 없지. 왜 그러냐면, 작업(물질)을 맨 날 가는대
> 로만 가잖아. 똑 같은 배가 똑 같은 바당으로 가잖아. 그러니 싸울 수
> 밖에. …기름사고전에는 여기저기 갈 곳이 많았는데, 지금은 모두 가
> 는 곳만 가니 싸움이 나지.18)

> 객지해녀를 데려올 만큼 일이 많은 게 아니라, 그 사람들 때문에 우
> 리가 밥그릇이 작아지는 거예요. 기름유출이라고 해도 그 사람들 안
> 오면 그런대로 괜찮은데, 그 사람들 오니까 우리가 힘들어지는 거예요.
> 터가 적어지니까. 저기 군사지역(안면도)에 공유수면 있거든요. 그 사
> 람들도 거기서 일하니까, 우리도 그렇고. 사는 것이 힘들어 지는 거지
> 요.19)

녀들 비해 관리하기 편한 측면도 작용한 것으로 보인다. 한 선주의 진술에 따
르면 객지해녀들이 상대적으로 선주의 작업통제를 잘 따를 뿐만 아니라 작업
기간 중에 물건 값을 올려 달라고 하는 경우가 지방해녀들에 비해 적다고 한
다. 객지해녀들 또한 불만이 있어도 작업 도중 다른 곳으로 이동하기에는 부
담이 따른다.

18) 해녀7, 2008년 11월 3일.
19) 해녀3, 2008년 11월 3일.

　　기름사고 나서 지방해녀도 그전보다 할 게 없으니까 공유수면 나가
지. 제주해녀 매일 만나지. 그러니 말하자면 지방해녀가 (바당중심에)
빠지면, 객지해녀는 (바당주변) 저만치 빠지고. (객지해녀가 지방해녀)
앞으로 빠지면, 싸우고 (객지해녀가) 저쪽으로 가고… 아무래도 그런
텃세가 있잖아. 그리고 우리는 기름유출로 울고 있는데 객지해녀가 돈
벌어 가면 좋다고 하겠어? 지방해녀는 작업도 많이 못 가. 데모하러 가
니까. 그 사람들은 계속 작업만 다니는 거라… (객지해녀를 고용한) 선
주는 지방해녀의 적이야, 선주가 우울증 왔다고 그래, 해녀들이 왕따
시켜서, 지방해녀 벌어먹지 못하게 하니.[20]

　　이 갈등은 객지해녀를 태웠던 선주가 지방해녀를 태우기로 결정하
면서 해소되었지만, 지방해녀들은 객지해녀들의 경제적 피해에는 상대
적으로 무관심했다. 2008년 4월 지급된 2차 긴급생계안정자금의 경우
사업장을 기준으로 지급했기 때문에 객지해녀의 집주소가 제주도라 하
더라도 일한 곳이 구포리 지역이기 때문에 이들에게도 생계비가 지급
되어야 했다. 그러나 객지해녀들은 한 푼의 생계비도 지급받지 못했고
같은 해녀인 지방해녀들도 이에 큰 관심을 두지 않았다.
　　사고이후 기름오염으로 바당이 줄어들면서 지방해녀와 객지해녀, 그
리고 지방해녀와 객지해녀를 태운 선주간에 갈등이 일부 나타나지만,
구포리 해녀공동체 차원에서 심리적 대립이나 대립적 행동이 뚜렷하게
나타나지 않았다. 즉, 해녀공동체 전체 차원에서는 큰 갈등이 없었다.
선행 연구에 따르면 이번 기름유출사고이후 주민갈등은 주민들 사이의
직업적 경계가 뚜렷할수록, 상대적 박탈감이 클수록, 그리고 집단성원
들 사이의 연결망, 신뢰, 호혜성의 정도를 나타내는 사회자본이 낮을수

---

20) 해녀4, 2008년 11월 2일.

록 큰 것으로 나타났다(김도균, 2011: 191-204). 해녀들은 서로 직업이 같고 그로 인해 피해 수준도 동일하기 때문에 상대적 박탈감의 정도가 약하다고 볼 수 있다. 또한, 해녀공동체는 내집단(in-group)의 특징이 뚜렷하게 나타난다. 고향인 제주도를 떠난 살아온 유사한 생애 경험, 일과 놀이를 함께 하면서 '우리'라는 강한 동료의식을 형성해 왔다. 즉, 해녀공동체는 개별 해녀들에게 사고와 행동의 기초를 제공하는 내집단이다. 필자가 마을을 방문하여 해녀들의 집을 수소문해 방문했을 때에도 주민들로부터 물질을 나가지 않으면 해녀들 끼리 모여 놀고 있을 것이라는 말을 여러 차례 들었다. 실제로 해녀들의 집을 방문했을 때 여러 해녀들이 모여 서로 집안일을 돕거나 함께 휴식을 취하고 있었다. 이들은 타인의 도움이 필요한 가사일이나 병간호과 같은 일이 있으면 마을주민들에게 도움을 청하기보다는 자신들끼리 서로 도와 가면서 해결한다고 했다. 이와 같은 빈번한 일상적인 교류가 해녀들의 강한 동료의식을 잘 증명해 준다. 사회자본이 주민갈등을 완화하는데 긍정적인 영향을 미쳤다는 점을 감안 한다면, '우리'라는 높은 동료의식이 갈등의 방어력 변수로 작동했을 것으로 보인다. 따라서 해녀들 간에 심각한 균열을 가져오는 갈등은 발생하지 않았다.

오히려 심각한 갈등은 마을어장의 입어권을 둘러싸고 이웃 마을주민들 하고 벌어졌다. 어장을 둘러싼 갈등은 기름유출사고이전으로 소급해 올라가지만, 사고이후 해녀들에게 더 위협적으로 다가 오고 있었다. 이러한 갈등의 근본적인 원인은 수산물 수요 증가와 가격 상승에 따른 마을어장의 경제적 가치가 높아지면서 외부의 상업자본이 어촌마을로 침투해 들어왔기 때문이다. 우선, 어촌계 중심의 마을어장(어업)이 확장되면서 해녀들의 자유로이 작업할 수 있는 공유수면이 빠르게 줄어들었다. 현재 수산업법에 따르면 마을어업 면허권은 시장·군수·

구청장과 같은 기초자치단체장들에게 있기 때문에 상대적으로 지역유권자인 어촌계원들이 신청한 마을어업(어장)에 대한 면허획득이 어렵지 않다. 그뿐만 아니라 2001년부터 정부에 의해 본격적으로 추진된 어촌마을 발전 정책인 중 하나인 '자율관리어업공동체' 육성 사업은 마을어업(어장)이 지속적으로 확장시켰다. 태안군만의 시계열 자료를 확인할 수 없었지만 아래 〈표5〉가 이러한 추세를 간접적이나마 증명해 준다. 마을어업의 확장은 연안 지역의 생계형 어민들의 소득 향상과 자생력 강화라는 측면에서 긍정적인 부분이 있지만, 해녀들의 입장에서 보면 해녀라면 누구나 자유롭게 수산물을 채취할 수 있는 물질바당의 축소를 의미한다.21)

〈표5〉 마을어업권 허가 건수 및 어장 면적

(단위: 허가, 건수, 면적, ha)

구분	2001		2002		2003		2004		2005		2006		2007	
	허가	면적	허가	면적	허가	면적	허가	면적	허가	면적	허가	면적	허가	면적
전국	2,380	107,827	2,439	108,907	2,539	112,173	2,447	106,697	2,726	116,680	2,840	118,674	2,835	118,675
충남	140	3,993	161	4,329	180	4,650	194	4,576	220	5,634	237	5,958	252	6,204

출처: 농림수산식품부 어업자원관 양식산업과(국가통계포털사이트, KOSIS)

---

21) 현재 태안군 어촌계가 포함되어 있는 서산수협 기준으로 103개의 어촌계가 있으며 마을어장 규모 또한 1,225ha로 이른다. 이외에도 학암포 지역(태안군 원북면 방길리)에 들어선 태안화력발전소(1995년 준공) 또한 물질바당을 축소시키는데 일조 했다. 대표 해녀의 구술에 의하면 이 지역은 마을어장의 규모가 작고 자유로이 물질할 수 있는 바당이 넓은 지역으로 자신이 처녀 때부터 물질해왔던 공간이라고 한다. 하지만 화력발전소가 들어서고 빈번한 화물선 입출항으로 발전소 측에서 사고 위험을 들어 해녀들의 물질을 제재했다. 이후 해녀들의 피해보상과 관련된 논의가 진행되고 있지만 향후 과거처럼 자유로운 물질은 힘들 것으로 보인다.

구포리 해녀들은 자유롭게 물질할 수 있는 바당이 줄어들고 있음에도 불구하고 아산면 마을어장에서 작업을 할 수 있었기 때문에 그간 작업공간이 부족하지는 않았다. 어촌계는 내부적으로는 공동체적 운영원리를 지향하지만 대외적으로는 계원들의 경제적 이익을 추구하는 경제조직의 특성이 강하다. 마을어장의 경제적 가치가 높아지면서 이러한 대외적 특성이 더욱 두드러지고 있다. 아산면 내에서 가장 큰 규모의 전복·해삼 어장(120ha)을 보유하고 있는 동호 어촌계와 구포리 해녀들 사이의 갈등이 이러한 상황을 극적으로 잘 보여준다. 대표 해녀의 구술에 따르면 동호 바다는 자신이 결혼하기 전부터 물질을 했던 곳으로 과거에는 자유롭게 작업할 수 있는 공유수면이 많았다고 한다. 이후 어촌계가 지속적으로 마을어장을 확장하면서 작업공간이 줄어들었지만, 어촌계와의 계약을 통해 해녀들이 지속적으로 마을어장에서 작업 할 수 있었기 때문에 별다른 문제가 없었다. 갈등은 2003년, 동호 어촌계가 대천(충남보령)지역 선주와 계약을 하면서 불거졌다. 자본동원 능력이 있는 외지인 선주는 기존 해녀들이 지불했던 어장임대료보다 더 높은 금액을 제시했고, 어촌계는 더 많은 수익을 위해 이를 수락했다. 마을어장에 대한 경제적 가치가 높아지면서, 이윤을 극대화하고자 하는 어촌계와 외부의 상업자본과의 이해관계가 맞아 떨어진 것이다. 하지만 해녀들의 입장에서 보면 자신들이 젊은 시절부터 우선권을 갖고 작업해 왔던 오래된 관습경제의 붕괴를 의미했다.

동호 어촌계의 전복·해삼 마을어장은 아산면 내 다른 마을어장을 합한 것보다 규모가 크기 때문에 이곳에서 물질을 할 수 없다는 것은 해녀공동체 존립을 위협하는 치명적인 사건이었다. 따라서 해녀들은 집단행동을 감행했다. 그리고 그 과정에서는 주민들과 격한 감정대립과 몸싸움이 발생했으며, 이 과정에서 해녀들이 주민들을 고소하는 상황으로까지 치달았다. 이후 양쪽 진영에서 한 발씩 물러나 향후 5년간 해녀들이 작업하고, 5년 이후 년 단위로 재계약할 수 있다는 새로운 계약서를 작성하면서 해결되는 듯 했으나, 재계약 시점인 2010년 어촌계에서 다시 어장임대 계약자를 변경하려 하면서 2003년의 상황이 되풀이 되었다. 해녀들은 관광버스까지 대절해 충남도청으로 직접 찾아가서 민원을 제기하고 대표 해녀는 해양경찰청 관료를 지낸 자신의 친인척에게 자문을 구해가면서 문제를 해결 하였다. 현재 해녀들이 동호 마을어장에서 작업을 하고 있지만 언제든지 갈등이 재현될 수 있는 상황이다.

마을어장의 경제적 가치가 높아지면서 어촌계장들의 사업가적 자세가 강화되고, 외부 자본 또한 적극적인 투자를 마다하지 않는다. 해녀들은 자신들의 바당을 지키려고 하고 마을어촌계는 보다 많은 수익을 위해 자본동원 능력이 있는 계약자를 원한다. 특히, 기름유출사고이후 마을경제가 침체된 상황에서 마을주민들은 자신들이 보유한 자연자원의 수익성을 높이려고, 해녀들 또한 가장 규모가 큰 자신들의 물질 바당인 동호 바당을 잃는다는 것은 또 다른 재난으로 인식하고 있었다. 이 과정에서 이웃한 동호 어촌계와 해녀들 사이에서 극심한 갈등이 표출되었다. 어장 계약을 둘러싼 현재의 갈등이 기름유출사고에서 직접 기인하고 있는 것은 아니지만, 이를 더욱 격화시켰으며 사고이후 해녀들은 이러한 상황을 더 위협적으로 느끼고 있었다.

4. 심리적 영향 : 장소감의 상실과 심리적 고립감

화폐로 계산할 수 없고, 겉으로 드러나지 않아 쉽게 관찰할 수 없는 심리적 피해는 재난피해로 간주되지 않는 경향이 있다. 하지만 재난이후 피해자들이 경험하는 불신, 적대감, 고립감, 무기력감 등은 환경적, 경제적, 사회적 피해 및 복구과정과 밀접하게 연관되어 있기 때문에 재난피해와 복구 수준을 가늠할 수 있는 척도의 의미를 지닌다. 따라서 심리적 영향은 재난영향의 부수적 영역이 아닌 중심 영역이라고 할 수 있다(이정림 · 김도균, 2011).

구포리 해녀들은 사고이전과 동일한 시간 물질을 하고 있지만 마을 어장의 오염으로 수입이 큰 폭으로 줄었다. 2008년도에 물질을 통해 벌어들이는 수입은 태안군에서 기름피해 주민들의 일자리 창출을 위해 시행한 공공근로사업(2008년 7월)의 일당 27,000원보다 조금 높거나 낮은 편이다. 그럼에도 불구하고 해녀들은 공공근로보다는 스스로 '중노동'이라고 부르는 물질노동을 더 선호했다. 해녀들이 공공근로 참여를 기피했던 이유는 단순히 공공근로에 참여할 수 있는 인원을 가구당 한 명으로 제한했기 때문만은 아니다. 그것보다는 물질노동이 갖는 특성 즉 해녀라는 직업에서 연유하는 측면이 강했다. 물질은 몸의 기능을 고도화시킬 때 가능한 '몸의 기술'이다. 몸으로 배운 물질은 해녀의 삶 일부가 되어 몸과 물질 혹은 바다가 하나가 된다. '물(바다)에 가면 몸이 편하다'라거나, '바다에 들어가면 아픈 몸도 씻은 듯이 나은 것 같고, 몸도 개운해 진다'라고 말하는 해녀들이 많다(안미정, 2007). 구포리 해녀들의 반응도 이와 다르지 않았다. 물질은 기본적으로 경제적 행위지만, 오랜 경험을 통해 신체화된 몸의 기술이라는 특성 때문에 해녀와 바다 사이에는 경제적 관계 그 이상의 강렬한 심리적 관계를 만들어 낸다.

사람들은 특정 장소를 통해서 세상을 경험하게 되는데, 해녀에게 있어 바다는 비어 있는 공간이 아니다. 바다는 해녀의 생을 유지해주는 토대로서 그들의 정체성을 구성하는 본질적인 요소이다. 장소의 내부로 감정 이입하여 들어간다는 것은 그 장소의 의미를 풍부하게 이해하는 것으로, 그 장소와 자신을 동일시하는 것을 의미한다(렐프, 2005: 126). 이들에게 바다는 자신들의 삶과 무관한 대상이 아니라 삶의 본원적 장소이다. "돈 못 벌어도 시원한 맛에 바다로 나간다", "진짜, 우리는 육지에서 일 못해요", "갔다 와야 몸이 개운하다"라는 구포리 해녀들의 말은 바다에 대한 이러한 장소감에서 나온 것이다. 상업적 개발로 말미암아 개성을 박탈당하고 동질적이고 규격화된 장소, 그리고 이동하는 삶에 익숙한 도시인들이 이러한 장소감을 느끼기란 쉽지 않다. 따라서 해녀들에게 있어 바다의 오염은 경제적 자원의 상실이 넘어 정체성의 토대가 되는 장소감의 상실로 인한 심리적 피로와 무기력증을 호소했다. 해녀들은 육지에서 하는 공공근로에 소극적인 자세를 보였다. 당시 해녀들이 자신들의 특성을 고려하지 않는 일률적인 공공근로에 불만을 드러냈으며, 불가사리 제거와 같은 바다에서 할 수 있는 공공근로를 요구했다.

우리도 공공근로 댕겨야 하는데, 바다 다녔던 사람들이라 막 어지러워서 육지서 일을 못해요. 사오십 년 (바다에서)일했던 사람이라 육지서 풀 깎다 보면 병날 것 같아서 안 가요. 그 사람들 보다(공공근로) 더 못 벌어도 시원한 맛으로 바다로 가요. 우리는 농사지으면 살던 사람들이 아니라 그렇게 일 못해요. 우리보고 오라고는 하는데.[22]

해녀도 5월까지는 방제작업 했거든. 그때까지 하고. 바다 살던 사람이라 못 하겠더라고. 그래서 놀더라도 바다에서 놀자 해서… 근흥면에서 다행히 허락하고 해서 그렇게 한 거야. 공공근로는 해녀들이 잘 안

22) 해녀1, 2008년 11월 2일.

하지. 왜 안 허냐면 맨 날 닦고만 있잖아. 열불나지. 육지 사람은 해도
우리는 못해. 바다에 들어가는 게 나아.[23]

(태안군에서) 왜 그 일(공공근로)을 못 하냐, 그러는 거야. 그래서 여
보쇼, 우리는 바다밖에 모른 사람들인데 만 원, 이만 원 벌어도 바다로
가지, 풀을 깎으러 못 가요…바다 청소하는 것 시키면 하죠. 만원, 이
만 원 줘도 바다에서 하라면 해. 그런데 (육지에서)풀은 못 깎아, 안 해
봐서. 갑갑하지. 그리고 바다는 잠수복 입고 내 기술이니까, 세 시간
네 시간 하면 좋은데.[24]

그뿐만 아니라 해녀들은 지역사회로부터 강한 심리적 고립감을 느
끼고 있었다. 이들의 적극적인 선택이든 과거 제주도의 가난이 이들을
육지로 밀어내던 간에 결혼이후 지역사회에 정착했다. 따라서 마을 혹
은 태안지역사회의 구성원이라는 소속감을 갖고 살아왔다. 하지만 기
름유출사고이후 자신들이 받은 피해, 그리고 물질바당을 둘러싸고 지
역주민들과의 격렬한 갈등을 경험하면서, 지역주민뿐만 아니라 행정기
관인 군에서 까지 자신들의 처지를 이해하려 들지 않는다면서 강한 소
외감을 호소했다. 특히, 기름사고로 지친 심신을 위로하기 위해 2011년
3월 단체로 제주도를 방문하고 온 이후 이러한 심리적 고립감이 더욱
강화 된 것으로 보인다. 이들은 제주도 방문시 관련 행정관계자로부터
어려운 시절 제주도를 먹여 살린 제주의 딸로서 따뜻한 대우를 받았고,
제주도 해녀박물관을 방문하면서 제주도에서 해녀의 위상과 지역사회
(태안)에서 자신들의 처지를 자연스럽게 비교하게 된 것이다. 해녀들

---

23) 해녀2, 2008년 11월 4일.
24) 해녀3, 2008년 11월 3일.

은 그들의 직업적, 역사적 특성으로 인하여 바다에 대한 장소감의 상
실 그리고 지역사회로부터의 소외감이라는 다른 피해 집단에게서 찾아
보긴 힘든 성질의 심리적 피해를 경험하고 있었다.

　작년 3월 달에 제주도 한번 가보자. 고향을 떠나지가 수십 년 됐으
니까. 제주도를 갔어요. 도청에 찾아가죠. 탈의장 하나 지어 달라고 했
어요. 탈의장 지으면 좀 보태 준다고 하더라고. 그런데 여기서는 신경
을 안 쓰는 거여. …그때 태안 군수님이 아산복지관에서 어촌계장, 이
장, 부녀회장 다 오시라고 해서 갔는데 …사연 이야기를 하라고 …군
수님 회의실하고 탈의장 하나 지어주쇼 …탈의장 지어준다고 했는데
…콧방귀 안꿔여. 그런 실정이여. 그럼 여기서 탈의장 지어준다고 하
면 탈의장 지으니까 제주도(청)로 전화해서 우리 탈의장하니까 기부해
주쇼하면, (제주)도청에서 기부해 줄 거 아니야. …기름유출 때문에 지
쳐가지고 주면 좋고 말만 말지. 언제 보상타 먹고 살아나 내 노력으로
먹고 살았지. 그런데 어디가려면 우리보고 앞장서라고 하는 거여.[25]

Ⅴ 결 론

　이상으로 환경과 문화 사이의 상호작용을 설명하는 문화생태학의
관점에서 기름유출사고가 해녀들에게 미친 경제적, 사회적, 심리적 영
향을 살펴보았다. 이 연구를 통해 문화생태학이 여전히 생물학적 순환
과정과 문화적 순환과정이 통합되어 있는 자연자원의존공동체의 사회

---

25) 해녀3, 2012년 3월 30일.

변화를 설명하는데 유효한 이론적 의미를 지니고 있음을 확인할 수 있
었다. 정부 및 IOPC기금 측은 환경과 해양생태계가 빠른 속도로 회복
되고 있다고 보고 있지만, 이는 구포리 해녀들이 현장에서 느끼는 것
과는 큰 차이가 있었다. 해녀들은 현재에도 여전히 전복과 해삼이 정
상적으로 산란하고 성장할 수 있는 바다환경이 아니라고 주장했다. 이
들이 바다 속에 들어가 직접 관찰한 결과에 따르면 사고이전 그렇게
많았던 다양한 종류의 해조류가 제대로 회복되지 못하고 있었다. 따라
서 해초에 산란하고 성장하는 전복과 해삼의 생물학적 순환과정 또한
회복되지 못한 것으로 보인다. 기름오염으로 인한 해양생태계의 균열
은 해녀들의 물질노동과 현금 수입을 급격하게 축소시켜 버렸다. 이후
태안군 내 다른 해녀 및 맨손업자들에 비해 IOPC기금으로부터 730만원
이라는 손해보상을 받았지만 실질적인 피해와 비교하면 매우 부족한
수준이다.

그러나 이러한 경제적 피해가 구포리 해녀들 사이의 사회갈등으로
확산되지는 않았다. 이러한 이유는 해녀라는 직업적 동질성으로 인해
같은 수준의 피해를 입었을 뿐만 아니라 제주도를 떠나 살아온 유사한
생애경험, 일과 놀이를 함께 하면서 형성된 '우리'라는 강한 동료의식
이 갈등의 방어력 변수로 작용했기 때문이다. 심각한 갈등은 마을어장
의 입어권을 둘러싸고 구포리 해녀와 이웃 마을 어촌계 사이에서 발생
했다. 갈등의 근본 원인은 마을어장의 경제적 가치가 높아지면서 외부
의 상업자본이 마을로 침투해 들어왔기 때문이다. 어촌계에서는 보다
많은 이윤을 위해 자본 동원능력이 좋은 사업자와 어장 임대계약을 맺
고 싶어 하는 반면, 구포리 해녀들은 오랫동안 지속된 계약관행에 따
라 아산면 내 마을어장에 대해서는 자신들이 우선적인 입어권을 주장
하면서 물리적 충돌과 고소까지 가는 격렬한 갈등이 발생하였다. 이러

한 마을어장에 대한 입어권을 둘러싼 갈등이 기름유출사고에서 직접적으로 기인한 것은 아니지만 사고이후 해녀들에게 더 위협적으로 다가오고 있었다.

또한, 해녀들은 바다에 대한 장소감의 상실로 인한 심리적 피로감과 무력감을 호소했다. 해녀에게 바다는 비어있는 공간이 아니라 본인의 정체성을 구성하는 장소감을 제공하는 본질적인 장소이다. 상업화되고 규격화된 장소에 익숙한 현대인들에게 장소감이란 낯선 것이지만, 신체화된 몸의 기술(물질)을 통해 바다와 만나는 해녀들에게 바다는 경제적 관계 그 이상의 강렬한 심리적 대상이다. 따라서 해녀들은 2008년 7월 실시된 일률적인 정부의 공공근로를 비판하면서 바다에서 할 수 있는 공공근로를 요구했던 것이다. 해녀들은 바다환경에 철저하게 종속된 존재이다. 이들의 작업공간은 바다이며, 물질노동 또한 생물의 산란과 성장이라는 생물학적 순화과정이 원활하게 유지되어야만 가능하다. 바다환경과 해녀들의 생계경제 부문은 유기적으로 통합된 체계이다. 따라서 대규모 기름유출사고로 인한 환경오염은 해녀들의 삶에 치명적인 영향을 미친다. 즉, 이번 기름유출사고는 해녀들이 적응할 수 있는 삶의 능력을 넘어선 사회재난이라고 할 수 있다.

● 참고문헌 ●

김도균, 『환경재난과 지역사회의 변화: 허베이 스피리트호 기름유출사고의 사회재난』, 한울아카데미, 2011.

김도균·이정림, 「허베이 스피리트호 기름유출사고에 의한 섬 주민들의 삶의 변화: 태안군 가의도를 중심으로」, 『환경사회학 연구 ECO』 12-2, 한국환경사회학회, 2008.

김영돈, 『한국의 해녀』, 민속원, 1999.

김용환, 『인간과 환경의 커뮤니케이션: 문화와 지속 가능한 개발』, 커뮤니케이션 북스, 2006.

김 준, 『어촌사회의 변동과 해양생태』, 민속원, 2004.

김희수·이성태, 『허베이 스피리트호 원유유출 사고의 관광피해와 대응방안』, 한국문화관광연구원, 2008.

전경수, 『환경친화의 인류학』, 일조각, 1997.

클라크(Clark, R. B), 『해양오염』, 동화출판사, 윤이용 역, 2003.

랠프, 에드워드(Relph, Edward), 김덕현·김현주·심승희 역, 『장소와 장소상실』, 논형, 2005.

강연실·김대현·최장훈, 「태안 유류오염사고 피해사정 및 보상사례 분석연구: 허베이스피리트호 사고를 중심으로」, 『한국도서연구』 23-2, 한국도서(섬)학회, 2011.

권미숙, 「근현대 제주도 출가해녀의 입어관행 분쟁」, 제주대학교 석사학위논문, 2008.

김재호, 「영등신앙의 제의적 특성과 생태학적 해석」, 『실천민속학』 10, 실천민속학회, 2011.

노진철, 「고도 불확실성의 재난 상황에서 삶의 질 저하에 대한 인지와 소통: 허베이 스피리트호 기름유출사고를 중심으로」, 『환경사회학

연구 ECO』13-1, 한국환경사회학회, 2009.

박순열·홍덕화, 「허베이스피리트호 기름유출사고로 인한 태안지역의 사회경제적 변동」, 『공간과 사회』 34, 한국공간환경학회, 2010.

박재묵, 「환경재난으로부터 사회재난으로: 허베이 스피리트호 기름유출사고에 대한 사회적 대응 분석」, 『환경사회학 연구 ECO』 12-1, 한국환경사회학회.

박찬식, 「제주해녀의 역사적 고찰」, 『제주해녀와 일본의 아마』, 민속원, 2006.

스튜어드, 줄리안(Steward, Julian), 조승연 역, 『문화변동론: 문화생태학과 다선진화방법론』, 민속원, 2007.

이정림·김도균, 「허베이 스피리트호 기름유출사고에 의한 피해주민의 외상 후 스트레스 장애와 취약성 변수: 사고 후 2008년 9월과 2010년 10월 시점의 패널자료 분석」, 『환경사회학 연구 ECO』 15-2, 한국환경사회학회.

안미정, 「마을어장 자원의 채취방식과 공존」, 『제주해녀와 일본의 아마』, 민속원, 2006b.

_____, 「바다밭(海田)을 둘러싼 사회적 갈등과 전통의 정치: 제주도 잠수마을의 나잠과 의례」, 『한국문화인류학』 39-2, 한국문화인류학회, 2006a.

_____, 「제주잠수의 어로와 의례에 관한 문화인류학적 연구: 생태적 지속가능성을 위한 문화전략을 중심으로」, 한양대학교 박사학위논문, 2007.

오선화, 「죽변 지역의 이주 잠녀의 사회·경제적 연망과 연대양상」, 『한국민속학보』 9, 한국민속학회, 1998.

이시재, 「허베이 스피리트호 기름유출사고의 생태적, 경제적, 사회적 영향 연구」, 『환경사회학 연구 ECO』 13-1, 한국환경사회학회, 2009.

_____, 「허베이 스피리트호 기름유출사고의 사회영향연구」, 『환경사회학

연구 ECO』 12-1, 한국환경사회학회, 2008.

이재열 · 윤순진, 「허베이스피리트호 유류오염사고의 사회 · 경제적 영향
연구: 태안군 석포리 사례연구를 중심으로」, 서울대학교 사회과학
대학 환경대학원, 2008.

정인관, 「태안 허베이 스피리트호 기름유출재난과 공동체의 연대 변화: 중
앙 정부의 개입양식이 미친 영향을 중심으로」, 서울대학교 석사학
위논문, 2010.

조승연, 「옮긴이 해제 및 후기」, 『문화변동론: 문화생태학과 다선진화 방
법론』, 민속원, 2007.

조정현, 「마을공동체 신앙과 생태민속: 하회별신굿의 생태민속학적 해석」,
『비교민속학』 10, 비교민속학회, 2010.

홍덕화 · 구도완, 「허베이스피리트호 기름유출사고로 인한 사회갈등: 갈등
의 제도화와 공동체의 해체」, 『환경사회학 연구 ECO』 13-1, 한국
환경사회학회, 2009.

Dyer, Christopher L, A. Gill Duane and Picou, J. Steven., 1992, "Social
Disruption and the Valdez Oil Spill: Alaskan Natives in a Natural
Resource Community", Sociological Spectrum, Vol. 12.

Geertz, Clifford., Social changel and economic modernization In two
Indonesia towns, The University of Chicago Press, 1963.

Kroeber, Alfred., 1915, "Eighteen Profession", American Anthropologist, Vol. 3.

Sutton, Mark. Q and Anderson, E. N., 2010, Introduction to Cultural Ecology,
A division of Rowman & Littlefield Publishers.

Vayda, Andrew P and Rappaport, Roy A., "Ecology, cultural and non-
cultural. In Clifton", James A., ed., Introduction to Cultural
Anthropology, Houghton Mifflin Co, 1968.

11

제주 해녀들의 물질과 사회적 지위

제주 해녀와 오토바이

| 민윤숙 | 안동대학교

『역사민속학』 제35호, 2011.

Ⅰ 서 론

근래 제주 해녀들이 물질을 하는 바닷가 풍경에서 눈에 띄는 현상 중의 하나는 해안도로변이나 혹은 해녀탈의장 주위에 즐비하게 서 있는 오토바이다. 오토바이가 바닷가 '해녀의 집'이나 해녀탈의장 근처에 주차되어 있는 모습은 멀리서도 해녀들이 물질을 하는지 안 하는지를 알려주는 표지가 되고 있다.[1] 서귀포 칠십리 축제에서 만난 안덕면 사계리 어촌계 감사이자 해녓배를 운행하는 변창남씨는 사계리 해녀들뿐 아니라, 대부분의 해녀가 10년 전부터 오토바이를 타고 다닌다고 한다.[2] 물론 성산읍 성산리처럼 마을바다가 지척에 있는 경우는 예외다.[3]

필자가 처음 해녀들이 오토바이를 타는 모습을 관심을 갖고 지켜본 것은 '그들의 오토바이'가 주는 신선함 때문이었다. 오토바이가 주는 흔한 이미지는 아마 남성성과 폭력성이 아닌가 한다. 남성미를 한껏

---

1) 서귀포시 성산읍 고성·신양리의 경우 지난 9월 15일 자연양식장에서 소라 허채를 할 때는 백여 대 가량의 오토바이가 일렬로 주차되어 있었다. 또 10월 6일 구좌읍 행원리 자연양식장에서 소라 허채를 했을 때도 탈의장 주위에 가득 찬 오토바이를 확인할 수 있었다. 필자는 고성·신양 앞바다에 갈 때 동네 어른들이 필자에게 정보를 주기 위해 멀리서 해안가 도로를 보며 '오늘 오토바이 이시난 해녀들 물에 들어감져.'라고 이야기하는 것을 종종 들을 수 있었다.

2) 2010.10.23 서귀포 칠십리 축제장에서 안덕면 사계리 감사 변창남씨 면담. 그는 "지금 안덕에서는 해녀들이 다 오토바이 타지. 자전거 타고 차 타고. 오토바이는 오래됐지. 한 10년 됐어."라고 하며 제주 해녀들에게 이것이 일반적인 현상임을 이야기했다.

3) 성산리 어촌계장이자 해녀인 고승환(65세)에 의하면 이 마을에서 오토바이를 사용하는 해녀는 모두 4명이다. 이들은 성산항만에 있는 공동어장에 갈 때 오토바이를 이용한다. 마을에서 항만까지는 족히 삼십분은 소요된다. 전화인터뷰 2010.11.13.

과시하는 남성들이나 폭주족이 도로를 질주하는 모습, 혹은 언젠가부터 도시에 새롭게 등장한 '퀵 서비스맨'처럼 차들 사이를 이리저리 가로지르는 오토바이가 주는 이미지는 자못 폭력적이기까지 하다. 반면 도시나 소도시, 또는 농촌의 시골마을에서 흔히 볼 수 있는 소위 '다방 아가씨'의 커피 배달이나 자장면 배달의 오토바이 또는 스쿠터의 모습은 '탈것의 주체'와 '탈것'이 분리된, 철저히 도구화된 이미지로만 비친다.

그런데 해녀들의 오토바이는 '해녀'와 '오토바이'라는 낯선 혹은 이질적으로 보이는 두 대상을 '하나의 몸'처럼 결합시킨 듯 보였다. 해녀들이 대부분 고령이며 전통적 어로행위를 지속하고 있다는 점에서, 반면에 오토바이는 근대 발명품 중의 하나로 남성적 이미지가 강하다는 측면에서 둘의 결합은 언뜻 자연스럽지 않아 보인다. 그러나 물질을 하러 바다에 가거나 밭일을 하러 갈 때 오토바이를 타는 그들의 모습은 근대를 상징하는 발명품을 자기네식의 삶 속으로 끌어들여 자신들의 오래된 삶의 방식을 고수하는 데 이용하는, 그래서 자본주의 체제에 자신의 노동을 상품화하지 않는 전략이 있지 않은지 되묻게 한다. 러시아의 북단 툰드라에서 순록을 유목하는 네네치족이 스노우모빌을 끌며 그들의 전통적 삶을 지속하고 있는 것처럼 해녀들이 스쿠버다이버는 거부하면서[4] 오토모빌을 이용하는 것은 주체적이고 또한 공동체적이며 생태적인 삶의 방식과 관련이 있다[5]. 그래서 제주 해안가 마을에

---

4) 스킨스쿠버는 수산업법상 불법이지만 개인이 바다를 임대해서 운영하는 양식장 내에서는 '해녀 스쿠버다이버'를 고용하기도 한다. 행원리 은퇴해녀 장문옥씨의 딸은 전라도 초도 양식장을 다니는데 스쿠버물질을 한다. 2010년 10월 20일 장문옥씨 자택에서 면담.

5) 제주 잠수들의 생태적인 어로방식에 대하여 다음을 참조. 안미정, 「제주 해녀의 어로와 의례에 관한 문화인류학적 연구: 생태적 지속가능성을 위한 문화전략을 중심으로」, 한양대학교 박사학위 논문, 2007; 졸고 「제주 잠수 물질의

서 오토바이는 해녀들의 노동수단 이상의 상징물이 아닐까 한다.

따라서 이 글에서 필자는 해녀들의 오토바이에 초점을 맞추어 그들이 오토바이를 이용해 물질과 밭일이라는 자신들의 노동을 생산적으로 수행하면서 나름의 사회적 활동을 통해 자립적이고 주체적인 젠더 모델을 어떻게 제시하는지를 살펴보고자 한다. 이는 '한국 사회의 근대화 과정 이후 급격한 경제성장과 관료제도의 정교화에도 불구하고 여성들에게 노동이 하나의 의무이며 권리로 실현되지 못하고 있다.'[6]는 관점이나 혹은 1980년대 국가의 근대화 과정에 편입되어 제주 해녀들이 진취성을 잃고 가부장제적 자본주의 질서에 편입되어 '비공식적, 사적 영역으로 내몰리고 있다'는 관점[7], 혹은 '여성의 노동이 여성의 사회적 지위에 이르지는 않는다'[8]는 기존의 관점이 현재 제주 해녀들에게는 유효하지 않다고 생각하기 때문이다. 그러나 '오토바이'라는 미시적 대상으로 제주 해녀 사회의 전반적 변화와 그에 따른 주체, 곧 해녀들의 적응 전략을 살피기에는 한계가 있다. 따라서 이 글은 해녀들이 오토바이를 어떻게 자기 삶에 끌어들여 자신의 노동을 효율적으로 행하며 사회적 활동의 반경을 넓혀가고 있는가 하는 소박한 수준에서 논의를 전개한다.

생태학적 측면」, 『한국민속학회』 제52호, 한국민속학회, 2010.
6) 김현미, 「한국의 근대성과 여성의 노동권」, 『동아시아의 근대성과 성의 정치학』, 한국여성연구원편, 푸른사상, 2002, 47쪽.
7) 조혜정, 「발전과 저발전: 제주 해녀 사회의 성 체계와 근대화」, 『한국의 남성과 여성』, 문학과 지성사, 1999.
8) 하이디 하트만, 「자본주의, 가부장제, 성별분업」 『제3세계 여성노동』, 창작과 비평사, 1985.

지금까지 해녀와 관련하여 많은 방면에서 다양한 연구들이 진행되었다. 논의를 전개하기 앞서 근간의 연구를 중심으로 이들을 개략적으로 살펴본다. 먼저 민속학적 관점에서 해녀기술과 바깥물질 등 해녀민속을 전반적으로 다룬 연구9), 해녀들의 생태적 민속지식과 언어표현의 미학을 다룬 연구10), 울진군 죽변 지역에 이주한 제주 해녀들의 적응 과정을 다룬 연구11), 해녀 민요에 관한 연구12), 비교민속학의 입장에서 제주해녀와 일본의 아마를 다룬 연구13)가 있다. 문화인류학적 관점에서 제주 해녀의 물질 이야기 및 물질 기술을 문화적으로 접근한 연구14), 해녀들의 어로 행위를 지속 가능성을 위한 문화전략적 관점에서 다룬 연구15), 해녀들의 마을어장 자원의 채취방식과 해녀들의 공존의 문제를 다룬 연구16), 해양문화사 속에서 해녀 문화의 가치와 보전을 다룬 연구17)가 있다. 또 역사학에서 근현대 제주도 출가해녀와 입

---

9) 김영돈, 『한국의 해녀』, 민속원, 1996
10) 좌혜경, 「해녀 생업 문화의 민속지식과 언어표현 고찰」, 『영주어문』 제15집, 2008.
11) 오선화, 「죽변 지역 이주잠녀의 적응과정 연구」, 안동대학교 석사학위 논문, 1998.
12) 좌혜경, 「해녀노래 현장과 창자 생애의 사설 수용분석」, 『영주어문제』 7집, 2004; 김영돈 『제주도 민요연구』(上, 下), 민속원, 2001.
13) 좌혜경외, 「일본스가지마의 아마와 제주해녀」 『제주 해녀와 일본의 아마』, 민속원, 2005.
14) 유철인, 「물질하는 것도 머리싸움: 제주 해녀의 물질 이야기」, 『문화인류학회』 31권, 한국문화인류학회, 1998 ; 「제주해녀의 몸과 기술에 대한 문화적 접근」, 『제 3회 민속학국제학술회의 발표집』, 한국민속학회, 1999
15) 안미정, 「제주 해녀의 어로와 의례에 관한 문화인류학적 연구: 생태적 지속가능성을 위한 문화전략을 중심으로」, 한양대학교 박사학위 논문, 2007.
16) 안미정, 「마을어장 자원의 채취방식과 공존-한국 해녀들의 작업 형태 비교」, 좌혜경외 앞의 책.
17) 이경주, 고창훈, 「제주 해녀의 문명사적 가치와 해녀문화의 보전과 계승」; 한

어관행 분쟁으로 해녀들의 삶의 실상을 다룬 연구[18], 제주해녀가 역사적으로 물질을 담당하게 된 과정을 밝힌 연구[19], 제주 해녀 투쟁을 다룬 연구[20] 등이 있다. 마지막으로 사회학적 관점에서 근대화 과정에서 제주 해녀사회의 성역할 구조가 체계화되는 과정을 살핀 연구[21], 제주 해녀들의 근면성 신화를 해체하고 실체를 밝히려 한 연구[22], 제주 해녀들의 자기 정체성을 살핀 연구[23], 한국 여성의 젠더 모델로서 제주 해녀를 다룬 연구[24]가 있다. 이외 경제학적 관점에서 해녀어업이 다루어지기도 했다.[25]

　이 연구는 이러한 기존 연구의 성과를 바탕으로 '오토바이'라는 해녀들의 탈것에 초점에 맞추어 해녀들이 오토바이를 전략적으로 선택하게 된 배경과 그로 인한 자기 노동의 주체적 실현 과정의 일단을 살펴보기로 한다.

　림화, 「해양문명사 속의 제주해녀」, 좌혜경 외 앞의 책.

18) 권미선, 「근현대 제주도 출가해녀와 입어관행 분쟁」, 제주대학교 석사학위논문, 2008.

19) 박찬식, 「제주해녀의 역사적 고찰」 『역사민속학19』, 역사민속학회, 2004.

20) 박찬식, 「제주해녀투쟁의 역사적 기억」 『탐라문화30』 탐라문화연구소, 2006; 강대원, 『제주 해녀 권익투쟁사』, 제주 문화, 2000.

21) 조혜정(1999), 앞의 책.

22) 권귀숙, 「제주해녀의 신화와 실체:조혜정 교수의 해녀론을 중심으로」 『한국사회학』 제30집, 1996.

23) 안미정, 「제주해녀의 이미지와 사회적 정체성」, 제주대학교 사회학과 논문, 1997.

24) Ko, ChangHoon, 「A New Look at Korean Gender Roles: Jeju Women Divers as a World Cultural Heritage」 『Asian Women 23』 Vol.1, 숙명여자대학교 아시아연구소, 2007.

25) 원학희, 「제주 해녀어업의 전개」, 『지리학연구』 제 10집, 1985; 진관훈, 『근대 제주의 경제 변동』, 각, 2004.

Ⅱ 1980년대 중반 어느 해녀와 '88오토바이'

필자가 이 글에서 주로 다루고 있는 해녀들은 서귀포시 성산읍 고성·신양리의 해녀들이다. 고성·신양은 성산읍 일출봉 남쪽 섶지코지 주변을 마을바다로 갖고 있는 전형적인 반농반어의 해안가 마을이다. 고성·신양은 현재 행정상으로는 두 개의 마을이지만 원래는 한 마을이었다. 신양리는 지금으로부터 110년 전 고성리 정씨, 김씨 등이 어로와 해조류 채취를 위해 신양리 방뒷개로 이주한 것이 설촌의 시작인데 1933년에 고성리 2구가 되었고 1951년 고성리에서 완전히 분리되어 신

양리가 되었다.[26] 마을이 분리된 지가 60여 년 밖에 되지 않아 제1종 공동어장인 마을바다를 공유하고 단일 어촌계를 구성하고 있다. 이는 바다가 그들의 삶에 있어 우선시되는 기준인 것을 보여준다. 고성, 신양, 성산 인근의 우도, 일출봉, 섶지코지 등은 유명

26) 남제주군 성산읍, 『성산읍지』, 태화인쇄사, 2005, 972쪽. 고성·신양리 마을에 관한 개략적인 내용은 졸고 「제주 잠수 물질의 생태학적 측면」, 『한국민속학』 제52호, 한국민속학회, 2010, 91~93쪽 참조.

한 관광지가 되었지만 이곳 주민들, 특히 해녀들은 자신들의 전통적 어로행위인 물질을 여전히 고수하고 있다. 그것은 이 지역이 예로부터 미역, 우뭇가사리, 톳, 전복, 소라, 성게 등 해산물이 풍부하기 때문이다.[27]

　현재 고성·신양에는 백십 여 명의 해녀들이 물질을 하고 있다. 해녀들은 보름을 기준으로 9일 작업하고 6일 쉬며, 다시 9일 작업하고 6일 쉰다. 달이 작은 경우는 8일 작업하고 6일 쉰다. 물론 이때 쉰다는 것은 물질을 하지 않는다는 의미이며 이런 날에는 주로 밭일을 가거나 마늘수확, 콩털기 등 일품을 팔러 가기도 한다. 작업하는 날 아침 해녀들은 오토바이를 타고 탈의장에서 물질도구를 갖춘 후 '물에 든다.' 오전 9시께 물에 들면 기량에 따라 대여섯 시간 자맥질을 한 후 소라, 성게, 전복, 문어 등의 해산물로 채운 망사리를 들고 물에서 나온다. 물에서 나오면 그날 채취한 물건을 저울에 달아 근수가 적힌 전표를 받는다. 그리고 '물건'을 대행인에게 넘긴 후 탈의장에서 옷을 갈아입는다. 동료들과 라면이나 커피를 먹으면서 담소를 나눈 후 오토바이를 타며 집으로 돌아간다.

　필자는 이러한 과정을 고성·신양리에서 여러 차례 지켜보았으며, 구좌읍 행원리에서도 2차례 지켜보았다. 그리고 그들을 개별 방문해

---

[27] 정의면(현 성산읍) 고성, 신양리는 예전부터 어패·채조류가 많이 분포해 해녀들이 조밀하게 분포했다. 桝田一二에 의하면 1937년 당시 애월, 대정 등 서쪽의 2개면과 구좌, 정의 등 동쪽의 2개면에 해녀들이 가장 조밀하게 분포했다. 섬의 동쪽은 바다가 깊은데다 용암 암반이 노출되어 있어서 난류가 정면으로 충돌하기 때문에 해조류의 발육을 도와줌과 동시에 유착하는 것이 많기 때문이라고 보았다. 그에 의하면 예전부터 어획물은 즉시 환금되었기 때문에 특히 제주, 한림, 서귀포, 성산포 등 도읍부근의 잠녀가 다투어 채집하였다. 桝田一二 저·홍성목 역, 『제주도』, 우당도서관, 1999, 180쪽.

생애사를 들으며[28] 그들이 언제, 무엇을 계기로 오토바이를 '탈것'으로 선택하게 되었는지, 그로 인해 그들의 삶을 어떻게 변화시켜 왔는지를 살펴보고자 했다. 3년 전 70대의 나이에도 아랑곳 않고 오토바이를 배워 타고 다니는 행원리 어느 할머니처럼 해녀들에게 오토바이는 그들의 현재를 고스란히 보여주는 하나의 지표이다. 또한 내륙의 어느 농촌 마을이나 소도시의 할머니들에게서 쉽게 볼 수 있는, 허리가 구부러져 낡은 유모차에 기대어 걷는 모습들과는 상반되는 것이기도 하다. 이것은 극히 현상적인 것이라 치부할 수도 있으나 그들 삶의 연속성을 고려할 때 쉽게 간과할 만한 것은 아니다. 그것은 어쩌면 여성 노동, 곧 여성으로서의 자기 노동을 실현하며 어떻게 살아왔는가 하는, '여성 주체'의 문제인 것이다. 그러면 고성·신양리에서 언제부터 여성들이 오토바이를 타게 되었는지를 살펴보자.

고성에서 제일 먼저 오토바이를 탄 해녀는 '똘똘이어멍'[29]이다. 그는 1985년 우연히 가까이 사는 친척에게서 스쿠터와 비슷한 일본제 오토바이를 얻었다. 당시에 그는 고성리 알동네 아래 동남에서 작은 구멍가게를 하며 물질을 겸하고 있었다.

---

28) 고성·신양리의 현지조사는 2010년 5월 20-23일, 9월 17-22일, 10월 21-24일, 2011년 1월 11일 이루어졌으며 구좌읍 행원리의 현지조사는 2010년 10월 6-9일, 10월 21일 두 차례 이루어졌다.

29) 고성리 거주 전직 해녀(67세). 소라허채까지 그만 둔 것은 3년전이다. '허채'는 일정 기간 금한 해산물의 채취를 허용하는 것을 말한다. 자연양식장의 소라허채는 1년에 두어번 행해지므로 소라를 채취하는 일이 상대적으로 쉬워 상시적인 물질을 하지 않는 해녀들도 소라허채에는 참여한다. 자연양식장에서 공동으로 채취하고 공동으로 판매한 후 공동으로 분배한다.

그때는 아는 사람이 쪼맨핸 거. 일본 거 쪼맨핸 거야. 일본서 일본사
람 타는 거야. 그거 누가 주길래. 줘서 탔어. 그 이후로 중고 중고 해
서. 처음에는 타는 사람 없었어. 나중에 되니까 막 탔지. 나는 성격이
좀 억세서. 무섭기야 무섭지. 운전이니까. 해 가니까 담력이 생기고.
일본 오토바이는 좀 작아. 〔아마 여자로서는 야이가 먼저 타실거야.〕
(그때 물질 하실 때) 아니 그때는 그냥 돌아다녔지. 〔그때는 물질 허는
사람도 타지 아녔을 거라〕 안 탔수다. 그때는 난 오토바이 타네, 요번
에 경신하고. 경만해도 십년 돼야 경신하는 거나부넨. 나는 성격이 와
일드한 성격이라 이런 거 뭐 하는 거 좋아허여. 30)

그런데 똘똘이어멍은 단지 오토바이를 타고 '돌아다녔을 뿐' 물질 하
러 갈 때 오토바이를 탄 것은 아니었다. 즉 동네에 볼 일 보러 다닐 때
오토바이를 잠깐씩 탔을 뿐이다.

신양리 해녀들 가운데 바다에 다니기 위해 오토바이를 탄 사람은 상
군 해녀 '진수어멍'이다. 그녀가 오토바이에 도전하던 때는 1983,4년 무
렵이었다.

난 있지, 그때 37세에 남편을 사별했는디 그때 큰아들이 중3이고 막
내가 네 살이었는데, 혼자 4남매를 키우느라 너무 힘들었어. 남편이 8
년 동안 병을 앓았는데 빚을 그 때 당시 1200만원 남기고 돌아가셔서,
돈 잃고 사람 잃고. 혼자 살려고 무지 고생했는데 밭에 싣거다 줄 사람
도 없고 걸어서는 너무 힘들어서. 그 때 내가 신양리에서 밭을 13개를
빌려서 하고 조천에 외갓집 밭까지 빌려서 했는데. 그땐 한달이면 계
속 물질 했는데, 지금은 보름 하고 한 물끼 쉬고 그러지만. 눈 올때, 연
탄 보일러지만 연탄 사기도 힘들어서 밖거리 작은 잡에서 군불 때며

살았거든. 연탄 사는 게 아까워서. 오전에 밭에 가고 물때 맞춰서 바다에 가고 바쁘니까 애들 얼굴도 못보고 군불 때다가 잠들어 버리기도 하고 그렇게 힘들게 살다가 아이고 오토바이라도 사야지 하는 생각이 들었지. 그땐 30만원에 중고 사는데 가슴이 떨려서, 25만원에 샀어. 남자 오토바이 120cc짜리. 지금은 스쿠터 타지만 그때 남자오토바이를 탔지. 내가 자전거를 타니까 동생이 이렇게 타는 거랜 알려줘서, 나냥으로 밀었다가 조금 타고 밀었다가 조금 타고 하는 식으로 배완. 오토바이 타니까 빨리 가지만 밭에도 빨리 가야지, 바다에도 빨리 가야지 성격이 급해서 잘도 자빠젼. 잘 넘어져낳어.

진수어멍은 37세에 홀로 되어 4남매를 키우면서 힘들게 살았다. 신양리에서 남의 밭을 13개 빌려 밭농사를 지으며 물때에 맞춰 바다에도 다녔는데 그녀를 태워다 줄 사람은 없었다. 오전에 밭일을 하다가 '물때'에 걸어서 바다에 가는 것이 힘들었던 차에 조천리 외갓집 밭을 빌리면서 오토바이를 사게 되었다. 당시 그녀가 산 오토바이는 120cc '대림혼다 88'로 소위 88오토바이이라 불리던 것이다. 조금씩 혼자 연습하며 오토바이를 타게 된 후 그녀는 신양리 밭일 후 조천까지 사십여분 오토바이를 타고 가서 외갓집 밭농사를 지었다. 그녀는 자신이 오토바이를 타고 다니며 밭일과 물질을 하는 것을 보며 3, 4년 후 차츰차츰 다른 해녀들도 하나 둘씩 오토바이를 타게 되었다고 한다. 진수어멍 다음으로 신양리에서 오토바이를 탄 것은 '순이'여사였다. 그 역시 남성용인 '88오토바이'를 탔다.

그 후 진수어멍과 순이씨 등 젊은 해녀 몇은 동료 해녀들에게 오토바이 탈 것을 제안했다. '물질'을 시작할 때 고성리 해녀들이 모두 바닷가에 도착해서야 신양리 해녀들도 물에 들 수 있었는데 이들이 바닷가로 오기까지에는 적지 않은 시간이 소모되었기 때문이다. 고성 · 신양

리의 경우 성산리나 행원리 등 다른 마을과 비교할 때 마을에서 바다
까지 거리가 상당히 멀다. 특히 섶지코지가 동남쪽으로 길게 뻗어 있
으므로 섶지코지를 둘러싼 동곶과 섯곳 바다는 '물건'이 많은 것에 비
해 접근성이 취약했다. 고성리 웃동네나 큰동네에서 고성 앞바다를 가
려면 걸어서 40여분이, 섶지코지를 둘러싼 바다를 가려면 한 시간은
족히 걸린다. 마찬가지로 신양리에서 고성 앞바다나 섶지코지를 갈 때
도 삼십분은 족히 걸린다고 한다. 그래서 구덕에 3kg 가량의 연철과 호
미, 빗창, 테왁, 고무옷 등을 챙겨 등에 지고 걸어서 바다에 가면 물에
들기 전에 이미 기운이 빠졌다고 한다. 지금은 수협대리인이 바닷가
해안도로나 '해녀의 집' 앞까지 와서 바로 물건을 넘기지만 당시만 해
도 바다에서 채취한 미역이나 소라 등을 구덕에 담아 지고 고성리 동
남 버스정거장 부근까지 걸어 나와서 '상고'에게 물건을 넘겼다고 한
다. 미역이나 톨, 소라 허채 시 온 가족이 '마중'을 나와 돕고 특히 해녀
의 남편들이 경운기나 달구지를 이용해 채취한 해산물을 날랐던 데에
는 해산물의 막중한 무게 못지않게 마을과 마을바다의 거리가 멀었던
점도 작용한 것이다.

　'진수어멍'과 '순이'여사를 비롯, 젊은 해녀들에게서 시작된 오토바이
는 이러한 이유로 곧바로 "야 느가 타면 나도 탐져"하는 식으로 순식간
에 마을 해녀들에게 전파가 되었다.

　　우리 한 15년 됐어. 해녀들은 다 타. 〔거저 한 18년 됐어. 우리 부락
　　은 18년 됐주.〕 오토바이 (처음) 타는 거? 젊은 아이들 흐쏠 처음 배와
　　서. 처음에는 남자 오토바이 탔지. 그때는. 해녀가 젊은 해녀들이. 젊
　　은 해녀들이 둘이가 진수어멍하고 순이하고 제일 먼저 탔구나. 남자
　　오토바이. 88인가. 그거 타고 그 다음에는 요즘 타는 오토바이 배와그

넹 타렌들 막 허니까 저 워디 가서 오토바이들 빌려서 타보면서 허다가 중고 사다가 인저 이거 이렇게 요렇게 놔서 배우니까 뭐 한 메칠 배우니가 잠깐 배와지대.[31]

상당수의 해녀들이 3, 4년 동안 원동기 면허증이 없이 오토바이를 타고 다니기 시작하자 성산포 경찰서에는 이들을 적극적으로 돕고 설득해 원동기 면허증을 따도록 유도하기도 했다. 고성리 잠수회장 정광자씨는 십여년 전 고성리, 오조리, 성산리, 온평리 네 개 부락에서 100여 명 남짓 되는 사람들이 원동기 면허를 따기 위해 함께 면허시험장에 갔던 때를 기억하고 있다. 경찰서에는 면허장에 갈 때 버스를 대절해 주기도 했다. 그는 자신은 한번에 면허시험을 통과했지만 그렇지 못한 해녀들의 경우 세 번 혹은 네다섯 번째에 합격한 이들도 많았다고 한다.

그런데 해녀들이 나이 오, 육십이 넘어, 혹은 칠십이 넘어[32] 오토바이를 타기로 마음먹고 '지서의 순경' 도움을 받아가며 면허시험을 보고 오토바이를 타게 된 것은 이 마을이 바다가 멀어서 다니기 힘든데다가 경운기로 혹은 트럭으로 실어다 주는 남편에게 물질을 의존해야 하는 측면이 있었기 때문이었다.[33]

---

31) 2010.10.22 고성·신양 마을바다 오등에 앞쪽 해변가에서 소연할망(72세), 고애순 상군해녀(48세) 면담.
32) 행원리 해녀 강등자씨(73세)는 70세에 오토바이를 배웠다. 그의 뒷집에 사는 일흔 둘된 해녀는 오토바이를 사고 집에 2년이나 세워 둔 뒤에야 오토바이를 탔다.
33) 제주도, 제주도여성특별위원회, 제주여성 근현대사 구술자료2 제주여성의 생애, 『살암시난 살앗주』, 2006.

오토바이는 우리가 바다에 댕기젠 허난 힘들엉. 남편이 경운기로 우릴 신거당 주고 신거 오고 했져. 그추룩 했지. -중략- 아니 순경이 허기 전에 우리가 타고 싶어 했는디 순경이 지원해주고 면허증 따는 거 지원해주고, 타는 건 우리 스스로가 오토바이 타고 싶어햄. 여기서 우리 탐 시작허나넨 이디도 시작하고 저디도 시작허고. (행원은 오래 탄 사람이 5, 6년 정도 됐대요.) 우리는 상군이구 아이(하군해녀)구 '느 타면 나도 탐져', 바다가 멀어부난 고성서 신양리 가젠 허면 멀기 때문에 고성 사람들이 많이 탔주게. 한 사람이 시작허난 나도 느도 허난.[34]

(물질 안 하면서 오토바이가 편하니까 오토바이 타시는 분들이?) 가끔 있어. 물질 안 허도 오토바이 타는 사람 가끔 있지. 대개 다 물질 허는 사람이 타. 물질 허였다 말았당 하다가 설러버리고 나서 배와 노니까봐서 타. 생활여건이 그게 편안하니까. 그전에는 두렁박 지고 가고 오고 그게 불편하다가. 두렁박 지고 거기 가야지 그 물건 하고 지고 와야지 그렇게 했거든.[35]

해녀들은 오토바이를 타고 밭이나 바다에 다니기 전까지 그들은 종종 남편들의 도움을 받아야 했다. 1970년대 중반 경운기가 등장하고 1970년 후반부터 보편화되어 남편들이 자신의 아내와 '벗해가는 해녀'들을 태워다 주게 되었는데 바다가 멀리 있는 마을에서는 이것이 필수불가결하게 되었다. 그러나 남편들에게 의지해 바다에 물질을 가는 것은 여러모로 불편하고 능률적이지 않았다. 우선 경운기나 트럭을 소유한 남편이 물때에 맞춰 바다에 실어다 줄 수 있는 것도 아니었고 또 협조적이지 않은 경우도 많았기 때문이다. 현재 신양리에서는 여든이 넘

---

34) 고성리 해녀회장 장광자씨, 10월 21일 광치기 해녀의 집에서 면담.
35) 똘똘이어멍 면담(고성리 거주, 전직 해녀, 67세/ 2010.10.21 현재복씨 자택).

은 해녀가 오토바이를 타고 바다에 물질 하러 가는 모습을 볼 수 있다.
이것은 십오년 전 고성·신양리에서 대부분의 해녀들이 오토바이를
타게 되는 일이 우연치 않게 발생한 것과 관련이 있다.

 III   1995년과 소라값, 그리고 '해녀인구'

제주도의 어업생산은 1970년대~80년대의 소라, 톳 등 패류 및 해조
류 위주에서 1990년대에 들어서면서 점차 근해어업과 육상수조식 양식
과 같이 보다 자본집약적 생산방식에 의한 활·선어가 주종을 이루고
있다[36]. 그런데 제1종공동어장에서 해녀들이 채취하는 주된 수산물은
소라이다. 즉 소라 채취는 제주도 마을어업의 주 소득원이었다. 소라
는 1985년 최고치인 3.163톤을 기록했지만[37] 1980년대 후반 소라 자원
이 급감함에 따라 1991년 전국 최초로 소라어업에 대한 총허용어획량
(TAC) 제도를 실시하게 되었다.[38] 소라는 전복가 달리 양식되지 않기
때문이다. 소라어업에 대한 TAC 제도가 정착되면서 점차 소라자원이
회복되어 최근까지 제주의 소라 생산량은 대체로 2000톤 이상을 유지
하고 있다. 이러한 소라는 전량 일본에 수출되고 있는데 1995년은 소
라값이 최고에 달했다고 한다.

이 현상은 3년 정도 계속 되었다고 하는데 해녀들은 '소라값이 좋았

---

36) 제주도지 편찬위원회, 『제주도지』 권4, 제주도, 2006, 318쪽.
37) 제주도지 편찬위원회, 위의 책 330쪽.
38) 제주도지 편찬위원회, 위의 책 319쪽.

'으므로' 바다에 좀더 빨리 가서 '물질할 수 있는 시간'을 조금이라도 더 벌어야 했다. 또 이 마을 역시 대부분의 제주 해안가 마을처럼 반농반어로 생계를 꾸려 가고 있었기 때문에 물질과 밭일을 함께 하기 위해서는 기동성이 필요했는데 당시의 소라값의 상승과 오토바이의 전략적 선택은 이러한 경제구조를 배경으로 한 것이라 할 수 있다.

> 그때 멫년도니. 15년 전. 그때가 소라가 1킬로에 7천5백원 할 때. 우리 아들 장가갈 때 내가 소라젓 허니까 최고로 잘했정 골으나넨. 그때 2, 3년이 돈 하영 벌었어. 나 가이 장개 보낼 때 하여부난 잊쳐버리지 않애[39]. 그때가 그때 3년 동안이 우리 세대에서 가장 좋은 해.

지금으로부터 15년 전, 즉 1995년은 일본에 수출하는 소라값이 최고로 올라 있었다. 아래 표는 1980년부터 2003년까지 주요 수출품목의 가격이다[40].

다음 표에서 주요 수출 품목 중 해녀들이 채취하는 것은 소라, 문어, 톳, 계관초이다. 문어는 소량 생산되는 만큼 수출되지 않고 있다. 소라의 값을 다른 품목과 비교해 보면 소라가 해녀들에게 상당한 소득원임을 알 수 있다. 그런데 소라의 값은 1995년 최고에 이르렀음을 확인할 수 있다. 이 때 이미 TAC제도를 실시하고 있었으므로 소라 생산량이 다른 해에 비해 많았다고 보기는 어렵다.

---

[39] 해녀들의 인지 체계-특별한 사건이 있던 연도를 기억할 때 주변의 사람과 연결지어 기억하고 기억 속에서 그걸 끄집어 낼 때도 마찬가지다.
[40] 제주도지 편찬위원회, 위의 책 342쪽에서 재편집.

<표1> 주요품목별 수출추세

(단위:천$)

연도	소라	삼치	복어	넙치	문어	돔	찐톳	계관초
1980	7,124	914	–	–	–	371	1,644	–
1986	6,472	764	2,700	–	3,295	335	3,468	639
1989	3,880	–	2,794	–	5,946	405	3,743	2,494
1990	6,586	–	954	–	5,665	55	2,410	2,105
1992	7,321	–	2,214	529	411	–	620	1,944
1995	16,780	861	1,505	6,466	–	–	2,138	690
1998	9,735	1287	366	8,722	–	–	2,535	143
2000	13,478	467	858	17,843	–	–	2,522	888
2003	9,629	–	–	34,311	–	–	3,103	188

해녀들은 값이 좋을 때 물질 시간을 조금이라도 놓치지 말아야 했는데, 그때 '주목받은 것이 오토바이'였던 것이다. 그 무렵 해녀들은 오토바이를 보고 '막 타고 싶어 했다'고 한다. 이미 오토바이를 배운 신양리 진수어멍이나 순이 등 상군해녀들은 오토바이를 타며 물질을 다녔기에 그 효율성을 잘 알았다. 진수어멍과 순이 등 몇몇 젊은 해녀들은 오토바이 배울 것을 동료 해녀들에게 독려하게 되었고 상군해녀를 중심으로 한 오토바이 타기는 고성·신양 해녀들에게 곧 퍼지게 된 것이다. 즉 해녀들은 오토바이의 이점, 즉 기동성과 편리함을 적극 인정, 전략적으로 도입하게 된 것이다. 그런데 상당수의 해녀들이 오토바이를 타면서 그렇지 않은 해녀들과 '바다에 접근하는 시간'차가 커지면서 상대적으로 늦게 오토바이를 배운 해녀들은 은근히 속을 태우기도 했다.

아이구 미리 배울 걸. 밭에 먼 데도 걸엉 다니고 하다가 미리 못 배운 것이 막 그때는 억울해가지고 이제 와서 배와지멍 하다가. 금방 시간이 다 되도 어디 일 갔다와도 확 타멍 가고[41]

그땐 해녀분들이 많이 탔어, 오토바이를. 2/3정도 탔을 거라. 안 타면 못 쫓아다니고, 걸어서는 못 쫓아다니니까 나도 배웠지.[42]

고성리 소현할망과 신양리 김수자(가명)씨는 당시 50대 중반 나이였지만 오토바이를 배우지 않았었다. 그 무렵 2/3 정도의 해녀들이 오토바이를 탔는데 이들은 오토바이를 타고 다니는 해녀들을 '걸음'으로 쫓을 수 없기에 자신들도 오토바이를 배우게 되었다고 한다. 소현할망처럼 오토바이를 늦게 배운 사람들은 '억울해 하기도' 했는데 그것은 당시에는 오늘날과 달리 한달 내내 물질을 했기 때문에 바다에 먼저 도착해 작업을 하는가 그렇지 않은가, 바닷가까지 걸어가서 기운을 소진한 다음 채취를 하는가 그렇지 않은가 등이 소득에 있어서 많은 차이를 냈기 때문이었다.

그런데 우연의 일치인지 1995년은 매년 줄어드는 해녀인구가 한동안 지체되는 기점이다. 아래 표[43]에서 보듯 해녀 인구수는 지속적으로 감소해왔다.

---

41) 고성리 소연할머니(72세) 10월 22일 아침 오등에 해변가에서 면담.
42) 신양리 해녀 김○○씨 71세(2011.3.16 전화인터뷰).
43) 안미정, 「제주 잠녀의 해양 어로와 지속가능성」, 전경수엮음 『사멸위기의 문화유산』, 민속원, 2010, 313쪽에서 가져왔다. 인구비례는 표시하지 않았다.

〈표2〉 제주도 잠녀 인구수

연도/인구	전국어업인구수	제주어업인구수	잠녀인구수
1913			8,391
1932			8,862
1960			19,319
1969			20,832
1970	1,165,232	85,230	14,143
1975	894,364	68,038	8,402
1980	844,184	49,195	7,804
1985	689,351	42,730	7,649
1990	496,089	37,643	6,827
1995	347,070	26,477	5,886
2000	251,349	21,281	5,789
2001	234,434	19,487	5,047
2002	215,174	20,390	5,659
2003	212,104	19,381	5,650
2004	209,855	19,737	5,650
2005	221,267	18,617	5,545
2006	211,610	19,388	5,406
2007	201,512	19,186	5,279

이 표에 따르면 환금작물 재배로 1969년에서 1975년 사이에 많은 수의 해녀들이 물질을 그만두어 해녀인구가 눈에 띄게 줄었음을 확인할 수 있다.[44] 이후 5년 단위로 6백, 2백, 8백명씩 감소하다가 1990년에서 1995년 사이에는 천여명이 감소한다. 그런데 1995년 이후로는 다시 백여명에서 2백여명 정도로만 자연 감소하고 있다. 해녀 인구가 1995년 5889명, 2000년 5789명, 2005년 5545명, 2007년 현재 5279명인 점을 고

---

44) 고성리 현재복씨도 물질을 이 시기에 그만두었다. 그는 남편이 하는 감귤 과수원에 온 식구가 매달려야 한다는 데에 울며 겨자먹기로 이십년간 해온 물질을 '설러버렸다.'

려할 때 '1995'는 분명 의미가 있다. 사실 1995년에서 2000년 사이에 해
녀 인구가 백명밖에 줄지 않고 이후 더 이상 크게 줄지 않은 것은 주목
할 만한 일이다. 해녀인구의 감소 추세가 이 시기에 지체되었다는 것
은 이 때 그들의 물질 행위를 지속시키는 어떤 요인이 있었기 때문일
것이다. 필자는 그러한 요인 중에 하나가 소라값 상승과 이에 따른 오
토바이의 전격 도입이라고 본다.

　제주 해녀들의 노동으로서 '물질'을 주목할 때 '근대'라는 시점은 제
주 해녀들과 그들의 물질 행위에 일대 전환이 온 시기이다. 근대는 제
주 해녀들이 일제 자본주의제 하에서 임노동의 형태로 육지나, 일본,
중국, 러시아까지 출가물질[45]을 가며 노동자로서 스스로 자각하게 된
시기이기 때문이다.[46] 그런데 기술적 혹은 도구적 측면과 관련해 해녀
들의 물질 행위를 고려했을 때, 획기적 변화로 종종 언급되는 것은 '20
세기 초의 물안경'과 '1970년대의 고무옷'의 도입이다. '물안경'은 수중
세계를 직접 볼 수 있게 함으로써 해산물의 채취를 늘리고 양촌의 사
람까지 해촌으로 오게 만들 정도로 제주 경제에 영향을 미쳤다고 한
다.[47] 한편 현재 해녀들이 착용하는 고무잠수복은 무명으로 만든 물옷

---

45) 제주해녀의 출가는 1895년 경상남도 부산부 목도에 출어한 것이 처음이다.
　　그 이후 해마다 증가하여 1932년에는 5078명이었고 그들이 송금한 금액은
　　1,100,000원이었다. 桝田一二저·홍성목 옮김(2005)『제주도의 지리학적 연구
　　(1930년대의 지리 인구 산업 출가 상황 등)』, 우당도서관, 120쪽.　김영돈은
　　1937년〈濟州道勢要覽〉기록에 의거, 부산 일대에 물질을 나가기 시작한 제주
　　해녀들이 각도 연안부터 일본, 블라디보스토크, 중국 등의 연안에도 출어하였
　　다고 정리한다. 김영돈, 앞의 책, 387쪽.
46) 권귀숙은 해녀라는 존재는 일본 식민 자본주의와 가장 가까운 변경에 위치했
　　던 제주도가 '근대화'하는 과정에서 나타나는 새로운 집단으로 이해되어야 한
　　다며 이 집단은 조직의 경험과 임노동의 경험을 지닌 일종의 직업집단으로
　　보고 있다. 「제주해녀의 신화와 실체」『한국사회학』제 30집, 1996, 235쪽.

과 달리 추위를 견딜 수 있게 해주어서 해녀들의 어로시간 및 어로행위를 바꾸었다[48]. 고무옷은 추위에 오래 견딜 수 있게 한 점, 맨살을 보이지 않게 한 점에서는 긍정적이었으나 연철을 메고 바다에 들어가야 한다는 점, 장시간 일함으로써 '해녀병'을 유발한 점은 부정적으로 비친다. 여하튼 '물안경'과 '해녀복'은 해산물을 채취하는 해녀들의 물질 행위에 직접적으로 영향을 미친 도구라고 할 수 있다.

반면 오토바이는 좀더 사회적인 측면을 내포하고 있다. 성산읍 고성·신양리에서 15년전, 다른 지역에선 대략 10여년 전부터 해녀들이 '오토

---

47) 19세기말 일본인 해조류 상인들에게 제주도의 해산물 특히 해조류와 패류의 수요가 크게 늘면서 19세기말 혹은 20세기 초기에 해녀 쌍안경(엄쟁이눈)이 보급된다(강대원, 『해녀 연구』, 한진문화사, 1970, 68쪽; 원학희(1985) 「제주 해녀어업의 전개」, 『지리학연구』 제10집, 186쪽에서 재인용.) 이 안경의 도움으로 종래 수중 작업시 2~3미터에 불과했던 시계가 20m까지 크게 넓어졌고 눈의 피로가 현저히 줄게 되어 해녀어업에 기술상의 진보가 일어나 제주 경제의 핵심이 양촌에서 해촌으로 옮겨졌다고 한다.(원학희(1985), 위의 글 186쪽.) 그런데 이즈미 세이이치는 1937년 제주에 와서 예전에 해녀들이 유리를 사서 해녀들 스스로 '눈'을 만들어 썼지만 당시에는 일본제 안경을 쓰고 있다고 기술하고 있어(泉靖一 저(1966)·홍성목 옮김(1999), 『제주도』, 우당도서관, 284쪽.) 이전 시기에 맨눈으로 작업을 했다고 단언할 수만은 없다. 오히려 각 마을마다 빗창이나 호미 등을 만드는 집이 한 군데씩 있었고 현재 마을의 규모에 따라 그런 '불미장이'가 존재한다는 점(온평리 해녀 현계월씨 제보: 2010. 9.20)을 고려할 때 물안경을 만드는 특수한 직업에 종사하는 사람이 있었을 개연성이 높다. 김영돈(1996)이 지적하듯 애월면 신엄리(엄쟁이)에서 만들어진 '엄쟁이눈', 구좌면 한동리에서 만들어진 '궷눈'이 있었다는 것이 이를 방증한다. 또 일본식 물안경은 해녀들이 만들어쓰던 안경보다 밝지 않았다고 한다. 따라서 일본 눈안경의 도입이 제주 경제의 중심을 바꿀 정도였다는 것은 어느 정도 과장된 것이 아닐까 한다.

48) 가령 예전에는 오전에 1회, 오후에 2회, 대략 하루에 3,4회 작업하고 중간중간 불턱에서 몸을 말리며 쉬다가 다시 물속에 들어가거나 혹은 밭에 일을 갔다가 물이 따뜻할 즈음 다시 바다에 들던 패턴에서 아침 9시에 들어가면 기량에 따라 대여섯 시간 이상을 물속에서 쉬지 않게 일하도록 바꾼 것이다.

바이'를 타고 물질을 다니기 시작한 것은 어찌 보면 그들에게는 '사건'
이었다. 자기 노동의 자율적 실현이란 측면에서 해녀들은 보다 자유로
워졌다. 그들은 바다에 '시껑 오고 시껑 가는' 일을 남편에게 더 이상
의존하지 않게 되었다. 즉 오토바이는 전략적으로 도입되었지만 그 후
물질이란 노동행위에 자율성과 독립성을 부여하는 것이었으며 그들 남
편들에게 물질하는 동안 '앉아서 기다리는 일'을 더 이상 하지 않게 함
으로써 남편들의 노동을 이끌어낸 측면이 있다.

> 오토바이 탄 지는 한 10년 돼서. 처음에 물에 갈 때 할아버지한테 신
> 껑 달라고. 자기대로 가야 올 때도 마음대로 오는데, 기다리는 것 보면
> 빨리 나와야 하고(말을 흐림). 거의 다 오토바이 타. - 신양리 김○○씨

> (남편들도) 미역 채취 때 뭍에서 거들어주지. 다른 지방은 천초나 우
> 뭇가사리 채취 시 부인을 도와주고. 소라는 계속 마중 나가는 디 물에
> 서 올라오는 시간이 일정하지 않아서 앉아 기다리는 시간이 있는데 모
> 르는 사람이 보면 일 안하는 것처럼 보이지. - 신양리 김○○씨 남편

신양리 상군해녀 김○○씨는 '자기대로 바다에 가야 올 때도 마음대
로 오는데 (남편이) 기다리는 것을 보면 빨리 나와야' 할 정도로 기다
리고 앉아 있는 남편의 존재가 부담스러웠다고 한다. 남편들이 미역이
나 소라를 마중49)하는 것은 해녀들, 특히 상군 해녀에게는 필수적이다.

---

49) 남편이나 가족이 해녀들이 물에서 채취한 해산물을 뭍에서 들어올려 나르는
것을 '마중간다'고 한다. 김복희씨의 경우 소라 허채시에는 200kg까지 소라를
채취한다. 먼바다에서 망사리에 가득 든 소라를 밀면서 한시간 가량 헤엄쳐
오면 기운이 다해 망사리를 들어 올리지 못한다. 그러면 마중 나간 남편이나
혹은 동료의 남편이 망사리를 들어 올려 날라준다.

해녀들이 물질을 끝내고 해산물로 가득 찬 망사리를 한 시간 가량 밀면서 바닷가까지 헤엄쳐 오면 기력이 다 해서 망사리를 들어 올리지 못하기 때문이다. 그런데 본인은 열심히 물질을 하는데 밖에 앉아 기다리는 남편을 바라보며 또 다른 생각이 들지 않았을까. 한편 '앉아서 물질 하는 아내가 나오기만을 기다리는 일'을 하는 남편의 입장도 편치만은 않을 터이다. 요즘에는 마중 나온 남편들끼리 한담을 나누는 정도로 끝나지만 2, 30년 전만 해도 남편들은 '그늘에 앉아 술을 마시며' 일하는 아내들을 기다렸다고 한다.[50]

하지만 해녀들이 오토바이를 타며 직접 일터인 바다에 출근하므로 남편들은 그들을 실어다 날라주는 일에서 '놓여났고' 대신 뭔가 일을 찾아야 했다. 신양리 정씨의 경우에는 아침에 부인이 물질 하러 갈 때 브로콜리와 콜리플라워를 심어 놓은 밭이나 마늘밭에 나간다. 고성리 정씨는 감자밭과 과수원에 나간다. 아직도 '과수원만 슬슬 하고 놀고먹는' 남편들이 고성 알동네에 많이 있다고[51] 하지만 남편들은 이제 현금을 만지며 통장을 따로 관리하기도 하는 부인들의 눈치를 보지 않을 수 없게 되었다. 결국 해녀들의 오토바이는 남편들을 보다 생산적인 일터로 이끈 측면이 있다고 할 수 있다.

곧이어 해녀들에게 오토바이는 '밭일', '계모임', 병원이나 시장 등 기타 사적 볼일에 유용한 수단이 됐다.[52] 후술하겠지만 오토바이는 해녀

---

50) 고성리 상군 해녀 강복순(47세)씨 남편 정경수씨 면담(2010.10.24 자택에서).
51) 고성리 상군 해녀 강복순(47세)씨 남편 정경수씨 면담(2010.10.24 자택에서). "여기 해녀남편들 노는 사람 많아. 특히 알동네에. 과수원만 조그만 거 한 떼기 하고, 다 놀지 뭐. 웃동네야 좀 밭농사도 하고 그렇지."
52) 행원리 해녀들이 오토바이를 타게 된 것은 고성·신양리 해녀들보다는 역사가 짧아 5, 6년 전으로 거슬러 올라간다. 현 부녀회장을 비롯한 상군 해녀 5-6명이 타기 시작했고 그후 2, 3년부터는 나이든 해녀들을 몇 제외하고는 대부

들의 사회적 활동 반경을 넓히고 사회 참여 기회를 확대하여 '여성의 노동이 사회적 지위에 이르게 하지 않는다.'는 명제에 반론을 제기하게 한다.

Ⅳ   해녀의 경제력 혹은 경제권과 '네발오토바이'

경제적인 측면에서 물질의 장점은 노동 후 바로 현금을 쥐게 한다는 사실이다. 농사가 1년에 한번 수확 시에 돈이 들어오는 것에 비해 물질로 번 돈은 물건을 판매한 후 바로 통장에 입금이 되기에 자금의 운용 면에서 해녀들은 농사짓는 남편들이나 물질 하지 않는 다른 여성들에 비해 우위에 서 있으며[53] 자기 주체적일 수 있게 되었다. 왜냐하면 제주도 해안가 마을에서는 전통적으로 '네가 번 돈은 네것, 내가 번 돈은 내것'이란 관념이 있어 부부여도 따로 통장을 관리하기 때문이다. 제주도 가정에서 결혼 후 장남을 분가시켜 살림을 따로 살고, 부조를 개인 단위로 하는 것도 이와 같은 맥락에 있다고 할 수 있다.

해녀들의 수입은 그들의 능력과 그날 그날의 '머정'(운)에 따라 다르다. 하루에 5, 6만원 버는 정도에 그치는 이가 있는 반면 2, 30만원까지

분의 해녀들이 오토바이를 타고 있다. 행원리 해녀 강등자씨(73세) 10월 21일 자택에서 면담.

53) 물질을 하다 남편의 강권으로 고성리에서 농사를 짓는 현○○씨의 경우 현금은 항상 남편에게서 받아서 쓰는 입장이다. 그는 물질을 그만두고 돈을 자기 대로 쓰지 못한 것이 생애중 가장 힘겨운 일이었다고 한다. 고성리 전직 해녀 현○○씨 면담(2010.10.22).

수입을 올리는 경우도 있다[54]. 한달 기준 대략 100여만원에서 300여만원까지 소득을 올린다고 할 수 있는데 이는 이들이 사는 마을이 농어촌이고 이들이 대체로 고령의 여성이라는 점을 고려한다면 상당히 큰 액수임을 알 수 있다.

> (물질 수입은 어떻게 돼요)물건이 적으면 가격이 올라가고 하지. 벌어들이는 액수는 소라 잡을 때는 많고. 요즘은 성게를 잡는데 성게 잡아서 10만원도 벌곡, 15만원도 벌고. 뭐 5, 6만원도 버는 사람도 있곡. 소라 많이 잡을 때는 한번에 2, 30만원도 올리고. 요즘 소라 안 되어서. 오늘은 10만원 벌고, 오분자기로. 어제는 7만원 벌었어. 오분자기가 킬로에 5만원 가. 지금 값이 최고나네. 근디 오분자기는 어른들 눈에는 잘 안 보이는 거나네.[55]

한편 해녀들이 물질이란 노동을 통해 가계의 상당 부분을 책임지는 것을 그들의 남편도 인정한다.

> 조: 여자 삼춘이 물질 하시니까 좋은 점 있죠? 해녀가 부인이어서 좋은 점요?
> 남자삼춘: 돈 좀 벌어오고(웃음), 돈 좀 벌어오니까 좋은 거지 뭐. 그 외는 별로.
> 조: 물헷것(해산물)도 많이 먹으니까

---

54) 물론 해녀가 채취한 물건의 가격에서 일일 기준 0.3%, 일주일 기준 4%를 징수해 수협이나 상인 대리인에게 2%를, 어촌계 증식사업으로 2%를 징수한다. 성산리 어촌계장 고승환씨 제보.

55) 신양리 상군해녀 김○○씨 전화인터뷰(11월 13일). 김씨는 깊은 데에는 들어가지 못해도 몸이 빨라서 얕은 데에서도 물건을 잘 잡아 '물건은 상군'이란 말을 듣고 있다.

남자삼춘: 나가 좋아하들 안 하부난 뭐 별로.

조: 그래도 물질해서 가계 보탬 되고

남자삼춘: 그렇지

조: 그럼 집안의 돈 관리는?

여자삼춘: 아니. 내가 하지. 오히려 남자가 관리하면 나도 편할 거
같은데. 우리는 원체 집안이 안 잡힌 집안이니까. 아무래
도 농사해서 수확해서 자금이 나올 때까지는 돈이 안 되
니까 나가 바닷가에서 번 돈으로 써야 되니까.[56]

　고성리 정○○씨는 상군 해녀인 부인이 해녀여서 좋은 점이 돈을
벌어오는 것이라고 솔직하게 말한다. 이 부부는 자기 소유의 밭이 없
어 다른 사람에게 밭을 빌려 감자농사와 감귤농사를 짓고 있기에 부인
의 현금운용 능력은 가계 운영에 필수적이다. 이러한 사정은 반농반어
를 하는 대부분의 해안 마을에서는 일반적인 것으로 보인다. 신양리
정태문씨는 집안에서 여자의 경제력이 우선한다는 점에서 제주 해녀
사회를 모계사회라고까지 지칭한다.

　해녀는 모계사회라. 모계사회 들어봐전? 밖이서들 그러잖아. 밭에
농사는 소득이 1년에 한 번이잖아. 바다는 계속 수익이 되다보니 자식
들에게 학비, 용돈 주는 것은 엄마 몫이라, 현금이 바로 나오니까. 생
활의 중심이 엄마가 되지.[57]

---

56) 고성리 강복순 해녀 자택에서 면담(2010.10.24).
57) 신양리 상군 해녀 김복자씨 남편 정태문씨 전화 인터뷰(2010.11.13).

그러면 언제부터 해녀들은 자신이 번 돈으로 경제권을 행사했을까. 애월읍의 해안마을인 곽지리에서 발견된 19세기 토지매매문서는 당시 여성들의 토지소유를 보여준다.[58] 물론 이들을 오늘날 '근대 해녀'와 같은 선상에서 볼 수 없으나 같은 시기 내륙 농촌의 민가 여성들과 비교해 보았을 때 제주 해안가 여성의 토지 소유는 의미심장하다. 그런데 오늘날 고성리에 전설처럼 전하는 '한숨짜리밭'[59]은 해녀들의 경제권 행사가 자못 오래되었음을 말해준다. 1940-60년대까지 온평리에서 소문난 상군해녀였던 현계월씨와 그의 여동생들 역시 결혼 전 자신이 물질해서 번 돈으로 본인 명의의 땅을 소유했다. 현씨는 결혼 후 물질을 해서 번 돈으로, 고성에서 사업이 망해 자신의 친정인 온평리로 순순히 따라와 준 남편에게 보답하기 위해 집과 땅을 남편 명의로 해주었다고 한다.[60] 이렇게 해녀들이 자신 명의의 밭이나 집을 소유하는

---

58) 애월읍 곽지리는 서쪽의 유명한 해촌마을의 하나이다. 19세기 애월읍 곽지리 토지 매매 문서에는 여성이 땅을 팔고 사는 경우가 21건 있음을 확인할 수 있다. 특히 강소사의 경우는 시집 올 때 해온 밭과 이를 기반으로 불린 재산에 대해 남편과 상의해 자기의 조카에게 물려주었다.(고창석, 「19세기 제주지방의 토지매매 실태」, 『탐라문화22호』, 제주대학교 탐라문화연구소, 2002) 또 그가 조선후기 서귀포시 대포동 강성택씨와 이지환씨의 전답매매문기 63건을 정리한 것을 보면 원씨, 현씨, 강씨 등 여성이 조상에게서 유산을 받았거나 매매를 통해 전답을 소유했음을 확인할 수 있다(고창석, 「조선후기 제주지방 전답매매문기의 연구II」『탐라문화제21호』, 탐라문화연구소, 2001). 이로 볼 때 泉靖一이 여자는 남자를 매개로 토지를 얻을 수 있으며 여자 자신이 토지를 소유할 수 없다는 견해는 재고할 필요가 있다. 泉靖一, 앞의 책 193쪽 참조.
59) 고성리에는 '고성오조리할망'이라는 상군해녀가 있었다. 그는 고성 큰밭 정약 국집에 시집와서 물질을 하다가 어느날 전복을 '떴는데' 그 안에 진주가 있었다. 그는 그것으로 고성 웃동네 '큰밭'을 샀는데 '한숨'에 물어들어가서 전복을 잡아 땅을 사게 되었기에 사람들은 그 밭을 '한숨짜리밭'이라고 부른다. 그의 둘째딸은 현재 생존해 있는데 90세이다. 여기서 '한숨'은 해녀들이 한번 숨을 참고 물에 들어갔다가 나와 다시 숨을 쉴때까지의 숨을 말한다.

것은 제주 해녀 사회에서는 지금도 흔히 볼 수 있는 일이다. 이것은 분명 토지의 소유권자가 남자이고 여성의 쉴 새 없는 노동이 가장의 재산증식으로 귀결되는 내륙의 농촌이나 소도시와는 변별되는 일이다.[61]

　　제주시에 여자삼춘 명의로 된 아파트 이서. 나가 제안했주. 뭐 내 이름으로 소유권 되어 있는 건 중요치 않으니까. 물질해서 십년 전에 여자삼춘이 구입한 거나부난. 신양리 우리 사는 집은 부모에게 물려받은 것이나네 나 이름으로 되어있고.[62]

　　나가 벌어 자식딜 다 공부 시켜놨어. 옛날 우리 세대는 이 먹는 것도 조금 덜 허고 돈 시궈 놓으면 밭 싸정 집 마련해정. 근디 재산은 만딱 남편 이름으로 해불고. 그 양반이 강해서 당신 이름으로 하고. 신경질 날 때가 있지. 지금은 돌아가부난 도로 나 이름으로 돌아왐져. 의디 사람은 야 두 개 사면 남자 이름으로 하나, 여자 이름으로 하나 산다. 제주도 어머니가 강해부난. 다른 거 농사해도 돈 날 때가 어시난 미역 톨 해서 쌀 사먹고 자식 가르치고 밀감 시작하며 돈이 오르주만.[63]

위와 같이 고성리나 신양리 해녀들은 자신이 번 돈이므로 당당히 자신의 명의로 집을 소유한다. 물론 남편 이름으로 등기를 하기도 한다.[64] 그런데 같은 고성리나 신양리에 거주한다고 하더라도 부인이 물

60) 온평리 은퇴해녀 현계월씨(88세) 9월 22일 자택서 면담.
61) 김진명(1993), 굴레속의 한국여성, 집문당, 109~113쪽 참조.
62) 신양리 상군해녀 김○○씨 남편 정○○씨 제보(57세 신양리 거주/2010.11.13 전화 인터뷰).
63) 고성리 해녀회장 장광자씨 고성 앞바다 광치기 해녀의 집에서 면담 (2010.10.22).
64) 이는 바닷가 마을인 구좌읍 행원리의 경우도 마찬가지이다. 강등자씨 또한

질을 하지 않고 남편과 같이 밭농사만 하는 경우는 이와 사정이 다르다.[65] 해녀들은 특히 중산간에서 여성이 본인 명의의 땅을 소유한다는 것은 보지 못했으며 중산간으로 시집 갈 경우 자신의 경제권을 제대로 주장할 수 없었다고 한다. 아래 사례는 경제활동의 주체였던 해녀가 전업농을 만나 그에게 종속되는 삶을 살게 됨을 보여준다.

> 물질 하구 목포서 메역 장사 해서 번 돈으로 온평리서 밭을 두 개나 샀는디 고성리로 시집왕 그 밭 팔아그네 고성 웃동네로 이사완 집을 사고 밭을 사넨, 그땐 나 이름으로 하고 싶지 않았고 하려고도 생각 안 해서. 또 이 고성서도 물질 해서 번 돈으로 웃동네 밭을 사고 동남에 작은 집을 샀는디 저 양반이 단독으로 매매해버련. 나는 고성에 와서 살면서 너무 힘들어서 혼자 나가서 살면 2년에 밭을 하나썩 살 수 있을 것 같은 자신이 있었는디 아이덜 지키려고 힘들게 무더 앉안거라. 나가 그거만 생각허민 지금도 섭섭허영. 게나넨 여긴 여자가 돈을 많이 벌어서 여자 이름으로 사기도 헌다게.[66]

온평리 상군해녀로서 1960년대 초반에서 60년대 말까지 육지물질을 다니고 자신이 직접 미역 등을 판매해서 상당한 돈을 벌어 본인 명의의 밭을 소유하고 있던 현씨는 결혼 후 고성리로 이사 오면서 그 밭을

자신이 물질해서 번 돈으로 자신 명의의 밭을 소유했었는데 최근 아들이 아파트를 사는데 돕기 위해 팔았다고 한다. 행원리 해녀 강등자씨(73세) 자택에서 면담(2010.10.21).

65) 泉靖一에 의하면 양・산촌 여성의 지위와 역할이 해촌의 여성과는 달랐다. 유교의 영향 하에 있던 양산간 지역에서는 가부장제적 질서속에서 지위는 없이 오로지 노동하는 여성으로서 존재한 반면 해촌의 여성은 일가를 지배했다. 泉靖一저, 홍성목역(1999) 앞의 책 193쪽 참조.

66) 고성리 은퇴해녀 현○○씨(73세) 자택에서 면담(2010.10.24).

팔아 남편 명의로 집을 사고 밭을 샀다. 그런데 이러한 매매 과정에서 그는 아무런 경제권을 행사하지 않았다. 그것은 본래 해촌 출신인 그녀와 중산간에서 농사만 해온 시댁, 그리고 남편과의 갈등 때문이었다.[67] 결국 그가 번 돈으로 산 땅이나 집은 남편 소유가 되었고, 남편은 과수원을 확장하기 위해 그 땅을 임의대로 팔았다. 현씨는 1970년대 초 남편의 강권으로 물질을 그만두고 남편과 귤 농사에 전념하게 되면서부터는 자기대로 돈을 만져본 경우가 없었다고 한다.

현씨의 사례는 해안가 마을에서 경제적 주체로 활동하던 해녀가 해촌마을과 문화가 다른 양촌의 엘리트출신 전업농인 남편과 살면서 그에게 종속되는 삶을 살게 되는 것을 보여준다. 또 해녀들이 물질을 하여 가정 경제를 책임지면서 경제적 활동을 하는 주체로서의 자존감을 갖고 있었음을 반증한다. 해녀들은 자신들이 벌어 자식들을 교육시키고, 가계를 운영하며 한 가정의 경제적, 정신적 주체로 살아왔다고 할 수 있다. 그리고 자신의 노동을 좀더 수월하게 하기 위해 오토바이를 사는 것도 스스로 결정할 수 있었다.

> 오토바이는 2년 전에 네발오토바이를 구입했는데 그전에는 세발 탔어. 헐어서 2년 전 새 걸로 교체한 거부난. 저 동남 오토바이가게에서

---

67) 泉靖一은 제주도의 양,산촌에서는 남자의 지위가 높고 주인은 일가를 독재적으로 지배하며 모든 재산과 여자들의 노동은 남편에게로 돌아간다. 여자는 노동력을 충분히 갖고 있으나 보통 토지를 소유할 수 없다. 따라서 남편 또는 이에 대신하는 남자를 중개로 해서 경작할 만한 토지를 얻어서 자기와 남자와 아이들의 생계를 유지한다. 해촌에서는 이와 상반되는데 섬의 관행으로 어업의 수입은 일가족 안에서 따로 따로 관리되고 있다. 남편은 처의 허락 없이 처의 수입에 손 대는 것이 허용되지 않는다. 남편은 처에게 종속되지 않을 수 없다. 泉靖一저, 홍성목역(1999) 앞의 책 193-194 참조.

샀지. 나가 혼자 가그네. 인터넷으로 찾아서 맘에 드는 거 확인하고 다음에 할망한테 보여졍 의논해서 혼자 가서 사왔지.[68]

여긴 오토바이 중고 잘 안 사. 바닷바람이 불면, 바람에 짠물이 이서. 또 메역이영 소라영 물건 싣고 오젠 허민 짠물이 좔좔 놔넨 새것 사야 오래가불주. 지금 타는 네발오토바이는 단단하고 바퀴가 크난 바람 불어도 뭐 하든 안하고 흔들리지 아녀고 안전하고 눈 올때 그냥 지나가고 모랫판에도 확 카불고 가는 거. 3백만원 줬어. 웬만한 차 값이주. [69]

[동석한 할머니를 향해] 그전에 (오토바이)중고 샀수다. 그전에 중고 하다가 죽어부난 또 그 중고 해여부난 타다가 올해 새것 샀수다. [필자를 향해] 170만원에 올해 새 거 샀어. 오토바이도 막 비싸. 몇백만원 해. 차보다 비싸. 나 타는 것도 170만원 줬어. 최하가 150만원이야. 여기 동남서는. 새 거. 내가 들어보니까.

고성리 똘똘이어멍은 십년 전 상시 물질은 그만두었지만 '소라허채'에는 참여해서 해녀의 지위는 이어오고 있다. 현재 임의로 식당에 다니는 그는 두 번의 중고오토바이를 거쳐 올해 새 오토바이를 장만했다. 반면에 고성, 신양리를 통틀어 '가장 잘 나가는' 신양리 상군해녀 김씨는 2년 전 3백만원이란 거금을 주고 네발오토바이를 구입했다. 2년전 그의 남편 정씨는 아내를 대신해 인터넷으로 오토바이를 검색한 후 아내에게 이를 보여주고 고성 동남에 가서 '힘이 좋아 밭에도 잘 가

---

68) 신양리 상군해녀 김씨 남편 정씨 제보(57세 신양리 거주/ 2010.11.13 전화 인터뷰).
69) 신양리 상군해녀 김씨 제보(2010.11.14 전화인터뷰).

는' 일명 네발오토바이(다이크)를 사왔다. 이 네발오토바이는 단단하고 바람에도 흔들리지 않으며 눈길이나 모랫벌도 잘 달린다고 한다. 김씨는 10년 전 처음 오토바이를 샀을 때도 현금 160만원을 주고 새 오토바이를 구입했다. 고성·신양리 해녀들이 타 지역에 비해 새 오토바이를 선호하는 것은 섶지코지가 특히 바람이 세서 짠물 섞인 바닷바람에 중고 오토바이가 금방 '녹아나기 때문이라고 한다. 현재 고성·신양리 대부분의 중군해녀들은 160~170만원짜리 세발오토바이를 타고 다닌다. 그래서 그들이 어떤 오토바이를 타고 다니는가는 그들이 상군해녀인지 아닌지, 경제력이 있는지 없는지를 표시하기도 하는 것이다. 고성리 잠수회장 장광자씨는 오토바이를 이야기할 때면 신양리 김씨의 네발오토바이를 꼭 언급한다. 김씨가 2년전 새 오토바이로 교체하면서 거금 3백만원을 들인 것은 네발오토바이가 더 안전하고 단단할 뿐 아니라 그녀의 물질 행위에 지장이 없도록 '눈오는 날이든 모래밭이든 확 지나갈 수 있는' 성능을 갖추었기 때문이다. 김씨의 오토바이는 그녀가 지금 '잘 나가는 상군해녀'이며 자기 노동활동의 안전성과 효율성을 위해 스스로 최고의 선택을 할 수 있음을 보여주는 것이다.

사실 해녀들이 경제적 주생산자로서 가정의 경제권을 주도한다는 것은 오래전부터 주목되었다.[70] 1938~60년 사이에 제주도를 여덟 차례 답사한 마수다는 '일본의 경우 대체로 남자는 어업을 주체로 하고 부녀자는 농업노동의 주체가 되는 것이 일반이지만 제주도에서의 어업이란

70) 조혜정 「발전과 저발전: 제주 해녀 사회의 성 체계와 근대화」『한국의 여성과 남성』, 문학과 지성사,1999; Ko, Changhoon 「A New Look at Korean Gender Roles: Jeju Women Divers as a World Cultural Heritage」, 『Asian Women Vol.23 No.1』, 숙명여자대학교 아시아 여성연구소,2007; 泉靖一저·홍성목역 앞의 책; 桝田一二저·홍성목역(2005), 『제주도의 지리학적 연구』, 우당도서관.

남자가 주체가 되어 종사하는 어로가 아니라 포패채조(捕貝採藻)를 주로 하는 전용어업으로 부녀자가 대부분 이를 맡고 또 사실상 농업의 주체가 된다.'며 '한 집안의 경제의 지지력이 오직 부녀자의 두 어깨에 있다고 해도 된다'고 기술하고 있다.[71] 그것은 한 가정의 차원을 넘어서는 것이어서 1930년대 출가해녀들이 그들의 집 혹은 마을에 보낸 돈은 제주섬 전체 경제의 25%에 해당하는 것이었다.[72] 이즈미 세이이치는 '섬의 한 잠녀에 의해 얻어지는 연간 총수입은 1936년도의 통계에 의하면 33만2천7백97원에 이르러 도민의 남자가 어업으로 얻을 수 있는 총수익을 월등히 초과하고 있다'고 지적하고 있다.[73] 일제 강점기 이후 해녀들은 자신들의 경제력으로 사회적 기여를 하는데 예컨대 '현대화 국가기반조성기에는 마을의 행정수행을 원활하게 하기 위한 기금을 조성하는가 하면 마을 안길 등을 정비하고 공공기관, 특히 학교건물 신축 등에 기금은 물론 노동력까지 제공하였다.[74] 조혜정은 제주 용마을에서 해녀가 실질적인 경제권을 행사해 남성 위주의 유교적 이데올로기에 지배되지 않고, 남성을 지배하지도 않는 '비우세사회'를 가능하게 했다고 본다.[75] 고창훈은 이에 더 나아가 육지의 여성들이 유

---

71) 桝田一二저, 홍성목역(2005), 위의 책 108쪽.

72) Ko, Changhoon(2007) 위의 논문 42쪽.

73) 泉靖一저, 홍성목역(1999) 앞의 책, 180쪽.

74) 한림화, 「해양문명사 속의 제주해녀」『제주해녀와 일본의 아마』, 민속원, 2005, 42쪽. 필자는 온평리 현계월 은퇴해녀에게서 1950년대 불에 탄 학교 건물을 짓기 위해 소위 학교바당('서근여'와 '애기죽은알'을 가리킨다)을 공동어장으로 정하고 거기서 나는 미역을 공동으로 채취해 돈을 모아 학교 건물을 지었다는 얘기를 들었다. 2010.9.22 온평리 현계월 해녀 자택에서 면담.

75) 조혜정 앞의 책. 물론 이것은 1976년 용마을을 현지조사한 결과 도출된 결론이다. 그는 10년 후 1986년 다시 용마을을 찾아갔을 때 그곳은 가부장적 자본주의에 편입되어 이미 남성 지배의 사회가 되어 있었다고 기술하고 있다. '용

교적 부덕 관념에 희생을 강요당하며 살아온 것과 달리 제주의 해녀는 '집밖에서 전문적인 자기 일을 수행하며' '자기의 생산물을 수출하고' '해녀회 등 민회적 성격을 띤 공동체에서 민주주의를 실천함으로써' 21세기 바람직한 젠더 모델을 보여주고 있다고 한다.[76] 해녀들의 오토바이는 그녀가 어느 정도의 역량을 갖고 있는 해녀인지를 외부에 나타내는 것인 동시에 그녀들의 경제권이 그녀들에게 있으며, 현재 그것을 실천하고 있음을 보여주는 하나의 표식이라고 할 수 있다.

마을은 자본주의 경제 성장이 본격적으로 이루어지고 육지 문화가 마을내에 깊숙이 침투하게 되면서 남성 지배는 이데올로기 차원에서만이 아니라 실제 경제적 차원에서도 이루어졌다. 근대/전통, 육지문화/섬문화 우열원리가 공적/사적 이분화로 되어 남녀 서열화의 근간을 이룬다. 이는 실질적 남성 지배쪽으로 제주 사회를 구조화할 가능성을 높이고 있다. 역사적으로 상당히 자율성을 확보해왔던 제주 여성들은 국가의 강한 근대화 물결 속에서 그 자율성을 크게 잃어가고 있는 것이다. 여성의 공적 영역에의 대거 편입 가능성은 그다지 높지 않다.'(333쪽). 그러나 조혜정 교수가 용마을을 바라본 후 24년이 흐른 지금 필자가 바라본 제주 해안가 마을 사회는 여전히 여성이 경제활동의 주역을 담당하고 있으며 사회활동에도 많이 참여하고 있어 그 동안의 어떤 경제적, 사회적 변화가 있었는지, 혹은 그가 말한 가부장제적 자본주의가 지배했었던 것인지 의문이 든다.

76) Ko, Changhoon, 앞의 글 39쪽 표 참조.

오토바이와 여자어촌계장의 등장

현재 제주도에서 원동기 면허를 소지한 여성들을 나이대별로 살펴보면 다음과 같다. 이 표는 면허증 없이 오토바이를 타고 다니는 해녀들도 상당수 있으며 또 중산간 지방에도 더러 오토바이를 타는 해녀들이 있기 때문에 실제 오토바이를 타는 해녀들의 수를 그대로 보여준다고 할 수 없으나 고령의 여성들이 오토바이를 타고 있음을 증명한다.[77]

〈표3〉 제주도 여성의 연령별 원동기 면허 소지자

연령별	2004	2005	2007	2010
16–19	11	9	14	17
20–19	58	56	60	90
30–39	121	104	74	56
40–49	558	470	315	173
50–59	955	931	830	647
60–69	643	709	778	892
70–79	46	76	151	328
80 이상	1	1	2	5
총계	2393	2356	2224	2208

---

77) 제주경찰청 교통과 박순덕 주임의 제보로 필자가 정리했다. 박주임은 고령의 여성의 경우 모두 해녀들이라고 볼 수 없으며 중산간 여성들도 있다고 하였으나 그 수는 많지 않은 편이다. 예로 성산읍 중산간 지역인 난산리와 신풍리의 경우 면허소지자는 2명, 4명인 반면 해안마을인 오조리는 22명, 고성리는 32명, 신양리는 38명이다. 2003년 이전 자료는 전산화되지 않아 확보하지 못했다.

위 표를 보면 60대 이상 제주 여성들의 원동기 면허 소지자가 계속 증가하는 것을 볼 수 있는데 50대 이상은 대부분 해녀들이라고 할 수 있다. 해녀들에게 오토바이는 기동성으로 일터로 가는 이동시간을 단축시키고 작업 후 물건을 실어나르는 편리함을 가져다주었다. 바다에 물질 가는 일은 이제 자연양식장의 소라 허채 시 남편들의 '마중'을 제외하고는 오롯이 해녀의 주체적인 일이 되었다. 누구에게 간섭받거나 의존하지 않아도 되는 일이 된 것이다. 이것은 그녀가 자기 노동을 보다 효율성 있게, 오토바이라는 남성적 이미지의 탈것을 자기에 맞게 적용함으로써 가능했다. 뿐만 아니라 오토바이는 아침에 바다에 실어다 주고 반나절을 앉아 기다리던 남편들을 그의 일터로 이끌게 했다. 해녀들이 바다에 나갈 때 남편들은 밭에 가거나 혹은 밭을 빌려 소작을 하거나 남의 밭에서 일품을 파는 식으로라도 자기들의 일터로 가야 했다. 그래서 그녀들은 상대적으로 자신들의 시간을 쓸 수 있게 되었다. 작업 후 동료의 성게알까기를 도와주거나, 화장을 하며 스스로를 단장하기도 하고, 장을 보러가기도 하고, 수협이나 어촌계 회의를 보러 가는 일도 빠지지 않으며 병원 물리치료나 기타 볼일들을 더 여유롭게 볼 수 있게 되었다.

　오토바이 타고 밭일도 다니고 다 해. 나는 오토바이로 막 오만것 다 해. 장 보러도 가고. 이웃집 가고. 그건 다. 그거 자기 기둥이나 마찬가지야. 생계를 책임지는 거나 마찬가지야. 편리하니까 게. 그리구 시간이 빨리빨리 가니까. 그걸 타면 시간이 빨리빨리 가니까. —한화건설 육지 있잖애. 거기서 내려와 가지고 여기 우리나라에서 신양리에 제일 큰 수족관 짓고 있어. 거기 가서 직원들 밥 해줘. 직원들이랑 일하는 사람들. 오늘은 잔치라부네 안 가주만. 4시에 일어나. 일어나서 4시반에 출발해야 해. 씻고 해서 물밥이라도 먹고 가려면. 오토바이 있으니

까 어디, 그 시간에 가지. 이게 생활 뭐라.[78]

그런데 최근 10여년 전부터 성산 수협 산하 어촌계에는 여계장이 등
장하기 시작했다[79]. 현재 성산읍 시흥리, 종달리, 성산리, 삼달리 어촌
계장은 해녀 혹은 여성[80]이다. 또 표선면 신천리 어촌계장, 구좌읍 하
도리 어촌계장도 해녀이다. 시흥리의 경우는 두 명의 해녀가 8년씩 연
임을 했다. 현재 성산리 어촌계장의 경우는 3회, 곧 12년째 어촌계장을
맡고 있다. 이는 또한 내륙의 어촌계 계장들이 대부분 중년의 남자인
것과 대비된다.[81] 그러면 제주 해녀들은 왜 다른 지역과는 달리 어촌
계장에 도전하는 걸까. 이는 제주 해녀들이 경제 활동의 주체이며 해
녀회라는 생업공동체에서 매일매일 이루어지는 '수시 회의'와 커뮤니케
이션 속에서 단련되었기에, 그리고 보다 궁극적으로는 자기들의 일터
를 관장하는 어촌계 사업에 적극 참여해야 한다는 의식의 성장과 관련
이 있다고 생각한다. 사실 해녀들의 공동체인 해녀회가 어촌계 하부
조직이라는 점에서, 그리고 어촌계장은 줄곧 남성들의 몫이었다는 점
에서 '해녀회, 혹은 여성'이 공적으로는 남성 지배하에 있다는 것이 기
존 견해였다.[82] 그러나 이제 해녀들은 어촌계장을 바꿀 수 있는 힘이

---

78) 똘똘이어멍(67세, 고성리 거주) 현재복씨 집에서 면담(2010.10.22).
79) 필자는 기본적으로 해녀들의 지속적 노동행위로서의 물질이 그들의 사회적
　　지위를 가져왔다고 본다.
80) '여성'은 해녀는 아닌, 여성 어촌계 조합원을 말한다.
81) 안미정은 2001년부터 2004년까지 3년간 경상남도 구룡포, 충남 신진도, 강원
　　도 주문진 지역 해녀들을 답사하며 어촌계장이 모두 중년의 남자들이었음을
　　확인한다. 안미정(2005), 앞의 글 249쪽 참조.
82) 현재 고성 · 신양 어촌계 평의원은 모두 7명인데 그중 여성이 5명이다. 고성
　　리 해녀회장 정광자씨에 의하면 성산 수협이 작을 때는 평의원(과거 총대)이
　　수협 관내 13어촌계여서 계원수에 비례해 19명이 있었다. 그런데 이제는 수

자신들에게 있다고 생각하며 스스로 어촌계장을 맡기도 한다. 그리고 어촌계장은 '문서 이전에 바다의 내력을 잘 알아야 하므로' 바다를 모르는 남성보다는 '못 배웠어도 바다에 대한 내력을 잘 아는 해녀'가 해야 한다는 것이 그들의 생각이다.

> 범이어멍이 40년 넘게 물질을 한평생을 해왔기 때문에. 그리고 책임을 계속 썼어. 수협에 쓰든가 어촌계 해녀회장을 허든가 뭐 허든가 총대를 쓰든가 계속 해마다 쓰기 때문에 고성리에는 산 증인이야. ―회의 때 가서 이렇게 말하는 것을 보면 딱 알아. 다른 사람들은 별루게 알다시피 해녀들은 잘 배우지를 못허고 그래도 또 해녀에 대한 거는 잘 알거든. 그러니까 큰소리 빵빵 쳐. 아이구 큰소리 친다고. 어촌계장도 잘 못허면 막 (바꿔요?)어 해녀회에서 바꿀 수도 있지. 그러고 잘 못하면 (목소리가 조금 작아지면서)계장한테도 막 뭐라 한다고. 이게 뭐 해녀에 대한 거로난. 이게 공구 이전에 문서 이전에 바다에 대한 내력을 알아야 허기 때문에. 계장님 뽑는 것도 그렇고. 지금 계장은 범이어멍만 몰라.[83]

고성리 범이어멍, 현 잠수회장인 장광자씨는 3년 전 고성·신양 어촌계장에 출사표를 던졌다. 그는 한달여 선거운동까지 하다가 막판에 신양리 현 어촌계장 김봉조씨에게 양보를 하며 기권을 했다. 그가 기권을 한 데에는 60대 중반인 초등학교 출신인 자기에 비해 김계장이 40대이고 많이 배웠으며 신양리 해녀수가 고성리 해녀수에 두 배 이상

협이 크고 어촌계원이 많아서 평의원이 43명이다. 여기에 이사 11명, 감사 2명까지 총 46명으로 구성되어 있다. 정광자씨는 고성·신양 어촌계 대표라 평의원(총대)이 되었다.
[83] 똘똘이어멍 현재복씨 집에서 면담(2010.10.21).

되고 신양리에는 '배를 하는' 어촌계원들이 있다는 점 등 여러 가지를 고려했다고 한다. 그러나 그의 주변에는 아직도 40년 넘게 물질을 해서 '바다의 내력'을 잘 아는 그에 대한 미련을 이야기하는 이들이 있다. 이렇게 해녀들은 젊고 능력 있다고 기대되는 남자 후보에게 양보하거나 밀리기도 하지만 그러나 중요한 것은 여성들, 특히 해녀들이 경선이란 치열한 과정을 거치면서도 어촌계장을 하려고 한다는 점이다. 이는 어장관리, 어장 분규, 오염, 허채와 금채 기간의 설정 등 대부분의 어촌계 사업이 자신들의 일터인 바다와 물질과 직접적으로 관련되기 때문이다. 물론 이러한 생각은 물질을 하는 주체인 해녀의 생각으로 남편들의 생각은 다르다. 아래 대화는 어촌계에 소속된 해녀와 소속되지 않은 남편의 생각의 차이를 보여준다.

> 조사자: 어촌계 조합원이 해녀가 많은데 계장은 왜 남자들을 많이 뽑죠.
> 남자삼춘: 배하는 사람들이 어촌계 있지. 남자가 해도 버찐디 여자가 하면 누가 따라가 .
> 여자삼춘: 배가 있어서
> 남자삼춘: 어촌계장 여자 하면 해녀들이 말 안 들어.
> 여자삼춘: 시흥리는 배가 없지. 여자 계장 많아. 삼달리도 여자.
> 남자삼춘: 거기는 배가 별로 없어
> 남자삼춘: 어촌계 사람들이 하는 거지. 물질 하는 사람들만 하는 게 아니구.
> 여자삼춘: 어촌계원이 투표해서 어촌계장을 뽑는 거야. 경쟁이 상당해. 선거로 나오니까.
> 조사자: 고성리 지금 해녀회장 하시는 그 삼춘은 어촌 계장으로 한 번 나왔으면 하는 말을 어떤 분이 하시던데

남자삼춘: 개발 되어 가는데 젊은 사람 해가지고 남자 해가지고 뭐 좀 알아가지고 행정에도 알아가지고 사업할 줄 아는 사람이 해야지. 물질만 해가지고서는. 지금 사업 같은 거 잘 따와 지금 어촌 계장이 해녀의 집들도 신양리 동곳 같은데 해녀의 집도 다 신축해주고 또 뭐 이것저것 해녀체험어장 만든다 뭐다 해서 많이 신경을 써. 그런 사람이 해야지. 물질만 해서는.

조사자: 시흥하고 삼달리가 여자분이 어촌계장이죠. 성산리도 여자계장이고.

여자삼춘: 어.

조사자: 그런 거 보면 해녀들도 어촌계장까지 사회적 지위가 올라가니까 그런 거에 대해서 물질하시는 분들이 자부심 같은 것도 가지실 것도 같은데.

여자삼춘: 모르겠지만 뭐. <u>우리 같은 세대는, 우리만 해도 꿈도 꿔볼만 하지.</u>

위 대화에서 알 수 있듯 남자삼춘은 행정력 있고 사업력 있는 젊은 남자가 어촌계장의 적격이라 생각하지만 고성에서 가장 젊은 해녀인 여자삼춘은 여자 어촌계장이 많음을 이야기하며 자기 세대는 꿈 꿔볼 만 하다며 자신의 뜻을 비추었다.

그런데 여자어촌계장과 '오토바이'는 관련이 있을까. 물론 직접적인 관련이 있다고 할 수는 없다. 하지만 오토바이로 인해 해녀들이 상대적으로 자기 시간을 할애할 수 있게 되어 어촌계회의나 혹은 친목계 등 모임에 참여하는 기회를 더 많이 얻은 것은 분명하다. 해녀들은 자신들의 일터인 탈의장에서 매일매일의 '회의'를 자연스럽게 하지만 마을회의나 게이트볼 대회, 노인회, 부녀회, 각종 친목계에 참여하는 기회가 늘면서 자신의 존재를 알리고 친목을 도모하며 자신의 리더십을 보여주기도 하면서 사회적 입지를 다졌을 개연성은 충분히 있다.

해녀들은 이제 자신의 의견을 반영할 어촌계장을 뽑으려 하며 본인
이 혹은 자신들 중에서 누군가를 어촌계장으로 추천하려 한다. 그들의
결속력은 무시할 수 없는 것이어서 지난 제주도지사 우근민의 당선은
전적으로 해녀들 때문이라고 이야기하는 해녀들이 많았다.

> 그게 제주도에서 해녀증 만든거는 지금 우근민 지사 두 번째 했을
> 때. 그때에 자기 어머니를 생각해서 해녀들이 피곤하니까 해녀증 만들
> 어 약이라도 도와드려야 되겠다 경해부난 제주도 해녀들이 오래헌 거
> 는 인정허면서도 지금 우근민이를 해녀틸 만큼은 뒤에서 우리 해녀틸
> 만큼은 투표헐 때만이라도 우리 아들딸보단 났으니까(나으니까) 밀어
> 주자 그랬던 거 같아. 병원도 가민 요즘 이 물리치료허는 거나 주사 놔
> 주는 거나 다 공짜니까 그 이상 어디 이시니. 그러니까 그런 인정으로
> 이번에도 된 거 같아. 이번이 네 번째. ─ 게난 우리들도 그런 인정을
> 이처붙지 안해진다.[84]

위에 나타나듯 해녀들은 자신들에게 실제적인 도움을 준 우근민지
사를 '미는 데' 의견을 모았다. 해녀들은 전 우근민지사가 제도화한 수
협의 무료입욕권리와 진료비 및 물리치료 무료 혜택에 대한 고마움을
잊지 않았다. 그리고 지난 선거에서 제주도 해녀들은 이 '해녀의 아들'
을 도지사로 밀기로 합의하면서, 또 그것이 실현되는 것을 확인하면서
해녀 공동체의 힘을 확인하고 자신들이 정치적 존재임을 인식했을 것
이다.

---

84) 고성리 해녀회장 정광자씨 면담(고성리 광치기 해녀의 집. 2010.11.13).

조혜정(1988)은 앞의 책에서 양편비우세의 사회에서 근면하고 적극적이며 자신의 물질 행위를 즐겁게 수행하던 해녀들이 가부장제적 자본주의를 겪으며 자주성, 공동체의식을 잃고 육지 지향적 콤플렉스를 갖게 되었다고 밝히고 있다.[85] 그러나 최근 해녀어촌계장 혹은 여자어촌계장의 등장 및 도지사 선출 과정에서 보여준 해녀들의 정치력은 '해녀사회'가 엄연한 공동체이며 나름의 정치의식을 갖고 있음을 증거하는 게 아닐까 한다. 그리고 그 바탕에는 '물질'이란 자기들 특유의 몸 기술을 인정하며 전복 따는 것을 서울대에 들어가는 것에[86] 비유할 정도로 물질에 대한 자존감이 있는 해녀들, 한때 서글프게 생활했지만 물질은 '학벌에도 외모에도 구애받지 않고 빈부 차이도 없는 참 좋은 직업'이란 견해를[87] 갖고 있는 해녀들과 그들의 노동이 있지 않을까 한다.

안미정(1997)[88]에 의하면 제주 해녀들은 물질이 매우 힘든 일이지만 많은 소득을 얻을 수 있기에 물질을 하고 있는 것으로 드러났다. 또 물

---

85) 이에 대해 권귀숙은 해녀가 부지런하다는 것은 여성에게 덧씌워진 신화이며 남성 중심의 논리로 제주 여성을 더욱더 노동에만 몰입케 하는 이데올로기 역할을 한다고 지적한다. 권귀숙, 「제주 해녀의 신화와 실체, 조혜정 교수의 해녀론을 중심으로」, 『한국사회학』 제 30집, 1996, 242쪽.

86) "물질도 이거 꼭같은 물질이면 다하는 거 아냐. 서울대학교 시험 보는 거나 마찬가지야. 그 상중하가 다 있어. 뭐 마찬가지야. 서울대학교는 아무나 가나. 물질도 전복도 그게 아무나 따는 게 아냐. 물질을 내 해도 1년내내 전복 하나 못하는 사람 있는가 하면 뭐 이삼일에 하나씩 따는 사람 있는가 하면 어 그게 물질이라고 아니 (물질 어려워보여요) 어렵지. 어려운데 물 속에 들어가는 자체야 얕은 데는 어렵지도 않은데 배우니까 어렵지 않은데 그 전복 따는 거는 아무 눈에나 보이지 않아. 시험보는 거나 마찬가지야." 고성리 똘똘이어멍 면담내용 중에서 발췌. 2010.10.21. 현재복씨 집에서.

87) 성산리 어촌계장 고승환씨 전화인터뷰(2010.11.13).

88) 안미정, 「제주해녀의 이미지와 사회적 정체성」, 제주대학교 석사학위논문, 1997.

질을 직업으로 선택한 이들에게서는 자아 정체성과 사회적 정체성이 일치하는 것으로 밝혀졌다. 성산리 해녀어촌계장 고승환씨는 '가진 것 없이 못 배운 사람이 하던 천한 직업'이었다며 '여유 있는 사람들이 예쁘게' 차린 모습은 물질을 하는 자신을 부끄럽게 만들었고 행정에서도 해녀들을 무시하는 것처럼 여겨졌다고 한다. 그러나 그는 자신이 해녀였기에 아이 셋을 모두 대학까지 보낼 수 있었다며 '물질은 학벌에도 구애받지 않고 외모에도 구애받지 않고 빈부 차이도 없이 참 좋은 직업'이라는 긍지를 갖고 있다. 고성 · 신양리에서 가장 젊은 해녀인 순례(가명)씨는 8년이란 짧은 경력을 갖고 있지만 상군해녀로 소득을 가장 많이 올리는 해녀중의 하나가 되었다. 순례씨의 집은 고성 웃동네여서 바닷가까지 가려면 1시간이 족히 걸린다. 그래서 그는 자동차를 타고 바다로 출근한다. 그녀는 물질이 가장 자유로운 일이라고 말한다.

> (삼촌이 생각할 때 물질이 밭일 하고 비교하면) 물질이 힘들긴 엄청 힘들지. 노동력으로 따지면. 근데 제일 자유로운 게 바닷물질이고. 그래서 옛날 어른들도 그렇게 했나봐. 바닷가에 갔다가도 밭에 갈일 있으면 밭에 가고. 밭에 갔더라도 바다에 가구 싶은 시간에 가서 해도 되고. 제일 자유로운 직업이니까. 나가 생각할 때는 제일 자유로운 직업인디. 수입은 종잡을 수 없는디. 평균 낼 수 없는디. 대충 소라같은 거 할 때 계속 5, 6일 작업할 때는 한달에 오일만 해도 170, 180만원. 근데 못헐 때는 더 안되고, 나는 작살로 고기 하니까. 이번 물끼 같은 때는 (물건이 어서) 돈 하나도 못 하는 사람들 많았지. 나는 되더라구. 어제 젊은 언니 거기가 작살을 들고 다니거든. 나도 한번 들고 다녀봤지. 이제 전문가가 됐어. 요령은 고무줄 늘려가지고. 대나무하고 작살촉하고 고무줄만 있으면 되는 건데.(물고기도 움직이는데?) 그게 물속에 들어가면 돼. 물질이 힘은 좀 드는 일이지만 자본이 제일 안 드는, 밭농사

하려면 자본 이서야지 기계 빌려서 밭 갈아야지. 근데 우리 물질은 고무옷에 테왁에 오리발만 있으면 자기 노력으로 하는 거니까. 여건이 어떻게 될지는 몰라도 제일 편한 직업이니까. 작업 끝나고 집에 급한 볼 일 있는 사람은 집에 와서 목욕하고 바로 오는데 안 그러면 탈의장에 시설 다 되어 있어서. 거기서 씻고. 라면 같은 거 끓여 먹고 성게철에는 라면같은 것도 끓여먹고 놀고 얘기도 하고 자기 마음이니까. 급한 일 없을 때는 남의 것도 까는 것도 도와주고.[89]

순례씨가 생각하는 '물질'이란 직업은 일종의 '프리랜서'와 같다. 물질은 좀 힘이 들기는 하지만 본인이 하고 싶을 때는 하고 그렇지 않을 때는 안 해도 되는 가장 자유로운 직업이며 일한 만큼 소득이 보장된다. 또 자본금이 들지 않는 일이다.

순례씨의 이야기를 들으며 고성·신양리 해녀들에게 오토바이가 빠르게 확산된 또 다른 이유를 알게 되었다. 앞서 언급했듯 소라값의 상승, 반농반어의 생업 구조 속에서 기동성의 요구 등이 그 외적 조건이라면, 해녀들이 갖고 있는 '자유분방한 기질'은 그 내적 조건일 것이다.

해녀들은 이구동성으로 물에 들 때, 물속에 있을 때의 '기분 좋음'을 이야기한다. 그것은 태아 때 양수 속에 있을 때의 편안함일지도 모르겠다. 집안일이나 밭일, 남편이나 시댁 등 인간관계의 구속에서 벗어날 수 있는 자기의 시간. 그것이 고되고 때론 위험한 노동의 시간이어도 그것으로 자기의 자식들을 키워내며 삶을 지탱할 수 있기에 위로는 충분하다. 인간적 삶의 속박을 풀어내주는 물질이란 노동의 일면은 해녀들을 경제적 주체로 서게 하는 한편 그들에게 자유를 추구하는 인간적 본성을 기질화한 혹은 강화한 측면이 있다고 생각한다. 그래서 해녀들

89) 2010.10.24. 순례씨 자택에서 면담한 내용을 정리함.

이 오토바이를 '수용'한 데에는 기동성을 바탕으로 한 경제적 이익 못지않게 오토바이를 타며 자신의 일터인 바닷가로 '질주하며' 느끼는 자유로움을 간과할 수 없다고 생각한다.

　　오토바이 타면 좋은 점은 이 느네 자동차 타는 것식으로게, 섭지 갈 때도 나 혼자 확 가고 제주도 말로 '확' 빨리 싣고 와지는 거지[90]

　　그거 있으니까 짐 실으는 거구 뭐구. 그전에 소라 허채할 때는 같은 때는 이 오토바이가 없으면 남자가 싣거 오고 막 경운기로 싣거 오고 싣거 가고.[91]

1인용의 탈것으로 설계된 오토바이의 상징적 이미지중 하나인 '자유로움'. 내가 가고 싶은 곳을 내가 원하는 속도로 훌쩍 떠나며 달릴 때 느끼는 자유로움과 후련함은 자전거나 자동차가 주는 것과는 사뭇 다르다. 해녀에게서, 대부분은 '해녀할망들'에게서 오토바이와의 정서적 일체감 혹은 연대를 느낄 수 있다. 남편의 경운기에서 벗어나 나대로의 노동 현장으로 달려가는 즐거움. 탈것과 주체가 소외되지 않음. 자기 노동과 그로부터 소외되지 않음.

---

90) 고성리 해녀회장 장광자씨 고성 앞바다 광치기 해녀의 집에서 면담(2010. 10.22).
91) 똘똘이어멍(67세, 고성리 거주) 현재복씨 집에서 면담(2010.10.22).

Ⅵ　결 론

　1995년도 무렵 제주의 한 해안 마을 고성·신양리 해녀들은 오토바이에 도전했다. 몇몇 젊은 상군해녀들에게서 시작된 오토바이 타기는 곧 이 마을 전체 해녀들에게 퍼져나갔다. 신양리에서 제일 먼저 오토바이를 탄 '홀어멍 진수어멍'은 13곳이나 되는 밭농사와 물질을 동시에 해야 했으므로 오토바이를 착안, 혼자 몇 년 동안 오토바이를 타며 일을 했다. 그를 필두로 몇몇 젊은 해녀들이 하나 둘 오토바이를 타다가 마을 해녀들이 모두 오토바이 타기에 도전한 것은 1995년 일본으로 전량 수출하던 소라값이 최고조에 이를 때였다. 그래서 대부분 오십이, 혹은 육칠십이 넘은 해녀들은 이 과감한 도전을 실행했다. 그리고 그 덕분에 남편들이 실어다 주는, 그래서 일면 불편했던 노동 과정의 한 측면을 획기적으로 바꾸었다. 오토바이는 밭일과 물질을 동시에 수행해야 하는 해녀들의 반농반어의 생업에 효율성을 가져왔다. 뿐만 아니라 '물질'이 끝나기를 기다리는 남편들을 그들의 일터로 가도록 함으로써 남성들의 생산적 노동을 이끌어 낸 측면이 있다. 그래서 해녀들은 남편에게 의존하지 않으면서 자신들의 일에 전념할 수 있었고 경제활동의 오롯한 주체가 되었다고 할 수 있다. 이제 오토바이는 해녀들의 표식이 되어, 그들이 물질을 하는지, 밭에 갔는지, 혹은 집에 있는지를 알려주며 그가 상군인지 하군인지, 경제력이 있는지 없는지 알려준다.

　오토바이가 고성·신양리 뿐 아니라 제주도 해녀 사회 전반에 퍼질 수 있었던 것은 아마 이러한 점이 직접적으로 영향을 미쳤겠지만 오토바이가 주는 자유로움이란 정서적 측면 또한 간과할 수 없다. 해녀들이 모두 인정하듯 물질의 고됨은 두말 할 필요가 없다. 그러나 구덕을 메고 사십여분을 땀 흘려 바다까지 걸어와 물에 들 때, 물속에 있을 때 느끼는 기분 좋음, 자유로움은 해녀들의 자유분방함을 기질화 혹은 강화한 측면이 있다고 생각된다. 물질은 고통스러운 일이지만 모든 인간적 속박으로부터 자유로움을 느끼게 하는 일면이 있다. 해녀들이 연령을 아랑곳 하지 않고 오토바이를 접수한 데에는 오랜 물질 경험 속에서 정서화된 측면, 자유라는 이미지를 갖고 있는 오토바이와의 정서적 일체감을 상정할 수 있다.

한편 1995년 당시 소라값이 올라 오토바이의 기동성이 요구되었던 그 무렵, 즉 해녀들이 오토바이를 타며 바다로 출퇴근하던 그 즈음부터 해녀들의 감소 추세가 확연히 지체되었다는 사실을 주목하지 않을 수 없다. 해녀들이 자신들의 노동 행위의 효용성을 위해 적극 끌어들인 오토바이가 해녀 사회 전체를 활기 있게 이끌어간 측면이 있기 때문이다. 그들은 오토바이로 물질과 밭일을 보다 편리하게 수행할 수 있었고, 장보기, 병원, 각종 계모임, 회의 등에 더 잘 참여하게 되었다. 오토바이는 물질 혹은 밭일 후 녹초가 되어 걸어오던 그들에게 '발'이 되어주었기에 해녀들은 오토바이를 통해 사회적 활동의 반경을 넓힐 수 있었다. 그래서 10여년 전부터 조금씩 늘고 있는 여자 어촌계장의 등장에 오토바이가 간접적으로나마 기여를 하지 않았나 하는 추정도 가능하다.

해녀들의 생애구술을 들으면 물질에 대한 그들의 인식이 많이 바뀌었다는 것을 알 수 있다. 물질은 천하고 부끄러운 일이라는 데에서 외모나 학벌, 빈부에 관계없이 할 수 있는 일이며 자유로운 직업이란 인식으로의 변화이다. 특히 상군 해녀의 기량은 서울대 들어가는 것에 비유할 만큼 자기 직업에 대한 긍지를 엿볼 수 있다. 그들은 물질 경험이 적든 많든 물질이 경험과 지식을 필요로 하며 극한의 고통을 참아내게 하는 일이라는 점에 의견을 같이 한다. 그러면서도 탈의장이나 병원진료권 등 노동현장의 조건을 갖춘 상태에서는 다시 태어나도 해 볼 만한 일이라는 생각을 갖고 있다. 그것은 자신들의 행위를 엄연히 노동행위로 인식하고 있기 때문이다. 그리고 그 노동은 액수를 떠나 자신이 일한 만큼 대가를 받는 노동이다. 그래서 오토바이를 타고 혹은 극소수지만 자가용을 타고 바다로 출근하는 것이다. 물론 그들의 일터가 바다의 오염, 자원의 고갈, 기후변화로 인한 해저 생물의 변화 등 많은 문제점을 안고 있지만[92] '오랜 역사적 경험을 가진 어로집단' 으로서 그리고 자기 노동에 대한 분명한 인식으로서 자원과 공존하는 삶의 방식들을 지속적으로 만들어 낼 것이라 생각한다.

---

92) 이기욱에 의하면 잠수업의 근거지인 공동어장은 전 연안에 걸쳐 모두 124개 소에 총면적 15,543ha에 달하고 있으나 현재까지 적극적인 자원증식을 위한 별다른 정책을 세우지 못하고 어획에만 전념해 옴으로써 남획에 의한 자원고 갈이 심각하다. 특히 생활폐수, 농약, 양어장의 폐수, 전분 공장 등 각종 공장 에서 방출되는 오수로 인한 어장오염이 진행되고 있어서 자원감소현상은 심 각한 상황에 이르고 있다. 『제주 농촌경제의 변화』, 집문당, 2003, 310쪽.

• 참고문헌 •

고창석, 「조선후기 제주지방 전답매매문기의 연구Ⅱ」, 『탐라문화』 제21호, 탐라문화연구소, 2001.

고창석, 「19세기 제주지방의 토지매매 실태」, 『탐라문화』 제22호, 탐라문화연구소, 2002.

권귀숙, 「제주해녀의 신화와 실체: 조혜정 교수의 해녀론을 중심으로」, 『한국사회학』 제30집, 1996.

권미선, 「근현대 제주도 출가해녀와 입어관행 분쟁」, 제주대학교 석사학위논문, 2008.

김영돈, 『한국의 해녀』, 민속원, 1999.

김영돈, 『제주도 민요연구』(上,下), 민속원, 2001.

김진명, 『굴레속의 한국여성』, 집문당, 1993.

김현미, 「한국의 근대성과 여성의 노동권」, 『동아시아의 근대성과 성의 정치학』, 한국여성연구원편, 푸른사상, 2002.

박찬식, 「제주해녀의 역사적 고찰」 『역사민속학』 19, 역사민속학회, 2004.

박찬식, 「제주해녀투쟁의 역사적 기억」, 『탐라문화』 30, 탐라문화연구소 (2001).

박현수 엮음, 『짠물, 단물―20세기 한국민중의 구술자서전1』, 천화, 2005.

안미정, 「제주해녀의 이미지와 사회적 정체성」, 제주대학교 사회학과 논문, 1997.

안미정, 「제주해녀의 어로와 의례에 관한 문화인류학적 연구」, 한양대학교박사학위 논문, 2007.

오선화, 「죽변 지역 이주잠녀의 적응과정 연구」, 안동대학교 석사학위 논문, 1998.

원학희, 「제주 해녀어업의 전개」, 『지리학연구』 제10집, 1985.

이기욱, 『제주 농촌경제의 변화』, 집문당, 2003.

전경수, 「제주연구와 용어의 탈식민화」, 『제주언어민속논총』, 현용준 박
　　　사 화갑기념회, 1992.

전경수엮음, 『사멸위기의 문화유산』, 민속원, 2010.

제주대학교 국어연구소, 『나 육십육년 물질허멍 이제도록 살안』(2008),
　　　『각신 이끄곡 서방은 갈곡』 각, 2009.

제주도, 제주도여성특별위원회, 제주여성 근현대사 구술자료2 제주여성의
　　　생애, 『살암시난 살앗주』, 2006.

조혜정, 「발전과 저발전: 제주 해녀 사회의 성 체계와 근대화」, 『한국의
　　　남성과 여성』, 문학과 지성사, 1999.

좌혜경, 「해녀노래 현장과 창자 생애의 사설 수용분석」, 『영주어문』 제7
　　　집, 2004.

좌혜경, 「해녀 생업 문화의 민속지식과 언어표현 고찰」, 『영주어문』 제15
　　　집, 2008.

좌혜경외, 『제주 해녀와 일본의 아마』, 민속원, 2005.

주강현, 『관해기』, 웅진지식하우스, 2006.

진관훈, 『근대 제주의 경제 변동』, 각, 2004.

泉靖一저·홍성목 옮김, 『제주도』, 우당도서관, 1999.

하이디 하트만, 「자본주의, 가부장제, 성별분업」 『제3세계 여성노동』, 창
　　　작과 비평사, 1985.

桝田一二저·홍성목 옮김, 『제주도의 지리학적 연구」, 우당도서관, 2005.

Ko, ChangHoon, 「A New Look at Korean Gender Roles: Jeju Women Divers
　　　as a World Cultural Heritage」 『Asian Women 23』 Vol.1, 숙명여자
　　　대학교 아시아연구소, 2007.

〈색인〉

엮은이

이성훈(李性勳)

1961년 제주도 조천 출생. 문학박사. 숭실대 겸임교수, 중앙대 강사, 숭실대 한국문예연구소 연구원, 제주대 교육과학연구소 특별연구원, 온지학회 이사를 역임하였다. 한국민요학회 이사, 한국공연문화학회 이사, 백록어문학회 이사로 활동하고 있다.

『해녀의 삶과 그 노래』(민속원, 2005)

『제주도 해녀노젓는소리의 본토 전승양상에 관한 조사·연구』(민속원, 2005, 공저)

『연행록연구총서(전 10권)』(학고방, 2006, 공편저)

『수산노동요연구』(민속원, 2006, 공저)

『고창오씨 문중의 인물들과 정신세계』(학고방, 2009, 공저)

『해녀노젓는소리 연구』(학고방, 2010)

『제주여성사II』(제주발전연구원, 2011, 공저)

『한국민속문학사전』(국립민속박물관, 2013, 공저)

숭 실 대 학 교
한국문예연구소
학 술 총 서 48

해녀연구총서 4

(경제학 · 관광학 · 법학 · 사회학 · 인류학)

초판 인쇄 2014년 12월 15일
초판 발행 2014년 12월 30일

엮 은 이| 이성훈
펴 낸 이| 하운근
펴 낸 곳| 學古房

주   소| 서울시 은평구 대조동 213-5 우편번호 122-843
전   화| (02)353-9907 편집부(02)353-9908
팩   스| (02)386-8308
홈페이지| http://hakgobang.co.kr/
전자우편| hakgobang@naver.com,   hakgobang@chol.com
등록번호| 제311-1994-000001호

ISBN   978-89-6071-468-7 94810
         978-89-6071-160-0 (세트)

값 : 33,000원

이 도서의 국립중앙도서관 출판시도서목록(CIP)은 서지정보유통지원시스템 홈페이지
(http://seoji.nl.go.kr)와 국가자료공동목록시스템(http://www.nl.go.kr/kolisnet)에서 이용하
실 수 있습니다.(CIP제어번호: CIP2014037241)